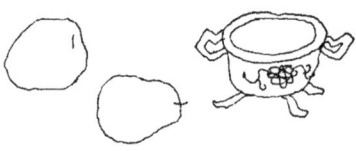 

대망 14 다이코 2
차례

산천개병(山川皆兵) …… 11
은사 …… 35
산중인 …… 52
도원 …… 70
노모를 받들다 …… 94
밀객 …… 118
도라지 꽃 필 무렵 …… 127
군공록 …… 150
대의 …… 177
7번 악(樂) …… 190
사카이(堺) 상인 …… 204
북정(北征) …… 226
거문고 줄 …… 253
양면장군 …… 275
춘풍 속의 행군 …… 299
비굴한 옹기 …… 318
사면초가 …… 327

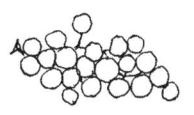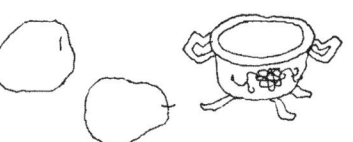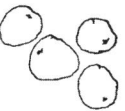

가람의 주인 …… 344
권화(權化) …… 361
시시각각 …… 379
대난투 …… 400
자비로운 어머니 …… 413
구각와해(舊閣瓦解) …… 429
떠나는 사람들 …… 438
어머니의 싸움 …… 460
구슬 …… 481
미래의 여성 …… 501
어머니와 아내 …… 509
호랑이와 호랑이 …… 526
공(鞠) …… 543
다케다네 가보 …… 559
나가시노(長篠) 성 …… 577
흙투성이 전사 …… 604

산천개병(山川皆兵)

밤이었다. 도키치로가 하치스카 마을을 방문한 그날 밤이었다.

2명의 기마 무사와 시종 하나가 어둠을 뚫고 하치스카 마을을 떠나 기요스로 달리고 있었다.

그것이 고로쿠와 도키치로였음은 아직 아무도 모른다.

또한 깊은 밤, 성 안의 어느 방에서 노부나가가 그 무사들과 마주 앉아 장시간에 걸쳐 밀담을 나눈 사실도 극히 일부의 근신들과 이날 밤 시종으로 따라다닌 와타나베 덴조 외에는 아는 사람이 없었다.

다음 날.

고로쿠의 격문이 하치스카 마을을 출발해 사방으로 날아갔다.

그것을 받아 본 여러 사람들은

"무슨 일인가?"

종가 격인 고로쿠의 저택으로 달려갔다.

시노기 고을의 가와구치 히사스케(河口久助).

시나노 마을의 나가이 한노조(長井半之丞).

가시와이(柏井) 지방의 아오야마 신시치(靑山新七).

하타가와 지방의 히비야 로쿠타오(日比野六太夫).

모리야마의 가지타 하야토(梶田隼人).

고바타 고을의 마쓰바라 다쿠미(松原內匠).

대체로 이러한 얼굴들이었다.

물론 그들은 모두 야무사(野武士)들이었다. 다년간 고로쿠 밑에 있으면서 장군 아래 영주가 있듯이 각각 자기의 지배하에 있는 고을·부락·마을에서 이리떼 같은 부하들을 거느리고 때가 돌아오기만 기다리고 있는 자들이었다.

그밖에도 고로쿠의 아우 시치나이(七內)와 마다주로(又十郞)를 비롯하여 숙부, 사촌 등 먼 친척들도 모두 자리를 같이하였다.

일동이 한결같이 놀란 것은, 10년 전 일족을 배반하고 자취를 감췄던 미쿠리야의 와타나베 덴조가 그 자리에 끼어 있는 사실이었다.

"실은……"

자리가 정해지자 고로쿠는 자신의 중대한 심경 변화를, 또 지금까지 가담해 왔던 사이토가와 절연하고 오다 가문에 협력할 결심임을 일동에게 밝혔다.

"또 한 가지 덴조 문제인데……"

그는 덴조가 복귀하게 된 경위를 자세히 설명했다.

"마땅치 않게 생각하는 자도 있을 게다. 또한 사이토 가문에 미련이 있는 자도 있을 게다. 그런 자에게는 굳이 강요하지 않겠다. 주저없이 이 자리를 떠나 비밀을 사이토측에 누설한다 해도 이 고로쿠는 조금도 원망하지 않겠다."

말을 맺었다.

아무도 자리를 뜨는 사람은 없었다. 그렇다고 그거야말로 바라던 바였다면서 선뜻 찬성할 기세를 내보이는 것도 아니었다.

그때 도키치로는 주인 고로쿠의 양해를 얻어 자리 한가운데로 나가 앉았다. 그는 인사를 겸하여 이런 말을 했다.

"스노마타의 성채는 완공하는 대로 그냥 차지하도록 놔두라는 승낙을 은밀히 주군 노부나가공으로부터 받은 바이오. 오늘까지 여러분은 갖가지 만족스런 일을 해 왔을 테지만, 성을 탈취해 본 적은 없소. 또한, 세상은 변해 가고 있소. 여러분이 마음껏 누비던 산과 들은 머지않아 없어지게 될 거요. 그것이 바로 세상이 발전하는 모습이기도 하고. 무로마치 장군의 힘이 미치지 않으니까 토호라는 존재가 명맥을 유지해 가고는 있지만, 이제 장군가도 말로에 접어들고 있소. 천하가 크게 달라지는 거요. 새로운 시대가 열리는 거요. ……여러분이 여러분 당대뿐만 아니라 자자 손손을 위해서 가문의 명예를 세우고 진정한 무인으로 돌아갈 수 있는 기회는 지금밖에는 없는 것으로 나는 보고 있소."

그의 말이 끝났지만 좌중은 고요하기만 했다. 불평·불만 때문은 아니었다. 평소에 별 생각 없이 살아온 그들도 무언가 진지한 분위기에 넋을 잃고 있는 것이었다.

"이의 없소!"

마쓰바라 다쿠미가 입을 연 것을 계기로 그 뒤를 따라서 둘러앉은 사람들은 비로소 이구동성으로 찬동의 뜻을 표했다.

"이의 없소!"

"나도."

"나도 그렇소."

기왕 나설 바에야 목숨을 걸고 해내야 한다며 그들은 넘치는 투지를 치켜든 미간에 그대로 내보였다.

나무를 찍는 도끼 소리.

그 나무를 강물에 밀어 떨어뜨리는 요란한 소리.

뗏목을 짠다.

떠내려 보낸다.

흘러내리는 뗏목을 따라 하류까지 오면 북쪽과 서쪽에서 합류해 오는 다른 두 강물이 섞여 수맥이 종횡무진 달리는 가운데 넓은 삼각주가 바라보였다. 미노와 오와리의 국경이었다.

이곳이 바로 스노마타이다.

《십훈초(十訓抄)》에 이르기를

'당에는 촉강(蜀江)이라 하여 비단을 씻는 곳으로서, 흔히 시가(詩歌)에도 나오는 강이 있느니라. 일본의 스노마타처럼 넓고 힘하여 행인도 없는 큰 강이니라.'

그런 대목이 있는 것으로 보아도 이 부근의 원시적인 광경을 대강 짐작할 수 있으리라.

 선임자인 사쿠마, 시바타 등이 모두 같은 실패를 되풀이한 축성지는, 오와리령에 속하는 그곳 한 귀퉁이였다.

 "바보 같은 헛고생을 또 하는군. 돌을 던져 바다가 메워지리라고 생각하는 모양이지."

 바다 기슭의 미노에서 손을 이마에 얹고 바라보는 사이토측 군졸들은 그렇게 서로들 웃어댔다.

 "네 번째가 왔어."

 "끈덕지기도 하군."

 "어디 두고 보라지."

 "누구냐, 이번에 온 병신 대장은? 적이기는 하지만 너무 가엾잖나? 이름만이라도 기억해 두기로 하지."

 "기노시타 도키치로라고 한다는데…… 통 들어본 적이 없는 이름이야."

 "도키치로? 그 자라면 원숭이라고 하는 편이 잘 통해. 오다가에서도 말단에 속하는 자, 아마 고작해야 5, 60 명 정도의 보병 우두머리일 텐데?"

 "그런 형편없는 자가 지휘를 하고 있는 건가? 그렇다면 적도 본격적이 아닌걸."

 "계략인가?"

 "그럴 걸세. 이 지점에 미노의 주의를 집중시켜 놓고 엉뚱한 방면으로 공격을 가해오는 작전도 있을 법하지 않나?"

 반대편 강기슭의 공사를 바라보면서 그것을 제대로 평가하지 않는 것은 오히려 미노측 군사들이었다.

 1개월 전 하치스카 일족의 맹호들을 이끌고 임지에 도착하여 곧 착공한 뒤, 그 동안 두세 번 큰 비가 내렸으나, 오히려 뗏목으로 짠 재목을 떠내려 보내기에 편하다는 정도로 생각했다. 쌓아올린 흙이 하룻밤에 유실되어도,

 "이까짓 것쯤이야!"

 이런 기백으로 다시 힘을 모았다.

 비가 오는 것이 빠르냐, 부토(敷土) 작업을 끝내는 것이 빠르냐, 천력(天力)이 이기느냐, 인력(人力)이 이기느냐.

 축성군이 된 2,000의 토적들은 침식을 잊고 일을 했다.

 하치스카 마을을 떠날 때에는 2,000이었던 그들이 이곳까지 오는 동안에

5, 6,000이나 되는 인원으로 늘어 있었다. 토적들이 친구를 부르고, 친구가 다시 친구를 끌고 와서는 도키치로의 지휘가 필요 없을 만큼 기민하게 머리를 썼다.

"땅을 파라. 돌을 쌓아 올려라."

"흙을 져 내라. 흙부대를 만들어라."

"수로를 만들어라. 물을 빼라."

나날이 눈에 띄게 공사는 진척되어 가고 있었다.

원래가 산과 들을 무대로 하여 살아온 그들이었다. 물을 다루는 일이나 흙을 다루는 일 모두 오히려 도키치로보다 훨씬 나은 것이다.

게다가 그들의 욕망도 있었다.

"이제 이곳은 우리들의 터전이 되는 것이다."

또한 나태하고 방종한 생활에서 일약 진정한 땀의 가치를 스스로 깨달은 만족과 쾌감도 있었다.

"자, 이만하면 아무리 홍수가 나도, 이런 강이 몇 개씩 한꺼번에 흘러와도 꿈쩍도 하지 않을 게다."

한 달이 채 못 되어서 성지(城地)에 충분한 면적의 부토가 끝나고 육지와도 완전히 연결되었다.

"가만 있자……."

반대편 강기슭에서는 여전히 한가한 얼굴들이 이마에 손을 얹고 바라보고 있다.

"조금 모양을 이루기 시작했는걸."

"적의 공사 말인가?"

"음. 아직 축대까지는 이르지 못했지만, 기초는 꽤 진척이 된 모양이야."

"목수·미장이들은 아직 안 보이지 않나?"

"거기까지 가려면 석 달은 더 걸릴걸?"

미노측 잡병들은 심심파적으로 구경을 하고 있다.

강은 폭이 넓었다.

맑은 날일수록 수면에서 피어오르는 수증기가 눈부시게 햇빛을 반사하고, 멀리서는 분명히 알아볼 수 없었지만, 풍향에 따라서는 기운찬 영차 소리와 돌 쪼는 소리 같은 것이 들려오는 날도 있었다.

"이번에는 기습을 않을 셈인가? 공사 도중을 노려서 말일세."

"안 할 모양이야. 후와 헤이시로(不破平四郎) 나리께서도 엄명하셨다."
"뭐라고?"
"총 한 방도 쏘아서는 안 된다. 마음대로 일을 하도록 내버려 두어라……이렇게 말일세."
"성이 완공될 때까지 구경이나 하고 있으라는 영이신가?"
"지금까지는 적이 공사에 착수하면 곧 기습을 가해서 무너뜨리고, 다시 나타나 웬만큼 진척시킨 것 같으면 일거에 짓이겨 버리곤 했지만, 이번에는 완공될 때까지 잠자코 보고만 있으라는 군령이야."
"어쩌려는 걸까?"
"빼앗는 거지."
"하긴……적이 애써 지어놓은 것을 몽땅 이쪽에서 차지한단 말인가?"
"바로 그런 작전인 모양이야."
"그거 참 묘책이군. 오다님으로서도 시바타나 사쿠마는 힘에 부치는 상대지만, 이번 상대는 기노시타 도키치로 따위의, 하급무사나 다름없는 놈이 대장이라니 말야……."

멋대로 수작들을 늘어놓고 있으려니 한 사람이 '쉿' 하고 눈짓을 했다. 다른 군졸들도 허둥지둥 초소로 들어간다.

상류에서 배 한 척이 다가오더니 기슭으로 올라서는 호랑이 수염의 무장이 있었다. 시종들 서너 명이 뒤따라 내리고, 말도 한 필 끌어올린다.

"호랑이다!"
"우누마(鵜沼)의 호랑이가 왔다."

초소의 잡병들은 눈으로 수군거렸다.

이 강의 수십 리 상류 쪽에 있는 우누마 성의 수장이며 미노의 맹장으로 알려져 있는 오자와 지로자에몬(大澤治郎左衞門)이었던 것이다.

호랑이가 왔다고 하면 이나바 성 안에서는 울던 애도 그쳐 버린다는 용장의 대명사였다. 그 오자와 지로자에몬이 호랑이 수염 속에서 눈을 번뜩이며 어슬렁거리고 나타나는 바람에 초소의 군졸들은 눈방울 하나 굴리지 않고 긴장해 있었다.

"후와나리께서는 계시느냐?"

지로자에몬이 물었다.

"예, 영소에 계십니다."

"이리 오시도록 여쭈어라."
"예."
"내가 진소로 가도 좋겠지만 여기가 말씀드리기에 알맞은 장소인 것 같아 오십사 하는 거라고 여쭈어라."
"예, 알겠습니다."
잡병은 곧 달려갔다.
이윽고, 그 잡병과 대여섯 명의 부하를 거느리고 후와 헤이시로가 성큼성큼 강가로 나타났다.
——쳇, 호랑이 녀석 무슨 소리를 하려고…….
그렇게 귀찮게 생각하는지 눈에 띄게 언짢은 기색으로 걸어오고 있다.
적이 축성 공사를 진행시키고 있는 스노마타의 서쪽 기슭—— 정면에서 좌우 20리에 걸친 지역에 약 6,000의 상비병을 배치시키고, 그 작전 지휘 일체를 이나바 산 본성으로부터 하명받고 있는 후와 헤이시로 다네카타(不破平四郎種賢)였다.
"후와공. 예까지 나오시게 해서 미안하오."
"진중에 있는 몸, 수고라고는 생각지 않소만, 무슨 일이신지?"
"실은 저것에 관해서인데."
오자와 지로자에몬이 가리키는 맞은편 기슭을 후와 헤이시로는 눈으로 따라가며 물었다.
"스노마타의 적 말이오?"
"그렇소. ……아침 저녁으로 빈틈없는 감시를 하고 계실 줄은 알지만……."
"말씀하실 것도 없소. 부근 일대는 본인의 소관이니 염려 마시기 바라오."
"그렇게 앞질러 말해 버리면 다소 난처하지만 이 오자와 역시 비록 상류 쪽이기는 하지만 같은 강줄기를 방비하고 있소. 우누마만 지키면 된다는 법은 없을 거요."
"그야 그렇소만."
"그래서 가끔씩 배도 띄워 보고 기슭을 따라 하류의 상황도 살펴보곤 하오만 오늘 와 보고서는 놀라지 않을 수 없었소. ……이미 때를 놓친 감조차 있구려. 이쪽 진영은 한가하기 짝이 없으니 무슨 생각이 따로 있으시오?"
"때를 놓쳤다니, 무슨 일이 있었소?"

"적의 공사가 의외로 빨리 진척되고 있음을 뜻하는 거요. ……여기서 무심히 바라보면 아직 성지의 기초와 둑, 축대도 반쯤밖에는 올라가지 않은 것으로 보이지만, 그건 적의 속임수요."
"으음."
"보나마나 뒤쪽 산 그늘에는 목재를 당장이라도 목수가 손만 대면 짜 맞출 수 있도록 준비해 놓았을 게고, 망루·성벽을 비롯해서 내부 시설 일체도 대강 준비됐으리라고 이 지로자에몬은 보고 있소."
"으음, 아닌 게 아니라……."
"지금이라면 아직 적은 공사 때문에 밤에는 지쳐 있을 게고 포진도 충실치 않은 데다, 거치적거리는 인부들까지 같이 합숙하는 모양이니, 상류·하류·정면 세 방면에서 어둠을 이용하여 일제히 야습을 가한다면 화근을 잘라 버릴 수 있으리라 생각하오. 마음놓고 내버려 두었다간 머지않아 하룻밤 사이에 홀연히 반대편 강기슭에 견고한 성채가 구축되는……그런 변을 당할지도 모르는 거요."
"과연 그렇겠소."
"짐작하고 있었단 말이오?"
"하하하. 오자와공, 귀공은 그것이 염려되어 일부러 나를 예까지 불러 낸 거요?"
"눈이 있는지 없는지 의아스럽기에, 이 강변에서 설명해 드리려고 했을 뿐이오."
"말씀이 지나치오. 귀공이야말로 무장치고는 가엾으리만큼 생각이 얕소. 스노마타의 성은 이번에는 완공할 때까지 일부러 내버려 두고 있는 거요. 게까지는 미처 생각 못하였소?"
"뻔한 일이오. 마음대로 짓게 한 다음, 나중에 그것을 탈취함으로써 틀림없이 거꾸로 미노(美濃)가 오와리(尾張)를 제압하는 발판으로 삼자는 계략일 테지."
"바로 그렇소."
"본성의 지령도 그랬소. 그러나 그것은 적을 모르는 위험한 작전이오. 지로자에몬은 아군의 멸망을 가만히 앉아 지켜볼 수 없소."
"어째서 아군이 멸망한다는 건지 이 헤이시로는 도무지 알 수 없구려."
"귀를 기울이고 반대편 강기슭에서 흘러오는 석공이나 인부들의 힘찬 소리와 그 밖의 여러 가지 소리들, 그리고 공사의 진척도 같은 것을 주의 깊게 살펴보면 알 수 있는 일이오. 산천이 모두 사람으로 화하여 일하고 있는 것 같은 활기 아니오? …… 여태까지의 사쿠마, 시바타 등과 달리 이번 지휘자는 씨가 먹혔소. 오다편에서도 대단한 인물이 임무를 맡고 있는 것이 분명하오."
"우하하하."
마침내 후와 헤이시로는 배를 움켜쥐고 말았다. 그토록 적을 과대평가하느냐고 지로자에몬을 야유했다.
우군끼리라 해서 반드시 마음까지 일치한다고는 할 수 없었다. 지로자에몬은 호랑이 수염 속에서 크게 혀를 차고 웃었다.
"어쩔 수 없군. 웃으시오. 마음대로 웃으시오. 머지않아 내 말을 알게 될 테니……."
그렇게 말하고 나서 말을 탄 지로자에몬은 부하들과 함께 화를 삭이며 사라져 갔다.
미노측에도 구안지사(具眼之士 : 안목과 식견을 갖춘 선비)가 없는 것은 아니었다.
오자와 지로자에몬의 예언은 적중했다.
그로부터 열흘이 채 못 되어서였다. 스노마타의 성은 불과 2, 3일 사이에 공사가 급속히 진척되었다.
"빠른걸. 어찌된 일일까?"
미노병들이 아침에 일어날 때마다 눈을 비비고 바라보는 동안에 어엿한 성으로서의 위용을 갖추고 떡 버티어 선 것이다.
후와 헤이시로는 기다렸다는 듯이 말했다.
"자, 이제 빼앗으러 가 볼까?"
야습과 도하전에는 이미 익숙해 있는 그들이었다. 지난 번처럼 어둠을 틈타 일제히 스노마타로 쳐들어갔다.
그러나 상황은 전과는 딴판이었다. 대기하고 있던 도키치로 이하 하치스카의 3천 용사들은 이런 각오로 맞섰다.
"이 성은 우리의 땀과 얼의 결정으로 이룩된 것. 언감생심 네까짓 것들에게 넘겨줄까 보냐!"
전법도 전혀 달랐다. 한 사람, 한 사람의 칼 솜씨도 사쿠마, 시바타 등의 부하들과는 비교도 되지 않았다. 성난 이리 떼였다.

싸우고 있는 틈에 미노측 뗏목과 배는 태반이 기름이 뿌려져 타 버리고 말았다.
"퇴각하여라!"
안 되겠다고 판단한 후와 헤이시로가 목이 터져라 이 말을 외쳤을 때는 이미 늦은 뒤였다.
새로 구축된 성 밑에서 강변에 이르기까지 1,000에 가까운 시체를 버려 둔 채 가까스로 도망치는 형편이었다. 그것 또한 일부에 지나지 않아, 뗏목을 잃은 미노병들은 상류와 하류로 도망칠 수밖에 없었다.
"놓치지 말아라!"
하치스카병들은 그들을 다시 추격하여 섬멸시켜 버렸다. 산과 들이 활동 무대였던 그들이었다. 민첩한 그들의 행동 앞에 미노병은 도망치려야 도망칠 수 없었다.
하룻밤 건너——.
후와 헤이시로는 전날의 2배나 되는 병력으로 다시 스노마타를 공격했다.
새벽에 보니——.
스노마타 삼각주 일대와 강물은 모두 시뻘겋게 물들어 있었다.
해가 뜨기 시작하자 성 안에서는 개가를 올리고 있었다.
"오늘 아침은 한결 조반이 당기는걸."
헤이시로는 애가 달았다. 비바람이 몰아치는 밤을 기다려 세 번째 총공격을 가했다. 이때는 하류 상류의 미노병을 총동원하여 최후의 결전——이라는 태세로 맹공을 퍼부었다.
다만, 상류 우누마 성의 오사와 지로자에몬의 군사만은 그의 총공격에 응하지 않았다.
스노마타 일대에서는 탁류가 소용돌이치는 어둠 속에서 이리 떼 같던 하치스카병들도 처음 맛보았으리만큼 처참한 싸움을 했다.
이쪽에서도 적지 않은 사상자를 냈지만 미노측은 더할 수 없는 참패를 그날 밤 기록하고 말았다.
이에 질렸는지 에로쿠 5년인 그 해에는 마침내 한 해가 다 저물 때까지 미노는 다시 공격해 오지 않았다.
그 사이에 도키치로는 남은 공사를 거의 완성시키고 다음 해 정월에는 하치스카 고로쿠와 함께 보고도 할 겸 노부나가에게 새해, 인사를 드리기 위해 돌아갔다.
　주군이 머무는 성에도 그 사이에 큰 변화가 있었다.
　진작부터 계획을 진척시키고는 있었던 일이었으나, 지세와 수리가 좋지 않은 기요스를 버리고 고마키 산(小牧山)으로 성을 옮긴 것이다.
　성의 백성들도 모두 노부나가를 따라 새로운 성으로 옮겨갔다. 고마키 산 밑 새로운 성에는 민가와 상가가 늘어서 제대로 면모를 갖추어 가고 있었다.
　그 새 성에서 노부나가는 도키치로의 노고를 치하하고 말했다.
　"약속대로 스노마타 성에는 그대가 눌러 있도록 하여라. 녹은 500관으로 올리라."
　이어서 주종은 화기애애하게 잡담을 나눈 끝에, 관례 후 아직 실명을 가지지 않은 도키치로에게
　'히데요시(秀吉)'라는 이름도 내렸다.

신산귀모(神算鬼謀)
　완공하거든 그대로 차지하여라.
　무사히 짓기만 한다면 그 성은 네 것이다.
　노부나가와의 사이에 있었던 당초의 약속은 분명 그런 것이었는데, 막상 준공을 보고하자, '그대로 눌러 있어라' 하는 말은 했지만, 성을 맡긴다고는 하지 않았다.
　비슷한 얘기였지만, 도키치로 히데요시는 아직 한 성의 주인이 될 자격은 없는 모양이구나——그렇게 생각했다.
　왜냐하면 자신의 천거로 새로이 오다 가문의 가신이 된 하치스카 고로쿠에게도 그런 영을 내렸기 때문이다.
　"히데요시의 후견으로 그대도 스노마타에 머무르도록."
　주군이란 그런 것인가 하는 불평을 가지기 전에 도키치로는 이를 제청하여 노부나가의 허락을 얻자 정월 초이레에는 이미 스노마타로 돌아와 있었다.
　"새로이 하사하신 500관의 은지(恩地)는 제가 취하려고 합니다만……."
　"단 한 명의 아군 군사도 잃지 않았으며, 단 한 그루의 재목도 주군의 영토 것은 쓰지 않고 구축한 이 성이다. 500관의 녹지(祿地)도 적의 것을 빼앗아 천록(天祿)을 먹도록 하자. ——내 생각은 이러한데 히코에몬(彦

右衞門)이나 다른 사람들의 생각은 어떤가?"

돌아오자 그는 곧 의논을 벌였다.

하치스카 고로쿠는 예전 이름인 고로쿠를 버리고, 새해부터 히코에몬 마사카쓰로 이름을 고쳤다.

"재미있소."

히코에몬은 이제는 전적으로 도키치로를 따르고 있었다. 노부나가는

"후견으로."

그렇게 말했지만, 거의 신하의 예를 취하고 있었다. 지난 일은 전혀 생각지 않는 듯했다.

"그렇다면……."

군사를 동원하여 곧장 근방의 적지를 공격했다. 물론 빼앗으려는 영토는 미노의 것이었다.

노부나가가 내린 녹은 500관이었지만, 빼앗은 영지는 1000관도 넘었다.

그 말을 듣고 노부나가는 씁쓸하게 웃었다.

"그 원숭이 한 마리만 가지면 미노 한 나라도 빼앗을 수 있겠군. 세상에는 불만을 모르는 사나이도 있구나."

기초는 만들어졌다.

기세는 이미 적을 삼키고도 남는다.

그러나 적의 본성인 이나바 산(稲葉山)에서 멀리 떨어진 변두리는 빼앗을 수 있었으나, 강 하류를 건넌 사이토 가문의 본령은 역시 끄떡도 하지 않았다.

새로 쌓은 스노마타성을 발판으로 하여, 전후 두 차례쯤 노부나가는 돌파를 시도했지만 전혀 이빨이 들어가지 않았다. 철벽에 부딪친 느낌이었다.

도키치로도 히코에몬도, 차라리 당연한 일이라고 생각했다.

적도 이번에는 필사적으로 그곳을 지키고 있다. 대국의 부강을 총동원하여 이 강 하나를 지키고 있는 것이다. 미약한 오와리의 병력으로써는 정공법으로 뚫릴 까닭이 없었다.

게다가, 적은 성이 준공된 후, 자기들의 불찰을 크게 깨달았다. 도키치로 히데요시라는 자를 다시 보게 되었다.

"원숭이, 원숭이 하고 하찮게 불릴 뿐 아니라, 출신도 미천했고 오다가에서도 별로 중용되고 있지 않은 주제에, 기략이 종횡하고 부하를 잘 다루는

유능한 인물이다."

이렇게 그의 평판은 오다측보다도 오히려 적측에서 더 높았다. 따라서 적의 포진은 한층 강화된 것이었다.

"마음을 놓아서는 안 된다."

두 차례에 걸친 실패로 노부나가는 출병을 삼갔을 뿐 아니라, 일단 모든 병력을 철수시켜 그 해는 그냥 기다리기로 했다.

그러나 도키치로는 기다리지 않았다. 그는 미노 평야와 중부 산맥을 한눈에 바라볼 수 있는 성 위에 올라서서 팔짱을 꼈다.

"어떻게 하면 미노를?"

그가 동원하려는 대병은 고마키 산에도 있지 않았고, 스노마타에도 있지 않았다. 한 치밖에 안 되는 그의 가슴 속에 있을 뿐이다.

망루에서 내려와 거실로 돌아오자, 도키치로는 물었다.

"히코에몬은 있느냐?"

있다는 말을 부하로부터 듣자 그는 분부를 내렸다.

"잠깐 의논할 일이 있다. 곧 와 줄 수 없겠느냐······고 물어 보아라."

하치스카 히코에몬 마사카쓰는 노부나가의 명령으로, 이 스노마타에서는 후견인으로 있는 처지였다. 수장 도키치로의 휘하에 있기는 했지만 그의 가신은 아닌 것이다. 그뿐 아니라 예전에 맺은 인연도 있어서 도키치로를 함부로 대하지 않았다.

"부르셨다는데 무슨 일이 있소?"

히코에몬은 곧 나타났다.

하치스카 마을에 있던 때와는 달리 그는 매사에 예의를 갖추었다.

도키치로 앞에 나서도 예전 관계에 전혀 구애되지 않고, 자기보다 훨씬 손아래인 도키치로를 깎듯이 수장으로 대접했다.

"좀더 가까이 오시오."

"그럼 실례하오."

"너희들은 물러가 있거라. 내가 부를 때까지······."

도키치로는 곁에 있는 무사들을 물리치고, 목소리를 낮추어 말했다.

"실은 좀 의논할 일이 있소."

"예. 무슨 의논이신지?"

"그 전에 말이오. 미노에 관한 내정은 이 도키치로보다 그대가 훨씬 소상하리라 생각하는데, 아직도 미노가 대국으로서 굳건하고 이 스노마타 역시 마음을 놓지 못하게 하는 저력은…… 대관절 어디 있을까?"
"인물 말씀이오?"
"음, 그 인물이오. ……물론 머저리 같은 사이토 다쓰오키(齋藤龍興)라는 국주(國主)가 그 힘은 아닐 게 아니오?"
"미노의 삼거두라고 일컬어지는 자들이 히데타쓰, 요시타쓰의 시대부터 오늘날까지 사이토가의 뒷받침이 되어 있기 때문……이라고 해도 과언이 아닐 겝니다."
"그 삼거두라면?"
"잘 아실 텐데요?…… 아쓰미(厚見) 고을 가가미(鏡) 성의 성주인 안도 이가노카미 노리토시(安藤伊賀守範俊)."
"음."
도키치로는 손을 무릎 위에 올려놓고 끄덕임과 함께 손가락을 하나 꼽는다.
"안바치(安八) 고을 소네(曾根)의 성주, 이나바 이요노카미 미치토모(稻葉伊豫守通朝)."
"음."
"그 다음은 같은 안바치 고을 오가키(大垣)의 성주 우지이에 히타치노스케(氏家常陸介), 이 세 사람이오."
"그밖에는?"
"글쎄요."
히코에몬은 고개를 갸웃거리다가 말했다.
"그밖에 미노의 큰 인물이라면 후와(不破) 고을 이와테(岩手)에 사는 다케나카 한베 시게하루(竹中半兵衛重治)가 있지만, 그는 몇 해 전 약간의 말썽이 있어서 사이토가와는 인연을 끊고 지금은 구리하라 산 산중에서 은거하고 있으니 고려에서 제외해도 무방할 것입니다."
"그렇다면 현재로서는 그 삼거두의 힘이 주로 미노의 국력을 받치고 있다 하여도 무방하겠소?"
"……그러리라고 저는 믿습니다만."
"의논이란 딴 게 아니오. 바로 그 지주가 되는 힘을 제거할 방법이 없을까 하는 것인데?"

"안 될 거요."
히코에몬은 거의 잘라 말하듯 했다.
"진정한 인물은 의를 소중히 여기며 명리에 좌우되지 않는 법이오. 이를테면 수장께서 튼튼한 앞니를 세 개씩이나 뽑아 버릴 수 있는가 생각해 보면…… 그것은 절대로 어려운 일이 아니겠소?"
"그렇지도 않지. 계략만 쓴다면."
도키치로는 가볍게 받으며 말했다.
"이 스노마타 성을 짓고 있는 동안에 적은 여러 차례 공격을 가해 왔지만, 그 가운데 도무지 마음이 안 놓이는 적이 하나 있었소."
"그래요? 누구였습니까?"
"항상 꿈쩍도 않고 공격군에 가담도 하지 않은 적이오……여기서 몇십 리인가 상류 쪽에 있는 우누마 성의 성주요."
"아, 오자와 지로자에몬 말씀이군요. 우누마의 호랑이로 불리고 있는 맹장이죠."
"그 사나이에게…… 그 호랑이에게…… 접근할 수 있는 연줄은 없을까?"
"없지도 않소."
"있나?"
"지로자에몬의 아우로 오자와 몬도(大澤主水)라는 자가 있는데, 오랫동안 가까이 지내오고 있는 사이요."
"그대하고?"
"저와도, 제 아우 마다주로와도."
"그것 마침 잘 됐소."
도키치로는 손뼉이라도 칠 듯이 만면에 웃음을 띠며 기뻐했다.
"어디 있소, 그 몬도라는 자는?"
"현재도 이나바 산 밑에 있으리라 생각하는데요."
"마다주로를 밀사로 보내서 몬도와 연락을 취할 수 없을까?"
"필요하다면 보내겠소."
히코에몬은 대답하고 물었다.
"임무는?"
"몬도를 이용하여 오자와 지로자에몬을 사이토가에서 떠나게 하고…… 다시 그 오자와 지로자에몬을 이용해서 미노의 삼거두를 이빨을 뽑듯 하나 하나 뽑아 보자는 생각이오."

"삼거두는 호락호락 빠지지 않겠지만, 다행히 몬도는 형과 달라 잇속을 챙기는 일에 빠지기 쉬운 사람이니 적당한 방법을 쓰면 이용할 수 있을 거요."

"아니오. 우누마의 호랑이를 움직이려면 몬도만으로는 힘이 부족할 거요. 그 호랑이를 이쪽 울로 잡아넣자면, 또 한 사람 조역이 필요하오. 나는 그 조역에 그대의 조카인 와타나베 덴조를 쓸 생각인데?"

"좋겠죠. ……한데 그 두 사람을 이용해서 어떤 책략을 쓰시려는 건지?"

"이렇소, 히코에몬."

도키치로는 바싹 다가앉아, 히코에몬의 귀에 대고 뭔가 책략을 속삭였다.

"……음, 으음."

히코에몬은 신음만 하고 한동안 멀거니 상대방의 얼굴을 바라보았다.

같은 머리를 가졌으면서 어디에서 그런 신산(神算)과 귀모(鬼謀)가 번득이는지 자신의 두뇌와 비교하고는 기가 막힌다는 표정을 지었다.

"당장이라도 마다주로와 덴조 두 사람을 보냈으면 하는데?"

"알겠소. 적지에 잠입하는 일이라, 한밤중을 기다려 강을 건너게 하겠소."

"두 사람에게 그대가 직접 자세한 책략을 일러주고, 주의도 시켜 주었으면 하오만."

"좋소."

분부를 받은 히코에몬은 수장의 방에서 나왔다.

현재 이 성의 군사는 반수 이상이 하치스카의 토박이 출신들이 무사가 되어 지키고 있었는데, 히코에몬의 아우 하치스카 마다주로와 조카인 와타나베 덴조도 역시 그 중에 끼어 있었다.

이날 밤 두 사람은 히코에몬으로부터 밀명을 받고, 장사치로 변장을 하고 어디론가로 떠났다.

말할 것도 없이 목적지는 적국의 본거지, 이나바 산성 성밑이었다.

덴조도 마다주로도 그런 사명에는 원래 타고난 재주가 있었다.

얼마 후 두 사람은 사명을 완수하고 다시 스노마타로 돌아왔다.

약 한 달 간의 공작이었다.

강을 사이에 두고 미노측의 동정을 살피자니 모락모락 소문이 피어올랐다.

"우누마의 호랑이가 수상하다."
"진작부터 지로자에몬은 오와리와 내통하고 있었다지 않나?"
"그러니까 스노마타 축성 중에도 후와 헤이시로의 지휘를 따르지 않고, 총공격을 가했을 때도 병력을 움직이지 않았던 거다."
그런 소문들이었다.
또한 이런 풍문도 나돌았다.
"머지않아 오자와 지로자에몬은 본성으로 송환되어 엄중한 문책을 받을 것이라고 한다."
"우누마의 성도 몰수될 것이다……호랑이를 본성으로 불러들인 다음에 말이지."
미노 전역에 그 소문은 그럴싸하게 퍼져갔다.
소문의 불씨는 말할 것도 없이 와타나베 덴조, 아니 스노마타 성에 앉아 있는 도키치로, 그에게서 나온 것이었다.
"어지간히 때가 됐을 테지. 히코에몬, 우누마에 다녀와 주지 않겠소?"
"밀사로서인가요?"
"서면은 써 놓았소. 오자와 지로자에몬에게 전해 주시오."
"알겠습니다."
"요컨대 그를 유인하려는 것이니, 사전에 때와 장소를 미리 상의하여 이 도키치로가 직접 나서서 지로자에몬과 만날 수 있도록 일을 꾸며 주었으면 하오."
"알겠습니다."
도키치로의 편지를 들고 하치스카 히코에몬은 아무도 모르게 우누마 성을 찾아갔다.
스노마타에서 밀사가 왔다는 말을 듣고 성주 오자와 지로자에몬은 고개를 갸웃거렸다.
"무슨 일일까?"
우누마의 맹호라고 불리는 호탕한 그도 요즘은 수심에 잠기고 도무지 마음이 편치 않은 얼굴이었다. 몸이 아프다는 핑계로 일체 면회는 사절하고 있었다.
이나바 산 본성에서는 얼마 전부터 이런 소환장이 날아왔다.
──즉각 출사할 것.

일족들과 가신들 모두 그가 소환장에 응하여 본성으로 가는 것을 두려워하였다. 지로자에몬 자신도 병중이라는 구실로 응할 기미를 좀처럼 보이지 않고 있었다.

풍문은 당연히 여기에도 전파되었다. 지로자에몬은 일신상의 위험을 느꼈다. 측신들의 흉모가 원망스러웠다. 또한 사이토가의 문란상과 주군의 어리석음을 한탄하였다. 그러나 어쩔 수 없는 일이었다. 배라도 가르지 않으면 안 될 날이 점점 다가오는 것이다.

그런 참에 적측인 스노마타 성에서 하치스카 히코에몬이 밀사로 방문해온 터라 문득 마음이 움직였다.

'……한 번 만나 볼까?'

기노시다 도키치로의 서면이 전달되었다. 지로자에몬은 한번 읽고는 곧 태워 버렸다. 그리고 구두로 히코에몬에게 대답했다.

"가까운 시간 안에 장소와 날짜를 이쪽에서 제시할 테니 그렇게 아시도록 전해 주시오."

그로부터 반 달 가량이 지났다.

우누마에서 스노마타로 연락이 왔다. 도키치로는 히코에몬을 비롯한 심복 10명 정도를 데리고, 지정된 장소까지 나갔다.

장소는 바로 우누마와 스노마타의 중간쯤에 해당하는 어떤 민가였다. 양측의 부하들은 기슭에 남아 파수를 보게 하고, 도키치로와 지로자에몬은 단 둘이서 기소 강에 배를 띄웠다.

무릎을 맞대고 두 사람은 어떤 밀담을 나누었을까?

강물의 흐름에 맡겨진 일엽편주는 꽤 오랫동안 세상의 이목을 떠나 아름다운 경치 속을 떠돌아다녔다.

회견은 무사히 끝났다.

스노마타 성으로 돌아오자, 도키치로는 히코에몬의 귀에 대고 이렇게만 말했다.

"7일 안으로 찾아올 거요."

과연.

며칠 후, 오자와 지로자에몬은 극비리에 스노마타에 나타났다. 도키치로는 공손히 그를 맞아 성내 군사들도 미처 모르는 사이에 즉각 그를 데리고 고마키 산으로 향했다.

그리고 먼저 혼자서 노부나가를 배알하여 이렇게 말했다.

"미노의 맹호라고 불리는, 사이토 측의 오자와 지로자에몬을 데리고 왔습니다. 그는 이미 저한테 설복되어 변심을 품고 있습니다. 사이토가를 버리고 우리를 따를 생각이 충분히 있으니, 주상께서 직접 한 말씀 내려 주시면 얻기 힘든 맹장 하나와 우누마 성을 고스란히 오다가의 세력 안에 넣을 수 있습니다. ……아무쪼록 한 번 만나 주시기 바라옵니다."

노부나가는 놀라면서도 그의 말을 자세히 검토해 보는 눈치였다.

어째서 주군은 기뻐해 주지 않을까? 도키치로로서는 다소 불만이었다.

자신이 공을 자랑하려는 것은 아니지만, 미노의 맹호라고 불리는 지로자에몬을 적의 치열에서 감쪽같이 뽑아 예까지 끌고 온 것은 큰 선물이라고 생각하였다. 당연히 노부나가도 기뻐해 주리라 생각했었다.

그러나 생각해 보니──.

이것은 노부나가와 사전에 짜고 한 일이 아니었다.

어디까지나 도키치로의 착상이었으며, 만사 그가 독단적으로 한 일이었다.

'그 때문일까?'

암만 해도 그런 것 같은 노부나가의 기색이었다.

──모난 돌이 정을 맞는 법.

그런 말이 있기도 하지만 그것을 가신의 신조로 하여

──모난 돌은 즉각 부숴 버려라.

그렇게 생각하고 있는 주군이었다. 도키치로도 그 점은 잘 알고 있었다.

따라서 그는 자기의 머리가 노부나가의 눈에 모난 돌처럼 거슬리지나 않을까 싶어서 항상 경계하였다. 그렇다고 해서 아군에 절대로 유리한 일을 하지 않고 내버려 둘 수도 없었던 것이다.

"아무튼 만나 보자. …… 불러라."

겨우 노부나가는 내키지 않는 얼굴로 허락했다.

"예, 그럼……."

즉각, 도키치로는 별실에 대기시켜 두었던 지로자에몬을 데리고 왔다.

"오오, 훌륭한 모습이 되셨습니다. 군공께서는 처음 만나시는 것으로 생각하실 테지만, 이 지로자에몬이 군공을 뵙는 것은 이것이 두 번째입니다. ……처음 뵌 것은 지금으로부터 15년 전, 돈다(富田)의 쇼토쿠사(正德寺)

산천개병 29

에서 돌아가신 주상 사이토 도산 야마시로노가미(齋藤道三山城守)공과, 장인과 사위로 대면하실 때에…… 그때 저도 종자들 틈에 끼어서 먼 발치에서나마 저분이 노부나가공인가 하고 뵈었던 것입니다."
그런 지로자에몬의 말에
"그런가, 그랬던가."
노부나가는 말수가 적었다.
그 사이에 노부나가는 지로자에몬의 인물을 관찰하고 있는 듯했다.
지로자에몬은 굳이 아부하지 않았다. 천한 교태도 보이지 않았다.
"적이면서도 근래 활약하시는 모습에 이 지로자에몬은 깊이 탄복하고 있습니다."
또는,
"처음 쇼토쿠사에서 뵈었을 때는 불과 16세 정도의 연세로 한창 외고집을 부리실 때이리라고 생각했었는데, 오늘 이 고마키 산에 와보니 군율도 정연하고, 한때 떠돌았던 세평과는 전혀 딴판인 시정을 하고 계심을 알 수 있었습니다. 근년 나날이 더욱 융성하시는 것도 모두 까닭이 있었음을 새삼 느꼈습니다."
그런 잡담을 하면서도 대등한 사람에게 말하는 듯한 태도였다.
조금도 불쾌하지 않았다.
허심탄회한 몸가짐이었다.
용맹할 뿐만 아니라 인품도 쓸 만하다. 도키치로는 그렇게 생각하며 지로자에몬을 바라보았다.
그러나 노부나가는 간단히 회견을 끝내고 일어나 버렸다.
"그럼 다시 날을 정하여 천천히 만나리라. 오늘은 좀 바쁜 일이 있어서……."
그러고는 도키치로만을 안으로 불러들여 무언가 밀명을 내렸다.
무슨 말을 들었는지 도키치로는 아주 난처한 안색이었다.
그러나 지로자에몬에게는 아무 말도 하지 않고 그날 밤은 자기가 환대역(歡待役)이 되어 고마키 산에서 하룻밤을 보내고는,
"자세한 이야기는 돌아가서."
그를 데리고 다시 스노마타로 돌아왔다.
이다 성으로 돌아와 단둘이 조용한 방에 마주앉자 도키치로는 느닷없이

이렇게 말했다.
 "오자와공, 귀공에 대해 이 도키치로는 실로 미안하기 짝이 없게 됐소. 죽음으로써 사죄할 작정이오. 나는 주군 노부나가공께서도 반드시 나와 마찬가지로 귀공을 반기리라고 믿고, 이렇게 전했던 것인데…… 주군께서 귀공을 보시는 바는 전혀 달랐소."
 한숨을 쉬며 그는 말했다. 그리고는 한참 동안 침통한 얼굴로 고개를 숙이고 있는 것이었다.
 지로자에몬도 노부나가와 만난 결과, 노부나가가 자기에게 그다지 호의적인 인상은 가지지 않는 것을 스스로도 느끼고 있던 참이었다.
 "몹시 난처한 모양인데 대체 무슨 일이오? 지로자에몬도 굳이 노부나가공의 녹을 먹어야만 살아 갈 형편도 아니니 마음을 놓고 말씀하시오."
 "실은…… 그 정도뿐이라면 간단하지만……."
 도키치로는 망설이고 있다가 갑자기 뜻을 정한 듯 앉음새를 고치며 말했다.
 "……그럼 모든 것을 털어놓고 말씀드리리다. 실은 이렇게 됐소, 오자와공. 고마키 산을 떠날 때 주군 노부나가공께서 저를 아무도 모르게 부르시더니, 도키치로, 그대는 병법에서 말하는 반간고육책(反間苦肉策)이라는 것도 모르느냐……하는 질책이었소. 미노에서도 이름 높은 오자와 지로자에몬쯤 되는 인물이 뭐가 모자라서 그대 따위 혓바닥에 놀아나서 노부나가에게 편을 들까 보냐. ……그런 뜻밖의 말씀이었소."
 "음, 딴은……."
 "더욱 말씀하시기를, 우누마 성의 오자와야말로 다년간 국명의 수장으로서 미노를 지키고 오와리를 괴롭힌 호랑이다. 보나마나 너는 오자와의 간계에 넘어가 녀석의 장단에 춤을 추고 있는 것이 틀림없다…… 이렇게까지 의심하시는 것이었소."
 "……음."
 "그를 고마키 산에 오래 머무르게 하는 것은 이쪽 내정을 마음대로 탐색케 하는 것과 다름없는 짓, 즉각 스노마타로 데려가거라. 데려가서……."
 도키치로는 갑자기 무언가 목에 걸린 듯이 숨을 들이쉬며, 지로자에몬의 얼굴을 바라보았다. 지로자에몬도 다소 안색이 달라졌다.
 ——그래서?

지로자에몬은 다음 말을 재촉하듯 상대방의 눈을 지켜본다.
"……말하기는 거북하오만, 군명이니 그렇게 아시고 들어주시오. 실은 귀공을 스노마타로 데리고 가면 성 안에 감금하고 베어 버리라——는 명이었소. 다시 없는 기회다, 놓치지 말도록 하여라……하는 주군의 격려까지 받고 왔소."
"……"
맹호라고 일컬어지는 지로자에몬도 돌아보면 주위에 단 한 명의 부하도 없고, 더욱이 여기는 적지였다. 소름과 함께 목덜미의 솜털이 곤두섰다.
도키치로는 말을 계속했다.
"그러나 나로서는 군명에 따른다면 귀공에 대한 서약을 짓밟는 격이 되오. 무사로서의 신의를 스스로 짓밟는 격이 되오. 절대로 그렇게는 할 수 없는 일이오. ……그렇다고 신의를 잃지 않으려면 군명에 거역하는 결과가 되오. 이야말로 진퇴유곡, 고마키 산에서 돌아오는 길에 본의 아닌 수심을 보여 드려서 여러 가지로 의아스러웠겠지만 부디 마음을 편히 가져 주시오. 이제 내 나름의 해결책을 속 시원히 정했소."
"어떻게…… 어떻게 정했다는 말씀이오?"
"이 도키치로의 배 하나 가르면 그만 아니오. 귀공과 주군 양쪽에 죽음으로써 사죄할 작정이오. 그것밖에 달리 길이 없소. …… 자, 오자와공. 오늘 밤은 그런 의미에서 이별주라도 듭시다. 그 후에 나는 자결하겠소. 귀공에게는 해가 미치지 않도록 절대로 내가 보장하겠소. 어둠을 틈타 이곳을 빠져 나가시오. 내 걱정은 아예 마시고 안심하시고 피하시오."
"……"
자초지종을 묵묵히 듣고 나자, 지로자에몬의 눈은 눈물로 가득해졌다.
호랑이라는 이름을 듣는 억센 반면에는, 남달리 눈물이 무르고 의에 감동하는 경향이 큰 지로자에몬이었다.
"……고맙소."
손등을 눈으로 가져가며 그는 코를 훌쩍였다. 이것이 과연 천군만마를 호령하는 맹장일까 싶을 정도였다.
"그……그러나 기노시다공. 귀공이 배를 가르시다니, 그것은 천부당만부당한 일, 가른다 해도 이 지로자에몬이 내버려 둘 수 없소."
"하지만 그런 방법밖에는 귀공에게 사죄할 길도 없고, 더구나 주군에 대해서도……."
"아니오. 무슨 말씀을 하시든, 귀공을 죽게 하고 나 혼자 산다는 것은 의리에 어긋나는 일이오. ……무사로서의 내 체면이 서지 않소."
"귀공을 설복하여 끌어들인 것도 나고, 주군의 생각을 그릇 짐작한 것도 나요. 그렇다면 죽음으로써 양쪽에 사과해야 하는 것은 당연하지 않소? 부디 염려 마시기 바라오."
"무슨 말씀. 잘못이라면, 이 지로자에몬이 경솔했던 데도 있는 일이오. 귀공이 죽을 이유는 없소. 귀공의 의리에 감사하는 뜻에서 이 지로자에몬의 목을 드리겠소. 자, 두고 생각할 것도 없는 일, 어서 이 목을 고마키 산으로 가져가시오."
지로자에몬은 소검을 빼들고 즉석에서 자결하려고 했다.
"아, 이게 무슨 짓이오!"
"놓으시오."
"놓을 수 없소. 귀공을 죽게 하려면 내가 무엇 때문에 고민했겠소?"
"알고 있소. 그러니까 이 목을 드리는 거요. 만약 귀공이 비열한 방법으로 내 목을 노렸다면 나 오자와 지로자에몬 역시 송장이 되어서라도 도망치겠소만…… 귀공의 의리에 탄복하지 않을 수 없어……."
"잠깐. 잠깐 다시 생각해 봅시다…… 그렇소. 서로 죽기를 다투어 봐야 소용없는 일, 오자와공 그토록 이 도키치로를 믿어 주신다면 귀공도 살고 나도 살 수 있으며 무인으로서의 면목도 세울 수 있는 계책이 하나 있는데, 부디 한 걸음만 더 오다가를 위해 힘써 주실 의향은 없으시오?"
"한 걸음이라면?"
"……결국 노부나가공의 의심은 귀공의 인물을 크게 보시고 있기 때문이오. 따라서 귀공이 오다가를 위해 진심으로 힘쓴다는 사실만 보여 주시면 주상께서도 의심을 푸실 게고, 따라서 귀공도 나도……."
갑자기 그는 목소리를 낮추었다. 그리고 자기의 계책이라는 것을 지로자에몬의 귀에 대고 속삭였다.
——이날 밤.
오자와 지로자에몬은 스노마타 성을 나서 어디론가 사라졌다.
도키치로가 그에게 속삭인 계책이란 무엇이었을까?
그것은 아무도 알 까닭이 없었지만 나중에 자연히 밝혀졌다. 사이토측의 기둥이라고 해도 좋을 서부 미노의 삼거두——이나바 이요노카미와 안도 이가노가미, 그리고 우지이에 히다치노스케 3명이 일제히 오다가에 가담해 왔으며, 그들을 설복하여 유인한 자가 바로 오자와 지로자에몬이었기 때문이다.

당연히 도키치로는 할복을 하지 않아도 되었고, 지로자에몬 문제 역시 원만히 해결되었다. 노부나가는 가만히 앉아서 미노의 4명장을 얻은 셈이었다. 노부나가의 꾀였는지, 도키치로의 노림수였는지—— 아무튼 이들 군신 사이는 미묘한 심기와 심기로 얽히지고 있는 듯, 곁에서 봐도 모호하기만 할 뿐, 그 내막을 파악하기 어려웠다.

은사

 서쪽으로 한 걸음 다가서는가 싶더니 남쪽에도 불안의 싹이 트고 있었다. 이세였다. 기타바타케 일족이었다.
 노부나가가 기요스에서 고마키 산으로 성을 옮긴 것을 보고 기타바타케 일족의 움직임이 두드러지게 눈에 띄기 시작한 것이었다.
 '누구를 보내서 누른다?'
 노부나가는 줄곧 그런 걱정을 해야 했다.
 이세를 제압하려면 다키가와 가즈마스를 따를 자가 없을 것 같았다. 그는 분별도 있었고 미가와의 마쓰다이라가와도 가까운 사이라 안심하고 맡길 수 있었던 것이다.
 '아무튼 미노를 차지해 버리기 전에는……'
 말썽이 일어날 때마다 노부나가는 초조감을 금치 못했다.
 스노마타 성을 구축하는 데만 해도 많은 대가를 치렀고, 적지 않은 시일을 흘려보냈다. 당연히 그의 생각은 항상 그곳에 집중되지 않을 수 없었던 것이다.
 "……장인 야마시로 도상의 원한을 풀고, 불륜의 추족(醜族)을 토벌하여 악정 밑에 허덕이고 있는 양민을 구한다."

그렇게 당당하게 천하에 내걸었던 명분도 이렇게 세월이 흐른 지금에 와서는 다분히 흐려지는 감이 있었다.

'어떻게 떨어뜨릴 작정인가?'

뒤에서 빈들거리며 바라보고 있는 것 같은 미가와의 마쯔다이라에게도 권위가 서지 않는 셈이었다. 오다의 실력이 고작 이 정도냐는 인상을 주는 것은 어렵사리 체결된 오다와 마쯔다이라의 맹약을 언제 위태롭게 할는지 모르는 것이다.

그 때문에 노부나가는 어쩔 수 없이 초조해하는 경향이 있었다. 아군 진영에 오자와 지로자에몬을 끌어넣고, 미노의 삼거두를 포섭했다 해도 그것만으로는 그리 기뻐할 수 없는 것이다.

"일거에!"

그런 뜻에서 군사회의를 개최했다.

오케 분지 이래 노부나가는 이 일거에 해치운다――는 신념이 전보다 훨씬 강해진 듯했다. 따라서 도키치로는 항상 그 반대되는 생각을 가지는 경향이 많아졌다. 이 해 초여름에 있었던 '일거에 미노로 진입'하기 위한 군사회의가 열렸을 때에도 그는 시종 말석에서 침묵을 지켰었다.

"그대는 어떻게 생각하는가?"

이런 질문을 받고서야 비로소 대답했다.

"아직 때가 아닌 것으로 봅니다."

노부나가의 뜻과는 도무지 거리가 먼 대답이었다. 노부나가는 나무라듯이 소리쳤다.

"우누마의 호랑이를 이용하여 미노의 삼거두만 빼내면 미노는 내버려 두어도 자멸할 것처럼 말한 것도 바로 그대가 아닌가? 어째서 아직 때가 아니라는 건가?"

"그렇게 간단하지만은 않습니다. 황공한 말씀이오나 미노는 당가에 비하면 몇 십 배나 부강한 나라이옵니다."

"먼저는 인재(人材) 때문이라는 말을 하더니 이번에는 또 부강하다는 점을 들어 두려워하고 있군. 그래 가지고는 언제 미노를 공략한단 말이냐?"

노부나가는 더 이상 그에게 묻지 않았다. 그리고 군사회의를 계속했다.

대대적인 병력이 고마키 산을 출발하여 스노마타를 진지로 하여 미노를 공격한 것은 지난 여름이었다.

강을 건너 적지로 뚫고 들어가 싸움은 한 달 이상에 걸쳐 계속되었다.

수많은 부상자가 후방으로 실려 나왔다. 아군이 승리했다는 보고는 언제까지나 전해지지 않았다.

싸움에 지친 군사들은 다만 꺼멓게 그을린 얼굴로 굳게 입을 다문 채 고마키 산으로 돌아왔다.

"어떻게 됐나, 싸움은?"

남아 있던 자들이 묻자 하나 같이 무거운 고개를 잠자코 옆으로 흔들 뿐이었다.

노부나가도 그 뒤로는 침묵을 지켰다. 싸움은 반드시 오케 분지처럼만은 되지 않는다는 것을 스스로 느꼈을 것임에 틀림없었다.

스노마타의 성도 조용해졌다. 다만 소소히 부는 바람과 함께 가을이 찾아오고 있을 뿐이었다.

"……히코에몬."

"예."

갑작스런 일이었다.

무슨 생각을 했던지, 도키치로가 갑자기 부른 것이다.

"과거 그대의 휘하에 있었던 부하들은 출생지도 가지각색일 텐데 필시 미노에서 태어난 자도 있을 테지?"

"있습니다."

"후와 고을이 고향인 자는 없을까?"

"조사해 보겠습니다."

"음. 있으면 좀 불러 주오."

도키치로는 거실에 있었다.

그러자 잠시 뒤 하치스카 히코에몬은 그전 토적들 중에서 사야 구와주(佐屋桑十)라는 사나이를 대동하고 돌아왔다.

30살쯤 돼 보이는 억세게 생긴 사나이였다. 스노마타로 온 뒤로는 축성 공사에도 참가했으며, 지금은 마구간에서 일을 보고 있는 믿을 만한 부하의 하나라고 했다.

"사야 구와주라고 했던가?"

"예."

"미노의 후와 고을 출생이라고?"

"예. 후와 고을 다루이(垂井)가 고향입니다."

"그렇다면 그 근방 지리에 밝을 테지?"

"20살까지 있었으니까 조금은……."

"혈육은 없나?"

"누이동생이 있습니다."

"무엇을 하고 있나?"

"그곳 농군에게 시집을 갔는데 지금은 아이도 있으리라 생각합니다."

"한 번쯤 돌아가 보고 싶지 않나?"

"그런 생각은 없습니다. 토적인 오빠가 돌아왔다면 누이동생이 남편이나 시집 식구들에게 난처하게 될 것입니다."

"하지만 그것은 예전 일, 지금은 어엿한 스노마타성의 무사 아닌가? 조금도 거리낄 것 없을 텐데?"

"하오나 후와 고을은 서부 미노의 요지입니다. 적지에 무엇 하러……."

"아, 그렇구나."

도키치로는 뻔한 일을 가지고 몇 번이고 끄덕여 보이더니 그렇게 끄덕이는 사이에 뜻을 정한 듯 말했다.

"그렇다면 그대에게 시종으로서 나를 따르도록 영을 내린다. 될 수 있는 대로 눈에 띄지 않을 차림을 하고……길을 떠날 채비를 하는 거다. 어두울 무렵 다시 이리로 와서 저쪽 문간에서 기다리도록 하여라."

그렇게 분부했다.

그가 돌아간 뒤, 하치스카 히코에몬이 의아스럽다는 듯이 물었다

"갑자기 어디를 가시려는 거요?"

그 귀에다 도키치로는 목소리를 낮추어 속삭이었다.

"실은 구리하라 산까지 좀 가 보려고……."

히코에몬은 진정으로 하는 말이냐는 듯이 더욱 의아스런 눈으로 그를 바라보았다. 진작부터 도키치로가 무슨 계획을 세우고 있다는 것은 추측하고 있었지만, '구리하라 산으로' 간다는 그 말을 듣고 놀라지 않을 수 없었던 것이다.

그 구리하라 산에는 지금 공명이 다시 태어났다고까지 일컬어지는 사이토가의 옛 신하, 다케나카 한베 시게하루가 한거하고 있었다.

그 한베의 인간성이라든가, 사이토가와의 관계 등을 얼마 전부터 꼬치꼬치 캐물어 온 도키치로였으므로 히코에몬도 대강 짐작은 하고 있었다.
'그렇다면 우누마의 호랑이나 삼거두를 빼내서 오다가의 군문에 말고삐를 매게 한 것과 같은 솜씨를……?'
그러나 설마 도키치로가 직접 깊숙이 적지로 들어가 구리하라 산을 방문할 생각이었으리라고는 꿈도 꾸지 않은 일이었다.
"정말 가실 작정이오?"
"그렇다니까."
"정말이오?"
"어째서 그토록 다짐을 하오?"
도키치로는 별로 위험한 일이라고는 생각지 않는 듯했다.
"그대에게만 처음으로 내 의중을 밝혔소. 아무도 모르게 다녀올 생각이니 며칠 동안 뒷일을 잘 부탁하오."
"혼자서요?"
"아니, 아까 왔던 사야 구와주를 데리고 갈까 하네."
"그 사나이 혼자서 모시고 간다면 맨몸으로 가는 거나 다름없는 일인데 그렇게 홀로 적지로 들어가서 과연 구리하라 산의 한베를 계획대로 끌어낼 수 있을지 모르겠소."
"그야 물론 어렵지."
도키치로는 혼잣말처럼 중얼거렸다.
"……하지만 해볼 작정이오. 이쪽이 진심으로만 대하면 아무리 한베가 사이토가에 굳은 의리를 지니고 있다 해도……."
히코에몬은 문득 자기가 하치스카 마을에서 설복 당하던 때의 도키치로의 열의와 언변을 생각했다.
그러나 그 웅변과 열의를 대하더라도 다케나가 한베는 좀처럼 구리하라 산에서 내려올 것 같지가 않았다.
아니, 설사 산에서 내려온다 해도, 한베의 거취는 분명치 않으리라고 보는 것이 타당했다. 자칫 잘못하면 오다가가 아니고, 오히려 사이토가로 쫓아 버리는 결과가 될지도 모르는 것이다. 그럴 우려는 충분히 있었다.
당장 소문을 들어 봐도——.
한베는 비록 구리하라 산에 몸을 숨기고 한운야학(閑雲野鶴 : 아무 곳에도 매인 데 없는 한가로운 생활과 유유자적하는 경지)을 벗삼아 세상을 멀리하고 있는 은사가 돼 있기는 하지만, 일단 옛 주군 사이토가 위태로워질 때는 언제든지 진두에 나서리라는 세상 사람들의 평판도 있었고, 실은 지난번 오다군의 대대적인 공격을 물리친 것도 비록 그가 진두에 나서지는 않았지만 구리하라 산에서 10주(州)의 전운(戰雲)을 살펴 일일이 그 결과를 사이토측에 알려 주었고 군략상의 비책을 일러주었기 때문이었다는, 그럴 듯한 소리를 퍼뜨리는 자도 있었다.
――어렵지.
도키치로 자신이 말한 뜻을 히코에몬은 보다 크게 느끼며 크게 신음했다.
"어렵소…… 정말 어려운 계획이오."
그렇게 덧붙였다.
차라리 도키치로를 말리고 싶은 듯한 눈치마저 보였다. 그러자 도키치로는 갑자기 굳어졌던 얼굴을 누그러뜨리며 홀가분한 표정을 보였다.
"뭐, 그렇지도 않아. ……그렇게 걱정할 것도 없을지 모르지. 대개 어려워 보이는 일은 의외로 쉽고, 쉬워 보이는 일이 사실 어려운 법이오. ……요컨대 이 도키치로의 진심이 한베에게 통하는가 안 통하는가에 있으니까. 상대가 상대이니만큼 섣부른 잔재주는 부리지 않을 작정이오."
그리고는 부지런히 여장을 차리기 시작하는 것이었다. 보나마나 헛수고라고 생각하면서도 히코에몬은 말릴 수도 없었다. 왜냐 하면 그는 도키치로의 그 지략과 도량에 대해서 나날이 존경의 도를 더해 가고 있었고, 자기는 미치지 못할 큰 그릇으로 믿었으며, 인간적으로 자기보다 훨씬 나은 인물로 보고 있었기 때문이었다.
날이 저물기 시작했다.
정원으로 통하는 문간에서 분부대로 사야 구와주는 여장을 갖추고 기다리고 있었다. 도키치로는 그 구와주에 못지않게 허름한 차림이었다.
"그럼 히코에몬, 뒷일을 부탁하네."
그는 가까운 곳에 소풍이라도 가듯이 떠나고 말았다.
스노마타에서 구리하라 산까지는 그리 멀지는 않았다. 약 백 리쯤이나 될까? 맑은 날에는 요로봉(倉老峰) 저편에 희미하게 바라다보일 정도의 거리였다.
그러나 강 하나 건넌 저편에는 각처에 적의 성채가 있었고, 어느 길 하나도 어디로 가든 적의 요새에 걸리지 않는 곳이 없었다.

어쩔 수 없이 도키치로는 멀리 길을 우회하여 산을 따라 후와로 들어갔다.

한 고을의 인정이나 그 특성을 알자면 인근 일대의 산천과 풍토를 보는 것이 가장 손쉬운 법이다. 후와 고을은 미노의 서부 산악 기슭에 위치하고 있었으며, 교토로 뻗은 가도의 목줄기에 해당했다.

세키가하라(關原)――넓은 평원에는 가을풀이 무성해 있었다.

무수한 시내가 정맥처럼 그 평원을 종횡으로 달리고 있다.

오랜 역사와 갖가지 묵은 얘기가 모두 피비린내 나는 과거의 기념비처럼, 무성한 가을풀 포기포기마다 남아 있는 듯했다.

요로봉 산줄기는 고슈(江州)와의 국경을 이루고 이부키산(伊吹山)에는 끊임없이 구름이 오락가락하고 있었다.

다케나카 한베는 그런 곳에서 태어난 것이다. 아니, 태어난 곳은 이나바 산이라고 하지만 어렸을 때부터 성장기의 대부분을 이부키 산 기슭인 이와테(岩手)에서 보낸 것이다.

이와데에는 부친 시게모토(重元) 이래로 맡아 가지고 있는 이와테 성이 있었다. 자그마한 성채였지만, 작아도 한 성의 성주의 아들임에는 틀림없었다.

덴몬 4년생이라니까 올해 29살. 아직 나이가 어려 경험이 모자라는 일개 군학서생에 지나지 않았다.

노부나가보다는 한 살 아래고, 히데요시보다는 한 살 위였다.

그런데도 벌써부터 난세에서의 공명을 버리고 구리하라 산에 은거하며 풍월을 즐기고, 옛 선인의 글을 벗삼아 시나 읊고 장작이나 패면서 이따금 찾아오는 손님이 있어도 결코 만나지 않는다는, 마을에는 그런 소문이 돌았다.

어지간히 기인인가?

아니면 위선자인가?

그런 말을 들어 마땅할 텐데 오히려 한베의 이름은 온 미노의 존경을 받고 있을 뿐 아니라, 적국인 오와리에까지 그 명성이 널리 알려져 있는 것이다.

'만나보고 싶다.'

이것이 도키치로의 첫째 염원이었다. 계획의 성공 여부는 오히려 부차적인 것이었다.

'만나서 그의 사람됨을 직접 보고 싶다.'

그것이 거짓 없는 마음이었다. 같은 시대에 태어난 사람 중에 그런 걸출한 인물이 있는데도 한 번 만나지도 못하고 지나쳐 버린다는 것은 아쉬운 일이었다. 더구나 그를 적으로 돌리게 되면, 결국은 그런 인걸을 없애느라 안간힘을 쓰지 않으면 안 되는 것이다. 그런 유감지사는 또 없을 것 같았다.

인생의 가장 큰 불행이었다.

'그가 사람을 피하건 피하지 않건 아무튼 나는 가서 만나 보리라.'

도키치로의 신념이었다. 성공을 기원하지 않았다. 그러나 성공하지 못하리라고도 생각하지 않았다.

흐르는 구름과 같이 담담한, 그런 심정이었다.

세키가하라를 지나 다루이의 주막촌에 이르자 종자인 사야 구와주가 말했다.

"길이 틀립니다. 구리하라 산은 이 주막촌에서 동쪽으로 가셔야 합니다."

"아니 서쪽이야, 서쪽으로 가자."

도키치로는 앞장서서 이부키 산 쪽으로 성큼성큼 걸음을 재촉한다.

'어느 쪽이 안내역인지 모르겠군.'

구와주는 혀를 찼다. 그쪽으로 간다면 전혀 방향이 반대가 되는 것이다.

그러나 10리쯤 갔을 때, 구와주는 비로소 도키치로의 속셈을 알았다.

그곳은 후와 고을의 이와데 마을. 한베가 자라 온 고향이었던 것이다.

도키치로는 이부키 신사에 치성을 드리러 왔다는 구실 아래 그 곳 주막에 이틀쯤 묵었다. 그리고 밤이 되자 주막 주인에게 부탁했다.

"고향에 선물삼아 가져가려고 하니 마을 노인네들을 모아놓고 신기한 얘기라도 듣게 해 줄 수 없을까? 술은 내가 사겠네. 노인이건 젊은이들이건 밤에 놀러 오도록 일러 주게."

나그네 무사가 술을 한턱낸다는 바람에 마을 노인들과 젊은이들은 곧 화롯 가로 모여들었다. 도키치로는 따로 돈을 주어 주인에게는 국수를 마련하도록 하고, 화로에다가는 술을 데우면서, 자기가 먼저 여러 나라 얘기를 이 것저것 늘어놓기 시작했다. 이윽고 모두 술이 거나해지자 슬슬 마을 사람들을 통해 자료를 수집하기 시작했다.

"······그런데, 그전 성주였던 다케나가 한베공이란 대체 어떤 분이신가?"

돌풍일무

보다이 산(菩提山)──.

그것은 이 고을, 이와테 성이 자리잡고 있는 산이었다.

한베 시게하루의 예명을 보다이마루(菩提丸)라고 부른 것도 그 때문이었던지 모른다.

모친의 신앙심이 대단했었다고 하니, 어쩌면 절에서 내린 이름이었는지도 모른다.

어쨌든 한베는 어렸을 때부터 남다른 데가 있었다. 천재적인 데가 있었다.

천재는 일종의 기형이라고도 하지만, 한베도 병약했다. 청년이 되면서 그 병골은 더욱 뚜렷하게 드러나기 시작했다.

선병질이라는 체질이었다. 야위고 해말간 살갗이었다. 귀만이, 아름다우리만큼 붉었다.

보다이 산에 눈이 내리면 백성들이 모여 수군거릴 만큼 나약했다.

"……이렇게 추우니 성에 계신 유군께서 또 기침으로 고생하시겠군."

봄이 되면, 마을 처녀들은 봉숭아에 둘러싸인 마구간 출입문을 나서는 적자의 모습을 밭일하던 손을 멈추고 바라보기 좋아했다.

"유군께서 마장에 납신다."

그림 같은 모습이었다.

승마용 하카마에 하늘빛 겉옷을 걸치고 붉은 술이 달린 채찍을 휘두르며 그는 가끔 들판을 달렸다.

16살.

마침 벌어진 싸움에 그는 첫 출진을 했다.

"병약하시다."

그런 소문은 사라지고 그는 무명을 날렸다.

학문을 좋아하여 책만 읽는 줄로 알았던 사람들은 그의 무용을 의아스럽게 생각했다.

"그 가냘픈 몸에 갑옷을 입으시는 것만도 측은한데……."

두 번, 세 번, 한베의 출진이 거듭됨에 따라, 그의 무용은 적장의 목을 베거나 난군 속을 설치고 다니는 무용이 아니라, 지략에서 오는 것임이 알려졌다.

"무가에 태어나셨으면서 몸이 약하신지라, 활이나 창을 들고는 남을 따를 수 없다고 생각하시어 진작부터 손오(孫吳)의 병법에 뜻을 두셨던 모양이다."

그렇게 가신들은 말했다.

선(禪)에도 그는 힘을 기울였다.

보다이 산 밑에 절을 세우고 석학이라면 아무리 먼 곳에서도 초빙했다. 여승(旅僧)은 끊어지는 날 없이 노상 머물러 있었다.

그래도 부족한 듯 한베는 교토의 다이도쿠사(代德寺)에도 여러 번 참선했다. 그러나 싸움이 벌어졌다는 소식만 들으면 급히 돌아와 참가했다.

출진하는 그의 차림은 언제나 정해져 있었다. 그것으로 그는 유명해졌다.

도라고몽(虎御門) ──

이 칼은 그의 애도(愛刀)였다.

갑옷은 말가죽을 일부러 뒤집어서 옻칠을 한 것이었다. 자연히 옻이 거칠게 먹는데, 그런 대로 은근한 멋이 있었다. 미늘은 연한 노란 무명실로 꿰매곤 했다.

투구도 화려한 것은 피했다. 앞에 꽂은 장식도 일월(日月)이 빛나고 있을 뿐이었다.

갑옷 위에 덧입은 겉옷 역시 푸른 색과 누런 색을 곁들인 무명이었다. 아무 자수도 무늬도 없었다.

이런 취향에서도 그의 성격을 짐작할 수 있었으나, 그렇듯 소박한 차림이라도 일단 한베가 진두에 서면,

'유군께서 진두에 계시면 전군은 어딘지 무게를 느꼈고, 말단 군졸에 이르기까지 마음 든든했다.'

이것은 한베를 따라 종군했던 가신이 적은 일지의 한 대목이다.

'싸울 시기의 포착은 신과 같았고, 싸움에는 과단, 지킴에는 삼엄, 도량은 대해와 같으시고 항상 온화한 표정이시며, 어떠한 난관에 봉착해도 헛되이 당황하신 영을 내리시는 일이 없었도다.'

가신이 적은 것이라 다소 두둔한 면도 없지 않겠지만 대체로 한베라는 인물의 한 부분 정도는 짐작할 수 있으리라.

──이런 것이 바로 한베 시게하루의 인품이었던 것이다.

또한 그 한베가 최근 미노 전체를 아연 경악케 한 애기도 있었다.

사건은 결국 미노가 내부적으로 단합되지 못하고 있음을 폭로하는 것이어서 타국에는 극비에 붙이고 있었지만, 오와리의 첩자들은 진작부터 이 사건을 알고 있었을 것이다.

금년 정월이다.

미노의 여러 무장들은 이나바 산으로 올라가 예년처럼 주군 사이토 다쓰오키에 대한 하례를 했다. 그 후 호화로운 주연이 벌어졌는데, 이 술자리에서 격론이 벌어진 것이다.

그것은 다쓰오키가 너무나도 시국에 어둡고 사치를 하며, 이런 자리에까지 평소 총애하던 기녀들을 불러들인 데서 비롯되었다.

"거문고 열둘을 늘어놓고 일제히 뜯도록 하여라."

또는,

"시동들은 모두 여자차림을 하고 홍매화 백매화를 머리에 꽂고 힌다(飛驒)춤을 추도록 하여라."

예까지는 그나마 봐줄 만 했다. 나중에는 무사들 보고도 말놀음을 하라느니, 곡예를 부리며 술을 마셔보라느니 하는 해괴망측한 여흥을 바랄뿐더러 강경히 그것을 요구했기 때문에 마침내 묵과할 수 없는 지경에 이르렀던 것이다.

안도 이가노가미(安藤伊賀守)가 직언을 퍼부었다.

"황공하오나 일년지계는 원단(元旦)에 있다고 하옵니다. 뿐더러 내일을 예측할 수 없는 지금의 시국, 여주도 여흥도 정도껏 하시고 조금쯤은 국경에도 관심을 가지시어 싸움터에서 고난을 겪고 있는 군사들 생각도 해 주시기 바랍니다. ……그들을 생각하면 이런 광경은 차마 볼 수가 없습니다. 무엇이 이토록 경하롭다는 것인지, 이나바 산성에 시시각각 멸망의 그림자가 다가오는 것 같아 저는 취기조차 돌지 않사옵니다."

다쓰오키의 얼굴은 창백해졌다. 그렇지 않아도 곧 눈썹을 치켜들곤 하는 그였다. 제멋대로고, 고집불통인 것은 선친 요시타쓰와 비슷했지만, 요시타쓰만한 경륜도 없고 배짱도 없는 그였다.

"부, 불길한 소리를!"

덩달아 험악한 표정이 되며 다쓰오키 곁에서 소리 지른 것은 히네노 빗주노가미(日根野備中守)라는 중신이었다.

"축하 석상에서 이나바 산에 멸망의 그림자가 다가오고 있다는 폭언을 하다니, 그 어인 말이오. ……이가공은 이나바 성이 망하기를 바라고 있는 거요?"

이리하여 격론이 벌어졌다.

은사 45

이가는 국경의 위험한 상태를, 근래 적에 의해 구축된 스노마타 성을 예로 들어 기탄없이 말했다.

적 자체는 조금도 두려울 것 없지만——이런 전제 아래 다쓰오키의 행장, 국내의 분열, 민심의 이탈 등 눈에 보이지 않는 멸망의 조짐을 낱낱이 들고 극언했다.

"이래도 망하지 않는 나라가 있다면 나는 갑옷을 벗어 던지고 농사나 지으며 살겠소."

동감을 느끼는 자도 많았으나, 모두들 취기가 가셨는지 침묵을 지키고 있었다. 다쓰오키는 어느 틈에 미녀들에 둘러싸여 안으로 들어가 버렸으나, 이윽고 시신을 보내서 영을 내렸다.

"들어오시라는 분부요."

안도 이가노가미는 호위 무사들의 포위 속에 안쪽 밀실로 안내됐으나, 막상 들어가 보니 다쓰오키는 없었다.

낌새를 알아챘을 때는 이미 벽 사면의 문이 굳게 닫혀 버린 뒤였다.

벽 너머로 히네노 빗주노가미의 목소리만이 잠시 후에 들렸을 뿐이었다.

"이가공, 주명이오. 근신하고 분부를 기다리시오."

감쪽같이 감금된 것이었다. 그러나, 죽이지도 않고 할복도 강요하지 않았다. 이렇게 위협적인 처분을 하기는 했지만 빗주노가미나 다쓰오키 둘 다 내심 꺼리지 않을 수 없는 인물이 하나 있었던 것이다.

그것은 안도 이가노가미의 사위, 보다이 산의 성주 다케나가 한베였다. 병중이어서 그는 술도 안 마시고, 시종 말 한 마디 없이 침울한 표정으로 앉아 있었다.

약골이기는 해도 평소 한베를 알고 있는 자들은 장인 안도 이가노가미가 감금된 이상, 사태를 주시하고 있었다.

'결코 가만있지 않을 게다.'

그러나 한베는 이윽고 얼굴빛 하나 달라지지 않으며 말했다.

"규사쿠(久作), 그만 물러가도록 하지."

그는 곁에 있던 아우 규사쿠를 재촉하여 조용히 자리에서 일어나더니, 썰물이 밀려가듯 퇴성하고 말았다.

다쓰오키는 나중에 히네노 빗주노가미를 질책했지만, 사실은 한베의 일어나는 태도가 너무나도 조용하여 마치 여자처럼 온순했기 때문에, 빗주노가미뿐만 아니라 자리에 있던 다른 제장들도 넋을 잃었다고나 할까, 얼떨결에 그냥 보내 버리고 만 것이었다.

"왜 그도 붙들어 버리지 않았느냐?"

"필시 원한을 품고 모반을 일으킬 것이 틀림없다. 준비를 하기 전에 보다이 산을 포위하고 녀석의 성을 빼앗아 버려라!"

다쓰오키의 영으로 히네노 빗주노가미는 즉각 이나바 산의 군사를 이끌고 후와 고을의 이와데로 향했다.

그러나 한베는 그를 맞아 활 하나 쏘지 않을 뿐더러,

"본인은 병중이어서……."

그러면서 사자를 대신 보내 정중히 사과하는 동시에 아우 다케나가 규사쿠를 인질로 이나바 산측에 넘겨주었다. 어디까지나 유순한 태도였다.

보다이 산도, 산 밑의 성도 1월 한달은 눈에 묻혀 있었다. 깊이 쌓인 그 눈 속에서 병중인 한베는 문을 굳게 닫고 근신하고 있었다.

다음 달인 2월 초이틀.

그는 미리부터 계획을 짜 놓았던 모양으로 날쌘 부하──그러나 불과 16명을 데리고, 몸에는 그가 늘 입는 갑옷과 겉옷에 명도 도라고몬을 차고, 느닷없이, 그야말로 느닷없이, "이나바 산성을 이 손으로 빼앗아 보이리라!" 하는 장담을 남기고 출발했다.

그 이틀 전.

이나바 산에 인질로 들어가 있는 아우 규사쿠로부터 지병이 재발하였으니 집안 대대로 내려오는 약과 함께 간호 인원 4, 5명만 보내 달라는 편지가 와 있었다. 그 때 보낸 부하들은 하루쯤 전에 이미 성까지 도착했을 것이었다.

한밤중이었다.

한베는 16명의 부하들 뒤에 서고 선두의 부하가 성문을 두드렸다.

"규사쿠님이 위독하다는 소식을 받고 왔습니다."

성 문지기는 이렇게 대답한다.

"무슨 소리요. 간호할 인원은 벌써 약을 가지고 들어갔소."

"사람이 위독하니 화급하오. 아무튼 여시오."

"아무튼 이란 더욱 해괴한 말, 열 수 없소!"

"여시오."

"못 열겠소."

실랑이는 두세 명의 부하에게 맡겨 놓고, 그 틈에 한베 시게하루 이하 13, 4명이 샛길로 성 안에 뛰어들어, 니노마루──외곽도 같은 방법으로 돌파하고, 혼마루──중심 건물 가운데로 들이닥쳤다. 때를 맞춰 미리 들어가 있던 심복 부하가 꾀병을 앓던 규사쿠와 협력하여 안에서 중문을 열어 젖혔다.

"다케나카 한베 시게하루, 지금 등성했노라. 군공께 직접 간할 일이 있다. 우선 간신배들부터 처단하리라!"

요란한 그의 고함에 기겁을 하여 뛰쳐나오는 자들을 7, 8명이나 베어버렸다. 호위 책임자 사이토 히다노가미(齊藤飛驛守)를 비롯, 나가이 신타로(長井新太郞)·신고로(新五郞) 형제 등이 그에 포함되어 있었다. 마침 히네노 빗주노가미는 그 곳에 없었다.

돌풍이 불어 닥친 일순, 시게하루의 부하 다케나가 겐자에몬은 종루로 달려 올라가 마구 종을 쳤다.

성의 병사도 사이토 다쓰오키도 자기네 부하가 급변을 알리려고 종을 친 것으로 생각했다. 그러나 뜻밖에도 2월의 언 밤 하늘에 요란하게 울려 퍼진 종소리와 함께 이나바 산 밑을 겹겹이 에워싼 군사들은 한베 시게하루의 부하 1,000여 명, 그리고 장인 안도 이가노가미의 부하 2,000여의 군마였다.

다쓰오키의 당황한 꼴은, 이 역시 두고두고 애깃거리가 되었다.

그는 기겁을 한 나머지 한베를 꾸짖기는커녕 화살 하나 쏘아 보지 못하고, 몇 안 되는 측근과 일부 병사의 보호를 받으며 조상이 물려준 성을 버리고 이나바 고을 구로노(黑野) 마을의 우가이성(鵜飼城)으로 피해 버렸다.

이로써 한베 시게하루는 불과 16명의 부하들만 가지고 이나바 성을 점령해 버렸지만, 처음부터 모반이 목적은 아니었다. 성 밑에 불러들인 3,000군사들에게는 엄히 군율을 지키도록 했고 또한 성시 일대와 근향에도 포고를 내렸다. ──떠들 것 없다. 너희들은 생업을 그대로 지키고만 있으면 된다. 이것은 내란과는 다르다. 안심하고 일에 열중하여라──모든 사원에는 특히 서면으로 지시를 내려 촌민들을 잘 다독이도록 부탁했다.

따라서 이나바 산성은 하룻밤 사이에 빈 성이 되고 말았지만, 한베 시게하루가 대신 앉아 있어 성시의 평화는 조금도 흔들리지 않았다.

그러나 주위의 여러 나라는 그 사실을 알자 그의 귀모와 담략에 놀라는 동시에 이 기회를 틈타 앞을 다투어 내통하기 시작했다.

말하기를

——미노를 서로 나누어 가지는 게 어떤가? 이쪽에서도 충분한 병력과 물자를 댈 테니까.
　또는
　——이 기회에 단호히 다쓰오키를 처치해 버리시오. 그리고 귀공과 국경에 관한 약정을 정하고 오래도록 공존 공영하고 싶소.
　또 말하기를
　——귀공이 우리와 제휴하지 않는다면 우리 병력이 다쓰오키를 도울지도 모르니 유의하시기를.
　이렇듯 갖가지 미키와 위협을 곁들여 가지고 아사이, 아사쿠라, 다케다, 기타바다께 등의 사자가 한베를 움직여 보려고 찾아왔으나, 한베는 그 어느 쪽에도 같은 웃음을 보이며 이렇게 대답했다.
　"무엇을 이리 허둥지둥 찾아오고 야단인가? 사소한 내정 문제에 불과하오. 그대들의 주군이 이 한베를 보고 싶어 한다면 싸움터로 나오라고 하시오. 언제든지 이 한베, 달려가서 만나도록 할 테니까."
　그를 유인하러 간 사자 중에는 오다가의 사자도 물론 끼여 있었다. 노부나가는 서면으로 이렇게 적어 보낸 것이었다.
　——미노 나라를 반 떼어 줄 테니 이 기회에 오다가를 따를 생각은 없는가?
　물론 한베는 거들떠보지도 않았다.
　이윽고 그는 자신의 뜻을, 주군에게도 천하에도 명백히 밝혔다.
　성을 다쓰오키에게 돌려주고, 아무 말 없이 에치젠의 아사이가(淺井家)로 떠나 버린 것이다. 그리고 한동안 그 곳에서 식객으로 있었다.
　그 뒤 아사이가에서는 만류했으나 굳이 뿌리치고 고향인 이와데로 돌아와서는 자신이 거주하던 성을 숙부인 다케나가 시게도시(竹中重利)에게 맡겼다.
　"……내 하나의 목숨도, 오랫동안 연구해온 병학도, 그것을 바칠 주군을 잃고 보니, 어쩐지 요즈음은 세상이 싫어졌다. 안개를 마시며 책상 위에 턱을 괴고, 멀거니 산이나 바라보며 살련다."
　일족에게 이렇게 술회하였다.
　"앞으로는 마음 내키는 대로, 불편을 모르는 곳에서 즐기기도 하고, 불편 속에서 즐기기도 한다는 그런 심정으로 혼자 지내고 싶으니, 아무도 나를 찾아오지 말아라. 출가한 것으로만 생각하여라."

그런 말을 남기고, 보다이 산의 성도 버리고, 처자까지 버린 채로, 홀로 구리하라 산으로 들어가 버렸다.

산중에 오두막을 짓고, 손수 물을 긷고 나무도 해 오고 하며, 완전히 은사가 돼 버렸다는 이야기는 사냥꾼이나 나무꾼들 입을 통해서 간간이 들려오기는 했지만, 마을 사람들도 옛 신하들도 아직 누구 하나 그 후의 한베를 직접 만난 사람은 없는 것이었다.

여기까지 주막집 화롯 가에서 마을 사람들로부터 들은 얘기 중에는 이미 도키치로가 알고 있는 것도 있었고 처음 듣는 사실도 있었다. 어떻든 나케나가 한베라는 인물에 대한 윤곽과 그 정신은 대강이나마 도키치로로서도 짐작이 갔을 것임에 틀림없었다.

"나리, 대체 무엇 때문에 한베님에 대해 그렇게 꼬치꼬치 물으시옵니까?"
주막 주인도 마을 사람들도 나중에는 꽤나 의아스러운 듯 그렇게 묻는다.
"나는 보다시피 무예로 입신할 생각이어서, 그 때문에 여러 나라를 두루 돌아다니고 있는 몸. 실은 한베 시게하루님 밑에서 한두 해라도 군학을 배우고 싶다. 그래서 이렇게 찾아온 것이다."
"아하, 제자가 되려는 생각이시군요?"
"그렇지."
"그렇다면, 거절당할 것이 뻔합니다. 일부러 구리하라 산까지 올라갔다가 쫓겨 내려오면 더 섭섭할 테니 아예 그만두시는 것이 좋을 겁니다."
입을 모아 그렇게 말렸다. 그런 영민들의 인상으로 짐작해 봐도, 한베가 사람을 꺼리는 것은 어지간히 철저한 모양이었다.

남달리 사람 냄새가 풍기리라는 자신을 가지고 있는 도키치로는, 그 곳을 방문하기 전부터 한베와 자기와의 대면을 상상해 보고 문득 쓴웃음이 번지는 것을 느꼈다.

'……대면만 한다면 일은 제대로 되는 건데.'
앞길은 구름 같이 허황된 것이었다. 명리를 버린 사람처럼 움직이기 힘든 존재는 다시없는 법이다.

도키치로는 자신을 돌아다봤다. 솔직한 자신에게 물어 봤다. 불과 한 살 차이인 한베에 비한다면 얼굴이 붉어질 정도로, 동시에 명리라는 표현이 차라리 과분할 정도로 자신은 욕망 덩어리요 번뇌의 덩어리였다.
 이를테면 지금 당장 스노마타 성을 깨끗이 버릴 수 있는가 하면, 결코 그럴 수 없었다. 사랑스런 네네를 버릴 수 있는가 하면, 그것은 더욱 어려운 일이었다.
 아내는 고사하고 단 한 명의 부하도 좀처럼 깨끗이 버릴 수는 없는 자신을 생각할 때, 만나기도 전부터 한베란 인물은 확실히 다루기가 어려우리라 생각되었다.
 '그런 인물이 무엇 때문에 이런 고생을 하는가?'
 도키치로는 그 점도 스스로 질문해 봤다.
 다음 날 이와데를 떠나서, 그날 밤은 낭구 산 기슭에 있는 마을에서 묵고, 단 한 명의 종자인 사야 구와주도 그곳에 남겨 둔 채 그야말로 단신, 마침내 구리하라 산을 향해 올라가면서도 도중에서 몇 번이고 생각해봤다.
 '……무엇 때문에 그런 골치 아픈 인물을 굳이 산에서 끌어내리려는 건가?'
 요컨대 도키치로 자신이, 도키치로란 위인을 잘 검토해 보니 터무니없는 욕심쟁이였다. 희로애락이라고 부르는 모든 어리석은 것을 몽땅 담아 놓은 큼직한 그릇이었다. 그 때문에 그는 그것이 주체스럽지 않도록, 잘 살필 수 있도록, 자신의 천성을 스스로 도야하고 있는 것이었다. 풀무에 부쳐지는 불길처럼 열의를 끊임없이 기울이고 있는 것이었다. 지금 구리하라 산으로 올라가고 있는 것도 그의 그러한 열의가 걸음을 옮기게 하고 있는 셈이었다.
 그러나 그 정도로 그의 큰 욕심은 채워질 수 없었다. 도키치로는 스스로 그것을 알고 있었다. 자기가 구하고 있는 것은 자기와는 아주 딴판인, 명리를 모르는 인물이었다. 속물이 아닌 비범한 인물이었다.
 게다가 가짜가 아니다. 비범하고 담백한 인물은 반드시 천하를 대상으로 하지 않고도, 이를테면 오다가 안에서만도 적지 않았지만, 금방 바닥이 드러나는 군자뿐이어서 막상 써먹으려고 할 때는 쓸모가 없어지는 것이었다.

산중인

그리 높은 산은 아니었다. 속칭 콧마루산이라고 불리는 것만으로도 그것은 짐작할 수 있으리라.

그 구리하라 산은 낭구 산(南宮山)과 같은 줄기여서 어미 곁에 붙어선 아이 같은 모양을 하고 있었다.

마루턱 가까이까지 올라왔을 때였다.

"아름답구나, 정말!"

시인이 아닌 도키치로도 불현듯 황홀해지며 장엄한 낙조에 감동을 금치 못했다. 쉬 진다는 가을 해는 벌써 기울어가고 있었던 것이다.

이것은 여담이 되지만.

후년 세키가하라 대전이 벌어졌을 때 이 낭구 산에는 모리(毛利)군이 진을 치고 구리하라 산에는 나가쓰카 마사이에(長束正家), 산 밑에는 조소카베 모리치카(長曾我部盛親) 등, 모두 서군측이 포진해 이에야스의 동군과 대치했었지만, 일단 이시다 미쓰나리(石田三成)의 주전이 싸움에 패하여 흩어져 버리자 일제히 함성을 지르며 도망쳐 버렸다. 도요토미가로서는 원한 맺힌 옛 전장의 하나가 된 것이다.

지금——.

젊은 도키치로는 바로 그 곳에 서 있었지만, 자기가 죽은 후 바로 여기에서 도요토미가의 와해를 촉진시킨 세키가하라 전투가 벌어질 줄이야 신이 아닌 이상 어찌 짐작이나 했으랴.

아득한 초원 저편, 미노 오미의 산등성이 너머로 아름다운 노을만을 구름에 남기고 시시각각 잠겨 가는 낙일이야말로, 머지않아 오사카 성(大坂城)에서 웅대한 계획과 한을 남긴 채 수명이 다하여 마침내 세상을 떠나지 않으면 안 되었던 자기 자신을——그 뒤의 모습 또한 그대로 상징하고 있었던 것을 아직 젊은 그로서는 상상조차 할 수 없었을 것이다.

그의 머리는 지금, 이 생각밖에는 없었다.

'어떡해야 한베 시게하루를 이편에 끌어넣을 수 있는가?'

문득 다시 생각을 고쳐먹기도 했다.

'아니다. 지략가를 지략으로 대한다는 것은 하책 중의 하책. 백지로 돌아가서 만나는 것이 가장 좋을 게다. 허심탄회…… 다만 나의 열의만을 토로해 보리라.'

그러나 바로 그 한베의 거처를 그는 아직 모르고 있었다. 보나마나 쓸쓸한 초암일 텐데 해가 저물도록 그는 찾아 내지 못했다.

도키치로는 서두르지도 않았다. 어두워지면 자연히 등불이 켜질 것이 아닌가? 섣불리 돌아다니다가 방향을 잃는 것보다는 그 편이 수월하고 빠르리라. 그렇게 생각하고 있는 듯했다. 아주 어두워질 때까지 그는 바위에 걸터앉아 쉬고 있었다.

이윽고 웅덩이진 습지 하나를 건넌 저편에 반짝거리는 불빛이 보였다. 구불구불 오르내리는 오솔길을 따라 겨우 그곳까지 찾아갔다.

소나무에 둘러싸인 산허리의 평지였다. 쓰러져 가는 울타리를 두른 암자로 예상했건만 거친 솜씨나마 흙담이 넓게 둘러져 있었다. 불빛도 가까이 가서 보니 서너 군데 안쪽에서 반짝이고 있었다. 주인을 부를 것도 없었다. 담은 둘러져 있어도 어마어마한 대문 같은 것은 아예 없었던 것이다. 대나무로 엮은 문이 있을 뿐이었다. 바람에 흔들려 반쯤 열려 있었다.

"……넓은데."

도키치로는 잠자코 들어갔다. 들어간 곳이 또 솔숲이었다. 대문에서 집까지 좁다랗게 길이 나 있었다. 마른 솔잎이 떨어져 있을 뿐, 티끌 하나 없는 느낌이었다.
한참을 가서야 겨우 집 같은 것이 있었다.
소가 울고 있다.
외양간이 있는 모양이었다.
불티 튀는 소리와 함께 연기가 가까이에서 피어오르고 있었다. 도키치로는 걸음을 멈췄다. 연기가 스며드는 눈을 비볐다.
그러나 한 줄기 산바람이 불어오면 연기는 깨끗이 날아가곤 했다. 그 쪽을 보니까 아궁이 앞에서 동자 하나가 마른 나무를 지피고 있었다.
"누구냐!"
동자는 그 곳에 서 있는 도키치로의 그림자를 보자 수상하다는 듯 다가왔다.
"심부름하는 아이냐?"
"나 말예요? ……그래요."
"나는 오와리 오다가의 가신, 기노시다 도키치로라는 사람이다. 뵈러 왔다고 여쭈어라."
"누구한테요?"
"주인장이지."
"안 계십니다. 출타하셨어요."
"……"
"정말 출타하셨다니까요."
"……"
"돌아가세요."
동자는 그의 곁을 떠나 다시 아궁이께로 가더니 나무를 지피며 돌아다보지도 않았다.
산 위라 밤안개가 싸늘했다. 도키치로는 선뜩거리는 옷을 문지르면서 동자와 나란히 아궁이 앞에 쪼그리고 앉았다.
"나도 좀 쬐자."
——이상한 사람이다.
하는 듯한 얼굴로 동자는 그의 옆얼굴을 허연 눈으로 힐끗 봤을 뿐 대답도 하지 않았다.
"춥구나, 밤에는."

"산 위 아녜요. 추울 수밖에."
"꼬마야."
"나는 한베 선생님의 제자예요. 꼬마가 아니란 말예요."
"하하하."
"왜 웃죠?"
"아, 미안하다."
"돌아가세요. 낯선 사람이 예까지 들어왔다는 것을 아시면, 선생님이 꾸중을 내리신단 말예요."
"괜찮다. 나중에 아저씨가 선생님에게 잘 말씀드릴 테니까."
"만날 작정이신가요?"
"그야 물론. 일부러 예까지 올라왔는데 안 만나고 그냥 갈 수야 있나?"
"뻔뻔스럽군요, 오와리 사람은. 첫째, 아저씨는 오와리 사람이잖아요?"
"그러면 안 되나?"
"오와리 사람을 선생님은 아주 싫어해요. 나도 물론 싫구요. 적국이니까요."
"음, 참 그렇구나."
"시치미를 떼 봤자 소용없어요. 아저씨는 우리 미노로 뭔가 염탐하러 온 것 아녜요? 그렇지 않은 여느 나그네라면 어서 지나치는 게 좋을 거예요. 잘못하면 목이 위태로우니까요."
"지나쳐서 갈 데가 있어야지. 예까지 일부러 찾아온 거니까."
"뭣 하러 왔는데요?"
"문하생이 되려고."
"문하생? 나처럼 제자가 될 생각이란 말인가요?"
"그렇지, 너하고는 같은 제자로 형제처럼 되는 거다. 어차피 의좋게 지내게 될 우리야. 짓궂게 그러지 말고 어서 선생님한테 여쭙고 오너라. 밥이 타지 않도록 불은 내가 살펴 줄 테니까."
"싫다니까요."
"정말 심술쟁이구나. ……저것 봐라. 안에서 선생님 기침소리가 들리지 않니?"
"그야 들리지. 선생님은 밤이 되면 으레 기침이 나시니까. 몸이 약하신 거야."

"그런데 왜 아까는 출타 중이라고 했지?"

"계시든 안 계시든 마찬가지예요. 어디서 누가 찾아오든 만나 준 일이 없으니까요."

"그럼 알맞은 때를 기다리기로 하지."

"잘 생각했어요. 다음에나 와 봐요."

"아니, 이 부엌은 별채인 데다 따뜻해서 괜찮을 것 같으니 한동안 여기서 묵게 해 다오."

"놀리는 거야? 자, 어서 돌아가요!"

정말 화가 났던 모양으로 동자는 벌떡 일어나며 소리를 질렀다. 그러나 아궁이의 벌건 불빛 속에 떠올라 보이는 도키치로의 웃는 얼굴은 아무리 노려보아도 더 이상은 화가 치밀지 않았다.

동자는 그의 얼굴을 빤히 노려보고 있는 동안 처음에는 끈덕진 사람이다 —— 그렇게 생각되던 것이 차차 누그러지기 시작했다.

"고쿠마(小態), 고쿠마!"

마침 그때.

분명 한베 시게하루로 짐작되는 목소리가 안에서 동자를 부르고 있었다.

동자는 흠칫하는 기색으로 도키치로를 내버려두고 부엌에서 집안으로 달려 들어간다.

"……예!"

좀처럼 되나오지 않았다. 아궁이 위에 걸린 큼직한 솥에서 무언가 타는 냄새가 나기 시작했다.

자기가 먹을 것이 아니라 해서 내버려 둘 수는 없었다. 도키치로는 허둥지둥 뚜껑 위에 놓였던 주걱을 집어 들어 냄비 속을 휘저었다. 마른 밤과 마른 채소 같은 것을 넣은 현미 죽이었다. 구차한 티가 난다고 흔히 남의 웃음을 샀지만, 가난한 농가에서 태어난 탓인지 그는 낱알을 보면 모친의 땀을 보는 것 같아 한 알이라도 소홀히 다룰 수가 없었다. 무사가 된 지금에도 공기에 담긴 밥만 보면 나카무라의 어머니가 생각나곤 했다.

"요녀석은 뭘 하고 있을까? ……큰일났구나. 모두 타 버리지 않나. 이거 안 되겠는걸."

가까이에 있는 행주로 뜨거운 솥을 싸쥐고 그는 숯제 불에서 내려 버렸다. 아궁이 곁에 내려놓으려고 했을 때다. 타고 있던 대나무라도 튀듯이 탕——

하는 총소리가 벽을 뒤흔들었다.

총소리에 기겁을 하여 어두운 구석에서 다람쥐나 족제비 같은 잽싼 그림자가 공중제비를 하며 밖으로 도망쳤다. 그러나 도키치로는 솥단지 속을 들여다본 채 반허리를 구부리고 여전히 죽을 휘젓고 있었다.

"아, 고마워요. 아저씨."

"음, 고쿠마냐? 타는 것 같기에 솥을 내려놓았다. 어지간히 끓은 것 같은데?"

"어느 틈에 내 이름을 외워 뒀군요, 아저씨."

"금방 안에서 한베 선생님이 그렇게 부르지 않았니?……어떠냐. 들어간 김에 선생님께 좀 여쭈어 보았느냐?"

"부르신 건 다른 일 때문이었어요. 여쭈어 봤자 헛일이에요. 공연히 야단만 맞을 뿐이죠."

"참 너는 선생님 부부를 무던히도 잘 지키는구나. 신통한 걸, 정말 신통해."

"흥, 추켜 세우지 말아요, 아저씨."

"아닌 게 아니라 나로서는 답답하지만 내가 선생님이라면 그렇게 칭찬할 게다. ……그러니까 거짓말이 아니야."

그 때 다소 떨어진 부엌채 마루 위에 종이로 바람을 가린 등불을 들고 누군가 나타났다. 고쿠마, 고쿠마하고 부르는 소리에 도키치로도 돌아다봤더니, 그을음 낀 주위의 어둠을 그곳만 도려낸 듯, 뽀얀 벚꽃잎 물을 들인 통소매옷을 입은 열일곱, 여덟쯤 됐을 아름다운 처녀가 그 하얀 손으로 받쳐 들고 있는 등불 빛 속에 흔들리면서 떠올라 보였다.

"무슨 일입니까, 오유님?"

고쿠마는 그 앞으로 달려가 분부를 듣고 있었다. 용무를 끝내자 꽃잎 무늬의 모습은 불빛과 함께 어둠 속을 미끄러지듯 벽 뒤로 자취를 감추고 만다.

"누구냐, 그분은?"

도키치로가 물었다.

"선생님 누이동생이에요."

고쿠마는 그녀의 아름다움을 이 집의 꽃이라는 듯이 자랑스레, 그리고 선뜻 대답했다.

"부탁한다. 꼭 한 번만이라도 좋으니 선생님한테 여쭈어 다오. 안 만나신다면 돌아갈 테니까."

"정말 돌아갈 거예요?"

"돌아간다니까."

"틀림없죠?"

고쿠마는 다짐을 하고 마침내 안으로 들어갔다. 그러나 곧 되나오더니 마치 코딱지라도 떼어 던지듯이 말했다.

"안 된대요. 손님은 일체 안 만나신대요. 짐작한 대로 야단만 맞았어요. 자, 아저씨 이젠 돌아가 줘요. 이제부터 선생님께 진짓상을 올려야 할 테니까요."

"그럼 오늘 밤은 돌아가기로 하자. 내일 다시 오도록 하마."

순순히 도키치로가 일어나 나가자 그 등에 대고 고쿠마는 물을 끼얹듯이 말했다.

"와도 소용없어요."

도키치로는 묵묵히 돌아섰다. 어둠을 헤치고 그는 기슭까지 내려와 종자인 사야 구와주를 남겨 둔 농가로 가서 잤다.

다음 날, 일어나자마자 그는 다시 준비를 하고 산으로 올라갔다.

그리고 저물녘이 되어 어제처럼 한베 시게하루의 은신처를 찾았다.

"이리 오너라."

어제는 부엌일을 보는 동자 따위를 지나치게 상대했던 것 같아 오늘은 현관으로 짐작되는 출입구 쪽으로 간 것이다.

"뉘시오?"

대답하며 나타난 것은 어제와 다름없이 고쿠마였다.

"아니, 또 왔어요?"

"오늘은 만나 주시리라 생각하는데, 어떨까? 선생님 의향을 여쭈어 보아라."

고쿠마는 정말 물어봤는지 어쩐지는 알 수 없었지만 이내 되돌아 나오더니 냉담하게 말했다.

"안 만나신대요."

"그럼 다시 때를 봐서 찾아뵙도록 하지."

도키치로는 공손히 말하고 돌아왔다.

하루건너 다시 올라갔다.

"오늘은 만나 주실까?"

고쿠마는 판에 박은 듯, 안방과 현관을 왕래한 다음 들은 대로 전하며 또 거절이다.

"번번이 귀찮으시다는 말씀이었어요."

도키치로는 역시 잠자코 돌아왔다. 이런 식으로 수 차례 찾아갔다. 나중에는 그의 얼굴을 보자 고쿠마는 웃음을 터뜨리며 말했다.

"아저씨도 무척 끈기가 있네요. 하지만 아무리 끈기를 보여도 소용없어요. 요즈음은 들어가서 여쭈어도 선생님은 화를 내시기보다 차라리 웃고만 계시니까요. 아주 상대를 안 하시는 거예요."

아이들과는 사귀기 쉬운 법이다. 그와 소년과는 이미 흉허물 없는 사이가 되어 있었다.

그러나, 도키치로는 그런 말을 듣고도 다음 날 다시 올라갔다.

밑에서 기다리고 있는 사야 구와주는 주인의 마음을 알 수가 없었다. 나케나가 한베란 대체 무엇이 말라비틀어진 자인지 이번에는 내가 올라가서 그 무례함을 꾸짖어 주고 싶다며 그렇게 화를 내고 있었다.

그것은 꼭 열 번째 방문이 되는 날이었다. 그날은 비바람이 심하여 으스스 추위마저 느껴졌다. 구와주와 그들이 묵고 있는 농가 주인이 몇 번이고 만류했지만, 도롱이와 삿갓을 빌려 가지고 도키치로는 굳이 또 올라간 것이었다.

저녁 무렵에야 도착하여 여느 때처럼 다시 주인을 불렀다.

"네, 뉘시옵니까?" 그날 저녁은 뜻밖에, 한베의 누이동생이라고 고쿠마를 통해서 들은 아가씨가 나타났다.

"매일같이 귀찮게 찾아와 선생님 심사를 괴롭혀 드리는 것 같아 황송하지만, 주군의 영을 받고 온 몸이라 뵙기 전에는 돌아갈 수도 없는 처지입니다. 군명을 헛되이 할 수 없음은 무사로서 당연한 일, 2년이고 3년이고, 마음을 돌리실 때까지는 계속 찾아올 작정입니다. ……그래도 뜻을 이룰 수 없을 때는 할복할 각오를 하고 있습니다. 남달리 무인의 고충을 잘 이해하고 계시는 한베 시게하루님으로 알고 있습니다. ……부디 아가씨께서도 잘 말씀드려 주시기 바랍니다."

떨어진 처마로 바람과 함께 낙숫물이 들이치는 밑에서, 도키치로는 몸을 웅크리며 호소했다. 감동하기 쉬운 젊은 여성은 그것만으로도 마음이 움직인 듯 했다.

"기다리십시오."

다소곳하게 말하고 안으로 들어간다. 그러나 다시 나타나서 그녀는 미안한 듯이 말했다.

"워낙 고집이 대단한 오라버니라 부득이합니다. 안 됐습니다만, 그냥 돌아가셔야겠어요. 아무리 말씀드려도 절대로 안 만난다고만 하시니……."

"……그렇습니까?"

도키치로는 낙심천만이라는 듯이 고개를 떨어뜨렸다. 그러나 강요하지도 않았다. 그 어깨를 여전히 낙숫물이 두드리고 있었다.

"할 수 없군요. 그럼 마음을 돌리실 날을 기다리기로 하겠습니다."

삿갓을 쓰며 맥없이 빗속을 돌아섰다.

그리고 여느 때처럼 솔숲 사이 오솔길을 빠져서 토담 밖까지 나왔을 때다.

"……아저씨!"

고쿠마가 쫓아왔다. 그리고 급히 전했다.

"만나신대요. 만나 주신대요. 어서 오셔요."

"응? 선생님께서 나를 만나 주신다고?"

도키치로는 고쿠마와 함께 부랴부랴 걸음을 재촉하여 돌아갔다. 그러나, 그곳에는 한베 대신 누이동생 오유가 기다리고 있다가 말했다.

"실은 댁의 성의에 탄복하여 만나기는 만나야겠다고 오라버니는 말했습니다만……오늘 저녁은 아닙니다. 오늘은 비 때문에 자리에 누워 계신 중이어서 다른 날 이쪽에서 사람을 보낼 테니, 그 때 다시 방문해 주시기를 바란다고 말씀하셨습니다."

짐작컨대 이것은 아가씨가 자기를 가엾게 생각하여, 자기가 돌아선 후 오빠 한베에게 졸라 대면을 주선해 준 것이 아닌가. 문득 그렇게 생각했다.

"아무 때고 사람을 보내 주시면 곧 찾아뵙겠습니다."

"숙소는 어디에……?"

"산 밑의 농가에 묵고 있습니다. 큼직한 느티나무가 있는 모에몬(茂右衞門)이란 농부의 집입니다."

"그럼, 비나 개고 하거든……."

"기다리겠습니다."

"얼마나 추우셔요. 그렇게 비를 맞으셨으니…… 부엌 채에서 옷을 말리시고, 변변치는 않습니다만 참마죽이라도 잡수시고 돌아가시도록 하셔요."

"아닙니다. 그저 만나 뵐 날만을 고대하면서 이대로 돌아가겠습니다."
그는 빗속을 걸어 산에서 내려왔다.
다음 날도, 그 다음 날도 비는 계속되었다. 구리하라 산은 구름에 덮인 채로 사람하나 찾아오는 기색이 없었다.
겨우 비가 개자, 산은 가을빛이 완연했다. 단풍이 빠른 옻나무들은 벌써 빨갛게 물들기 시작하고 있었다.
"아저씨, 모시러 왔어요."
아침이었다. 모에몬 집으로 고쿠마가 소를 끌고 별안간 나타났다.
"모셔오라고 선생님께서 말씀하셨어요. 오늘은 손님이니까 탈 것까지 끌고 왔죠. 자, 이 소에 올라타서요."
그렇게 말하는 것이었다.
동시에 한베가 보낸 편지 한통을 내놓았다. 펼쳐보았다.

'풀 속에 묻혀 사는 이 병자를 무슨 일이신지는 몰라도 누차 찾아오시니 더 이상 박대하기도 죄스러운 일, 차라도 한 잔 대접하려 하나이다.'

구리하라 은사(栗原隱士)

오와리 방객(訪客) 귀하.

다소 얄미운 문구였다. 만나기 전부터도 꽤나 사귀기 어려운 인물이라는 것을 짐작케 했다. 그러나 도키치로는 어떤 뜻으로 읽었는지 소 등에 올라타며 말했다.
"보내 주신 성의를 생각해 사양 말고 타고 가야겠군."
고쿠마는 산을 올라가기 시작한다. 낭구 산과 구리하라 산이 오늘 따라 가을 하늘에 뚜렷했다. 여기 온 뒤로 그는 이토록 선명한 산의 모습을 바라보기는 처음이었다.
이윽고 여느 때의 토담 대문까지 오자, 문간에 서서 손님을 기다리고 있는 아름다운 처녀의 모습이 보였다. 지난번에 봤을 때보다도 훨씬 아름답게 옷차림을 갖춘 오유였다.
"일부러 예까지 나와 계시다니……."
도키치로는 급히 소에서 내려 그녀가 인도하는 대로 따라 들어갔다.
안내된 방에서 그는 혼자 앉아 기다렸다.

홈통의 물소리가 귀에 새로웠다. 대잎이 창문을 두드리고 있다.
과연 산 속의 한거다웠다. 흙과 소나무만으로 만들어진 객실을 보니,
'夢'
꿈이라는 외자로 된 편액이 걸려 있었다. 어느 선가의 휘호인 듯했다.
'지루하지도 않은 모양이지? 이런 곳에서.'
숨김없는 마음으로 도키치로는 그런 생각을 했다. 이 집 주인의 심사를 알 수가 없었다. 자기 같으면 단 사흘도 못살 듯했다. 그렇게 앉아 있는 동안만 해도, 그는 좀이 쑤셔 견딜 수가 없었다.
귀로는 솔바람이나 새소리를 듣고 있어도 머리는 스노마타로 달리고 고마키 산으로 통해 있었으며, 피는 풍운에 끓고 있었다. 이 곳의 고즈넉함과는 전혀 동떨어진 것이었다.
"너무 기다리게 해서 미안합니다."
등 뒤에서 젊은 음성이 들렸다. 그것은 주인 나케나가 한베였다.
젊었다. ──그것은 진작부터 알고 있었던 일이지만, 목소리를 들으니 더욱 그런 것이 느껴졌다.
주인이 아랫자리로 앉으며 인사를 하려 하자, 도키치로는 황급히 일어나며 인사를 했다.
"이 무슨……어서, 어서 이리로…… 처음 뵙습니다. 저는 오와리 오다가의 가신 기노시다라는……."
한베는 가볍게 그의 행동을 제지하며 말했다.
"딱딱한 인사는 생략하기로 합시다. 오늘 이렇게 모신 것도 그런 뜻에서가 아니니까요."
도키치로는 어쩐지 선수를 빼앗긴 듯한 느낌이었다. 자기가 항상 남을 대할 때 쓰던 수를 주인이 먼저 썼기 때문이었다.
"제가 이 산가의 주인, 한베입니다. 먼 길을 오시느라 수고하셨습니다."
"아니올시다. 무척 귀찮게 문을 두드리곤 하여 많은 불편을 느끼셨으리라 생각합니다."
"하하하. 솔직히 말해서 좀 귀찮았습니다. 하지만 막상 만나 보니 댁과 같은 손님과도 때로는 만나는 것이 마음도 풀리고 좋을 것 같군요. 아무쪼록 천천히 놀다 가십시오."
한베는 자리를 바꾸며 도키치로에게도 깔개를 권했다.

"손님께선 대체 무엇 때문에 이런 산가를 찾아오셨소? 여기는 아무것도 없는 듯, 있다면 그저 새소리뿐인데요."

자리는 손님보다 아랫자리를 잡고 있었지만, 그 눈은 미소를 머금고 이 끈덕진 손님을 심심파적으로 대하고 있는 태도였다.

도키치로는 비로소 꺼림 없는 눈으로 빤히 그를 바라보았다.

과연 몸은 튼튼하지 않은 것 같았다. 여위고 얼굴도 파리했다. 그러나 호치명모(皓齒明眸 : 깨끗한 이와 맑은 눈동자)였다. 특히 입술이 붉은 것이 눈에 띄었다.

전체적으로 인품이 두드러져 보이는 것은 출신이 좋은 탓이리라. 조용했다. 말소리도 나지막한 편이었으며, 항상 미소를 잃지 않고 있었다. 그러나 그것이 있는 그대로의 그의 모습인지는 아직 의문이었다.

이를테면 오늘 같은 날의 산중은 산과 더불어 희롱이라도 하고 싶을 만큼 평화스럽지만, 언젠가 폭풍이 불어 닥칠 때는 골짜기가 들먹이고 나무는 포효하며, 모든 것이 금방 떠나갈 듯 했었다.

"주인장, 사실은 말입니다."

곧, 도키치로도 그 눈을 웃음 속에 녹여 버리자 어깨를 조금 추스르며 말했다.

"귀형을 모시러 왔습니다. 주군의 영을 받잡고. ……어떻소. 산을 내려가지 않으렵니까. 은거는 노후에도 하실 수 있습니다. 더구나 평범한 사람이라면 또 모르되, 귀형 같은 소중한 인재가 이런 산중에서 벌써부터 은거를 하시다니, 그것은 세상이 허락지 않을 것입니다. 어차피 언젠가는 다시 주인을 섬기는 몸이 되실 게 아닙니까? ……그렇다면 우리 주군 오다 노부나가공을 내놓고 천하에 누가 또 있겠소. 오다가로 오시도록 권하려고 이렇게 왔습니다. 어떻습니까, 다시 한 번 전운 속에 서 보실 생각은 안 계신가요?"

한베는 빙글거리며 듣고 있을 뿐이었다. 소이부답(笑而不答 : 웃기만 하고 대답을 하지 않음).

──그런 모습이었다.

신이 나서 휘두르던 그의 설봉도 상대가 이쯤 나오면 적잖이 열의가 수그러들지 않을 수 없다. 바람이 버들 가지에 닿는 격이었다. 듣고 있는지, 안 듣고 있는지 그것조차 알 수 없었다.

"……"

그는 잠시 말을 멈추고 무슨 대답이든 한베가 응해 오기를 조용히 기다렸다.

그리고 어디까지나 계산 없이 가식 없이 백지로 이 사람을 대하리라고 다시 한번 스스로 다짐하고 있었다.

"……."

그러자 한베의 손에서 훨훨 가벼운 바람이 일어나기 시작했다. 곁에 당겨 놓은 차를 달이는 백토 화로에 아까부터 서너 덩이의 숯을 넣고 있더니, 부젓가락을 놓자 대신 부채를 들고 먼지가 일지 않을 정도로 살살 부채질을 하고 있는 것이었다.

불이 피었다.

물이 끓기 시작한다.

그 사이에 그는 깨끗한 천으로 찻잔을 닦았다.

물 끓는 소리에 귀를 기울이며 끓은 정도를 헤아리는 듯했다.

정갈했다. 조심스런 손끝이었다. 그러나 무척 답답해 보였다. 도키치로는 발이 저려 오는 것 같았으나, 무슨 까닭인지 그렇듯 지리한 가운데서도 다음 말을 꺼낼 틈을 찾지 못하고 있었다.

알고 보니 자기가 한 말은 모두 손바람과 함께 헛되이 어디론가 날아가 버린 듯했다. 한베의 귀에는 아무것도 남아 있지 않은 듯했다.

"어떻습니까. 지금 드린 말씀에 대한 대답을 들을 수는 없을까요? 녹의 양이나 처우에 관한 말 등, 이를 앞세워 권하는 것은 귀형의 출려를 촉구하는 길이 아닌 것으로 생각되어 일체 그런 조건은 말씀드리지 않겠소.……다만 소국이기는 하지만, 앞으로 천하를 호령할 분은 우리 주군을 내놓고는 또 없다는 것과, 귀형 같은 인물을 초가에 묻혀 있게 하는 것은 오늘날과 같은 난세를 생각할 때 애석하다는 것과……그 때문에 천하를 위해서도……."

말이 채 끝나기 전에 주인의 앉음새가 갑자기 달라지기에 저도 모르게 숨을 들이켜자, 한베는 조용히 찻잔을 받침대와 함께 내밀며 말했다.

"차라도 한 잔."

그리고 자신도 조그만 찻잔을 손바닥 위에 올려놓고 핥아 가듯 마시기 시작했다. 그것밖에는 아무 관심도 없다는 듯이 천천히 입을 갖다 대곤 한다.

"손님?"

"네."

"난을 좋아하시오? 춘란도 좋지만 추란도 정취가 있는 법입니다."
"난? 난이라고 하시면?"
"난초 말입니다. 여기서 3, 40리 산 속으로 깊이 들어가면 절벽 위에 태곳적 이슬을 그대로 머금고 있는 듯한 난이 있습니다. 그것을 시동인 고쿠마를 시켜서 캐 오게 하여 화분에 한 포기 심어 봤습니다만…… 보여 드릴까요?"
"아, 아니올시다."
도키치로는 허둥지둥 그것을 말렸다.
"소용없습니다, 제게는."
"그래요?"
"원래 풍류를 모르는 사람이라서."
"풍류를 즐기시지 않는다면 더군다나 때로는 한 송이 난꽃이라도 바라보면서 위안을 얻으실 법도 한데요?"
"……그런 생각이 전혀 안 드는 것도 아니오만, 집에 있어도 꿈만은 싸움터를 달리고 있을 만큼 저는 아직 젊고 혈기가 왕성합니다. 오다가의 미천한 신하에 불과한 저, 그런 한가한 사람의 심리는 전혀 이해하지 못합니다."
"그렇습니까. 무리도 아니죠. ……하시면 손님은 그토록 공리를 찾아서 악착같이 뛰어다니는 것을 스스로 유감스럽게 생각하신 일은 없으신가요? ……산중의 생활에도 꽤 깊은 의의가 있습니다. 어떻소? 스노마타 같은 것은 버려 버리고 손님께서도 이 산중에 초암을 짓고 옮겨 올 생각은 없으시오?"
정직이란 어리석음과 같은 것일까? 무책이란 결국 슬기가 없음을 뜻하는 걸까? 성의만으로는 남의 마음을 끌 수가 없는 것일까?
'……모를 일이군.'
도키치로는 묵묵히 산을 내려갔다. 아무 것도 얻은 것이 없었다. 마침내 그는 헛되이 한베의 은거를 나서는 수밖에 없었던 것이다.
"뭐냐, 제까짓 게!"
반감이 이글거리는 눈으로 돌아다봤다. 이미 분노밖에 없었다. 미련도 없었다. 오늘 첫 대면에서 그는 보기 좋게 조롱만 당하고 쫓겨난 셈이었다.
'두번 다시 만나지 않으리라. ……다음에는 싸움터에서 녀석의 머리를 땅

바닥에다 놓고 승창에 앉아 내려다보리라.'
그렇게 생각했다.
입술을 깨물며 맹세했다.
예를 다하고 치욕을 견디며 수없이 숙인 머리와, 수없이 오르내린 이 길이 원망스러웠다.
불쾌했다. 괴로웠다.
또 한 번 돌아다보고 욕을 했다. 아마 한베의 파리한 얼굴과 여윈 몸이 떠올랐기 때문이리라.
"메뚜기 같은 자식!"
분해하며 걸음을 재촉했다.
그리고 한쪽이 낭떠러지가 되는 길모퉁이에 이르자, 한베의 집을 나올 때까지 참았던 것이 문득 생각나 낭떠러지에 대고 오줌을 갈겼다.
한 줄기의 하얀 무지개가 도중에서 뿌얀 안개로 바뀌어 흩어진다.
도키치로는 넋 놓은 얼굴로 하늘을 우러르며 일을 마치고는 혼자 중얼거렸다.
"푸념은 집어치우자!"
좀더 걸음을 재촉하여 산 밑까지 달려 내려왔다.
모에몬의 집에 이르자 말했다.
"구와주, 구와주. 예상보다 오랜 객고를 겪게 했지만, 내일 아침엔 귀국하기로 한다. 아침 일찍 떠날 작정이다."
구김 없는 표정의 시종 사야 구와주는 마침내 나케나가 한베님을 설복시키는 데 성공하신 모양이구나, 그렇게 생각하며 같이 기뻐했다.
도키치로는 구와주, 그리고 모에몬 부자들과 함께 이별주를 마시고 자리에 들어갔다.
아무 것도 생각지 않고 그는 잤다. 구와주가 그 코고는 소리에 놀라 이따금 잠에서 깨곤 했을 정도였다. 그러나 생각해 보면 매일같이 구리하라 산을 오르내린 육체적인 피로와 심로는 곁에서 보기에도 이만저만한 것이 아니었다. 피로가 한꺼번에 몰려온 것이리라——그렇게 짐작되자 구와주 같은 정에 무딘 자로서도 문득 눈시울이 뜨거워졌다.
'조금이라도 남의 위에 올라선다는 건 보통 일이 아니구나.'
새삼스럽게 주인의 노력에 탄복했다. 그러나, 결과가 실패로 끝난 것을 그는 아직 모르고 있는 것이다.

동녘이 희끄무레해지기 시작했을 때, 도키치로는 이미 채비를 마치고 있었다.

이슬을 밟으며 마을을 떠났다.

마을 농부의 집조차도 아직 자고 있는 곳이 많았다.

"잠깐, 구와주!"

문득 그는 걸음을 멈췄다. 훤해지기 시작하는 동쪽을 향해 묵묵히 서 있었다. 바다 같은 아침 안개 위에 구리하라 산은 아직 거무스레했다. 그 뒤편에는 바야흐로 솟아오르려는 눈부신 해를 숨기고 아름다운 구름이 흐르고 있었다.

"……아니다. 잘못이었다!"

도키치로는 중얼거렸다.

"얻기 힘든 인물을 얻으려고 나는 왔던 것이 아니냐. 일이 수월하지 않음은 당연하다…… 아직 내 성의가 부족했던 지도 모른다. 큰일을 도모하려 하면서 이렇듯 도량이 작아서야……."

그는 홱 돌아서면서,

"구와주. 나는 다시 한 번 구리하라 산에 올라가련다. ……너는 한 걸음 앞서 귀국하도록 하여라."

말을 마치자 그는 급히 온 길을 되돌아서, 안개 속에 잠겨 있는 산기슭을 향해 걸음을 재촉했다.

다시 산을 올라가기 시작했다. 여느 때보다 빨리 중턱에까지 올라갔다. 이윽고 한베의 은거처에서 멀지 않은 넓은 풀밭에 이르렀을 때, 저쪽에서 들린 소리가 있었다.

"어머나!"

오유와 고쿠마였다. 오유는 풀바구니를 팔에 끼고 소 위에 올라타 있었고, 고쿠마는 고삐를 쥐고 있었다.

"놀랐네요. 정말 끈덕진 아저씬데요. …… 이젠 어지간히 질렸을 테니까 오늘은 안 올 거라고 선생님은 말씀하시던데……."

고쿠마는 정말 기가 막힌 듯이 눈이 휘둥그레지며 말했다.

소에서 내리며 오유는 여느 때처럼 인사를 했다.

고쿠마는 호소했다.

산중인 67

"아저씨. 오늘만은 제발 그만두셔요. 어제 아저씨하고 오랫동안 앉아 있었던 때문에 선생님은 또 열이 난다고 하셨어요. 오늘 아침만 해도 기분이 언짢으셔서 나까지 야단맞았단 말이야."
"무슨 실례의 말을!"
오유는 그를 나무라며 도키치로에게 말했다.——결코 오빠는 손님과 애기를 나누느라 병이 도진 것은 아니지만, 다소 감기 기운이 있어서 누워 있는 중이니 왔다 가셨다는 한마디만 전하기로 하고 오늘은 좀……하고, 넌지시 그의 방문을 거절했다.
"그렇다면 큰 폐가 됐군요. 어쩔 수 없는 일이니 이대로 돌아가겠습니다만……."
그는 품속에서 휴대용 필묵을 꺼내더니 종이에다 이렇게 적었다.

한중(閑中)에 무한(無閑)하니,
금수만이 가하도다.
인걸이 유거(幽居)하니,
시정 더욱 쓸쓸토다.
산운(山雲)은 무심해도,
스스로 오고 감을
뼈 하나 묻을 그 곳
어찌 청산뿐이랴.

시가 제대로 되어 있지 않음은 스스로도 잘 알고 있었지만, 자기가 생각하는 바를 그대로 나타낸 것이기는 했다. 그 시에 일필을 더해,

산골짜기를 나온 구름이 가는 곳은 어디뇨.
서쪽인가, 동쪽인가?

"후안무치(厚顔無恥 : 뻔뻔스러워 부끄러움이 없음)한 자라고 크게 웃으실지 모르나 이것이 마지막이오. 한 마디만 대답을 해주십사고 전해 주시오. 여기서 이대로 기다리겠소. 끝내 주군의 명을 수행할 수 없을 때는 이 풀밭에서 할복할 작정이오."

어제보다도 오늘의 도키치로는 더욱 진지했다. 할복이라는 말도 겉치레가 아니라 그런 열의에서 저도 모르게 나온 것이었다.

멸시보다는 차라리 깊은 동정과 더불어 그녀는 그 편지를 누워 있는 오빠에게 가지고 갔다.

한베는 훑어본 채, 아무 말도 하지 않았다. 반나절이나 눈을 감고 있었다.

저녁이 되었다. 달이 떠오르며, 오늘도 밤이 접어들기 시작했다.

"고쿠마, 소를 대령해라."

갑자기 그는 말했다. 외출할 기세에 오유는 깜짝 놀라 두툼하게 옷을 챙겨 입혔다.

한베는 소를 타고 집을 나섰다. 고쿠마를 앞세우고 풀밭으로 내려가는 것이었다. 저만치 풀밭 위에 먹지도 마시지도 않고 그저 선객처럼 앉아만 있는 사나이의 그림자가 달빛 아래 바라다보였다.

멀리서 사냥꾼이 보면 짐승으로 혼동하기에 알맞은 모습이었다.

한베는 소에서 내려 성큼성큼 그쪽으로 다가갔다. 그리고 도키치로 앞에 자신도 앉았다. 공손히 머리를 숙이며 말했다.

"손님, 실례가 많소이다. 하찮은 병자인 이 산중인의 어디를 보시고 이토록 예를 다하시는지, 차라리 과분해서 몸둘 곳을 모르겠소. 장부는 자기를 알아주는 자를 위해 죽는다고 했던가 ……결코 허투루는 하지 않겠소. 깊이 가슴속에 새겨 두겠소. ……하지만 비록 한때나마 사이토가의 가신이었던 이 한베요. 노부나가는 섬길 수 없소. ……귀형을 섬기리다. 귀형에게 이 말라비틀어진 병든 몸을 바치리다. 그 말을 하려고 예까지 나왔소. 지금까지의 무례는 용서해 주시오."

도원

오랫동안 전쟁이 없었다.

오와리와 미노 양국은 서로 수비를 굳힌 채, 하늬 바람에만 한겨울을 맡기고 있었다.

다소 평화가 회복된 기미를 보이자 나그네와 짐수레 등의 왕래가 눈에 띄게 늘어났다.

정월이 가고, 이윽고 복숭아 꽃이 방실거리기 시작하자 서민들은 이 평화가 백 년이라도 계속될 것처럼 생각됐는지 늘어지게 하품을 했다.

이나바 산 산성의 흰 벽에도 봄볕은 다사롭게 퍼지고 있었다. 나른하고 권태로운 아지랑이가 그 흰 벽에서도 피어오른다.

──그런 날, 산꼭대기에 있는 성을 밑에서 바라보면 그 속셈이 의심스럽게 여겨질 정도였다.

'무엇 때문에 저렇게 높고 험한 곳에다 불편을 무릅쓰고 성을 지었을까?'

성시의 백성들은 민감했다. 자기들의 중심이 긴장해 있으면 곧 그것을 함께 느꼈고, 게으름에 차 있으면 그들 역시 게을러진다. ──아무리 아침저녁으로 방문을 내걸어도 심각하게 생각하지 않는 것이었다.

다쓰오키는 자고 있었다.

도원의 정자에서 술에 취해 팔베개를 하고 자고 있었다.

봄날의 한낮이었다. 학이나 물새 같은 것들이 가까운 연못가에서 울고 있었다.

눈처럼 꽃잎이 흩어진다. 외곽 건물에 둘러싸인 주성(主城)이기는 했지만, 높은 산 위라 바람이 없는 날은 거의 없었다.

"주군계선?"

"주군계선 어디 계시나?"

일족인 사이토 구로자에몬과 나가이 하야토 두 사람이 찾고 있었다.

후궁인 미희가 3천은 아니더라도, 한번 웃음에 백 가지 아양이 절로 우러날 만한 미인은 여럿 있었다. 젊고 늙은 시녀들까지 합친다면, 그 수는 도원의 복숭아 수보다도 많을지 모른다. 그렇게 많은 여인들이 지금 떼를 짓고 늘어앉아 단 한 명의 잠든 사람이 깨기를 멍하니 기다리고 있었다. 담요 위나 승창에 걸터앉아 무료하게 기다리는 것이다.

"피곤하신 모양인지 지금 자정에서 주무시고 계십니다."

"약주가 높으신가?"

구로자에몬과 하야토는 숨 막힐 듯한 여인들의 지분 냄새를 느끼며 자정 안을 들여다봤다.

다쓰오키는 어느 틈에 장구를 베개 삼아 누워 있었다. 두 사람은 서로 얼굴을 마주보고 말했다.

"그럼 나중에 뵙기로 합시다."

두 사람이 돌아서려고 하자 말 소리가 들렸다.

"누구냐. 사내 목소리가 들리지 않나?"

다쓰오키는 불쾌한 얼굴을 들고 말했다.

"구로자에몬이 아닌가. 하야토도 왔나? 무슨 일들이지? ……여기는 꽃놀이 좌석. 자, 목이 또 컬컬해지는걸."

두 사람은 내밀히 할 얘기가 있어서 왔던 모양이나, 그런 말을 듣고서는 적국의 정보 같은 딱딱한 얘기는 꺼낼 수가 없었다.

'밤에라도……'

그러면서 기회를 엿봤으나, 밤에도 주연은 그치지 않았다.

'그렇다면 내일……'

또 기다렸으나 그 내일 역시 호화로운 잔치가 베풀어진다.

정사를 돌보는 날은 7일에 하루도 안되었다. 모두 노신들에게 맡겨 버린 채였다. 다행히도 그들 중에는 사이토가 3대에 걸쳐 이 어려운 시기에도 주가(主家)의 위세를 유지해 온 노련한 인물과 용사들이 많이 있었다. 사이토가를 받치고 있는 지주였다.

주군 다쓰오키는 별문제로 치고, 그런 중신층에서는 결코 봄잠을 즐기고 있지 않았다. 끊임 없이 오다가에 대한 정보를 수집하고 있었던 것이다.

나가이 하야토가 보냈던 첩자의 보고에 의하면 오다가에서는 작년 여름의 대패에 질려 재기의 능력이 없다고 깨달았는지, 금년 봄에는 노부나가도 교또에서 다인들을 초빙하여 놓고 다희로 세월을 보내기도 하고, 가인을 불러 연가대회를 열기도 하며 극히 한가롭게 지내고 있다는 소식이었다.

노부나가가 미노를 공략하려는 것은 요시모토가 오와리를 쓰러뜨리려고 했던 것과 마찬가지로 그곳이 중원으로 진출하는 첫 단계이기 때문이었다. 단순히 미노 한 나라만을 제 것으로 하려는 목적이 아니었다.

사이토가의 노신들은 최근의 노부나가가 극히 한가로운 생활을 즐기며 다른 뜻이 엿보이지 않는다는 보고를 듣자, 산술적 판단을 내렸다.

"아마, 미노 공략은 병력이나 군비가 소모될 뿐이라고 단념해 버린 모양이다."

요컨대, 소모와 보충의 균형이 잡히지 않기 때문에 단념하기에 이르렀으리라는 생각이었다.

그러나 그런 소강상태는 여름도 채 넘기지 않았다.

7월의 우란분회(盂蘭盆會)를——다시 말하면 조상을 제사 지내는 7월 15일의 불교 행사를 끝내자, 곧 소문이 들리기 시작했다. 고마키 산에서 각 고을로 사자가 빈번히 왕래한다는 소문이었다.

머지않아 대군을 동원할 기색이었다.

성시도 어쩐지 긴장돼 있었다. 나그네들에 대한 검문도 삼엄해졌다. 신하들의 심야 등성도 잦아졌다. 말이 징발된다, 수리하러 보냈던 갑옷들을 가신들은 다투어 재촉하고 있다는 등등, 갖가지 정보가 꼬리를 물고 들어온 것이었다.

"노부나가는?"

그 점을 따져 물었다.

"성 안은 여전하여 깊은 밤까지 환한 등불이 눈앞에 바라다보이고, 때로는 해자 밖까지 한가로운 악기 소리가 장구 소리와 함께 들려오곤 합니다만."
고마키 산 성시에서 돌아온 첩자들은 자신 없는 대답을 했다.
그러나 7월 말에서 8월을 바라볼 무렵이 되자 갑자기 상황이 급박해졌다.
"노부나가의 약 1만여 대군이 속속 서쪽을 향해 진격해 오고 있습니다. 기소 강 동쪽 기슭 일대에 진을 치고 스노마타 성을 본거지로 해서 당장이라도 강을 건널 기세입니다."
시국에 무관심하여 놀라지 않던 사람일수록 일단 일이 닥치면 극단적으로 놀라는 법이었다.
다쓰오키는 누구보다도 허둥거려 아직 적당한 대책을 가지고 있지 않은 노신과 중신들을 더욱 당황케 했다.
"1만이란 거짓말일 테지. 오다가에 1만의 병력을 동원시킬 힘이 있을 리 없다. 지금까지의 싸움에서 그런 대군을 움직였던 전례가 없지 않나?"
다쓰오키는 그런 소리를 했다. 과연 그것은 틀림없는 사실이었다. 그러나, 이번에는 그 오다가가 분명 1만 군사를 동원하고 있으며, 당장 이러이러한 배치에 부장은 각각 누구누구라는 첩자들의 보고를 표로 만들어 보이자, 다쓰오키는 비로소 두려움을 감출 생각도 못하고 중신들에게 물었다.
"그, 그렇다면 그 터무니없는 녀석이 큰 도박을 할 셈으로 내습해 온 모양이구나. ……어, 어떡허면 좋소. 그들을 물리치려면."
그리고 궁지에 빠지면 으레 신불을 찾듯이, 평소에는 귀찮은 존재로 멀리 하고 있던 미노의 3거두——안도 이가노카미와 이나바 이요노카미, 그리고 우지이에 히다치노스케 등에게 급히 사람을 보내서 불러들이도록 하라는 영을 내렸다.
"분부를 기다릴 것도 없이 진작부터 사람은 보냈습니다만, 아직도 누구 하나 나타나지 않고 있습니다."
중신의 대답이었다.
"다시 사람을 보내서 재촉하도록 하여라."
이번에는 다쓰오키 자신이 붓을 들어 몇 자씩 내리갈겨 즉각 사자에게 들려 보냈다.
그래도 그들은 나타나지 않았다. 세 사람 중 단 한 명도 등성하는 자가 없는 것이다.

"우누마의 호랑이는 어찌 되었나?"

"녀석은 오래 전부터 수상한 신병을 구실로 출입을 않고 있사온즉, 전혀 믿을 바가 못 됩니다."

"참……"

다쓰오키는 별안간 천하의 묘책이라도 떠오른 듯, 중신들의 어리석음을 비웃다시피 하며, 기운을 내어 말했다.

"구리하라 산으로는 사자를 보냈는가? 한베를 불러라…… 왜 진작 사자를 안 보냈나. 이런 중요한 때에, 무엇들을 했느냐 말이다……당장, 지금 당장 부르도록 하여라."

중신들은 곧 대답했다.

"그 역시, 분부가 계시기 전에 구리하라 산에 있는 한베 앞으로는, 급박한 사태를 소상히 적어 보내면서 하산할 것을 며칠 전부터 여러 차례 종용하고 있습니다만……"

"응하지 않는단 말인가?"

다쓰오키는 대들 듯이 물었다. 그리고 불만스러운 표정으로 중얼거렸다.

"웬일인가. 왜 한베는 당장 보다이 산의 군사들을 이끌고서 달려오지 않는단 말이냐…… 그는 충신일 터인데……"

충신이란 평소에는 바른 소리만 하고 찌푸린 표정만 짓고 있어서 딱 질색이지만, 아무리 냉대를 받다가도 나라의 유사시에는 맨 먼저 달려와야 하는 것으로 다쓰오키는 알고 있는 듯했다.

이미 그 한베는 주군을 이 성에서 쫓아낼 정도로 준엄한 간언——이라기보다 행동으로써 다쓰오키를 힐책한 일이 있었다. 그는 다쓰오키를 다시 맞아 성을 돌려주면서 말했다.

"이 따위 성 같은 것은 별로 믿을 바가 못 된다는 것을 잘 아셨으리라 믿습니다."

그러한 한 마디를 남기고 산으로 들어가 버린 것이었다. 동시에 자기가 맡아 가지고 있던 보다이 산의 성까지 숙부에게 넘겨주고 홀가분한 산중인이 돼 버린 것이었다.

그 때,

"그래? 한베는 산 속으로 은거해 버렸단 말인가? 하기는 그런 약골로는 제대로 일을 보기도 어려울 테지."

그의 사의를 인정함으로써 찢어진 부채만큼도 아쉽게 생각하지 않은 것은 다름 아닌 다쓰오키 자신이었다.

 한베가 떠난 이상 한베의 장인도, 그 밖의 일족들도 자연히 등성을 꺼릴 것이라며 오히려 후련한 얼굴을 보인 바 있는 다쓰오키였다.

 그러나 그는 충신이므로 지난 일은 어찌 됐든 꼭 나타나리라고 생각했다. 나타나야만 한다고 불안스러운 얼굴이었다.

 "다시 한 번 사자를 보내 보아라. 아직 나를 원망하고 있을지도 모르지."

 소용없는 짓이라고는 생각했지만, 중신들은 네 번째인가 다섯 번째가 되는 사자를 구리하라 산으로 보냈다.

 사자는 맥없이 되돌아와, 이렇게 보고했다.

 "겨우 만나 보기는 하였습니다만, 한베님은 주상께서 보내신 재촉문을 모셔 든 채, 한 마디도 대답이 없었습니다. 다만 눈물만 흘리시면서 가엾은 태수이시다……하고 한숨을 쉬었을 뿐입니다."

 그것을 듣자 다쓰오키는,

 "뭣이? 내가 가엾다고? 그 무슨 뜻이냐, 그건……?"

 막연히 놀림을 받은 것으로만 생각한 모양이었다. 불길한 듯 안색이 달라지며 노신들을 꾸짖었다.

 "병자 같은 건 다시는 상대도 말아라."

 아니, 도대체 그런 일로 허송세월만 하고 있을 겨를이 없었다. 이미 오다의 대군은 기소 강을 건너기 시작했고, 사이토측 군사들과 맹렬한 공방전을 벌이고 있었다.

 시시각각 이나바 산으로는 이런 패전 소식만이 전해져 왔다.

 '아군 불리.'

 다쓰오키는 불면증에 걸려 항상 흐리멍덩한 눈을 하고 있었다.

 성 안도 갑자기 어수선해지고 수심이 짙어졌다.

 그는 도원에 장막을 치고 승창을 깔아놓은 뒤, 막장들을 즐비하게 둘러앉게 한 뒤에 명했다.

 "군사가 부족하거든 각 고을에 영을 내려 사람수를 늘려 더 보내도록 독촉하여라. 성시를 지킬 병력은 충분한가? 아사이(淺井)가에 원병을 청하지 않아도 되겠는가? 괜찮겠는가?"

 평정심을 잃은 목소리만이 카랑카랑 드높았다. 오히려 장졸들의 사기를 죽이는 말을 번번이 입 밖에 내곤 했다.

 뜻있는 노신들은 다쓰오키의 그런 태도가 성중 무사들에게 반영되지 않도록 계속 곁에서 애를 썼다.

 밤이 되자 이미 이 이나바 산에서 바라다 볼 수 있는 거리까지 불길은 다가오고 있었다. 오다군이 진격해 옴에 따라 민가에 질러 대는 불길의 밀물이었다.

간두일표

 남으로는 아쓰미(厚見), 가노(加納) 평야에서, 서로는 고토(合渡), 가가미(鏡) 섬 등, 나가라 강 줄기를 따라 오다 군의 진공은 밤낮을 가리지 않고 계속되고 있었다.

 찌는 듯한 8월의 더위였다.

 밤만 되면 마을과 거리를 태우는 불길이 하늘로 치솟았다.

 파죽지세(破竹之勢 : 적을 거침없이 물리치고 쳐들어가는 기세)──라는 말대로, 초이레 무렵에는 벌써 적의 본성지인 이나바 산 가까이까지 이르고 있었다.

 그 배치를 보면──.

 선봉은 안내역으로서

 기노시다 도키치로의 군사 약 1,000.

 다음은,

 시바타 곤로쿠 가쓰이에, 모리 산자에몬의 군사 약 2,000.

 세 번째는,

 이케다 가쓰사부로, 삿사 구라노스케, 마에다 마고시로 도시이에의 군사 2,000명.

 군감은 야나다 데와노가미(梁田出羽守)였다.

 그 뒤로는 노부나가의 본진을 중심으로 하는 오와리의 정예 3,000이 따랐고──.

 후진은 사쿠마 시게모리가 2,000여 군사를 거느리고 있었다.

 총 병력 약 1만이었다.

 1만이라는 병력은 오다 노부나가로서는 이때 처음 가진 대군이었다.

 그의 각오도 그것으로 짐작할 수 있었다. 오와리로서는 그야말로 말 그대로 거국 일치의 동원이었다. 여기서 패한다면 오와리도 오와도 없는 것이었다.

 그러나 거기까지는 점령했지만, 이나바 산의 천연적으로 험한 형세와 맞부딪치자 전세에는 좀처럼 진전이 없었다. 연일 고전이 계속됐다.
 천연의 요새가 그 위력을 발휘하기 시작한 것이다. 게다가 사이토가 3대에 걸쳐 섬기어 온 강호들도 많았다. 특히 오다 군이 비참했던 것은 무기의 차이였다. 국력이 전혀 비교가 안 되는 상대방에게는 총이라는 신식 무기가 적잖게 비축되어 있었다. 오다측에는 없는 총대라는 것이 사이토 군측에는 이미 조직되어 있어서 성 밑으로 쳐들어가기만 하면 산허리에서 일제히 총격을 가해 오곤 했다.
 미노측에 일찍부터 총대가 발달하게 된 것은 오래 전에 사이토가를 떠나 버리기는 했지만, 당시 아케지 주베 미쓰히데라는 박식한 한 청년이 있어서 진작부터 총을 연구하여 그 기초를 남겨 둔 덕분이었다.
 그야 어찌됐든, 오다 군은 연일 계속되는 고전과 더위 때문에 차츰 지치기 시작했다. 만약 이런 때 사이토가가 오미나 이세와 연락을 취하여 배후에서 습격하게 하였다면 1만의 시체는 두 번 다시 고향으로 돌아갈 수가 없었을 것이다.
 무엇보다도 불안했던 것은 마치 공격군 전체를 후면에서 지켜보듯이 뭉게구름을 등지고 드높이 솟아 있는 구리하라 산과 낭구 산, 또는 보다이 산 등의 움직임이었다.
 "주상께서는 그 점에 대한 염려는 놓으십시오."
 이따금 본진에 나타나곤 하는 기노시다 도키치로는 자신 있게 그렇게 말하였지만 노부나가는 불안했다.
 "포위 작전도 여의치 않고, 섣불리 쳐들어갔다가 병력만 소모하는 것도 어리석은 짓. 어떡허면 이나바 산의 천연 요새를 무너뜨릴 수 있겠는가?"
 노부나가는 고민했다.
 진중에서 군사 회의가 되풀이됐지만, 도무지 묘안이 없었다. 그러나 그 결과 도키치로의 한 방책이 채택되었고, 그는 어느 날 밤 선봉대에서 자취를 감추었다.
 그로부터 하루 건너 다음 날쯤이었다. ——이나바 산기슭이 멀리 동, 남, 서, 50리 밖에서 끝나고——우누마 가도와 히다의 산길이 산중에서 교차되는 지점에, 불과 열 명 정도의 심복들을 대동하고 뒷골짜기로 해서 즈이류사

(瑞龍寺) 봉우리를 향하여 땀투성이가 되어 기어오르고 있는 그의 모습이 보였다.

일행은 약 10명쯤.

샛길의 험준함이란 이루 말할 수조차 없을 정도였다.

아무도 이 봉우리가 멀리 이나바 산 산성의 후문과 연결되어 있으리라고는 상상조차 못할 만큼, 길도 길이려니와 봉우리 하나하나가 끊긴 형상으로 되어 있었다.

도키치로 일행에는——.

하치스카 히코에몬, 그 아우 마다주로, 가지다 하야토, 사야 구와주, 이나다 오이노스케, 아오야마 신시치 등 그 전 고로쿠측의 얼굴들이 끼여 있었다.

그리고 전일 도키치로에게 심복하여 그의 은의를 깊이 느끼고 있는 우누마의 호랑이, 오자와 지로자에몬이 앞장서서 안내하고 있었다.

"저 큰바위를 돌아 골짜기로. ……저쪽 계류를 건너 맞은편 풀밭으로."

골짜기도 길도 다 끊어졌는가 생각하면, 절벽으로 기어 올라가는 등덩굴이 있었다.

봉우리를 돌아가 더 이상은 맞은편 산으로 건너갈 방법이 없어 보일 때는, 우거진 동백죽으로 숨겨진 오솔길이 골짜기로 이어져 나타나기도 했다.

"이제 후문까지는 20리 정도밖에 남지 않았습니다. 이 지도를 따라 그대로만 가시면 산성 수문에 이를 것입니다. ……헤어지고 싶지는 않습니다만, 허락을 달게 받아 저는 여기서……."

지로자에몬은 도중에서 일행과 헤어져 혼자 되돌아갔다.

원래 남달리 의리가 강한 사나이였다. 도키치로에게 심복하여 이제는 두 마음이 없다해도, 한때는 주군으로 모셨던 사이토가의 본성에 이르는 샛길을 앞장서서 안내한다는 것은 무척 괴로운 눈치였다.

도키치로는 그 심중을 헤아려 일부러 도중에서 돌려보낸 것이었다.

잠시 휴식한 다음, 남은 9명은 묵묵히 걷기 시작했다.

"자 그럼 다시 가 볼까?"

20리라면 멀지는 않았지만, 길이 없는 산중이었다.

"지도, 지도를 가져와."

조금쯤 가다가는, 도키치로는 열심히 맞추어 보며 감추어진 길을 찾았다.

"……가만 있자."

아무리 뜯어 봐도 주위의 지형과 지도가 맞지 않았다. 무엇보다도 분명한 목표가 되는 계류의 물줄기부터 달랐다.

"길을 잘못 들었다. 되돌아가자……."

그러는 사이에 해가 저물기 시작했다. 더위는 한결 수그러들었지만, 대신 정확한 방향을 잡을 수가 없었다.

길을 잘못 들어 고생하는 것은 문제가 아니었으나, 도키치로의 가슴엔 이나바 산 정면에 있는 우군과 미리 짜 두었던 작전이 있었다. 내일 새벽이라는 그 시각에 착오가 생기면 공격군인 아군에게는 커다란 영향을 미치게 되는 것이다. 걱정은 바로 거기에 있었다.

"아, 잠깐……."

이나다 오이노스케가 손짓을 했다. 별안간의 일이라 모두 흠칫했다.

"불빛이 보인다."

오이노스케는 일동의 주의를 환기시켰다. 이런 산중에, 그것도 적성의 샛길이 숨겨져 있는 곳에 한가하게 불빛이 보일 까닭이 없었다. 성 가까이에 이르렀으므로 적 파수병의 오두막이라도 있는지 모를 일이었다.

"그렇구나."

"조심들 해라."

서로 조심시키면서 일행은 곧 몸을 낮췄다. 역시 토적시절부터 익숙한 일이라, 모두 민첩하기에는 그만이었다. 걷는 일이나 기어오르는 데도 가장 힘들어 보이는 것은 도키치로였다.

"자, 이것을 붙들고 올라오시오."

히코에몬은 바위를 기어오르자, 도키치로에게 창대를 내밀었다. 도키치로가 그것에 매달리면 히코에몬은 한 손으로 끌어 올렸다. 그렇게 해서 낭떠러지를 올라갔다.

평지로 나왔다.

아까부터 보이고 있는 불빛은 그곳에서는 서쪽에 해당하는 산 틈에서 어둠이 짙어짐에 따라 더욱 뚜렷이 반짝이고 있었다.

그 불빛이 샛길의 초소라면 당연히 길은 그곳밖에 없을 것임이 틀림없다.

"어쨌든……."

일행은 그곳을 돌파하기로 결심했다.

"······잠깐, 기다려."

도키치로는 서두르는 사람들을 제지했다.

"초소를 지키는 군사들이라야 뻔한 노릇이니 조금도 겁날 것은 없지만, 겁나는 건 이나바 산에 연락이 가는 것이다. 봉화대가 있다면 당연히 초소 근처에 있을 테니 그것을 찾아내 두 사람쯤 지키고 섰거라. 그리고 몇 놈이 도망쳐서 급한 변고를 알릴 염려도 있을 게다. 그것에 대비해 나머지 반은 뒤꼍을 지켜라."

일행은 잠자코 끄덕였다. 이미 짐승들처럼 어둠 속을 기어가기 시작하고 있었다.

불빛은 가까워졌다.

웅덩이를 지나 골짜기를 기어 올라갔다.

그러자 뜻밖에도 주변에 삼밭이 있는 듯, 삼냄새가 물씬 풍겨온 것이다.

메밀밭도 있었다. 파나 고구마 같은 것도 심겨 있다.

"······이상하군."

삼밭 속에서 도키치로는 고개를 갸웃거렸다. 오두막집의 모양새와 주변의 밭으로 보건대 암만해도 초소 같지가 않았던 것이다.

"······섣불리 덤비지 말아라. 내 살피고 올 테니까."

도키치로는 소리가 나지 않도록 조심하며 삼밭에서 감쪽같이 기어 나갔다.

집이 보였다. 단순한 지역민의 집에 불과했다. 형편없는 오막살이였다.

유심히 바라보니 희미한 등불 자락에 2개의 그림자가 보였다.

한 사람은 연로한 모친인 듯, 자리 위에 길게 누워 있었다. 또 하나는 아들인지 노모의 허리를 주무르고 있다.

"······."

도키치로는 갑옷과 칼로 단단히 무장한 처지인 것도 잊고, 그 광경을 넋을 잃고 바라보았다.

늙은 모친은 이미 머리가 하얗고, 아들은 억세어 보이기는 했지만 나이는 열 예닐곱에서 더 많아 보이지 않았다.

"······."

그는 그 모자가 딴 사람처럼 생각되지 않았다. 돌연 나카무라에 있는 모친과 자신의 소년 시절을 본 것 같은 느낌이 든 것이다.

"······어라?"

노모의 허리를 주무르던 젊은이가 갑자기 눈이 날카로워지며 말했다.

"어머니, 잠깐 기다려 주십시오. ······어쩐지 좀 이상한 것 같습니다."

"무슨 일이냐, 모스케야?"

노모도 몸을 일으킨다.

"갑자기 벌레소리가 딱 그치는데요?"

"헛간에 또 무슨 짐승이라도 들어온 게 아니냐?"

"아닌 것 같은데요."

그는 크게 고개를 저으며 말했다.

"짐승이라면 불빛이 비치는 동안에는 접근할 리가 없습니다."

성큼성큼 툇마루로 나오는가 했더니, 어느 틈에 젊은이의 손에는 나무꾼들이 쓰는 큰 칼이 들려 있었다.

"누구냐, 거기 숨어 있는 놈은!"

──고함과 함께,

"떠들지 말아라······."

도키치로가 삼밭에서 검푸른 물결을 일으키며 불쑥 일어났다.

"······?"

깜짝 놀랄 줄 알았건만 젊은이는 눈을 부릅뜨고 그를 빤히 쳐다보고 있었다.

이윽고 중얼거렸다.

"······난 또. 뉘신가 했더니 가시하라(樫原) 성채에 계신 무사님이셨군요?"

도키치로는 그에는 대답하지 않고 돌아다보며 뒤에 숨어 있는 자들에게 손짓을 하며 호령했다.

"이 집을 포위해라. 도망치려는 자가 있으면 누구든 베어 버려라!"

10명 가까운 갑옷 차림의 무사들은 일제히 삼밭에서 뛰쳐나와 순식간에 오두막집 앞뒤를 에워쌌다.

"왜 그러죠?······ 무슨 큰 일이라도 난 것처럼 우리 집을 에워싸는 겁니까?"

모스케라고 불린 젊은이는 그렇게 중얼거리면서 자기 앞으로 다가오는 도키치로에게 나무라듯이 또 말했다.

도원 81

"이 집에는 나와 어머니 단 둘뿐이오. 야단스럽게 포위할 일도 없을 텐데요. 대체 무슨 일인가요, 무사님들?"

툇마루에 버티고 선 채 그렇게 말하고 있는 눈매에는 조금도 당황한 기색이 없었다. 오히려 지나치리만큼 침착했다. 일행을 얕보는 듯한 눈매였다.

도키치로는 툇마루 끝에 걸터앉으며 말을 걸었다.

"젊은이. 실은 만약을 위해 한 일이다. 놀라게 해서 미안하게 됐다."

"나는 별로 놀란 것 없어요. ……하지만 어머니는 놀라셨을 거요. ……사과하려면 우리 어머니한테 사과하시오."

대담한 말투였다.

단순한 토민인 것 같지 않았다. 도키치로는 집안을 둘러보았다.

"이봐라, 모스케야. 어쩌자고 무사님더러 그런 실례의 말씀을 드리느냐? ……뉘신 지는 모르나 마을을 떠나 이렇게 산 속에서 살고 있는 아이올습니다. 배운 것이 없는 타라 그러는 것이니 아무쪼록 용서해 주십시오."

노모는 조금 앞으로 나앉으며 아들 대신 도키치로에게 사과했다.

"노인이 이 젊은이의 모친이오?"

"예. 그렇습니다."

"예의도 모르는 산 사람이라고 했지만 내가 보기에는 노인 말투나 이 젊은이의 태도로 보건대 단순한 토민으로는 보이지 않는데?"

"원 별말씀을, 하찮은 산사람입니다. 겨울에는 사냥을 하고, 여름에는 숯을 구워 마을에 내다 팔아서 겨우 살아가고 있는 모자입니다."

"지금은 그런지 모르겠소. 하지만 예전에는 그렇지 않았을 거요. 노인만 해도 틀림없이 어엿한 집안의 부인이었을 것이오. ……나는 사이토가의 가신은 아니지만 까닭이 있어 산중을 헤매고 있소. 그대들을 해칠 생각은 조금도 없으니 괜찮다면 내력을 밝혀 줄 수 없겠소?"

──그러자.

모친 곁에 단정히 앉아 있던 모스케가 문득 물었다.

"무사님, 무사님은 오와리 사투리를 쓰는 것 같은데요. 혹시 오와리 분이 아니십니까?"

"음, 나는 나카무라가 고향인데."

"네, 나카무라요? 그럼 그리 멀지도 않군요. 저는 니와 고을 고키쇼(御器所)가 고향이에요."

"허어, 그럼 너하고는 같은 영국(領國) 출신이구나."
"오와리에서 오신 무사님이라면 숨김없이 말씀드리겠습니다. ……아버님은 호리오 다노모(堀尾賴母)라고 하셨으며, 저는 아명이 고타로. 지금은 모스케라고 합니다. 아버님은 오랫동안 니와 고을의 고구치 성에서 노부나가님의 일족이신 오다 시모쓰케노가미 노부기요님을 모시고 있었습니다."
"오오. 그것 참 기구한 인연이구나. 노부기요님의 신하였다면 노부나가공의 가신이나 다름없는 터."
"……하지만 노부기요님은 무슨 불만이 있으셨는지 일족인 노부나가님을 배반하고 사이토가에 이용을 당해 미노측과 내통하셨습니다."
"그렇지…… 이와무로 즈쇼가 전사하고 이어서 마에다 이누치요…… 지금은 마에다 마고시로 도시이에(前田孫四郞利家)라고 하는 분이 토벌군이 되어 같은 일족이면서도 여러 해를 두고 서로 싸웠었지."
"제 아버님도 그 싸움에서 전사하시고, 또한 주가(主家)도 마침내 멸망하고 말았습니다. ……그래 저는 홀로 남은 어머니와 함께 미노의 친지를 찾아 이 산골까지 왔습니다만, 어차피 미노와 오와리는 두고두고 싸움이 그치지 않을 사이. 미노의 신세를 지면 오와리를 적으로 삼게 되고 오와리에 그냥 살면 노부나가님에 적대한 배신자의 부하라고 비웃음을 받게 됩니다. ……차라리 이 산속에 오막살이를 짓고 밭을 일구어 스스로 의식을 해결하면서, 홀어머니를 모시고 그럭저럭 살아 온 터입니다."
──이 젊은이가 후일의 호리오 모스케 요시하루(堀尾茂助吉晴)였다.
좀더 자세히 말하자면 오와리의 고끼쇼 태생으로, 호리오 요시히사의 아들이며 아명은 니오마루(仁王丸), 그 뒤에는 고타로라했고, 관례 후에는 모스케로 고쳤다는 기록으로 미루어보아, 어쩌면 즈이류 산(瑞龍山) 산가에서 토민으로 지내던 무렵에는 아직 고따로라고 불렸을지도 모른다.
도키치로와 그와의 사이에 주종의 인연이 맺어진 것은 사실상 이 때부터였다. 그뒤 시즈가타케(賤獄)의 싸움에서 용맹을 떨친 7인 창수(七人槍手) 중에도 그 이름이 들어 있고, 만년에는 이즈모(出雲), 오키(隱岐) 두 영국 69만 석을 차지하고 있다가 69세로 세상을 마칠 때까지의 40여 년 동안, 싸움터에서 해를 맞고 해를 보내면서 무명을 떨친 사람이다. 그러나 그는 평생토록 무인들이라면 흔히 자랑하기 쉬운 '무훈담' 같은 것은 결코 남에게 말한 일이 없었던 그런 성격의 사람이기도 했다.

그것은 어쨌든.

도키치로는 모스케 모자의 입을 통해서 그들의 내력을 듣자 마음속으로 몹시 기뻐했다.

'쓸모 있는 녀석을 만났는걸……'

그가 스노마타의 한 성을 차지한 이래, 마른 논에 물을 끌어들이고 싶듯이 바라던 것은 인물이었다. 인물 중의 인물이었다.

그리고 그 인재에 대해서도 그는 '한번 써보고 쓸 만하면 쓴다'는 식이 아니었다.

'이 사나이는 쓸모가 있다.'

이렇게 생각하면 다짜고짜 끌어당겨 품속에 넣은 다음, 서서히 자기 것으로 만드는 것이다. 아내 역시 그런 방법으로 맞았다.

도자기나 그림이나 불상 같은 것을 감식하는 사람들이 그 예술품을 감정하여 판단하기 전에 보다 예민하고 빠른 육감에 의해서 진위를 판별하듯이 그가 인물을 구하는 것도 같은 육감에 의하여 진위를 판단한 것이다.

"음, 그만하면 내력은 잘 알아들었다. 그렇다면 모스케의 모친께 할 말이 있소. 그대는 이 젊은이를 이대로 평생토록 숯이나 굽고 산돼지나 쫓고 하며, 이런 산중에서 보내게 하고 싶지는 않으실 텐데?……어떻소, 아드님을 나한테 맡기지 않겠소? 모친까지 함께 맡으려는 거요. ……하지만 나 자신이 아직은 변변치 않은 녹을 받고 있는 몸이오. 오다 노부나가공의 가신 기노시다 도키치로라는 사람인데, 지체는 낮지만 내세울 것이 있다면 젊음이오. 창 한 자루를 움켜쥐고 이제부터 입신하려는 처지니, 말하자면 주종이 함께 고생해 보자는 거요. ……어떻소, 의향은?"

도키치로는 모자의 모습을 번갈아 바라보며 말했다.

모스케는 눈이 둥그레진다.

"네? 저를요?"

노모 역시 꿈이 아닌가 기뻐하면서 벌써부터 눈물이 글썽거린다.

"같은 무사가 되더라도 오다님을 섬기게 될 수만 있다면, 오명으로 더럽혀진, 싸움터에서 돌아가신 아버님도 얼마나 기뻐할는지 모르겠습니다."

"……모스케야. 고마우신 말씀을 기꺼이 받아 들여서 아버님의 억울한 오명을 씻어라."

그렇게 말했다.

물론 모스케는 이의가 없었다. 즉석에서 주종의 약속은 성립됐다. 성립되자마자 도키치로는 이 나이어린 새 부하에게 명령했다.

"실은 이나바 산성 후문으로 잠입하려고 예까지 왔는데, 지도는 있지만 길을 잃어서 어찌할 바를 모르던 중이다. 첫 임무치곤 다소 무겁지만, 그대에게 안내역을 명하는 바이니 곧 나서도록 하여라."

모스케는 좀처럼 대답하지 않았다. 도키치로가 가지고 있는 지도를 보여달라고 했다. 한동안 그것을 들여다보며 골똘히 생각에 잠기더니, 이윽고 찬찬히 다시 접어 도키치로에게 돌려주면서 대답했다.

"알겠습니다."

그리고 이어서 묻는다.

"여러분 모두 식량 준비는 충분하십니까? 두 끼 분의 식량을 가지고 계십니까?"

그러나 가지고 온 식량은 길을 잃은 탓으로 이미 거의 바닥이 난 참이었다.

"후문 급수로까지는 거리로 따지면 불과 25리 정도지만, 암만해도 두 끼 정도의 양식은 준비하지 않으면 안 됩니다."

모스케는 곧 피밥을 짓고 된장과 소금에 절인 매실 등을 곁들여, 자기 것까지 10명 분의 주먹밥을 만들었다.

밧줄을 하나 올가미로 만들어 들고, 허리에는 부싯돌과 선친의 유물인 칼을 찬 정도로 가볍게 몸차림을 하였다.

"그럼 어머니, 떠나겠습니다. 처음부터 싸움에 임하게 된다는 것은 무척 운수 좋은 일이기는 하지만, 무운 여하에 따라서는 이것이 마지막 작별이 될는지도 모릅니다. ……그때는 모스케란 자식은 없었던 셈 치고 체념해 주십시오."

막상 헤어지게 되자, 모자는 역시 안타까운 심정을 금치 못하는 듯했다. 도키치로는 차마 바라보고 있을 수가 없었다. 삼밭과 캄캄한 산 밑으로 막연히 눈을 돌리고 있었다.

노모는 막 돌아서려는 아들을 다시 불렀다.

"모스케, 모스케. 여기에 물을 넣어 가지고 가거라. 도중에 반드시 목이 마르게 될 게다."

노모는 벽에 걸려있던 큼직한 조롱박을 벗겨서 내 주었다.
"이거 마침 잘됐군."
도키치로뿐만 아니라, 히코에몬도 그 밖의 부하들도 모두 기뻐했다.
지금까지도 물 때문에 무척 애를 먹었던 것이다. 즈이류 산 일대는 험한 바위산이어서 샘물이 극히 드물었다.
또한 꼭대기로 올라가면 올라갈수록 더욱 물이 귀했다. 큼직한 조롱박이라 여기에 물을 가득히 채워 가지고 가면 열 사람의 목을 축이기에는 충분했다.
오두막집을 나와 어둠 속을 걷기 시작하였다. 절벽을 만나면 모스케는 갈고리가 달린 밧줄을 던져 나무뿌리 같은 데에 걸어 가지고, 자기가 먼저 올라가서 일행을 끌어올려 주었다.
"여기는 뒷길의 또 뒷길입니다."
모스케는 말했다.
"좀더 수월히 갈 수 있는 곳도 있습니다만 그쪽으로 빠지면 게야키 골짜기의 진터를 비롯해서 초소가 여러 군데 있습니다. 자칫하면 들키기 십상입니다."
그 말을 듣고 도키치로는 아까 지도를 보였을 때 모스케가 그것을 들여다본 채 쉽사리 대답을 하지 않은 까닭을 알았다. 그만큼 그는 용의주도했던 것이다.
'아직 어린애 티를 못 벗은 데도 있지만, 범상치 않은 녀석이다.'
도키치로는 마음속으로 더욱 모스케를 기특하게 여겼다.
조롱박의 물은 모두 열 사람의 땀으로 바뀌어 버리고 말았다. 머지않아 날이 새리라 생각될 무렵, 모스케도 비 오듯 하는 땀을 씻으며 제의를 했다.
"이렇게 지쳐 가지고는 싸움도 못할 게 아닙니까. 잠시 여기서 주무시는 게 어떨까요?"
도키치로는 끄덕이며, 대체 여기는 어디쯤이냐, 성 후문까지는 아직 멀었느냐——고 물었다.
"자는 것도 좋지만……."
"바로 저 밑입니다."
모스케는 발밑에 있는 골짜기를 가리켰다.
"무엇이? 바로 저기란 말이냐?"

깜짝 놀라 일동이 긴장하자, 모스케는 팔을 내저으며 제지했다.

"이젠 큰소리를 내시면 안 됩니다. 풍향에 따라서는 성 안에 들릴 수도 있으니까요."

"……."

도키치로는 그 골짜기가 내려다보이는 곳까지 기어갔다. 골짜기를 메우고 있는 어두운 수목은 바닥 모를 호수 같았다. 유심히 오랫동안 바라보고 있으려니 그 어두운 수목 사이로 분명히 거대한 석벽과 방책이나 곳간 지붕 같은 것이 희미하게 보였다.

"음……과연 여기는 적성 바로 위로구나. 좋다. 그럼 날이 샐 때까지 잠깐 눈을 붙여 보기로 할까?"

도키치로를 비롯한 10명은 팔 덮개를 베개 삼아 땅바닥에 누웠다. 모스케는 빈 조롱박을 수건으로 싸서 슬며시 주인 도키치로의 머리를 베개 대신 받쳐 주었다.

일각쯤 잤을까?

그 동안 모스케만은 혼자 자지 않고 조금 떨어진 곳에 꼼짝도 않고 서 있었다.

"오오!"

그 모스케가 갑자기 소리를 내는 바람에 도키치로는 곧 머리를 치켜들었다.

"뭐냐, 모스케?"

모스케는 동쪽 하늘을 가리켰다.

"해가 솟으려는 참입니다."

과연 날이 밝아오고 있었다. 이 산꼭대기를 빼고는 모두 망망한 구름바다였다. 바로 밑이라던 이나바 산성의 뒷골짜기조차 보이지 않았다.

"날이 샜다."

"해가 뜬다."

서로 한 마디씩 하면서 하치스카 히코에몬을 비롯하여 아우인 마다주로, 이나다 오이노스케, 가지다 하야토, 나가이 한노조 등은 모두 일어나 앉는다.

"자, 당장 기습을 합시다."

벌써부터 부르르 몸을 떨며 갑옷을 고쳐 입고 신발을 고쳐 신고 하였다.

"아니다. 그 전에 먼저 밥부터 먹어 두자."

도키치로는 앉음새를 편안히 고쳤다.

어젯밤 모스케의 집을 떠날 때 준비해 온 두 끼분 양식은 이것으로 꼭 마지막이었다.

조롱박에 물은 이미 없었다. 그러나 아침 해에 물들어 가는 구름바다를 바라보면서 먹는 떡갈나무 잎에 싸인 피밥은 평생을 두고 잊지 못할 만큼 맛이 있었다.

먹기를 마치자 마침 골짜기의 안개가 훤히 개기 시작했다. 적성의 후문이다. ——촉(蜀)의 잔도(棧道)를 떠올리게 하는, 칡덩굴과 담쟁이덩굴로 뒤덮여 있는 다리가 바라다보였다. 절벽도 보인다. 이끼 낀 거대한 축대와 방책 같은 것도 보인다.

그 곳은 햇빛이라고는 도무지 닿지 않는 습지라고 해도 좋을 만큼 어둡고 축축한 바람이 끊임없이 불고 있었다.

"신호등은?"

도키치로가 둘러보자, 가지다 하야토가 이내 대답했다.

"제가 가지고 있습니다."

"그래? ……그것을 모스케한테 맡기고, 쏘아 올리는 방법을 가르쳐 주도록 하여라."

"예. ……자, 그럼 모스케?"

"네."

"이리 오너라."

하야토는 신호통과 화약 주머니를 내놓고 사용법을 설명했다.

"알겠는가, 모스케?"

도키치로는 벌떡 일어나며, 다시 한 번 모스케더러 다짐을 한다.

"이제부터 우리는 수문을 찾아 그쪽으로 쳐들어갈 작정이다. 그대로 여기서 귀를 기울이고 있다가 무슨 소리든 고함이 들리기 시작하면, 곧 이 신호를 올리는 거다. 알겠느냐. 실수 없이 해야 하느니라."

"알겠습니다."

모스케는 대답하고 신호통 곁에 버티고 선 채, 용감하게 골짜기를 향하여 내려가는 주인 일행을 바라보고 있었다.

——그러나 다소 불만스런 표정이기도 했다. 자기도 따라가고 싶었던 것

이다.

　구름바다는 차차 노도와 같은 형상을 뚜렷이 드러내기 시작했다. 이윽고 미노, 오와리의 평야가 그 밑으로 선명하게 내려다보인다.

　삽시간에 한여름 아침이 시작되었다. 아침부터 유난히 내리쬔다.

　이나바 산 밑 성시는——나가라 강과 거리의 모습이 바로 눈 아래 있었다. 그러나 사람이라고는 단 하나도 보이지 않았다.

　"……웬일일까?"

　해는 점점 높아진다.

　모스케는 초조해서 견딜 수가 없었다. 역시 난생 처음 겪는 싸움이라 가슴만 두근거리고 있었다.

　그때 갑자기 탕, 탕, 탕 하는 총소리가 요란하게 메아리치며 울려 왔다.

　그 순간부터 모스케는 제정신이 아니었다. 그러나 자기 손으로 하늘 높이 쏘아 올린 신호가 마치 오징어가 먹물을 내뿜은 것처럼 푸른 하늘에 뚜렷이 꼬리를 끌고 있는 것을, 그의 눈은 분명히 확인했다.

　하늘에서 내려오기나 한 것처럼, 정말 그런 형국이었다.

　성 안 후문께를 8, 9명의 적이 돌아다니고 있었다.

　그것도 극히 태평한 얼굴로 잡초가 무성한 넓은 공터를 이리저리 두리번거리며 걸어오고 있는 것이다.

　그 때문에 처음에는——.

　그 모습을 본 이나바 산성의 군사들은 우군이라고만 생각하고, 근처의 신탄 창고나 왕겨 곳간 처마 밑에 둘러앉아 아침밥을 먹으며 잡담을 나누고 있었다.

　연일 싸움이 계속되고 있다 해도, 그것은 이 넓은 성곽 전체로 보면 주로 성문 전면에서 있는 일이고, 이 후문 일대는 뻐꾸기나 두견새 소리마저 들릴 만큼 한가한 천연 요새였던 것이다. 어쩌다가 멀리서 콩볶는 듯한 소총 소리가 들려 오는 수가 있어도, 후문을 수비하고 있는 몇 안 되는 군사들은 어디까지나 여기는 싸움과는 동떨어진 곳이라고 생각하고 있었다.

　'또 해대는구나!' 하고 생각하는 정도였다.

　밥을 먹으면서 도키치로 일행을 바라보던 사이토가의 군사들은 차츰 미심쩍은 눈을 돌리기 시작했다.

　"뭘까, 저건?"

"저 친구들 말인가?"

"음, ……이상하게 어물쩡대고들 있지 않나? 어렵쇼? 방책 초소를 들여다보네?"

"앞쪽에서 어느 분이 순검 오신 게 아닌가?"

"뉘실까?"

"글쎄…… 여느 때와 다른 갑옷을 입어 놓으면 통 알 수가 없단 말이야."

"가만 있자. ……부엌 채에서 한 사람이 타고 있는 장작을 들고 나왔는걸. 뭘 할 작정일까?"

젓가락을 든 채 바라보고 있노라니까 타고 있는 장작을 들고 뛰어나온 사람이 장작창고로 들어가더니 산더미 같은 마른 나무에 불을 지르기 시작했다.

다른 자들도——,

한 사람, 또 한 사람, 불을 날라다가는 다른 광 속에 집어 던진다.

"……저, 적이다!"

둘러앉았던 병사들은 비로소 뛰쳐 일어나며 고함쳤다. 그것이 우스웠던지 저만치 떨어진 곳에 서 있던 도키치로와 하치스카 히코에몬은 돌아다보며 히죽이 웃었다.

병사들은 기겁을 하여 부르짖었다.

"크, 큰일났다!"

"이쪽이다. 나와라, 모두 나와라!"

그렇게 외쳐대기도 했으나, 막상 도키치로들을 향하여 덤벼오는 자들은 없었다.

거짓말처럼 유유히 도키치로 일행은 예정했던 행동을 마칠 수 있었다.

"자, 됐다!"

남은 것은 혈전이 있을 뿐이었다.

적도 이미 대기소 근처에서—— 또는 수문 쪽에서 우르르 이쪽으로 쇄도해 오고 있다.

"뭣이!"

"적이라고!"

일곱, 여덟 채, 지붕을 나란히 하고 있던 각종 창고에서는 벌써 검은 연기가 치솟고 있었다.

호리오 모스케가 쏘아올린 신호 소리가 그 뒤에서 울렸다.

도키치로는 히코에몬과 다른 부하 한 명만을 데리고 연기 속을 빠져나와 성벽을 끼고 서쪽으로, 서쪽으로 달렸다. 이윽고 한 칸의 성문에 이르자 외쳤다.

"여기다, 여기다. 부숴 버려라!"

적의 잡병을 베고 빼앗은 창끝에 밤새 지니고 다녔던 그 조롱박을 매달아 담 너머로 무턱대고 휘둘러댔다.

이미.

신호를 보자마자 성 밑에 대기하고 있던 오다군은 세 갈래로 요충을 뚫고 진공을 개시하여, 그 중 1대는 도키치로 일행이 부숴대는 문 밖까지 밀어닥치고 있었던 것이다.

곳곳에서 상당한 격전이 있었지만, 이나바 산은 한나절 만에 어이없게 함락되고 말았다.

그 원인으로는,

첫째, 후문 일대에 번진 불로 성내가 한꺼번에 혼란에 빠졌다는 것.

둘째, 누가 퍼뜨린 것인지는 모르지만, "배신자가 있다!" 는 말이 퍼져간 사실.

사실 이것은 도키치로 일행이 떠들어 댄 것을 당황한 병사들이 더욱 당황하여 옮긴 것이었지만, 그 때문에 우군끼리 맞싸우기도 하여 낙성을 촉진시키는 결과가 됐다.

셋째로는——.

이것 또한 중대한 패인이었다는 것이 나중에야 판명됐지만, 누구의 계책으로 꾸몄는지 어리석은 다쓰오키는 훨씬 전부터, 성 밖에 나가 싸우고 있는 장졸들의 처자를 위시하여 부호인 상인 가족과 성시의 남녀노소들을 성 안이 꽉 차도록 인질로서 끌어들였던 것이다.

장졸들의 처자는,

——항복을 방지하기 위해.

그런 독전의 뜻이 있었고, 또한 민간인들은 모두 자국의 부요, 재산이기 때문에, 이 역시 적에게 이용되지 않아야 한다는 생각에서 단행된 일이었지만, 누가 알았으랴, 이런 계책을 낸 이나바 이요노카미는 이미 도키치로와 내통이 되어 있어서, 군사적으로는 가세를 할 수 없지만 이면적으로 도우리라는 묵계 하에 행하여진 반란의 계책이었던 것이다.

그 때문에 성내의 혼란은 한층 심했고, 들이닥친 적에게 충분히 항전할 수도 없었다.

동시에 때를 노리는 데 재빠른 노부나가는 일찍부터 다쓰오키의 성품을 꿰뚫어보고 있었던 터라, 난전 중에 사자를 보내서 서면을 통하여 이런 말을 다쓰오키에게 전했다.

'불륜의 집안은 지금 하늘이 꾸짖는 불길 속에 놓여 있으며 또한 아군 병마에 의하여 포위되어 있도다. 영민들은 한결같이 찌는 더위에 자비로운 비를 만난 듯이 반기며 성시에는 환호성이 드높도다. 그러나 그대는 나의 아내의 조카, 나는 여러 해 전부터 그대의 소심과 어리석음을 가엾이 여겼을지언정, 굳이 칼을 들이댈 생각은 없노라. 차라리 그대의 평생을 보장할 수 있는 녹을 기꺼이 내릴 생각이니라. 살기를 원한다면 항복을 알리는 사자를 즉각 나의 군문으로 보낼지어다.'

아니나다를까, 다쓰오키는 그 서면을 보자마자 곧 항복하리라는 뜻을 밝히고 일족인 사이토 구로에몬, 히네노 빗주노가미, 나가이 하야토, 마키무라 우시노스케, 그밖에 30여 명의 측근만을 데리고 성밖으로 나와 버렸다.

노부나가는 그들에게 호위병을 달아 가세 고을까지 호송한 뒤 놓아 주고, 다쓰오키의 아우 신고로(新五郞)를 내세운다면 뒷날 사이토가의 명백이 끊어지지 않을 정도의 땅은 내주마고 약속했다.

이리하여 이나바 산은 함락되었다. 미노의 태산북두(泰山北斗)로 일컬어졌던 성은 떨어졌다.

오와리와 미노 두 영국을 합하여 노부나가가 차지한 영지는 일약 120만 섬으로 늘어났다.

노부나가는 고마키 산에서 이나바 산으로, 세 번째로 성을 옮겼다.

동시에 기후(岐阜)라고 이름을 고치고, 성도 기후 성으로 고쳐 불렀다.

여기 한 사람, 사이토가에도 고결한 무사가 있었다. 도도(堂洞)의 성주 기시 가게유(岸勘解由)가 그 사람이었다.

그는 주가의 멸망을 보고, 노부나가로부터도 자기를 따르라는 권유를 받았지만, 그에 답하여 가게유는 말했다.

"뜻은 고마우나 망가(亡家)의 뜰에도 한 그루 벚나무는 있을 법한 일. 불손하다고 할는지는 모르나 물려받은 화살을 유감없이 쓰고 벚꽃처럼 깨끗이 질 작정이오."

 오와리의 대병을 맞아 보름에 걸친 선전 끝에 화살과 총알이 다한 날, 그는 타오르는 불길 속에서 부부가 서로 맞찌르고 죽음을 맞이했다.

 노부나가는 비석을 세워 주었다. 그리고 그 뒤에도 그 얘기를 가끔씩 했다.

 초가을인 9월.

 도키치로는 스노마타로 귀성했다. 이 때부터 그는 비로소 일군의 대장으로서의 진표를 주군으로부터 허락받았다. 가을 햇빛에 달랑달랑 흔들리며 달려가는 장대 끝의 조롱박이 그것이었다.

노모를 받들다

 지난날에 비하면 기요스의 거리는 무척 쓸쓸했다. 사람도 줄었고 큼직한 상가나 무사들의 저택도 눈에 띄게 줄어들었다.
 그러나 그런 쇠퇴에는 변화의 만족이 깃들어 있었다. 모든 생명의 원칙대로 모태는 그 임무를 다하면 이윽고 늙게 마련인 것처럼, 노부나가가 언제까지나 향리에 붙어 있지 않는다는 것은 향리 자체에는 쇠퇴를 가져와도 보다 큰 의미에서 모두 반기고 있기 때문이다.
 여기——.
 그런 모태가 또 하나 늙어 가고 있었다.
 도키치로의 모친이었다.
 그녀는 올해 어느 새 쉰하나가 된다. 지금은 며느리인 네네와 함께 기요스의 무사 마을 조그만 집에서 조용히 여생을 보내고 있는 몸이지만, 불과 2, 3년 전만 해도 나카무라에서 농사를 짓고 있었던 터라 흙일에 거칠어진 손은 아직 뼈마디가 굵었고, 도키치로를 맏이로 하여 네 아이를 낳고 보니, 이는 많이 빠져 버렸지만, 머리 같은 것은 그리 흰 편도 아니었다.
 진중에 있는 도키치로가 보내오는 편지에는 늘 잊지 않고 적는 사연이 있었다.

'허리는 아직 아프십니까? 뜸은 계속하고 계시는지요? 어머님은 예전 생활이 몸에 배셔서 잡수시는 것도 무엇을 드리든지 아깝다, 과분하다⋯⋯ 고만 하시고 좀처럼 몸의 영양은 돌보시지 않으심이 멀리 떨어져 있어도 늘 걱정입니다. 부디 네네에게 말씀하셔서 아침저녁으로 생선이나 육류 같은 것을 잡수시기를 바랍니다. 그리고 오래도록 살아 주십시오.

제 소원은 지금 그것 하나뿐입니다. 제가 원체 우둔하여 어머님이 오래도록 살아 계시지 않으면 제가 생각한 대로 봉양을 해 드리고 싶어도 그 겨를이 없지 않을까 두렵습니다. 다행히 저는 진중에서도 건강하며 무운도 좋은 편이어서, 주상께서도 항상 잊지 않고 계시니 저에 대한 염려는 놓으십시오. 그저 섭생에 유의하시고, 매일 매일을 즐겁게 보내 주시기 바랍니다.'

미노를 점령한 후에도 진중에서 보내는 이런 편지가 몇 십 통 집을 찾아들었는지 모를 정도였다.

그 때마다 늙은 모친은 며느리에게 보인다.

"아가야, 이 편지 좀 봐라. 꼭 어린애 같은 소리만 하지 뭐냐."

네네 역시 자기한테 온 남편의 편지를 시어머니에게 내보이며 말했다.

"제게 오는 편지는 좀처럼 이렇게 다정하지만은 않습니다. 불조심, 남편이 없는 동안 여자가 할 일, 그리고 어머니를 모시는 일⋯⋯."

"네 남편은 원래 빈틈이 없거든. 너한테 보낸 편지와 나한테 보낸 편지가 하나는 엄하고 하나는 부드럽고, 그러니까 그 양쪽을 합쳐 보면 꼭 알맞게 되도록 쓴단 말이야."

"호호호, 정말 그런지도 모르겠어요."

네네는 진심으로 시어머니를 공경했다. 아니, 시어머니라기보다 자신이 이 어머니의 뱃속에서 태어난 듯, 때로는 응석도 부리고 농도 하며 웃음이 그치지 않도록 힘썼다.

노모가 가장 기뻐하는 것은 뭐니뭐니 해도 역시 도키치로의 편지였다. 그것이 한동안 뜸해져서 어쩐지 걱정이 되던 참에 오늘 마침 스노마다에서 편지가 왔다. 그러나 웬일인지 오늘은 네네한테만 보내고, 어머니에게 보낸 편지는 없었다.

지금까지 남편은 어머니에게는 보내와도 자기한테는 보내지 않고, 어머니에게 보낸 편지 말미에 몇 마디 덧붙이는 적은 있었다.
 그러나.
 아내에게만 보내고 모친에게는 보내지 않은 예는 지금까지는 없었다.
 ——혹시 무슨 변고가 생긴 것이 아닐까? 어머니에게 걱정을 끼쳐 드리고 싶지 않기 때문이 아닐까? 네네는 문득 그렇게 생각했다.
 그래서——.
 혼자 자기 방으로 들어가 겉봉을 뜯어보니 여느 때와 달리 긴 사연이었다.
 '주상께서 무사히 미노 입국을 마치셨소.'
 그런 서두로 시작하여 자신은 스노마다로 개선했음을 적고, 이어서 용건으로 들어가 다음과 같은 내용이 적혀 있었다.
 ——오래 전부터 어머님도 당신도 내 곁에 맞아 들여 조석으로 같이 지내는 것이 큰 소원이었는데, 이제 겨우 나도 한 성의 임자로서 5만 섬의 영지를 차지했고 진표의 사용 허락도 내렸으니, 이만하면 어머님을 모셔도 별 고생을 시켜 드리지 않으리라 생각하오.
 그러나 어머님께선 진작부터——혹시 같이 지내게 된다면 여러 가지로 불편해질지도 모르며, 그래서는 주군을 섬기는 데도 지장이 있으리라는 생각이 든다. 그리고 나는 농사꾼 할멈. 지금의 신세도 과분할 정도다——그렇게 입버릇처럼 말씀하시었소.
 따라서 내가 말씀드리면 반드시 딴 말씀을 하시고 응하시지 않을 것이 틀림없소.
 주군께서는 큰 뜻을 품으시어 결코 현재와 같은 정도로 만족하실 분이 아니오. 그렇듯 큰 뜻을 품은 주군을 모시는 나 역시 어승마를 따라 스노마다는 고사하고, 머지않아 중원까지도 진출하게 될지 모르오.
 주군을 모시는 것도 물론 중요하지만, 내가 목숨을 걸고 일하는 것은 어머님이 기뻐하시는 모습과 그대의 행복한 모습을 보고 싶기 때문이기도 하오. 그대 곁에 내가 있는 것 못지 않게 나도 때로는 싸움의 여가에 어머님 슬하에서 응석도 부리고 싶고, 그대와 같이 오순도순 저녁상을 받고 싶은 생각이 드는 때도 한두 번이 아니라오.
 어머님께 잘 말씀드려서 당장이라도 이 스노마다 성으로 옮기시도록 권해 주기 바라오. 가재도구나 그 밖의 자질구레한 짐 같은 것들은 그대로 내버려 둬도 좋소. 이쪽에서 하치스카 히코에몬이나 호리오 모스케를 보낼 테니 모시러 간 가마에 오직 몸만 실으시면 되오.
——이상과 같은 남편의 편지는 끝에 가서 회답을 기다린다는 말로 맺어져 있었다.
'뭐라고 말씀하실까?'
그것은 네네도 알 수 없었다. 그러나 남편의 분부는 중대하다고 그녀는 생각했다.
"얘야, 아가야. 잠깐 좀 나와 봐라."
마침 뒤꼍에서 시어머니의 부르는 소리가 들렸다.
"네."
툇마루로 내려서 그녀는 뒤꼍으로 돌아가 보니 시어머니는 뒤뜰 공터를 일군 남새밭에서 오늘도 농사꾼처럼 괭이를 들고 가지 포기에 흙을 돋우어 주고 있었다.
아직 한낮에는 늦여름의 더위가 심했다.
땅이 축축한 채소밭은 더욱 그랬다. 괭이를 든 늙은 시어머니의 손에는 땀이 번들거리고 있었다.
"세상에 이렇게 날이 더운데."
네네는 저도 모르게 그런 말이 나왔다.
'농사일은 나 좋아서 하는 일. 조금도 개의할 것 없느니라.'
여러 번 그런 말을 듣기는 했지만 농가에서 자라지 않아서 농사의 참맛을 모르는 그녀는 다만 그것이 노동을 하는 모습으로밖에는 보이지 않았다.
그러나 요즈음은 차츰 늙어가는 시어머니가 어째서 농사일을 손에서 놓지 않는지 그 심정을 다소나마 알 수 있을 것도 같았다.
시어머니는 자주 고마운 흙이라는 말을 하곤 했다.
가난 속에서도 4남매를 키우고 자기도 이 나이까지 아무튼 굶지 않고 지내 올 수 있었던 것은, 바로 흙의 덕분이라고 하는 것이었다.
아침에는 합장하고 태양에 빌었다.
그 역시 나카무라에 있을 때부터 습관이 된 것이라고 한다.
지난 생활을 잊지 않으련다.
별안간 호의호식하고 흙과 태양의 은혜를 잊는다면 반드시 벌이 내려 병들어서 죽게 되리라.
그런 말을 한 적도 있었지만, 사실 입 밖에 내지는 않아도 아들이나 며느리를 은근히 가르치려는, 보다 큰 뜻도 품고 있었음이 틀림없다. 네네도 그 정도까지는 노모의 심중을 짐작하고 있었다.
"오, 나왔냐? 이것 좀 봐라."
그녀의 모습을 보자 노모는 괭이를 놓고 자신이 공들인 결과를 기쁜 듯이 가리키며 말했다.
"가지가 이렇게 많이 열렸구나. 또 좀 따다가 겨울 밑반찬으로 말려 둘까 하는데, 그 때처럼 바구니를 가지고 나와서 거들어 주지 않겠니?"
"네."
네네는 되돌아와 바구니를 2개 내다가 하나는 시어머니에게 넘겨주고, 나란히 쪼그리고 앉아 자기도 바구니에 따 넣었다.
"낮잠 한숨 안 주무시고 이렇게 공을 들이시는 덕분에 반찬은 모두 어머님이 가꾸신 것으로 충분합니다."
"드나드는 장사치들이 이상하게 생각하지는 않더냐?"
"하인을 통해서 듣고, 그러시다면 낙도 되고 몸에도 좋으실뿐더러, 가용돈도 그만큼 줄어들 테니 얼마나 좋은 일이냐고 하더랍니다."
"인색해서 이런 짓을 하는 것으로 알려진다면 이집 주인인 도키치로 체면이 말이 안 될 게다. 장사치가 들르거든 다른 물건이라도 팔아 주도록 해라."
"그렇게 하고 있어요. ……참, 그리고 어머니, 이런 데서 말씀드려서 죄송합니다만, 스노마다에서 편지가 왔어요."
"그래? 네 남편한테서 말이냐?"
"네. ……하지만 오늘은 어머님 앞으로 보낸 것은 없고, 저한테만 왔습니다."
"누구한테 왔건 무슨 상관이냐…… 그래, 여전히 무고하다더냐? 한참 동안 소식이 없었던 것은 이노에서 돌아오느라고 그랬던 모양이지?"
"그런 것 같습니다. 그런데 편지에 의하면……이번에는 정식으로 성주로서의 허락이 내렸고 영지도 5만 섬으로 늘었으며, 진표까지 허락을 받았으니 이제는 어머님을 가까이 모셔도 괜찮으리라고, 제가 잘 말씀드려서 단시일 안에 스노마다로 옮기시게 하자는……그런 사연이 자세히 적혀 있었습니다."
"그래? ……그것 참 반갑구나. 영주님께서는 네 남편의 어디가 그토록 마음에 드셨는지 모를 일이야. 정말 꿈같은 출세이긴 하다만 우쭐해서 실수나 하지 않을까 겁나는구나."

자식의 반가운 소식을 들으면, 그것이 덧없는 꿈이 되지 않을까 어머니의 마음에는 새로운 걱정이 생기는 것이었다.

나란히 밭에 앉은 시어머니와 며느리의 손에 따여 담기는 가지는 어느새 바구니를 자줏빛으로 메우고 있었다.

"어머님, 허리가 아프시죠?"

"아니다. 내 몸은 오히려 이렇게 하루에 얼마 동안씩이라도 일을 해야 오히려 편하단다."

"저도 어머니를 도와서 이따금 밭일을 하면서부터는 오이니, 가지니, 찌갯거리를 아침마다 따는 것이 아주 즐거워졌어요. ……스노마다 성으로 옮긴 후에도 성 안에는 넓은 터가 있을 테니 밭일은 그냥 계속하도록 하셔요."

"호호호호."

노모는 흙에 더렵혀진 손등을 입에 갖다 대며 말했다.

"너도 네 남편과 마찬가지로 빈틈없기는 그만이구나. 스노마다로 옮기는 것으로 벌써 정하고 있으니 말이야."

"어머님."

네네는 정색을 하고 밭고랑에 무릎을 꿇으며 애원했다.

"저도 이렇게 소원입니다. 심정을 참작해 주세요."

그러자 늙은 시어머니는 허둥지둥 네네의 손을 잡아 일으키며 말했다.

"어쩌자고 이렇게…… 내 고집 때문에 너까지……."

"아니어요. 어머님의 배려는 잘 알고 있습니다만……."

"늙은이의 외고집이라고 섭섭히 생각진 말아라. 내가 스노마다로 안 가는 것은 네 남편을 생각해서야. 주군을 섬기는 데도 지장이 있을 게고."

"그이도 그 점은 잘 알고 있습니다."

"가뜩이나 그 애 출세가 빨라놔서 나카무라의 원숭이 녀석이…… 한다든지, 보잘 것 없는 농사꾼 아들 녀석이……하는 시기 속에 놓여 있는 네 남편이야. 두루뭉수리 같은 농사꾼 할멈이 성 안에서 밭이나 일구고 있으면 부하들도 그 애를 우습게 볼 게고, 결국 네 남편도 거북해질 게 아니냐?"

"아닙니다. 어머님, 그것은 괜한 걱정이십니다. 체면을 차리고 남의 이목에 좌우되는 사람이라면 또 모르되, 그이는 그런 것과는 동떨어진 분이에요. ……그러니까 그이 밑에 있는 부하들 역시…….”

"그럴까? 이런 할멈이 성주의 어미랍시고 나타나도 그 애 체면을 해치거나 하지 않을까?"

"그렇게 그릇이 작은 사람이 아닙니다."

네네가 단호하게 잘라 말하는 바람에 노모는 놀란 눈을 크게 떴다. 이윽고 그 눈에서 기쁨에 겨운 눈물이 줄을 지어 흐르기 시작했다.

"내가 안할 소리를 한 것 같구나. 아가야, 용서해 다오."

"어머님, 해가 저물어 갑니다. 그만 손을 씻으시고……."

네네는 무거워진 두 바구니를 양 손에 들고 앞장섰다.

저녁 청소가 시작되었다. 하인과 함께 네네도 비를 들었다. 걸레질도 했다. 특히 시어머니가 거처하는 방은, 되도록 그녀가 손수 치우고 있었다.

불을 켠다.

그리고 저녁상.

시어머니와 며느리의 밥상 외에 도키치로의 몫도 반드시 객실에 차려 놓고 먹곤 했다.

"허리를 주물러 드릴까요?"

이따금 신경통을 앓는 것이 노모의 지병이었다. 환절기의 밤바람을 쐬면 더욱 심해졌다.

네네가 다리를 주물러 주는 대로 노모는 편안히 잠드는 듯했으나, 그 동안 곰곰이 생각했던 모양이었다. 이윽고 일어나 앉으며 네네에게 말했다.

"아가야. 너도 얼마나 남편 곁에서 살고 싶겠느냐? 쓸데없는 고집만 부린 것이 후회스럽구나……내일이라도 당장 스노마다에 답장을 내도록 해라. 이 어미도 스노마다로 옮기고 싶으니 급히 사람을 보내도록 하라고 말이다."

도키치로는 고대하고 있던 아내의 답장을 받아 보고 하치스카 히코에몬, 호리오 모스케 등을 비롯한 30여 명의 가신을 불러 명했다.

'모친 영접 차'라는 임무를 부과하여 그날로 기요스로 보냈다.

'내일이면 어머님을 이 성에 모신다.'

어머님을 어느 방에 모실까? 어찌하면 어머님께서 즐거워하실까?

그는 어린애처럼 기다렸다.

그런데 깨끗이 청소된 성문에 모친을 태운 가마보다 하루 먼저, 생각지도 않았던 귀한 손님이 나타났다.

손님은 소박한 차림에 삿갓을 깊숙이 눌러쓰고, 종자도 둘 밖에 없었다. 그것도 하나는 젊은 여자였고, 또 하나는 소년이었다.

"만나 뵈면 알 거요."

이 말이 그대로 도키치로에게 전해지자 그는 어딘가 짚이는 것이 있는 듯했다.

"그렇다면……."

그러더니 그는 즉각 성문까지 마중을 위해 몸소 달려 나왔다.

"오오, 역시!"

"오래간만입니다."

짐작한 대로 손님은 구리하라 산의 다케나가 한베 시게하루였다.

시종인 동자는 고쿠마. 여자는 한베의 누이동생 오유였던 것이다.

"일행이라곤 이뿐이오. 일족은 아직 보다이 산에 수없이 남아 있지만, 일단 세상을 버린 이 한베는 주연도 족연도 끊은 거나 다름없는 사람입니다. ……귀공과는 진작부터 약속이 있었고, 때도 된 것 같기에 산가를 버리고 다시 세상으로 내려왔습니다. 의지할 곳 없는 우리 세 사람을 가신의 말석에라도 끼워 주실는지……."

도키치로는 무릎께까지 손을 내려 허리를 굽히며 진심으로 대답했다.

"이 무슨 겸손의 말씀. 미리 연락하여 주셨더라면 제가 산까지 영접하러 갔을 것을 그랬소."

"아닙니다. 기껏해야 오갈 데 없는 산사람 하나가 내려오는데 영접이 다 뭡니까?"

"아무튼 어서 이리로……."

그는 앞장서서 한베를 안으로 안내하고는 하석에 앉아 그를 대하려고 했다. 한베는 한사코 상좌를 거절하며 듣지 않았다.

"이래 가지고야 귀공을 섬기려는 내 뜻에 어긋납니다."

도키치로는 다시 충심으로 말했다.

"아니오. 나로서는 귀공 위에 서서 귀공을 맞아들일 만한 기량이 되지 않소, 주군 노부나가공께 천거해 드리고 나는 다만 귀공을 스승으로 모시고 앞으로 여러 가지로 배울 작정이오."
한베는, 아니오——! 하고, 분명히 고개를 흔들더니 말했다.
"처음부터 말씀드린 대로 나는 노부나가공을 섬길 생각은 추호도 없소. 옛 주군 사이토에 대한 의리뿐만 아니라, 만약 이 한베가 노부나가 공을 섬기게 되면 반드시 군기를 떠나는 일이 다시 벌어질 것만 같아서 하는 말이오. ……소문에 듣는 노부나가공의 성품과 이 한베의 되지 못한 성격을 비추어 볼 때, 도움이 되지 않는 주종이 될 것 같은 예감이 드는 거요. 그 점에 대해서 귀공은 마음이 쓰지 않아서 좋소. 타고난 제 고집도 널리 혜량해 주실 것 같소. ……그런 그늘 밑이 아니면 몸을 의탁할 수도 없는 이 한베요. 부디 말단 가신의 하나로 생각해 주시기 바라오."
끝까지 한베는 그렇게 고집하며 물러서지 않았다.
"정히 그러시다면, 이 도키치로뿐만이 아니라 가중 전체의 군학의 스승으로서 마음 편히 계셔 주시기 바라오."
그런 선에서 낙착이 된 듯 두 사람은 밤이 되자 등불 밑에서 술을 나누며 밤이 깊은 것도 잊고 즐거운 얘기를 주고받았다.
다음 날은 그의 모친이 스노마다에 도착하는 날이었다. 도키치로는 부하들을 대동하고 성 밖으로 10리가 넘는 마사키(柾木) 마을까지 모친의 가마를 맞으러 나갔다.
마을 어귀 민가에 말을 매고, 도키치로 주종은 머지않아 도착할 노모의 가마를 기다리고 있었다.
벽과 지붕뿐인 오막살이에 영주가 들어앉자 마을 사람들은 어쩔 줄을 모르도록 황공해 하며 허둥지둥 승창과 삿자리를 내놓는다, 촌장의 딸이 성장을 하고 접대를 한다, 때 아닌 소동을 벌이기도 했다.
늦가을 하늘은 푸르렀다.
울타리에는 국화가 향기로웠고 은행나무 가지에서는 때까치가 시끄럽게 울고 있었다.
"나카무라가 그리운 걸."
도키치로는 곁에 있는 부하더러 말했다. 무슨 일을 당하든 언제나 그는 고향을 잊지 않고 있었다.
그러는 동안에 마을 개구쟁이들과 코흘리개들이 벌 떼처럼 모여들었다.

나무 그늘이나 대숲 사이로 엿보며 속삭였다.

"영주님이시래, 저 사람이."

"아니야. 이쪽에 계신 분이야."

"멋진 걸."

"훌륭한 말이구나."

처음에는 겁을 먹고 멀리서 수군거리고만 있던 것이 차차 근처를 뛰어다니기 시작하더니, 무슨 놀이라도 벌인 듯 떠들썩하기까지 했다.

촌장 노인이 꾸짖으며 쫓아버린다.

"이놈들! 영주님께서 계신 앞에서 이 무슨 짓들이냐? 저리 가거라. 안 가면 그냥 두지 않을 테다."

도키치로는 손을 들어 제지하며 말했다.

"여봐라. 그렇게 야단칠 것 없다. 아이들은 낯선 사람들을 보고 신명이 났을 뿐인데, 내버려 두어 마음대로 놀게 하여라."

도키치로는 부하를 시켜 금박 그림이 들어 있는 나무함을 꺼내게 했다. 그것은 가마 안에서 심심풀이로 드시라고, 모친을 위해 준비해 가지고 온 과자였다. 그는 그것을 아이들에게 조금 나누어주려고 손짓을 했다.

"애들아. 과자를 줄 테니 이리 오너라."

촌장에게 꾸중을 들은 개구쟁이들은 저만치 늘어선 채, 아무도 앞으로 나서지 못하고 있었다.

과자는 먹고 싶지만, 영주님은 어쩐지 무섭다는 모두 그런 얼굴이다.

"여봐라. 그 제일 꼬마인 코흘리개, 이리 오너라. 무서울 것 없다. 과자를 줄 테니 이리 오너라."

손가락을 입에 물고 꼬마가 앞으로 나왔다.

도키치로의 손에서 과자를 넘겨받자 도망치듯 되돌아간다.

도키치로는 차례차례 한 움큼씩 과자를 나누어 주었다. 그 광경을 아이들의 부모들은 땅바닥에 꿇어앉은 채 눈물을 흘리며 바라보고 있었다.

"마을 어른들에게도 무엇 좀 내리리라."

얼마쯤의 돈을 마을 노인들에게 나눠 주라면서 부하를 통해 촌장에게 넘겨주었다. 촌장은 요즈음 같은 난세에 있을 수 없는 자비심이라며 기겁을 하게 놀라 온 마을에 전하고 다녔다.

"좋은 영주님을 만난 것 같구나."

마을 사람들은 모두, 조상으로 모시는 신이 강림하기나 한 것처럼 멀리서도 그를 향해 절을 했다. 그 조상신은 성격도 명랑한 듯 부하와 마을 사람들을 상대로 하여 연신 얘기를 나누며 웃고 있었다.
이윽고 멀리까지 나가 대기하고 있던 부하들이 두세 명 달려왔다.
"대부인 행차가 보이기 시작합니다."
그렇게 전했다.
"오오!"
도키치로의 얼굴에는 숨길 수 없는 기쁨이 빛난다.
촌가 처마 밑에서 일어나 그는 마을 어귀까지 걸어갔다. 이미 모친이 탄 가마는 바로 저만치까지 와 있었다.
호위하고 오던 무사들은 마중 나온 주인의 모습을 보자, 일제히 말에서 내렸다.
하치스카 히코에몬은 곧 가마 옆으로 다가가 전했다.
"성주께서 예까지 마중 나오셨습니다."
"그렇하오?"
가마 안에서도 그리움에 떨리는 노모의 목소리가 들렸다.
"내려 주시오. ……내리겠소."
말하기조차 바쁜 듯했다.
가마가 섰다.
무사들은 좌우에서 무릎을 꿇고 늘어앉으며, 일제히 머리를 숙인다.
네네는 먼저 가마에서 내려 시어머니의 가마 곁으로 다가가 손을 부축했다. 그러자 그 발밑에 급히 짚신을 갖추어 놓는 무사가 있었다. 바로 남편인 도키치로였다.
"……"
미처 말도 나오지 않았다. 벅차 오는 가슴을 걷잡지 못하며 네네는 다만 눈으로 남편에게 인사했을 따름이었다.
노모는 아들의 손을 붙들며, 그 손을 받쳐 들고 절이라도 할 것같이 말했다.
"성주께서 이 무슨 과분한…… 가신들도 있는 앞이니 너무 개의치 말아다오."
"무고하신 모습을 보고 불초 자식도 안심했습니다. 개의치 말라는 말씀이지만 어머님은 저희 집의 어머님, 저는 오늘 성주로써 마중 나온 것이 아니니 조금도 염려하실 것 없습니다."

"그럴까."

노모는 가마 밖으로 내려섰다. 아들 외에는 모두 땅에 앉은 채, 고개를 들고 있는 사람이 없었다. 그 앞을 걸어가려니 차라리 눈이 부셨다.

"피곤하실 겝니다. 잠깐 여기서 쉬어 가시도록 합시다. 스노마다 성까지는 이제 10리쯤밖에 남지 않았습니다."

모친의 손을 부축하여 먼저 앉아 있었던 처마밑 승창으로 안내했다.

노모는 안내하는 대로 승창에 앉아 황금빛 은행나무 가지 너머로 가을 하늘을 우러러보고 있었다.

'다소 눈물이 많아지신 것 같다.'

도키치로는 넌지시 모친의 건강을 살피는 것이었다. 그러나 어머니의 손은 나카무라에 있을 때처럼 볕에 그을려 거무스레했다.

"······꿈만 같구나."

이윽고 중얼거린 모친의 혼잣말로, 넋을 잃고 있는 듯한 모친의 심중을 비로소 짐작할 수가 있었다. 그 말을 듣고 도키치로도 새삼스럽게 지나 온 세월들이 돌이켜졌다.

그러나 그로서는 꿈만 같다고는 느껴지지 않았다. 뚜렷한, 현실적인 발자취를 과거에서도 보는 것이다. 예까지 걸어온 오늘이란 이 날이 그에게는 당연히 도달한 한 역참으로만 그에게는 생각되는 것이었다.

"반갑습니다."

"얼마나 기쁘십니까?"

어느 틈엔지 영주가 그의 모친을 고향에서 모셔오는 길이라는 소문이 퍼져 마을 사람들은 줄레줄레 모여들어, 멀리서 꿇어앉은 채 그렇게 축하했다.

떡을 쪄서 내놓는다.

차를 날라온다.

그리고 낡은 요령을 든 노파 하나가 토속적인 춤을 추는가 하면, 그에 따라 소리가 나오고——온 마을이 경축 일색이었다.

잠시 쉬고 나서 가마와 말과 사람들의 행렬은 그 곳을 떠나 다시 스노마다로 향했다.

"어머나, 예쁘기도 해라."

노모를 받들다 105

"고운 가마네."

흩어지는 은행나무 잎과 해말간 가을 볕 아래서 아이들은 신이 나게 춤을 추고 있었다.

평화스러웠다.

무사가 대열만 짜고 나섰다 하면 삽시간에 불길이 하늘을 태우고 화살과 총탄이 땅을 뒤흔드는 것이 보통이었으니 아이들의 눈에도 그것은 더없이 아름답게 보였으리라.

이윽고.

스노마다 성이 보이기 시작했다.

뽀얀 저녁 안개 속에 본성의 등불이 서너 개 반짝이고 있었다.

성문 근처에는 화톳불과 횃불로 벌겋게 물들어 있을 만큼, 영접하는 사람들이 줄지어 있었다. 한 집안의 기쁨은 곧 한 성의 기쁨이었다. 또한 영지 전체의 기쁨으로 번져 가고 있었다.

웬일인지 그는 부친에 대해서는 남에게 말하는 일도 없었고, 평소에도 그리 그리워하는 기색을 내보이지 않았다.

모친에게는 남달리 효성이 지극한 사람인데 하고 은근히 의아스럽게 생각하는 자도 있었으나, 이번에 그 모친과 아내를 스노마다로 맞이하면서도 부친에 대해서는 역시 아무 말도 없었다.

"우리 집이 나카무라 근처였기 때문에 부친인 지쿠아미란 사람을 잘 알지만……"

성내의 무사 대기소에서 그전 고로꾸 당의 한 사람이었다는 가신이 언젠가 동료들에게 넌지시 귀띔한 말을 참작하면, 그 점에 대한 의문이 다소 풀릴 수 없는 것도 아니었다.

그의 의붓아버지 지쿠아미는 그 뒤에도 줄곧 방탕했던 모양이었다. 이른바 여편네를 울리는 전형적인 사나이여서 술과 계집만 쫓아다니다가 그 때문에 건강을 해쳐, 벌써 수년 전에——도키치로가 어느 싸움터에 나가 있는 사이에 나카무라의 오막살이에서 병사했다는 것이 마을 사람들이 말하는 진상이었던 것이다.

그 때문에 나카무라 일대에서는 지쿠아미를 좋게 평하는 사람은 하나도 없었지만, 도키치로의 모친에 대해서는 끝까지 정절을 다했다고 누구나 칭찬하고 동정했다.

도키치로의 출세가 차차 고향 사람들에게도 알려지기 시작하자, 갑자기 그의 모친은 마을 사람들의 아첨과 공치사를 받기 시작했다.

"역시 어렸을 때부터 히요시 도련님은 어딘지 다른 데가 있었단 말이야."

그런 때도 마을사람들은 의붓아버지 지쿠아미에 대한 말은 결코 입 밖에 내지 않았다. 오히려 모두 이렇게들 말했다.

"······야에몬이 살아 있었다면."

도키치로가 지쿠아미의 친아들이 아니고 죽은 기노시다 야에몬의 아들이라는 것은 나카무라에서는 누구나 알고 있는 사실이었기 때문이다.

그러나 그 친아버지에 대해서나 계부에 대해서도 도키치로가 통 말을 하지 않는 것은, '그 말을 들으시면 어머님이 괴로우실 게다.' 그렇게 어머니의 심정을 헤아리고 있기 때문이었다.

그것은 차차 성내의 가신들 사이에도 말없는 가운데 알려져 갔다.

노모와 네네가 스노마다로 옮긴 다음 달에 도키치로의 가정에는 다시 세 사람의 육친이 한데 모여 살게 되었다.

그 한 사람은 누님 오쓰미.

그리고 아버지가 다른 아우 고치쿠와 누이 동생이었다.

오쓰미는 이미 서른이 가까웠다. 그런데도 아직 미혼이었다.

도키치로는 이 누님에게 약속한 것이 있었다.

"누나, 어머니를 부탁해. 내가 훌륭해지면 누나에게 비단 허리띠도 사 주고, 좋은 데 시집도 보내 줄 테야."

소년 시절, 가난에 허덕이는 집안을 맡기고 고향을 떠날 때 누님에게 한 약속이었다.

그는 그 약속을 실천하기 위해 아내와 의논했다. 다음 해, 아내의 친척인 기노시다 야스케(木下彌助)를 오쓰미의 남편으로 택하여 성 안에서 혼례를 올렸다. 이 야스케가 후일의 미요시 무사시노가미 가즈미치(三好武藏守一路)였다.

그러나——.

누님 이상으로 도키치로가 마음을 쓴 것은, 아버지가 다른 아우와 누이동생이었다.

고찌꾸는 이름을 바꾸어 고주로(小十郎)라고 부르게 하고, 무사로 등용시켰다. 후일의 야마토 히데나가(大和秀長)가 이 사람이다.

막내동생은――훨씬 나중 일이기는 하지만 이에야스에게 출가했다가 얼마 안 되어 죽어 버리고 말았다.

이리하여 지금 한 가족이 모이고 보니――모친은 새해 들어 51살, 누님은 30, 아우는 24, 누이동생은 21살이었다.

"모두 훌륭하게 성장했군요."

도키치로는 모친을 보고 말했다. 모친의 만족스런 얼굴을 보는 것이 그의 기쁨이었다. 또한, 내일을 위한 보람이기도 했다.

인교원계(隣交遠計)

오와리, 미노 두 영국을 합하면 120만 섬은 실히 되는 대국이었다.

오늘의 노부나가는 이미 어제의 노부나가와는 달랐다.

이나바 산의 이름을 기후로 바꾸고, 노부나가는 기후 성에 들어앉았다.

에로쿠 8년의 새 봄.

기후 성에서 맞는 첫 봄을 축하한다는 뜻에서 단바(丹波) 하세(長谷)의 성주인 아카자와 가가노카미(赤澤加賀守)는 자기가 아끼던 두 마리의 매 중에서 한 마리를 일부러 사자를 시켜 보내왔다.

아카자와 가가노카미는 매사냥의 명인으로, 또한 매를 키우는 명가로 당시 널리 알려졌던 사람이다.

노부나가도 어렸을 때부터 매사냥을 좋아한다는 말을 들었기에 특별한 호의를 보여 온 것이다.

그런데――.

노부나가는 사자를 크게 환대하고 사의도 충분히 표했지만, 그 사자가 보고 있는 앞에서 매를 놓아 주고 말았다.

"이 매는 당분간 하늘에 맡겨 두기로 한다."

그리고 매가 다시 뜰에 내려앉아도 그저 바라보고 있을 뿐, 거두어 키우게 하지 않았다.

사자는 뜻밖으로 생각하여, 물었다.

"혹시 무슨 언짢으신 일이라도…… ?"

"아니오."

노부나가는 크게 미소 지으면서 이렇게 대답하였다.

"……보시오. 지금 조정은 쇠미할 대로 쇠미하고, 사해(四海)는 소란하며 백성들은 마음 놓을 겨를이 없는 이 세태를……. 노부나가는 아카자와공 이상으로 매 사냥을 좋아하지만, 지금은 그런 짓이나 하고 있을 때가 아닌 것 같소. 언제든 상경을 단행하여 제국의 군웅들을 진압시킨 다음, 한가해진 하늘로 매도, 마음도 마음껏 날리고 싶소."

이어서 말하며 칼 같은 것도 선사하며 치하하여 돌려보낸 일이 이 새 봄에 있었던 것이다.

"아카자와공의 뜻은 감사하게 받았소. 사자도 수고가 많았소."

같은 매사냥 취미를 가지고 있는 교토의 공경들에게까지 그 말은 퍼져 갔던 모양이다.

나중에 그 말을 듣고 그들은 비웃으며 말했다.

"오와리, 미노 두 영국을 차지하는 데 10년이나 걸린 노부나가가, 천하에 뜻을 두고 있는 모양인데, 두 나라에 10년이란 비율로 따지면 대체 몇 십 년이 걸려야 하는 건지? …… 아니, 그전에 노부나가 자신이 십만 억토로 떠나 버리지 않으면 좋으련만……."

그렇게 한동안 전상(殿上)의 웃음거리가 됐었다고 한다.

누가 알았으랴——그로부터 불과 3년 후에는 교토의 아시카가 요시아게 장군도 노부나가에게 의지하지 않으면 안 됐던 것이다.

그러나——.

노부나가의 요즈음의 생활을 가까이에서 보고 있는 자들도, 비웃는 편이 옳은 것으로 생각하고 있었다. 천마가 하늘을 달리는 듯한 희망에의 매진은 전혀 보이지 않았던 것이다.

오히려 기후성에 들어앉은 다음부터는 한가로이 봄날을 즐기고만 있었다. 그전처럼 매사냥이나 춤을 추러 나돌아 다니지는 않았지만, 그의 주변은 항상 고요했다.

늦봄——.

꽃잎은 어스름 달빛이 비치고 있는 처마를 거쳐, 그가 졸고 있는 팔걸이 근처에까지 흩어져 내리고 있었다.

"……아, 참."

무슨 생각을 했는지, 그는 별안간 편지를 적어 스노마다까지 사자를 보냈다.

요즈음은 도키치로도 한 성의 수장이 되어, 부르면 언제든지 대답할 수 있는 곳에 대령하고 있지 않은 것이 노부나가는 다소 쓸쓸한 듯했다.
 넓은 스노마다 강을 건너 노부나가의 서장(書狀)은 도키치로의 성 안까지 전해졌다.
 여기서도 이 해 봄은 평화 속에 저물고 있어 솔바람이 부는 동산 그늘에는 하얀 등꽃송이가 한가롭게 흔들리고 있었다.
 본성의 넓은 뜰을 껴안고 있는 그 동산 뒤쪽에는 최근에 지은 강당식 건물과 그에 딸린 한 채의 조그만 살림채가 있었다.
 다케나가 한베와 누이동생 오유는 그 살림채에서 살고 있었다.
 큼직한 강당식 건물은 가신들의 수양과 무술연마를 위해 세워진 것이었다. 다케나가 한베를 스승으로 하여 아침에는 논어·효경 등의 강의가 있고, 낮에는 창술과 검술의 연마, 다시 밤에는 늦게까지 한베가 손오의 병법을 강의했다.
 한 나라의 기풍을 이 스노마다에서부터 바로잡아가려는 듯, 한베는 열의를 다하여 젊은 가신들의 교양을 위해 힘썼다.
 수장 도키치로부터가 그랬지만, 이곳 가신들은 고로꾸 당 출신인 토적들이 그 중심이었다.
 도키치로는 자신을 돌아다보고, 자신에게 결여되어 있기 때문에 항상 가져 보려고 애썼던 것을 그들에게 안겨 주리라고 생각했다. 초야에서 자란 야성적인 힘만으로는 장차 자신에게 진정으로 소용되는 부하는 만들어질 수 없었다. 그것을 우려했던 것이었다.
 그 때문에——.
 다케나가 한베를 맞기가 무섭게 그는 스스로 한베를 스승으로 삼는 예를 갖추고 강사를 세워 그를 군학 사범으로서, 그에게 가신들의 교육을 일임했던 것이다.
 기풍은 크게 달라졌다. 한베가 손자나 논어를 강의할 때는 하치스카 히코에몬 같은 자들도 빠짐없이 참석하곤 했다.
 다만 유감스러운 것은 장본인인 한베 시게하루의 건강이 여전히 여의치 않은 점이었다. 그 때문에 가끔씩 휴강을 하는 바람에 수강생들을 실망시켰다.
 오늘도 낮에는 강의를 했지만 밤 강의는 중지하기로 하고, 한베는 날이 저물자 곧 북쪽 문을 닫게 했다. 기소 강 상류에서 불어오는 저녁 바람 때문에 늦은 봄이라고는 해도, 한베의 병약한 몸은 추위를 느끼는 모양이었다.
"오라버님, 안방에 자리를 보아 두었어요. 좀 누우시는 게 좋지 않겠어요?"
오유는 오라버니가 상용하는 탕약을 책상 곁에 놓으며, 여전히 틈만 있으면 독서를 하고 있는 한베에게 조심스럽게 말했다.
"괜찮다. 몸이 아주 불편한 것도 아니니까. 주군께서 부르실지 몰라서 일부러 강의를 쉰 거다. ……잠자리에 들 준비보다는 부르시면 곧 나가 뵐 수 있도록 의복이나 갖추어 놓도록 해라."
"그래요? 오늘은 무슨 모임이라도 있나요?"
"아니."
한베는 뜨거운 탕약을 마시면서 말했다.
"아까 문을 닫으면서 네가 말하지 않았느냐. 사자의 깃발을 단 배가 기후 쪽에서 강을 건너와 이리로 오고 있다고 말이다."
"네. 그럼……."
"기후에서 주군께 사자를 보내왔다면 언제 무슨 일이 있을지 모르지 않느냐. 설사 나를 부르시지 않는다 해도 띠를 풀고 잔다는 것은 있을 수 없는 일이지."
"이곳 성주님은 오라버님을 스승으로 모시고, 오라버님은 성주님을 주군으로 섬기고 계시니 어느 편이 진심인지는 모르지만…… 오라버님은 진정으로 그분을 주인으로 섬기실 생각인가요?"
한베는 미소라도 머금은 듯한 눈을 감고 천정을 우러르며 말했다.
"……어쩌다가 그렇게 돼 버렸구나. 사나이에게 가장 무서운 것은 같은 사나이에게 반했을 때야. 경국의 미색이라도 눈 하나 깜짝하지 않을 나건만……."
그런 말을 하고 있을 때였다. 과연 즉각 와줬으면 좋겠다는 도키치로의 전갈이 왔다.
혼자 무엇인가 곰곰이 생각하고 있는 도키치로에게 잔심부름을 담당하는 무사가 전했다.
"다케나가님이 대령하고 계십니다."
도키치로는 오오――하고 고개를 들자, 곧 일어나 그를 맞았다.
다시 자리로 돌아오자 물었다.

"밤중에 오시게 해서 죄송합니다. 선생께선 요즈음 건강은 어떠십니까?"

한베는 자기를 스승으로 알고, 어디까지나 정중한 대접을 하는 도키치로의 태도를 물끄러미 바라보고 있더니 말했다.

"뜻밖의 말씀을 하십니다. 주인 되시는 분이 그렇게 말씀하시면 이 한베, 뭐라고 대답해야 할지 모르겠습니다. 어째서 한베 지금 오느냐……하고 말씀하시지 않는 겁니까? 그런 배려는 신하의 입장에 있는 자로서는 오히려 거북하기만 합니다. 하물며 저를 선생이라고 부르시다니……앞으로는 절대로 그러지 말아주시기 바라겠습니다."

"음. 그럴까? ……오히려 좋지 않을까?"

"이 한베 같은 사람을 그토록 소중히 여길 주군도 아닌 것으로 보는데요?"

"하하하. 그렇지도 않지. 나는 배운 게 없고 그대는 학식이 높소. 나는 야생적 인간이지만 그대는 보다이 산 성주의 아드님이오. 그런 데서 오는 차이인지도 모르지. ……어쩐지 한 풀 꺾인단 말이야."

"그렇다면, 그것은 이 한베가 부덕한 탓이라고 할 수밖에 없습니다. 앞으로 조심하겠습니다."

"아무튼 좋소. 차차 주종이라는 관계가 성립 될 테지. 내가 좀더 큰 인물이 되면 말이오."

말투에 도무지 꾸밈이 없었다. 이래 가지고도 한 성의 수장인가 싶어서 우스워질 정도로 너무나도 격식을 차리지 않고 있었다. 특히 한베에게는 자신의 무식도 어리석음도 벌거숭이가 되어 드러내 보이는 것이다. 조금은 배운 것도 있고 배포도 있다는 그런 허세를 전혀 보이지 않았다.

"그런데 부르신 용건은……?"

한베가 재촉하였다.

"참, 그렇군."

그제서야 생각난 듯 도키치로는 말하기 시작했다.

"실은 기후의 노부나가공께서 오늘 저녁에 서장을 보내 오셨소. 무슨 일이실까 하고 펼쳐 보니 문면은 극히 간단했소.

　　기후에 소한(小閑)을 얻었으되
　　이미 물렸으며,

풍운은 물러났으나,
다시 풍운을 바라도다.
화조풍월(花鳥風月)은 아직 벗이 아니니,
금년 계책은 어떠하뇨?

이런 질문이 적혀 있었소. 어떻게 대답해야 좋을까?"
"대답은 한 마디면 충분할 겁니다. 물으시는 의중은 명백하니까요."
"음, 그건 나도 알고 있지만……한 마디라면 어떻게 대답하지?"
"인교원계(隣交遠計)."
"인교원계라."
"그렇습니다."
"음, 딴은……."
"기후를 얻었으니 금년은 내정을 정비하시고 병마를 기르시면서 다시 때를 엿보아야 할 것이라는……그것이 노부나가공의 의중이 아니겠습니까?"
"그 생각이 틀림은 없을 거요. ……하지만 워낙 그런 성품이시라 평소라 해도 무위하게 지낼 수는 없으셔서, 이렇게 계책을 물어 오신 것일 거요."
"원계를 도모하고, 인교를 꾀하기에는……지금이 가장 좋은 기회로 생각됩니다."
"그러기 위해서는?"
"제게도 다소 생각은 있습니다만, 그런 면에는 저보다도 주군께서 종횡의 지략을 가지고 계실 터. ……우선 인교원계의 4글자만을 답장에 적어 사자를 보낸 다음 때를 보아 직접 기후 성에 헌책하시는 것이 좋으리라 생각합니다."
"그 인교는 우선 어느 나라와 맺는 것이 좋을지, 두 사람의 의중을 종이에 적어 맞춰 보는 것이 어떨까?"
도키치로의 말에,
"그러시다면 제 변변치 못한 생각을……."
한베가 먼저 적어 내자, 도키치로도 몇 자 적어 서로 바꾸었다.
펼쳐 보니,
고슈(甲州)
고슈 다케다가(武田家)

약속이나 한 듯이 일치하고 있었다.
"하하하."
"하하하."
두 사람은 웃었다. 둘 다 같은 생각을 하고 있었던 것이 유쾌했던 것이다.
도키치로는 그것을 계기로 일어나서 밤참이나 같이 하자고 한베에게 권했다.

객전에는 휘황한 등불이 켜져 있었다. 기후 성의 사자를 상좌에 앉히고 모친과 부인 네네가 도와 손님을 접대하고 있는 중이었다.

"실례했소. 왜 이리 조용들 하오. 사자께서도 편히 앉으시오. 오늘 밤은 한 번 유쾌히 마셔 봅시다."

그가 앉자, 등불도 갑자기 환해지는 듯했다. 술자리가 제대로 어울린다.

요즈음 남편은 전보다 주량이 퍽 많이 느는 것 같다. 네네는 그렇게 생각하며 원만하고 자유로운 남편의 손님 접대를 넌지시 건너다 보고 있었다.

손님을 즐겁게 하고, 노모를 웃기고, 동시에 자신도 즐기고 있는 그였다. 도키치로의 그러한 모습을 보면 술과는 인연이 없는 한베마저 자기도 모르게 술잔으로 입술을 축여 보고 싶어지는 것이었다.

잠시 후, 매형인 기노시다 야스케가 나타나고 고주로도 한몫 거들었다. 게다가 하치스카 히코에몬을 비롯한 몇몇 가신들도 가세하면서 자리는 떠들썩하고 성대한 연회가 되고 말았다.

——그러나 어느 틈엔가 도키치로의 모습이 자리에서 없어졌다.

술이 다소 과했던 것 같았기 때문이었으리라. 모친을 네네에게 맡겨 침소에 들게 한 후, 그는 혼자 뜰을 거닐고 있었다.

아직 어린 벚나무가 그래도 올해는 제법 꽃을 피웠었는데, 그것도 이미 덧없이 흩어지고 다만 여름을 재촉하는 들꽃 향기가 코를 찌르도록 어둠 속에 서려 있었다.

"아! ……잠깐!"
"네."
"누구냐, 나무 그늘에 숨어 있는 것은?"
"……네."
"오오, 한베의 누이동생 오유가 아닌가? …… 무얼 하고 있었나?"
"오라버니가 너무 늦으시는 것 같기에, 병약한 분이라 혹시나 해서……."

"오라버니를 무척 생각하는군. ……동기간의 의가 좋은 것은 곁에서 봐도 흐뭇한 법이지."

도키치로는 다가갔다. 오유가 황급히 손을 짚고 앉으려고 하자, 도키치로는 덥석 그 손을 잡으며 말했다.

"오유, 나를 저 나무 그늘에 있는 다정까지 데려다 다오. ……걸음이 시원치 않을 정도로 취해 버렸는걸. 네 손으로 차를 한 잔 끓여 다오."

"……어마나, 손을…… 황공하옵니다. 놓아 주셔요."

"괜찮다, 괜찮아. 염려 말아라."

"이, 이런 일은…… 안 되옵니다."

마침, 그때 한베가 물러나오고 있었다. 도키치로는 알아채자, 얼른 오유 곁에서 떨어졌다. 한베는 어이없는 얼굴로 머뭇거리고 있었으나 이내 힐책하듯이 말했다.

"나리, 무슨 농이십니까?"

"여어."

도키치로는 머리에 손을 얹었다. 그리고 자신의 어리석음을 비웃는 건지, 눈치 없는 상대방을 비웃는 건지 크게 입을 벌리고 웃으며 말했다.

"아니야. 뭐, 인교원계지, 개의치 마시오. 개의치 마시오."

그 후.

가을에 접어들 무렵.

하치스카 히코에몬이 한베에게 와서 의논을 했다.

"누이동생 오유를 대부인 시녀로 들여보낼 수 없겠소?"

도키치로는 여름부터 노부나가의 기후 성으로 출사한 채 아직 돌아오지 않고 있었다.

한베가 물었다.

"누가 청을 넣으신 거요?"

그것은 도키치로 자신이 기후에서 서면을 통해 요구한 것이라고 한다.

"효성이 지극한 분이시라, 성을 비우고 계시는 동안에도 자당에 대한 염려가 그치지 않소. 착한 시녀라도 있어야겠다고, 지명을 하여 부탁해 오신 거요."

"그렇다면 동생으로서도 명예스러운 일이나, 본인 생각을 물어 보고 나서……."

한베는 일단 보류해 두었다가 후일 오유에게 그 말을 꺼내봤다.

오유는 말을 듣자, 몸을 움츠리며 두려워했다. 지난 늦은 봄 어느 날 밤 뜰안 나무 그늘에서 주군의 희롱을 받았던 것 때문에 아직도 겁을 먹고 있던 것이다.

"싫으냐?"

"제발 그것만은……어떻게든 거절해 주셔요."

오유는 눈물마저 글썽거리며 말했다. 주군의 영이라고 하는 바람에 그저 와들와들 떨고만 있는 것이었다.

"울 것 없다. 거절하면 그만이니까."

한베도 강요할 생각은 없었다. 동생이 두려워하는 까닭도 알고 있는 것이다.

너무 흠이 없는 찻잔은 오히려 운치를 잃는다고도 하지만, 암만해도 주군께서는 딱한 흠이 있으신 것 같다고 한베는 생각하는 것이었다. 찻잔의 운치니, 인간미니 하여 보기에 따라서는 흥미 있게 생각할 수도 있지만, 여성의 결벽으로 볼 때는 남자가 지닌 이런 흠은 도저히 흥밋거리로 해석될 수 없는 것이었다.

하물며 보다이 산 산성에서는 심창의 공주로 자랐고, 자기가 산 속으로 들어간 다음에는 세상 이면을 모르는 심산의 처녀로 자란 오유였다. 이런 얘기를 듣기만 해도 눈물부터 글썽거리는 동생이었다. 한베는 무리가 아니라고 생각하자, 그대로 히코에몬에게 전하고 거절해 버리고 말았다.

가을도 역시 무사했다.

성내 무사들은 매일 한자리에 모여서, 한베와 히코에몬을 중심으로 무예를 연마하였고, 영내를 두루 살피기도 하며 도키치로가 없어도 훌륭히 성을 꾸려 나가고 있었다.

한편 기후 성의 움직임을 보면, 도키치로의 계책이 채택된 결과인지, 이른바 인교원계의 방침이 활발히 외교면에 반영되고 있었다.

고슈의 다케나가라면 오다가로서는 항상 등골이 서늘해지는 위협적인 존재로 생각해 왔는데, 그 다케나와 혼담이 성립되어 신겐(信玄)의 넷째 아들 가쓰요리와 노부나가의 딸이 머지않아 혼례를 올리게 되어 있었다.

신부는 방년 14살. 보기 드문 미인으로 알려져 있었지만, 사실 노부나가의 친딸은 아니었다. 가신 도오야마 다쿠미(遠山內匠)의 딸을 양녀로 맞아들인 것이었다.

 그러나 혼례를 끝냈을 때, 신겐은 무척 만족해했다. 가쓰요리와의 사이에는 노부요리라는 아들이 탄생했다.

 오다가는 북쪽 국경의 수비에 한동안 숨을 돌릴 수 있었다. 그러나 신부는 노부요리를 낳자 산후조리가 좋지 않아 죽고 말았다.

 노부나가는 다시 적자인 노부타다(信忠)와 신겐의 여섯째 딸을 혼인시켜, 양국의 유대가 느슨해지지 않도록 하려고 애썼다.

 또한——.

 미가와의 마쓰다이라 모도야스——지금은 도쿠가와씨로 개칭하고, 이름도 이에야스로 고친 그의 집안에도 혼담을 진척시켜, 군사적인 맹약을 친족적인 유대로 한층 강화했다.

 그 혼담이 성립됐을 때, 이에야스의 장남 다케지요(竹千代)는 9살이었고 노부나가의 딸 역시 겨우 9살이었다.

 오미(近江)의 사사키 록가쿠(佐佐木六角)일족과도 혼인 정책이 성립되었다. ——덕분에 기후성은 2, 3년 동안 잇따른 경사로 항상 바빴다. 속모르는 무사들은 이제 자기들 평생에는 싸움이란 다시 없으리라고 생각할, 태평한 나날이 계속되고 있었다.

밀객

얼굴이 보이지 않을 만큼 깊숙이 삿갓을 눌러 쓰고 있었다. 키가 훤칠한 40세 전후의 무사였다. 차림새로 보아 길에도 익숙한, 여러 나라를 편력 중인 무예가로 보였다.

지금——.

기후의 가마지(釜座) 거리에서 그는 점심을 마치고 나오는 길이었다. 즐비하게 늘어선 상가들을 분주히 살피며 걸어간다. 특별히 찾는 것도 있는 듯했다. 다만 이따금씩 혼자 입속으로 중얼거릴 뿐이었다.

"무척 달라졌는걸."

우러러보면 거리 어디에서나 우뚝 솟아 있는 높은 기후 성의 성벽이 보였다. 그는 삿갓을 조금 들어올리듯 하며 그것도 잠시 바라보았다. 무언가 무량한 감개가 있는 듯한 거동이었다.

문득 지나치던 상가의 부인 같은 여자가 그의 모습을 눈여겨보며 걸음을 멈췄다. 그리고, 뒤따르던 점원 차림의 사나이와 더불어 연신 고개를 갸웃거리며 무언가 소곤거리다가 이윽고 조심스럽게 다가오더니 물었다.

"저……한길에서 대단히 죄송합니다만, 혹시 나리께선 아케치 미쓰야스

(明智光安)님의 조카 되는 분이 아니십니까?"
무사는 잠깐 놀라는 기색이었으나, 냉담하게 대답했다.
"아니오."
이 한 마디 하고는 성큼성큼 걸음을 옮기기 시작했다.
……그러나 한참 걸어가더니, 이번에는 그가 오히려 돌아다봤다. 아직도 자기를 바라보고 있는 여자의 모습을 보았다.
"갑옷장이 슌사이(春齋)의 딸이었지. ……이미 남의 아내가 된 모양이구나."
모퉁이를 돌아섰다.
얼마 뒤.
무사의 모습은 다시 나가라 강가에 나타났다. 여정이라도 생각하고 있는 걸까? 풀밭에 앉은 채 물끄러미 강물을 들여다보고 있었다. 언제까지나 지리한 줄 모르고 바라보고 있다.
갈대가 바람에 나부끼고 있었다.
을씨년스런 가을 해는 이미 기울기 시작한다.

"여보시오."
누군가 등 뒤에 와 있었다. 어깨를 두드리기에 돌아다보니, 한 사람뿐만이 아니었다. 오다가의 가신들이리라. 그리고 보나마나 성시를 순검하고 있는 자들이리라.
세 사람이 한 조로 되어 있었다.
"무엇을 하고 있소?"
평범한 질문이었다. 그러나 눈길을 모아 그에게 집중하고 있는 세 사람의 표정에는 숨길 수 없는 의심이 엿보였다.
"다리가 아파 좀 쉬고 있는 길이오. 오다가의 관원들이시오?"
그도 온건한 태도로 옷을 털고 일어나며 대답했다.
"그렇소."
관원다운 말투로 바뀌었다.
"어디서 오셨으며, 어디로 가는 길이오?"
"에치젠에서 오는 길입니다. 이 기후 성에 연고자가 있어서 만날 연줄을 찾고 있는 중이오."

"가신이오?"

"아니오."

"지금 그렇게 말하지 않았소?"

"무사가 아니오. 내실에서 일을 보고 있는 여자입니다."

"이름은?"

"길거리에서는 조금……."

"귀공의 성씨는?"

"그 역시……."

"길가에서는 말하기 어렵단 말이오?"

"그렇습니다."

"그렇다면 원하시는 대로 우리들의 부교(奉行) 댁까지 안내하겠소."

타국의 간첩으로 본 모양이었다. 적당히 연행할 작정인 것이다.

부교는 그들의 우두머리를 말한다. 순검역 관원들의 책임자 급이다.

혹시 항거할 경우에 대비하는 듯, 한 명이 일부러 길 저쪽에 대고 소리를 질렀다. 조장인 듯싶은 기마 무사 한 명과, 열 명쯤 되는 보졸들이 그곳에 서 있었다.

"마침 잘됐소. 그럼 안내해 주시기 바라오."

무사는 곧 따라 걷기 시작했다.

나가라강 나루터를 비롯해서 성시 안의 경비, 여행자에 대한 검색 등, 이곳 역시 다른 영국과 마찬가지로 그 점에 대해서는 상당히 엄밀했다.

노부나가가 성을 옮긴 뒤, 아직 오랜 시일이 경과했다고는 할 수 없는 데다, 사이토가에서 다스리던 때와는 시정도, 제반 법령도 아주 달라진 까닭에 부교가 해야 할 일은 무척 많았다.

그뿐 아니라 일부에서는 지나치게 엄중하다는 말이 나올 만큼 세심한 경비를 하고 있는데도, 여전히 사이토가의 잔당들이 성시에 잠복해 있기도 하고, 타국 첩자들의 발자취를 뒤늦게야 발견하는 등의 일이 끊임없이 발생하고 있는 것이다.

모리 산자에몬 요시나리는 이 방면의 부교——책임자로서는 아주 적임이었지만, 무사라면 누구나 이런 문관적인 임무보다는 싸움터로 나가는 것이 바람직한 일인 것만은 틀림없다.

"피곤하시죠?"

그는 사저로 돌아와서야 겨우 하루의 숨을 돌린다. 그의 아내는 매일 밤 그런 딱한 남편을 맞이해야 했다.

"오늘 성내에서 심부름을 나온 길이라면서 란마루(蘭丸)가 보낸 편지를 가지고 왔습니다."

"허어, 그래?"

란마루라는 말을 듣자 요시나리의 얼굴은 절로 벙글거렸다. 아직 젖비린내가 채 가시지도 않은 무렵부터 성으로 들여보낸 아들이었다. 물론 아무 일도 못하리라는 것은 알고 있었지만, 귀여운 녀석이라며 노부나가의 눈에 들게 되어 곁에서 모시고 있는 것이었다. 그래도 근래에는 시동들 틈에 끼어서 그럭저럭 무언가 하고 있는 모양이라 요시나리에게는 성내에서 오는 편지가 적지 않은 기쁨의 하나였다.

"무슨 사연이죠?"

"별 것 아니오. 잘 있다는 것과, 주군께서도 건승하시다는 것을 적어 보냈을 뿐이오."

"언젠가 이케다님의 말씀으로는, 란마루가 감기 기운이 있었다든가 해서 며칠 동안 주군 곁에도 보이지 않았다고 하던데요. 그에 대해서는 아무 말도 없나요?"

"아주 건강하다고만 씌어 있소."

"그애는 남달리 영리합니다. 집에서 혹시 걱정할까 봐서 일부러 그런 말은 안 썼을 거예요."

"그럴 테지. 아직 어리기는 해도, 항상 주군 가까이 있으니 긴장하지 않을 수 없을 게고, 따라서 나이보다는 어른스런 데가 있지."

"그 나이로는 집으로 돌아와서 응석을 부리고 싶기도 할 텐데요."

그 때 잔심부름을 하는 무사가 나타나 고했다.

"부교께서 돌아오신 후, 다소 귀찮은 일거리가 생겨 밤중이기는 하지만 부득이 의논을 여쭈려고 왔답니다."

무라야마 셍에이(村山仙映), 이케가이 겐모쓰(池貝監物), 호리코시 구라하치(堀越內藏八) 등, 3명의 내방자의 이름을 밝히며, 대답을 기다린다.

"만나시겠습니까, 아니면……."

모두 부하들이었다.

밀객 121

"들여보내라."

요시나리는 생각할 것도 없이 그렇게 대답하고 객실로 들어갔다.

"무슨 일이냐?"

"실은……."

이케가이 겐모쓰가 동료들을 대표하여 자기들만으로는 처리가 어려워서 왔노라는 전제 아래 말하기 시작했다.

"저녁 무렵에 호리코시치가 나가라 강변에서 수상한 무사 하나를 연행해 왔습니다만."

"음."

"부교소로 끌려올 때까지는 아주 고분고분 하더니, 막상 조사를 시작하려 하자 성명도 고향도 일체 밝히지 않으며…… 다만 이곳 부교이신 모리씨를 만나면 말하겠다. 결코 수상한 사람이 아니며, 성 안 내실에 있는 나와 연고가 있는 여자도 기요스 당시부터 오랫동안 일해 온 여자다. ……아무튼 자세한 것은 부교를 만나기 전에는 결코 말할 수 없다……고 완강히 버티고 있습니다."

"그래? 나이는?"

"40쯤이 아닌가 생각합니다."

"인품은?"

"아주 의젓하며 아무리 봐도 이곳 저곳을 닥치는 대로 떠돌아다니는 무인 같지는 않습니다."

어떤 결론이 나왔는지 3명의 부하는 급히 되돌아갔다.

요시나리는 노신(老臣)을 불러 무언가 넌지시 일러둔다.

이윽고 아까 그 세 부하가 한 사나이를 대동하고 다시 나타났다. 저녁 무렵 혐의를 받고 끌려온 무사였다. 희미한 복도의 불빛을 가로질러 무사는 혼자 객실로 들어갔다.

객실 상좌에는 이미 보료를 비롯하여 손님을 맞을 준비가 갖추어져 있었다. 무예자는 노신이 권하는 대로 잠자코 자리에 앉는다.

"곧 주인께서 나오실 겁니다."

노신은 물러갔다.

은은한 향기가 어디선지 흘러오고 있었다. 뿐더러 그것은, 그것이 얼마나 귀한 향목인가를 손님이 알아주지 않는다면 아까울 정도의 값비싼 향기였다. 그것을 알아차리자 객실에 들어앉으니 한층 먼지 때가 눈에 띄는 무예자는 다소 초조한 듯, 그러나 여전히 주인이 나타나기를 묵묵히 기다렸다.

낮에는 삿갓에 가려져 있던 얼굴이 지금은 조용히 깜박이는 불빛 아래에 드러나 있다.

관원들이 의심하였던 대로 각처를 떠돌아다니는 무인치고는 얼굴이 너무 해맑았다. 눈매도 검술을 본업으로 하고 다니는 사람과는 어울리지 않게 온화했다. 깊고, 싸늘하게 보이기까지 했다.

다소곳이 차를 날라 온 여자가 있었다. 손님 앞에 잠자코 차를 놓고, 역시 잠자코 나가 버린다. 하녀로는 보이지 않았다. 필시 가족의 한 사람이리라. 어지간한 귀빈이 아니고는 이런 정중한 대접은 않는 법이었.

"오래 기다리셨소."

주인 모리 요시나리는 객실로 나와 비로소 손님의 모습을 보았다.

──역시 그렇구나.

속으로 무언가 끄덕여지는 것이 있는 듯 더욱 공손히 초면 인사를 했다.

무예자도 조용히 보료에서 내려앉으며 물었다.

"주인장께서 모리 산자에몬님이십니까? 멋대로 고집을 부리고 관원들을 성가시게 하여 죄송하오. 저는 에치젠 아사쿠라가(朝倉家) 영내에서 온 사람이오. 아케치 주베미쓰히데(明智十兵衞光秀)라고 합니다."

"역시 아케치공이였군요. 부하들의 무례를 용서해 주시오. 이제야 연락이 있었기에, 깜짝 놀라 급히 모신 겁니다."

"이름도 출생지도 전혀 밝히지 않았는데, 그쪽에서는 어떻게 저라는 것을 짐작하셨습니까?"

"내실에서 조카 되시는 여자분이 오랫동안 일을 보고 있다는 말을 하셨다기에 곧 짐작이 갔습니다. 존공의 조카라면 노부나가공의 영부인, 그러니까 돌아가신 사이토 도산공의 따님되시는 분이 미노에서 출가해 오실 때 같이 따라와 줄곧 내실에서 모시고 있는 하기지(萩路) 아가씨를 말씀하시는 것일 텐데요?"

"그렇습니다. ……놀라울 정도로 소상하시군요."

"직책상 자연히 그렇게 됐소이다. 내실과 관계되는 수많은 노녀·시녀들의 출생지·가계·인척 관계까지 두루 살피고 있습니다."

"아닌게 아니라 그래야 할 것이오."

"하기지 아가씨의 신원도 마찬가지요. 도산공께서 멸망했을 때, 미노를 떠난 채 소식을 모르는 숙부님이 계시며, 아케치 성의 아케치 주베미쓰히데라는 분이 바로 그분이라는 것을, 언젠가 내실에서 한담(閑談)삼아 털어놓은 것이 제 귀에까지 들린 것입니다. 부하들을 통해서 들은 연세와 외모, 오늘 한 나절을 성시에서 보내셨다는 점, 여러 가지로 미루어보아 존공이리라는 제 추측이 틀림없으리라는 자신이 있어 이렇게 모신 겁니다."

"과연 명확하게 살피셨습니다."

미쓰히데가 비로소 소탈하게 웃자, 요시나리도 자신의 짐작이 적중한 것을 유쾌하게 여기는 듯 미소를 지었다.

"……한데, 존공께서는 무슨 일로 멀리 에치젠에서 예까지 오셨는지요?"

이윽고 요시나리는 정색을 하며 묻는다.

미쓰히데는 맑은 눈매를 들었다.

그러더니 갑자기 목소리를 낮추며, 미닫이 밖을 살핀다.

"혹시 듣는 사람은?"

"염려 없습니다. 하인들은 멀리 물리쳤습니다. 옆방에서 나는 인기척은 제가 둘도 없는 심복으로 믿고 있는 노신입니다. 그 밖에는 복도를 지키고 있는 자가 있을 뿐, 말이 샐 염려는 없습니다."

"그러시다면 말씀드리겠소. 실은 지금 요시아키(義昭) 장군의 친서와 무로마치가의 명족, 호소가와 후지다카(細川藤孝) 나리의 서찰을 가지고 있습니다. ……모두 노부나가공 앞으로 보내는 서면이오."

"네?……장군가에서요?"

"에치젠의 아사쿠라가에는 물론 극비에 붙여야 할 일. ……도중의 각국 영주에게도 눈치 채게 해서는 안 될 용무였소. 예까지 오는 동안의 갖가지 어려움을 헤아려 주시기 바랍니다."

"……흠."

요시나리는 저도 모르게 신음하고 있었다.

다년간 혼란을 가중시켜 왔던 무로마치 막부의 내분이 또 다시 자폭을 불러 일으켜, 미요시(三好)·마쓰나가(松永) 양당이 장군 요시데루(義輝)를 시해한 것은 지난 해 6월이었다.

장군가에는 두 아들이 있었다.

하나는 녹원사의 슈고(周嵩)였으나, 이 역시 미요시·마쓰나가 도당들에게 살해되었다. 또 하나는 남도(南都)의 한 절에 있던 가케이(覺慶)였다.

당연히 가케이도 위태로웠으나, 호소가와 후지다카의 계략으로 파수병을 술로 녹이고 도망쳤던 것이다.

이것이 현재의 요시아키였다.

도망친 후, 한동안은 고슈(江州) 근방에 몸을 숨기고 있다가 환속하여 형 요시데루의 뒤를 이어 14대 장군이 된 것이었다.

나이는 27살이었다.

——그 후.

유랑 신세가 된 장군가는 와다, 록가쿠 등 영주를 찾아 전전하며 몸을 의지하고 다녔다.

물론 식객으로 세상을 살아가는 것이 목적은 아니었다.

미요시·마쓰나가 일당의 토벌.

직권과 세력의 만회.

그 두 가지가 목표였음은 말할 것도 없다.

에치고의 우에스기 겐신(上杉謙信)에게까지 멀리 격문을 보내서 원조를 요청했다.

이르는 곳마다 각국 영주들에게 도움을 청했음은 말할 것도 없다.

그러나 천하의 대사였다. 마쓰나가·미요시 양당은 중앙에서 권력을 장악하고 있었고, 이름은 장군가로되, 요시아키는 떠돌이 고등 식객에 불과했다. 병력은 물론 금력도 없었다. 또한 명성과 덕망 역시 형편 없었다.

누구나 이쯤 되면 고개를 갸웃거린다.

요시아키는 외로이 배를 타고 비와호를 건너 호쿠로쿠 방면으로 흘러갔다.

와카사(若狹)에서 에치젠으로 넘어가, 아사쿠라 요시가게 밑에 몸을 의탁하고 있으려니 마침 아사쿠라가에서 받아들이지 않아 불만을 곱씹고 있는 한 인물을 발견하게 되었다.

바로 아케치 미쓰히데였다.

미쓰히데와 호소가와 후지다카와의 인연은 이때 비로소 맺어진 것이었다.

——미쓰히데는 후지다카를 알게 된 것이 기연이 되어, 이 기후 성까지 밀서를 가져오게 된 내막을 얘기하기 전에 이런 전제를 달았다.

"다소 얘기가 길어집니다만, 우선 존공이 들으시고, 자세히 군공께 아뢰어 주시기 바라는 것입니다. ……물론 제가 지니고 있는 장군가의 밀서만은 노부나가 공 이외의 분에게 간접적으로 넘겨 드릴 수는 없습니다만."

그리고 우선 자신의 입장을 명백히 하기 위해 아케치 성을 버리고 미노에서 에치젠으로 피해 간 당시의 상황에서부터 그답게 조용하고 명석한 이론으로 자세히 밝히기 시작했다.

도라지 꽃 필 무렵

지난 10여 년 간 미쓰히데는 세상의 어려움을 골고루 맛보았다.

원래가 지식인이고, 탁상에서의 학문에만 치우치기 쉬웠던 그였지만, '산 수행을 했다……'면서 이제 와서는 겪어온 역정에 감사하고 있었다. 그러나 그 떠돌이 신세로 어렵게 보낸 지난날은 너무나도 긴 세월이었다.

미노의 내란 당시 그는 아케치 성을 불길 속에 잃어버리고, 사촌 동생인 야헤이지 미쓰하루와 함께 단 둘이서 에치젠으로 피해 갔다. 그곳 아나우마 (穴馬) 마을에서 수년간 칩거 생활을 하며, 정체불명의 한 낭인으로서 농부의 자제들을 모아 놓고 독서·글씨 등을 가르치며 근근히 살아왔다.

'언제까지 이러고 있을 수도 없는 일……'

그렇게 생각하자, 그 뒤에 불러들인 아내와도 상의하여 홀가분한 몸으로 제국 편력의 길을 떠났다.

'훌륭한 주인이 있다면, 알맞은 기회가 있다면……'

그는 다시 세상에 나갈 길을 찾는 동시에, 한편으로는 후일에 대비하여 병법학자적 안목으로 각국의 사기와 경제적인 형편, 성채 같은 것을 두루 살피고 다녔다.

그 발자취는 너무나 광범위하여 자세히는 알 수 없지만 그의 발길이 서쪽 각국으로 보다 많이 향했으리라는 것은 짐작하기 어렵지 않을 것이다. 이유는 주고쿠(中國) 서쪽 지방이야말로 문화 수입이 가장 빨랐던 곳이고, 특히 그가 오랫동안 연구 대상으로 삼고 있는 총에 대해서도 새로운 지식을 얻을 수 있는 기회가 당연히 많았을 것이기 때문이다.

주고쿠에서는 이런 일도 있었다.

모리가(毛利家)의 가신 가쓰라(桂) 아무개라는 자가 야마구치(山口) 성시에서 거동이 수상한 한 나그네를 붙잡았다.

그것이 미쓰히데였다.

여기서도 첩자 혐의를 받았으나, 미쓰히데는 자신의 내력과 자신이 품고 있는 뜻을 조금도 숨김없이 털어 놓고, 천하를 떠돌아다니는 동안에 보고 들은 각국 군웅의 현상에서 그 비밀에 이르기까지 거침없이 늘어놓았다.

심문을 하던 가쓰라 아무개는 그 해박한 지식에 놀라 그에게 기울어지고 말았다.

그는 곧 주군 모토나리(元就)에게 미쓰히데를 천거했다.

"분명히 보기 드문 인재입니다. 곁에 두시면 후일 반드시 큰일을 할 인물이라고 생각합니다."

인재를 구하고 있는 것은 어디나 마찬가지였다. 자기 나라를 떠난 인재가 다른 나라에 가서 고용되면 그만큼 강해지는 결과가 되기 때문이다.

모토나리도 그 말을 듣자, 즉각 만나 보기로 했다. 미쓰히데는 요시다(吉田)성으로 알현을 하러 갔다.

다음 날, 가신 가쓰라 아무개는 주군 앞으로 나아가 넌지시 모토나리의 뜻을 물었다.

"어떻습니까?"

"음…… 과연 그만한 사람은 좀처럼 없으리라. 의복과 돈을 주어서 정중히 영외로 보내 주어라."

"예?…… 혹시 무슨 마땅치 않은 점이라도 있었습니까?"

"음. 영웅에는 진정한 영웅과, 사납고 용맹스러운 효웅(梟雄)이 있다. 효웅이 학식까지 얻어 놓으면 오히려 자신을 파멸시키고 주가에도 해를 끼치는 법이니라…… 관상이라는 것은 그리 믿을 만한 것은 아니지만, 그의 정골이 튀어나온 것이 암만해도 마음에 걸린다. 침착하고 명석하고, 조용히 애기를 나누고 있으면 모르는 사이에 끌려들어가는 매력을 지닌 인물이지만, 나는 오히려 우둔한 주고쿠 무사를 사랑한다. 우둔한 가운데 그를 세워 놓으면 그야말로 군계일학 격으로 두드러질 테지만, 바로 그 때문에 나는 그를 꺼린다."

그렇게 말했다는 것이다.

모도나리의 평은 너무나도 정확히 뒷날의 미쓰히데의 운명을 예언한 것이었다. 보나마나 후세 사람들이 다분히 살과 꼬리를 붙여 전한 것일 테지만, 아무튼 모리가에서는 그를 고용하지 않았다.

게이슈(藝州)를 떠난 미쓰히데는 히젠(肥前) 히고(肥後)의 산야를 거쳐 오도모가(大友家)의 영내도 보았으리라. 바다 건너 해외의 넓은 천지도 상상했으리라——.

이리하여 다시 에치젠으로 돌아와보니, 조강지처는 그가 없는 동안에 병사하고 사촌동생인 미쓰하루도 타가에 몸을 의탁하고 있어 여전히 가난을 면치 못하는 오막살이였다.

그간 6년이란 세월이 흘러 있었다.

미쓰히데는 아직 앞날에 한 가닥 광명조차 찾아내지 못하고 있었다.

그 뒤, 문득 그는 어떤 기회에 암흑뿐인 처지 속에서 한 사람의 지기를 생각해 냈다.

"그렇다. 미쿠니(三國)의 엔아 스님을 찾아보자."

에치젠 후나사카에 있는 쇼넨사(秾念寺)의 스님이었다. 편지 왕래를 한 일이 있는 정도일 뿐 대단치 않은 사이였지만, 아무튼 그를 의지하고 찾아가 봤다.

엔아는 그의 인물을 탐탁히 여겼는지 여러 가지로 편의를 보아 주었다. 쇼넨사 문앞에 집 한 채를 빌려 미쓰히데는 여기서도 한동안 글방 선생으로 칩거했다.

그러자 이 지방에서는 봄 가을이 찾아오는 것과 마찬가지로 빈번한 일향종(一向宗) 종도(宗徒)들의 난이 그가 옮겨온 후에도 연이어 일어나기 시작했다.

그곳은 아사쿠라 요시가게의 영지이며, 거성이 이치조타니(一乘谷)에 있었다. 미쓰히데는 물론 글방 선생만을 능사로 하고 있지는 않았다. 1, 2년 지나는 동안에 그는 영주의 내정이나 이 지방 특유의 난리 같은 것에도 정통하고 있었다.

어느 해.

가슈(加州) 국경으로 종도 토벌을 위해 출전한 아사쿠라군은 싸움이 오래 끌어 겨울을 넘기게 됐다. 미쓰히데는 평소에 신세를 지고 있는 엔아(園阿)에게 물었다.

"다소 생각하는 바가 있어서 아사쿠라가에 계책을 말할까 하는데 누구를 통하는 것이 좋을까요?"

엔아는 그의 뜻을 알고 있는지라 이렇게 가르쳐 주었다.

"여러 사람의 지혜를 잘 활용하는 분으로서는 일족 가운데는 아사쿠라 가게유키(朝倉景行) 나리 정도일 거요."

미쓰히데는 글방을 엔아에게 맡기고 싸움터로 찾아갔다. 물론 아무 연줄도 없었다. 다만, 한 통의 책략을 쓴 글만을 들고, 아사쿠라 가게유키의 영소를 찾은 것이었다.

책략을 쓴 글이 가신들의 손을 거쳐 무사히 가게유키의 손으로 들어갔는지 안 들어갔는지, 그것조차 모른 채 그는 약 두 달 가량 진지에 그냥 억류되어 있었다.

'……내 말대로 하고 있구나.'

미쓰히데는 막사 안에 갇혀 있어도 대체적인 흐름은 포진의 변동이나 바깥 동정으로 짐작하고 있었다.

가게유키는 처음 한 동안 그를 의심하여 구금해 두던 것이었으나, 고전을 타개할 방도가 없자, 시험 삼아 미쓰히데가 헌책한 전법을 써 보니 확실히 싸움은 이쪽에 유리하도록 전개되는 것이 입증되었다.

"그렇다면 진정으로 우리를 돕기 위해 전법을 헌책해 준 인물인 것 같다."

그렇게 생각하여 정식으로 미쓰히데를 만나보니 명석한 말재주에 온후한 인품, 문무 양면에 걸쳐 박식한 사람임을 알게 되어 그대로 영소에 머무르게 하고 가끔씩 그를 불러 의견을 듣곤 했다.

그러나 좀처럼 막하로 받아들일 기색이 보이지 않자, 좀처럼 큰소리를 치는 법이 없는 미쓰히데가 여느 때와 달리 장담을 하고 나섰다.

"저한테 총을 한 자루 빌려 주십시오. 반드시 적의 중핵을 쓰러뜨려 보이겠습니다."

그 말에도 가게유키는 일단 의심을 한 모양이었으나 허락을 하였다.

"빌려주어라."

그리고 감시병으로 하여금 몰래 미쓰히데의 뒤를 밟게 했다.

한 자루의 총은 부유한 아사쿠라가에서도 매우 소중히 여기지 않으면 안 됐던 시대였다. 미쓰히데는 감사의 뜻을 표하고 총을 받자 군사들 틈에 섞여 전선으로 나갔다. 그리고 난군 틈에 적진으로 달려간 채 자취를 감추고 말았다.

"역시 내정을 살피러 온 적의 첩자였단 말인가!"

나중에 그의 실종을 보고받은 가게유키는 어째서 그놈을 활로든 총으로든 쏘아 버리지 않았느냐고 감시병을 꾸짖었다.

그런데 며칠 뒤 적의 맹장, 쓰보사카 호키노가미(坪坂伯耆守)가 전선을 시찰하다가 누가 쏘았는지 총으로 저격당하여 적의 사기는 갑자기 난맥상을 이루고 있다는 보고가 들어왔다.

그런 때에 훌쩍 미쓰히데가 돌아왔다. 그리고 가게유키를 만나자마자 꾸짖으며 재촉했다.

"어째서 전군을 총동원하여 적을 무찌르지 않으십니까. 이런 기회를 멀거니 바라보기만 하고도 일군의 우두머리라고 할 수 있겠습니까?"

미쓰히데의 말에 거짓은 없었다. 적지 깊숙이 잠입하여 단신 적의 맹장인 쓰보사카 호키노카미를 총으로 저격하고 돌아왔다는 것도 싸움이 끝난 뒤 확인되었다.

아사쿠라 가게유키는 이치조다니 성으로 돌아오자, 그 사실을 주군 요시카게에게 말했다.

요시카게는 미쓰히데를 보자 말했다.

"나를 섬길 생각은 없는가?"

그리고 그가 총의 명수라는 말을 가게유키로부터 들은 바 있었으므로 가까운 안뇨사(安養寺) 경내에 사격장을 만들고, 사격술을 보여 달라고 청했다.

미쓰히데는 총을 쏘는 것보다는 그 제작과 분해, 화약에 관한 이론 등 학술면에 자세했고, 스스로도 거기에 자신이 있었다.

"총을 쏘는 것은 군졸들이나 하는 일이지, 제가 능사로 하는 일은 아닙니다."

그러나 그런 식으로 말해서는 모처럼 얻은 기회를 놓치게 되므로, 요시카게 앞에서 탄환 100발을 얻어 그중 28발을 과녁에 명중시킴으로써 그 솜씨를 보였다.

요시카게는 찬탄해 마지않고, 성시에 저택을 주고 녹봉 1,000관을 내렸다.

"부디 이곳에 머무르도록."

동시에 가신들의 자제 중에서 100명을 선발하여 그의 밑에 두고 새로이 총군(銃軍)을 조직했다.

미쓰히데는 역경을 벗어났다.

솔직히 그는 요시카게에게 고마움을 느꼈고, 자신의 노력에 한층 자신을 가지게 되었다. 사실상 아사쿠라가에 몸을 의탁한 뒤로 몇 년 동안은 이 은혜와 자신이 얻은 행운을 소홀히 하지 않으려고 애썼다.

그러나 그의 지나친 충성은 이윽고 동료들의 시기를 받게 되었다. 그렇지 않아도 무시당하기 쉬운 신참인데, 미쓰히데에게는 아부를 모르는 자부심이 있었고, 지식인다운 냄새가 풍겼다. 어떤 화제에도, 어떤 동작에도 그런 세련된 태도와 두뇌의 명석함이 두드러지게 눈에 띄는 것이다. 지방색 짙은 일족이나 역대의 노신들은 바로 그런 점이 못마땅했다.

"건방지게시리!"

한다든가,

"잘난 척하기는!"

한다든가,

"사이비 군자다."

──하는 따위 말이 사사건건 그가 돌아서기만 하면 그를 싫어하는 사람들의 입에 오르내렸다.

자연히 군공도 차차 그를 전처럼 대하지 않았고, 일도 원만히 진척되지 않았다. 원래 차가운 성격인 그가 싸늘한 시선 속에 갇힌 형국이었다.

이런 때, 요시카게는 명족인만큼 특히 그를 비호해 주면 문제는 다르다. 하지만 주위에는 일족이나 중신들의 장막이 두터웠다. 또한 해마다 일향종의 소요 때문에 화친하기도 하고 싸우기도 하는 등 영내 사정은 다른 번국에서는 볼 수 없을 만큼 복잡했고, 무엇보다 미쓰히데가 한심하게 여긴 것은 주군의 빈번한 규문(閨門) 출입이었다. 수많은 애첩들을 둘러싸고 측근들의 암투가 얽혀 있었던 것이다.

──이것은 아무 연고도 없이 이곳에 몸을 맡긴 미쓰히데 따위가 아무리

안간힘을 써도 어쩔 수 없는 일이었다.
'……잘못했구나.'
그는 먹고 입는 어려움이 사라지자 돌이킬 수 없는 뉘우침에 고민했다.
역경에서 벗어나는 데만 급급한 나머지 다년간 물결치는 대하(大河)에서 싸워온 보람도 없이 기어오를 기슭을 잘못 택한 것이었다.
그는 괴로운 나날을 보내면서, 발을 구르고 싶은 때가 한두 번이 아니었다.
'일생을 그르쳤단 말인가?'
그런 울분이 표면으로 솟구쳤는지 마침 그의 몸에 부스럼이 나기 시작했다. 그것은 남의 눈에도 알 수 있을 정도여서 차라리 다행으로 여긴 그는 주군에게 휴가를 얻어 가지고 야마시로의 온천으로 갔다. 피부병보다는 차라리 마음의 우울증을 고치려고 했다. 그리고,
'한동안 엔아 스님도 못 만났으니……그렇지. 이런 기회에…….'
이런 생각에 야마시로에서 다시 미쿠니로 돌아가 엔아와 더불어 배를 띄우고 미시마(御島) 섬에서 하루를 즐겼다.
엔아는 시가에 조예가 깊은 승려였다. 이른바 시승(詩僧)이다. 늘 시를 읊었다. 미쓰히데도 다소는 풍류를 이해하는 터라 뱃놀이의 화제는 궁하지 않았다.
"미쓰히데님, 이렇게 자연 속에 묻혀서 천지간을 배 한 척에 몸을 싣고 유유히 떠돌아다니고 있으면 정말 살아 있는 기쁨을 느끼지 않으시오?"
"오래간만에 수심을 잊었습니다. 매일매일의 어리석은 발버둥이 스스로 우스워지기까지 합니다."
"어떻소? 지금과 같은 심경으로 평생을 살아갈 생각은 없으신가요? 아사쿠라가에 몸을 의탁하는 것도 좋지만, 얼마 안 되는 녹봉이나 하찮은 공을 다투어, 보기 흉한 내분에 휘말려 들어가느니 이렇게 유유히 한평생을 삿대질이나 하며 살아 갈 생각은 없으시냐, 이 말입니다."
"……생각은 있습니다만."
"어려운 일이죠, 하하하…… 말이야 쉽지만."
"그러나 절실히 느낀 바도 없지 않습니다. 앞으론 지금과 같이 소용도 없는 고민으로 나날을 보내지는 않으렵니다."
"관직이 싫어지면 언제든지 쇼덴사로 돌아 오시오. 글방 아이들은 아무 때

고 귀형을 기꺼이 스승으로 모실 거요."

미쓰히데도 이날은 마음이 후련해지는 느낌이었다. 아사쿠라가의 내분 속에 몸을 담그고, 그 보기 흉한 내분 때문에 속을 썩이는 것은 일부러 썩은 흙 속에 묻혀서 썩은 흙을 탓하는 것과 같은 어리석음이라는 것을 비로소 안 것이다. 그에 비하면 가난한 글방 선생이 얼마나 깨끗하고 거룩한 삶인가를 새삼스럽게 느끼기도 했다.

밤에는 섬으로 올라가 그곳 신사의 신관인 지부타유(治部大輔)의 사가에서 묵었다. 이날 밤 엔아 스님과 지부타유와 더불어 셋에서 시가회 같은 것을 가졌는데, 그 자리에서 미쓰히데는 배 안에서 읊어 본 것이라고 하며 넌지시 엔아에게 보였다.

밀물에 깎인
솔뿌리 바라보며 생각하노니.
이 내 몸 불고 가는
바람 또한 저러한가.

밀물이 깎고
썰물에 또 씻겨서 패인 언덕에
허무하게 드러난
낙락장송의 뿌리.

"하긴……"

엔아는 끄덕이었으나, 가타부타 말은 없었다. 미쓰히데는 시가도 곧잘 읊었지만 시승인 그의 눈으로 보면, '무인치고는……' 하는 정도에 그칠 뿐 그리 뛰어나다고 할 만한 작품도 아니었다.

엔아를 데리고 그는 다시 야마시로 온천의 객사로 돌아왔다. 엔아는 물론 매이지 않은 몸이었다. 도처에서 즐길 뿐──그런 태도여서 마을 사람들과도 곧 어울리고 그들의 존경을 받는 것이었다.

정작 오래 체류하고 있는 것은 미쓰히데였는데도, 같은 객사에 묵고 있는 자들은 물론 탕에 드나들 때 만나는 사람들도 그에게는 잠자코 인사를 할 뿐이었다. 존경은 하는지 몰라도 따르지는 않고 있었다. 벌거벗은 인간끼리 한

데 어울리는 이런 산간의 온천에서 친근감을 줄 수 없다는 것도 분명 쓸쓸한 일이었다.

그러는 동안에 나그네의 입을 통하여 교토의 이변이 이곳까지 전해져 왔다.

'미요시, 마쓰나가 도당이 무로마치의 어소를 습격하여 장군 요시데루공을 시해했다……'

이런 소문이었다.

"장군께서 그런 변을 당했다면 세상은 또 온통 난리가 나는 것이 아닐까? 대체 어떻게 되어 가는 세상이냐?"

산중에서도 민심은 흉흉했다. 도시 소식에만 정신이 팔려 있었다.

미쓰히데는 그 소식을 탕 속에서 들었다. 돌아오자마자 그는 엔아를 향하여 말했다.

"명색이 대장부라는 자가 이렇듯 산중에서 한가로이 세월을 보내고 있을 때가 아니었소. 스님은 천천히 노시다 가십시오. 저는 갑자기 생각난 일도 있고 하여 한 걸음 먼저 떠나겠습니다."

미쓰히데는 여장을 차리기가 무섭게 이치조다의 성시로 되돌아오고 말았다.

엔아는 그를 보낸 뒤, 이렇게 혼자 중얼거리고, 얼마 후 쇼넨사로 돌아갔다.

"무리도 아니다…… 남달리 큰 저 사람의 야심이 좋은 기회와 연연을 얻어서 제대로 자라기만 한다면 놀라운 결과를 가져올 텐데……."

교토의 대란은 천하의 대란이었다. 당연히 주가에도 여파가 있으리라. 변고에 대비해서 일거리도 많아졌을 게다.

미쓰히데는 그렇게 생각하는 동시에, '공연히 세상을 비뚤게 보고 사소한 일에 마음을 쓴다는 건 장부로서 부끄러운 일이다' 하고 스스로 뉘우친 바 있어 홀연히 아사쿠라가로 되돌아온 것이었다.

부스럼은 야마시로의 온천 덕분에 깨끗이 나아 있었다. 곧 요시카게 앞으로 나아가 인사를 올렸다.

"오랫동안 직책을 게을리 했습니다. 병도 나았기에 이제야 돌아왔습니다."

그러나

"잘했다."

혹은,
"잘 왔다."
요시카게는 그런 말을 해 주지 않았다.
다만,
"그런가?"
한 마디 했을 뿐, 어쩐지 공기가 서먹서먹하여 미쓰히데는 곧 물러났다.
그 뒤로는 부르지도 않았다.
그는 이상하다고 생각하여 여러 가지로 알아보니, 그가 없는 동안에 그가 맡고 있던 총군도 대역이 들어 앉아 있었고, 주변 공기가 모두 그에게는 불리한 형세로 바뀌어 있었다. 그에 대한 요시카게의 신임도도 그 전과는 아주 딴판인 것 같았다.
미쓰히데는 다시 수심에 사로잡히기 시작했다. 여러 가지 사실이 지닌 뜻을 그의 맑은 눈은 너무나도 훤히 꿰뚫어볼 수 있었기 때문에 오는 우울증이었다. 이를테면 인간의 시력도 남들 보는 대로만큼 것까지는 좋으나, 보통 사람에게는 보이지 않는 미세한 곰팡이나 벌레, 먼지 따위까지 보인다면 그 사람은 불행할 수밖에 없듯이—— 그의 명석한 두뇌에는 주위의 소리 없는 움직임과 어둠 속의 보이지 않는 싸움까지 훤히 보였다. 그것이 오히려 그로 하여금 우울 속에 잠기게 하는 경향이 있었다.
그 때문에 피부병은 나았어도 마음속에 피기 시작한 곰팡이는 다시 그를 괴롭히고 있었다. 그는 거의 두문불출하며 영어(囹圄)의 몸이나 된 것처럼, 썰렁한 집안 구석에서 매일같이 별달리 하는 일이 없이 책만 읽고 있었다.
걸핏하면 그는 책 속으로 몸을 숨기곤 했다. 그것이 최선의 방법인 것처럼 그는 생각하고 있었다. 책을 보며 성현의 길을 더듬어 가면 더욱 세상사가 못마땅하고, 그만큼 세상과 멀어진다는 것을 의식하면서도 그의 고결한 취미와 수양에 대한 의욕은 그칠 줄을 모르고 있었다.
그는 더욱 세상사와는 동떨어진 학식을 축적해 갔다. 은근히 그걸 자랑하고 싶어지기도 하는 것이었다.
마침 그런 때 굳게 닫힌 그의 집 대문을 두드린 사람이 있었다. 미쓰히데에게 그것은 뜻밖의 사건이었다.
"비밀리에 만나고 싶소만……."
저쪽에서 자진해서 찾아왔다는 것만도 실로 놀라운 일이었다.

손님은 호소가와 후지다카였다.

무로마치 관령가(管領家)의 계파인 명문의 인물이었던 것이다.

장군을 도와 정사를 총괄하는 직책이 관령이다.

미쓰히데는 황급히 맞아들이며 황공해 했다.

"이런 누추한 곳에……."

후지다카는 가벼운 말투였다.

"엔아 스님과 친히 지내신다더군요. 실은 스님을 만났을 때 가나가사키(金崎)의 성시로 가거든 아케치라는 분을 꼭 만나보라고 늘 얘기를 하기에, 성에 들를 때마다 유심히 살피곤 했소. 알고보니 근래에는 한가로이 지내시는 듯하여 만나뵐 기회를 찾다가 오늘은 마침 틈도 나고 해서 이렇게 찾아온 거요…… 아무쪼록 너무 개의치 마시기를."

그렇게 말했다. 온후하면서도 초면 인사부터 친근미가 느껴지는 말투였다.

후지다카의 인품엔 미쓰히데의 마음과 일치하는 것이 있었다. 후지다카는 명문으로서의 품위와 지식인으로서의 향기를 풍기고 있었던 것이다. 오랫동안 인물다운 인물을 만나지 못한 것을 한탄해 오던 미쓰히데는 이 빈객이 진정으로 반가웠다. 그러나 한편으로는 후지다카가 찾아온 뜻이 궁금하지 않을 수 없었다.

호소가와 후지다카는 만년에 호를 유사이(幽齊)라고 했으며, 호소가와번에서는 중흥의 원조라고도 할 수 있는 업적을 남긴 인물이었다.

남몰래 미쓰히데를 찾아온 그 무렵에는 관령가의 혈통을 지닌 가문이라고는 해도 그 역시 떠돌아다니는 일개 지사에 불과했다.

미요시 마쓰나가의 난에 쫓겨 여러 나라로 피해 다니고 있는 망명의 장군 요시아키는 얼마 전부터 와카사의 다케다 요시무네(武田義統)를 찾아가 그곳에 몸을 의탁하고 있었다.

역적들을 교토에서 몰아내고 직권을 탈환하는 공작을 위한 미행이라는 구호 아래 믿을 만한 영주들을 비밀리에 물색하고 있었던 것이다.

절에서 내려와 환속한 지 얼마 안 되는 아직 젊은 요시아키——더욱이 이름뿐인 장군가를 받들고 각국 영주들에게 의를 부르짖고 분연히 일어서 줄 것을 촉구하며 참담한 지금의 역경을 어떻게 돌파해야 할지 혼자 부심하고 있는 것이 호소가와 후지다카였다.

'아사쿠라가는 우리를 도와 일어나 주리라. 와카사와 에치젠 두 주만 일어난다면 호쿠로쿠의 제웅들은 다투어 그 깃발 밑으로 모여 들리라.'

후지다카는 그런 심산 아래 장군가의 밀서를 품고 벌써 며칠 전부터 와카사를 거쳐 이 가나가사키 성으로 와 있었다. 태수인 요시카게도 만났고 중신들의 사저로도 찾아갔었다. 그는 거의 침식을 잊고 성공을 위해 노력을 기울이고 있었다.

――그러나 변론은 언제까지나 결정을 내리지 못하고 있었다. 노신들은 대부분 '거절하시는 것이 좋을 줄 압니다' 라는 의견이었고, 요시카게 자신도 마음이 내키지 않았다.

아무리 후지다카가 의를 내세우고 대세를 설명해도, 고립무원의 망명 장군을 받들어 중앙과 일전을 펼쳐 볼 마음은 내키지 않았다. 그만한 병력이나 재력이 없는 것이 아니라, 그 자신이나 노신들 모두 현상을 유지하기 위해 급급하고 있는 중이었기 때문이다.

눈치 빠른 후지다카는 진작부터 아사쿠라가의 내분과 파벌 다툼으로 인한 복잡한 사정을 간파하고 단념은 하고 있었다. 그러나 요시아키 장군과 부하 일행은 와카사를 떠나 이 성시에 와 있었다.

아사쿠라가에선 귀찮은 존재가 나타났다고 내심 크게 꺼리면서도, 장군가라는 이름 때문에 함부로 다룰 수도 없는 일이었다. 그래서 성시 내의 한 절간을 객사로 제공하여 적당히 대접하고 있기는 했지만, 하루 속히 이곳을 떠나기를 바라는 듯했다.

'틀렸다.'

오늘 갑작스런 후지다카의 내방을 받은 미쓰히데도 거기까지의 사정은 대략이나마 듣고 있었다. 그러나 불우하고 무력한 자기를 그런 난처한 입장에 있는 후지다카가 무엇 때문에 찾아왔는지 그것을 짐작할 수 없었다.

"시가(詩歌)를 좋아하신다고요. ……엔아 스님과 귀공께서 뱃놀이를 할 때 지으셨다는 단가를 본 일이 있습니다."

후지다카의 말은 거기서부터 시작되었다. 마음속에 괴로움을 숨기고 있는 사람으로는 보이지 않았다. 어디까지나 온화하고 밝은 인품이었다.

"부끄럽습니다."

겸손이 아니라 미쓰히데는 진정으로 얼굴을 붉혔다. 후지다카가 그 방면의 대가임은 서울은 물론 멀리 지방에까지도 알려져 있는 사실이었기 때문이다.
 이 날은——.
 시가에 관한 애기로 시작되어 국학과 문학을 논하고, 아스카(飛鳥), 나라(奈良)조의 불교 미술, 근래 특히 유행하고 있는 다도의 비평에까지 이른 다음, 화제를 바꾸어 이번에는 피리·공차기·식도락을 비롯해서 여행에 관한 애기를 나누었다.
 피차 날이 저무는 것도 모르다가 이윽고 등불을 보자 그는 너무 늦어 미안하다며 돌아가 버렸다.
 "그만, 애기를 하다 보니…… 초면에 실례가 많았소."
 미쓰히데는 그를 보내고 나서도 등불을 들여다보며 혼자 생각에 잠겨 있었다.
 '……모를 일이군.'
 그 뒤에도 후지다카는 두세 번 들렀다.
 그러나 화제는 매번 시가에 대한 평이나 다도에 관한 한담에서 더 나아가지 않았다.
 그러던 어느 날——
 그날은 이슬비가 내리고 있었다. 깊숙한 안방에는 대낮인데도 등불을 켜야 할 만큼 어두컴컴했다.
 조용한 방 안에서 후지다카는 여느 때와 달리 정색을 하고, 이런 말을 하기 시작한 것이다.
 "실은 오늘은 한 번 귀공의 생각을 알아보고 싶은 일이 있는데…… 이 후지다카가 하는 밀담을 한 번 들어 보시겠소?"
 미쓰히데는 언젠가는 반드시 그 말이 나오리라고 기다리던 참이라 이렇게 대답했다.
 "저를 믿고 비밀을 밝히시려는 이상, 저 역시 맹세코 비밀을 지켜 드리리다. 무슨 말씀이든 격의 없이 해 주시오."
 후지다카는 크게 끄덕이고 말을 꺼냈다.
 "그렇게 말씀하시는 귀공 역시 어째서 이 후지다카가 누차 찾아오는지 그 날카로운 직관으로 모든 것을 통찰하고 계시리라 생각하오만…… 실은 장군가를 받들어 모시려는 우리들 모두, 아사쿠라공이야말로 동조해 주실 유일한 영주라 믿고 오늘날까지 수차 교섭도 벌이고 매달리기도 했지만,

최후 답변은 하루하루 지연되기만 하고 언제나 결정을 내리시려는지 지금 같아서는 한심한 형편이오."

"⋯⋯음."

"그 사이 아사쿠라공의 내정과 제반 사정을 살피건대 그것도 무리가 아니어서 고립무원(孤立無援)의 장군가를 옹립하고 천하를 적으로 삼을 만한 기개가 있을 까닭이 없었소. 매달리려던 우리가 오히려 잘못이라는 것을 알았소. ⋯⋯그런데."

후지다카는 여느 때의 그와는 딴판인 어조로 말을 이었다.

"아사쿠라공께서 그러시다면⋯⋯대체 각국 영주 중에서 누구를 그럴 만한 인물로 믿어야 하겠소? 오늘날과 같은 시국에 진실로 믿을 만한 무장이라면 누구를 손꼽을 수 있겠소이까? ⋯⋯듣자 하니 귀공께선 약관에 이미 여러 나라를 널리 편력하셨고, 또한 이 후지다카도 구안지사(具眼之士)로 존경하고 있는 터입니다. 워낙 저는 오랫동안 분란이 그치지 않는 교토에만 있었고, 시류의 중심지에는 있었으나 물고기가 강을 보지 못하듯이 새로운 시류에는 전혀 어둡습니다. 애당초 이 아사쿠라가를 유일한 동조자로 찾아 온 것이 어리석었음을 절실히 깨달았소. ⋯⋯어떻습니까? 귀공의 솔직한 의견으로는? 그런 무장은 이미 없다고 봐야 할까요?"

"있을 겝니다."

"있을까요?"

후지다카는 눈을 번뜩이었다.

꼼짝 않고 무릎 위에 놓았던 손을 내려 미쓰히데는 다다미 위에 손가락으로 써 보였다.

──오다 노부나가.

"⋯⋯기후 성에 계시는?"

후지다카는 숨을 삼켰다. 다다미 위를 물끄러미 들여다보고 있던 눈을 이윽고 미쓰히데의 얼굴로 돌리며 한동안 입을 다물고 있었으나 이내 끄덕이었다.

"과연⋯⋯."

두 사람은 그로부터 오다 노부나가라는 인물에 대해서 꽤 오랫동안 의견을 나누었다.

미쓰히데는 그 자신이 어렸을 때부터 사이토가에 있었고, 옛 주인인 도상

야마시로노가미를 따라 그 사위인 노부나가란 인물을 직접 본 일도 있다는 점을 그 말의 근거로 삼았다.

그로부터 며칠이 지난 후였다. 장군 요시아키의 숙소인 사원 뒷숲에서 미쓰히데는 후지다카와 아무도 모르게 만나 노부나가에게 보내는 장군가의 친서를 넘겨받았다.

미쓰히데는 그날 밤 그길로 곧 이치조타니의 성시를 빠져나와 길을 떠났다. 물론 집도 하인도 모두 버리고 두 번 다시 이곳에는 돌아오지 않을 작정이었다.

아사쿠라가에서는 다음 날 이 소식에 떠들썩했다.

"미쓰히데 실종……"

추격대를 보냈으나 그는 이미 영내에 없었다.

그전부터 장군 요시아키의 신하 호소가와 후지다카가 두세 차례 그의 집을 방문한 일이 있다는 보고를 들었는지라 영주 아사쿠라 요시카게는 사태의 전모를 알아차렸다.

"그렇다면 미쓰히데를 부추겨서 타국으로 심부름을 보냈음이 틀림없다."

요시카게는 은근히 장군 요시아키를 힐책하여 그를 영외로 쫓아 버렸다.

후지다카는 이렇게 되리라는 것을 진작부터 짐작하고 있던 참이라 차라리 좋은 기회로 알고 에치젠에서 오미로 건너가 아사이 나가마사(淺井長政)의 고다니(小谷) 성에 일행과 함께 몸을 맡기고 미쓰히데로부터의 소식을 기다리고 있었다.

이리하여 미쓰히데는 기후의 성시에까지 들어온 것이었다. 장군 요시아키의 친서를 품에 간직한 채, 도중에 여러 차례 위기에도 직면했었으나, 지금 —— 겨우 그 목적의 반을 달성하여, 모리 요시나리의 사저에서 그의 사명과 포부를 주인 요시나리와 조용히 대좌한 가운데 상세히 밝힘으로써 노부나가에게 연락을 바라는 단계까지 이른 것이었다.

에로쿠 9년 10월 9일.

숙명의 날이라고나 할까?

그에 앞서 모리 산자에몬 요시나리가 비밀리에 보고한 바 있어 자세한 내막은 이미 노부나가도 듣고 있었다.

마침내 미쓰히데가 등성하여 노부나가와 기후 성에서 처음 대면한 날이 바로 그날이었다.

미쓰히데는 39살.

노부나가는 여섯 살 아래인 33살이었다.

옆 방에는 이노코 효오스케(猪子兵助), 모리 요시나리, 그밖에 몇몇 가신들이 대기하고 있다가 미쓰히데를 손님으로 안내했다.

"호소가와공의 서찰과 장군가의 친서를 보았소. 불초 노부나가를 믿으시니 이 노부나가는 할 수 있는 모든 힘을 다하겠소. 사자도 먼 길에 수고가 많았소."

노부나가의 이 말에 미쓰히데는 꿇어 엎드리며 대답했다.

"변변치 못한 이 몸, 하찮은 목숨이오나 이를 걸고 천하를 위한다는 일념에 과분한 사명을 띠고 왔다가, 다행히 흔쾌히 승락하시는 말씀을 들으니 먼 길의 고난도 이미 옛일, 그저 꿈이 아닌가 하여 기쁨의 눈물만 흐를 뿐이옵니다."

이 때의 그의 심정에 거짓은 없었다. 아니, 자신의 표현에 부족을 느낄 정도였다.

그 진실한 모습을 노부나가는 물끄러미 바라보고 있었다. 하나하나의 거동, 명석한 어조, 그리고 깊이 있는 그 지식, 말을 하면 할수록, 보면 볼수록 노부나가는 이렇게 생각했다.

'쓸 만한 인물이다.'

그는 믿을 만한 인물이라고 판단하면 모든 것을 내맡기는 성미였다. 사쿠마, 시바다, 마에다, 그리고 도키치로 등 막하들도 모두 노부나가가 믿고 맡기는 사나이들이었다. 그 때문에 군신 사이는 단순한 주종 관계를 초월한, 보다 강력하고, 보다 깊은 정의로 맺어져 있는 것이었다.

'소문보다 더 훌륭한 태수이시다.'

미쓰히데는 그렇게 보았다.

이런 주군에게 평생을 바쳐 일해 봤으면 싶었다.

그 소원은 이루어졌다.

노부나가는 내실에 미쓰히데의 조카가 있다는 말을 듣고 우선 그녀와 만나게 해 주었다. 그리고 부인의 조언도 있고 해서, 여기 아케치의 후예 미쓰히데는 오다가의 한 신하로서 신규 녹봉 3,000관에 미노 안바치(安八) 고을 일부를 그의 영지로 받았다.

또한.

오미 아사이가까지 와 있는 장군 일행에게는 얼마 후 미쓰히데를 안내역으로 하여 호위 군사를 보내서 기후 성으로 맞아들였다.

노부나가는 이르는 곳마다 귀찮은 존재로 꺼림을 당하던 이 망명 중인 장군을 몸소 국경까지 마중 나갔다. 성문에서는 그의 말고삐를 잡고 대빈의 예를 취했다. 남들은 웃을지도 모르지만 그는 요시아키의 말고삐를 잡았다고는 생각하지 않았으리라. 천하의 고삐를 잡은 것이다. 앞으로의 풍운을 오른편으로 틀건 왼편으로 틀건 그 고삐를 쥔 노부나가의 손, 그 하나에 달려 있었다.

무슨 일만 있으면 노부나가는 그를 불렀다.
"미쓰히데를 불러라."
날이 갈수록 노부나가의 신임은 두터워졌다.
미쓰히데도 하사받은 안바치 고을에는 별로 가 있지 않았다. 노부나가 곁에 그의 모습이 보이지 않는 날은 극히 드물 정도였다.
마찬가지로 노부나가 곁에는 그림자처럼 항상 붙어다니는 한 미동이 있었다.
성은 모리(森), 이름은 란마루(蘭丸).
어느 날.
"그대는 모리 요시나리의 자제라고 합니다만."
미쓰히데가 말을 걸었다.
란마루는 아직 젖비린내나는 시동이었지만, 신참인 가신을 얕보는 경향이 있어서 조그만 몸집에 어울리지 않게 의젓하게 끄덕이며 대답했다.
"네, 그래요."
반면에 미쓰히데는 세상 물정에 익숙한 터라 겸손하게 말했다.
"실은 아버님의 모습과 하도 닮아서 처음 주군 곁에서 봤을 때부터 그런 짐작이 갔었소. ……전일 기후에 도착한 그날부터 아버님 댁에 여장을 풀고 여러 가지로 신세를 진 사람이오. 깊은 인연이 있는 처지이니 앞으로 잘 부탁하오."
란마루는 그에 대해서도 이렇게 말하며 끄덕였을 따름이다.

"아, 그래요?"

그러나 주군 가까이 있는 자들은 근시건 시동이건 으레 턱을 치켜드는 법이어서 미쓰히데는 이 미동만 특별히 거만하다고 생각하지 않았다.

오히려 시원한 눈매와 영리해 보이는 입매 등 지성적인 아름다움을 지녔다고 보며 그 역시 란마루를 귀여워했다.

그 뒤 란마루도 부친 요시나리를 통해서 미쓰히데의 인품을 안 듯 처음처럼 함부로 대하지는 않았다. 다른 가신들에 비해 존경하는 사람의 하나로서 미쓰히데를 대하게 된 것이다.

주군도 그렇고 근시들도 그렇고, 드나드는 막장들도 그렇고—— 모두 젊고 무언가 희망에 넘친 표정들이었다. 얼핏 봐도 그것을 알 수 있었다. 미쓰히데는 속으로 끄덕였다.

'과연 다르다.'

아사쿠라가를 생각했다. 지금은 멸망한 사이토 시대의 미노를 생각했다. 그리고 이 뜻하지 않은 기연에 감사했다.

'이번에야말로, 목숨을 바쳐도 아깝지 않은 주군을 만났다.'

흐뭇한 나날이 계속 되었다. 미쓰히데는 하루하루 오다가의 가신으로서의 경력을 더해가는 것이 즐거웠다.

가신들과도 이제는 대강 얼굴을 익혔고, 그를 신참이라며 색안경을 끼고 보는 자도 어느 틈에 사라지고 없었다.

해가 바뀌어 에로쿠 10년.

이세로부터 파발꾼이 꼬리를 물고 들이 닥쳤다.

그것은 2월 하순이었다.

"미쓰히데. 구와나(桑名)의 다키가와 가즈마스로부터 원군의 재촉이 빗발같다. 그대도 출전하여 한바탕 공을 이루고 오너라."

그는 노부나가로부터 그런 은명(恩命)을 받았다.

은명——.

사실상 그것은 은명이었다. 고용된 지 1년도 채 안 되는 그에게 이세 진에 참가하라는 영이 내린다는 것은 특별한 배려라고 하지 않을 수 없는 것이다.

무사라면 누구나 10년의 성내 근무보다도 하루의 출전을 바라는 법이다. 그런 많은 가신들 중에서 그에게 영을 내린 것은 노부나가로서도 과단성 있는 발탁이었다.

"네가 가거라."

미쓰히데는 용감하게 이세로 향했다. 물론 아직 대부대의 장은 아니었다. 150기 정도를 거느리고 있을 뿐이었다.

도중에 스노마다 강을 건너면서 보니 그곳에 성이 하나 있었다. 기노시다 도키치로의 스노마다 성이었다.

장졸들이 배에서 내리자 성내 군사들은 차와 밥으로 그들을 대접했다.

싸움터는 아직 멀었다.

군졸들은 한가로이 흐르는 강물을 바라보며 맛있게 밥을 먹었다.

말에 풀을 먹이고, 강가로 끌고 가서 물도 먹였다.

"이케다는 어디 있느냐?"

그 때 자그마한 무사 하나가 미소를 띠고 걸어오면서 물었다. 아무도 그가 스노마다 성의 우두머리 도키치로라고는 생각하지 않았다.

"이케다가 누구요?"

오히려 그 무례한 언사를 나무라듯이 거친 말투로 대꾸했다.

"이케다 가쓰사부로의 부대가 아니었던가."

가쓰사부로는 부대의 주장이었다. 그런 이름을 함부로 불러 대다니 군졸은 의아하게 생각하며 물끄러미 그의 얼굴을 바라보았다.

어디선가 본 것 같기도 했다.

기노시다 나리다 하고 누군가 수군거리자 비로소 생각이 미친 듯, 그 중 하나가 허둥지둥 달려갔다.

갯벌에서 올라오는 무장이 보였다. 친구인 이케다 가쓰사부로였다.

"여어!"

먼저 소리 지른다.

도키치로도 마찬가지로 소리쳤다.

"여어!"

인사는 그것뿐이었다.

"먹을 것을 보내 줘서 고맙네."

"여유가 있으면 하룻밤쯤 우리 성에서 묵고 가면 좋을 텐데?"

"그럴 겨를이 어디 있나? 다키가와 가즈마스가 원군을 재촉하고 있어서 급히 이세로 가는 중이야."

"수고하네…… 뭐, 대단치는 않을 테지."

도키치로는 가볍게 말했다.

"그렇지 않을 걸세. 그 지략가가…… 무용도 겸한 가즈마스지만, 구와하고 가니에(蟹江) 두 성의 병력으로 이세의 대군과 대치하다 보니 더 이상 버틸 수가 없다고 빗발 같은 재촉이었어."

"하하하, 꽤 오래 끌기도 했지."

"그뿐만 아니지. 뭐니 뭐니 해도 적은 이세를 호령하고 있는 아키이에 이래의 명문일세. ……현재 태수로 있는 도모노리만 해도 공경 출신이라고 얕볼 수는 없네. 의관을 벗고 갑옷을 입은 영웅이야. 영내에서는 명망도 얻은 모양이고."

"유난히 적을 칭찬하는군. 명문 출신이라서 훌륭하다면 이 도키치로 같은 사람은 아무것도 아니겠군?"

"아닐세. 자네를 두고 하는 말이 아니야. 다이나공인 도모노리의 눈으로 보면 시바가의 산하에 있는 오다가쯤, 그리고 그 오다가의 가신인 다키가와 가즈마스쯤은 상대하기조차 창피하다는 정도일 걸세."

"어제를 아직 오늘로 착각하고 있는 거지. 그런 자들이 아직 천하에는 얼마든지 있네."

"……참."

가쓰사부로는 돌아다보며 말했다.

"지금 생각났네만 이번 출진에 무사 대장으로서 노부나가공의 특명으로 우리 대를 따라오고 있는 사나이가 있네. ……이 역시 명문 출신이지만, 일단 영락했다가 다시 일어난 사나이라 다소 뼈대가 제대로 잡힌 것 같네. 만나볼 텐가?"

"누군데?"

"성은 아케치, 이름은 주베에 미쓰히데라고 하네. ……예전에는 아케치의 성주로서 사이토 도산 밑에 있었는데 요시다쓰에 의해 멸망하자 각 주를 유랑하던 끝에, 지난 해 장군 요시아키의 밀서를 가지고 노부나가공을 찾아왔던 자야."

"아, 저 사람인가?"

가쓰사부로가 보낸 군졸 뒤를 따라서 미쓰히데가 걸어오고 있었다.

무인다운 자세였다. 늠름하게 주장 가쓰사부로 곁에 선다.

"아케치공."

"예."
"인사하시오. 여기 계시는 분이 스노마다의 수장 기노시다 도키치로공이오."
"아, 그러십니까?"
미쓰히데는 한 걸음 앞으로 나섰다.
도키치로는 앞으로 조금 나오는 듯했다. 이리하여 두 사람은 첫 대면을 한 것이다.
미쓰히데와 도키치로는 두세 마디 잡담을 나눈 데에 불과했다. 시간도 없었다.
가쓰사부로는 곧 미쓰히데에게 말했다.
"출발하자. 명령을 전해 주도록."
미쓰히데는 도키치로를 바라보더니 인사를 하고 달려갔다.
"그럼 실례합니다."
둑 위에 올라서서 각 조 조장에게 출발 준비를 전하고 있는 그 목소리와 행동은 일대의 대장답게 민첩했다.
"……마음에 드셨겠군, 노부나가공께서는."
도키치로는 이쪽에서 그 모습을 바라보며 말했다. 가쓰사부로는 끄덕였다.
"이제 오다가에도 쟁쟁한 인사들이 수두룩하네. 오와리, 미노 두 주를 합하여 영지도 넓어졌고, 병력도 총동원한다면 2만은 움직일 수 있을 게 아닌가?"
"작아."
도키치로의 대답에 이케다 가쓰사부로는 오히려 만족스런 웃음을 띠었다. 그리고 말에 오르며, 다시 만나세—— 하고 돌아선다.
가도를 길게 늘어서서 남쪽으로 행군을 계속하고 있는 군마 위에 봄바람이 스치고 있었다.
가쓰사부로는 스노마다의 영지를 빠져나갈 때까지 길거리에 줄지어 선 영민들이 남녀노소할 것 없이 환호성을 올리며 군을 전송하는 그 열성에 놀랐다.
통과하는 영지에 따라서는 멀리 논밭 가운데 연장을 든 채 농부는 농부, 군대는 군대라는 얼굴로 멀거니 바라보기만 하는 지방도 있었다. 아니, 자나 깨나 전란뿐이고, 전쟁에 지친 토민의 심경으로서는 그렇게라도 되지 않으면 유유히 괭이를 들고 봄일을 하고 가을까지 그 추수를 한가로이 기다릴 수 없을는지도 모른다. ──그렇기 때문에 더욱 도키치로의 영내가 색다른 데에 그는 놀란 것이었다.

여기서는 성주와 영민이── 갑옷을 입은 자와 괭이를 든 자가 온전히 한 핏줄로 맺어져 있는 듯한 모습이었다.

"역시 다르구나, 도키치로는."

말 위에서 중얼거렸다.

미쓰히데도 그것을 보았다.

그리고 아까 강가에서 만난 대수롭지 않은 한 인물을 다시 생각하고 있었다.

이세진의 전황은 원군이 도착한 무렵부터 갑자기 격화되기 시작했다.

기타바타케 일족의 항전력에는 만만치 않은 것이 있었다. 이케다 가쓰사부로가 생각했던 대로 그들의 저력에는 강인한 뿌리가 있었던 것이다.

두 달쯤 지났다.

그 사이에도 원군은 계속 남하했다.

4월 중순경이 되자 스노마다에도 노부나가의 서찰이 날아들었다.

──이세로 출동하여라.

이런 영이었다.

마침내 그는 먼저 남하한 친구와 신참인 아케치 등과 함께 나란히 이세 진에서 싸우게 된 것이었다.

"어머님……그럼 다녀오겠습니다."

출진하는 날 아침, 그는 갑옷입은 모습을 보이러 노모의 방으로 갔다.

"몸조심해라."

노모도 네네와 함께 본영 끝까지 따라 나오며 그를 배웅했다.

일족이라고 할 수 있을 만한 자들이 성문 가득 그를 기다리고 있었다.

말을 타고 천천히 성문을 나서면서 그는 본영을 돌아다봤다.

노모는 동산에 올라 있었다. 아내도 있었다. 여자들은 모두 그곳에 한 무더기가 되어 꽃밭처럼 옹기종기 모여 있었다.

"자신이 있다. 내가 가면 이세전은 서너 달이면 끝장난다. 죽을까 봐 염려하지는 말아라. 싸움이라 해서 그렇게 쉽사리로 죽는 것은 아니다. 어머님이나 잘 보살펴 드려라."

전송을 위해 성시를 벗어날 때까지 말머리를 나란히 하고 따라 나온 아우 고주로에게 그는 평소와 다름없는 어조로 말하고 있었다.

조롱박——간두일표(竿頭一瓢)의 진표는 그의 말머리에서 찬연히 빛나고 있었다.

군공록

끝없이 타고 있는 왕겨가 뿜는 연기와 쌀 타는 냄새가 온 들판을 메우고 있었다. 어제 저녁에서 오늘 새벽에 걸쳐 가까스로 점령한 부락으로 오다군의 본부는 이미 옮겨 앉고 있었다.

붉은 복숭아 밭도 검게 보였다. 부상자들이 여기저기 뒹굴며 신음하고 있었다. 부상병들은 거의 제 정신이 아니었다.

"뭣이, 역습이라고?"

"일으켜 다오."

"이만한 상처에 쓰러지다니 될 말이냐. 또 한바탕 나가서 싸워야겠다!"

하늘을 바라보며 소리치고 있었다.

즐비하게 깔린 거적 위에 수십 명이 피에 물들어 뒹굴고 있었다. 물론 움직일 수도 없을 만큼 중상을 입은 자들이었지만, 흥분할 대로 흥분한 그들은 입으로는 아직도 싸움을 계속하고 있기나 한 듯 고함치기도 하고, 이를 갈기도 했다. 어떤 눈이나 모두 무섭게 부릅뜬 채, 한낮의 구름을 노려보고 있다.

복숭아밭 곁에 호농의 집이 있었다. 집은 태반이 타 버리고 우물 곁에는 암소 한 마리가 꺼멓게 되어 널브러져 있었다.

그 둘레를 송아지 한 마리가 구슬프게 울며 헤매고 있다. 바로 곁에 있는 장막에서 얼굴을 내민 부장 하나가 소리쳤다.

"시끄럽다. 여봐라, 저 송아지를 좀 처치해라."

보병 하나가 창 자루로 송아지 엉덩이를 사정없이 후려쳤다. 송아지는 남새밭 쪽으로 기겁을 한 듯 달려갔으나, 도중에서 개천에 빠져 버리자 더욱 구슬프게 울어 댔다.

장막 밖에서 파수를 보던 군졸들은 그것을 보자 웃음을 터뜨렸다. 그러나 금방 엄숙한 얼굴로 되돌아가며 안에서 들려 나오는 소리에 귀를 기울인다.

방패와 장막을 둘러 친 그곳 본부 안에서는 아까부터 격론이 벌어지고 있었다. 새벽녘에 말머리를 나란히 하고 이 마을에 진격한 각 부대의 대장들이 앞으로의 작전에 관해서 심각한 의견 차이를 보이고 있는 듯했다. 피차 조금도 양보하는 기색이 없다.

다키가와 가즈마스는 구와, 가니에 두 성을 지휘하여 처음부터 출진해온 이 방면의 주장이니만큼 그의 결단만이 최후 결정을 내릴 수 있었다.

"양편에 다 일리가 있다."

그러나 이 말만 할 뿐, 굳이 어느 편에도 가부를 밝히지 않았다.

논쟁은 주로 최근 20일 사이에 전후하여 원군으로 참전한 대장들 간에 벌어지고 있었다. 일부에서는 이런 의견이었다.

"이세 남부를 먼저 석권해야 할 것이며, 다카오카 성(高岡城)은 뒤로 미루어야 한다."

다른 한편에서는 딴판이었다.

"아니오. 적이 난공불락을 자랑하는 다카오카 성을 먼저 공략해야 하오."

그러한 대립이었던 것이다.

전자의 의견에 동조하는 자들은──,

아쓰다의 가토 즈쇼. 아이치의 이오 오키노카미, 기후 성의 하야카와 다이젠(早川大膳)과 시노다 우콘(篠田右近), 가스가이 고을에서 온 시모카다 사콘(下方左近) 등이었다.

"쉬운 곳을 먼저 공격하고 어려운 데를 뒤로 미루는 것은 원정책으로서는 합당하지 않소. 북부 이세의 요충인 다카오카 성만 떨어뜨리면, 적의 기세가 크게 꺾여 기타바다케 일족이 지리멸렬이 되리라는 것은 명약관화(明

若觀火)한 일이오."

이런 주장을 내세워 전자에 반대하고 있는 것은 불과 4, 5일 전에 참전한 기노시타 도키치로였다.

가장 뒤늦게 참전한 자가 가장 강경히 반대하는 터라 그런 까닭에서도 전자에 속하는 부장들의 감정을 자극하고 있는 것은 사실이었다.

"지략가로 이름 높은 기노시타공의 말씀치고는 납득이 잘 가지 않소. 다카오카 성은 기타바다케가 최강의 명장인 야마지 단조(山路彈正)가 지키고 있으며, 군사들도 강하고 지세는 험하오. 귀공의 말처럼 결코 호락호락 떨어질 성이 아니오. ……아군의 전병력이 성 하나에 매달려 시일을 허비하고 있는 동안에 간베(神戶), 잇시키(一色)의 적군이 퇴로를 끊고 포위해 온다면 그 때는 어떻게 할 작정이시오?"

이오 오키노카미, 시모카다 사콘쇼겐 등, 노장들은 도키치로의 작전을 젊은이의 성급한 생각으로 보고 꾸짖듯이 말했다.

"아니오. 나도 기노시타공의 주장에 찬성하오."

그를 지지하는 자들도 일부 있었다.

이케다 가쓰사부로 노부데루.

그 밖의 두세 부장이 그들이었다.

아케치 미쓰히데도 그 축에 끼어 있었다. 그러나 그는 신참인 데다 아직 일개 무사 대장에 지나지 않아 당연히 작전 회의에 간섭하여 말참견 할 자격은 없었다. 이케다 대의 한 대장으로서 가쓰사부로의 등 뒤에 묵묵히 서 있을 뿐이었다.

논의는 끝이 없었다.

동시에 문제는 극히 중대했다. 전군의 사활은 이 두 가지 작전 중 어느 쪽을 택하느냐에 달려 있는 것이다.

다키가와 가즈마스는 용의 주도한 사나이였다. 더 이상 논의해 봐야 소용이 없으니 직접 노부나가의 의견을 물어 결정할 수밖에는 다른 방법이 없으리라고 했다.

기후 성까지 급사를 보낸다면 그리 오래 걸릴 일도 아니었다. 다카오카로 진격하든, 남부 이세로 방향을 바꾸든 우선 인근 일대의 적을 소탕해야 했고, 그것에도 며칠은 걸릴 것이었다.

"……그 사이에 답서도 내릴 터이니 다시 두고 생각할 겨를도 있게 된다."

그렇게 가즈마스가 중용책을 취함으로써 논쟁은 일단 끝났다.

곧 기후 성을 향해 급사가 파견되었다.

그러자 그날 밤——.

일단 물러갔던 적군이 어둠과 지세를 이용하여 역습을 감행해 왔다. 다키가와 가즈마스군은 중핵이 무너져 20리 가량이나 후퇴했다.

그밖에 이오, 가토, 시모카다 등의 군도 서로 연락이 두절된 채 지리멸렬되고 말았다. ——날이 새고 보니 사상자는 놀라운 숫자에 이르렀을 뿐 아니라, 지난 7일 동안 모처럼 유리하게 전개되었던 전군의 대형이 완전히 무너져 버리고 있었다.

"기노시타 대와 이케다 대가 안 보인다. ……전멸한 것이 아닌가?"

패색이 짙은 오다군에는 그런 소식까지 들려왔다.

놀란 가즈마스가 조사를 명령하자, 곧 이오 오키노카미와 시모카다 사콘쇼겐 두 부장이 진지에서 전령을 보내 왔다.

"……어젯밤 난군 중에 기노시타, 이케다 양 부대는 적의 오른쪽 날개를 돌파하고 북쪽으로 깊숙이 진출했다. 짐작컨대 자신의 주장을 굽히지 않고, 군명도 기다릴 것 없이 다카오카 성으로 향한 것으로 보인다. 어찌하면 좋겠는가?"

그런 내용이었다.

가즈마스는 더 이상 어쩔 도리가 없었다.

"이렇게 된 이상 그들을 선봉으로 하고 우리는 후군이 되어 다카오카로 진격할 수밖에 없다. 그렇지 않으면 싸움이 끝난 후 기노시타와 이케다를 사지(死地)에 내버려 뒀다는 뒷공론을 듣게 되리라."

불만은 있었지만 결국 다른 부대는 끌려가는 형국이 되어 기노시타, 이케다의 선봉을 따라 그날 오후부터 진격을 개시했다.

다카오카의 적성을 4, 50리 앞에 바라보는 곳까지 진군했을 때다. 적성 일대의 하늘을 온통 검은 연기가 뒤덮고 있었다.

순초병을 보내서 살피게 했더니, 돌아온 순초병이 보고했다.

"무슨 불이냐. 싸움이 시작되었느냐?"

"기노시타 대는 다카오카 성시를 온통 불사르고 있으며, 이케다 대는 사방으로 나뉘어 논밭을 짓이기고 곡창을 부수는 한편, 성으로 통하는 모든 길에 방책을 둘러 다카오카 성을 고립시키는 작전으로 움직이고 있습니다."

"적은?"

"성의 병사들이 누차 나와 싸웠으나 바람이 심해서 불길은 걷잡을 수 없고 민가와 부락뿐 아니라 산과 들에도 번져 가는 중이라, 마침내 성문을 굳게 닫고 불을 막는 데 전력을 다하고 있는 모양입니다."

그렇게 순초병은 대답했다.

밤이 되면서 바람은 잦아들었으나 불길은 잦아들 기세가 보이지 않았다. 수십 리 밖에 진을 치고 있어도 병마들의 그림자가 벌겋게 보일 정도였다.

6일 동안이나 계속된 불길 때문에 다카오카 성은 완전히 벌거숭이가 되어 버리고 말았다. 성 밖은 전답이고 민가고 그야말로 끝없는 초토였다.

도키치로의 군사 3,000은 멀리 물러나 이제는 성 안팎의 교통만 차단하고 있을 뿐이었다.

북부 이세 여덟 고을의 군사는 모두 성주 야마지 단조의 수족이었지만, 성 안과의 연락이 두절됐기 때문에 그 힘은 이리저리 분열된 상태였다.

"궤멸의 기미가 보이기 시작했다. 그 방면의 적은 불초 이케다 가쓰사부로가 짓이겨 버려 보일 테다."

도키치로와 행동을 같이하고 있던 이케다 대는 그 기회를 노려 여덟 고을 대병을 상대로 단연 진격을 개시했다.

후진인 다키가와, 가토, 하야카와, 시모카다 등 제부대는 선봉군인 기노시타, 이케다 양 부대가 머지않아 전멸의 상처를 입고 후퇴해 오리라고, 우군이면서도 오히려 냉담하게 지켜보고 있었다. 그런데 기후 본성에서 급사가 되돌아와 지령을 전했다.

"다카오카 성을 먼저 공략하는 것이 상책이니라. 추호의 유예도 주지 말아라."

동시에 '일거에 이세를 삼켜 버려라!' 하는 기세로 노부나가 자신이 약 5,000의 군사를 거느리고 이세를 향하여 출진해 온다는 보고였다.

가즈마스 등은 자신들의 견해와는 전혀 상반되는 노부나가의 지령에 갑자기 당황하여 기노시타와 이케다 부대를 돕기 시작했으나, 이번에는 오히려 도키치로가 엄명을 내렸다.

"아군은 절대로 공격을 가하지 말아라. 적이 공격하면 후퇴하는 것은 좋으나 응전해서는 안 된다."

열흘이나 지났다. 성병은 퇴진을 서둘렀으나, 공격군은 벌거숭이가 된 성을 멀리서 에워싼 채, 싸움을 피하고 있었다.
"하루가 지나면 하루만큼 이기는 거다."
이윽고 노부나가의 본군이 도착했다.
이케다 가쓰사부로군은 북부 지방인 산악지대로 깊숙이 들어간 채, 소식이 두절된 상태였다.
"여기는 됐다. 가서 그를 도와라."
시모다 사콘쇼겐과 가토 즈쇼, 하야카와 다이젠 등, 무려 7, 8,000의 군사를 그쪽으로 돌렸다. 본격적인 이세 공략을 개시하려는 것이다.
대치하고 있는 다카오카 성에 대해서도 영을 내렸다.
"내일 새벽부터 총공격을 가하여라."
"아니 되옵니다."
도키치로가 다시 반대했다.
"보급로가 끊어지고 외부와의 연락이 차단되어 고립된 병사들은 상하 모두 죽음을 각오하고 있습니다. 더구나 대장 야마지 단조는 이세의 준걸이며, 용병과 지략에 능합니다. 부하도 모두 죽음을 같이 하려는 자들 뿐이어서, 섣불리 덤볐다가는 막대한 우군의 피해를 면치 못할 것입니다. 아니, 시산혈하(屍山血河)를 이루고도 점령을 장담하지 못할 형편입니다."
노부나가는 그 말을 듣자 발끈했다.
"무슨 소리냐, 이제 와서 그런 말을 하다니. 그것은 다키가와 가즈마스 등이 신중을 기하려던 주장이고 그대는 오히려 반대해 오지 않았더냐?"
"그렇습니다. 하오나 그것은 제 나름의 계책이 있었기 때문이었습니다."
"계책이라니?"
"저한테 영을 내려주신다면, 적도 살리고 아군 역시 단 한 사람 손상시키는 일 없이 평화리에 다카오카 성을 주군께 바쳐 보이겠습니다."
"좋다. 그렇다면 가거라. 총공격은 모레 아침까지 연기한다. 그 사이에 피를 보지 않고 능히 성을 떨어뜨릴 수 있겠느냐?"
"외람된 말씀이오나, 자신이 있습니다."
도키치로는 다음 날 부하 한 명에게 말고삐를 맡기고 단신으로 초토를 달려 다카오카 성으로 갔다.
적성을 눈앞에 바라보자, 도키치로는 말에서 내려 고삐는 부하에게 맡긴 채 혼자 해자를 향해 다가갔다.

"귀 군사에게 말하노라."

큰 소리로 외쳤다. 오른손을 말아 입가에 대고 왼손은 갑옷의 허리를 짚은 채 소리쳤다.

"이 사람은 오다 노부나가의 가신 스노마타의 기노시타 도키치로라는 사람이오. 주군의 명을 받들어 성주 야마지공과 담판을 하려고 예까지 왔소. ……야마지 단조공에게 전해 주시오. 야마지공은 안 계시오?"

어떤 대답이 나올까 하고 기색을 살피니, 눈에 보이는 거리의 토벽 위와 망루 근처에 무수한 적병이 나타나 도키치로를 바라보기 시작했다.

"뭐냐. 괴상한 녀석이 나타나 해자가에서 소리를 지르고 있지 않나?"

그 보잘것없는 풍채와 대담한 거동을 서로 의아스럽게 여기고 있는 듯했다.

아무리 기다려도 대답이 없자 도키치로는 다시 소리치며 말했다.

"대답하시오. 이곳 군사들은 귀가 없으시오? 오다의 가신 기노시타 도키치로가 예 왔으니 어서 야마지공에게 전하시오."

──그 말이 채 끝나지도 않았을 때다. 발 밑 해자에 물고기가 뛰듯이 두세 발의 총알이 날아왔다.

도키치로는 꼼짝도 하지 않았다. 핑 하고 귀밑을 스쳐가는 총알도 있었다. 총소리는 곧 그쳤다. 물론 그를 저격한 것은 아니었다. 그의 담력을 보려고 장난을 한 셈이었다. 그 사이에 성주한테 보고가 들어갔는지 이윽고 야마지 단조의 모습이 망루 위에 나타났다.

단조는 그곳에서 큰 소리로 물었다.

"기노시타 도키치로라고 했다지? 야마지 단조는 바로 나인데 무슨 일로 예까지 왔느냐. 양군은 지금 전투 중, 노부나가의 인사를 받을 까닭도 없지만 아무튼 거기서 말해 보아라."

도키치로는 멀리서 인사를 하고 말했다.

"아니오. 적어도 이 사람은 싸움에 이긴 오다 측의 사자요. 귀하는 고립된 성에 의지하여 겨우 1,000여의 군사를 거느리고 있고, 기타바다케가의 충신으로 자처하고는 있지만, 사실상 패군지장이오. ……패군지장이 승자의 사자를 성 위에서 내려다보며 묻는다는 것은 납득할 수 없는 일. 여기서는 주군의 뜻을 밝힐 수 없소. 이 사람을 성 안으로 맞이하여 정당한 예의를 갖추시오."

그 말을 듣자 단조는 박장대소했다.

"아하하하. 와하하. ……보기에는 자그마하지만 무척 큰소리를 치는 사나이군. 패군지장이란 누구보고 하는 말인가?"

성주가 웃자 여기저기서 자세한 뜻도 모른 채 병사들도 덩달아 웃었다. 도키치로는 묵묵히 성 전체에서 터져 나오는 조소를 한 몸에 받고 있었으나, 이윽고 다시 말했다.

"가엾도다. 야마지공은 무용에 있어서는 이세에서 으뜸이라고 들었지만, 아깝게도 그것은 필부의 만용이었던 모양이구나. ……죽는 것만이 용자가 취할 길로 생각하고 계시나."

"무엇이?"

단조는 성난 목소리로 소리쳤다.

"이 단조더러 필부라고?"

그 노기를 되쏘듯이 도키치로는 틈을 주지 않고 말했다.

"필부는 그래도 목숨 귀한 줄은 안다. 귀하는 목숨이 아까운 줄도 모르는 멧돼지 같은 위인에 불과하오. ……이 성에 매달려서 앞으로 며칠이나 더 살 것 같소? 성시는 이미 사방이 초토, 식량 보급이 끊기고 물도 끊기고, 뿐더러 원군이 올 가망도 없소. …… 허세를 부린들 무슨 소용이오. 하하하."

그의 웃음도 지지 않게 컸다. 그 하얗게 드러난 이는 해자를 건넌 성부에서도 보였다.

무슨 생각을 했는지 단조는 곁에 있던 부하들에게 명했다.

"재미있군. 제대로 된 사나이인 것 같으니, 정중히 안내하여 성 안으로 들여보내도록 하여라."

해자의 다리는 타 버리고 없었다. 이윽고 한 부장이 10여 명의 군졸들과 함께 뗏목을 타고 건너오더니 밑에서 말했다.

"오다가의 사자는 이 뗏목을 타시오. 성주께서 만나신다는 말씀이오."

도키치로는 말과 가신을 남겨 둔 채 혼자 그 뗏목에 올랐다.

성 안에 들어서자 통로 양쪽은 창으로 된 울타리였다. 굶어 죽어도 지켜 내리라는 각오를 하고 있는 성병들이라, 한 사람뿐인 도키치로를 보는 눈에도 살기가 등등했다.

망루 밑에서 성주 야마지 단조는 승창을 버티어 놓고 기다리고 있었다.

군공록 157

도키치로는 적장을 처음 눈앞에 보았으나 첫눈에 호감을 가졌다.
'정직한 사람이다.'
야마지 단조도 당당한 그의 태도에 뜻밖일 정도로 호의에 찬 얼굴을 하고 있었다. 서로 싸움터라는 것을 사이에 두고 대치하고 있으면 야차도 되고 나찰도 되지만, 막상 인간적으로 가까이 대하게 되면 그렇게 눈꼬리를 치켜뜨고 있을 수만은 없을뿐더러, 오히려 친근감을 느끼는 법이었다.
영웅은 영웅을 알아본다. 순간적으로 두 사람 사이에는 그런 인식도 작용하고 있었다.
"아까는 무례한 말을 해서 죄송하오. 이해하여 주시오."
인사를 나눈 후에 도키치로가 그렇게 말하자, 단조는 무인 기질이라는 것일까, 극히 담담하게 말했다.
"뭐……무례한 말은 피차 일반이었소. 이쪽에서 웃으니까 그대도 웃은 게 아니겠소. 단신으로 적성 밑에 와 가지고 그렇게 웃기는 어려운 일, 탄복했소."
그는 오히려 칭찬했다.
도키치로도 마주 칭찬했다.
"이세로 말하자면, 기타바다케 다이나공 나리라는 전상인(殿上人)의 집안이라 보나마나 유약한 사람들만 모였으리라 생각했는데, 이 한 성의 굳은 결의를 보고 오다측에서는 과연 이세에도 무인다운 무인이 있다고 모두 탄복하고 있는 중이오."
단조는 그 말을 듣자 얼굴을 붉히며 대꾸했다.
"이 사람은 이미 죽음을 각오하고 있지만, 이 성이 떨어지면 곧 군가의 멸망으로 이어질 터라 오직 그 점이 걱정이오. 단조가 버티고 있는 한 오다군이라 해도 함부로 이세를 넘보게 하지는 않겠지만……. 이 성이 무너지면 다이나공가도 동시에 멸망하게 될 거요."
"굳이 그런 지경으로까지 몰고 갈 까닭도 없을 것 같소만."
"무슨 말씀이오?"
"귀하의 충절을 굽히시라는 말은 아니지만 충성을 하는 데도 여러 가지 길이 있다고 생각하오. ……말씀대로 다이나공 가문의 영역이 아무리 넓다 해도, 또한 명문의 가계가 아무리 오랜 것이라 해도 귀하만큼 무용을 갖춘 충절지사가 과연 몇이나 되겠소? 우리 측으로 보아도 이 성 하나만 떨어뜨리면 북부 이세는 붕괴하게 되고, 북 이세를 발판으로 하여 일거에 고베 본성을 포위하면 고베 일족은, 실례이오나 그물에 걸린 고기를 잡는 것과 다름 없을 것으로 보고 착착 작전을 진척시키고 있는 중이오."
"음……"
단조는 그것을 부인하지 않았다. 그 또한 자국의 운명을 알고 있었다.
"그뿐 아니라 이제 마지막 보루인 이 성도 이대로 가면 어쩔 수 없이 보름을 못 넘기고 무너질 수밖에 없을 것이오. 귀하를 비롯한 모든 병사는 굶어 죽거나 타 죽을…… 길은 그것밖에는 없지 않소? 애석한 일…… 이라는 뜻에서 주군의 명을 받고 이 사람이 항복을 권하러 온 것이오. 충절에도 크고 작은 것이 있소. 바라건대 귀하께서는 큰 충절을 택하여 병사도 구하고 주군인 기타바다케 일족의 장래에 대해서도 깊이 생각하시기를 사자인 간절히 바라는 바이오."
그의 말은 말재간을 부리고 있는 것으로는 들리지 않았다. 오히려 더듬기조차 했다. 다만 열심히 자신의 진심을 전하려고 하는 성의가 상대방의 마음을 움직이는 것이었다.
그는 또한 이해 관계만을 내세우지도 않았다.
'만민을 위한' 길임을 역설했다.
노부나가의 큰 뜻에 대해서도,
"노부나가공 한 몸을 위하려는 것과는 전혀 다르오."
천하의 어지러움을 지적하는 동시에 한 사람의 영웅으로 하여금 이 어지러운 천하를 하나로 통일시킬 필요성을 역설했다.
단조는 그 말에 공감했다. 자기도 그것을 이상으로 하고 있어 주군 기타바다케 다이나공을 옹립하고 중원에 진출하려는 헌책을 한 일도 있었으나, 기타바다케가의 위치는 나라로 볼 때 기후가 온화하고 산해의 산물이 풍부하며 아쉬운 것이 너무 없어서 오히려 큰 뜻을 품은 지사가 적고 안일 무사만 추구하는 경향이 짙다는 말을 했다.
이제 비로소 귀하의 주군 노부나가에게 그런 큰 뜻이 있음을 들으니 적이기는 하나 천하 만민을 위해 반가운 일이 아닐 수 없다고 단조는 그렇게 말하고 부러워했다.
"그런 주군을 섬기고 있는 귀공은 행복하오. 무인으로서의 보람을 느낄 거요."

도키치로는 그 틈을 놓치지 않고, 극구 그의 항복을 권했다.

"노부나가의 군문에 고개를 숙인다고 생각하면 무인으로서의 체면도 있을 것이오. 대의를 따른다고 생각하시오. 대의의 문전에 말을 매는 것 또한 무사의 본분이 아니겠소?"

"생각해 보겠소."

마침내 단조가 그렇게까지 꺾이자, 도키치로는 그 정도로 하고 그날은 돌아갔다.

"성을 나오실 때는 언제든지 이 도키치로가 목숨을 걸고 주군 앞으로 모시겠소. 결코 개죽음을 할 생각은 마십시오."

그는 돌아오자 노부나가를 만나 보고했다.

"수일 내로 야마지 단조는 성문을 열고 스스로 이 영소 앞에 말을 맬 것입니다."

과연 그 말대로였다.

단조는 노부나가를 찾아와 기타바타케가의 평안을 빌고, 성 병사들의 구명을 탄원했다.

"처분해 주시오."

그리고 자신은 깨끗이 죽음을 바랐으나, 노부나가는 그를 용서하고 그날로 다카오카 성에 입성했다.

군공록에는 맨 첫머리에 도키치로의 공이 기록되었다.

두 번째로 기록된 것은 신참인 아케치 주베에 미쓰히데의 공이었다.

미쓰히데는 이케다 가쓰사부로의 부대를 따라 각처에서 싸우고 있었으나, 그 또한 원래 군졸들 틈에 끼여 적병의 목이나 노리고 다닐 위인이 아니었다.

"다소 생각하는 바 있으니 며칠 동안 저에게 진영을 떠나도록 허락해 주십시오."

그는 이케다 가쓰사부로에게 청을 넣어 그것이 허락되자 한밤중에 단신으로 진지를 떠나 적지 깊숙이 들어갔다.

그는 여러 나라를 편력하고 다닐 무렵부터 이세는 내부적으로 소당이 분립해 있으며, 고베의 기타바타케가를 중심으로 하는 단결에 적지 않은 취약성이 있음을 간파했었다.

그 틈을 뚫어 보자는 것이 그의 속셈이었다. 무언가 확고한 자신이라도 있듯이 그는 어두운 들판으로 단신 말을 몰고 있었다.

"게 섰거라!"

"어딜 가느냐?"

"웬 놈이냐. 적일 테지!"

별안간 그의 앞뒤로 창칼이 번뜩이었다. 당연히 마주치리라고 예측했던 적병이었다. 미쓰히데는 말을 멈추고 물었다.

"그대들은 기마타 곤노스케(木股權之介)의 부하인가?"

"아니다."

적병 하나가 쏘아붙이자 다시 물었다.

"그렇다면 지후쿠사(持楅寺)의 사나이(左內) 밑에 있는 군사들인가?"

"아니라니까!"

적병은 엄포를 놓으며, 말의 배에도 창을 들이댔다.

"수상한 놈이다. 내려라!"

미쓰히데는 당황하는 기색도 없이, 연이어 이곳 토호들 이름을 줄줄 읊었다.

"······그렇다면 가미노조 고로(上條五郎)의 부하인가? 아니면 쇼지 요주로(廳司豫十郎)의 부하인가? 이무라 덴젠(飯村典膳), 고모리 고주로(小森小十郎), 대체 어느 분의 부하들인가?"

너무나도 이쪽 토호들을 잘 알고 있으므로 그렇다면 오다측 무사는 아닌가 보다고 다소 마음을 늦추면서 말투를 고쳐 다시 묻는다.

"우리는 이나베(貝辨) 고을의 토호, 쇼지 요주로의 부하들인데 그대는 대체 어디서 온 자인가, 그리고 어디로 가는 건가?"

미쓰히데는 숨기지도 않고 대답했다.

"나는 오다가의 가신 아케치 주베에라는 사람이며, 이나베 고을 지후쿠사에 계시는 옛 스승 쇼에(勝惠)님을 찾아가는 길이오."

"쇼에님을, 무슨 용무로?"

"적국이기는 하지만 가까이까지 출진해 왔으면서 만나 뵙지도 않고 스승이 계시는 향리에 활질을 한다는 것은 사제간의 정의로 생각해도 송구스러워 일단 인사라도 드리려고 가는 길이오."

그렇게 대답했다.

그를 에워싸고 있는 것이 이세의 가신들이 아니고 토호의 부하들이었기

군공록 161

때문에 임기응변으로 그렇게 말한 것이었다. 쇼에 상인(上人)이라면 지방 토민들이 한결같이 존경하고 있다는 것을 잘 알고 있었던 것이다.

"어떡한다?"

서로 의논하는 모양이었으나, 상인을 찾아가는 사람을 죽이는 것은 상인에게 예의가 아니라는 말을 하는 자들이 많았다. 결국 '안내해 준다' 는 구실 아래 약 10명 가량의 토호병들이 그를 감시하며 지후쿠사까지 따라왔다.

미쓰히데는 그 전부터 잘 아는 쇼에를 만나 양국의 싸움에서 기타바다케가에 불리하다는 말을 찬찬히 설명했다. 무고한 백성들만 괴롭히는 것임을 역설했다.

"아무쪼록 상인의 덕으로 인근의 토호들을 설득해 주시기 바랍니다. 이제라도 오다가를 따르도록 상인께서 말씀해 주신다면, 이 지방은 전화(戰禍)를 면하게 되는 것입니다."

쇼에는 그의 청을 받아들여 일일이 토호를 만나 설득을 했다. 그 때문에 부하들을 거느리고 오다 군에 투항하는 자들이 나날이 속출했다.

미쓰히데의 공 또한 컸던 것이다.

이세는 이리하여 무너졌다. 영지의 태반을 순식간에 잃고 보니 다이나공 기타바다케 노모노리도 끝내 굴하지 않을 수 없었던 것이다.

노부나가는 그의 화평 제의를 받아들이고 노모노리의 목숨도 구해 주었으나, 후년 다시 기타바다케 부자가 배반하자, 그 기회에 노부나가의 차남인 쟈센마루(茶筅丸)──후일의 노부오(信雄)를 기타바다케가에 양자로 들여보내고, 3남 노부다카를 간베 노부모리(神戶具盛)의 후계로 삼음으로써 마침내 이세 전토는 명실 공히 그의 판도 안에 들어오고 말았다.

귀진──그리고 다시 출진.

이세 전토를 평정하는데 그 해 8월까지 걸렸고, 두 번째 출진은 다음 해인 11년까지 끌었으나, 항상 군공록의 필두를 다툰 것은 미쓰히데와 도키치로였다.

'가만 있자, 도대체 미쓰히데란 인물은?'

도키치로가 그를 주목하기 시작한 것과 미쓰히데가 은근히 도기치로의 이름을 머릿속에 새겨 넣은 것은 그 이세 출진 무렵부터였다.

'풍채를 봐서는 대단치 않지만, 오다가의 뛰어난 인물이라면 기노시타를 제외하고는 없다.'

미쓰히데는 이윽고 녹봉 5,000관에 500기의 한 부장으로서 노부나가로부터 중용을 받기 시작했다.

어시·어호

오늘은 남편에게 여느 때와 다른 한가함이 엿보였다. 오랜만에 평화로운 가정에서의 남편다운 안락한 기분이 깃들어 있음이 아내의 눈에도 역력했다.

이세 진의 싸움에서 승리하고 스노마타(洲股)의 성에 당도한 지 벌써 10여 일이 되었지만, 돌아오자마자 장병들의 상벌 등등 정무를 보살피는 일 때문에 도키치로는 쉴 새 없이 쫓기어 그의 몸은 아내의 것도 아니요, 늙은 어머니의 것도 아니었다.

"더 이상 나에게 묻지 말라. 지나치게 자잘한 일까지 내게 묻지 말라. 정사는 히코에몬에게 논의하고, 군사는 다케나카 한베에게, 그리고 가사는 사제 고주로에게 묻도록 하라."

도키치로도 이제 귀를 기울이면 끝이 없는 소소한 용무에 싫증이 난 것 같다. 오늘은 모든 일에 미련을 버리고, 신하들에게 이와 같이 말하고 자기 거실에 홀로 있었다.

도키치로는 결코 예절이 바른 성주는 아니었다. 신하들로부터 '전하'라고 불리고 있지만 그 자신은 문자 그대로 위엄을 지키는 주군인 척하기를 싫어했다. 때로는 잠옷이 벗겨진 채 다리를 길게 뻗고 큰 대자로 눕기가 예사였다. 팔베개를 하고 무엇인가 생각에 잠긴 듯이 눈을 감는다. 잠을 자는 것도 아니었다.

그런가 하면 엎드린 채 멍하니 안마당을 보기도 했다.

그리고 이와 같이 잠시 한가한 시간 동안 몸을 쉬고 있을 때는 얼마 안 가서 무료한 자기 자신을 발견하여 권태를 느끼는지 스스로 열등감을 느끼곤 한다.

"나는 정말 무능·무취미한 인간이다. 나와 견준다는 것은 매우 외람된 일이긴 하지만, 노부나가공은 여러 모로 취미도 많고 또 모든 일에 재능이 뛰어난 분이다. 춤도 잘 추고 북에도 능숙하고 긴 노래도 남 못지않다. 차(茶)를 다루는 일에도 삼매경을 맛 볼 정도로 오묘한 인생의 진미를 알고 있다. 그러나 나로 말할 것 같으면 과연 무슨 능력이 있는가?"

아무리 곰곰이 생각해 보아도 자기는 아무것도 가지고 있지 않은 것 같다.

"당연한 일. 노부나가공과 나와는 근본적으로 가문이 다르고, 또 오늘까지 지나온 환경이 다르다. 그가 아무리 험난한 가시밭길을 헤쳐 왔다 하지만, 내가 걸어온 길처럼 거칠고 험난하지는 않았을 것이다."

그는 또한 멍하니 앉아서 어렴풋하게 떠오르는 지나온 날의 쓰라림을 회상하고 있었다. 나카무라의 시골에서 살고 있는 농부들의 얼굴이 하나하나씩 머리에 떠오른다. 마스시다 가헤에는 그 후 어떻게 되었을까 하고 생각했다. 또 때 묻은 흰 무명옷을 입고 단봇짐을 걸머진 나그네 신세로 지내던 시절의 자기의 가련한 모습이 눈에 선하게 보인다.

"황공하다."

그는 갑자기 자리를 바로 고쳐 앉아서 오늘 자기가 이와 같이 된 그 은혜를 다시 생각했다.

주군에 대하여 보답할 것을 다시 다짐한다.

그리고, 천지의 은혜에 보답해야 할 것을 새삼 깨달았다.

순간 묵묵히 앉은 채 처마 너머로 창창한 하늘을 바라보았다. 그러는 찰나, 그의 뇌리에 한 조각의 구름 같은 기억이 샘솟아 올랐다. 지난날 이세진의 싸움터에서 샅샅이 그 활약상을 목격한 바 있는 아케치 미쓰히데라는 인물에 대한 연상이었다.

그 사람에 대하여 때때로 생각을 하였다. 그의 인물에 깊이 감동하고 있기 때문이다.

"틀림없이 그는 인걸이다. 오다(織田) 가문 안에서 특히 그는 그의 새로운 지식 때문에 빛을 내고 있다."

지금도 그렇게 판단하는 데는 전과 다름이 없었다. 그러나 미쓰히데의 그 두뇌에는 감탄하지만, 그 인간성까지 좋아할 수는 없었다. 노부나가와 미쓰히데는 성격상으로 닮은 데가 많은 것같이 생각되지만, 자기와 그와는 언제까지나 친해질 수 없는 사이인 것 같이 생각되었던 것이다.

"아이, 어쩌면…… 홀로 쓸쓸히."

아내 네네가 그의 옆에 서 있었다.

네네는 묵상에 잠겨 있는 남편 곁에 공손히 앉아서 상냥하게 속삭였다.

"무슨 일을 곰곰이 생각하고 계셨습니까?"

도키치로는 얼굴을 펴고 대답했다.

"그저 멍하니 앉아 있었을 뿐이었소. 때로 허탈한 심경을 맛보는 것도 약이 될 줄 아오."
그는 껄껄 웃었다.
"당신께서 항상 너무 바쁘시기에 행여 몸에 해가 되지 않을까 염려가 됩니다."
"아니 바쁘기 때문에 도리어 건강하오. 병들 겨를도 없소."
"소첩보다 오히려 어머니께서, 때로는 안에 들어오셔서 바깥일을 잠시나마 잊고 편히 쉬셔야 한다고 염려하고 계십니다."
"그래, 그렇소. 어머니도 개선하는 날 잠깐 뵙고 오래 못 뵈었구려."
"무사의 가정이란 쓸쓸하여 어미와 자식 사이도 1년을 두고 며칠밖에 조석을 같이 지낼 수가 없구나…… 하고 당신의 출전 중에도 이따금 말씀하셨습니다."
"……알겠소."
도키치로도 좀 쓸쓸한 표정이었다.
"효도를 하기도 어렵구려…… 얼마 있으면 또 기후에서 오라는 분부가 내릴 것이오. 이렇게 지내는 것도 오랜만이니 오늘 하루는 어머니 곁에서 보내기로 할까."
"저 역시 그렇게 하시기를 간청합니다."
네네는 낭군의 마음을 받아들이고 미소를 지으며 권유하고는 말을 이었다.
"그리고 지난번에 고향 나카무라에서 친척이신 오에쓰 님이라는 분이 어린 아이를 데리고 어머니를 찾아 오셨습니다."
"나카무라의 오에쓰라고?"
"네, 그렇습니다. 당신께서 여가가 나시는 대로 만나 뵈옵고 친히 부탁드릴 말씀이 있으시다고 하면서 벌써 4, 5일 전부터 어머니 곁에 머물면서 기다리고 있습니다."
"오에쓰…… 도대체 누구일까?"
도키치로는 자꾸만 고개를 갸웃거렸다.
"아무튼 가 봅시다."
그는 아내와 함께 어머니가 거처하는 내실 쪽으로 걸음을 옮겼다.
도키치로는 어머니 거실에 들어가서 노모를 향하여 말했다.

"저 왔습니다."
 노모는 지난 며칠 동안 도키치로의 얼굴을 보지 못했기 때문에 네네를 시켜 아들을 데려오게 했던 것이다.
 "그래 왔느냐."
 자기 곁에 자리를 준비하고 기다리고 있던 표정이었다.
 도키치로는 어머니와 나란히 앉자 곧 말했다.
 "용서하십시오. 여장을 풀고 나서 아직 목욕도 한두 번 밖에 하지 못했을 정도입니다. ……그러나 이젠 용무를 만사 폐하겠습니다. 오늘 하루 네네랑 시녀들도 불러 어머니 곁에서 지낼까 합니다."
 "하루뿐이냐?"
 노모도 기분이 좋은 듯이 농담 비슷하게 말했다.
 "네네야, 오늘 밤은 내실에서 묵게 하고 돌려보내지 않는 것이 좋을 거다."
 네네도 낯을 붉히면서 말했다.
 "분부대로 하겠습니다. 어머니께서 허락하지 않는 이상 밖으로 돌려보내지 않겠습니다."
 "무어라 꾸지람 듣자와도 변명할 여지가 없사옵니다. 정을 멀리 하온 죄는 불효, 아내에게는 무정, 이와 같이 용서를 빌 뿐이옵니다."
 도키치로는 일부러 정중히 말하고, 머리를 숙였다.
 "호호호호."
 "하하하."
 노모도 아내도 시녀들도 같이 있던 동생 고주로도 모두 웃음꽃을 피웠다.
 그리고 나서 도키치로는 줄곧 농담과 익살을 피우면서 주위 사람들을 웃기기만 했다.
 "이제 그만해라. 너무 우스워서 도저히 견딜 수가 없구나."
 끝내는 노모가 그렇게 말하여 눈물이 찔끔 나올 정도로 모두를 웃겼다.
 그러다 도키치로는 무심코 한 구석에 말없이 앉아 있는 일곱 살 정도의 사내아이와 그 옆에 있는 가난한 과부같이 보이는 여인이 있는 것을 알아차리자 깜짝 놀라 바라보았다.
 도키치로의 시선을 보자 아이를 데리고 있던 여인은 낯을 붉히면서 고개를 숙였다.

그는 큰 음성으로 곁에 있는 노모를 향하여 물었다.

"거기에 계시는 부인께서는 야부야마에서 오신 이모님이 아니십니까? 어머니, 저기 계시는 부인은 나카무라에 있는 고메이사의 산에 사시는 이모님이 아닙니까?"

노모는 수긍하고서 말했다.

"잘 기억하고 있구나. 네 말대로 야부야마의 가토 단조공에게 출가했던 오에쓰다."

"아, 역시 야부야마의 이모님이시로군요. ……왜 그렇게 구석에 앉아 계십니까. 너무 겸손하십니다."

손을 들어 부르면서 반가운 듯이 그는 불렀다.

"자, 이리로 오십시오."

오에쓰는 오히려 점점 더욱 깊이 몸을 움츠리면서 고개를 더 숙일 뿐이었다.

도키치로는 초라한 과부의 모습을 말 없이 응시했다.

나이는 마흔이 약간 넘었을 정도였다.

서로 헤어진 지 벌써 20년이 넘었다. 도키치로에게는 어머니의 동생인 오에쓰였다.

옛날 도키치로가 히요시라고 불리던 시절에 젊은 이모 오에쓰는 미인이었다. 여윈 지금의 모습 속에서도 그 아름다움이 어딘지 모르게 아직 남아 있었다.

히요시가 고메이사의 심부름꾼이 되었을 때, 이모는 이 절 바로 밑에 있는 야부야마 마을의 가토 단조와 서로 사랑하는 사이가 되어 얼마 안 가서 결혼을 하고 부부가 되었지만, 끝내 남편인 단조는 전장에서 심한 부상을 입고 불구가 되어 버렸다.

히요시의 아버지 야에몬과 똑같은 운명이었다.

오에쓰는 절개가 굳은 여자였다. 히요시는 그 절개 굳은 이모의 아름다운 모습을 지금도 기억하고 있다.

그러나, 그 당시에는 히요시에게 결코 상냥한 이모가 아니었다.

온 마을에서도 이름난 개구쟁이였던 그는 절에서 쫓겨나기도 하고, 밥집에서도 쫓겨나는 바람에 이웃 사람들에게 평판이 아주 나빴으므로 젊은 이모는 그러한 개구쟁이가 집안에 있다는 것을 남편인 단조에게도 부끄럽게 생각하여, 히요시가 집에 나타나기만 하면 쫓아냈다.

"애야, 집에 가거라."

그렇게 개나 고양이 내쫓듯이 남편에게 들킬세라 돌려보내기가 일쑤였다.

고양이로 말한다면——

히요시가 밥집에서 쫓겨 나와 야부야마의 이모 집에 찾아갔던 날, 고양이가 밥을 먹고 있는 것을 부러운 듯이 쳐다보면서, 이모가 자기에게는 찬밥 한 덩이도 주지 않았던 것을 한없이 원망한 일도 있었다.

생각하면 그로부터 벌써 20년——아득한 옛일 같기도 하고 또한 어제 일같이 생각되기도 한다.

어쨌든 옛날의 추억에 남아 있는 그리운 사람이긴 하였다. 고양이가 밥을 먹던 일은 지금도 기억에 남아 있지만 아무런 원한도 없을뿐더러 도리어 은혜로웠다.

"……."

도키치로는 말없이 그녀를 쳐다보고 있으면서 무엇인지 자기도 모르게 뜨거운 것이 눈에 솟아올랐다.

어머니와는 가장 가까운 육친인 것이다. 어머니의 동생이다. 어머니는 이 불우한 자기 동생의 불행한 인생에 마음속 깊이 안타까운 심정을 품고 있었겠지만 아직 한 번도 그러한 심정을 자기에게 털어 놓지는 않았다. 자기에게 그러한 말을 하기를 꺼리고 있었던 것 같이 보인다.

"네네."

"예."

"내가 어릴 때 매우 사랑해 주시던 이모님이시다. 왜 저런 구석에 계시게 하는 게요. 자리를 이리로 옮기도록 하시오."

"몇 번이나 말씀을 드렸지만 굳이 사양을 하십니다. 당신께서 그리 말씀드려 보십시오."

"이모님, 이리로 오십시오. 거기 계시면 인사드리기도 어렵습니다. 세월은 변할지언정 혈육의 정까지 변하오리까. 너무 어려운 인사 예절은 생각지 마시고 이리로 오십시오."

오에쓰는 겨우 자리를 앞으로 조금 옮겼다.

"오랜만입니다."

그리고 양 손을 짚고 인사를 하고서 그때서야 비로소 도키치로의 얼굴을 반가운 듯이 바라보았다.
　도키치로도 유심히 그녀를 보고 물었다.
"오신 지 4, 5일이 되셨다지요?"
"네."
"진작 만나 뵈올 것을 너무 분주했기에 오신 줄도 몰랐습니다."
"이런 초라한 모습으로 찾아뵙기도 부끄러웠습니다만……."
"원, 별 말씀을. 잘 오셨습니다. 정말 그간 많이 변하셨습니다."
"그대도 꿈같이 많이 변했군요. 진심으로 축하드립니다."
"이모님께선 지금 몇이십니까?"
"벌써 40 고개를 셋 넘었습니다."
"젊은 나이요. 지금부터입니다. ……남편 가토 단조공은 제가 어릴 적에 부상을 입고 조석으로 누워 계셨는데, 그 뒤로 몸이 완쾌되었소?"
"한때 몸이 나아 뜻대로 출입도 할 수 있었지만, 한 4, 5년 전에 이 아이가 태어난 뒤 얼마 안 되어 상처가 다시 악화되어 돌아가셨습니다."
"아, 그런 소문을 들은 것 같군요. 고향에 계신 분들에게 너무 소원하게 해서 미안합니다. ……그러면 거기에 있는 아이는 단조공의 아이입니까?"
"네, 그의 아이입니다."
"좋은 아입니다."
"개구쟁입니다."
"허어, 부끄럽습니다. 저의 옛날을 말씀한 것 같으오. ……몇 살이냐?"
　물음을 받고 오에쓰는 옆에 얼빠지게 앉아 있는 자기 아들의 무릎을 찌르며 가르쳤다.
"도키치로님께서 물으신다. 어서 대답해."
"예, 무엇?"
　하늘에서 내려온 귀신같은 붉은 머리털에다 얼굴색이 까만 이 남자 아이는 으리으리하게 금색 빛이 찬란한 벽과, 시녀들의 화려한 의상, 말끔하고 널찍한 방바닥을 두리번거리다가 어머니가 무릎을 찌르자 어리광부리듯 어머니의 어깨에 낯을 갖다 대었다.
"점잖지 못하구나."
　오에쓰는 눈을 흘기며 말했다.
"도키치로님께 두 손을 짚고 대답해야 한다. 네가 몇 살이냐 묻고 계시지 않으냐."
그제야 아이는 도키치로 쪽을 향하여 미소를 지으면서 말했다.
"일곱 살."
"일곱 살이라고?"
도키치로는 웃음을 터뜨리고 말았다. 자기의 어릴 적 개구쟁이 시절과 비슷했기 때문이었다.
"이름은 무어라고 하느냐?"
"도라노스케."
"음, 힘센 장사 같은 이름이군."
도라노스케는 별안간 벌떡 일어섰다. 뜰에 무엇인가가 눈에 띄었는지 당장에라도 쫓아나갈 기색이다.
"왜 이러느냐?"
오에쓰는 아이를 붙들고 말했다.
"실은 이 아이를 무사가 될 수련 제자로 삼아 주십사 하고 멀리 나카무라의 촌에서 데리고 왔습니다. 아버지인 단조도 무사였기에 이 아이도 장차 무사로 성장시키고 싶습니다. 그것이 돌아가신 남편의 명복을 비는 것이 될까 해서……."
오에쓰는 한 손으로 아이를 붙들고 방바닥에 눈물을 흘리며 말했다.
도키치로는 고개를 끄덕이며 묵묵히 듣고 있었으나 그녀의 말이 끝나자 대답했다.
"알았습니다. 저에게 맡겨 두십시오. 본인의 재간에 달려 있긴 하지만 저로서는 최선을 다하겠어요. ……도라노스케, 이리 오너라."
그는 손짓을 했다.
"네."
기다리고 있었다는 듯이 도라노스케는 앞으로 나와 도키치로에게 절을 했다. 그리고 뒤에 있는 어머니를 되돌아보고서, 또다시 손을 짚었다. 도키치로공 앞에서는 이렇게 해야 한다고 미리 가르침을 받았을 것이다. ──그것을 보고 있는 오에쓰의 눈에는 어머니로서의 사랑과 흐뭇함이 넘쳐 있었다. 그리고 한편 염려의 빛이 서리고 있었다.
"제법 고집쟁이 같구만."
도키치로는 중얼거리면서 옆에 있던 네네, 노모와 함께 미소를 지었다.

"도라노스케."
"예."
"좀 더 가까이 오너라."
"예."
"무사가 되고 싶으냐?"
"예."
"무사가 되면 아침에 죽고 저녁에도 죽는, 처음부터 끝까지 죽음으로써 주군께 봉사하는 길을 걸어야 한다. 할 수 있겠느냐?"
"할 수 있습니다."
"너의 아버지 가토 단조공도 무사였다. 훌륭한 무사가 되어서 어머님을 안심시켜야 한다."
"……"

도라노스케는 말없이 고개를 숙이고 있었으나, 좌중의 사람들이 모두 자기에게 눈길을 집중하고 있는 것을 깨닫자 갑자기 수줍어져서 어찌할 바를 몰랐다.

오에쓰는 울고 있었다. 기쁨이 넘쳐흘러 눈물이 그치지 않았다.

도키치로는 좌우를 살피고서 분부했다.

"게 누구 없느냐. 고쇼구미(주 : 젊은 무사의 수련 집단)의 호리오 모스케와 이치마쓰를 데리고 오라고 하여라."

그리고 그 사이에 일렀다.

"도라노스케에게 과자를 줘라."

네네가 과자를 주자 도라노스케는 그것을 앞에 두고 바라보고 있었으나, 침을 꿀꺽 삼키고 참지 못하겠다는 듯이 집어서 입에 넣고 바삭바삭 씹어 먹기 시작했다.

어머니 오에쓰는 낯을 붉히면서 뒤에서 버릇없는 행동을 꾸짖었다.

"도라노스케!"

"염려할 것 없다. 그대로 내버려 둬라."

그러나 네네와 노모가 그렇게 말하자 멀리서 가슴을 죄며 바라보기만 할 뿐이었다.

거기에 마침 호리오 모스케가 뒤에 12, 3세 가량의 고쇼(주 : 고쇼구미의 대원)를 데리고 동쪽 마루 끝으로부터 방으로 들어와 멀찍감치 아래쪽에 엎드렸다.

"부르셨사옵니까?"

모스케가 손을 짚고 엎드리자 뒤를 따르던 고쇼도 그를 따라 서투르게 손을 짚었다.

도라노스케보다 나이가 훨씬 위로 보이고, 그 소년도 보기에 아직 촌티를 벗지 못한 고구마 같은 얼굴이었다. 피부색이 검고 곰보에다 눈은 올빼미 눈같이 둥글고 코가 큰 아주 못생긴 얼굴이었다.

"이치마쓰, 너에게 좋은 친구가 생겼다. 이리 와서 도라노스케와 나란히 서 보아라!"

도키치로가 말하니 이치마쓰는 수줍은 표정으로 눈만 멀뚱멀뚱하고 있었다. 고쇼구미의 코흘리개 10명 가량을 맡아서 형님으로 통하고 있는 호리오 모스케가 나지막한 소리로 이치마쓰에게 가르쳐 주었다.

"전하 앞으로 가서 저 아이 옆에 앉으면 된다."

이치마쓰는 도라노스케 옆에 와서 앉아, 곁눈으로 촌뜨기 고구마가 똑같은 촌뜨기 고구마를 아래위로 훑어본다.

"이모님…… 이 개구쟁이를 아실 텐데. 이 아이는 후다쓰데라의 마을에서 통장이를 하던 먼 친척뻘이 되는 신자에몬의 아들 이치마쓰라는 아이외다."

"아, 그렇군."

오에쓰는 멀리서 바라보면서 자못 놀란 듯이 말했다.

"그러면, 이 애가 신자에몬공의 아들이었습니까. 남편이 돌아가셨을 때 오셔서 여러 가지 초상일을 봐 주시면서 고인의 죽음을 슬퍼해 주신 일이 있사오나…… 그 아이가 어쩌면 이렇게 컸을까……?"

"작년부터 사정이 있어 내가 맡아 키우고 있지만, 이놈이 또한 보통 아이와는 다릅니다. ……지금은 여기에서 부끄러워 쥐구멍도 찾지 못하고 쥐 죽은 듯이 점잖을 떨고 있습니다만."

도키치로가 웃자 네네도 노모도 다 웃기 시작했다. 두 고구마끼리는 아무 것도 우스운 일이 없다는 듯이 서로 곁눈질을 하면서 서로의 코 모양 등을 살폈다.

이치마쓰의 아버지도 전에 무사였고 시나노의 후쿠시마 태생이었다.

아버지 신자에몬은 비슈의 후다쓰데라로 이주해 통 만드는 목수가 되었다.

──결국 그에게는 무사보다 평인 쪽이 마음이 편했다.

그는 아무 야망도 품지 않고 통 바닥만을 두드렸지만, 아들인 이치마쓰는 어릴 때부터 억센 기질을 지녔다.

"어디 좋은 연고는 없을까. 마구간이든 부엌일이든 좋으니, 무사의 가문에 수양 보낼 만한 곳이 있으면 보내고 싶다."

그는 그 개구쟁이를 자기 마음대로 다루지 못하고 이와 같이 그가 장래 무사가 되기를 기대하였다.

그런데 이치마쓰가 갓 14살이 되던 해 정월에 가니에 강의 한 줄기의 강변에서, 어떤 무사 집에서 일하고 있던 종을 낫으로 찍어 죽였다.

섬 술을 마시고 취해 다리 어귀에 드러누워 있던 그 종의 다리를 뛰어노느라 정신이 없던 이치마쓰가 잘못하여 밟았던 것이다.

"이 꼬마 새끼가."

그는 이치마쓰를 잡아 가지고 냅다 걷어찼다.

이치마쓰는 한참 동안 이 종에게 몹시 심한 매를 맞다가 겨우 그놈의 손아귀에서 빠져나와 끈이 끊어진 연처럼 집으로 뛰어들어서는 아버지가 공작소에서 쓰는 부러진 칼을 개조하여 만든 낫을 들고 다시 뛰어나갔다.

정초였으므로 공작소에는 아무도 없었고, 이웃 사람들도 아무도 몰랐다. 이치마쓰는 얼굴색이 변한 채 그 다리 어귀로 되돌아갔다.

그 종은 벌써 사라지고 없었다.

이곳저곳 찾아다니고 있으려니까 마을 주막집에서 불쑥 나왔다.

이치마쓰는 뒤에서 쫓아가서 그의 허벅다리를 낫으로 찍었다.

"이 종놈!"

종은 비명을 지르며 절뚝절뚝 몇 발자국 뛰었다.

"맛 좀 봐라!"

이치마쓰는 도망치면서 입에서 나오는 대로 마구 욕을 퍼부었다.

"이 바보새끼, 광대 같은 놈, 겁쟁이, 식은 밥 먹는 거지……."

종은 화가 불꽃같이 치솟아 올라 '이 새끼가' 하고 뒤를 쫓았으나, 허벅다리의 아픔 때문에 걷지를 못하고 쓰러지고 말았다.

이치마쓰는 되돌아와서 그 종의 머리를 낫으로 몇 번이고 내리찍어 젓갈처럼 만들어 버렸다.

"이제 알았느냐?"

사건이 커진 것은 당연했다.

그 종의 주인이라는 무사는 통장이에게 와서 몇 번이나 자식을 내놓으라고 험악한 태도로 협박을 했다.

넘겨주면 자식이 죽임을 당할 것은 뻔한 일, 그래서 신자에몬 부부는 백방으로 사람들을 통해 사과를 하면서, '출가시키겠다'고 하는 조건으로 목숨만은 건지게 했다.

그러나 이치마쓰는, "중이 되느니 차라리 죽어 버리겠다"며 엉엉 울었다.

아무리 말려도, 아무리 달래도 도무지 들으려 하지 않았다. 그러던 중, 집안 사람 가운데 차라리 하지스카 마을의 히코에몬에게 맡기면 어떻겠느냐고 하는 자가 있었다.

요사이는 좀처럼 일 청탁이 들어오지 않지만, 전에는 하지스카 저택에 일하러 자주 드나든 일이 있는 터라, 신자에몬은 이치마쓰를 데리고 갔다. 거기서 주인 히코에몬과 그 일족이 대부분 스노마타 성으로 옮겼다는 말을 듣고, 다시 마음을 작정하고 스노마타 성까지 찾아가서 그에게 사정을 이야기했다.

도키치로의 친아버지 야에몬과 그와는 친척간의 연고도 있었기 때문이었다. 히코에몬은 다시 성주에게 말해서 이 부자를 대면시켰다.

도키치로는 그 아이를 맡기로 했다.

"주방에 데려다 밥을 먹여라. 잔심부름이나 시켜 보고 쓸모 있는 데가 보이거든 모스케에게 맡겨서 고쇼의 견습을 시키도록 해라!"

그렇게 분부하고 그의 아버지는 돌려보냈다.

이윽고 통장이 아들은 선조의 옛 성을 따서 후쿠시마 이치마쓰라고 불리게 되었다.

이치마쓰와 도라노스케 등을 나란히 앉혀 놓고 도키치로는 말했다.

"사이좋게 지내거라."

"예."

"오이치는 나이가 많지?"

"네."

"신임자인 오도라를 잘 돌보아 주어야 한다."

"네."

"그럼, 물러가거라."

그리고 호리오 모스케에게 분부했다.

"아직 나이는 어리지만 너에게 맡기겠으니 잘 지도를 하거라."

원복(주 : 무사로서 어른이 됨. 때 입는 무사복)을 입기 전의 아이를 부를 때 여자 아이처럼 이름 위에 '오' 자를 붙여 이치마쓰를 '오이치'라든가 도라노스케를 '오도라'와 같이 약칭하는 것이 당시의 관습이었다.

오이치와 오도라는 주군에게 절을 하고 모스케의 뒤를 따라 나갔다.

도라노스케의 어머니는 자기 아들의 뒷모습을 바라보며 눈물을 머금고 있었다.

"어버이가 생각하는 것과는 다릅니다. 곧 성내에 있는 사람들과 친해질 것입니다. 이모님께서도 안심하고 계십시오."

도키치로는 네네에게 오도라의 어머니가 성내에 거처할 숙소를 마련하고, 평소의 이야기 친구로 삼도록 하라는 말을 덧붙였다.

오도라의 어머니는 그의 온정에 엎드려 사의를 표했다.

"은혜는 평생토록 잊지 않겠습니다."

이러한 예는 그녀의 경우뿐만이 아니었다. 연고가 있어 그를 찾아오는 사람에게는 누구나 다 똑같이 이렇게 받아들였다. 무수한 강물을 받아들이는 큰 바다와도 같이 흐린 물도 맑은 물도 다 받아들였다.

한 달쯤 지나자 오도라는 주위 사람들과 친해졌을 뿐만 아니라 타고난 성품 대로 성내에서 제일가는 개구쟁이의 이름을 얻게 되었다. 나무에 기어올라가기도 하고, 나무를 파헤치기도 하고, 고쇼구미의 자기보다 어린 동료를 울리기도 하고, 심한 장난을 하기도 하고, 또 도망갈 때는 비호같이 빨랐다.

오도라가 나타난 후 오이치는 자기의 사랑을 빼앗긴 것 같아 곧 그를 적대시하게 되었다.

"야, 오도라!"

"왜?"

"잠깐 이리 와!"

"어디에?"

"어디든지 잠깐 따라와. 꼬마 새끼가 건방지다!"

오이치는 오도라를 사람이 없는 안뜰 깊숙이 끌고 갔다. 그리고 주먹을 쥐고 오도라의 머리 위에 살짝 갖다 대었다.

"오도라, 요놈!"

"……."
"이 주먹을 봐라!"
"……."
오도라는 머리 위에 얹혀 있는 오이치의 주먹을 이마 위로 쳐다보면서 말했다.
"안 보인다."
"……안 보여?"
오이치는 주먹 끝의 뾰족한 곳으로 오도라의 머리를 돌리면서 눌렀다. 오도라는 상을 찡그렸다.
"어떠냐. ……안 보이면 이렇게 하면 맛을 알겠지. 내 주먹은 살짝 해도 이렇다. 온 지도 얼마 안 되는 꼬마가 너무 건방지게 굴면 이 주먹에 바람을 넣어 꽝 하고 한 대 먹일 테다."
"……."
"한 대 먹어 볼래?"
오도라는 또다시 낯을 찡그리면서 얼굴을 옆으로 저었다.
"이제부터 내 말을 잘 듣겠냐?"
"들을게."
"나에게 거스르지 않겠냐?"
"응."
"그럼, 오늘은 용서해 주마. 다시 건방지게 굴면 돌 담벼락에 집어던질 테다. 알았지!"
오이치는 으스대면서 앞장서서 걸었다. 오도라는 그의 위협에 약간 겁을 먹고 기가 죽은 채 뒤를 따라갔지만, 손가락 끝에 코딱지를 찍어 오이치의 뒤 목덜미에 튕기고서 '큭큭' 하고 입을 막고 웃었다.

대의

　노부나가에게 몸을 맡겨 식객이 된 방랑의 막부 장군 요시아키는 그 뒤에도 기후 성내에 있는 니시노다나의 릿쇼사(立正寺)라는 절에 숙소를 정하고 거기에서 묵고 있었다.
　허영심이 많고 겁쟁이인 데다 권세만 부리기가 일쑤인 아시카가 가문의 신하들은 서민 계급 속에 약동하기 시작한 시대의 조류를 아직 알아채지 못하고 얼마 동안 안락한 생활에 젖게 되자 곧 귀족 근성을 나타냈다.
　"음식이 입에 맞지 않는다."
　"침구가 불결하다."
　"이와 같은 좁은 절간은 아무리 임시 숙소라고는 하지만 막부 장군의 체통에 관한 문제가 아닌가."
　등등 갖은 불만 불평을 털어놓으며 노부나가의 근신에게 요구하였다.
　"대우를 더 개선해 주기 바란다. 당면한 문제로서, 장군님의 숙소를 어디든지 전망이 좋은 장소를 택하여 새로 지어 주기 바란다."
　노부나가는 그 요구를 듣자 그들의 기질을 불쌍하게 여겼다. 곧 요시아키의 신하들을 불러서 말했다.

"막부 장군의 저택이 좁으니까 새 저택을 지어 달라고 했다지요……?"
"그렇소이다. 지금 숙소는 너무 불편도 많고, 장군의 주거로서는 너무 외관이 볼품 없이 보입니다."
"어허!"
노부나가는 멸시하듯이 그 말에 대답했다.
"……경들은 어쩌면 그렇게 태평무사한 생각을 품고 있는가? 막부 장군이 이 노부나가를 의지하게 된 것도 궁극적으론 노부나가의 힘을 빌려, 교토의 간악한 무리 미요시·마쓰나가의 도당을 소탕하여 잃은 땅 회복하고 무로마치 막부의 가문을 바로잡으려는 것이 아니겠소?"
"예."
"외람된 일이오만, 일단 그 대임을 맡은 이상 이 노부나가는 벌써부터 그 실현을 서두르고 있었소. ……어찌 장군님의 저택을 지을 겨를이 있겠소? ……그렇지 않으면 경 등은 다시 경서로 돌아가서 천하를 거느릴 대망을 버리고, 이대로 이 기후의 아름다운 경치에 파묻혀 고대 광실을 짓고 유유히 세월이나 보내며 노부나가의 식객으로서 젊은 나이에 은퇴라도 할 작정인가?"
요시아키의 근신들은 한 마디 말도 못하고 물러갔다.
그 뒤로는 불평을 털어놓는 일이 거의 없었다.
노부나가의 장담은 결코 거짓이 아니었음이 그 뒤 곧 증명되었다.
가을 8월에 들어서자 미노 두 나라의 각 장군에게 출병 명령이 내려졌다.
9월 5일까지 약 3만 명의 원정군이 정비를 끝마쳤다. 그리고 7일에는 벌써 군대가 기후로부터 끊임없이 출발했다.
목적지는 교토였다.
──출발 전야, 성내에서 열린 성대한 술자리에서 노부나가는 장병을 격려하며 말했다.
"끝없는 국내에서의 내란과 제후들의 난투가 계속되는 중에 민중들은 무한한 도탄의 도가니 속에 빠지고 있다. 만백성의 고통은 황제 폐하의 괴로움인 것은 말할 것도 없다. 지난 해 마데노코지 고레후사(万里小路惟房) 경을 시켜 미력한 신하 노부나가에게 비밀리에 칙서를 보내신 바 있으며, 지금 또 노부나가가 도읍을 향하여 군사를 일으킨다는 소식을 들으시고 폐하께서는 비밀리에 은혜로우신 칙서와 금란의 투구를 하사하셨다. ……

우리 오다 가문은 아버님 노부히데 대부터 오늘까지 무사의 본분은 첫째, 금문을 수호하는 데 있다는 무사 정신을 철칙으로 지켜 왔다. 그러므로 이번에 상경하는 군대도 대의를 위한 군대이지 개인을 위한 행동은 아니다. 하루 빨리 폐하를 편안히 모셔야 한다. ……때는 가을이라 여러분들의 군마도 살이 찌고 있다. 각자 노부나가의 말을 가슴 깊이 되새겨 싸움터에서 혁혁한 공을 세워 주기 바란다. 그리고 덧없는 죽음을 하지 말고 뼈와 살이 가루가 될 때까지 황제 폐하가 계시는 도읍을 향해 진군해 나가자."

출진의 훈시에 장병은 모두 사기가 충천했다. 그 중에는 말이 채 끝나기도 전에 감격에 넘쳐 우는 장사도 있었다.

이 거사를 듣고 일찍이 공수 동맹을 맺고 있던 미가와의 도쿠가와 이에야스도 군사 1,000명을 파견하여 이 대열에 참가시켰다.

"미가와 공이 보낸 병력은 너무 적다. 소문대로 미가와공은 잔꾀가 많아."

출전시 장수들 사이에 이런 비난의 말이 나기도 했다.

노부나가는 웃으면서,

"미가와는 지금 안으로 민심을 수습하고 산업을 부흥시키기에 여념이 없는 시기이다. 병력을 많이 보내면 자연히 경비도 많이 든다. 그래서 다소 비난을 듣더라도 차라리 경비를 절약하는 편을 택했을 것이다. 그러나, 그도 보통 장수는 아니다. 보낸 군사들은 틀림없이 강한 무사들만을 뽑아 모은 정예군일 것이다."

이렇게 말하면서 별로 시비를 따지려 하지 않았다.

과연 미가와에서 온 1천 명의 군사와 장수 마쓰다이라 간지로는 미노의 3만 명의 전부대 중에서도 연전 연승의 혁혁한 전공을 세웠다. 언제나 선봉을 맡아 아군에게 길을 열어 주는 등, 그 용병의 묘는 이에야스의 이름을 더욱 빛내 주었다.

좋은 날씨가 계속되었다.

3만의 병마는 맑은 가을 하늘 밑에서 당당한 진군을 계속했다. 선발대가 고슈의 가지와바라에 당도하고 있는데, 후발대는 아직 다루이, 아카사카 근처를 지나고 있을 정도의 긴 대열을 이루었다.

바야흐로 울긋불긋한 화려한 군기가 하늘을 뒤덮었다. 문자 그대로의 대행군인 것이다.

히라오의 역참을 지나 다가미야에 이르렀을 무렵에 전방으로부터, 소리

높이 외치며 말을 달려오는 3명의 무장이 있었다.
"사신이오, 도읍에서 온 사신이오."
급히 달려온 사신들은 이렇게 청을 하면서 미요시 나가츠구와 마쓰나가 히데히사의 서찰을 들고 있었다.
"오다공을 배알하고 싶소."
본진에 이를 전하자 노부나가는 사신과 만나기로 했다.
"대동하여라!"
서찰의 내용을 본즉, 화친을 하자는 요지였다. 노부나가는 적의 간사한 잔꾀임을 즉각 판단하고서 사신을 돌려보냈다.
"아무튼 이 답장은 내가 도읍에 올라가서 하겠다. 미요시와 마쓰나가 두 공의 심중을 명백히 짐작할 수 없으므로, 내가 도읍에서 포진하게 될 때 언제든지 만나 주겠다고 전하시오."
다음 날은 11일 새벽이었다.
해뜨는 것을 신호로 선봉은 아이치 강을 건넜다. 그리고 다음날 아침에는 벌써 간논사(觀音寺)의 성과 미쓰구리 두 성을 각각 공략하기 시작했다.
간논지는 강남의 호족 사사키 쇼데아가 지키고 있었고, 미노 성은 그 아들 사사키 록가쿠가 굳게 막고 있었다.
사사키 일족은 미요시와 마쓰나가 일당과 내통하고 있어, 전에 새 막부 장군 요시아키가 거기에 가서 몸을 의탁하고 있을 때, 간계를 써 그를 시해하려 한 일까지 있었다.
그러므로 그들은 당연히 이곳 비와(琵琶) 호를 배경으로, 한편에는 고슈의 연봉을 남쪽에 끼고 있는 큰 길을 가로막고, 일찍이 에로쿠 4년에 오다 노부나가가 이마가와 요시모도를 상경 도상에서 단숨에 분쇄했을 때와 마찬가지로——이번에는 노부나가를 여기서 격멸하겠다고 호언장담하며 대기하고 있었다.
그래서 사사키 록가쿠는 자기의 미쓰구리 성의 수비를 요시다 이주미노카미에게 맡기고, 자신은 아버지가 있는 간논사에 합류하여 그곳을 근거로 본진을 삼고, 와다, 히노, 기타 영토 내의 보루 18개소에 방어진을 튼튼히 구축하고 있었다.
고지에서 멀리 눈 아래를 내려다보면서 노부나가는 껄껄 웃었다.
"훌륭한 적의 포진! 병법에 씌어 있는 그대로이다."

그리고 사쿠마 노부모리와 니와 나가히데 두 장수를 돌아보며 명령을 내렸다.

"미쓰구리 성을 쳐라!"

그 선봉에는 미가와의 마쓰다이라 부대를 지정했다. 또한 이번에도 훈시했다.

"이번에 우리가 진행시키고 있는 이 상경의 전투는 개인을 위하는 싸움과는 다르다는 것을 출발 직전에도 말한 바 있거니와, 특히 대의에 의한 거사임을 전군에 꼭 명심시켜 도망치는 자는 죽이지 말라, 무모하게 민가에 불을 지르지 말라, 가능한 한 수확이 끝나지 않은 논밭은 훼손하지 말라!"

6. 21 일기

아직 비와(琵琶) 호수의 물도 보이지 않는 아침 안개가 짙은 때였다.

안개 속을 뚫고 3만 병마의 모습이 검은 그림자처럼 움직이기 시작했다.

니와, 사꾸마, 두 장수의 부대가 미쓰구리 성에 공격을 시작했다는 신호인 봉화를 보고 노부나가는 주위에 명령을 전달했다.

"본진을 와다야마 산으로 출동시켜라!"

와다야마 산도 적의 요새였다. 물론 적군이 우글우글 들끓었다. 거기에다 아군의 본진을 옮기라고 한다. 노부나가는 싸우라든가 공격하라든가 뺏으라든가 하는 명령은 하지 않고, 다만 사람이 없는 땅을 가는 듯한 기개로 가득 차 있었던 것이다.

"뭐라고, 노부나가 자신이 직접 습격을 한다고?"

와다야마 산성의 수비 대장 야마나가 야마시로노카미는 망루에서 들리는 큰 소리를 듣고, 즉시 성내에 있는 군사들에게 장검을 두드리며 한바탕 연설을 했다.

"하늘에서 내린 다시없는 기회가 왔구나…… 간논사, 미쓰구리 두 성은 앞으로 적어도 한 달은 버틸 수 있다. 그 동안에 마쓰나가·미요시의 군세와, 호수 북쪽의 아군이 들이닥쳐 노부나가의 퇴로를 차단할 것이다. ……노부나가가 직접 여기에 왔다는 것은 섶을 지고 불에 뛰어든 거나 마찬가지다. 이거야말로 유일한 기회다. 무사의 가문에 이 이상의 행운이 어디 있으랴. 노부나가의 목을 잘라 주어라!"

"와……!"

전군이 그에 응답했다.

노부나가에게 아무리 지략이 넘치는 장수가 많다 하더라도, 또한 3만의 군사가 제아무리 필사의 공격을 퍼부어 오더라도, 철벽을 자랑하는 이 산성은 반드시 1개월 이상은 견디어 나갈 수 있으리라고 그들은 굳게 믿었고, 또한 인접 제후들 사이에서도 강국의 하나로 손꼽히고 있었다.

그러나, 예상을 완전히 뒤엎고 와다야마 산성 일대의 구릉은 반나절도 못되어 총성과 먼지, 안개와 난투의 소란 속에 힘 없이 함락되고 말았다.

전진 속에 눈에 띄는 것은 거의가 종횡무진으로 용전분투하고 있는 노부나가의 장정들뿐이었다. 약 2시각쯤 싸우자 야마나가 야마시로노카미의 부하들은 서로 앞을 다투어 가며 근방의 밭으로 산으로 호수 언저리로──사방으로 흩어져 도망치기에 바빴다.

"쫓지 말라, 쫓지 마!"

노부나가의 목소리는 벌써 와다야마 산의 마루턱에 있었다. 재빨리 꽂은 승리의 깃발이 정오에 가까운 햇빛 아래 선명하게 눈에 띈다. 피와 진흙투성이가 된 장정들은 끊임없이 그의 막하에 모여들었다. 그리고 승리의 환성을 올리며 배불리 점심을 먹었다.

미쓰구리(箕作) 방면으로부터 전령이 빈번히 날아들었다. 니와사 사쿠마의 선봉에 선 미가와의 마쓰다이라 군사가 피투성이가 되어 고군분투하고 있다는 것이었다.

시시각각으로 아군이 유리하다는 정보가 노부나가의 귀에 들어왔다.

아직 해가 지기도 전에 미쓰구리 성의 낙성 소식이 들어왔다.

석양이 가까워 오자 간논사 성 쪽에서 검은 연기가 뭉게뭉게 일었다. 기노시타 도키치로와 그 밖의 군세들이 벌써 성에 육박한 모양이었다.

"모두 출격하라!"

총공격의 명령이 내렸다. 노부나가도 본진을 옮겨 미노사구와 그 외의 곳에 있는 모든 군사들을 일제히 간논사에 집중시켰다.

어스름 빛이 스며들 무렵에는 벌써 제1착, 제2착으로 성에 기어 올라간 용사들이 지르는 높은 음성이 하늘을 진동했다. 별안간 성내의 한 구석에서 불이 일어났다. ──청청한 가을 밤 하늘은 별과 불꽃으로 충만했다.

파죽지세란 이것을 두고 하는 말이던가.

숨쉴 사이의 여유도 주지 않고 공격하는 군사들이 물 밀 듯이 성 안으로 밀려 들어온다.

　거리마다 승리의 노랫소리가 들려왔다. 그것은 적인 사사키 일족의 사람들에게는 마치 장송곡처럼 들려와, 무정한 가을바람에 떨어지는 낙엽 같은 신세를 연상케 하는 것이었다. 겨우 하루 만에 이 금성철벽을 자랑하던 성이 함락당하리라고는 아무도 예상조차 못한 일이었다. 와다산(和田山) 산성의 보루도 미쓰구리 성의 철벽도, 그 밖에 18개소의 관문도 급격히 밀려온 군단 앞에서는 무력한 사자의 투구였다.

　우다 겐지 이래의 명문 사사키 록가쿠며, 쇼데이 뉴도를 비롯한 일족과 부녀자들은 가련한 모습으로 밤의 어둠을 타고 앞을 다투며, 화염에 싸인 성을 탈출하여 이시베 성 쪽으로 낙향하였다.

　"낙향하는 자들은 그대로 내버려 두어라. 우리에게는 내일의 적이 있을 뿐이다."

　노부나가는 그들의 생명뿐만 아니라 그들이 반출해 갔다고 하는 막대한 양의 재물·보화 따위에는 눈도 돌리지 않았다. 불필요한 일에 시간을 허비한다는 것은 노부나가에게는 어림없는 일이었다. 그의 심중에는 오직 중원의 패권만이 있을 뿐이었다.

　간논사 성은 본성에서 불길이 멈추었다. 노부나가는 입성하자 곧 군사를 위로했다.

　"병마를 푹 쉬게 하라."

　그러나 그는 쉬지 않았다. 투구도 풀지 않은 채 하룻밤을 새고, 다음 날 아침에 일찍 막료들을 모아 놓고 군사를 의논하였다. 또, 영내에 포고를 내리기로 하고 말했다.

　"요시아키공을 기후에서 데려와 이 성을 지키게 함이 좋을 것이다."

　이렇게 결정하고서는 황급히 후와 가와지노카미에게 길을 떠나게 했다.

　어제는 진두에 서서 전투를 지휘하고, 오늘은 정사를 게을리하지 않는 망중지망을 즐기는 기질이었다.

　시바타 슈리, 모리 산자에몬, 하지야 효고노카미, 사카이 우콘 등 네 장수를 임시로 고슈의 현령, 대관 등으로 봉하고, 이틀 뒤에는 어느 새 호수를 건너 오쓰로 진군할 병선 준비에 몰두하여 식사도 잊어버릴 정도였다.

　이처럼 바쁜 와중에 호위 무사가 나타나 틈을 타서 고하였다.

　"기노시타공이 오늘 아침부터 배알코자 원하고 있사옵니다."

"그래? 내가 깜빡 잊었구나. 무슨 일이냐. 곧 오라고 하라!"

노부나가는 더운 물에 말아서 먹고 있던 식사를 중도에서 끝내고 곧 서원 쪽으로 나갔다.

도키치로가 앉아 있었다.

그런데 그의 옆에, 노부나가가 앉은 바로 정면에 낯선 무장이 손을 짚고 엎드려 있었다. 옆에는 12, 3세 되어 보이는 소년을 데리고 있었다. 소년은 노부나가가 나오자 꿇어 엎드리는 것도 잊어버리고, 무엇인가 황홀한 듯이 노부나가의 모습을 지켜보았다.

"주군께 아룁니다."

도키치로가 노부나가에게 전했다.

"여기에 데리고 온 무사는 사사키 록가쿠님의 휘하에서도 매우 용명을 떨치고 있던 히노(日野) 성의 영주 가모오 가타이히데님이고, ……또한 그 옆에서 기다리고 있는 것은 그의 맏아들 쓰루지요님입니다."

"하아, 가모오님이라……."

노부나가는 다시 한 번 바라봤다. 가타이히데 부자는 도키치로로부터 소개를 받자, 다시 한번 정중한 예의를 표했다.

"다년간 모셔 오던 주군 사사키가의 본성에서 적장인 당신을 뵙게 된 것은 무사로서 유감스러운 일이지만, 어젯밤부터 공격 부대의 장수 기노시타님으로부터 간곡한 전황의 추이를 설명 듣고, 대의를 위해서 소의를 버리라는 권고에 못 이겨 마침내 여기에 함께 오게 되었습니다. ……저는 패군의 한 장군이며 또한 다 늙어빠진 폐물이지만, 저의 아들 쓰루지요에게는 훌륭한 사람이 되라고 항상 가르쳐왔습니다. 가타이히데에게는 할복을 명령한다 해도 원망스럽지 않지만, 다만 쓰루지요의 장래만을 부탁하고 싶은 나머지 부끄러움을 무릅쓰고 찾아온 것입니다."

가타이히데의 이야기를 노부나가는 눈을 감고 듣고 있었다. 패장의 말 속에는 승자에게는 찾아볼 수 없는 인간의 진실미가 담겨 있었다.

"염려 마시오."

노부나가는 눈빛을 번뜩이며, 가다이히데가 데리고 온 아들을 한참 동안 바라봤다. 봉안홍순(鳳顔紅脣)의 미동. 노부나가는 문득 외쳤다.

"이 아이야말로 기린아다."

그리고 도키치로를 향하여 소리쳤다.

"훌륭한 아이로구나! 그런데 도키치로, 너는 어떻게 보느냐? 그야말로 단양목의 향기가 풍기는 듯하구나. 우리 가문의 사위로 삼아도 좋을 정도다."

거짓말로만 들을 수 없는 말이다.

"이리 와, 이리 와!"

노부나가는 쓰루지요를 자기 곁으로 불러서, 그의 머리를 쓰다듬어 주며 다시 말을 이었다.

"장차 나의 셋째 딸과 짝을 지어 주자. 좋은 부부가 되겠지. ……가타히데, 부모인 자네에게는 이의가 없는가?"

패장은 남자로서의 눈물을 흘리며 잠자코 머리를 다다미 위에 조아리고 있었다. 도키치로도 자기의 계략이 전과에만 공을 올린 것이 아니라 뜻밖에 화혼을 맺어 주었으므로 진심으로 주군에게 감사를 드렸다.

──뒷날.

노회한 도쿠가와 이에야스(德川家康)에게 자리를 양보하게 하고, 관백 히데요시마저 눈치를 보게 하고 오슈의 독안룡 마사무네(政宗)를 벽지에 가둔 지모웅략(智謀雄略)의 풍류 무인 가모 우지사도가 이 아이였다. 바로 이 쓰루지요였던 것이다.

백성은 물, 정치는 그릇이라던가? 베푸는 정도가 공명 정대하다면 물은 그 그릇 속에 평화롭게 괴기를 바라는 법이다.

오미에 돌입하여 간논사와 미쓰구리를 공격한 것이 12일. ──그래서 노부나가 군은 25일에는 이미 전후의 수습과 영정의 포고까지 모두 마쳤다.

──곧장 중원을 향하여!

이리하여 비와(琵琶) 호수의 동쪽 기슭에서 병선을 준비하여 오쓰를 향해 출발하고 있었다.

많은 병선의 준비로부터 군량과 마초를 병마에 싣는 일마저도 모두 서민들의 협력을 받았다.

물론 노부나가의 무위에 압도되기도 했겠지만 그보다도 오미의 민중이 일치해서 그를 지원한 것은, '이 사람이라면' 하는 생각을 했기 때문이다. 아무튼 그는 믿을 수 있는 정치적 전망을 보여 왔기 때문이다.

일시 전화에 낭패해서 '어떻게 될 것인가'하고, 두려워 망연자실하고 있는 민심을 포착하여 노부나가는 신속히 '안심하라'는 공략을 내걸었던 것이다.

이러한 입장이었으므로 사소한 정치적 강론 따위는 수립할 겨를도 없었으며, 또한 뒤에 곧 변경될 세목의 정책 따위는 무용지물이기도 했다. 노부나가의 비결은 ——신속히, 또 분명하게, 백성들에게 안도감을 준다는 것 이외에 다른 것은 없다.

안심은 신뢰를 낳는 것이다. 난국의 민중이 진심으로 바라는 것은 결코 물 한 방울 새지 않는 단단한 정치적인 수완가도 아니며, 성현의 길을 그대로 정치에 적용하는 현인도 아니다. 그러한 사람과는 맞지 않는 것이다.

'난세다, 어지러운 세태다' 하는 것을 바로잡기 위해서는 다소 자기네들에게 고통을 주어도 좋고, 엄격하게 대해도 배척하지 않는다.

——그 대신 '이 사람이라면……' 하고 믿을 만한 사람에게서 평안을 구하고 싶은 것이다. 오닌 이래 십 년 동안 맛보지 못했던 안심을 이 땅의 민중들은 목마르게 바라고 있는 것이었다.

식자들은 입버릇처럼 이렇게 말했다.
'……이런 난세에 정치를 한다는 것은 실로 어려운 일이다. 누가 나와서 정치를 하더라도 이 난국을 수습할 수는 없을 것이다.'

그런데 또한 그와는 반대로 식자 중에는 이러한 말을 하는 자도 있었다.
'아니, 그와는 정반대다. ……지금처럼 정치를 하기 쉬운 때도 없다. 왜냐하면 세상이 평화로운 때일수록 사람들은 제멋대로 떠들며 열을 올리고, 사소한 일에도 비난을 일삼으며 갑론을박 다스리는 자를 저울질하기 일쑤다. 그러나 지금은 그게 아니다. 민심은 고난을 참기를 각오하고, 사회의 난맥상으로부터 통일을 희망하고 있다. 누구든지 진실과 예지로써 지도력을 발휘하여 나를 따르라고 외치기만 하면, 그것이 국가의 나아갈 길임을 안 이상 잠자코 거기에 따르려는 심정인 것이다. 다소 이의와 비방이 있기는 하겠지만, 대의 명분을 위해서 오히려 다같이 복종하기를 원하고 있는 것을……어째서 오늘날의 세태를 어렵다고만 할 것인가? 인물이 나타나기만 한다면 아침 햇빛을 바라보듯 눈부시게 우러러볼 것이 아닌가.'

이것도 틀림없이 일리가 있는 말이다. 어쨌든 노부나가의 지도 방법은 그와 같은 민심에 부합되고 있었다. 시국에 관해서 혜안을 갖고, 의식적으로 그렇게 하고 있는 것인지, 아니면 그 자신 타고난 자질과 성격이 그대로 시국에 적합한 것이었는지, 어쨌든,

——그토록 바라 마지않던 인물이 출현했다.

그런 느낌을 그는 오미 새 영토의 만민에게 심어 가면서, 배를 타고 호수를 건너갔다.

호수에 부는 바람은 가을을 느끼게 했다. 무수한 병선이 지나가자 호수의 물은 아름답고 길게 파문을 지었다.

장군 요시아키의 배도 25일 마모리 산(守山)에서 호수를 건너 미이사(三井寺) 밑에 도착했다.

먼저 도착한 노부나가는

"여기서 일전을 불사한다."

이러한 각오로 산코(三好), 마쓰에이(松永)의 내습을 예상하고 있었지만, 그가 진두에 나설 만큼 저항이 심하지는 않았다.

그래서 요시아키를 미이사의 극락원으로 맞이했다.

"이미 상경한 거나 마찬가지야."

그렇게 위로했다.

28일.

"오늘이야!"

노부나가는 상경군을 격려하여 오사카 산을 넘었다.

구리다 어귀까지 오자, 갑자기 대오가 정지했다. 노부나가의 곁에 있던 도키치로가 앞으로 달려 나가는 것과, 대열의 선두에 선 아케치 미쓰히데가 걸음을 빨리하여 되돌아온 것은 동시의 일이었다.

"무슨 일인가?"

"칙사입니다."

"음 칙사라고?"

노부나가에게 전갈하자 그도 깜짝 놀라서 말에서 내렸다.

마데노코지 주나곤 고레후사와 다치이리 사키요 요리타카 두 사신은 이윽고 거기에 당도해서 성려(聖慮)를 전했다. 노부나가는 엎드려 절했다.

"야인 노부나가는 활을 잡는 외에는 아무런 능력도 없습니다. 다만 아버지 노부히데의 대로부터 오랫동안 금문의 소요를 염려해, 신금의 편안치 못한 세태를 탄식하고 있었지만, 오늘날 벽지로부터 상경하여 위문의 임무를 맡게 되니, 무문의 명예와 일족의 기쁨이 이에 더할 나위가 없습니다."

3만의 병졸들도 노부나가와 한마음이 되어 숙연히 성려에 보답하리라는 것을 무언중에 맹세했다. 다이고, 야마시나(山科), 노키하루(宇治) 방면으로부터 후시미(伏見)에 이르기까지 한나절 동안에 미노의 병마를 볼 수 없는 곳은 없었다.

노부나가는 도후쿠사에 진을 치고 요시아키는 동산의 기요미즈사(淸水寺)로 들어갔다.

그 날짜로 시중에는 포고문이 붙었다.

경비 순찰의 수배는 매우 신속했다. 낮 당번 스가야 규에몬, 밤 당번 기노시타 도키치로, 이 두 사람이 시중 순시의 책임을 담당했다.

오다 군의 한 병사가 주막에서 술을 마셨다. 승리한 병사는 교만해지기 쉽다.

"이만하면 됐지?"

그는 술을 실컷 마시고는 술값의 절반에도 미치지 못하는 돈을 던지고 나가 버렸다.

"안 됩니다."

주인이 뒤따라가서 매달리는 것을 그 병사는 세게 한 대 치고는 으스대며 걸어갔다. 순시 중의 도키치로가 우연히 이 광경을 보았다.

"저놈을 잡아라."

부하에게 명령했다.

본진인 도후쿠사로 끌고가자 노부나가는 잘했다고 칭찬하고, 병사의 장구를 모두 빼앗고 도후쿠사 문 앞의 큰 나무에 결박해 두었다.

그리고 그 옆에다 죄상을 명기해 두고 7일간 사람들에게 구경시킨 다음에 목을 치라고 명령했다.

도후쿠사의 문 앞에는 매일같이 사람들의 왕래가 빈번했다. 그 대부분은 교토의 호상이나 귀족들이었다. 또한 사원의 심부름꾼이라든가 일용품을 운반해 오는 상인들도 있었으며, 어쨌든 그 앞은 복잡했다.

"이건 뭐야?"

모두들 한 번은 그 앞에서 말을 멈췄다. 그리고 높이 달아놓은 게시판과 큰 나무 등걸에 결박된 병사를 번갈아보았다.

"우군이라도 죄를 범하면 가차 없이 처단하는구나. 전에 없던 일이야."

도성 안의 서민들은 노부나가의 공평 무사함과, 법령의 준엄함을 서로 이야기했다. 미리 여러 곳에 세워둔 게시판에 쓰인 법조문이 노부나가의 군 자체 내에서부터 스스로 이행되고 솔선 수범되고 있음을 보았다. 그러므로 다른 여러 포고문에 게시해 둔 엄중한 법조문에 대해서는 누구 하나 불평하는 빛이 없었다.

——1전을 약탈해도 목을 벤다.

"1전 때문에 목을 벤다. 1전 때문에……."

그러한 말이 당시 서민들 속에서 유행하기 시작했다.

기후를 출발한 것이 9월 7일——그로부터 겨우 21일 뒤에는 이와 같이 처리해 가며 노부나가는 중원에 나타났던 것이다.

7번 악(樂)

"손님한테 좀 지쳤는걸."

노부나가(信長)는 도키치로(藤吉郎)를 돌아보면서 하품을 했다.

도후쿠사(東福寺)의 뜰은 아름답다. 정원석이 박힌 안쪽은 붉게 물든 단풍이 한창이었다.

도키치로를 데리고 한 차례 소풍을 하고 자리에 돌아오자, 접수를 맡은 사람이 기다리고 있다가 손님의 명함을 전해 주며 보고했다.

"누가 찾아 왔습니다."

"누군가 안부를 여쭈러 왔습니다."

"안되었지만 오늘만은…… 이 노부나가도 피로하다고 거절해 주기 바라네."

문전성시를 이룬다는 것은 그야말로 지난 며칠 동안의 도후쿠사 본진의 장관이었다.

술통을 짊어지고 재물을 수레에 싣고 명기(名器)와 명물을 받들고, 위로는 월경운객(月卿雲客)의 귀인으로부터 부호나 이름 있는 평민에 이르기까지, 도대체 무슨 말라빠진 인사치레를 한다고 이처럼 몰려드는 것일까?

노부나가는 쓴웃음을 금할 수가 없었다.
——그와 동시에 머리 속에 떠오르는 것은 7년 전 동부 지방의 시골 무사로 분장하고 남몰래 교또의 형세를 살피려고 왔을 무렵의 일이었다. 그때는 노부나가의 목이라면 서로 베어가려는 사람은 있어도, 먼저 재물을 싣고 이렇게 바치러 오는 사람은 천하에 하나도 없었다.
게다가 더욱 이상한 것은, 그는 여전히 변함없는 그인데도 불구하고 도후꾸사에 문안을 마치고 돌아가는 사람들은 다투어서 노부나가를 칭찬하는 것을 자랑으로 삼고 있었다.
"만나 보니 과연 그는 소문에 못지않은 인품이야. 큰 그릇임에는 틀림없어."
"나도 어제 그를 보았는데, 사실 그는 겸손한 사람이더군. 사람을 대하는 것이 마치 옛 친구를 대하는 것 같던걸."
"온 천지의 소란도 그분이 나타났으니 이제 종식되겠지."
한 달 전까지도 행여나 입 밖에 낼세라 꺼리던 말을 자신의 신념인 양 하고 다녔다.
노부나가는 나날이 높아져 가는 자기의 명성에 놀랄 지경이었다.
그래서 민심을 여러 가지로 고찰해 보기로 한 것이었다.
예를 들자면——.
그의 숙원이기도 했지만, 아버지 노부히데(信秀)의 가르침도 있고 해서 장안으로 들어가면 가장 먼저 조정에 문안하며 우러러 충성을 표시함과 동시에 황금 100냥, 비단 200필, 솜 300뭉치, 쌀 1,500가마를 헌상할 것을 아뢰고 돌아오자,
"노부나가는 충성의 뜻이 매우 깊다."
"그야말로 왕을 모시기 위한 무장이다."
그에 대한 과대한 소문이 퍼져서 들려왔으므로, 다만 당연한 일을, 그것도 빨리 치르고 나온데 지나지 않는 노부나가로서는 어쩐지 세평에 대해서 낯이 간지러운 생각이 들었다.
이렇게 생각했지만, 한편으로는 오히려 치열한 적도 있었다.
큰 고기가 연못 속에 들어감으로써 이 오랜 못물은 범람해 버린다. 셋카센(攝河泉)의 여러 마을이나 산지에 숨어 있는 미요시 마쓰나가(三好松永)의 잔당과 그 여당들이었다.

아주 가까운 곳으로는, 산성 오토쿠니 고을(乙訓郡), 세료사(靑龍寺)의 성에 있는 이와나리 치카라노스케(岩成主稅介).

다카쓰키(高槻)성의 이리에 사곤(入江左近).

부고 고을(武庫郡)의 고시미즈(小淸水)에는 시노하라 우쿄(筱原右京).

도미다(富田)의 후몬사(普門寺)성에는 호소가와 가몬노스케(細川掃部介).

그 외도 이케다 성에 이케다 지쿠노카미(池田筑後守)라든가 아마케 사케의 아라키 무라시게(荒木村茂)——혹은 가와지(河內)의 미요시 시모쓰케(三好下野), 쇼간뉴도(笑岩入道)라든가 멀리는 야마토(大和)의 시기산(信貴山) 다몬성(多門城)에 아직까지 있는 마쓰나가 단조 히사히데 등에 이르기까지 적지를 살피면 그가 무찔러 온 땅이나 도성 내외의 면적보다도 훨씬 넓은 지역에 뻗쳐 있었다.

물론 그들 적은 틈만 있으면, 일거에 일어나 여행 중에 있는 오다 등을 섬멸하려고 주야로 헛점만 노리고 있는 참이었다.

"아마케사키의 아라키 무라시게라는 적장이 평복으로, 더구나 홀로 기노시타(木下)님을 뵙고 싶다고 찾아왔는데 무엇인가 알고 계시는 바라도 있으십니까?"

마침 이번에는 도키치로에게 연락이 왔다.

연락 온 사람에게 대답도 하지 않고, 도키치로는 노부나가에게 물었다.

"잠시 보시지 않겠습니까?"

"누군데?"

"저를 찾아온 아라키 무라시게 말씀입니다."

"자네는 언제부터 적장과 내통하고 있었던가?"

노부나가는 미소를 짓는다.

"최근의 일입니다. 진중에 틈을 내서 제가 그 사람을 설복하러 갔다가 한 번 우리 주군을 만나 뵙도록 권유한 것입니다."

"충실하군."

"진두에서 말을 타고 달리는 것만이 보필하는 것은 아니라서……."

"그러나……오늘은 어떤 방문객도 만나지 않기로 했네. 오늘은 자네만 만나게. 절 안에서 푹 쉬고 싶으니 내일 만나도록 하지."

"아닙니다. 그렇게 되면 돌아가 버릴 것입니다. 그는 적어도 한 성의 성주입니다. 젊지만 셋쓰의 야마케사키에서 세력을 길러 교토 근방의 노련한 장수들을 호령하는 담대한 사나입니다. 우리 편에서는 무시 못할 적의 하나입니다. 불초한 저의 안목으로는 이 사나이를 적으로 만들면 장래의 백년대계에 큰 지장을 초래할 것 같아서, 예절을 갖추어 오늘의 내방을 약속했습니다. 술이나 재물을 가져와서 문전성시를 이루고 있는 여느 방문객과는 격이 다르다고 생각합니다."

"그대는 적장을 매우 칭찬하고 있군."

"적이라도 훌륭한 인물이라면 인간적으로는 존경하지 않으면 안 됩니다."

"들여보내."

"감사합니다. 이리로 들어오게 해라……."

도키치로는 즉시 연락 온 사람에게 그대로 전했다.

무라시게는 이윽고 무사들에게 둘러싸여 들어왔다. 그 어마어마한 호위에 도키치로는 기분이 언짢았다.

"너희들은 물러가 있어도 좋다."

주군의 신변은 자기가 맡아서 보호하겠다는 신념을 보이며 말했다.

조용히 모두 물러났다. 그러나 옆방에서 노부나가의 무사들은 물론 숨을 죽이면서 만일을 위해 대비하고 있었다. 정작 무서워해야 할 사람은 홀몸으로 무기도 없이 앉아 있는 아라끼 무라시게였다.

그러나 무라시게는 태연히 가슴을 펴고 앉아 있었다. 나이는 겨우 22세 정도, 체구는 작지만 그 용모에는 위용이 넘쳐흘렀다. 어린 시절에 마마라도 앓았는지 한쪽 눈썹이 꼬집어 놓은 듯 찌부러져 있었다. 게다가 얼굴빛은 검고, 바짝 마른 체격은 아무리 잘 보려고 해도 호감이 가지 않는 풍채였다.

도키치로가 극구 칭찬했지만 노부나가는——이 따위 사내인가 싶어 흥미를 잃고 말았다. 서로 인사는 했지만, 입을 다물고 마치 두꺼비마냥 무표정하게 도사리고 앉아 있는 무라시게를 보자, 노부나가는 아니꼬운 생각이 들었다. 아니꼬운 생각이 들만큼 누구 못지않게 대등하게 버티고 싶은 젊은이다운 감정이 아직도 충분히 남아 있는 노부나가였다.

"무라시게, 떡은 좋아하지 않소?"

노부나가가 느닷없이 말하자, 무라시게는 찌부러진 눈을 치켜뜨고 대답했다.

"네, 떡은 잘 먹습니다."

"가까이 오시오. 떡을 좀 드시오."

노부나가는 옆에 차고 있던 칼을 뽑아서 칼 끝으로 자기 옆에 놓인 떡 한 쪽을 꽂아 무라시게 앞으로 내밀었다.
"잘 먹겠습니다."
무라시게는 조용히 다가앉으며, 얼굴에 칼이 닿을 만한 자리에서 손을 내밀었다. 노부나가는 아마도 두 손을 내밀어 떡을 잡으리라고 믿고 있었으나, 천만 뜻밖에도 크게 입을 벌리고 노부나가의 얼굴을 쳐다보는 게 아닌가. 이빨은 고르지 않은데다가 누렇게 치석이 끼어 더럽기 짝이 없었다. 그의 얼굴빛은 오히려 태연자약하며 약간 애교마저 띠고 있었다.
떡 조각이 무라시게의 입 속에 들어가자 노부나가는 칼을 도로 꽂으며, 큰 소리로 웃었다.
"아하하하……."
무라시게는 입을 오물거리며 떡을 잘 씹은 다음, 꿀꺽 삼키고는 히죽이 소리 없이 웃었다.
"……."
노부나가는 바로 그가 좋아졌다. 그는 사람을 미워하다가도 조금만 마음에 들면 곧 좋아해 버리는 성미였다.
"도키치로, 이 사람은 그대가 칭찬한 대로 재미있는 친구야. 안으로 데리고 들어가서 대접하도록 해라. 나도 곧 갈 테니."
도키치로는 그와 함께 안으로 들어갔다.
노부나가가 없는 곳에서 도키치로는 무라시게에게 기분이 어떠냐고 물었다. 무라시게는 대수롭지 않은 듯한 표정을 지었으나, 곧 말을 덧붙였다.
"뭐, 별로…… 그분 뜻대로 하겠소. 섬겨도 좋을 분이야."
아라키 무라시게의 이탈로 셋가센의 미요시, 마쓰나가 당의 전형은 동요를 모면하기 어렵게 되었다.
세료사의 이와나리 일족도 성을 열어 투항해 왔으니 말이다.
이다미(伊丹), 이케다(池田), 아쿠다가와(芥川), 고시미즈(小淸水), 다카쓰키(高槻) 등의 성들도 차츰 오다의 토벌군 위력 앞에 정리되어 갔다.
미요시의 잔당은 병중인 아시카가 요시히데(足利義榮)를 부축하여 해로를 통해 아와(阿波)로 도망쳤다. 마쓰나가 단조 히사히데도 끝내 굴복하여 노부나가의 진문에 항복을 청해 왔다.
여느 때와 마찬가지로 노부나가의 정치적인 면도 전투와 병행해서 확장돼

갔다. 아니, 그의 전시하의 정치 역량은 항상 전쟁을 앞서고 있었다.

토벌한 영토는 죄다 장군 요시아키에게 귀속시켰다. 조금도 자기가 차지하려고 하지 않았다. 특히——영락한 요시아키를 따라 수년 동안 충절을 버리지 않고서 섬겨 온 옛 신하들에게는 그 배분을 두둑이 해 주도록 배려했다.

다만, 전쟁 비용에 충당하라는 요시아키의 주장에 못이겨 오쓰(大津), 구사쓰(草津), 이즈미(泉州)와 접경하고 있는, 얼마 되지 않는 비지(飛地 : 한나라의 영토로서 다른 나라의 영토 안에 있는 땅)를 노부나가는 차지했다.

요시아키는 다시 장군직에 취임했다. 선지(宣旨)는 시월 중순에 있었다. 정이대장군을 겸해 참의로 임명되고 좌마두의 칭호를 받았다.

"노부나가에게도 부디 은작을 내려주십시오."

요시아키는 참내했을 때 주상했다. 얼마 뒤, 노부나가에게도 종사위하우병술독(從四位下右兵術督)으로 임명한다는 통지가 왔다.

그러나 노부나가는 '과분한 은혜!'이라 하면서 굳이 사양하여 받지 않았다. 요시아키는 노부나가의 속 마음을 알 수 없었다. 혹시 그것이 부족해서 그러는가 싶어서 떠보기도 했지만, 그런 기색은 전연 보이지 않았다.

"내가 곤란해져."

요시아키가 하도 우는 소리를 하므로 노부나가는 그 은명보다 훨씬 낮은 종오위하탄정충(從五位下彈正忠)이라는 미미한 관직을 받기로 했다.

장군 선하(宣下)의 대향연이 곧장 개최될 예정이었다. 날짜는 그 달 24일.

전대부터 내려오는 예에 의하면, 그날은 12번의 산악을 연주하기로 되어 있다. 아시카가 역대의 성대한 의식으로서 모든 문무백관이 빠짐없이 초대되어 화려한 축전을 벌이는 것이었다.

"산악을 7번에서 그치면 어떨까요?"

노부나가는 요시아키에게 제안했다.

요시아키는 예부터 전해오는 전례를 모르는 무인의 말이라고 생각했는지 받아들이지 않았다.

"12번이 아니면 안돼. 원래가 12번으로 되어 있는걸."

"고례는 그렇다 하더라도, 신례를 수립하십시오. 낙중·낙외에만 평화가 깃들었을 뿐……각지의 역도들은 일시 그 자취를 감추었을 뿐, 아직도 뿌리를 뽑기에는 요원한 일이옵니다. 진정한 태평 성세가 된 다음 만민이 다 함께 칠일칠야 백번의 산악 연주를 되풀이하더라도 좋을 것입니다."

요시아키는 잠자코 그의 말을 따르기로 했다. 대연회가 무사히 끝나자, 그는 또 노부나가에게 권유했다.

"부장이나 관령, 둘 중에 어느 것 하나라도 맡아 주지 않겠소?"

"용서하십시오. 이대로가 좋습니다."

교토 경호 군사만을 남겨 두고 그달 28일에 노부나가는 이미 귀국의 길에 올랐다. 마치 하루쯤 사냥이라도 갔다가 돌아오는 사람마냥 가벼운 차림으로——시민들은 모두 멀거니 그를 쳐다보고만 있었다.

전국의 호조

——갑자기 교토의 거리에 함성이 울려퍼졌다.

봄도 바야흐로 시작되려는 정월 4일의 한낮이었다. 아무런 생각도 하지 않고 있는 백성들 귀에는 이 소리만이 들려왔다.

"전쟁이다!"

어디서 어떻게 전쟁이 시작되고 있는지, 당황하는 시민들의 그림자만 오고 갈 뿐 무사다운 무사도 보이지 않았다.

"큰일이다!"

"도망가자, 철수하자!"

거리거리 집집마다 웅성거리며 어쩔 줄을 모른다.

교토 시민처럼 전화(戰禍)에 시달려 온 사람들도 없으리라. 국가 치란 흥망의 회신은 문자 그대로 교토의 땅이라고나 할까. 국란이 있을 때마다 교토는 전쟁으로 화를 입어 왔다.

이번에도 노부나가의 대군이 낙도성에 들어온 순간, 시민들은 모두 비통해했던 것이다. 기소(木曾) 산군, 미나모토노요시나카(源義仲)가 입성했을 때의 파괴적인 행위라든가 약탈, 부녀자의 수난 등을 상기하고 전율을 잊지 않았다.

하지만, 노부나가는 요시나카가 아니었다. 시민은 다시 소생할 수 있었던 것이었다. 그리고 이번 세모를 평화롭게 보낼 수 있었던 것도 노부나가의 덕택이며, 이 정월에 부인들이 마음놓고 밤길을 다닐 수 있는 것도 모두 오다 군의 덕택이라고 기뻐하고들 있었다.

동짓달 중순부터 말까지——.

이즈미(泉州)와 가와치(河內)의 오지에서 미요시의 잔당이 소요를 일으키고 있다는 소문이 들려왔다.

'도성에는 우리를 지켜 주는 오다군이 있다.'

이렇게 크게 신뢰하고, 시민들은 아무런 불안도 갖지 않았다. 도성 안팎의 경비를 겨우 2,000명의 병사가 담당하고 있었다.

적의 잔당은 위장을 하고서 도성 안에도 꽤 많이 잠복하고 있었다. 노부나가의 본군이 기후로 돌아가자,

"병력이 약해졌다."

"때는 지금이다!"

밀보가 도처의 잔당들 사이에 순식간에 전파되었다.

노부나가를 엿보고 있는 적은 미요시 마쓰나가의 잔당뿐만 아니라, 미노에서 축출된 사이토 다쓰오키(齋藤龍興)와 그 일족도 있었다. 그뿐 아니라, 얼마 전에 멸망된 사사키 일족과 그 외에도 많았다.

가와치로부터 이즈미 일대에는 사이토 다쓰오키가 모습을 나타내기 시작했다. 중신인 나가이 하야토(長井準人)가 옆에 따라다닌다. 이들이 미요시 마쓰나가의 패잔군과 결탁해 날뛰었다.

그것이 세모에 있었던 난리였지만, 도성의 경계를 맡고 있던 도키치로는 이를 굳게 경계하고, 시민에게도 이 사실을 알리지 않았다. 그러나 전황은 점점 아군에 불리해져서 연초에는 적 1만여 명의 대군이 도성 밖에 접근했다.

그것을 막느라 정신이 팔려 있는 틈을 타서 시중에 잠복해 있던 잔당과, 잠입해 들어온 적의 한 부대가 갑자기 4일 낮 혼고쿠사(本國寺)의 해자를 포위하고, 함성을 지르며 그곳 토담으로 기어올랐던 것이다.

"와아……!"

혼고쿠사에는 장군 요시아키가 있었다. 아직 입경한 지 얼마 되지 않았으므로, 막부의 정청이나 장군의 저택을 수리할 틈이 없었던 것이다. ——그래서 관저가 준비될 때까지 새 장군을 혼고쿠사에 임시 거주케 했던 것이다.

전 장군 요시데루(義輝)는 마쓰나가 단조의 불의의 기습을 받고, 그의 저택에서 불타 죽었던 것이다. 지금도 또한 그런 소름 끼치는 살육이 백주 대낮에 연출되지 않을까 싶어 혼고쿠사 안은 말할 수 없는 혼란에 휘말려 가고

있었다.
 급보를 듣고 나서,
 ──싸악!
 한걸음에 달려 온 도키치로 군대와 기습해 온 적군 사이에는 갑자기 시가전이 벌어졌다. 그건 혼고쿠사와 시치조 도장(七條道場)의 통로인 네거리에서였다. 시가전은 낮부터 저녁까지 계속되었다.
 부근 민가의 문과 벽은 피로 물들었다. 그러고는 피로 물든 집들이 타기 시작했다.
 그렇지만 승패는 아직도 알 수 없었다.
 경비군인 오다의 병사는 처음부터 소수였지만 도키치로의 지휘로 인해 어려움을 이겨 나갔던 것이었다. 그러나 아직도 아군이 고전하고 있음은 말할 여지도 없다.
 그러자 저녁나절, 기세등등하던 잔당군이 한편에서부터 무너지기 시작했다. ──그러는 기미가 보이자, 어느새 그들은 추풍낙엽처럼 흩어지기 시작했다. 그들이 무너지는 속도는 의외로 빨랐다.
 "후퇴!"
 "빨리 철수해라!"
 비장한 패장의 고함소리에 이어, 일순간에 적은 달아나 버렸다. 그들이 도망간 자리에는 부러진 칼자루만 남은 장도, 갑주 쪼가리, 짚신, 불타다 남은 깃대·휴지·속옷가지 등이 마구 흩어져 있었다.
 "기노시타 나리는 어디 계십니까? 기노시타 나리!"
 어둠 속에서 부르짖는 소리가 들렸다. 그것은 돌연 혼고쿠사 옆 소로와 부근 옆골목으로부터 가세해 온 3, 400명의 병사 속에서 들리는 소리였다.
 "오오!"
 도키치로는 땀으로 번들거리는 얼굴을 돌리며 대답했다.
 적이 도망가자, 곧 명령했다.
 "민가의 불을 꺼라. ……적은 추격하지 않아도 좋다. 불이 시가에 번지지 않도록 해라!"
 그는 지휘에 광분하고 있었으므로, 얼굴에는 더운 김이 서리고 있었다.
 "어느 분의 부대인가? ……지원하러 온 부대는?"
 가까이 다가서자, 거무스름한 갑옷을 입은 한 장군이 싱글벙글 웃으며 병사들 속에서 걸어 나왔다.

"전번에는 실례했소."

아라키 무라시게였다.

"아아, 당신이군요."

"변을 듣고 아마케사키에서 달려왔소. 불 끄는 일도 돕고 장군님을 뵈옵고도 싶고…… 달아나는 적을 추격하면 아직도 얼마든지 적을 잡을 수 있을 것 같으니 지시를 내려 주기 바라오."

"고맙소. 그렇다면 부탁하오!"

"자, 그럼……."

무라시게는 어느새 대오를 정렬한 부하들을 향하여 외치고는, 칼을 한 번 휘둘렀다.

"끝까지 추격해야 한다!"

무라시게는 선두에 서서, 요도가와에서 후시미 방면까지 적을 몰아갔다. 강에 떨어지는 자, 목을 내미는 자, 잔당군은 거리마다 거의 1,000명에 가까운 자기편의 시체를 버리고 도망쳤다.

정월 6일——함박눈이 펄펄 내리는 날이었다.

기후(岐阜)에 전령이 당도했다. 혼고쿠사의 변과, 도성 주변의 성에서 움직이고 있는 잔당군의 동태가 보고되었다.

"중대한 사태로구나!"

노부나가는 말했다.

장군의 신변도 염려스러웠지만, 그보다도 모처럼 자기가 튼튼하게 다져 놓은 기반이 헛되게 무너질까 두려웠다.

"지체할 수는 없다. 때를 놓쳐서는 안 된다."

곧 군마 출동의 명령을 내렸다. 언제나처럼 그 날도 성문을 맨 먼저 뛰어 나온 것은 노부나가 자신이었다.

이어서 10기 정도, 다시 조금 후에는 20기, 30기, 이렇게 뒤따라 나왔다.

눈은 갈수록 깊이 쌓였다. 예상한 대로 중간에서 떨어지는 자가 많았다. 노부나가는 말을 멈추고 나서 외쳤다.

"말 탄 무사들은 일단 말에서 내려라!"

각자의 안장 옆에 달아놓은 군량과 군용 짐의 무게를 스스로 점검하여, 너무 무거운 짐은 조금 가벼운 짐에 분배하여 공평하게 만들었다.

"빨리 서둘러라!"

노부나가는 이렇게 외치며 또한 채찍질을 가했다.

그처럼 많은 눈이 쌓였는데도 다음 날은 이미 세다(瀨田)의 대교를 건너서 3일은 걸려야 할 상경 길을 불과 2일 만에 당도하고 말았다.

"오다 나리가 로쿠조(六條)로 돌아오셨다."

그 소문만으로도 장안은 활기가 돌았다.

누구나 안도의 한숨을 내쉬는 것만 같았다.

무쇠같이 강한 그의 군사는 도성 밖에서 주변 성에 걸쳐 또 다시 신통할 정도로 위력을 발휘했다.

──그러나 노부나가는,

'나는 그 따위 초적들을 상대하기 위해 온 것이 아니다'라는 듯, 벌써 다른 일에 몰두하고 있었다.

니조 성(二條城)이 불타 버린 자리에 큰 공사를 벌였다. 해자를 깊이 파고 돌을 다듬고, 동북쪽 한 마을을 넓혀, 장군 요시아키의 저택을 신축하고 있었던 것이다.

공사는 실로 빨리 진척되었다. 미노, 오와리, 오미를 비롯하여 5개 도성 주변 지방과 기타 지방을 병합한 14개 지방에서 인력과 쓰일 재목을 징발하여 진척시켰으므로, 이 대건축 공사는 4월 6일이 되자, 이미 준공하여 낙성식을 거행했던 것이다.

"여기에 앉으시죠."

노부나가는 요시아키 장군을 모셔들였다.

그때 요시아키는 노부나가의 손을 꼭 잡으며 감격했다.

"당신은 나에게 있어서는 아버지보다도 더 큰 은혜를 입은 분이오."

그 소리야말로 마음의 밑바닥에서 우러나오는 말 같았다. 준공이관의 성연을 베푼 자리에서 그는 직접 술병을 기울여, 노부나가에게 잔을 권했다.

"당신을 위해서 건배를 합시다."

장군은 그처럼 기뻐했으며 노부나가도 유쾌해 보였다.

"요이치로, 성성이(猩猩)춤이나 춰라."

그는 데리고 온 시종에게 일렀다.

호소가와 요이치로(細川與一郞)는 금년에 7살이며, 호소가와 후지다카(細川藤孝)의 아들이었다.

"네."

요이치로가 일어서서 성성이춤을 추자, 노부나가는 소고를 들고 직접 박자를 맞췄다.

"에야나 데야……"

전국의 호걸들은 한결같이 박수갈채를 보냈다. 요이치로의 자태도 사랑스러웠지만, 노부나가의 소고를 다루는 솜씨도 훌륭했다.

——모든 사람들은 정신없이 손뼉을 치고 있었다.

이 요이치로가 후일 호소가와 산사이(細川三齋), 즉 에추노카미 다다오키였다.

그로부터 이틀——겨우 2일이 지난 후, 노부나가는 다시 훨씬 엄숙한 공사를 담당하게 되었다.

궁궐의 신축이다.

4월 8일 착공식이 거행되었다. 도성에 도착한 이래 그는 밤의 여가를 이용하여 술잔을 드는 일마저 사양하고 분주히 활동했다.

궁전의 도면을 모두 직접 작성했다. 그리고 건축을 담당한 시마다 야에몬(島田彌右衞門), 아사야마 니치조(朝山日乘), 무라이 사다가쓰(村井貞勝) 등을 몇 번이고 불러서 의논하였다.

사소한 일에 구애받지 않는 그였지만 궁전의 공사는 모두 고전방식을 따르기로 했다. 목수들에게는 모두 궁전에서 쓰는 모자를 쓰도록 하고 예복을 입히고, 용재(用材)는 깨끗하게 다루게 하며 임시로 다루는 일에라도 부정, 불경을 용서하지 않았다.

예산 1만 관, 인부 2만 명, 교토의 부호들에게는 부과금을 내도록 했다. 그리고 그는 호랑이 가죽을 허리에 두르고, 때로는 손에 시퍼런 칼을 들고 외문 공사를 돌아보았다.

그 명성이 하도 높으므로 언젠가는 한 시민이 여자의 장옷을 입고 그의 곁으로 와서 훔쳐보았다.

'도대체 어떻게 생긴 사람일까?'

노부나가는 올 때까지 모르는 척하고 있다가 어느새 장옷 위로 그의 목을 쳐서 떨어뜨렸다. 성격이 온유하면서도 무섭고, 용의주도하지 못한 야인인가 하면 엄숙하기까지 했다. 그의 명령에는 절대 복종이었다. 사뿐사뿐 걸어오는 그의 발걸음 소리가 들리면 누구든지 정신을 차렸다.

장안의 행정도 아울러 행해 갔다. 또한 그의 세력 범위에 있는 가도의 검문소는 모두 없애 버리고 통행을 자유롭게 했다. 또한 종래 무사들이 강점하고 있던 토지에 대한 회수령을 내려 모두 조정에 반환시켰다.

머지않아 노부나가가 기후로 돌아갈 것이라는 소문을 듣고 장군은 당황해서 노부나가에게 이렇게 말했다.

"누구든 한 사람 무략이 있고, 언제든지 교토를 지킬 만한 인물을 택해 교토 수비장으로 머물도록 해 주시오."

노부나가도 그 점에 대해서는 장군 이상으로 생각하고 있었다. 다투어 공을 세우려는 막하의 제장들은 어디서 이런 소문을 귀동냥해 들었는지 인선에 관해서 제멋대로 평가하기도 했다.

"누가 물망에 오를까?"

이 일은 중대한 임무였다. 첫째로 황실의 수비군이 되어야 한다. 장군의 수비에도 힘쓰고 백성의 평화――노부나가의 대리자로서 귀족들과 장군들 사이의 미묘한 정치적인 동향도 관찰, 이것을 멀리 있는 노부나가가 소상히 알 수 있게끔 첩보 기관의 역할도 해야 한다.

"먼저 니와(丹羽)님이 뽑힐지도 몰라."

"아니, 시바다 나리일 거야."

"나는 고로자에몬 나리가 특별히 선임되리라고 보네."

니와 고로자에몬 나가히데(五郞左衛門長秀)가 가장 유력했다. 다음이 시바다 가쓰케(柴田勝家)였다.

그렇지만 이러한 예상은 모두 적중되지 않았다. 모두들 아연해 버렸다. 기노시타 도키치로에게 명한다는 것이다.

"저런? 범속한 서민 출신을……."

"교토 수비의 중임을 맡기다니……."

"그 사람은, 주군의 신임을 한 몸에 차지할 오다의 중심인물로서는 아무래도 부족한 감이 없지 않다."

이러쿵저러쿵 다분히 질시와 반감을 품은 말들이 오갔다.

"관록 있는 중신들도 많은데……."

중신들 사이에서는 선망과 반감이 엇갈려 표현되었다. 이처럼 인재를 등용한다면 구 공신들은 입장이 난처해지지 않는가, 하는 내색을 하는 자도 있었다.

"당연한 일이야. 주군의 관찰은 여태껏 틀려 본 예가 없어. 소지(小智)로써 논하는 것은 삼가 주기 바라네."

사쿠마 노부모리(佐久間信盛)만은 온건하게 수긍했던 것이다.

어쨌든, 지금 혁신의 정열에만 불타올라 겁을 모르는 노부나가이므로 대담하게 자기 생각나는 대로 처리해 버렸지만, 구신들의 불평과 이의가 비등하다 보니 일시적으로 당황했다. 그렇지만 자기의 소신을 굽히거나 물러설 그가 아니었다.

"도키치로, 취임 인사나 하도록 해."

그는 당일에 전갈했다.

도키치로가 곧 요시아키 관저를 방문하여 장군을 배알하려 하자──집사인 우에노 나카즈카사노다유(上野中務大輔)가 맞이했다.

"임명의 승낙은 좋지만, 먼저 장군을 배알하는 것은 선례의 격식에 맞지 않소. 추후 출두하라는 통지가 가거든 다시 예복을 갈아입고 와서 뵈옵도록 하시오."

"별소리를 다 하시는군."

도키치로는 평소의 무장을 한 채로 태도를 바로하고 말했다.

"전시인 지금 하루라도 수비에 소홀해서야 되겠는가? 겨우 전란이 종식된 듯한 느낌을 주는 곳은 장안뿐이야. 불초 노부나가의 부하들로서 사변에 대비하고 있는 군사들은 몽매에도 이 장비와 신발을 벗고 잘 수 없게 되어 있단 말이오…… 그런데도 불구하고 기다란 옷을 입고 오락가락하는 사이에 갑자기 전번과 같은 사변이 발발한다면 마땅히 당신네들이 책임져야 할 일이오."

집사는 그의 위압에 못 이겨 요시아키에게 전갈했다.

장군은 이거야말로 파천황의 특례라 하며 도키치로의 배알을 허락했다. 도키치로는 장군의 술잔을 받고 군인답게 난폭하지 않은 태도로, 그렇다고 노부나가의 신하로서 비굴하지 않게, 무로마치가의 신하들이 지켜보는 가운데 담담하게 그곳에서 물러나왔다.

사카이(堺) 상인

 1월 무렵부터 계속해서 겨울 바다를 건너 사카이 포구에 상륙한 병사는 고기를 많이 잡아다 부려 놓은 것처럼, 사카이 항구의 거리거리에 넘쳐 그들이 닿지 않은 곳이 거의 없을 정도였다.
 이들은 아와 미요시(阿波三好)당이라고 부르는 시고쿠(四國)의 병사로서 작년에 교토에서 구축된 소고(十河) 일족이 중심이 되어 있었다. 낙향할 때 병중의 아시카가 요시히네(足利義榮)를 데리고 아와로 도망간 소고 마사야스(十河存保)가 총지휘를 맡고 있었다.
 미나미노쇼(南之莊)의 난소사(南宗寺)를 본영으로 하고 시중의 관청은 군정청으로 바꾸고, 아와 미요시당은 네거리마다 공고를 게시하여 자기네들의 의지를 표명하고 있었다.
 그 요지는——.
 노부나가가 상경하여 저지른 횡포는 차마 그대로 들어넘길 수가 없을 정도다. 거짓 장군을 옹립하여 사민(四民)을 기만하며 정사를 그르쳐 사사롭게 하고, 그 포학무도함이란 날이 갈수록 백일하에 드러나 버렸다. 전시 하에 있어서 하루라도 빨리 적을 궤멸하여 주군을 안심시켜 모시고, 사민을 편안케 함은 우리들의 임무라고 생각한다. 또한 사카이 항구는 본국과 해외를 연결하는 유일한 교역지이다. 당선만선(唐船蠻船)의 입항이 끊이지 않는 이 때, 오랫동안 어지러운 상태에서 그 기능이 정지되고 있는 것은 국가적으로도 대손실인 것이다. 두 말할 것도 없이 이곳은 이전부터 마쓰나가 단조님이 부임했던 채지(采地: 고대 중국에서, 공신 예게 내리던 채읍). 시민들도 협력해서 침략자에 대항하여 비록 척지촌재(尺地寸財)라 할지라도 적의 이용을 허락하는 행위를 해서는 안 된다. 위배하는 자는 단죄에 처한다.

일시적으로는 유언비어가 나돌았기 때문에 이 항구도시는 극히 혼란해졌으며, 물 밀 듯이 남북 사카이 백성들 중 여자나 노인들은 모두 네고로(根茶)·고가와(粉河)·마키오(槇尾) 등의 연줄이 있는 시골로 도망가 버렸다.

그러나 또한——.

이곳은 먼 옛적 오우치(大內)씨의 시대로부터 남만·중국·유구 등, 각국과 교역의 요항으로, 경제적으로는 예로부터 일본의 어느 도시보다 발달되어 부호의 집들이 처마를 맞대고 즐비해 있었다. 교또나 제국의 성에서는 볼 수 없는 이색적인 문화가 이곳에만은 화려하고 참신하게 발달되어 있었다.

경제적인 공황은 불경기보다도 전쟁의 여파인 것 같았다.

——비칠거리고 떠나가는 피난민을 따라서 사카이의 재화는 나날이 사카이 밖으로 반출되어 갔다.

그 대부분의 물품들은 아와 미요시 당의 반 노부나가 군으로부터 많은 전쟁 비용을 징발당한 후였으므로, 황금은 얼마 되지 않았고 대부분 무역상품과 가재도구와——천하의 명품은 다 이곳에 모여 있다고 할 수 있을 정도로——사카이 땅 백성들이 몰래 소장하였던, 다기 골동품들이었다.

그러한 소동이 그치자 도시는 어느덧 찬물을 끼얹은 듯 조용해졌다. 젊은 부녀자의 모습은 전연 볼 수 없게 되었다. 그래서 기타노쇼(北之莊)의 끝과, 멀리 시가에서 떨어진 언덕과 언덕을 잇는 곳마다 매일같이 참호를 파기 시작했다.

도로마다 목책을 만들고 망루를 쌓고, 어마어마한 전쟁 준비를 하고 있었다. 항상 해외의 바람을 쐬는 지방의 특색이라고나 할까, 모두가 사물을 대하는 것에 민감하고, 사교에 능하며 일상생활에 있어서도 늘 세련된 멋을 자랑하고 있는, 소위 문화인의 품위를 자랑하고 있던 사카이의 백성들도 갑자기 이 대사변을 당하자, 여느 때의 기품은 없어지고, 상심하거나 짐짓 용기를 가장하며 서성거리는 것이었다.
"어떻게 될 것인가?"
 그렇다곤 하지만, 원래 사카이의 시민들에게는 커다란 긍지와 권위가 있었던 것이다.
 그것은 무력이 풍미하는 시대에 있어서의 황금의 힘이었다. 그 지방의 경제적인 우위에 연유된 것이었다.
 무로마치는 막부의 쇠약과 함께 누차 사카이로부터 돈을 빌려야만 했다. 그때마다 교환조건으로 조세와 민정에 있어서 사카이를 특수한 예외로 취급해 주었던 것이다. 그것이 거듭되는 사이에 어느덧 사카이는 자치 체제의 특권 지역으로 변해 버린 것이다.
 상항(商港)의 바닷가에는 창고가 즐비하게 서 있었다. 이 창고를 소유하고 있는 호상들은 창고대여 업자라고 해서 사카이에서는 손꼽히는 집안들이었다. 그들 중 10명을 뽑아, 이 열 사람이 공적인 소송이 허용하는 범위 내에서 도시의 자치에 관한 모든 일을 취급하고 있었다.
 센노소에키(千宗易: 뒷날의 센노리큐 千利休)도 그 중의 한 집안이었다.
 그는 이미 50을 바라보는, 남자로서의 분별이 최고조에 달한다는 황금 시기를 맞이한 나이였다. 그러므로 10인 관헌 회의에서도 노도야(能登屋)라든가 엔지야(脂屋) 등 원로를 제쳐두고, 어려운 문제가 있으면 그의 두뇌를 빌리지 않으면 안 될 정도였다.
"소에키 나리에게 판단을……."
 적다면 적은 거리의 자치행정이지만 소에키는 누구보다도 명석한 두뇌로 모든 일을 잘 처리해 나갔다.
"정말로 머리가 좋은 사람이야!"
 모두들 한결같이 그를 존경하고 있었으므로, 종래 의론이 구구하게 엇갈렸던 10인 관헌 제도도 대개 소에키의 의견에 이르러 결정을 보았던 것이다.
"그는 천성적으로 이러한 공사소송이나 정치적인 일을 좋아하는 사람이야."
 그를 이렇게 평가하는 사람도 있었다.
 그는 시민이라기보다는 정치가이다, 하고 누군가 자기를 평하는 소리를 들은 소에키는, '농담이시겠지?' 하고 빙그레 웃으며 옆에 있는 사람들에게 스스로 자기를 이렇게 평가했다고 한다.

"나처럼 이 세상에서 다루기 힘든 인물도 없을 것이다. 여러분들과 정답게 사귈 수도 있고 온후하게 대할 수도 있지만, 어쩐지 대외 관계에선 반발심이 강하게 일어난단 말이오. 스스로도 두려워 할 정도입니다. 그러므로 아버지 지요베는 내 성질을 파악해서, 내가 창고의 요시로로 불리던 소년 시절부터 다케노쇼(武野紹鷗)님에게 다도를 배우라고 보냈습니다. 약관이던 때부터 선학의 스승이었던 다이토쿠사(大德寺)의 쇼레이님도, '요시로(與四郞)도 차를 하는가? 그것은 좋은 일이야. 꼭 계속토록 해. 그렇지 않으면 너의 굵은 뼈는 상가에 얌전히 앉아 있거나 아니면 얼토당토않은 꿈을 가지고 날뛰다가 드디어는 난세의 거리에 시체가 되어 뒹굴 것이다. 관상을 보아서 하는 소리는 아니지만, 너에겐 검난의 상이 있어. 아니 다분히 그러한 성격을 갖고 있어. ……찻숟갈, 찻잔을 신주처럼 모시고 화로 속의 불을 그윽이 바라보면서 그 허황한 꿈이나 굵은 뼈대에 재를 끼얹어 묻어 놓은 불처럼 조용히 무사하게 일생을 마칠 수 있도록 힘써야 한다.'――이렇게 우리 부모님에게 말씀하셨소. 그래서 나는 그 뒤부터 여태껏 다도를 떠나지 않았던 것입니다. 부디 나의 우매함을 양해해 주시기 바라오."

그는 스스로를 우매하다고 했지만 사람들은 아무도 그를 우매하다고 보지 않았다. 오히려 깊이를 모를 샘물처럼, 그의 머리 속에서는 언제나 힘차게 솟아오르는 물처럼 지혜가 샘솟는 것 같았다.

그 소에키는 지금 기타노쇼의 시가 끝을 걷고 있다.

바야흐로 사카이에선 낮도 밤처럼, 이제라도 전화에 휩싸일 것처럼 전운이 감돌았지만, 그러나 그의 얼굴 표정은 봄 태양처럼 빛났으며, 태도도 평소와 마찬가지로 변함없이 늠름했다.

"……헤이 헤잇! 거기 가고 있는……창고의 소에키, 멈춰!"

가까운 곳에서 참호 파기를 독려하고 있던 흙투성이가 된 무사가 달려와서 그의 앞을 가로막아 섰다.

"이 전란 통에 왜 서성거리고 있는 거야? 이처럼 우리들은 필사의 방어를 위해 참호를 파고 있는데, 재미있다는 듯 구경삼아 걸어다니냐?"

서로 약이 올라 있었지만 소에키는 사람을 다루는 데 능숙한 솜씨가 있었다. 갑옷을 입지 않고 있는 인간은 모두 놀고 있다는 그러한 사고방식을 수

궁할 수가 없었다.

"당신은 도대체 여기서 무엇을 하고 있소?"

"뭐라고? 보고도 몰라? 노부나가의 습격에 대비해서 참호를 파고, 망대를 만들고 있는 것을…… 저걸 봐. 백성들은 노소를 막론하고 노역에 징발되어 일하고 있지 않은가."

"나도 마찬가지야. 창이나 대검은 잡고 있지 않지만 늘 도시 일을 맡아 보는 한 사람으로서, 이런 때일수록 사카이 항구의 문화와 이곳에 사는 상인들과 백성들의 안전을 돌보지 않으면, 앞으로 신망을 잃고 그들을 대할 면목이 없어질 것이므로 주야로 걱정하고 있는 터요."

"말뿐이겠지? 그렇다면 그 길게 차려 입은 복장은 또 뭐야? 왜 구덩이를 파는 사람들이라도 지휘하지 않는가? 군량의 운반이라도 도와야 할 게 아닌가?"

"내가 할 일이 아니오. 요즘 나는 내가 할 일을 찾고 있는 중이오."

"천치 같은 소리, 찾고 있는 동안에 적은 습격해 올걸. 그걸 바라며 서성거리고 있는 거야?"

"아니오. 좋은 다화 가지를 하나 찾아서 꺾어 가지고 돌아가려고……"

"다화를? 무엇인가, 다화란?"

"차를 만드는 데 사용합니다. 오늘밤 평상시와 마찬가지로 도시의 일을 맡은 10사람을 초청해서, 시대가 시대인만큼 단 한 가지의 꽃이라도 넣고 차를 달여서 나누어 마시며 이야기하고 싶어…… 그 꽃을 구하려다 예까지 오고 만 것입니다."

"도시의 관헌들을 불러 차를 마신다고?…… 이봐, 제정신으로 하는 소리야?"

언어도단이라는 듯한 표정을 지었다. 한편 소에키가 담담한 표정으로 대하므로 야유라도 당한 기분이 없지 않았다.

"이봐, 이리 좀 와!"

노기를 띤 얼굴을 돌려, 저쪽에서 호를 파고 있는 동료 병사를 불렀다.

그러는 새 소에키가 도망이라도 할까 싶어 그의 옆으로 바싹 다가왔다.

"무슨 일이야?"

"어떻게 된 거야?"

모여 든 동료들에게 소에키의 험담을 늘어놓은 병사는 소에키가 한 말에 더욱 악의를 더해서 이야기했다.
"10인조 관헌의 나야 소에키(納屋宗易)라고?"
무사들은 죄인이라도 바라보듯 야릇한 눈으로 소에키의 모습을 머리부터 발끝까지 훑어보면서──덜 돼먹은 말버릇이야. 괘씸한 시관리로군. 또 우리들의 전쟁 준비를 백안시하고, 이런 소동이 벌어졌는데도 차나 마시고 전쟁을 강 건너 불처럼 바라보고 있는 축들이라면, 벌써 오다측과 내통하고 있는 자들인지도 모른다──는 등 모두들 그를 매도하고 있었다. 그러자 한 사람의 입에서 이런 소리마저 나왔다.
"베어 버리자!"
"아니야, 일단 진중으로 끌고 가서 심문해 보는 것이 좋겠어. 만일 오다측에 정보를 제공하고 있는 자라면 더 용서할 필요가 없겠지."
그 말에는 한 사람도 이의가 없었다. 끌고 가자면서 이미 소에키의 등을 치며 무섭게 눈을 부라리는 자가 그를 끌었다.
"자, 가지!"
소에키는 자기의 대답이 잘못되었다는 것을 후회하는 표정이었으나, 이미 때는 늦었다. 무사들의 피가 비정상적으로 흥분돼 끓어오르고 있는 것과 마찬가지로 그도 요즘에 와서는 커다란 흥분에 싸여 있었던 것이다. ──그 때문에 한 가지의 다화라도 꺾어다가 잠깐 동안이나마 즐기고 차를 마시며 마음을 가라앉혀 보려고 했던 것이나, 바른 대로 말한 것이 상대방의 곡해를 샀던 것이다.
그곳은 교외에 가까운 고색창연한 선찰(禪刹)의 문이었다. 소고 마키야스의 진영으로, 철창과 무사들의 그림자로 덮여 있었다. 소에키는 앞뒤로 호송원에게 둘러싸여 창으로 엄중히 지키고 있는 문을 조용히 지나갔다.

거리에는 여자와 아이들이 보이지 않으므로 적막할 뿐만 아니라 매우 살벌했다. 태양은 여전히 거리를 비추고 있지만, 아무 데도 장사하는 집이라고는 없었다. 다만 한 밤중의 바람과 같은 싸늘한 기운이 거리를 휩쓸고 지나갈 뿐이다.
허리띠를 파는 집도 문이 닫혀 있고 주막도 닫혀 있다. 물건을 파는 데라고는 하나도 보이지 않았다.
그러나 기이하게도 여기 한 군데 문이 열린 집이 있다. 미나미노쇼의 어떤

네거리의 집들을 둘러보면, 차양이 나지막한 한 집에 낡은 판자에다,
'칼집 칠장이 소유(宗祐)'――라고 쓰인 간판을 볼 수 있다.
칠을 하는 가게였다. 통로에 면한 가게가 바로 작업장이기도 했다. 칼집을 칠하는 것이 주업으로, 다기나 가구류도 주문이 있으면 거절하지는 않는 것이다. 그런데 이 집 주인은 또한 사카이 시에서는 그 야릇한 간판 이상으로 '재미있고 엉뚱한 사람'으로 통하고 있는 것이었다. 정말 이상한 사람임에는 틀림없다.
이제라도 전쟁이 시작되고 오다 군이 침입해오면 밝게 흥청거리던 사카이는 묘지처럼 황폐해질 것이 틀림없지만, 칠장이 사내만은 오늘도 칠통과 더불어 덤덤히 어두컴컴한 가게 안에 앉아 있는 것이다.
그 주인은 이미 50이 넘었다고 사람들이 말하지만, 사실 훨씬 더 늙었는지 아니면 아직도 훨씬 젊은지 분간할 수 없는 사내로, 말을 걸면 호탕하고 기운차게 이야기하며 젊은이와 어울리면 여자 이야길 곧잘 늘어놓기도 한다. 모습으로만 본다면 이빨은 거의 다 빠지고, 등은 약간 굽었으며, 앙상하게 뼈만 드러나게 말라서 늘 콧물을 훌쩍거리고, 꾀죄죄하고 더러운 몰골이란 작업장의 칠하는 술통이나 숯통, 칠한 주발들과 구별이 가지 않을 정도였다. 간판에 표시한 이름에는 '칠장이 소유(塗師 宗祐)'라고 되어 있지만, 그것은 사실 그의 아호로, 사람들은 아무도 그를 '소유씨'라고 불러 주지는 않았다.
'그 주제에 그 사내는 그래도 풍류를 알고 있으니 기특한 일이지.'
항간에서는 이렇게들 말하고 있지만 사실 그 점에서는 이 사내 편이 오히려 세상 사람들보다 자신이 있는 것 같았다.
'네까짓 것들이 풍류가 뭔지 알기나 해?'
그는 큰 소리를 친다.
그의 가장 자신 있는 것은 향도(香道)로, 그 분야의 대가인 시노 소싱(志野宗心)한테 가르침을 받았다고 말한다. 또한 다도는 이미 수십 년 전에 죽은 사람으로, 이 도시의 다케노 쇼에게 배운 바 있고, 그 점에 있어서는 이 도시의 큰 어물 도매상이며 또한 10인 관헌의 한 사람이기도 한 센노 소에키(千宗易)와 동문이었다.
그러나 아무튼 세상 사람들은 다도와 향도에 있어서는 그를 인정해 주지 않았다. 세인이 그를 존경하고 있는 것은 역시 본업인 칠 재주와 그 중에서

도 칼집 만들기와 그 칠하는 솜씨에 있었다.

그의 손으로 만들어진 칼집은 미끄러질 듯 칼이 잘 꽂아지고 뽑아지고 하여 '소로리 칼집'이라고 하여 진귀하게 여기고 있었다. 그것이 언제부터인지 통칭이 되어서 이제는 누구든지 그를 가리켜 스기모토 신자에몬(杉本新左衞門)이라든가 스기모토 소유라는 본성과 아호를 불러 주는 사람은 없었다.

——칠장이 소로리(曹呂利)

라든가,

——소로신(曹呂新)

이라는 쪽이 더 잘 통하고 있었다.

출생지는 센슈 오도리(泉州大鳥) 고을이라고도 하고, 미가와(三河)라는 말도 있었지만, 아무래도 그는 사카이에 오래 살았으므로 이곳에서 거의 늙다시피 했다.

아니, 늙은 것은 그 주인뿐 아니라, 그의 오래된 집도 마찬가지로 해묵은 것이었다. 가게에 그의 모습이 보이지 않을 때는 반드시 풍류가 지나치다고 할 정도로 기울어져 가는 안채의 작은 방에서 솥 하나 찻잔 한 개와 더불어 유유자적하고 있었다.

그 작은 방에서 그는 덤덤히 쉬고 있다.

천정에서 쥐들이 달음질을 치고 있다. 아내는 아이들을 데리고 고가와(粉河)의 고향으로 낙향했으니, 집에는 이제 쥐와 그만이 살고 있는 셈이다.

"시끄러!"

신자에몬은 천정에서 장난을 치고 있는 쥐들을 흘겨보며 그곳에 갖다 두었던 차 수건과 찻잔을 또 한번 씻었다. 먼지가 조금 떨어진 것 같다.

물독 곁에서 물 뜨는 소리가 들렸다. 그와 동시에 그는 찻잔을 든 채 차기구를 씻는 물이 놓인 창문으로 거리를 향하여 목을 내밀었다.

"도안(道安)씨, 도안 씨. ……어디로 가는 거야! 이리로 와!"

마침 무너진 담 밖으로 지나가던 사람이 담을 넘겨다보며 대답했다.

"소로리씬가? 주인장은 시골로 피난도 가지 않고 아직도 집에 남아 있었던가?"

"도망간다고 별 수 있나, 할 일도 많은데."

"어쩔 할 셈인가? 이 도시에서 싸움이 벌어진다면?"

"지붕 밑에라도 숨어 있을까? ……그렇게 밖에 생각이 들지 않는군. …

"…자아, 이리로 와서 이야기나 하자구. 그쪽 판자문을 밀면 열릴 거야."
"목이 마르군, 차라도 한 잔 마실까?"
도안은 10평 남짓한 뜰로 들어왔다.
도안은 아직도 젊은 몸인데 절름발이였다.
센노 소에키의 장남으로 소위 대갓집의 젊은 도련님 기품은 있었지만, 그 같은 몸이었으므로 옹고집장이 성격을 갖고 있었다.
그렇지만, 신자에몬과는 사이가 좋았다. 신자에몬과 이야기할 때는 그의 굽은 성격이 조금도 드러나지 않았다.
"아아, 피곤하다!"
젖은 마루에 털썩 주저앉자 신자에몬은 들어오라고 권했다. 신자에몬도 자기의 나이에 비해서 자식 뻘인 이 절름발이 청년을 아꼈다.
"어쩐지 오늘도 차분하게 있을 수가 없군. 맹물이라도 좋으니 한 잔 주게."
"무엇이 그렇게 바쁜가? 이 소란 통에 가게도 쉴 것인데."
"시시한 얘기만 하는군. 집안 돈벌이에 대한 일이 아니야. ……그렇지, 보지 못했는가?"
"누굴……?"
"우리 아버지를."
"소에키님 말인가?"
"그렇다네."
"나도 여태껏 가게에 앉아 있었는데 지나가는 사람이라고는 갑옷을 입은 무사와 군량을 운반하는 사람들뿐이었어."
"어디에 가셨는지, 아무리 찾아다녀도 보이지 않는군."
"혹시 덴노지야(天王寺屋)의 소규(宗久) 나리나 기름집에라도 가서 이야기 하고 있는 게 아닐까?"
"아니, 아니. 그분들은 모두 오늘 밤 우리 집으로 초청하기로 되어 있어. ……그런데도 불구하고 다실의 뒤꼍으로 슬그머니 나가신 뒤 영 돌아오지 않으신단 말야."
"오늘 밤 무슨 일이라도 있는가?"
"당신처럼 우리 아버지도 이상하지만 말야. 10인조 관헌 친구들을 초대하여 차를 나누신다고 했어."

"얼씨구, 너무 하시는군. 왜 나는 초대하지 않았지?"
"태평스러운 얘기는 그만하시지. 지금도 싸움이……이 사카이가 불바다가 되지 않을까 하고 모두들 두려워하고 있는 판국에 손님들도 얼마나 당황하고 있는지 몰라. 정신을 차려야 해."
"……그런데, 핵심이 되는 주인장이 없어서야."
"그러니까 하는 말이지. 일이 곤란하게 되었단 말이야. 벌써 어물어물하는 사이에 황혼이 가까워 온단 말이야."
도안은 신자에몬이 떠 주는 따끈한 물이 든 찻잔을 손바닥으로 감싸며 저물어 가는 하늘을 바라보았다.
"사카이의 운명도 어떻게 될지 알 수 없는 터에 우리 아버지도 아버지지만 소로리씨도 여전하군. 왜 피난 가지 않는 거요?"
"왜라니? 일을 두고 도망갈 수 있는가?"
"전쟁이 밀어닥친단 말야. 전쟁이……"
"알고 있지만, 칠을 하던 광주리라든가 대추나무들 때문에 머물러 있어야 해."
"그 따위 물건들, 이 도시가 전쟁터로 변한다면 무슨 소용이 있단 말이야."
"그렇지만 시골로 달아나서 농민들의 곡식을 축내는 것보다는 몇 배나 좋은 일이지."
"차를 끓이는데 쓰려고 대추를 아무리 말려 놓아도 요즘 같은 시국에는 아무도 사갈 사람이 없을 걸세."
"있건 없건 우리들은 일을 하고 앉아 있는 것이 천직을 다하는 거야. 그러다 보면 세상도 자연 일변해서 가게 앞으로 손님이 찾아올 날이 있겠지."
"하하하……"
도안은 웃었지만, 웃고만 있을 수는 없는 아버지의 신변 문제가 생각나자, 찻잔을 돌려주었다.
"이러고 있어서는 안돼."
신자에몬은 그의 침착하지 못한 모습을 바라보고 물었다.
"소에키씨를 무엇 때문에 그처럼 정신없이 찾고 있는가?"
"조금 전에도 말한 바와 같이 이 소란한 세태도 세태이지만, 오늘 밤 다과회를 하려고 10인조 관헌의 친구들을 초대해 놓고……슬그머니 뒤꼍으로 빠져나간 후, 벌써 황혼이 가까웠는데도 돌아오지 않는단 말야. ······혹시 잘못 되지나 않았을까 싶어 온 집안이 나서서 찾는 거야."
"천만에. 유탄이라도 날아올까 싶어서 그러는 건가? 끄떡없어. 죽지는 않을 거야."
"태평스러운 소리만 하고 있군. 남의 걱정을 농담으로 받아넘기나?"
"아니 그런 뜻이 아니야. 걱정이라는 것은 가장 최악의 경우를 생각해 보면, 어느 정도 안심할 수 있는 법이니까."
그때 마침 담장 밖에서 사람의 그림자가 어른거렸다. 젊은 여자의 옷자락이 보였다. 시집 온 지 얼마 되지 않는 도안의 아내였다.
"여보, ······ 여보."
나직이 불렀다. 아직도 수줍은 아내였으므로 집안에 들어오지 못하고 담 밖에 서서 남편과 신자에몬이 이야기하고 있는 것에 신경을 쓰고 있다가 마음이 조급해서 서성거렸다.
"······알았습니다. 이제 막 아버님의 거처를. 제발 빨리 좀 나와 주십시오. 모두들 기다리고 있어요."
도안은 고개를 돌리며 말했다.
"음, 오키누인가? 뭐, 아버지의 거처를 알았다고? 돌아오셨어?"
"아니요, 아직 돌아오시지는 않았어요."
오키누의 목소리에는 근심이 서린 듯했다. 그리고 네거리 쪽으로 고개를 돌리며 도안을 찾고 있는 가게 아이에게 손짓을 했다.
도안은 당황한 듯 황급히 말했다.
"소로리씨, 폐를 끼쳐 미안하군. 충고해 두지만 당신도 빨리 문을 닫고 시골로 피난을 가는 게 좋을 거요."
그는 다리를 끌면서 담장 밖으로 나왔다. 그리고 거리에서 기다리고 있는 오끼누 곁으로 다가서며 물었다.
"아버지는 어디 계신다더냐?"
"난소사(南宗寺)의 스님이 새파랗게 질려서 알려주러 왔었어요."
"난소사? ······거기에는 요즘 아와 미요시 당의 대장 소고 사누키노카미(十河讚岐守)가 많은 병사를 거느리고 본영으로 삼고 있지 않은가?"
"그 본영으로 아버님이 무슨 죄인지는 몰라도 무사들에게 둘러 싸여 끌려왔다고······스님도 근심스러운 얼굴로 만사 제쳐 놓고 집으로 알리러 왔다는 것입니다."

"음, 무사들에게 둘러 싸여서 그곳 진영으로 끌려갔다고? 그, 그건 큰일이야!"

도안은 다리가 부자유스러웠기 때문에, 항상 그것을 사람들의 눈에나 새로 맞이한 아내의 눈에도 감추려고 애를 쓰며 걷는 습관이 있었지만, 그러한 생각도 잊어버리고 오키누나 가게의 점원보다도 앞장서서 절뚝거리며 집으로 향해 달렸다.

명기

마련된 좌석에 제 시각에 정확히 참석하는 것도 다도의 예의이다. 이는 손님으로서의 기본 자세인 것이다.

그날, 주인공 소에키의 신변에 불의의 사건이 발생한 것을 조금도 모르는 그날 밤의 손님들은 도안이 돌아왔을 때는 이미 객실에 모두 모여 있었다.

그들은 한결같이 이렇게 말했을 정도이니, 차를 마시는 것이 문제가 아니었다.

"이거야말로 큰일이군. 아무튼 걱정스러운 일이야. 어떤 죄로 끌려갔는지 그 이유를 확실히 모르고는 진영에 탄원서도 제출할 수가 없단 말이야."

소에키의 가족으로부터 사정을 전해들은 이들은 이윽고 그러한 흉사가 같은 10인조 관헌인 자기들에게 불똥이 튀지 않을까 싶어 겁에 질려 탄식을 하고 있었다.

사쓰마야(薩摩屋) 소니(宗二), 기름집 쇼사(紹佐), 전당포 소노(宗納) 등, 이 지방 토박이 호상의 주인들이 대부분 손님으로 와 있었다.

"아무튼 실례가 많습니다."

돌아온 도안이 한꺼번에 여러 사람들에게 인사를 했다.

"이렇게들 오시기 전에 여러분들께 먼저 통지를 해 드려야 했을 텐데, 너무 당황한 나머지 아버지의 거처만 찾아 헤매다가 늦었습니다."

도안은 사죄했으나, 손님들은 모두 그럴 것 없다고 위로해 주었다. 그리고는 근심스런 표정으로 물었다.

"소에키님이 도대체 무슨 허물이 있어서 진영으로 끌려갔는지 짐작되는 일이 없는가."

"그 점에 있어서는 전연 짐작이 가지 않습니다. 아버지는 이번 소동에도 여전히 항구의 회의소에 출입도 하시지 않고 이 거리를 위한 공무에 몰두하시면서 집안일을 모두 우리들에게 맡겨 두셨습니다. 항상 하시는 말씀이……다른 사람들과는 달리 당신은 평상시에 사카이의 행정을 맡아 온 터인데, 이러한 때를 당해 백성들의 신망을 배반해서야 말이 되겠는가? 일신 일가의 안위를 돌보고 있을 수는 없어. 이 거리의 운명을 최후까지 지켜 나가지 않으면 안 된다. 전화로 사카이 항이 잿더미가 된다면 내 몸도 함께 불태울 것이다. 한 사람의 백성이라도 남아 있는 한 나는 이곳을 떠나지 않을 것이다. ……이렇게 늘 말씀하곤 하셨습니다."

"역시 그랬을 거야. 소에키님의 성품으로서는 당연한 일이지. 회의소에서도 늘 그러한 결심을 우리들에게 보여 주셔서, 그에 우리들도 격려를 받아 여태껏 남아 있는 것이지만…… 오늘 밤 다도회를 빙자하여 무언가 필시 중대한 의논이 있지 않을까 해서 온 것인데……."

"시국이 시국이니만큼 이렇게 초청했다 해도 대접이 변변치 못하지만, 혹시 좋은 꽃이라도 한 송이 있다면……하고 뜰을 바라보고 계셨는데, 마음에 맞는 꽃 한 송이도 없었던지 뒤꼍 문으로 훌쩍 나가셨다는 말을 뒤늦게야 들었습니다."

"신변에 불행한 일이라도 없으면 좋으련만. 흥분해 있는 무사들에게 잡혀 본영으로 끌려갔다면 아무튼 대단한 걱정거리야…… 이런 경우에는 난소사 스님의 힘을 빌리는 수밖에 다른 좋은 생각이 없군……."

모두들 어두운 얼굴이었다. 불길한 예감에 싸여 하릴 없이 탄식만 하고 있어, 다른 가족들의 근심을 더 무겁게 해 줄 뿐이었다.

그러고 있는 터에, 도안의 아내 오키누가 안채로 건너가는 마루 곁에서 갑자기 큰 소리를 질렀다. 이어서 가족들과 하인들의 외치는 소리도 들려왔다.

"돌아오신다."

"무사히. ……오오……."

"나리께서……."

"아버지가……."

기쁨에 겨워 어쩔 줄을 모르는 목소리.

"뭐라고? ……소에키님이 돌아오신다고?"

손님들도, 도안도, 어느새 마당으로 뛰어나갔다. 눈이 번쩍 뜨인다. 그가 돌아온다는 것이 오히려 믿기지 않을 정도다.

소에키는 돌아 왔다. 뒤꼍 문으로, 낮에 나갈 때의 모습과 조금도 다름없이 조용히 뜰 안으로 들어섰다.

단지 달라진 것은, 무장을 한 3, 4명의 무사들이 눈을 부라리며 삼엄하게 소에키의 앞뒤에 서서 경계를 하고 있는 것이었다.

조용히 서 있는 다실 앞 정원의 나무들은, 뿌리에 나 있는 푸른 이끼를 난폭한 무사들이 밟고 지나가자 무서움에 떨기라도 하듯, 그 무장한 사람들과 주인의 어깨 위에 낙엽을 뚝뚝 떨어뜨렸다.

"여어……잘들 오셨습니다."

소에키는 숨을 죽이고 바라보고 있는 손님들에게 곧장 다가왔다.

"이 비상시국에도 불구하고 오늘 밤 와 주신데 대해 감사를 드립니다. 실은 밖에 나갔다가 불의의 사건을 당해 소고 나리의 본영에 잡혀 갔었습니다. 용서하십시오."

그의 인사는 이미 다도회의 주인으로서 손님을 맞이하고 있는 것이었다.

손님들은 오히려 아연해서 아무 말도 입 밖에 내지 못했다.

소에키는 다음으로 자기 뒤에 서 있는 무사들을 향하여 말했다.

"잠깐 저쪽에서 좀 기다려 주기 바라오…… 그렇지 않으면 손님들과 함께 다석에 앉아 차라도 한 잔 즐기시든지."

눈짓을 해 가며 무엇인가 귀엣말을 하고 있던 무사들은 이 말을 내뱉으며 나가 버렸다.

"그렇다면 뒷문과 안채의 출입구에서 기다리고 있을 테니, 빨리 마치고 나오시오."

"……아무튼 관대한 처분을 바라오."

소에키는 손님들을 원래의 자리에 앉히고 다시 음성을 가다듬었다.

"매일같이 이 거리를 위하여 수고들 많으십니다. 그런데, 요즘 같은 때에는 누구든지 복지부동, 좋은 안건을 제출해야 할 사람도 오히려 나서지 않는 형편입니다. 그러니 조용히 차를 마시며, 사카이 거리를 어떻게 하면 살릴 수 있을지를 냉정히 생각해 봐야 될 줄로 압니다. 풍류를 위주로 하는 것은 아니지만, 이런 이유로 다도회를 열어 이야기를 나누려고 한 것입니다. ……잠시, 실례인 줄은 알지만, 나와 여러분의 지혜를 동원해서 일들을 정리해 나갑시다."

소에키는 그렇게 말하고 자리를 정리했다.

"아아, ……만일……."

손님 중의 한 사람인 기름집 쇼사는 차도 마시고 싶었지만, 그보다 일동을 대표하여 질문했다.

당신의 오늘 밤 일에 실로 마음이 놓이지 않소. 돌아오긴 했지만 아직도 진영에서 감시원을 수행시킨 것은 어떤 연유에서인지, 아직도 죄를 용서받고 돌아온 것 같지 않으니 먼저 그 점부터 안심시켜 주시오."

그러자 소에키는 대답했다.

"지금은 사카이 거리 전체가 어떻게 될 것인가 하는 기로에 서 있는 것입니다. 사카이 항이 잿더미가 되는 것은, 단순히 아깝다는 정도에서 끝나는 것이 아니라 국가적으로 볼 때도 커다란 손실인 것입니다. 내 일신의 안위쯤은 사소하기 짝이 없는 일입니다. 염두에 둘 문제도 못 됩니다."

그는 한번 미소를 짓고, 다시 말을 이었다.

"그것이 염려스럽다면 차를 마시는 데도 지장이 있을 테니 진상을 말씀드리지요…… 실은 보시는 바와 같이 아주 풀려난 것은 아닙니다. 소고 나리의 면전에서 엄하게 심문을 받았습니다. 그러면서도 여러분과 약속한 다도회가 무산되면 그 수치를 어떻게 감당해야 할지 마음을 태웠습니다. ……그래서 대장인 소고 나리에게 충정으로 호소했더니…… 다인(茶人)의 범절은 모르겠지만 무사에게도 약속을 지키는 의리는 있다. 2각의 여유를 줄 테니 집으로 돌아갔다가 손님 접대가 끝나면 곧 본영으로 돌아와야 한다. ……이와 같이 하여 돌아온 것입니다……. 우연히 다인이 약속을 어기지 않는 것과 무사가 언약을 중시한다는 절의가 상통한다는 점은 기쁜 일이오."

이윽고, 손님들은 주인의 재촉에 못이겨 소박한 다실 안으로 들어갔다.

소에키는 주재자로서 찻가마 옆에 앉았다. 그는 찻숟갈로 차를 떠 넣는 솜씨나 찻가마에 물을 붓는 태도에 있어서도 조금도 어색한 데가 없었다.

차츰 찻잔을 들고 차 맛에 젖어들자 손님들도 소에키도, 다같이 근래에 드물게 침착한 분위기를 이루었다.

"비상시국에 이런 장소에서 밀담을 하는 것이 이상하게 보이긴 하겠지만, 때가 때인만큼……."

소에키는 소리를 낮추어 사카이 거리를 구원할 수 있는 한 가지 방책이 있으니 모두들 협력해 달라고 우선 양해를 구했다.

"내가 보는 관점으로는 이제 틀림없이 세상은 반드시 한 번 바뀔 것이오. 무로마치 장군의 제도가, 아니 이 문란한 세태가 언제까지나 계속되리라곤 생각지 않소."

이렇게 말의 운을 떼놓고——

"그렇다면 누가 될 것인가? 하는 생각도 들겠지만, 나 역시 확실한 대답은 할 수 없소. 그렇지만 작년 이래 교토에 진군해 있는 오다 나리의 치적을 본다면 오다 나리야말로 다음 세대를 이끌어 나갈 인물이라고 생각되오. ……무엇보다도 결과야 어쨌든 장군을 다시 세워놓고 입경하자마자 궁전을 지었소. 그것도 아주 대규모로 말이오. 그리고 지방 무가(武家)에 강점되어 있는 조정의 소유지를 반환하게 하는 영을 내리기도 하였소. ……아무튼 우리들이 마음속으로 바라면서도 해낼 수 없는 일을 그분은 척척 해나가고 있소. 이렇게 나간다면 누가 뭐라 해도 천하인망이 머지않아 오다 나리를 천하의 노부나가공이라고 떠받들게 될 것임은 당연한 추세 아니겠소. ……그 세력을 꺾으려고 덤비는 자가 있다면 그 자는 저절로 파멸하여 시대의 조류에 역행하는 자임을 스스로 입증하게 될 것이오. 과거의 것은 과거로서만 남겨지는 것…… 그들은 시대에 뒤떨어져 남아 있게 될 따름일 것이오."

"……"

모두 잠자코 고개를 끄덕였다.

물이 조용히 끓고 있었다. 이상한 정적 속에서 이상한 이야기를 손님들은 듣고 있었다. 무로마치 제도의 오랜 전통이 머지않아 일변하리라는 것은, 여태껏 사카이 사람들의 상식으로서는 생각할 수도 없었던 일이었던 것이었다.

"이제 생각해 보니, 이 사카이는 작년 오다 나리의 군사가 입경했을 당시에 이미 오늘의 위급한 사태를 자초한 것이 아닌가 하는 생각이 드는군요. ……그때, 오다 나리의 명의로 이 사카이에도 2만 금의 부과금이 할당되었던 것이오. 그것을 배후에서 조종하는 미요시 당의 사주에 의하여 우리들 사카이의 대표자들은 단연코 배격했습니다. 그래서 미요시 당의 잔당을 투입하여 오다군이 습격해 온다면 결속해서 일전을 불사하겠다고 큰소리를 쳐 왔던 것입니다. 해가 바뀌자, 드디어 오다 나리는 두 번째의 상경을 계기로 이곳에 군대를 투입해 왔습니다. ……생각해 보면 우스울 만큼 미련한 짓이었소. 시대의 조류에 역행해서 스스로 멸망을 자초한 어리석은 사람들은 이 소에키를 비롯해서 사카이의 10인조 관헌 모두였단 말이오."

소에키로부터 자세한 설명을 듣자, 전통 깊은 이 지방의 수뇌들은 자신들의 잘못을 비로소 깨닫게 되었다.

――그렇다면 이 위급에 처한 사카이를 전화에서 어떻게 건져낼 수 있는가에 대해, 소에키는 곧 이렇게 대답했다.

"나는 곧 다시 소고의 진영으로 끌려가지 않으면 안 되오. 그러므로 누구든지 좋으니 전년 오다 나리께서 청해 오신 부과금 2만 금을 선적하여 비밀리에 항구를 벗어나서 사카이의 백성들이 충성을 맹세한다는 뜻을 전하고, 아무튼 병화(兵火)에 시달리고 있는 인상은 주지 말고 잘 말씀을 드려야 하오. ……나는 맨 먼저 이 안건의 발의자로서 우리 집 창고를 활짝 열어 돈을 내겠소. 아무튼 여러분들도 협력을 아끼지 말아 주십시오. 오늘 밤 안으로 2만 금을 만들어서 배를 떠나게 해 주십시오. ……이 문제를 의논하기 위해서 실은 다도회를 연 것입니다. 아무튼, 힘껏 도와 주시기 바랍니다."

황실 중흥을 위한다는 명목으로 지난 해 노부나가로부터 발령된 부과금은 당초 사카이에만 부과된 것은 아니다.

도성 주변의 번영한 곳에는 그 인구나 경제력에 따라서 상당한 상납이 부과되었다.

사원은 다액의 부과금을 할당받았다. 석산 혼간사(石山本願寺)에만도 5,000관, 나라는 3,000관이나 징발되었다.

그러한 비례로 본다면 사카이에 배당된 2만 관은 재력으로 볼 때 결코 가혹하거나 어려운 문제는 아니었다.

――더욱이 부과금의 용도는 세상에 분명히 알려져 있었다. 궁전의 건축에 막대한 공비가 든다는 것은 누구나 알 수 있는 사실이었기 때문이다.

그러나 사카이만 거절해 버렸던 것이다.

게다가 시외에 참호를 파기도 하고, 보루를 맘대로 쌓고 해서 전쟁 대비를 게을리하지 않고, 여보란 듯 뽐내었던 것이다.

노부나가의 기질로서는 격노할 수밖에 없었다. 단박에 교토에서 달려올 것이라고 작년에도 소동이 있었지만 그때는 오지 않았다. 사카이 따위는 안

중에도 없다는 듯 기후로 돌아가 버렸다.

그러나, 이번에는 그냥 둘 것 같지가 않았다. 급거 아와 미요시 당이 바다를 건너 가세하기 위해서 상륙한 것도 미리 그러한 기미를 알아 차렸기 때문이다.

이리하여 사카이는 무력과 무력이 대치하는 사이에 놓이게 되었다. 가위 사이에 들어 있는 것만 같았다. ──이러한 때에 사카이가 문화를 파괴로부터 구해 낸다는 것은 단지 사카이 백성을 위해서만이 아니라, 소에키의 말대로 국가의 손실을 구해 내는 커다란 의의를 아울러 지니고 있는 것이다.

──오늘 밤.

사람들은 소에키의 말을 듣고, 또 다실에서 조용히 생각해 본 결과, 처음으로 그것이 옳다는 것을 인정하고 어느 한 사람도 소에키의 제안에 이의를 제기하는 자는 없었다.

그날 밤중으로 각자의 사재를 털어 내고, 회의소의 공금과 그밖에 사카이의 모든 현금을 긁어 모아 비밀리에 배에 실었다.

배에는 소에키의 동생 센노소하(千宗巴), 전당포집 소노가 사절로서 타고 갔다. 나라(奈良)의 낭인 쓰지카도 겐하치로(土門源八郞)도 따라갔다. 캄캄한 밤에 물결에 흔들리며 배는 미요시 당의 삼엄한 경계의 눈을 피해 해안에서 점점 멀어졌다.

배는 날이 샐 무렵에는 이미 오사카의 아지(安治)강에 들어가 있게 될 것이다. 그 다음 누구든 상륙하여 노부나가의 진영으로 달려갈 것이다. 그리고 사카이 영민들의 진정한 뜻을 호소한다.

"그것으로 족하다."

소에키는 안심했다. 동시에 죽음까지 각오했다.

물론, 그는 다실을 나와서 다시 미요시 당의 진영으로 끌려갔기 때문에 그 이후의 일은 지휘할 수가 없었다.

무사들의 엄격한 경계를 받으며 소고 마사야스 막사에 누워서 생각했다.

'지금쯤은 일이 잘 되어 배는 해안에서 떠나갔겠지. 날이 샐 무렵에는 오다 나리의 진영에 사절이 닿을 게야.'

이러한 상상에 잠겨 있었다. 그리고 조만간 자기의 목숨은 이 일이 드러남과 동시에 없어질 것이라고 생각하고 있었다.

아침이 되자──

아침밥도 주지 않고 무사들이 와서, 따라 오라고 했다.
무사들은 난소사의 남쪽 마루로 그를 끌고 가서 거기다 앉혔다.
"거기에서 기다렸다가 묻는 말에 대답을 해."
소에키는 다실에 앉듯이 조용히 자리에 앉았다.
주위를 둘러보니 거기에는 소고 일족인 미요시가 긴 자루가 달린 창을 옆에 세워 놓고, 또한 마루에는 무장들이 숨을 죽이고 있었으며, 정면에는 대장인 사누키노카미 마사야스(讚岐守存保)가 앉아 있었고, 모든 눈동자가 자기 한 사람에게 쏠려 있었다.
"소에키, 어제는 다회를 하고 돌아왔지?"
마사야스는 이윽고 입을 열었다. 소에키가 그 말에 답해서 예의를 표하자, 마사야스는 곧장 힐문하기 시작했다.
"그때 무슨 이야기를 했지? 손님은 누구 누구였어?"
소에키는 어제의 자기와 오늘의 자신이 다른 사람처럼 생각되었다. 어제의 자신은 사카이의 운명을 생각할 때 아직 죽을 수마저 없는 초조감에 싸여 있었다.
오늘의 그는 그렇지 않았다. 이미 마음에 거리낌은 없었다. 죽음에 임할 수 있는 마음가짐이 되어 있었다.
'언제든지' 라는.
쇼레이(笑嶺) 화상에게 배운 선의 경지를 맛볼 수 있다는 점에 감사를 느끼고 있었다. 또한 평상시에 즐기던 다도가 이런 경우에도 도움이 된다는 것을 생각할 때 감사의 정이 솟아올랐다.
그래서 그는 이렇게 대답했다.
"이익이 없는 논의는 무용한 것입니다. 머지않아 곧 오다님의 병력은 이리로 몰려올 것이기 때문입니다. 아무리 저항을 하더라도 미요시 측의 힘으로는 버티어 나가지 못할 것입니다. 오다님의 세력은 시대의 조류입니다. 이와 같은 참호나 보루는 한낱 시대에 맞지 않는 옛 관습을 고수하려는 세력의 맹목적인 반항에 불과하니까요……."
아와 미요시 당의 주장인 소고 마사야스가 대노한 것은 말할 나위도 없다. 소에키가 너무도 태연하게 그런 말을 했기 때문에 기가 질려 그 격노의 빛이 역력히 드러나 보였지만, 잠시 동안 참는 것 같았다.
"다 지껄였느냐?"

마사야스의 말이 떨어짐과 동시에 몸을 부르르 떨며 옆에 있던 부장들은 칼자루를 잡고 일어섰다.

"흠, 무엄한 놈!"

소에키는 주위를 둘러보며 조용한 말투로 차근차근 말을 했다. 마사야스는 일단 그가 끝까지 말을 하도록 내버려 두었다. 마사야스의 노기 띤 얼굴이 창백하게 변해갔다. 무장들 중에는 벌써 그의 곁으로 다가와 칼을 뽑아든 자도 있었다.

"나는 생각하는 바를 신념을 가지고 말씀드린 것뿐이오. 일개 상인으로서 병법에 관해서는 잘 모르지만, 뻔히 질 줄 알면서 전쟁을 해야 한다는 병법은 없을 줄 아오. 시대의 조류를 무시하고서는 싸움에 질 것이 뻔하오. 그렇게 된다면 모두가 개죽음을 하는 셈이며, 전화에 희생되는 백성의 재산도 헛된 손실이 되고 맙니다. 따라서 명목 없는 호전자(好戰者)가 되고 말 것입니다. 명목 없는 전쟁, 그건 난입니다. 난을 감행하는 자는 난적(亂賊)이라고 합니다."

"잠깐 기다려. ……이 자의 말투로 보아서는 소에키 한 사람뿐만 아니라 어젯밤 다실에 모인 10인조 관헌 모두가 의심스럽구나. 적과 내통하고 있을지도 몰라. ……그들도 모두 체포하라. 모두 한데 모아 단칼에 목을 베어 버릴 테니!"

대장의 의견은 일시적인 분노에 휩쓸리지 않은 아주 현명한 처사라고 부장들은 생각했다. 두 세 사람씩 조를 나눈 소부대가 즉시 시내로 나가서 10인조를 잡으려고 애를 썼다.

소에키는 이 절의 식당에 갇혔다. 선찰의 식당은 텅 빈 채, 크고 둥근 기둥과 사면의 벽 외에는 아무 것도 없었다. 소에키는 기둥 밑에서 눈을 감고 앉아 있었다. 감옥처럼 잠겨 있으므로 밤낮의 구별도 할 수 없었다.

병사들이 잡으러 나서기는 했지만, 그들은 새벽에 이미 몸을 감추었을 테니 소에키로서는 그 점에 대해서는 걱정이 없었다.

사카이도 충분히 전화를 벗어날 수 있을 것 같았으므로 안심할 수 있었다.

오늘이라도 노부나가의 군사는 사카이로 쇄도해 오겠지. 몸을 숨겼던 10인조의 친구들은 그와 동시에 암암리에 호응하여 오다 군을 위하여 통로를 열고, 모든 편의를 제공하여 협력하기로 되어 있었다.

'……아아, 그것은 시운(時運)의 외침…… 멀리서 밀려오는 바다의 포효

사카이 상인 223

처럼······.'
 소에키는 아무 것도 보이지 않는 캄캄한 암흑 속에서 이윽고 다가올 사카이의 여명과, 동시에 자기의 죽음을 바라보는 것 같았다.
 소에키는 계속 눈을 감고 있었다.
 식당의 어둠은 밤과 낮을 구별할 수가 없게 했다.
 폭풍과 같은 외계의 소리가 멀리서 잇따라 들려온다. 소에키는 그 적막 속에서 오다 군과 미요시 당의 싸움을——시시각각 변천되어 가는 세태를 뚜렷이 몸으로 느끼고 있었다.
 오다 군은 사카이에 돌입해 온 것 같았다.
 이어서 요소의 점령을 완수한 것처럼 생각되었다. 이 사찰 구역 소고 일족 진영이 극도의 혼란에 빠져 있는 것 같더니 곧 주위가 묘지처럼 쓸쓸해지고, 이어서 모두 앞을 다투어 도망가고 있다는 기미가 느껴졌다.
 그 도망 갈 즈음에 있어,
 그렇다 소에키의 처분을——.
 여기에 생각이 미친 소고 마사야스의 부장이 그를 죽이라고 명령했을 것이다.
 "······?"
 식당의 무거운 문을 열고 안을 들여다보는 두 사람의 무사가 있었다. 살기에 찬 눈으로 이리저리 두리번거리더니 손에 칼을 빼어 들고 들어왔다.
 "······."
 소에키는 자기를 죽이려고 온 사람을 그윽이 바라보고 있다가, 5보 정도 앞에 그들이 왔을 때, 스승인 쇼레이 화상에게서 배운 대로 있는 힘을 다해 큰소리로 꾸짖었다.
 "이놈! 버릇없이!"
 동굴 속처럼 고함소리는 '웅' 하고 식당의 네 벽에 메아리쳤다.
 그러자 병정들은 발목이라도 낚아채인 듯 펄쩍 뛰어오르며 당황하고, 한 사람은 소에키의 머리 위 기둥에 칼을 부딪고 한 사람은 가져온 칼을 한번써 보지도 못하고 겁이 나서 밖으로 달아나 버렸다.
 곧 다시 갑옷을 입은 무사가 들어왔다. 그러나 그것은 오다 편의 장수였다. 소에키가 무사히 여기에 있다는 것을 알자 10인조의 기름집 주인, 전당포 주인, 사쓰마야 주인 등의 친구들이 몰려 들어와, 다같이 그를 구해 밖으로 나갔다.

그러나 소에키는 밖에 나와 햇빛을 보자 자기 몸을 돌보기에 앞서, 사카이가 살아났다는 생각에 안도의 한숨을 내쉬었다.

오다 군의 병사와 다회의 친구들에게 둘러싸여 오랜만에 집으로 돌아가는 길목에서 그는 눈물이 글썽해 있었다.

사카이의 평화는 다시 돌아왔다. 소속 시민의 부녀자와 노인과 아이들도 고향에서, 가까운 피난지에서 돌아왔다.

그해 4월 1일.

오다 노부나가는 그 지방의 유서 깊은 가문 마쓰이 유칸(松井友閑) 댁에 잠깐 들러서 10인조 사람들에게 면담을 허락하였다. 동시에 이 지방의 명기를 한데 모아 둔 방을 구경하고 그 중에서 마음에 드는 것을 골라 가지고 돌아갔다.

덴노지야(天王寺屋) 주인 소규가 소장하고 있던 과자 그림, 마쓰시마의 병, 기름집의 감귤 모양의 병마개, 히사히데의 종 그림, 약사원 고마쓰시마와 기타 지방의 찻잔, 찻숟갈 등이었다. 물론 진상하기로 했지만 그는 기어코 대금조로 금은을 내놓았다.

동시에 노부나가는 사카이의 행정, 자치 제도 등을 두루 개혁해서 자기 관장 하에 두고, 사카이의 대표자들로부터 사죄문과 서약서를 받았다. 그러나 앞으로 사카이 거리의 공무는 그대로 그들에게 맡기라고 명령을 내렸다.

이리하여 노부나가는 차 한 잔 마실 동안에 커다란 수확을 거뒀지만, 그 때, 도키치로가 말했다.

"주군, 주군께서는 그야말로 보물의 산더미에 앉았지만, 훨씬 좋은 명기를 놓쳐 버렸습니다."

"뭐라고? 훨씬 좋은 명기가 있었다고?"

"있었고 말고요. ……센노 소에키라는 인물입니다. 그러한 명기를 왜 발견하지 못하시는지 안타까울 정도입니다. 아무튼 지금이라도 늦지는 않다고 생각합니다."

"음, 음……과연 그렇구나. 그야말로 훌륭한 찻잔이었다. 천천히 가져 보도록 하지."

두 사람은 고개를 끄덕이며 미소를 지었다.

북정 (北征)

노부나가의 교토 진출 이후로 천하의 이목은 그의 행동에만 쏠려 있었다.

눈에 보이듯 시대 조류에 따라 인물이 교체되고, 법령이 고쳐지며 세태 풍속마저도 서서히 변하는 것 같았다.

'이곳은 어떻게 될까?'

대개의 사람들은 자기의 좁은 생활 주변밖에 내다 볼 수가 없었다.

그렇지만 이에야스는 빈틈이 없었다.

사카이의 뒷수습을 마치고 다시 기후로 돌아간 노부나가는 그 빈틈없는 처리에 혀를 내둘렀다.

'미가와의 요즘 형편은?'

'이에야스도 잘해 나가고 있군.'

이에야스는 동맹국인 오다가 자기에게 후방을 지키게 하고 중원으로 진출해 있는 동안, 다만 비노의 뒷문만 지키며 안이하게 보내진 않았다.

오히려 좋은 기회라고 생각하고 활발한 외교를 벌이는 한편, 병력을 이용하여 이마가와 요시모토의 후계인 이마가와 우지자네(今川氏眞)의 세력을 스루가, 도도미(遠江) 두 지역에서 완전히 몰아내 버렸다.

우지자네는 우둔했기 때문에 도쿠가와 가로부터도, 다케다 가로부터도 공격을 받을 만한 구실을 많이 가지고 있었다. 아무리 난국이라 할지라도 명분이 없는 싸움은 할 수 없으며, 또한 명분이 없는 전쟁에서는 결국엔 이길 수가 없다는 것은 장군 급의 인물이라면 누구든지 통찰하고 있는 것이다. 그러한 명분을 적에게 주는 정치를 하고 있는 우지자네는 아무튼 앞을 내다보지 못하는 우둔한 장군인 것, 그러므로 요시모토로서는 현명하지 못한 후계자라고 할 수 밖엔 없을 것이다.

그리하여 오이 강(大井江)을 경계로 스루가 일원은 다케다 가의 소유가 되고, 도도미는 도쿠가와 가의 영지가 되었다.

에로쿠 23년 정월, 이에야스는 오카자키의 성에 다케지요를 두고 자신은 도도미의 하마마쓰(濱松) 방면으로 옮겨 갔다.

2월, 노부나가가 축하 시절을 보냈다.

'본인도 작년엔 뜻을 펴서 약간의 공을 세웠지만, 그대도 일약 도도미의 비옥한 땅을 영토로 만들었으니 피차의 기쁨이 더할 나위 없다. 아울러 오·도쿠 양가의 동맹도 한층 공고해졌다고 본다.'

대충 이런 축하의 뜻을 나타냈다.

이야기는 좀 비약하지만 그달 25일, 이에야스는 노부나가의 권유로 교토로 상경하게 되었다. ──장안의 봄을 즐기며 꽃구경도 하고 조금 피로를 풀어 봄직도 하다. ──표면적으로는 그러한 명목을 내세웠지만, 동맹의 두 영주가 동반한 상경이었으므로 세상에서는 또한 정치적인 측면으로 관망하고 있었다.

'무슨 일이 또 일어나려나?'

그리고 노부나가의 이번 여행은 실로 화려하고 느긋한 것이었다. 이에야스를 위하여 매를 날리고 종일토록 매사냥을 즐기기도 하고, 밤에는 각 지방의 특유한 노래와 토속 춤을 객사에서 연출하고 주연을 벌이는 등, 아무래도 단순히 즐기기 위한 여행으로는 보이지 않았다.

노부나가와 이에야스가 도착하던 날, 교토 수비의 임무를 맡고 있던 기노시다 도키치로는 오쓰까지 그들을 영접하러 나왔다.

"이 사람은 도키치로 히데요시라 부르는, 기요스(淸州) 이래의 가신이오."

노부나가가 이에야스에게 소개를 하였다.

"아니오, 벌써부터 알고 있었소. 내가 처음 기요스에 갔을 때, 큰 현관에

서서 영접하던 사람들 틈에서 본 바 있소. 그것은 오게 골짜기의 전투가 있던 이듬해이니 매우 오래전 일이구려."

이에야스는 도키치로를 자세히 바라보며 웃어 보였다. 도키치로는 그의 비상한 기억력에 놀랐다.

이에야스는 금년 29세, 주군 노부나가는 37세.——그리고 자신은 35세이다. 그러고 보면 꼭 10년 전의 일이다.

교토에 도착하자 노부나가는 제일 먼저 다시 만들고 있는 궁전의 공사를 독려하러 갔다.

"내년까지는 내전에 이르기까지 모두 낙성식을 끝마칠 예정입니다."

아사야미 니치조, 시마다 야에몬, 두 감독관이 안내를 맡아서 이야기했다.

"비용을 아끼지 말도록. 오랫동안 묵혀 두었던 뒤라……."

노부나가의 이야기를 옆에서 듣고 있던 이에야스는 말했다.

"이처럼 전대미문의 대공사를 사실상 실현단계에 올려놓은 귀공이야말로 참으로 부럽소."

노부나가는 사양하는 빛도 없이 자기도 인정한다는 듯이 고개를 크게 끄덕였다.

"그렇습니다."

작년에 상경했을 때는 조정의 황실 소유지 회수령을 내렸는데, 금년에 노부나가는 또 영을 내렸다.

'한 푼의 사용료라도 빠짐없이 정확하게 징수하도록.'

이리하여 조정의 경제를 소작료 상납으로부터 금본위로 정정했다.——그리고 장안 안팎의 모든 상인들에게 공급을 위탁하여 그 금리를 해마다 징수하도록 했다.

아직도 각지에 난이 그치지 않아 공령으로부터 올라오는 소작료가 무사나 토구들에 의해 약탈될 우려가 있으니, 천황의 마음을 정말로 편안케 할 수는 없다고 생각되었기 때문이다.

이리하여 황실의 운명과 아울러 조정의 경제도 혁신되었다. 오닌(應仁) 이래의 불길한 구름도 하늘 한쪽 편으로부터 걷히기 시작했다. 천황의 기쁨이 더해진 것은 말할 나위도 없었다. 노부나가의 마음으로부터 우러난 충성은 민중의 마음을 움직였다.

국주를 안심시키고 신하들의 화목을 바라보면서 노부나가도 2월의 봄을 이에야스와 더불어 흐뭇하게 즐기고 있었다.

꽃을 바라보고 차를 마시며 무악을 즐기면서 꿈속처럼 즐거운 시간을 보냈다.

누가 알랴? 실은 그러는 동안에도 그의 마음속에는 다음의 고난을 뚫고 나갈 마음의 준비가 되어 있었던 것이다.

노부나가가 자신의 계획을 행동으로 옮겼을 때는 새로운 사태가 이미 지상에 드러나고 있을 때이며, 기실 그가 베개 위에 누워 있는 동안에도 그 설계와 다음의 할 일이 눈앞에 드러나 진행되고 있었다.

4월 2일——

갑자기 부름을 받고 제장들은 요시아키 장군의 사회로 저택에서 회담을 가졌다. 그들은 회의실의 넓은 자리를 가득 메우고 무슨 일인가 싶어 열을 지어 앉아 있었다.

"에치젠의 아사쿠라(朝倉)가에 관해서……."

노부나가는 그 자리에서 처음으로, 지난 2월부터 감추고 있던 뜻을 털어놓고 일동의 의사를 떠봤다.

"그는 작년부터 몇 번이나 재촉을 했음에도 불구하고, 장군 사회의 영을 무시하고, 또 조정을 무시하고 황실의 개수 공사에 재목 하나 바친 적이 없다. ……그런데도 장군가의 측근이라 하여 대대로 관직을 하고 천은을 입고 있으면서 일문의 영화와 안일에 젖어 있는 형편이다. ……그 죄를 묻기 위해 병사를 거느리고 이 노부나가가 몸소 진출하려고 한다. 여러분의 생각은 어떠한지?"

노부나가의 말은 노부나가 개인의 말로만 들리지는 않았다. 그것은 대의의 소리였다. 대의에 대해서,

아니—— 라고 말할 사람은 없었다.

장군 사회의 직속 부하 중에는 아사구라 가와 다소 묵은 친교가 있는 자도 있어 그들 중에는 암암리에 아사구라 가를 비호하려 하는 자도 있었지만, 이 대의의 대변자에게, '그것은 틀리는 말이오' 하고 이의를 말할 사람은 없었다. 또한 대부분이 노부나가의 말에 옳은 말씀이라며 찬의를 솔직히 표했기 때문에 그 대세에 압도되어 입을 다물 수밖에 없었다.

아사구라 공격! 북국 원정!

커다란 문제였지만, 결정은 극히 짧은 순간에 났다.

그리고 전쟁은 바로 그날 시작되었다. 그달 20일에는 벌써 고슈 사카모토가 군세의 정비를 재촉해 긴키(近畿), 비노(尾濃) 병력에다 도쿠가와 이에야스의 미가와 무사 8,000명을 가세시켰다. 무려 10만이라는 군세가 농병아리가 노니는 화창한 늦은 봄의 호반 수십 리에 걸쳐 구름처럼 모여들었다.

노부나가는 군대를 정렬하여 병사들의 사기와 훈련을 검열하고 북녘의 산맥을 손가락질했다.

"보아라. 북국의 산에는 눈이 녹았다. 가는 곳은 이제부터 봄기운에 가득차 있으리라."

도키치로도 약간의 군사를 거느리고 이 전쟁에 끼어 있었다.

'그렇다면 이 봄, 도쿠가와님과 수도에서 봄을 즐기고 있었던 것은 북국을 넘어갈 수 있도록 눈이 녹기를 기다렸던 것인가.'

그러면서 고개를 끄덕였다. 그보다도 더욱 노부나가의 재주와 수완을 돋보이게 한 것은 서울 구경을 가자고 이에야스를 끌고 와서는 자기의 실력과 업적을 인식시켜 이에야스 편에서 자진해서 가세해 오도록 만든 속셈 깊은 복안이었다.

'눈 깜짝 할 사이다! 어지러운 세상도 저 기량 있는 손에 의하여 어느덧 정리될 것이다.'

도키치로는 그렇게 믿었다. 그리고 이 전쟁의 의의를, 반드시 하지 않으면 안될 전쟁이라는 것을 누구보다도 잘 알고 있었다.

그러나 도키치로와 비슷한 계급의 장교들은 이러한 점에는 전혀 착안하지 못한 채, 심지어 이런 대화도 오고 갔다.

"도쿠가와님을 쫓는 미가와 파들은 비노의 장졸들에게 비웃음을 사지 않으려고 모두들 팔을 걷어붙이고 벼르고 있단 말이야. 우리들도 마찬가지야. 미가와 무사들에게 져서는 창피란 말일세. 꼴찌가 되어서야 수치지. 전력을 다해 보자."

서로 격려하며 아직 전쟁에 임하기도 전에 공명과 수훈을 다투었다.

진군사회의 방향은——

오미 다카시마(高島) 고을로부터 와카키(若狹)의 구마가와(能川)를 건너서 에치젠의 쓰루가(敦賀)를 향하여 행군하는 것이었다. 행군에 행군을 거듭하여 적의 성채와 관문을 불살라 버리고, 산과 산을 넘어서 그달 안으로 쓰루가까지 진격해 갔다.

아사구라 편에서는 그다지 대수롭게 생각하지 않았다. 조금전——반 달 전만 하더라도 장안 안팎의 꽃에 도취되어 놀고만 있던 노부나가이다. 급거 군비에 들어가 아무리 빨리 공격해 온다 하더라도 이달 안에 그 기치를 자기들의 영내에서 볼 수 있으리라고는 꿈에라도 생각하지 않았다.

"설마 예까지야……."

왕족 출신으로서 다지마(但島)의 호족이 되고, 아시카가 다카우지(足利尊氏)를 도운 공으로 뒤에 에치젠의 영역을 점유하고, 분메이(文明)시대부터 이곳에 뿌리를 박고, '북국의 유일한 우두머리'라고 자타가 공인하며, 무로마치 장군사회의 측근이라는 위치, 또한 재력의 풍부함과 다수의 병력을 믿고, '비견할 만한 자 없는 북토의 명문'이라고 거만을 부리고 있는 아사구라가이며 당주인 요시카게(義景)였다.

이미 노부나가가 쓰루가까지 왔다는 소문을 듣고도 요시가게는 보고하는 자를 꾸짖을 정도였다.

"당황하지 말라. 잘못 보았겠지?"

쓰루가를 함락시킨 오다 군은 그곳을 근거지로 삼고 가네가사키와 데즈쓰(手筒) 두 성에 공략의 손을 뻗혔다.

"미쓰히데는 어느 쪽 군세에 있는가?"

노부나가의 물음이다.

"아케치 나리는 데즈쓰의 선봉을 맡고 있습니다."

옆에 있던 자가 대답했다.

"불러 와!"

검은 방시의(防矢衣 : 화살을 막는 옷)를 둘러 쓴 말단 병사 한 사람이 명령을 받고 서둘러 본진을 떠났다.

"무슨 일인가?"

미쓰히데는 급히 전선에서 돌아왔다.

노부나가는 그의 모습을 보자 말했다.

"너는 에치젠에 오래 살아 이 지방에서부터 아사구라 가의 본성 이치조(一乘) 골짜기까지 지리에는 환할 텐데, 왜 이 노부나가에게 보고도 하지 않고 조그마한 선봉의 공명 따위를 경쟁하고 있는가?"

미쓰히데는 순간 얻어맞기라도 한 것처럼 머리를 숙였다.

"명령이시라면 언제든지 지도를 펴서 소상히 말씀드리겠습니다."

"무엇 때문에 명령이 내리기를 기다리고 있었는가?"

"나리의 군사로써 다른 마음을 먹고 있는 것처럼 말씀하시지만, 비록 잠깐이나마 일찍이 아사구라 가의 곡식을 먹은 바 있는 미쓰히데의 심정을 널리 헤아려 주시면 감사하겠습니다."

"으음."

노부나가는 도리어 그의 마음씨를 기특하게 생각했다. 그와 같은 마음가짐이라면 곧 자기에게도 믿음직한 가신이 될 것이기 때문이다.

"그렇다면 다시 명령하지. 내가 가지고 있는 지도는 너무 조잡하고 어쩌면 틀리는 데도 있을 것 같다. 네가 가지고 있는 지도와 대조하여 정정하도록."

"잘 알았습니다."

미쓰히데는 노부나가의 손에 있는 지도와는 비교도 되지 않을 만큼 세밀한 지도를 갖고 있었다. 그는 일단 물러나서 휴식을 취한 후, 자기의 지도를 노부나가에게 헌상했다.

"너는 내 곁에 있으면서 지세를 안내하고 또한 참모로서 군사회의에도 참여하는 것이 좋겠다."

노부나가는 그 이후 그를 본진으로부터 떠나게 하지 않았다.

아사구라 편 장군 힛타 우콩(匹田右近)이 지키는 데즈쓰가 봉의 성은 곧 함락되었다. 그러나 가네가사키는 그다지 쉽게 함락되지는 않았다.

가네가사키의 성은 아사구라 요시가게의 일족 아사구라 가케쓰네(朝倉景恒)가 지키고 있었다.

가케쓰네는 27세의 약관, 하지만 어린 시절에 출가하여 중이 되었다.

'그러한 체격과 타고난 무략(武略)을 중의 신분으로 썩혀 버린다는 것은 아깝다.'

그러나 이런 충고로 환속을 강요받아 곧 한 성을 차지할 수 있었을 정도로 아사구라 가 안에서는 발군의 인물이었다.

사쿠마, 이케다, 모리 등 오다의 효장들이 지휘하는 4만여 명의 군사에 에워싸이면서도, 가케쓰네는 때때로 여유 있는 모습으로 성의 망루에 나타나서 미소를 지었다.

"어마어마하구나!"

"어쩌면 단숨에!"

이럴 정도로 모리, 사쿠마, 이케다 등의 선봉이 총공격하여 성벽을 피로 물들이면서 개미떼처럼 따라붙어 온종일 전투를 계속한 뒤 그 사상자를 헤아려 보니, 적측은 300여 명인데 아군은 800여 명을 넘고 있었다.

그렇지만 가네가사키의 성은 그 날 저녁에도 여름밤의 보름달 아래 여전히 그 불굴의 자태를 드러내고 있었다.

"이 성은 함락되지 않습니다…… 아니 함락되더라도 우리에게 승리를 가져다주지는 못합니다."

도키치로는 그날 저녁, 노부나가의 앞에서 이렇게 말했다. 노부나가의 얼굴에도 다소 초조한 빛이 떠올라 있었다.

"어째서 저 성을 함락시켜도 우리는 승리를 차지할 수가 없단 말인가?"

이러한 경우에는 노부나가도 자연히 의기소침해지는 것 같았다.

"왜냐 하면……."

도키치로는 곧 이었다.

"이 성을 함락시킨다고 해서 에치젠이 망하는 것은 아닙니다. 그뿐 아니라 이 성을 공격한다고 해서 주군사회의 무위가 떨쳐지는 것도 아닙니다."

노부나가는 그 말을 막으려는 듯, 도키치로의 말을 가로챘다.

"그렇지만 가네가사키를 돌파하지 않고는 도저히 전진할 수가 없다. 그와 같은 무모한 짓은 일부러 배후에 적을 두는 처사이며, 제 발로 사지를 찾아 드는 격이다."

"저는 그와 같은 무책을 말씀드리려는 것이 아닙니다."

이렇게 말하고 도키치로는 한편 주위를 살폈다.

거기에 이에야스가 와서 서 있기 때문이었다.

그는 이에야스를 보자 당황한 듯 물러서며 절을 했다. ——그리고 이에야스를 위해 방석을 가져와서 노부나가의 옆에 앉도록 권했다.

"실례가 되지 않겠습니까?"

이에야스는 노부나가에게 인사를 하고 도키치로가 마련한 자리에 앉았다. 그러나 도키치로에게는 목례마저 하지 않았다.

"무슨 중대한 의논이 있으신 것 같은데……."

이에야스가 말하였다.

"아니오, 저 사람이……."

노부나가는 도키치로를 턱으로 가리키며, 가네가사키의 공격이 무의미하다고 한다며 곧 표정을 바꾸어 조금 전의 일을 그대로 이에야스에게 말했다.
 이에야스는 고개를 끄덕이면서 도키치로의 얼굴만을 응시하고 있었다.
 "음, 음, ……과연 그렇지!"
 주군인 노부나가보다 8살이나 아래인 이에야스, 하지만 도키치로의 눈에는 오히려 그 반대로 보이는 것 같았다. 자기를 바라보면서 몇 번이나 고개를 끄덕이는 품이나 눈빛의 영특함이 아무래도 20대의 젊은 사람으로는 보이지 않았다. 40이나 50쯤 되는 듯한 노련한 인상을 주었다.
 "그에 관해서는 기노시다의 말에 이 이에야스도 동감입니다…… 더 이상 가네가사키 성에서 시간을 허비한다는 것은 병력 소모일 뿐 득책이 아니라고 생각합니다."
 "그렇다면, 적의 본거지를 타도할 수 있는 다른 방안이라도 있으신지?"
 "먼저 기노시다에게 물어 보시오. 저 사람은 아마도 무언가 생각하고 있음에 틀림없소."
 "도키치로."
 "네."
 "너의 대책을 말해 봐라."
 "대책은 없습니다."
 "무엇이?"
 놀란 것은 노부나가뿐이 아니었다. 이에야스도 약간 의외라는 표정을 지었다.
 "성내에는 3,000병력이 있습니다. 아군 10만의 대군에 대적하려는 결사적인 의지로 뭉쳐진 성벽입니다. 소성이라고는 하지만 쉽사리 함락될 것 같지도 않으며, 또한 전략을 쓴다 하더라도 제대로 되는지도 의문입니다. ……다만 상대방도 인간인 이상, 인간의 진정과 성의로써만이 그들을 납득시킬 수 있습니다."
 '또 시작이군!'
 노부나가는 이 자리에서 더 이상 도키치로에게 말을 시키고 싶지 않았다. 정중한 예로써 최고의 맹방 대우를 하고는 있지만 이에야스는 어디까지나 2, 3개 지역의 주장일 뿐, 오다가의 인물은 아니었다. ……또한, 무슨 생각을 하고 있는지 내용을 자세히 듣지 않고는 믿지 못할 만큼 도키치로의 역량을 모르는 바도 아니었다.

"됐어 이제 그만. ······귀관이 생각하는 바가 있다면 그대로 해 주기 바라네. 소신껏 잘 해 보도록······."
"감사합니다."
대수롭지 않은 일처럼 도키치로는 명령을 받고 돌아서 나왔다.
그가 단신으로 적의 성중에 가서 성장 아사구라 가케쓰네와 회담을 벌인 것은 그날 밤이었다.
"그대도 병가의 자식, 아마도 능히 전쟁의 전망을 알 수 있을 것이다. 승부는 이미 드러난 것. 더 이상의 완강한 저항은 다만 아까운 병졸의 목숨을 시체로 만들 뿐이다. 나는 그들의 개죽음을 애석해한다. ······그보다는 깨끗이 성문을 열고 후퇴하여, 주군인 아사구라 요시가케 나리와 합세하고, 후일 다시 새로운 전장에서 만나 보는 것이 어떨까? 성내의 재물·무기·여자 등은 모두 내가 책임지고 고스란히 보내 줄 테니."
그는 아직 27세에 불과한 젊은 성주 가케쓰네에게 흉금을 털어 놓고 얘기했던 것이다.
"전장을 바꾸어 후일 다시 만난다는 것은 재미있는 일이야."
가케쓰네는 그의 권고를 받아들이며 성을 떠났다.
도키치로는 충분히 무인으로서의 예절을 지켜 적의 퇴각에 여러 가지 편의를 제공했고, 성밖 십리까지 그들을 배웅해 주었다.
가네가사키의 뒷수습은 겨우 하루 반 만에 정리되었다.
그리고 노부나가는 도키치로의 보고를 들었다.
"이렇게 되었습니다."
"그래?"
이 한 마디 뿐, 별로 칭찬하는 기색도 없었다.
노부나가의 표정을 보건대 아무래도 '지나친 행동'이라는 생각을 갖고 있는 것 같았다.
수훈은 수훈이라 하더라도 거기에는 정도가 있다. 누가 보더라도 도키치로가 부정할 수 없는 큰 공을 세운 것에 틀림없다. 하지만 노부나가까지
"잘했어. 성공이야!"
이렇게 칭찬한다면 전번에 800여 병력을 희생해가며 적의 몇 배의 군세로 공격에 공격을 거듭하면서도 함락시키지 못했던 이케다, 사쿠마, 모리 등 여러 장수는 아무래도 노부나가를 대할 수가 없는 면목 없는 입장이 되고 만

다.
 도키치로 역시 노부나가 이상으로 제장의 그러한 기분에는 민감한 편이었다.──그러므로 그는 그 보고에 대해서도 그것이 자기의 생각에 의해서 한 것이라고는 말하지 않았다. 노부나가의 명령에 의하여 한 것처럼 다음과 같이 말했다.
 "말씀하신 대로 만사를 실천에 옮겼습니다. 비명을 서둘러 봉행하느라고 미비한 점이 있음을 용서해 주시기 바랍니다."
 사과를 하면서 물러났다.
 제장 이외에 이에야스도 노부나가의 곁에 서 있었다. 이에야스는,
 "……으흠."
 깊이 탄식을 하면서 도키치로가 물러 나오는 뒷모습을 넌지시 바라보고 있었다.
 이에야스는 이때부터 자신과 나이의 차이도 그다지 없는 두려운 인물이 동시대에 태어난 것을 알았다.
 ──한편.
 가네가사키에서 퇴진한 아사구라 가케쓰네는 이치조(一乘)의 본성에 모였다. 발판을 바꿔 재차 노부나가 군과 자웅을 겨루려고 서둘러 출발했다. 그런데 도중에서 아사구라 요시가케가 2만의 병력을 끌고 가네가사키를 돕기 위해 오고 있는 것과 마주쳤다.
 "잘못했어!"
 가케쓰네는 적의 권고를 받아들여 성을 버리고 나온 것을 후회했지만 때는 이미 늦었다.
 "왜 싸우지 않고 성을 버렸어?"
 요시가케는 분노했지만, 왈가왈부하지 않고 양군을 병합하여 이치조 골짜기의 본성으로 돌아갔다.
 노부나가는 단숨에 기노메(木目) 고개까지 밀고 나갔다.
 험준한 그 고개만 돌파하면 아사구라가의 본거지는 이미 눈앞에 보이는 것이기 때문이다.
 그런데──
 날아온 정보는 오다의 원정군을 놀라게 했다.
 아사구라가와는 선조 이래 서로 결탁하고 있는 오미의 아사이 나가마사

(淺井長政)가 호북의 병력을 보내어 퇴로를 차단했다는 속달이었다.

또한, 거기에 호응해서 고카(甲賀)의 산지로부터 전에 노부나가에게 패망의 고배를 마신 바 있는 사사키 록가쿠(佐佐木六角)도 일어나서 오다의 측면을 치기 위해 계속 군사를 전진시켜 온다는 것이다.

원정군으로서는 앞뒤에 적을 두고 있는 셈이었다. 전면의 아사구라 군세는 그 때문인지 사기왕성하여 여차하면 이치조 골짜기를 나와서 맹렬히 반격해 올 기세였다.

'사지에 들어왔다.'

노부나가는 직감했다. 병법상으로 보면 바로 자기가 이끌고 있는 대병력의 원정군은 완전히 필살의 위치에 놓여 있다. 적진의 한가운데서 무덤을 파고 있는 거나 다름없음을 깨달았다.

그처럼 그가 갑자기 두려워한 것은 사사키 록가쿠나 아사이 나가마사가 배후에 있다는 것뿐만이 아니었다. 노부나가가 뼈에 사무치도록 두려워한 것은 이 지방에 많은 소굴을 가지고 있는 혼간사 문도(門徒)의 승병 모두가 반(反) 노부나가의 기치를 도처에 휘날리고 있다는 것이다.

"침략자를 토벌하라!"

돌연 기후가 변한 것이다.

원정군은 항구를 떠난 배와 같다.

"총퇴각!"

방침은 곧 결정되었다.

그렇지만 10만의 대군이 뚫고 나갈 후퇴의 길이 문제다. 예부터 전진은 쉽고 후퇴는 어렵다는 병가의 교훈도 있다. 자칫 하면 전군 섬멸이라는 위기에 처한다.

"호위 역할을 저에게 명령해 주십시오. 그리고 나리는 약간의 병력을 이끌고 구치기(朽木) 골짜기 샛길로 야음을 타서 사지를 벗어나도록 하고, 새벽녘에 가서는 나머지 우리측 병력도 수도를 향하여 후퇴하도록 하는 것이 좋을 것 같습니다."

일각을 지체하면 그만큼 더 위험이 짙어진다.

그날 밤——

노부나가는 모리, 삿사(佐佐), 마에다(前田) 등 부장들에게 겨우 300명의 병력을 이끌게 하여 길도 없는 산간 계곡을 지나 구마가와(熊川)로부터 구

북정 237

찌기 골짜기 방면으로 밤을 새워 달아났다.

몇 번이나 문도의 승병과 토적에게 습격을 받아 이틀 밤낮을 전혀 음식이라곤 먹지 못하고 잠도 자지 못했다.——그래서 4일째 저녁때에야, 겨우 교토에 돌아 왔지만, 거의 모두가 병을 앓는 사람들처럼 피로에 지쳐 있었다.

그러나 그건 그나마 나은 편이었다. 더욱 비참한 것은, 스스로 후위를 맡아 아군사회의 대군이 후퇴 길에 오른 뒤에도 얼마 되지 않는 부하들을 거느리고 가네가사키의 고루(孤壘)에 남은 도키치로였다.

평상시에 늘 그의 입신을 질투하여 그를 궤변가라거나 개천에서 용이 났다거나 하며 돌아앉아서 험구만을 늘어놓던 동료 장수들도 그때만은 여러모로 충심으로부터 이별의 정을 표시했다.

"부탁한다."

"임자야말로 오다가의 초석이다. 진정한 무사다."

그리고 총기·탄약·식량 등을 모두 그의 진영에 주고 갔다. 묘지에 꽃이나 제물을 바치듯 주고 간 것이다.

'이승에서는 다시 보기 힘들 것이다.'

떠나는 사람이나 남은 사람 모두 속으로 그렇게 생각했던 것이다. 이와 같이 노부나가가 구치기를 넘어간 다음날 아침으로부터 낮에 걸쳐 시바타 가쓰이에(柴田勝家), 사카이 우콘, 하치야 효고(蜂屋兵庫), 이케다 가쓰사부로 등등이 거느리는 9만의 아군 군사가 서서히 퇴로에 올랐다.

그것을 본 아사구라 군사가 추격해 가자, 도키치로는 그 측면을 치고 배후를 위협하여 시종일관 아군을 간신히 사지에서 벗어나게 했다. 그리고 그는 가네가사키의 성에 잠복하여 결사의 뜻을 나타냈다.

"나는 여기서 생을 마친다."

그는 굳게 성문을 닫고 남아 있는 식량을 포식하고 실컷 잠을 자며, 마치 세상을 하직한 사람같이 보였다.

공격해 온 것은 아사구라 가의 맹장 게야 시치자에몬(毛屋七左衛門)이지만, 결사적 군세에 부딪쳐 많은 병력의 희생을 내기보다 멀리 우회하여 완전한 포위망을 구축하는 작전을 폈다.

이틀째 되는 날 밤——

"야습이다!"

어디선가 소리가 들려왔다. 아사구라 편에서는 먼저 어둠 속에서 움직이는 적을 총군을 동원하여 침착하게 공격했다. 그러나 수적 열세인 기노시다 편은 민첩히 여럿으로 흩어져서 즉시 가네가사키의 성중으로 달아나 버리는 판국이었다.

"적은 이미 죽음을 눈앞에 두고 심히 당황하고 있다. 이 기회를 놓치지 말고 공격을 가하라. ······새벽까지는 함락시켜야 한다."

이런 명령이 떨어지자 아사구라군은 서서히 해자까지 숨어 들어와 뗏목을 만들어 물을 건넜다. 수천의 병졸들이 순식간에 석벽을 기어오른다.

이윽고, 시치자에몬이 명령한 대로 날이 샐 무렵에는 가네가사키를 함락시켰다.

──그런데 웬일일까?

성중에서는 기노시다의 군사를 한 사람도 볼 수 없었다. 깃발은 펄럭이고 있으며, 연기도 오르고 있다. 말도 울고 있다. 그렇지만 도키치로는 없었다.

어젯밤 야습은 단순히 야습이 목적이었던 것은 아니야. 성중으로 도로 쫓겨 가는 것처럼 하여, 도키치로를 선두로 한 후위부대는 죽음을 무릅쓰고 활로를 찾아, 이미 국경 지역의 산악 저쪽으로, 죽기 아니면 살기로 바람같이 달렸다. 오늘 아침을, 아침 해를 쳐다볼 겨를도 없이 걸음아 날 살리라는 듯 도망가고 있는 중이었다.

게야 시치자에몬과 그 병졸들이 멍하니 서서 그들을 곱게 보낼 리 없었음은 물론이다.

"수배를!"

"추격이다!"

여러 곳에 전령을 보내며 기노시다 군사를 추격했다.

도키치로 이하 전원은 미쿠니(三國) 산맥 깊숙이 퇴로를 잡고, 하룻밤 내내 먹지도 마시지도 못하고 후퇴를 계속했다.

"호랑이 입에서 아직 완전히 벗어난 것은 아니야. 긴장을 풀어서는 안돼. 졸지도 말고. 갈증을 이기고······단지 살아 보겠다는 욕망을 가지란 말이야!"

이렇게 경고하면서 걸음을 재촉했다. 예상한 대로 게야의 군사는 추격해 왔다. 적의 함성을 뒤에서 듣자, 도키치로는 처음으로 잠깐 동안의 휴식을 명령했다. 그리고는 병졸들에게 말했다.

"당황하지 말라. 염려할 것 없다! 바보 같은 적이다. 고지의 우리에게 골짜기에서 함성을 지르며 올라온다. 우리 편도 지쳤지만, 성내고 소리지르면서 달려온 그들은 더욱 지쳐 있다. ……적당한 위치까지 올라오면 바위와 돌을 굴려 내리자. 그리고 창을 일제히 내던지도록 한다!"

그의 사리에 맞는 이야기를 듣자, 피로에 지쳐 있기는 했지만 부하들도 자신을 얻었다.

"오너라!"

그러면서 그들은 기다리는 태세를 취했다.

게야 시찌자에몽의 추격전은 참담한 실패로 돌아갔다. 바위와 창에 찔려 무수한 희생자를 내고 말았다.

"후퇴, 후퇴!"

목쉰 고함 소리가 저 편 골짜기에서 들려 왔다.

도키치로도 역시 그것을 흉내 내듯 남쪽의 낮은 지역을 향하여 도망가기 시작했다.

"바로 이 때다. 후퇴하자. 후퇴해!"

남은 병력을 이끌고 게야 군사는 추격해왔다. 실로 대단한 집념이다. 그러나 추격해 오는 적의 세력은 이미 매우 약해져 있었다. 그런데 와카키(若狹)의 다카지마 고을에서 오미(江州)로 가는 도중, 산을 넘는데 산중에서 돌연 이 지방의 혼간사 문도 승병이 습격해 왔다.

"멈춰라!"

"가까이 오지 말라!"

그들은 길을 가로 막았다. 다른 길로 돌아 가려하자, 또 좌우의 못과 숲 속에서 활을 쏘고 돌을 던지며 이편의 허점을 노리고 귀찮게 굴기도 했다.

'올 것이 왔구나!'

도키치로는 생각했다.

하지만 살아 보겠다는 대욕망을 불러일으킬 때는 바로 이때다. 말을 듣지 않는 육체를 채찍질하며 소리쳤다.

"생사 운명을 하늘에 맡기고 서쪽 못으로 들어가라. 계류를 따라 도망가야 한다. 이 물은 비와(琵琶) 호로 흘러들어간다. 물의 속도만큼 빨리 달려야 한다. 생명을 건지기 위해서는 빨리 가는 자만이 최후의 승리자가 되는 거다!"

싸우라고는 하지 않았다. 아무리 도키치로라 하더라도, 이틀 주야를 불면·불휴·기아에 시달려 온 병졸들로 하여금 수도 헤아릴 수 없는 법사무자(法師武者)의 복병을 타도하라고 할 수는 없었다.

차라리 지금, 그의 가슴 속에는 이 기특한 부하들을 한 명도 남김없이 살려서 수도까지 데리고 가고 싶은 생각이 가슴을 메웠다.

진실로 큰 욕망은 진실로 위대한 용맹심을 낳는다. 살고 싶다는 것 이상으로 더 큰 용기는 없었다. 도키치로의 명령 아래 굶주리고 지친 병졸들도 볼 만한 기세로 한쪽편 못으로 뛰어 내렸다.

"와아!"

아무런 질서도 없다. 전법도 자살도 아닌 난폭함이 거기에 있었다. 전나무 숲 속의 바위 밑에는 들모기들처럼 승병이 숨어 있는 것이다. 그것을 아는지 모르는지 일부러 적진 속으로 달려가는 듯한 형상이었다.

그러나 그것이 오히려 적의 허점을 만들어 용의주도한 적의 복병진을 지리멸렬, 난장판을 만들어 버린 것이다. 달려갈 때는 왁자지껄 소란을 피웠지만 남하하는 방향은 신통히도 일치되어 있었다.

"비와 호가 보인다!"

"이제는 살았다!"

환호성을 울리면서, 다음 날은 교토에 들어갔다. 그러나 노부나가의 관저에 가까워졌을 무렵에는 창을 지팡이 삼아서나마 걸을 수 있는 병졸은 한 사람도 없었다.

그저께부터 노부나가 이하 계속 찾아 들어오는 장수와 병졸들을 맞이하기에 바빴던 문지기와 당번 무사들은, 눈물을 흘리면서 그들을 어깨로 부축하고, 물과 약을 주며 모두를 위로하기에 바빴다.

"고맙소. 이렇게 절을 합니다. ……잘들 살아오셨군요. 신을 대하는 것 같습니다. 당신네들의 모습이 신으로 보입니다."

재기의 꿈

구사일생으로 후위의 임무를 마치고 귀경한 장졸들이 교토에 돌아온 첫날 밤의 희망은, 자고 싶다는 생각뿐이었다.

주군에게 보고를 마치고 물러나오면서도 도키치로는 '자야 한다, 자야 한다' 졸면서 걷고 있었다.

그것이 4월 30일 밤이었다. 이튿날 아침 잠깐 눈을 떴으나 다시 잠들어

버렸다. 낮이 돼서야 흔들어 깨우는 바람에 일어나서 죽을 먹었지만, 그 맛이 달다는 감각 외에는 아직도 꿈속인 것처럼 모든 것이 희미했다.
"또 주무시겠습니까?"
옆에 있던 사람도 질리는 표정이었다. 그러나 이틀 밤째는 밤중에 잠이 깨자, 크게 하품을 한번 하고 몸을 일으켜 일어났다.
"어이, 오늘이 며칠인가?"
그런 말을 묻기도 했다.
옆방에 있던 무사가 대답했다.
"2일입니다."
"응? 그렇다면 내일은 3일인가?"
그리고 놀란 표정을 지었다.
"2일이라. 그렇다면 주군께서도 이젠 피로가 가셨겠군. ……아니, 마음의 피로는 어떠신지……?"
혼잣말처럼 중얼거리며 일어섰다. 일으킨 몸을 움직여 밖으로 나왔다.
궁전을 수축하고 장군 사회의 새로운 저택도 노부나가가 건축했지만, 아직도 노부나가 자신은 장안에 관저를 갖고 있지 않았다. 상경할 때마다 사원에서 머물렀으므로 막하의 제장은 경내의 말원(末院)을 숙사로 삼고 있었다.
도키치로는 그 중 한 방에서 나와 오랜만에 세상의 아름다운 별을 우러러 보았다. 벌써 5월인 것 같다.
"살아 있구나, 이 몸이."
문득 살아 있다는 것을 의식하자 도키치로는 무엇인가 매우 즐거워지는 것이었다.
밤이지만, 노부나가에게 배알을 요청했다. 기다리고 있었다는 듯 곧 허락이 내렸다.
"도키치로, 무엇이 그렇게 즐거운가? 그대는 매우 유쾌한 얼굴로 빙글빙글 웃고 있는데……."
"이것이 즐겁지 않다고 어떻게 말씀드릴 수 있겠습니까?"
그는 대답했다.
"평상시에는 이 목숨쯤은 있으나마나, 그렇게 생명에 대한 감사를 느끼지 않았지만, 사지에서 이 목숨을 건진 뒤로는 무엇보다도 이것이 사랑스럽고 즐겁고 대견해서 생명 이외에는 아무 것도 필요 없다는 생각이 듭니다. 그래서 저 밝은 촛불을 볼 수 있는 것도, 나리의 얼굴을 뵈올 수 있는 것도, 모두가 살아 있기 때문이라는 것을 생각하니 과분하고 그저 감사한 생각뿐입니다."

"음, 그럴 듯하군."

"나리의 심정은 어떠신지요?"

"분할 뿐이야."

"아직도 원정의 참패를 괴로워하고 계십니까?"

"처음으로 패전의 수치와 쓰라림을 맛보았다는 생각에 조금 망연한 것 같은 표정이십니다. 저처럼 생각을 돌려 보십시오. 세상 어디에 패배의 쓰라린 맛을 보지 않고 대사를 이뤄 놓은 자가 있겠습니까? 일개 백성의 살림살이에도 그처럼 달콤한 생애를 보낼 수만은 없는 것입니다."

"그런가? 그대의 눈에도 노부나가의 얼굴이 그렇게 보이는가? 말을 타고 또 한번 채찍을 갈기지 않으면 안 되겠네. ……도키치로, 옷을 갈아입고 오라."

"네? 옷을 갈아입고 어떻게 하시렵니까?"

"기후로 돌아가는 거다."

자기의 생각이 노부나가를 능가하고 있다고 은근히 뽐내고 있었는데, 노부나가의 사려는 또한 자기의 사려를 앞지르고 있지 않은가——

급거 기후의 본성으로 돌아갈 필요가 있는 것이다. 여러 가지 의미에서 그것은 화급을 다투는 것이다.

'……하지만 어떻게 돌아갈까?'

그 방법을 궁리하고 있었지만, 노부나가는 공상가인가 하면 강력한 의지의 실천가이기도 하였다.

그날 밤으로 도키치로 이하 300명에도 달하지 못하는 작은 병력을 거느리고 교토에서 탈출해 버렸다.

질풍처럼 달려갔다. 그런 신속한 행동은 꼭 누가 먼저 시작했다기보다 은연중 그렇게 되어 나갔다.

일행이 오쓰(大津)를 넘어갈 무렵이었다. 아직 짧은 밤도 새기 전에 오사카(逢坂)산의 숲 속에 총을 겨누고 노부나가를 기다리고 있는 괴승이 있었다.

갑자기 말이 미친 듯이 날뛰었다.

새벽의 여명을 뚫고 총소리가 어디선가 울려왔다.

"······앗?"

따라오던 가신들은 곧 노부나가의 신변을 염려했다. 동시에 사방을 두리번거리며 소란이 일어났다.

"수상한 놈을 잡아라!"

노부나가는 총소리도 못 들었는지 벌써 반정 정도 앞장서 가고 있었다.

도리어 그쪽에서 가신들을 돌아보며 부르고 있었다.

"내버려 둬, 내버려 둬!"

주군이 탄 말만이 훨씬 앞으로 가버렸기 때문에 왈가왈부하지 않고 총 쏜 자를 버려두고 모두들 말에 채찍을 가하여 급히 달려갔다.

이께다 가쓰사부로, 하치야 효고, 기노시다 도키치로 등이 뒤따라가서 물었다.

"나리, 나리. 다친 데는 없으십니까?"

노부나가는 약간 말고삐를 늦추고 한쪽 팔의 소매를 높이 치켜들어 보이며 대답했다.

"인명은 재천이야."

작은 탄환이 소맷자락을 관통해 버린 것이다.

나중에 가서 안 일이지만, 그때 큰 나뭇가지 위에서 노부나가를 겨냥한 하수인은 이세 아사구마(朝熊)산 엔쓰사(円通寺)의 법사로서 백발백중의 명사수였다고 한다.

──인명은 재천이다!

그러나 노부나가는 그 말을 소극적으로 받아들이지만은 않았다. 명을 하늘에 맡기고 안일한 태도를 취할 수 있을 것인가.

노부나가는 알고 있었다. 자기가 천하의 군웅들로부터 얼마나 질시와 선망의 대상이 되고 있는가를.

오와리(尾張) 두 고을의 소성(小城)으로부터 비노(尾濃)의 두 고을에 세력을 뻗칠 정도로는 세상 사람들은 다소 입방아를 찧을 뿐이었다. 그러나 중원에 진출하여 명령을 교토에서 발하게 되자, 놀란 천하의 군웅들은 마음이 평온할 수가 없었다.

그와는 아무런 숙원의 관계도 없는 규슈의 오도모(大友), 시마쓰(島津),

주고쿠(中國)의 모리(毛利), 시고쿠(四國)의 조소가베(長曾我部). ——멀리는 북변의 우에스기(上杉), 다테(伊達) 등에 이르기까지 모두 반감을 갖거나 질시나 냉소를 하거나, 어쨌든 호감을 갖고 있지는 않았다. 아니 그들의 동요는 오히려 당연한 것이지만 위험한 것은 오히려 가까운 친척들이었다. 가이(甲斐)의 다케다 신겐(武田信玄) 등은 인척의 의리쯤은 헌신짝처럼 버리고 줄곧 책동의 기미가 보였다. 호쿠조(北條)가도 방심할 수 없는 존재였다.

평상시의 인척 외교 따위가 얼마나 약한 인연인지는 오미(江州), 오타니(小谷) 아사이 나가마사가 이미 입증하고 있다. 먼젓번 원정 때에 갑자기 깃발을 울리고 아사구라 요시가케와 결탁하여 노부나가의 퇴로를 위협한 최대의 적은 북부 오미의 아사이였다. 그 아사이 나가마사에게는 노부나가의 누이동생이 시집가 있는 것이다. ——그렇지만 여자의 머리카락은 남자의 웅도를 붙잡아 맬 수 없는 모양이었다.

미요시, 마쓰나가의 잔당은 여전히 기회만 노리고 있는 귀찮은 복적이었으며, 혼간사 문도는 그 종교상의 조직과 선전(宣傳)력을 이용하여 각지에서 반 노부나가의 봉화를 준비하고 있었다.

적, 적, 적——

천하가 모두 노부나가의 적인 것처럼 느껴졌다. 노부나가가 갑자기 기후로 돌아간 것은 현명한 처사였다.

——운명은 하늘에 달려 있다.

이 말을 잘못 인식하고 만약 그가 반 달만 더 교토에서 안일한 날을 보내고 있었더라면, 이미 돌아갈 고향이나 집마저 없어졌을는지도 모른다.

그러나 그는 무사히 기후 성으로 돌아왔다. 그로부터 약 1개월 남짓, 지난 6월 중순경이었다.

"숙직, 숙직하는 사람 있어?"

아직 짧은 여름밤이 새기도 전에 그의 침실에서 부르는 소리가 들렸다. 이나바산에서 나가라(長良)강으로 날아가는 두견새의 피나는 울음소리가 밤하늘에 울려 퍼지는 사경 무렵이었다.

밤중인데도 갑자기 침상에 일어나 앉아 뜻밖의 명령을 내리는 일이 가끔 있었다.

노부나가의 숙직 당번들은 거기에 익숙해 있었지만, 가끔 방심한 상태에

물을 끼얹은 듯 당황한 태도로 주군을 대하는 경우도 가끔 있었다.

"네. ……부르셨습니까?"

이번에는 빨랐다.

"군사회의를 열겠다. 지금 곧 말이다. 즉각 집합하도록. 노부모리(信盛)에게 맡아하도록 전해라."

노부나가는 이미 침실을 나왔다. 서둘러서 시동과 호위 무사들이 뒤따르는 소리가 들렸다.

밤중인지 새벽인지, 잠이 덜 깬 호위 무사의 머릿속에는 분간이 가지 않았다. 다만 어둡다는 것은 확실하며, 바깥 하늘에는 별이 빛나고 있었다.

"곧 촛불을 켤 테니, 잠깐만 기다리십시오."

호위 무사는 당황해서 말했다. 그러나 노부나가는 이미 알몸뚱이로 욕실에 들어가 있었다. 그러고는 몸에 물을 뒤집어쓰고 때를 밀었다.

이 광경을 보자, 일을 맡아 보던 사람은 더욱 당황했다. 성내에는 사쿠마 노부모리, 사카이 우콘, 기노시다 도키치로 등이 있었지만, 기타 여러 장수들은 성을 지키러 나가 있었다. 거기에 심부름꾼을 보냈다. 한편으로는 객실을 치우고 촛불을 여러 군데 켜 놓았다. ──그보다는 지시해야 할 입장에 있는 자신이 아직 세수를 하지도 않고 있는 데 신경을 쓰기도 했다.

제장들은 다 모였다.

노부나가의 상쾌한 듯한 얼굴에 촛불이 비치자 그는 일동을 둘러보면서 입을 열었다. 새벽이 되면 자기는 출전할 결심을 하고 있다. 목표는 오타니(小谷)의 아사이 나가마사를 토벌하는 데 있다. 이 자리는 군사회의 자리이긴 하지만 그 근본 목적에 대한 다른 의견이나 간언을 허락하지 않는다. 다만 이 작전상의 범위 내에서 어떤 전략이 있다면 그것은 들어 줄 결심이다.

이렇게 노부나가 자신의 결심을 천명하자 제장들은 모두 가슴을 심히 얻어맞은 듯한 기분으로 일시에 조용해졌다.

오타니의 아사이 나가마사에게는 노부나가의 누이동생 오이치가 시집가 있다. 뿐만 아니라, 노부나가는 매제인 나가마사로 하여금 이웃나라를 제압케 하려고 정책적 배려 이상으로 그에게 관심을 갖고 있었다. 평상시 나가마사를 무척 아끼는 노부나가의 진정을 제장들은 모두 알고 있었다.

또 노부나가는 교토에도 자주 나가마사를 초청하여 구경도 시켜 주고, 또한 '이 사람은 오타니에 있는 나의 매제요' 하고 장군 사회의 측근을 비롯하여 만나는 사람마다 소개를 하는 등 나가마사를 자기와 비슷한 위치에까지 끌어 올려놓았던 것이다.

노부나가의 호위 무사가 노부나가에게만 시중을 들고 있으면
"매제에게도 시중을 들고 와."
이렇게 말할 정도였다.

아사구라 공격의 원정 때도 노부나가는 그 매제가 있는 오타니 성에는 아무 통지도 하지 않았다. 그 이유는 예부터 아사이와 아사구라 양가는 오다와 결속하기 이전부터 서로 침략하지 않는다는 친밀한 관계가 있으므로, 매제의 입장을 생각해서 차라리 호의적으로 중립국이라는 그 위치를 유지해 나갈 수 있도록 하기 위해서였다.

그런데——

적국 깊숙이 들어간 노부나가의 정벌 군대가 곤경에 빠지자, 그 매제는 무기를 들고 노부나가의 배후를 위협하며, 오다 군으로 하여금 부득이 패퇴하도록 만들었다.

먼저 교토에서 돌아 온 노부나가는 이 매제에 대한 처리를 생각하고 있음에 틀림없다.

그런데 마침 어젯밤 늦게 노부나가에게로 밀보가 날아왔던 것이다. 나마즈에(鯰江)의 록가쿠 쇼테이(六角承禎)가 간논사 성의 잔당과 문도승을 이용하여 농민 폭동의 불길을 여러 곳에 올려놓고, 그 혼란을 틈타서 오타니의 아사이 병력에 호응하여 일거에 노부나가를 굴복시키겠다는 노골적인 활동을 하고 있다는 통보였다.

군사회의를 마치자 노부나가는 제장들을 데리고 성의 중심이 되는 건물의 뜰로 갔다. 그리고 그 실증을 보여 주었다.

멀리 어둠 속에서 폭동의 봉화가 높이 올라 하늘을 물들이고 있었다. 그것이 단순한 농민의 폭동이 아니라는 것을 노부나가는 여러 장수들에게 설명했다.

"자, 가자!"
노부나가는 재촉했다.
먼동이 트고 있었다.
그것이 19일의 일이었다.
다음 날에는——

노부나가 이하 기후를 출발한 병마는 오미(近江)에 들어가 있었다. 가는 곳마다 문도의 폭동을 진압, 사사키 록가쿠와 아사이 나가마사의 연합군을 차츰 타도해 나갔다. 그래서 21일에는 이미 아사이의 본성 오타니에 육박해 있었다. 오타니의 지성, 요코야마(橫山) 성을 포위하고 있었다.

질풍 전격.

──노부나가 군사다.

적이 발견했을 때는 이미 싸움에 패해 흩어져 도망가고 있었다. 대비할 틈이 없이 붕괴되고, 다음 진을 펼 시간도 없었다.

굵은 빗줄기가 구름을 몰고 들판을 쓸어가는 형상이었다.

그러나 그 석권해 나가는 것도 드디어 한계점에 달했다. 요코야마 성에 이르자 이곳은 에치젠과 북부 오미의 요로(要路)로서, 적에게는 중요한 지점이었다. 당연히 적으로서는 완강한 저항을 할 만한 곳이었다.

오노기 도사노가미(大野木土佐守)는 아사구라 가에서도 이름 있는 효장이다. 이 오노기 군사에 노무라 히고(野村肥後)의 정예 부대가 지원하면서, 그 견고한 보루를 과시했다.

"함락이라니? 어림도 없다!"

때는 6월의 폭염.

엎치락뒤치락 일진일퇴를 거듭해 온 공격군은 눈코 뜰 수 없을 정도로 엉망이었다.

그러자 22일경.

"에치젠의 아사구라 군사가 오타니를 구원하기 위해 대거 산을 넘어 진군해 온다."

이런 보고가 들어왔다.

다음의 상세한 보고에 의하면

──에치젠의 원군은 총병력 1만여 기, 아사구라 마고사부로 가게타케(朝倉孫三孫景健)를 주장으로 하여 우오즈미 자에몬, 고바야시 하슈켄(小林端周幹), 구로사카 비추노가미(黑板備中守), 등 쟁쟁한 장수들을 휘하에 거느리고, 그 병졸들은 소리를 맞춰 노래불렀다.

　　이번에 오요세(大寄) 넘어가면
　　고향으로 돌아갈 땐

무슨 선물을?
　오미(近江) 옷감을
　주군에게 보여 드리지
　아니야
　우리들이 갖고 갈 것은
　창끝에 꿴 오다의 목
　찻숟가락 같은 오다 노부나가의 목을

　이러한 가사를 누가 진중에서 지어 냈는지는 모르지만, 여기에다 속가의 곡을 붙여서 노래 부르면서 기고만장, 오요세산을 넘어 노무라, 미다무라 (三田村) 방면을 향해 오고 있는 것이었다.
　요코야마(橫山)성은 결코 쉽게 함락될 것 같지 않다.──퇴로를 차단당한다면 또다시 에치젠의 기노메(木目)고개의 사지에 들어갔던 전철을 밟게 된다.
　"다쓰가바나(龍鼻)까지 후퇴!"
　노부나가는 급히 후퇴하여 이곳에서 다시 대책을 세웠다.
　바로 그날이었다.
　노부나가가 속으로 바라고 있었던 도쿠가와 이에야스가 거느리는 5,000의 원병이 도착한 것은──
　노부나가는 매우 기쁜 모양이었다. 그는 그때 진두에서 연한 검은 빛깔의 진중에서 입는 하오리(羽織)를 걸치고, 칠을 한 큰 삿갓 같은 것을 쓰고, 왼손에는 부채를 쥐고, 오른손에는 지팡이를 든 채 무엇인가 지휘하고 있었다.
　"어잇!"
　노부나가는 이에야스에게 멀리서 그 부채를 흔들어 보이며 그를 맞이했다.
　이 든든한 우방을 맞이하자, 노부나가는 친히 안내를 하며 목전에 있는 전장의 지형과 적의 포진 상태, 에치젠의 원군사회의 정세 등을 설명하고 나서 질문했다.
　"이에 대처할 의견은 어떠신지……."
　이에야스는 한 마디로 대답했다.
　"아네(姉)강을 끼고 야전을 하여 승패를 마무리 지을 수밖에 없소."

노부나가의 생각도 마찬가지였다. 이에야스는 자신이 선봉을 맡겠다고 자진해서 희망했다. 노부나가는 감사의 뜻을 표했다.

"그러기 위해서는 그대의 병력만으로는 부족하오. 나의 직속 병력을 내어 줄 테니 참가시키도록 합시다."

노부나가가 말했다.

"아닙니다. 큰 병력은 필요 없습니다. ……그렇다면 말씀하신 대로 이나바 잇테쓰(稻葉一鐵)의 일대를 빌리겠습니다."

이에야스는 대답했다.

이에야스에게 선발된 이나바 잇테쓰는 무문의 명예인 부하 병졸 1,000명을 데리고 미가와 군사와 합세했다.

노부나가는 또한 이에야스에게, '다메토모(爲朝)'라고 새겨져 있는 창을 그에게 주었다.

"이것은 겐지와 인연이 있는 창이오. 겐지의 후예인 당신에게 드리겠소."

오다 군에게는 도쿠가와의 원군이 와서 가세했다.

아사이 측에서도 역시 아사구라 군사가 가세하여 거기까지 와 있다.

도키치로는 요코야마 공격에는 늦었지만 그 후 참진했다.

그는 아사이측의 가리야스(苅安) 성, 다케쿠라베(長比) 성, 후와(不破) 고을, 마쓰오(松尾) 산의 조테이켄(長亭軒)성 등 아군으로서는 가장 두려워하고 있는 후방의 여러 성을 함락시키고, 전선과 기후의 통로와 안전을 확보하기 위해서 늦어진 것이었다.

액운을 만난 적들은 대부분 고슈와 미노의 사카이에 갇혀 있었다.

가리야스 성은 사카다 고을 조헤이(上平寺), 다케쿠라베의 성, 이 고을의 다케히사 데라무라, 조테이켄의 성은 후와 고을 마쓰오야 산에 있다.

노부나가의 목적지는 뒤떨어진 후방이며 산악이 중첩한 옆길이었다.

그러한 성들을 모두 빠짐없이 상대하다가는 정작 목적지인 오타니 성에 이르려면 앞으로 반년도 더 걸릴 것이다.

그러므로 오노기(大野木) 산의 관문과 그곳 성채에는 도키치로의 병력을 남겨 두고, 노부나가는 본군을 이끌고 무턱대고 적의 본거지에 육박해 온 것이었다.

"본군이 오타니를 함락할 때까지는, 적은 병력이지만, 그가 후방을 굳게 지켜 줄 것이다."

노부나가는 그렇게 말하고 안심하고 있었다.

그런데, 그 도키치로의 기노시다 군사는 노부나가가 다쓰가바나로 퇴진하자 곧 나가하마(長浜)를 출발해서 여기에 참가하여 노부나가의 진영을 방문했다.

"원하옵건대 다음 결전에는 기노시다 군사에게 선봉의 제1진을 맡게 해주십시오."

요청해 왔으므로 노부나가는 놀라기보다는 후방의 적을 어떻게 처치하고 왔는지가 의심스러웠다.

도키치로는 거기에 관해서 대답했다.

"가리야스, 다케쿠라베, 조테이켄 등……일괄해서 신속히 함락시켰으며, 적장 히구치사부로베(樋口三郞兵衞) 이하 한 사람도 남김없이 우리 편에 항복시켰으며, 본인이 병졸들을 따라 함께 행동했으므로 이제 뒷걱정은 하지 않아도 좋을 것 같습니다."

"사소한 일들은 진중의 여가를 이용하여 위로 삼아 언젠가 이야기해 올리겠습니다."

이 정도로 해 두고 더 이상 말하지 않았다.

도쿠가와 이에야스를 비롯하여 제장 노신들이 한데 모여 있었으므로, 그것을 이야기한다면 자연히 자기의 공로를 이야기하는 것이 되므로 일부러 회피한 것으로 보고 노부나가도 깊이 캐묻지는 않았다.

다만 그에게 이제부터 있을 대결전에 제1진을 요청한 데 대해서 노부나가는 말했다.

"이미 그 제1진은 도쿠가와가 맡고 있어. 그대는 제4진을 맡아 주게."

도키치로는 이에야스의 행운을 부러워했지만, 곧 물러나와서 자기의 부하들을 모두 제4진에 대비하도록 정렬시켰다.

진영 앞에는 맑은 강물이 흐르고 있다. 아네강의 지류다.

하룻밤 영내에서 단잠을 잔 도키치로는, 아직 병졸들도 자고 있는데 혼자 일어나서 강가에 나와 세수를 하고 있다.

"나리 일찍 일어나셨습니다."

뒤에서 누가 말했다.

"오오……다케나카 한베인가? 어젯밤엔 잘 잤나?"

"네, 잘 잤습니다."

"건강 상태는 어떤가?"

"감사합니다. 전쟁은 병자에게 잘 듣는 명약이라고 생각합니다."

"무슨 뜻이지?"

"저는 평상시에는 자주 앓아 환절기나 아침저녁의 찬 공기만 마셔도 기침을 하고 자주 열이 나는 약한 체질이었는데, 이 폭염 아래 거친 식사를 하고도 동료들과 군마와 함께 행군을 하며 밤이슬을 맞으며 잠을 자도 오히려 보시는 바와 같이 더욱 건강합니다. 한베를 병자 취급하는 것은 전장에서는 이후라도 필요 없으리라 봅니다."

"그렇지, 으음, 과연 그렇구말구."

도키치로는 한 떨기의 초롱꽃을 따서 만지며 장난을 했다. 꽃을 바라보며 누구를 그리워하는 것일까? 어머니일까? 네네(寧子)? 그의 다정다감한 성격은 군사 다케나카 한베가 누구보다도 잘 알고 있었다.

거문고 줄

한베에게 들킨 것이 좀 멋쩍었는지 도키치로는 가지고 놀던 초롱꽃을 손끝으로 튕겨 버렸다.

"대전이 임박했다."

"네, 임박했습니다."

잠시 동안 시야를 적 쪽으로 돌려 우두커니 머물러 서 있었으나 또한 무엇을 생각했음인지 중얼거렸다.

"오유는 이제 기후에 도착했을까?"

"다케하마에서 기후에 가려면 아직도 멀었습니다."

"도중에 무사했으면 좋겠군. ……여자의 여행, 더욱이 전란 중이라 마음이 놓이지 않는군."

한베는 아무런 대답도 하지 않았다.

오유는 자기의 누이 동생이라기보다, 대전을 앞에 두고 나리의 번뇌를 자아내게 했던 괴로운 기억을 남겨 준 여자인 것 같았다.

그 오유를 다케하마에서 돌려보낸 것이다. 모르는 사람이 이 이야기를 듣는다면 진중에 여자를 끌고 다닌다고 비방했을 것이다.

——그런데 그런 사정은 아니었다.

그렇지 않다면 한베가 그냥 둘 리가 없다.

허락을 하고서도 한베가 괴롭게 생각하고 있는 것은 주군이 그녀의 귀로를 염려하고 있기 때문이다.

아직 그 보고는 도키치로부터 노부나가의 귀에 들어가지 않았지만 진중에 사모하는 이를 불러들인 이유를 설명하기 위해서도 자세히 설명하지 않으면 안 될 것이다.

그러므로 이야기는 좀 되돌아가는 것 같지만, 그는 아름다운 애인 오유를 진중으로 불렀다. 그답지 않게, 또한 그다운 행동이라고나 할까?

어쨌든——

이와 같은 사정을 여기서 밝혀 두지 않을 수 없다.

후와(不破)의 관문은 이렇다 할 관문이 없는데도 지형 그 자체가 이미 천연적인 관문을 이루고 있다.

따라서 이곳을 점령하면 호남 일대로부터 미노의 평화를 장악하게 되며 교토나, 북국로나 도카이도(東海道)로 통하는 교통을 장악하는 것이 되므로 쳐부숴도 쓸어 버려도 적들은 이 지방에만 몰려들었다.

가리야스 성(城).

다케구라베 성.

가마하(鎌刀) 성.

마쓰오(松尾) 산성.

모두가 적의 아성이었다. 하나하나 고립돼 있는 것이 아니라 이빨처럼 연환(連環)을 이루고 있는 것이다.

이부키(伊吹) 산록에 도키치로의 휘하 부대는 진을 치고 있었다. 일개 장교에 불과한 그에게 대병을 맡기지도 않았다. 얼마 되지 않는 병력이었다.

그 병력으로 이 지방 일원의 적을 토벌하여 오타니에 진격해 있는 아군의 병사에게 배후의 걱정거리가 없도록 해야만 한다.

그것만으로도 중임이었지만 도키치로는 그것으로 만족할 수가 없었다.

"한베, 한번 더 가봐 주지 않겠나?"

"안됩니다. 그도 무사입니다. 가령 본인이 백 번을 가더라도 절개를 굽힐 무사가 아닙니다."

"그대는 적에게 너무 빠져 있군."

"아닙니다. 오랜 친구이기 때문에 그의 마음을 잘 알고 있습니다."
"마음이 통하는 친구라면 마음을 다하여 설복하면 안 들을 리도 없지."
"그렇지만 여러 번 방문했지만, 성문을 굳게 닫고 만나 주지를 않습니다."
"절망인가?"
"아마 그 사람만은……."
"잠깐, 도대체 절망이란 내가 오늘날까지 살아오는 동안 한 번도 있어 본 적이 없었다."

도키치로와 그의 군사 다케나카 한베가 밀실에서 이러한 밀담을 교환하고 나서 며칠 뒤——

한베의 동생 다케나카 규사쿠(竹中久作)가 여장을 한 미인을 말 잔등에서 내려 진중으로 데리고 왔다.

마침 그날 다루이(垂井) 부근에서 검은 얼굴에 땀을 씻으면서 주먹밥을 먹고 있는데, 때아닌 꽃향기를 풍기면서 아름다운 여자가 지나갔으므로 그들은 눈을 크게 뜨고 뒤를 바라보았다.——만일 그녀가 한베의 누이동생이며 주군 사회의 애인이 아니었더라면, '와아' 하고 몰려들어 놀리거나 억지로 그녀의 소맷자락을 잡았을지도 모른다.

다케나카 규사쿠는 형인 한베 시게하루(重治)가 기노시다가를 따르기로 한 후 부름을 받아 형과 함께 도키치로를 섬기고 있는 것이다.

한베보다도 4살이나 아래인 쾌활한 청년으로 형은 병약하지만 그는 무척 건강했다.

이번 싸움에서도,

'유감이군. 왜 기노시다 군은 뒷바라지만 하고 있는 것일까? 노부나가를 따라 선봉을 맡고 있다면 아사이 가 제일의 호걸이라 불리는 적의 도토키 자에몬(遠藤喜左衞門)의 목은 반드시 내가 베고 말 텐데…….'

그러면서 비육지탄(髀肉之嘆 : 재능을 발휘할 때를 얻지 못하여 헛되이 세월만 보내는 것을 한탄함)하며 형이나 다른 사람에게 토로하듯이, 무용에 있어서는 누구보다도 뒤지지 않을 자신이 있었다. 그 규사쿠가 며칠 전에 부름을 받았다.

"네가 가서 급히 기후로부터 오유를 데리고 오너라."

주군의 명령을 받았다고 하였다.

'무엇 때문에 여자 따위를 진중에까지!'

그는 불만스러운 표정으로 내키지 않았지만 억지로 스스로를 달래어 심부름을 갔던 것이다.
——오유는 자기의 누이동생이지만, 어느 샌가 주군의 총애를 받게 된 것을 오히려 달갑지 않게 생각했으며, 전우들 사이에서도 그 때문에 소외당하는 것 같았다.
——이제 막.
그 오유를 데리고 겨우 염천 아래의 여행에서 돌아온 규사쿠는 영내에 이르자 형님은? 하고 그의 거처를 병졸들에게 물어, 형 한베가 휴식하고 있는 막사 바깥에서 고함을 지르며 누이동생 오유를 그 자리에 남겨둔 채 그곳을 물러나왔다.
"형님, 형님, 오유를 데리고 방금 규사쿠가 기후에서 돌아왔습니다. 주군께는 형님이 말씀드려 주십시오."
한베는 막사에서 뛰어나오며 과연 네가 왔구나 하는 정다운 눈길을 보냈다. 오유도 병약한 오빠의 무사한 모습을 보자 다가섰다.
"……오빠! 무슨 일로 부르셨는지요? 규사쿠 오빠에게 물어도 가르쳐 주지 않고 고개만 내저을 뿐, 아무 것도 모르고 따라 왔습니다만……."
"놀란 것도 무리가 아니지. 어쩌면 너에게 중대한 역할이 맡겨질 모양이야. ……하지만 오빠도 함께 하는 것이니까 염려할 건 없어."
그는 동생을 위로하면서 돌아보았다.
"어쨌든 인사를 드려야지. ……나리의 거처는 바로 뒷 막사니까."
도키치로의 말이 나오자 그녀는 갑자기 얼굴을 붉혔다. ——한베는 주군이라는 말을 하는데——누이동생이 그처럼 부끄러워하는 것을 보자, 장소 탓인지는 몰라도 어쩐지 음탕해 보인다는 생각이 들어서 별로 기분 좋게 말을 걸고 싶지 않았다.
"오유, 곧 말씀드리고 올 테니 여기서 기다리거라."
일부러 사람이 달라진 듯한 표정을 지으며 큰 소나무에 묶어 처놓은 도키치로의 진막 속으로 들어갔다가 곧 되돌아왔다.
"기다리고 계시다. ……저리로 들어가 봐라."
그는 손가락 끝으로 가리켰다.
오빠도 같이 들어가 주시리라고 생각했으나 졸병을 불러서 무엇인가 일러 주고는 함께 가주지 않았다.
그녀는 혼자서 뛰는 가슴을 억제하며 진막으로 가는 길을 걸어갔다.

그러자 오유가 왔기 때문에 몰려나온 사람들로서 하치스카 히코우에몬(峰須賀彦左衛門)과 후쿠시마 이치마쓰(福島市松), 호리오 모스케(堀尾茂助), 가토 도라노스케(加藤虎之助) 등 시종들까지 차례로 나와 사방으로 흩어져 갔다.

어쩐지 그 사람들에게 미안한 생각이 들어서 그녀는 막사 그늘에 서 있었다. 그러자 도키치로가 천막을 열어젖히며 말했다.

"오오, 오유 아닌가? 왜 잠자코 거기에 서 있는가? 들어와, 들어오라니까."

도키치로는 그녀의 손을 잡아 막사 안으로 데리고 들어갔다.

아무런 거리낌도 스스럼도 없었다. 도키치로는 그녀의 귤빛깔처럼 약간 붉게 그을린 얼굴을 바라보고 있었다.

"용케 잘 왔군. ……도중에서 적을 만나지는 않았는지? 내가 없는 동안엔 퍽 적적했겠지. 건강은 좋은가?"

그는 상냥하게 대했다.

용무가 있는 듯한 시동 하나가 그런 줄도 모르고 천막을 들추고 불쑥 들어왔다가, 그도 낯을 붉히고 당황해서 나가 버렸다.

"오유, 거기 앉아!"

"네."

"한베한테서 자세히 들었겠지?"

"아직 아무 것도 듣지 못했습니다. 곧장 이리로 들어 왔기 때문에……."

"규사쿠로부터는?"

"아직 아무 말도……."

"그러면 내가 말하지. 이 전쟁에 멀리 있는 너를 불러 온 것은 너로 하여금 적측에 심부름을 가게 하려는 것이다. ……이제, 후와 고을 마쓰오(松尾) 산의 조테이켄(長亭軒)의 성에 들어앉아 있는 사나이의 신하 히구치 사부로베와 당신네 형제와는 어릴 적부터 친한 사이라고 들었으므로……."

도키치로는 전쟁의 책략에는 익숙지 않은 오유가 알아듣기 쉽도록 잘 설명해 주었다.

이 지방에 적의 성은 요소요소마다 여러 군데 있지만, 중요한 아성은 조테이켄 한 성이라 보아도 좋다.

거문고 줄 257

그 어금니를 뽑아 버리면, 다른 이빨들은 한손으로 흔들리기 마련이다.

그런데 그것이 함락되지 않는다. 이 병력의 다섯 배를 가지고 20일 이상 큰 희생을 치르더라도 함락될지가 의문이다.

왜냐하면, 그 간성의 중요함을 알고 사이 나가마사도 재빨리 가마하 성에 있던 히구치 사부로베를 조테이켄의 성으로 옮겨 지키고 있기 때문이다.

사부로베는 드물게 보는, 지모를 겸비한 장수이다. 무용으로도 명성을 날리고 있었다. 그 인물은 전부터 정의가 깊은 한베 시게하루가 존경하고 있는 터이다.

그러므로 이를 위한 유일한 방책은 친구인 한베가 이를 잘 설명해서 피를 흘리지 않고 그를 항복시키는 도리밖에 없었다. 그러나 그도 빈틈없는 자, 공격자의 약점을 충분히 알고 있었다.

전부터 한베를 세객(說客)으로서 몇 번이나 사절로 보내 봤지만 그때마다 히구치 사부로베는 완강히 만나 주지 않았다.

아무리 평상시에는 친구라 하더라도 적과 아군으로 전쟁에 임한 이상 만날 필요는 추호도 없는 것이다.

그렇게 성문지기에게 말할 뿐 벌써 대여섯 차례나 갔다가 되돌아온 것이다.

그러므로 그대가 나서야 되겠어——

여자에게는 예외가 있다. 어떠한 맹자라도 부드럽게 대하고 싶어지는 것이다. 살벌한 전장일수록 그 효과는 큰 것이다.

"……한번 그대가 오빠 한베와 함께 가서 완강한 적의 성문을 두드려 보는 거다. 좋겠지? 진심으로 그를 방문하는 거야. ……그래서 히구치 사부로베가 만나려고 마음이 움직여 성문을 열고 한베를 맞아들인다면 이미 일은 절반가량 성공된 셈이다. ……뒷일은 한베에게 맡겨 두면 되는 것이다."

이렇게 설명을 마치고 도키치로는 미소를 지었다.

"어때? 쉬운 일이지?"

오유는 공손히 명령을 받아들였다.

"잘 알았습니다. 힘껏 해보겠습니다."

"전장의 밥은 아직 먹어본 일이 없겠지만 대접을 좀 해 볼까? ……이거 아직 시간은 좀 이르지만 오유에게 저녁밥을 대령하도록……."

막사 바깥을 향해 소리쳤다.

겨우 일각 정도밖에 그녀는 도키치로의 옆에 있지 않았다.

오빠가 있는 방의 걸상으로 돌아와서 매무새를 고친 다음에 오빠인 한베도 군복을 벗고 시원한 평복으로 갈아입기를 기다려 다시 진영을 떠났다.

한베와 단 둘이었다.

한베도 말에 올라타고, 그녀도 말에 올라탔다. 물같이 맑은 푸른 장옷을 덮어 썼다. 전장으로 나가는 여행자로서는 너무 우아한 차림새였다.

다루이(垂井)의 객사에 이르렀을 때 해가 졌다. 그곳에서부터 이부키 산의 경사진 언덕을 유유히 말을 몰아갔다.——때마침 둥근 여름밤의 달이 세키가 언덕 저편에서 떠올라 길은 대낮 같이 밝고 이부키 산의 내리 부는 바람은 가을바람처럼 시원했다.

이부키는 동쪽, 마쓰오 산은 서쪽. 후와의 가도를 끼고 세키가 마을로부터 산으로 둘러싸인 지대로 들어간다.

피융——

총 소리가 났다.

한베는 말을 멈추고 일부러 웃어 보였다.

"오유, 놀랐지?"

"아니오."

오유는 허세를 부리지도 않고, 그렇다고 놀란 표정도 아니었다.——곧 사람이 달려오는 소리가 났다.

"멈춰!"

말 위에 앉은 두 사람의 앞뒤에서 다섯 개의 창날이 달빛에 번쩍이고 있다.

한베는 말 위에 앉은 채 말했다.

"우리들 남매는 귀성의 대표 히구치 사부로베 나리를 만나러 가는 길이오. 수고스럽지만, 좀 안내해 주시오."

"성명은?"

"기노시다 도키치로의 신하 다케다 한베 시게하루와 누이동생 오유라고 하오."

그는 분명히 대답했다.

이곳을 바라보고 있던 1소대의 병졸들은 그 말을 듣자 서로 눈치를 살폈다. 또한 오유의 깨끗하고 아름다운 자태를 바라봤다.

젊은 여자를 데리고 있으며 평복을 입고 있으니 별일 없겠지 하는 생각에서인지, 일부의 병졸들이 앞장섰다.——벌써 조테이켄의 성은 가까워진 것이다.

오지야(祖父谷), 히라이(平井)산, 마쓰오(松尾) 세 산에 둘러싸여 있었다. 성채의 규모는 작지만 험난했다.

성문에 이르자 데려다 준 병졸들에게 인사를 했다.

"고맙소."

그리고 한베는 무엇보다도 먼저 성문을 두드려 보았다.

"……성내에 있는 분에게 말씀드리오. 우리들은 귀성의 대표, 히구치 나리와 오랫동안 친하게 지내던 사람이오. 몇 번이나 방문을 하려고 말씀드렸지만 결국 한번도 만나 보지 못하고 단념했다가 오늘밤 하도 달이 밝아 시름시름 온 것이 예까지 오고 말았소. ……죄송하지만 좀 말씀을 드려 줄 수 없겠소?"

큰 소리로 외치지 않으면 들리지 않으리라 싶어 두꺼운 철문에 대고 큰 소리로 외쳤다. 그런데도——아무리 큰 소리로 외쳐도 한참 동안이나 아무런 대답이 없었다. 한베는 또 같은 뜻의 말을 되풀이했다.

그러자, 성문 너머 무기 창고 위에 적의 얼굴이 나타나서 아래를 기웃거리며 말했다.

"필요 없어, 필요 없다니까. ……아무리 여러 번 오더라도 우리 성주님의 대답은 마찬가지야. 돌아가시오!"

"만나야 해!"

한베는 그쪽으로 향해 고개를 돌렸다.

"전에는 늘 기노시다가의 가신으로서 만나려 했지만, 오늘밤은 한 사람의 한베 시게하루로서 누이동생 오유와 더불어 달을 쳐다보며 즐겁게 예까지 찾아 온 것입니다. ……우리들이 알고 있는 히구치 사부로베 나리는 무용이 높으실 뿐만 아니라 풍류를 알며 정취를 아는, 인정 많은 무사라고 알고 있는데, 그런데 일찍이 기노시다 병력에 포위되어 달을 바라볼 마음의 여유도, 벗과 이야기할 심정도 다 잃어 버렸는지? ……결코, 그렇지는 않을 것인데."

혼잣말로 탄식하듯 중얼거리고 있는데, 화살이 성벽에 뚫어놓은 구멍에서 또 다른 소리가 들려왔었다.

"닥쳐!"

"아아, 사부로베님."

위에 있는 사람을 쳐다보았다.

"여, 한베공. 아무리 찾아와도 만날 필요는 없어. 돌아가시오."

"아저씨, 아저씨, 오유를 몰라보십니까?"

"뭐라고! 오유……여자의 몸으로 뭣 때문에 전쟁터까지……."

"너무도 오빠의 심려함이 가련해서……그리고 아저씨도 언제 정복되어 돌아가실지 모른다는 소리를 듣고 작별 인사를 왔습니다."

이곳은 한베 남매의 출생지, 보다이(菩提)산의 성에서 아주 가깝다. 같은 후와 고을 안에 있다.

히구치 사부로베는 한베 남매를 어릴 적부터 알고 있었다. 이제 오유로부터 아저씨라고 불리자, 어린 시절의 그녀와 한베를 상기했다.

"성문을 열어 두 사람을 내가 거처하는 집의 서원으로 모셔라."

드디어 그도 고집을 굽혔다.

사부로베는 무장을 풀고 평복 차림으로 서원으로 나와 이들 남매를 맞이했다.

한자리에 앉게 되자 사부로베는 오유에게 말했다.

"어른이 다 됐군. 기노시다가의 살림을 돌보고 있다는 말을 들었는데. 세월이 정말 빠르군. 내가 안고 뺨을 비비면 이 수염이 싫어서 얼굴을 찡그리곤 했었는데……."

그는 회상에 잠겨 말했다. 그러고는, 그는 곧 몇 가지 안주를 준비하고 말했다.

"한베가 여러 번 방문할 때마다 무정하게 성문을 닫아 둔 채 무례하게 대했는데, 모두가 전국 탓이며, 또한 서로가 무문에서 살고 있기 때문이니 양해하기 바라오."

그는 이것이 이 세상에서의 하직이 될지도 모르니 달빛을 안주삼아 한 잔 들자며 긴장을 풀었다.

확실히 사부로베는 죽음을 각오하고 있는 것 같았다. 그에게는 주군인 아사이가 도저히 노부나가를 물리치리라곤 생각되지 않았다. 여기서 반 달 내지 한 달은 버틸지라도 곧 최후의 날이 올 것으로만 생각하고 있는 것 같았다.

"아니, 우리들 무사처럼 덧없는 인생도 없어. 그렇지만, 그 덧없는 속에 확실히 살아 온 발자취를 남기지 않으면 무사라 하더라도 그것은 진정한 무사가 아니지. 인간으로서는 오히려 애석할 따름이지. 이름만은 서로 더럽히고 싶지 않구나!"

한베는 술잔을 들며 말했다. 그것은 진정 사부로베의 현재의 심경을 잘 알아맞힌 말이었다.

"그렇지. ······그렇구말구."

사부로베도 옛날과 다름없이 흉금을 모두 털어 놓고 술잔을 거듭했다.

"오유 거문고라도 타서 흥을 돋우려무나."

오유는 오빠의 권유에 대답했다.

"네."

그녀는 시동을 돌아보며 쓰쿠시금(築紫琴)을 가져오게 하여 달빛이 새어드는 방안에서 거문고를 뜯었다.

"······."

적과 우방.──두 사람의 친구는 귀 기울여가며 듣고 있었다.

등잔불은 어느새 바람에 꺼져 버렸으나 사부로베가 내려다보고 있는 얼굴에는 하얀 달빛 그림자가 더욱 희게 비치고 있었다.

요요하게 거문고 줄이 운다. 애절하게 그녀는 노래 부른다.

이 팔현의 소리는 여기에 있는 사람의 마음속뿐만 아니라 성내 700명의 대담하다고 뽐내고 있는 자들의 귀에도 맘속에도 스며들어간 듯, 조테이켄의 성 마쓰오 산의 솔바람은 순간 고요하게 맑아졌고, 다만 거문고 소리와 거문고를 뜯는 사람의 노랫소리만이 울려퍼졌다.

"······."

사부로베의 여윈 볼 위로 몇 줄기 눈물이 흘러내리는 것이 달빛에 보였다. 거문고 소리가 그치자 한베가 물었다.

"······사부로베공. 그대가 보호하고 있는 성주 니로마루(二郞丸)공은 금년에 몇 살이오?"

"12살이야. 쫓기고 있어. 아버지인 호리도 오토미노가미(堀遠江守)공은 몇 해 전에 돌아가시고 이제는 또 10세의 어린 나이로 이 성에 갇혀 있으니, 그 운명도······."

사부로베는 드디어 품에서 손수건을 꺼내 흐르는 눈물을 닦았다.
한베는 엄숙하게 자리를 고쳐 앉으며 약간 소리를 높였다.
"당신은 불충한 자요."
"뭐 나더러 불충하다고?"
"……그렇습니다. 아무리 무장의 아들이라 하더라도 아직 12살의 어린애가 세상일을 어떻게 안단 말이오. 충의도 절개도 그의 가슴 속에는 없을 것입니다. ……그런 것을 끝까지 이 성에 가둬 두고 죽음에 이르게 한다는 것은, 신하인……당신만의 의지로써 자기 자신의 공명과 절의만을 위해 아무 것도 모르는 어린 주군을 희생시켜도 좋다는 가혹한 아집인 것 같소. ……한베는 그러한 아집은 무사도라고는 보지 않습니다. 그것은 오히려 무사도를 짓밟는 것이라고 생각합니다. ……사부로베공, 그러고도 그대는 충성을 다하고 있다고 생각하십니까?"

격전의 아수라장

이론에는 지지 않으리라 생각한다.
이론에 대한 이론이라면 얼마든지 받아칠 수 있다.
그렇지만 이론과 함께 마음을 울려 주는 말에는 히구치 사부로베도 저항할 수 없었다. 한베 시게하루의 우정 어린 설득에 대해서 그는 재주를 부려 대답할 말이 없었다.
"나이 어린 제가 나리에게 이렇게 말씀드리는 것은 석가에게 설법을 하는 격이지만……."
한베는 사부로베가 고개를 떨어뜨린 채 듣고 있는 것을 보자 차라리 이렇게 겸손한 태도를 취해야만 할 것 같았다.
"……절의도 너무 지나치면 사의가 된다고 누군가의 저서에서 보았습니다. 예부터 주군을 위해 자식을 죽인 예는 허다했습니다만, 자기의 절의를 고집하기 위해서 주군을 죽이고, 왕가를 멸망시킨 예는 듣지 못했습니다. ……당신의 충의는 말하자면 지나친 것이라고 말할 수 있겠지요. 당신의 형안으로, 이 소성에 겨우 700명의 병력을 가지고 오다 군의 2만 5,000의 대군을 맞아 최후까지 수비할 수 있으리라고 생각하지는 않을 것입니다. 또한 지금의 혼돈한 시대의 귀추가 몇몇 사람에 의해 처리되고 통일되고, 그리하여 태평성세가 다시 이룩된다는……그와 같은 시대 조류의 방향을 예견하지 못한다고 말씀하실 수는 없을 것입니다. ……그렇다고 한다면 이런 경우 주가(主家)를 보존하고, 어린 왕의 일생을 의탁하며 700의 생명을 구원하려면 어떻게 처리하면 좋을 것인지 당신의 마음 하나로 방침은 곧 결정되리라고 생각합니다만……"

"아니, 과분한 말이요. 모두가 당연한 말씀. 이 사부로베도 며칠 밤을 두고 생각한 일이오. ……그러나 항간에서 전하는 바에 의하면, 노부나가나리란 분은 기질이 준열해서 적이라면 포로·항복자도 가차 없이 참수하거나 본령으로 호송하는 등 매우 엄한 처치를 한다는 것이오. ……만일 성을 열어서 주가도 설 수 없고, 어린 주군의 장래도 보장되지 않는다면 사부로베의 명예와 일신의 문제는 그만두고라도 무문의 비웃음거리를 후회하고 탄식해도 소용이 없어질 것이오."

"그러한 문제라면 마음놓으시오. 시게하루가 목숨을 걸고 주인 도키치로 히데요시 님으로부터 꼭 호리(堀)가의 안태와 니로마루 군사회의 구명을 약속하는 서약서를 받아 오겠소."

"……"

한베의 양미간을 바라본 채 히구치 사부로베는 잠시 묵묵히 있다가 조용히 눈을 감았다. 두 볼에 눈물이 주르르 흘러내린다. 그는 눈물에 젖은 손을 맞잡으며 말했다.

"부탁하오. ……비겁하다고 경멸할지 모르지만, 단지 우정을 믿고……"

그 다음 다음 날──

히구치 사부로베는 조테이켄의 성문을 열고, 어린 주군 니로마루의 손을 끌고 도키치로의 군문으로 항복하러 왔다.

도키치로는 또한 그의 고군의신(孤軍義臣)을 정중하게 맞이했다.

"안심하시오."

그는 그들의 장래를 보장해 주었다.

사부로베의 항복이 전해지자 가리야스의 성도 다케쿠라베 성도 모두 피를 보지 않고 함락시킬 수가 있었다. ──도키치로는 그곳에서 나가하마까지 진군하고 오유는 거기서 기후로 돌려보내고, 병마의 장비를 재정비하여 주군 노부나가가 있는 전선 지역인 아네(姉)강으로 향했다.

"이 대전에 빠져서야……"

그는 급히 서둘러 어제 여기에 도착하여 희망한 대로 노부나가의 보군과 합세한 것이었다.

아네 강의 수심은 석 자 정도, 강둑은 넓었지만 무릎까지는 잠겨야 건널 수가 있었다. 그러나 맑고 깨끗한 물의 냉기란 여름인데도 살을 에는 것 같아서 수원인 동쪽 아사이의 계곡을 생각나게 한다.
켄키(元龜) 원년 6월 28일, 아직 밤도 새지 않는 때였다.
노부나가의 총병력 2만 3,000.
거기에 더하여 도쿠가와의 병력 약 6,000.
다쓰가바나(龍鼻)로부터 진군하여 아네 강의 기슭에 대비하고 있었다.
전날 밤. ──밤중 무렵부터──
적인 아사이, 아사구라 연합군 1만 8,000의 병력도 서서히 오요세(大寄)산으로부터 이동하여 아네 강의 왼쪽 강변에 있는 노무라, 미다무라(三田村)부근의 민가를 방패삼아 기회를 엿보고 있었다.
여울의 물소리뿐 날은 아직도 새지 않았다.
"야스마사(康政)."
사카키바라 야스마사(榊原康政)는 어두운 물가에서, 주군 이에야스의 모습을 찾아 새벽어둠 속에서 강기슭을 돌아봤다.
"네."
"적은 서서히 맞은편 물가까지 스며들어 온 것 같구나."
"안개에 싸여 잘 알 수 없지만 말 울음소리가 가늘게 들려옵니다."
"하류는?"
"전연 동태를 알 수가 없습니다."
"천운이 어떻게 우리를 도울 것인지 오늘 한나절이 고비란 말이야."
"한나절. 그렇게 걸리겠습니까?"
"얕보아서는 안돼!"
이에야스의 그림자는 강변 숲으로 사라졌다. 거기가 오다 군사회의 선봉 첫 번째 대열인 그의 휘하 부대가 비밀리에 잠복해 있는 진영이었다.
그곳에 들어가면 소슬한 기운이 몸에 스며드는 것 같다. 풀숲 속이나 관목이 우거진 속에 군사들은 총을 겨누고 자세를 취하고 있다. 창대는 창을 잡고, 아무 것도 보이지 않는 아네 강의 수면만 바라보고 있다.
──오늘이 생사의?

병사들의 눈은 반짝반짝 빛나고 있었다. 생과 사의 의식이 없는 가운데 오늘의 혈전이 어떻게 끝날 것인가 잠자코 머리 속에 그려 보고 있는 것이다.
——이 하늘을, 오늘밤도 틀림없이 바라볼 수 있으리라고 믿는 자는 한 사람도 없는 것 같았다.

야스마사를 데리고 이에야스는 그러한 속을 사뿐사뿐 조용히 지나갔다. 총의 화승 외에 불빛도 보이지 않았다.

누군가 크게 재채기를 한 자가 있었다. 감기에 걸린 병졸이 화승 냄새를 맡자 코가 간지러워 무심코 내뱉은 것 같았다. 그러나 그와 같은 아군측의 소리 하나에도,

——아?

놀란 듯 반짝이는 눈으로 주위를 둘러보자.

바라보고 있으면서도 어느새 그렇게 되었는지 알 수 없는 사이에 희미하게 아네 강의 수면이 밝아 왔다고 생각하자 숲 속의 나뭇가지 사이로 한 줄기 붉은 구름이 이부키 산 중턱으로 오르는 것이 보였다.

"……앗, 적이다!"

누군가 병졸 가운데서 외치자, 곧 숲과 강변 모래톱 사이에 서서 망을 보고 있던 이에야스를 중심으로 한 막료들이 총대에서 손짓을 해 보였다.

"쏘지 마!"

"쏘면 안돼!"

다른 장수가 잇달아 말했다.

맞은편 기슭의 정면으로부터 약간 하류 쪽의 강변에서 한 부대의 적이, 기마대와 보병으로 혼성된 거의 천 2, 300명의 일진이 강을 비스듬히 건너오기 시작했다.

발밑에서 일어나는 물보라가 흰 질풍을 일으키고 있었다. ——가공할 이 아사이측의 선봉은 오다측의 선봉도, 제2진도, 그리고 3진도 무시하고 일거에 노부나가의 중군을 치려는 것처럼 보였다.

"아! 이소노 단바(磯野丹波)!"

"단바가미(丹波守)가 휘하 부대!"

이에야스의 주위에서 이에야스의 부장들은 침을 삼키며 이야기했다. 아사이 나가마사의 휘하에 아사이가 자랑하고 있는 이소노 단바라는 호적수가 있다는 것은 일찍이 무장들 사이에 알려져 있었다. 그의 기치가 물보라 속에

서 나부끼고 있음을 보았기 때문이었다.
"탕탕탕탕……."
적의 엄호일까? 아군의 총대일까? 아니 양편에서 동시에 쏘아 댄 것이라 해도 좋을 것이다. 물소리에 뒤섞여 귀가 먹을 지경이었다.
구름은 걷히고 6월의 푸른 하늘이 얼굴을 내밀었다. 그러는 동안, 오다 군사회의 2진 사카이 우콘(坂井右近)의 병력, 세 번째로 대비한 이케다 가쓰사부로 노부데루(池田勝三郎信輝)의 부하가 재빨리 물 속으로 뛰어들어 돌격해 갔다.
"적들을 한 걸음이라도 아군의 강변에 올라오지 못하도록 해. 그리고 한 놈도 적의 강변으로 돌아가지 못하게 해."
사카이군은 적의 측면으로!
이케다의 장졸들은 적의 돌출부를 향해서 쳐들어갔다.
접전은 일순간에 일어났다.
창과 창, 칼과 칼.——또한 육박전을 하는 자, 말 위에서 떨어지는 자, 아네 강의 물은 핏빛인지, 아침 햇빛이 비쳐서인지 선홍색으로 곱게 물들어 있었다.
이소노 단바가미를 선두로 솔선해서 돌격해온 아사이 부대는 아사이 측에서도 선발된 정병임에는 틀림없었다.
오다측의 2진 수비인 사카이 우콘의 부대는 만신창이가 되도록 피격당했다.
대장 우콘의 아들, 사카이 히사구라(坂井久藏)는 전투 중 적과 아군에 다 같이 들릴 정도로 절규를 하고 전사하고 말았다.
"부, 분하다!"
정예 병력 100여 명이 계속 강물 속에서 전사했다.
당할 수 없을 정도의 병력으로 이소노 단바의 군사는 3진 수비인 이케다 가쓰사브로 부대를 돌파해 나갔다.
가쓰사브로의 휘하가 창을 일제히 들고 그 돌출 부대를 향해 차단해 나가려고 했지만 잘 되지 않았다.
"고, 고약한……."
"해 봐!"
4진 수비가 기노시다 도키치로의 진이었다.

도키치로도 한베를 돌아보고 투덜거릴 정도였다.
"이처럼 강한 적을 본 일이 있는가?"

전략가 한베로서도 묘안이 없었다. 왜냐하면 기노시다 부대에는 지난 번 조테이켄의 성과 가리야스 성——기타 여러 곳에서 수용한 항복자들이 많이 섞여 있기 때문이다.

그들 항복자들도 이제는 모두 휘하의 졸병으로 도키치로의 수하에 들어오긴 했지만, 얼마 전까지도 아사이가나 아사구라가의 녹을 먹어 온 사람들이므로 마땅히 적을 공격하게 하더라도 그 창칼에는 힘이 없을 것임에 틀림없다. 오히려 아군에게 걸림돌이 될 것이다.

기노시다 부대에는 그러한 약점이 있었으며, 대여섯 번의 수비도 순식간에 깨져 오다 진 13단계의 수비는 드디어 11단계까지 싸움에 패하여 흩어져 도망쳐 버렸다.

그 무렵, 상류의 도쿠가와 부대는 한달음에 아네 강을 건너 맞은편 기슭의 적을 석권하면서 서서히 하류로 내려오다가 좌우를 살펴보니 이미 노부나가의 본진 가까이까지, 이소노 단바의 미친 듯 날뛰는 군사가 육박해 왔으므로, 물 속으로 뛰어들어갔다.

"저 측면으로 돌격!"

이소노 단바의 부대는 자기의 성안에서 강물 속으로 뛰어들어오는 것을 보자 가까이 올 때까지, '우방의 가세……' 정도로 생각하고 있었던 것 같다.

사카바라 야스마사를 필두로 미가와 무사의 유명한 무인들이 숨을 가다듬고 갑자기 이소노 단바의 대오로 쳐들어갔다.

"콱!"

"틀렸다!"

이소노 단바가 도쿠가와 부대임을 알아차리고 목쉰 소리를 지르며 후퇴하고 부르짖었을 때, 누군가 그의 옆쪽에서 불쑥 물에 젖은 창을 내민 자가 있었다.

——첨병.

물보라 속에 단바가 주저앉았다. 옆구리에 들어온 창목을 잡고 일어서려고 한다.——잘 일어서지지 않는다. 순간 또 머리 위에서 번쩍 빛났다. 누군가의 칼날이 쨍그랑하고 단바의 투구 위에 떨어졌다.

칼은 산산조각이 났다. 단바는 일어섰다. 강물은 핏물처럼 빨갛게 물들었다.
"고약한!"
"에잇!"
서너 명이 한꺼번에 단바의 앞뒤에 몰려들어 옆구리. 목, 팔 덮개, 허벅다리를 닥치는 대로 찌르고 베어 버렸다.

'저런! 적이——'
그것을 본 노부나가의 부장들은 노부나가의 막영을 나와서 모두 강변에서 창을 준비하고 있었다.
다케나가 규사쿠는 기노시다 부대였지만, 이리저리 흩어져서 이미 소속 따위를 생각할 겨를이 없었다. 맹적 아사이 부대를 추격하여 노부나가의 본진 가까이 올라와 있었다.
"……야아, 여기는 이미?"
문득 보니까 누굴까——?
그 노부나가의 막사 뒤에서——휘장을 걷어 올리며 이제 막 몰래 들어가려는 자가 있었다.
복장과 칼집의 장식 등이 졸병으로는 보이지 않았다. 또한 우리 편이라면 막사의 휘장을 쳐들고 기웃거리고 있는 품이 이상하다.
"게 있어!"
규사쿠는 뛰어들어 그의 쇠사슬과 철근으로 단단히 동여맨 한쪽 발을 잡아 끌어당겼다. 만약 우리 편이라면 동료를 죽이려는 것이라고 중대하게 생각했던 것이다.
다케나카 규사쿠에게 다리를 잡힌 사내는 놀라지도 않고 돌아보았다.
그가 아사이 편의 한 장교라고 보았기 때문에 규사쿠는 확인했다.
"적군이지?"
"그렇다!"
상대는 발악을 하며 졸지에 창을 움직여 찌르려고 했다.
"웬 놈이냐? 이름을 댈 만한 변변한 놈이 못되는군?"
"아사이의 신하, 마에나미 신파치로(前波新八郎). 오다 나리케 이 창 맛을 보여 주려고 왔는데 방해를 하는 얄미운 꼬마 놈은 누구냐?"

"기노시다 도키치로의 부하, 다케다 규사쿠가 바로 나다. ……노부나가님에게 접근하려 하다니? 하룻강아지 범 무서운 줄 모르는 녀석. 그렇다면 이 규사쿠가……."
"그렇다면 한베의 동생인가?"
"그렇다."
그는 말을 마치자마자 잡고 있던 적의 창을 낚아채며 적의 가슴을 향해 내던졌다.
창날이 허공을 찌른다.
규사쿠가 칼을 쓰려 하기 직전에 신파치로는 육박전으로 들어왔다. ──두 사람이 서로 맞잡은 채 반듯하게 쓰러졌다. 규사쿠가 밑으로 들어갔다. 발길로 걷어찼다. ──다시 팔로 목을 감으며 누른다. 적의 손가락을 물어뜯는다. 신파치로가 겨우 팔을 푼다. ──순간! 비벼댄다. 푼다. 규사쿠는 다시 일어난다. 그 찰나, 규사쿠는 곧 단도를 빼들고 신파치로의 목을 겨누고 찌른다. 단도 끝이 빗나간다. 그래서 신파치로의 윗입술부터 코를 베고 눈동자를 찔렀다.
"전우의 적!"
뒤에서 소리가 났다.
목을 자를 틈도 없다.
뛰어 올라 규사쿠는 곧 그 적과 또 어울렸다. 이 부근에 이미 아사이 편의 결사대가 수십 명이나 들어와 있으리라고 생각했는지 적은 돌아서서 달아났다. 따라가면서 칼로 도망가는 자의 무릎을 쳤다. 적이 쓰러진 위에 올라타고 규사쿠는 불길을 내뿜듯 격렬하게 말했다.
"이름 있는 놈인가? 아무튼 한 마디 할 테면 해 봐!"
"고바야시 하슈켄(小林端周幹)이다. 달리 할 말은 없다. 단지 노부나가에게 접근하기 전에 너 같은 소인배 무사에게 걸린 것이 유감이다!"
"아사이의 신하라면 알 것이다. 아사이 유일한 호걸, 엔도 기자에몬은 어디 있지?"
"모른다."
"바른 대로 말해 봐!"
"모른다."
"에잇, 귀찮은 녀석!"

규사쿠는 하슈켄의 목을 베어 들고 다시 혈안이 되어 달려갔다.
——이런 싸움에서 아사이의 엔도 기자에몬의 목은 다른 사람의 손에 넘기지 않는다.
규사쿠는 싸움에 앞서 호언장담했던 것이다. 콩이 팥이 되더라도 기자에몬의 목을 베어 보이지 않으면 안 되었다.
강변 백사장 쪽으로 뛰어내려간다.——그러자 거기 잡초와 돌멩이 사이에 주사위를 던져 놓은 듯 무수한 시체가 널려 있었다.
——그런데 그 가운데——
산발된 머리카락이 얼굴을 덮고 피투성이가 된 채, 반듯이 누운 시체 하나가 있었다. 달려가는 규사쿠의 발밑에서 쉬파리 떼들이 윙윙거리고 있었다.
"……아?"
무심코 규사쿠가 돌아봤다. 머리칼로 얼굴을 덮고 있는 시체의 발을 밟은 것 같았다. 그것은 상관 없지만 발에 이상한 촉감이 있었으므로 돌아다보니, 느닷없이 그 시체는 달아나는 토끼처럼 노부나가의 진영 앞을 향해 달려갔다.
"조심해. ……거기에 적이!"
규사쿠는 뒤에서 고함을 질렀다.
노부나가의 모습을 보자 낮은 언덕을 뛰어오르려던 적은 짚신의 들메끈을 밟고 언덕 중턱에서 넘어졌다.
"으음!"
규사쿠가 그를 올라타고 눌렀다. 그리고 그를 붙잡아 노부나가의 앞으로 끌고 가자, 그 자는 소리쳤다.
"빨리 목을 쳐. 빨리 치란 말야. 무사에게 수치를 주지 말란 말야!"
노부나가의 진중에 포로가 되어 끌려 온 아사이 편의 한 사람 안요지 사부로에몽은 소리치고 있는 그 우군을 한번 보자 갑자기 소리를 높여 울기 시작했다.
"오오, 기자에몬 나리시군요. 주군께서 생포되다니."
그로써 판명되었다. 규사쿠가 생포한 시체로 가장했던 호걸이야말로, 그가 찾고 있던 아사이의 맹장 엔도 기자에몬이었다.
대세는 처음에는 오다군의 참패로 보였지만, 적의 맹렬한 선봉대의 측면을 돌파한 이에야스의 미가와 부대에 의해 적은 노부나가의 진 앞에 그 예각이 파괴된 쓰라림을 맛본 형세가 되었다.

그러나 적에게도 2진, 3진이 있는 것이다. 밀치락 달치락 아네 강의 물을 휘저으며 피차가 모두 칼이 부러지고 창이 부서지며 혼돈 상태가 계속되어, 이렇다 할 승패는 없었다.

"곁눈질을 하지 말고 다만 노부나가의 본진을 돌파하라!"

처음부터 이렇게 목표를 세웠던 아사이의 2진 다카미야 미가와노카미(高宮三河守), 3진의 아카다 시나노노카미(赤田信濃守), 4진인 오노키 야마도노카미(大野木大和守) 등의 병력은 너무 밀고 들어 와서, 도리어 오다 군사회의 뒤편까지 진출해 버렸다.

이에야스의 미가와 부대도 사카키바라 야스마사, 오쿠보 다다요(大久保忠世), 혼다 헤이하치로(本多平八郎), 이시카와 가즈마사(石川數正) 등——.

"오다 군세에 뒤지지 말라!"

그들은 갑자기 맞은편 강변을 돌파하여, 에치젠(越前) 군사인 아사구라 가게다케(朝倉景健)의 막궁에 돌입해 들어갔지만, 점점 아군과 멀어져서 뒤에도 적, 앞에도 적, 심한 고전을 겪고 있었다.

전혀 난군이었다. 물고기에게 강물이 보이지 않는 것처럼, 이와 같은 경우에는 누구 한 사람도 전체의 대세를 예견할 수가 없었다.

——그런데 이것을 높은 곳에서 내려다본다면 아네 강의 물을 끼고 양군은 마치 卍자와 같은 형태로 얽혀 있었다. 노부나가는 과연 냉정한 눈으로 그렇게 보고 있었다. 도키치로 역시 대강 그렇게 보고 있었다.

"바로 이 순간이다!"

직감했다.

승——패.

그 갈림길은 미묘한 일순간에 결정된다. 노부나가는 갖고 있던 지팡이로 땅을 두드리며 질타했다.

"미가와공의 부대가 너무 멀리 돌입했다. 그 한 군데만 고립시켜서는 안 된다. ……누가 미가와공의 고전을 도우러 가겠는가?"

그렇지만 좌우를 수비하기에도 벅차서 그만한 여력은 없었다. 노부나가의 목소리도 헛되이 쉬어 갈 뿐이었다.

그러자 북쪽 강변의 숲이 우거진 곳으로부터 흰 물보라를 일으키며 고립군을 향해 곁눈질도 하지 않고 직선으로 맞은편 강변에 상륙한 한 부대가 있다.――노부나가의 호령을 듣고서가 아니라, 노부나가와 같은 관점으로 보고 있던 도키치로의 기노시다 부대였다. 그의 기치와 금패를 보고 노부나가는 말했다.

"아아, 좋아…… 도키치로가 갔다."

노부나가는 눈에 흘러 들어가는 땀을 팔 덮개로 옆으로 문지르며 옆에 있는 시동들에게 말했다.

"이와 같이 위급한 때는 다시 없다. 너희들도 강으로 가서 마음껏 한 번 싸워 봐!"

노부나가는 그들에게 허락해 주었다.

모리 란마루(森蘭丸), 그 밖에 아직 어린 아이까지도 모두 앞을 다투어 적을 향해 달려가지 않는가.

적진 깊숙이 돌입한 도쿠가와 부대는 확실히 위험에 처하긴 했지만 형안을 가진 이에야스가 스스로 전국의 급소를 친 일석(一石)이라 믿고 있었다.

"이 일석을 버려 둘 오다 나리가 아니다."

그렇게 이에야스도 믿고 있었으며, 오다도 확실히 그것을 인정하고 있었다.

기노시다 부대의 뒤를 따라 도요 잇데쓰의 부대도 진입해 갔으며, 이케다 가쓰사브로의 부대도 몰려갔다.

갑자기――

전세는 그때부터 뒤바뀌어 오다군이 우세해졌다. 아사구라 가게다케의 본진은 50여 정이나 후퇴하고, 아사이 나가마사도 물러가서 오타니 성으로 모두 흩어져 들어가기 시작했다.

그 후부터는 추격전――

아사이 아사구라 군사회의 전사자는 그 수를 헤아릴 수 없을 정도였다. 이름 있는 장교들만 하더라도 호소에 사마노스케(細江左馬介), 아사이 이쓰키(淺井齋), 가노 지로자에몬 형제, 유게로 쿠로자에몬, 아사이 우다노스케, 이마무라 가몬, 구로자키 비주 등이 전후 오다측의 전사자 방명록에 찬란한 이름들을 기록할 수 있었던 것이다.

추격을 서둘렀다. 아사구라 군사를 오요세 산으로 쫓아 버리고 아사이 나가마사를 오타니에 가둬 놓자, 노부나가는 전후의 처리를 이틀 만에 끝마치고, 3일째는 이미 기후를 향해 돌아가고 있었다.――그 빠르기란 시체가 산더미처럼 쌓인 강변을 씻어 내리는 아네 강을 밤중에 날아 건너는 두견새와도 같았다.

양면장군

영웅도 영웅의 기질 하나만으로는 영웅이라 할 수 없다.

환경이 그를 영웅으로 만든다.

그 환경이란 끊임없이 그의 소질을 단련하고 괴롭히는 방향으로 움직여 간다. 바로 주위를 둘러싼 악조건인 것이다. 눈에 보이는 적, 보이지 않는 적, 모든 존재가 한꺼번에 그를 괴롭히기 위해 이 세상에 있는 것 같은 형태를 취하고 있을 때 그는 비로소

——영웅이 될 것인가? 아닌가?

이런 시련에 부딪치고 만다.

아네 강의 전투 직후, 너무도 빠른 노부나가의 귀환에 각 부대의 부대장들은 이상스레 생각할 정도였다.

"무엇인가 기후 본거지에 사변이라도 일어난 것이 아닌가?"

참모진의 고등 군략은 원래 하부에서는 알지 못하는 일이지만, 들려온 소문은 이랬다.

"……그래 일거에 아사이의 본성 오타니를 탈취해 버려야 한다고 기노시다 나리가 간절히 말씀을 드렸지만, 듣지 않고 그 이튿날 적의 이데성 요

코야마 성만 함락하여 기노시다 나리를 그곳에 남겨 둔 채 재빨리 철수해 버렸다는 것이다. ……어떤 의도에서인지 도무지 우리 졸자들은 모를 일이야."

모르고 있는 것은 병졸 뿐만이 아니었다. 니와(丹羽), 시바타(柴田), 마에다, 사쿠마(佐久間)등의 측근들도 노부나가의 진의는 알 수가 없었다.

──희미하게나마 알고 있었던 사람은 이에야스 뿐이었다.

이에야스의 눈은 언제나 공평하게 노부나가를 보고 있었다. 지나치게 가깝지도 멀지도 않게, 뜨겁지도 냉정하지도 않게, 노부나가를 객관적으로 보고 있다.

노부나가가 철수하자, 그날로 이에야스도 하마마쓰로 돌아갔다.

그 도중 이에야스는 말했다.

"두고 보시오. 오다 나리는 피 묻은 군복을 벗고 나면 곧 서울 사람 차림으로 갈아입고, 교토를 향해 서둘러 갈 것임에 틀림없소. ……그렇지만 마음속으로는 말을 타고 분주히 전장으로 향하고 있을 거요."

역대의 신하들 이시가와(石川), 혼다(木多), 사카키바라 등을 돌아보며 말했던 바 과연 그대로였다.

이에야스가 하마마쯔에 도착했을 무렵, 노부나가는 벌써 기후를 떠나 교토에 가 있었다.

이런 정도로 서울에는 이제 이렇다 할 사건은 일어나지 않았다. 그렇지만 노부나가가 두려워하고 있는 것은 겉으로 나타나는 것보다도 나타나지 않는 '환상의 적'이었다.

언젠가──

노부나가는 그 고뇌를 도키치로에게 이렇게 토로한 적이 있었다.

"내가 가장 두려워하고 있는 것이 무엇인지, 너는 알고 있겠지……모르겠는가?"

도키치로는 고개를 갸웃거리며 대답했다.

"글쎄올시다. ……항상 배후를 엿보고 있는 가이의 다케다, 눈앞의 적 아사이, 아사구라, 이 따위들은 아닙니다. 하마마쓰의 도쿠가와 나리는 두려운 존재이기는 하지만 예지가 있는 사람이므로 무모한 짓을 하리라고는 생각되지 않으며 마쓰나가, 미요시, 이들은 파리와 같은 것. 파리 떼처럼 엉겨 붙는 썩은 것들은 얼마든지 있지만, 필경은 없어져 버리는 법. 다만 수습하기 곤란한 것은 혼간사 문도의 여러 산의 승려들이지만 이것 역시 우리 주군이 두려워할 정도의 것은 아니며…… 이렇게 본다면 단 한 가지 두려운 것이 남아 있는 것 같습니다."
"단 한 가지란 뭐냐? 말해 봐."
"적도 아니며 우방도 아니며, 존경을 하지 않아서는 안 되며, 또한 존경만 하고 있다가 보면, 설 자리에 설 수 없는……양면의 도깨비 나리……아니 실언을 한 것 같습니다. 장군님이 아니십니까?"
"음, 누구한테도 말해서는 안돼."
노부나가의 고뇌는 실로 적도 아니며 우리 편도 아닌 사람이었다. 그가 상경한 날에도 네거리에서 그 환상의 적이 한 것 같은 짓을 보았다. 그것은 은근히 그의 악정을 노래한 광가(狂歌)의 게시판이었다.
파리처럼 미요시의 잔당이 하는 못된 장난임에 틀림없다.
라쿠슈라는, 풍자 시가의 게시판에는 이런 사실이 씌어 있었다.

　세월이 가면
　노부나가도 생각하리라
　슬픈 미요시
　지금은 그립다

비굴한 이 풍자 시가의 작자는 은근히 노부나가의 혁신 정치를 비꼬고 있었지만, 그것은 그들만의 불평이었으며 민심을 대표하는 것은 아니었다.
그 증거로는 게시판을 바라보는 행인들도, 한번 호기심으로 들여다볼 뿐 피리를 불어도 춤은 추지 않고 쓴 웃음을 지으면서 지나가곤 하였다. 가령, 애써 그 풍자 시가에 동감을 표시하며 국민들을 선동하는 자가 있다면 그것은 정녕 미요시 당에 젖어 있는 낭인들이나, 아니면 일향종의 법사들이었다.
그들도 대단한 것은 아니었다. 그들의 비굴함을 알고 있는 백성들이 반 야유조로,
"온다, 온다……."
오다 군사들이 온 것처럼 거짓말로 고함을 지르면 파리 낭인이나 파리 법사도,
"쉿!"

"쉬……쉿!"

그러면서 입에 거품을 물고 어딘가로 사라져 버리는 것이었다.

물론 교토에 있는 노부나가의 부장은 보는 대로 광가의 게시판들을 뜯어 버렸지만, 그들의 악착 같은 교란 전술에는 상당한 일손을 뺏기고 있는 셈이었다.

유언비어의 출처도 모두 그곳이며, 방화·강도·교각을 무너뜨리는 등 눈에 거슬리는 일이 많았다. 모두가 노부나가의 정치 방침이 초래한 세태의 악화처럼 보이게 하는 것이 그들이 노리는 점이었다.

그와 같은 반(反) 노부나가의 장본인과 소굴이 대체 어디 있는가 하면, 에이산(叡山) 혼간사 등의 승단(僧團)과 미요시의 잔당들 속에 있다는 것은 누구든지 곧 짐작할 수 있는 일이지만, 실은 훨씬 깊숙한 곳에 있는 깊은 궁궐 안에 그 본존이 숨어 있는 것이다.

장군 요시아키였다.

요시아키는 일찍이 노부나가의 은혜에 감동되어 눈물을 흘리며, 감격했던 것이다.

"그대를 아버지처럼 생각하오."

그 요시아키가 왜? 무엇 때문에? ——사람은 상상이 미치지 않을 만큼 항상 표리부동한 것이다.

성격적으로도 요시아키와 노부나가는 맞지 않았다. 출신도 다르고 신념도 달랐다.

구원을 받은 당시에는 요시아키가 노부나가를 은인으로 대접했지만, 장군 사회의 자리에 앉아 날이 갈수록 경우에 따라서는 노부나가를 꺼리기 시작했다.

"야인은 할 수 없다."

요시아키는 노부나가가 귀찮은 존재로 생각되었다. 그가 없어졌으면 하고 바라는 심정이었다. 자기의 세력을 능가하는 방해물이라고 적대시하기에 이르렀다.

그렇지만 그것을 표면화하여 노부나가와 맞설 용기도 없었다. 그의 지모는 극히 음성적이었다. 노부나가의 적극적이고 활동적인 성격에 대하여 요시아키의 음성은 끝까지 집요하게 어디까지나 비밀리에 획책되었다.

"……그런가? 현여상인(顯如上人)도 노할 때가 있군. 물론 있겠지? 있구말구. 노부나가의 안하무인격인 전횡발호(專橫跋扈 : 권세를 제 마음대로 휘두르고 날뛰며 행동하는 것)에는 불자라 하더라도 노하는 것이 당연하지…… 이 요시아키도……."

오늘도.

그가 거처하는 니조전(二條殿) 장대 깊숙한 곳에서 이시야마 혼간사의 사승이 조금 전부터 비밀리에 만나자고 청해 와서 무엇인가 낮은 소리로 이야기하고 있었다.

"이상. ……알아들은 말 가운데 극비에 해당하는 것은 알아서 지켜 주도록. ……동시에 가이로 보내는 사절, 그리고 아사이가나 아사구라 가에도 기회를 놓치지 않도록 밀서를 보내도록 하라."

"네, 잘 알았습니다."

"빈틈없이 해야 한다."

밀사인 중은 남몰래 물러나갔다. ──그날 궁전의 다른 방에서는 노부나가가 도착인사를 드리려고, 요시아키가 나오기를 기다리고 있었다.

요시아키는 아무렇지도 않은 표정을 지으며 노부나가가 기다리고 있는 공식 좌석에 나타났다.

"아네 강의 전투는 대승리를 하고 철수를 했다니, 그대의 무용으로선 당연한 것 아니, 경축할 만한 일이오. 그대의 도착을 축하하오."

노부나가는 그의 치하에 씁쓸한 웃음을 금할 수가 없었지만 비꼬는 말투로 말했다.

"아닙니다. 위덕에 힘입어 뒷일을 걱정하지 않고 전력을 다하여 싸울 수 있었기 때문입니다."

요시아키는 여자처럼 약간 낯을 붉히며 대답했다.

"안심해도 좋소. 장안은 보는 바와 같이 지극히 평온한 상태. ……그런데 전후에 놀라울 정도로 빨리 상경을 했으니 무슨 이변이 일어났다는 말이라도 들었소?"

"아닙니다. 궁궐 수리 낙성을 보고, 그 후 태만했던 정무를 보살피고, 여러분께 문안도 드릴 겸……."

"아아, 그런가?"

요시아키는 약간 안심하는 빛이었다.

"이처럼 몸도 건강하고 또한 정무도 지체 없이 처리해 나가므로 그다지 신경을 쓰지 않아도 좋을 것 같소. 또한 그처럼 자주 상경할 필요도 없을 테고. ……아니 그보다는 아네 강으로부터 개선한 데 대해서 오늘은 널리 축하를 드려야겠소. 성대한 잔치를 베풀도록……휴식을 취하기 위해 서로 편히 쉬도록…….”

"감사합니다만…….”

노부나가는 손을 가로저었다.

"아직 전후에 장졸들한테 수고를 위로해 주지도 못했습니다. 노부나가가 혼자 대연회를 즐긴다는 것은 어쩐지 미안한 생각이 들어 내키지 않습니다. 보류해 두기로 합시다. 다음 다시 출전할 때까지…….”

사양하고 물러나왔다.

노부나가가 숙소로 돌아가자 아케치 미쓰히데가 경비 일지를 끄집어냈다.

"오사카 혼간사 문도 겐뇨 상인의 사자인 듯한 중이 니오조 관저를 나와 무엇인가, 당황한 듯한 걸음을 옮겨 놓으며 돌아갔습니다…… 전부터 승도와 장군 사이의 왕래에 의아스러운 점은 있었지만…….”

경비 일지를 끄집어냈다.

미쓰히데는 도키치로의 기노시다 부대와 교대하여, 그 후 도성 수비군으로 교토에 머물러 있었으므로 무로마치 장군 사회의 감시역을 맡아서 그곳 사람들의 출입이나 시내의 상황 등을 빠짐없이 적어 둔 것이었다.

노부나가는 한번 훑어보고 한마디 했다.

"수고했소.”

구제하기 어려운 장군이라 생각되었는지 그는 쓸쓸한 표정이었으나, 오히려 요시아키가 순종만 하기보다는 다행한 일이라고 생각되었다.

밤에는 아사야마 니치조, 시마다 야에몬 등 궁전 조영의 책임을 맡고 있는 부교(奉行)들을 불러서 그 준공 상황을 듣고, 기분이 좋아졌다.

"수고했어, 수고했어.”

이튿날 아침——

새벽에 일어나서 양치질을 하고 그는 거의 완성되어 가는 궁전 바깥을 돌아보며 걸었다.

그 다음 천황을 배알하고 해가 뜰 무렵에는 이미 숙소인 사원으로 돌아와서 조반을 먹었다.

"돌아가자.”

상경시에는 평복이었지만 돌아갈 때는 무장을 갖추었다. 기후로 돌아가는 것이 아니었다.

다시 아네 강의 전장을 돌아보고 요코야마 성에 남아 있는 기노시다 도키치로를 만나서 각처를 지키기 위해 남아 있는 아군 부대에 영을 내리고 사와(佐和) 산의 성을 포위했다.

사와 산에는 아사이의 가신, 이소노 단바노카미의 부하가 아직도 지키고 있기 때문이다.

"이로써 적은 모조리 쓸어버린다!"

기후 성을 향해 노부나가가 돌아간 것은 그로부터이지만, 그도 병마(兵馬)도 유유히 한 달 동안이나 쉬며 늦더위의 피로를 풀고 있을 틈이 없었다. 세쓰(攝津)의 나카노시마(中之島) 성에 있는 호소가와 후지다카(細川藤孝)로부터 '화급'이라 표시한 문서가 왔다.──동시에 교토에 있는 아케치 미쓰히데로부터는 급보가 날아왔다.

'세쓰노다(攝津野田), 후쿠시마, 나카노시마 일원에 걸쳐서 아와 미요시 당 1만여 명이 보루를 쌓고 부랑인들을 규합하여 폭동을 일으키고, 문도 승(僧) 수천 명도 가세하여 혼간사 법주들이 배후에서 조종하므로 기세가 창궐하여 잠시의 유예도 할 수 없다고 생각되니, 빨리 하교하여 주시기 바랍니다!'

세쓰의 이시야마 혼간사 뒤에 오사카 성의 본거지가 된 나니와(難波)의 모리(杜)라는 산에 있다.

오사카 어방(御坊), 또는 이시야마 어당(御堂)이라고도 불리었다.

렌뇨(連如)의 법손(法孫), 쇼니요(證如)로부터의 도장으로 무로마치 막부의 무통치, 무질서 속에 건립되었으므로 사회의 동란에 대해서도 대항할 수 있을 만큼 구조와 무기를 가지고 있었다. 해자를 깊이 파고 성교(城橋)를 만들고 돌담을 쌓아, 윤곽은 사원이지만 전체적으로 당당한 성곽을 이루고 있었다.

물론, 중은 곧 병사.──이곳도 남도 에이 산에 못지않게 법사 무인으로 가득차 있었다.

──노부나가, 네가 뭐냐?

오래 된 법성(法城)에 살고 있는 중들로서 이제 노부나가에게 적의를 품고 있지 않은 중은 한사람도 없었을 것이다.──풋내기 네까짓 게 뭐냐? 하는 말투 속에 모든 감정이 숨어 있다고 해도 좋을 것이다. 그들의 기분에 거슬리는 이유 하나를 든다면, '전통을 무시하는 불적(佛敵)'이라는 것이었다.

'문화의 파괴자. 방자한 마왕이 짐승의 무리를 사주하여 사회를 들판으로 잘못 알고 튀어 나온 것이다.'

이렇게 입을 모아 매도하는 것이다.

더욱이 이시야마 법성의 대중들이 노하고 있는 이유가 있었다. 오히려 노부나가 편에서 너무 의욕적으로 서둘렀기 때문에 필요 없는 대적을──그렇지 않아도 다사다난한 때에──스스로 만들어 버린 실책을 범했는지도 모르는 일이다.

그것은──이시야마 혼간사를 향해 그 앞에서 노부나가로부터 이런 소리를 듣고 교섭이라기보다는 압력을 가해 이전을 명령한 데서부터 발단했다.

"이 지방을 양도하라!"

그들이 옹호하고 있는 특권은 유서 깊은 것이다. 그러므로 당연히 노부나가의 명령을 일축했다.

"무슨 얼토당토 않은 소리!"

그래서 서국 방면이나 사카이 등지에서 총 2,000정을 구입했다거나, 한 산의 승병이 갑자기 몇 배로 늘었다는 등 법성의 무장화는 빈번히 들려오고 있었다.

이것이──바다 건너 있는 아와, 시고쿠(四國)의 미요시 당과 결탁하거나 장군 요시아키의 약점을 잡고 교사하기도 하고, 긴키나 사카이 백성들에게 악선전을 하여 폭동을 일으키기도 하고, 여러 가지 폭거를 자행하고 있다는 것은 노부나가도 예상하고 있었다.

그래서 교토나 나니와의 아군으로부터 급보를 받고도 그다지 의외라 생각지는 않았다.

오히려 새로운 결의로써 곧 세쓰로 몸소 출진했다.

"이 기회에……"

도중에 그는 교토에 들러서 요시아키를 충고하여 의리로써 진중으로 데리고 갔다.

"원컨대 당신이 출전해 주시기를 바라마지 않습니다. 장군이 진두에 서 있다는 소문만으로도 아군사회의 사기는 앙양되며 농민들의 폭동은 곧 평정될 것입니다."

요시아키는 내키지 않았지만, 차마 싫다는 말은 할 수가 없었다. 쓸모도 없는 거추장스러운 자를 동반한 것 같지만 노부나가에게 있어서는 명분의 방패가 되고 또 모반의 계략이기도 했다.

나니와의 가미자키(神崎)강, 나카쓰루(中津)강의 주변은 아직 갈대가 무성하고, 곳곳에 경작지가 있으며 소금기가 있는 짠물이 넘쳐 나는 못들이 많은 망망한 평야였다.

나카노지마(中之島)에는 남(南) 나카노지마와 북(北) 나카노지마가 있다. 북쪽 성채엔 미요시당(三好黨)이 웅거하고 남쪽 오타니에는 호소가와 후지다카(細川藤孝)가 거점을 잡고 있었다.

전투는 이 주변을 중심으로 9월 상순부터 중순까지, 맹렬하게 일승일패를 되풀이하였다. 야전을 했으며 치열하게 신식 소총과 대형 총으로 전투를 감행했다.

"……지금이다!"

9월 14, 5일에서 16일 무렵이었다.

그때까지 산속 깊숙히 성문을 닫고 패전의 쓰라림을 되씹고 있던 아사이, 아사구라의 군세는 노부나가의 허점을 엿보며 장비를 혁신하여 비와 호수를 건너서 오쓰(大津), 도자키(唐崎)의 강변에 포진하고, 일부는 에이 산을 향해 계속 올라갔다.

종문(宗門)으로는 파벌을 조성하고 있던 승단(僧團)도 "반 노부나가(反信長)"의 행동에 있어서는 완전히——불법의 원수가 되는 적을 없애자는 데에 일치해 있었다.

"그는 에이 산의 산봉우리를 제멋대로 잘라 놓았다. ……전교 대사란 자, 불가침경의 산칙을, 또한 우리들의 체면을 수치스럽게 짓밟았다."

에이 산과 아사이 아사구라의 관계는 친밀했다. 이 맹약도 당연히 말썽을 일으키고 있다.

——노부나가의 퇴로를 차단하라.

3자의 의견은 일치했다. 행동으로 들어갔다. 아사구라군이 호북의 산으로부터 움직이기 시작했다. 아사이군이 대호를 건너서 상륙한다. 형세는 장차 오쓰의 목덜미를 누르고 교토에 진입하며, 요도(淀)강에서 대기하여 오사카 이시야마의 혼간사, 또한 기타와 호응해서 노부나가를 단번에 타도해 버리려는 작전이었다.
　한편——
　나니와의 가미자키 강, 나카쓰 강, 주변의 습지대에서 이시야마 어방(御方)의 승군과 니카지마 성채의 미요시당의 대병력과 대치하여 연일 고전을 계속하고 있던 노부나가의 귀에 경보가 들린 것은 같은 달 22일이었다.
　"후방에 큰 재난이 일어났다!"
　자세한 소식은 아직 알 수 없다.
　그러나——
　노부나가의 직감에는 무엇인가 석연치 않은 것이 있었다.
　"쳇!"
　"가쓰케, 가쓰케."
　그는 시바다 가쓰케(柴田勝家)를 와다 고레마사(和田惟政)와 함께 여기서 호위하라고 명령하고, 자신은 준비하기 시작한다.
　"곧 되돌아가서 아사이 아사구라를 비롯하여 에이 산도 분쇄해 다오."
　진중에 동요는 크게 일어나지 않았다.
　"다음 자세한 보고가 들어올 때까지 하룻밤 더 기다려 보자."
　시바다 가쓰케는 제지했지만, 들으려 하지 않았다.
　"일순간에 세상 모양이 바뀌려는 이때 그 무슨 소리요?"
　와다 고레마사는 말했다.
　"우리들은 목숨을 걸고 후위는 하지만 도선·화물선·전마선에 이르기까지 배는 싸우기도 전에 적에게 뺏기거나 불타버려, 이곳 남 나카노지마로부터 저쪽 강기슭으로 건너가려면 뗏목을 만들지 않으면 안 된다. 아무튼 밤중까지 연기하도록……"
　그리고 노부나가는 물러가서 말했다.
　"보병들은 모두 뗏목으로 건너라. 말을 탄 자는 곧 나를 뒤따르라……오오, 어린 시절 기요스의 쇼나이(庄內)강에서 물놀이를 하고 놀았던 것이 지금 도움이 될 줄이야."
　노부나가는 곧 말을 타고 나카쓰 강의 물속으로 말을 몰았다.
　결코 노부나가 한 사람만은 아니었다.
　그는 또 한 사람의 대장의 말안장을 손으로 잡고 끌어당기면서 물길을 헤쳐 나갔다.

장군은 요시아키였다.

"당신도."

노부나가는 함께 그를 동반하고 상륙하는 길에 올랐다. 요시아키는 물놀이를 해본 적이 없으므로 넓은 강물에서 말이 헤엄치기 시작하자, 자신도 모르게 고함을 질렀다.

"위험하다!"

그래서 말의 갈기를 붙잡고 말머리 쪽으로 올라가려고 하므로 노부나가는 가르치기도 하고, 격려하기도 하고 위로도 하며 나아갔다.

"말 머리 쪽으로 가지 마시오. 말안장 위에서 떠나지 마시오. 말을 피로하게 만들지 말고 마음 푹 놓으시오. ……노부나가가 옆에 있으니 큰 배 위에 있는 것처럼 안심해도 좋소."

적의 참호와 성채의 망대에서 함성이 오른다. 갑자기 사격——

"노부나가다!"

탕탕 탕탕…….

소총, 대형 총을 계속 쏘아댔다.

수면은 빗방울이 떨어지듯 포말을 이루었다. 요시아키는 겁을 집어 먹고 쩔쩔맸다. 그러나 그 사격은 곧 그쳤다. 노부나가를 쏘려다 요시아키를 쏘아버릴지도 모른다는 위험을 적도 알고 있었기 때문이다.

노부나가는 요시아키를 방패삼아 북쪽 기슭의 육지에 별 어려움 없이 상륙했다.

노부나가와 요시아키를 뒤따라——

석양이 붉게 물든 나카쓰 강의 강물을 10기, 20기——수십 기가 헤엄쳐 건넜다.

해가 지자 병졸을 실은 뗏목도 계속 건넜다.

"적은 후퇴……총퇴각한 것 같다."

미요시 당의 참호로부터 혼간사 승의 전선도 일제히 공격을 전개하여 광막한 어둠 속에서도 끊임없는 소총소리가 탕, 탕 울려 퍼졌다.

이번 이곳의 싸움은 14일의 덴마(天滿) 숲 속의 충돌을 제외하고는 거의 총격전이었다.

따라서 참호 전술이 용병상 새로운 진보를 하였다.

교두보의 망대로부터 쏘아 대는 대형총의 으르렁거림도 서로 다른 음향으로 피아의 진지를 뒤흔들었다.

　이시야마 어방에는 신도의 헌금으로 마련된 신성한 재물이 풍부했다. 그것이 모두 탄환이 되고 총기가 되어 미요시 당을 도왔다.

　지난 수년 동안에 총의 발달과 그 보급력은 놀라울 정도였다. 오다편에서는 미쓰히데의 헌책으로서 극히 최근에 새로운 양식의 총기를 많이 도입했지만, 승병의 총대는 모두가 신식 총을 구비하고 있었다.

　사격술도 놀라울 정도로 승병이 우수했다. 평상시의 많은 수행이 도움이 되어 곧 정신을 표적에 집중시킬 수 있는 때문이 아닌가 하는 자도 있었다. 또한 그들에게는──

　불적(佛敵)──이라 노리고 있는 적에 대한 증오감이 있었고 또한 신앙의 호부가 머리 위에 있으므로 탄환이 잘 적중하는 것이나 아닌가 생각되어 오다측의 병졸들은 약간 기가 꺾일 정도였다.

　백병전을 감행했다.

　덴마 숲의 교전에서도 오다측의 전선은 칠분팔렬(七分八裂), 갈갈이 분쇄되었다. 사사 나리마사(佐佐成政)는 중상을 입고 노무라 에추노카미(野村越中守)는 전사하였으며──마에다 겐지요(前田犬千代)가 온 힘을 다해 싸워 간신히 아군사회의 퇴로를 뚫어 전멸을 면할 정도였다.

　"중놈들이 어지간히 질기군!"

　지기를 싫어하는 노부나가도 이 싸움에서 때때로 비통한 고소를 되씹었던 것이다.

　이 이시야마와의 싸움을 버리고──방향을 바꾸어 그가 말머리를 돌린 곳도 역시 에이산이라는, 예부터 황법사(荒法師)들로 이름을 떨친 승단을 중심으로 한 전장이었다.

　몇 번이나 채찍이 부러지고 말을 갈아타고 하며 그가 교토에 도착하자, 눈물을 흘리며 몇 사람의 피투성이가 된 병졸들이 그의 말 앞에 몰려들어 번갈아 가며 사태의 위급함을 호소했다.

　"오오, 나리."

　"분합니다!"

　"무엇보다도 먼저 말씀드려야 할 것은 나리의 동생 노부하루(信治, 織田九郎)님, 또 덧붙여서 모리 산자에몬 요시나리(森三左衞門可成) 나리, 모두 우지 산성을 의지하고…… 온통 2주야의 고전도 헛되이……전사하고 말았습니다."

슬픔을 이기지 못하여 한 사람이 말이 막히자 다른 또 한 사람이 떨리는 목소리로 말했다.

"아사이, 아사구라에 산문의 무리들이 가세하여 적은 무려 2만을 넘는 대군이 되었으며……분하게도 상대도 할 수 없을 정도였습니다. 노부하루님, 모리산자에몬 나리의 죽음에 이어 아오치 스루가 나리, 도케 기요주로(道家淸十郞) 나리, 비도 겐나이(尾藤源內) 나리, 그 밖에도 또……."

아군사회의 전사자를 생각만 해도 분하고 울음이 터져 말을 못하고 장졸들은 모두 팔을 굽혀 갑옷의 팔덮개로 얼굴을 가렸다.

──그러자 노부나가는 소리쳤다.

"이런 시기를 당하여 너절하게 죽은 사람 이름만 늘어놓지 말라. 듣고 싶은 것은 현재의 전황이다. 적이 어디까지 와 있고, 어디가 혈전의 중심지인가? ……으음, 너희들은 전세도 모르겠구나. 미쓰히데는 어디 있어. 미쓰히데가 전장에 있다면 급히 불러 오너라. 미쓰히데를 불러 와!"

에이 산(叡山)

미이사(三井寺)는 산문도 방사도 모두 연합군사회의 정기에 둘러싸여 있었다.

이곳을 본진으로 하여, 아사이 아사구라의 주장들은 어제 노부나가의 동생 구로 노부하루(九郞信治)의 목을 여러 사람이 모여 점검했다.

또한 이어서 아오치 스루가노가미, 도케 세이주로, 모리 산자에몬 요시나리, 그밖에 오다가의 유명한 장수들의 목을 진저리칠 정도로 점검했다.

"아네 강의 패배를 이로써 설욕했다. 가슴이 조금 후련하군."

한 사람이 지껄이자 누군가가 크게 외쳤다.

"아니, 아직 노부나가의 목을 보기 전에는."

그러자 북국풍의 탁한 음성이 큰소리로 웃으며 말했다.

"아하하하, 본 거나 마찬가지야. 그 노부나가도 앞에는 나니와(難波)의 이시야마, 미요시 군사, 뒤에는 이 대군. 어디로 간단 말이냐, 독 안에 든 쥐야."

한나절 동안, 무수한 목을 점검하였으므로 모두 피비린내에 젖어 견딜 수 없을 정도가 되었다. 밤이 되자 진영 막사에는 술병을 가져다 놓고, 전승의 기분도 돋울 겸 장수들에게 술을 마시게 하며 말했다.

"교토로 들어갈 것인가? 오쓰(大津)의 목덜미를 누르고, 서서히 포위망을 좁혀 그물 속에 든 고기를 완전히 잡을까?"

그들은 술을 마시면서 군사회의에 들어갔다.

"물론 서울에 병력을 투입하여 요도가와, 가와우치(河內)의 들판에서 노부나가를 섬멸해야 한다."

하는 자와,

"불리하다."

이러면서 반대하는 자도 있었다.

아사이, 아사구라 양가는 목적을 위해서 한데 뭉쳐 있긴 하지만, 내막적으로는 각각 체면을 고집하거나 쓸데없는 잔재주를 부리는 데 시간을 허비하면서 밤중이 지나도록 결론을 보지 못했다.

"무서울 정도로 하늘이 붉다."

회의에 싫증이 나서 밖으로 나온 아사이 측의 장교가 손으로 하늘을 가리키자, 보초병이 말했다.

"야마시나(山科)로부터 다이고(醍醐)방면 민가에 아군이 불을 놓은 것입니다."

"뭣 때문에 저런 것까지 태우고 있을까? 무익한 짓이지."

장교가 혼잣말로 중얼거리자, 그걸 지적한 아사구라가의 장교들이 입을 모아 반박했다.

"무익한 짓은 아니야. 적을 견제할 필요가 있어. 교토 수비의 아케치 미쓰히데 부대가 미쳐 날뛰듯 반항하고 있어. 그리고 우리 편의 맹위를 과시하기 위해서도……."

이러는 사이에 동이 터 왔다. 오쓰는 가도의 요충이지만, 한 사람의 여행자도, 짐을 실은 말도 지나가지 않았다.

그런데 1기. ──뒤따라 2, 3기──

전령병이었다. 그들은 나는 듯 달려와서 말을 탄 채 산문으로 들어갔다.

"바로 옆까지 노부나가가 습격해 왔습니다. 아케치, 아사야마, 시마다, 나카가와 등의 제 부대를 선봉으로 단말마적인 발악으로……."

전령의 말에 장교들은 귀를 의심할 정도로 놀라며, 모두들 한결같은 말을 했다.

"노부나가는 아닐 거야. 노부나가가 그렇게 쉽게 나니와의 전장에서 빠져 나왔을 리가 없어."

"야마시나 주변에서 아군은 이미 2, 300명이나 전사했습니다. 적의 세력은 아주 맹렬하여 여느 때처럼 노부나가가 사력을 다하여 목이 쉬도록 지휘하고 있으며, 노부나가 자신도 마치 야차(夜叉)나 귀신처럼 말을 몰고 이리로 오고 있소."

아사이 나가마사도 아사구라 가게타케도 그 말을 듣자 얼굴빛이 창백해졌다.

나가마사에게 있어서는 아내인 오이치의 오빠가 되는 노부나가인 것이다. 일찍이 매제인 자신에게 인정을 베풀었으나 이제는 진정으로 노한 모습으로 달려 올 것을 생각하니 가슴이 떨렸다.

"후퇴하자, 에이 산으로."

나가마사가 지껄이듯 급한 어조로 외치자 아사구라 가게타케도 고함을 지름과 동시에, 웅성거리고 있는 본진의 장졸들에게 호령했다.

"그렇다, 에이 산으로 들어가자. 길가에 있는 민가에 불을 놓자······아니 아군사회의 선봉을 격려하여 급히 후퇴한 다음에 해야 한다. 불을 질러라 불을 질러!"

열풍은 노부나가의 눈썹을 태웠다. 말갈기와 안장에도 불이 붙었다.

"······한번 죽기는 마찬가지야."

이 한 마디는 그의 마음의 부적이었다. 생사의 기로에 서자 자신도 모르게 염불처럼 또한 노래 구절처럼 입속에서 흘러나왔다.

시체, 시체, 시체.

피아의 무수한 시체를 밟고 뛰어넘어 돌격해 가는 그의 눈에는 한 방울의 눈물도 없었다.

한번 죽기는 마찬가지──살아 있는 자신과 길가에 뒹굴어 있는 시체를 그는 구별하지 않을 정도였다.

야마시나로부터 오쓰로.

길바닥에 어지럽게 흩어져 있는 불타다 남은 나무토막과 연기도 그의 가는 길을 막지는 못했다.

그의 몸뚱이 그 자체가 이미 한 덩어리의 불꽃이었다.

뒤따르고 있는 부하들도 일단(一團)의 불꽃이었다.

"노부하루님을 조문하는 전투."

"모리, 아오치, 도케 나리 등의 원한을 풀어 드리겠다."

그들은 힘차게 앞으로 나아갔다.

그렇지만 미이사에도 가라사키(唐崎)에도──가는 곳마다 적은 한 명도 보이지 않았다. 모두 에이 산으로 도망쳐 가버렸기 때문이다.

"으음 빨리도 도망갔구나."

──쳐다보면──

스즈케 봉, 아오야마의 뫼(岳), 쓰보가사 골짜기 주변까지 2만여 적의 병력에 잇산(一山)의 승병을 가세한 대군이, 과시라도 하듯 깃발을 펄럭이고 있었다.

"도망간 것은 아니야. 이 진용이 모습을 드러내는 것은 이제부터다."

노부나가는 정색을 하고 바라보며 마음속으로 선언했다.

"여기다. 이 험준한 산 때문이다. 이 산의 특권이야말로 노부나가의 적이다."

그는 다시 생각해 봤다. ──겐페이(源平 : 무사계급의 시조)의 옛적부터 오늘에 이르기까지, 역대의 조정에 있어서나, 뜻있는 위정자나 혁신을 도모한 영웅들, 무수한 평민들이 얼마나 이 산의 전통과 특권에 시달리고 괴로워해 왔던가 ──라고.

"이 산의 어디에 진불(眞佛)의 미광이라도 있는 것일까? 국가를 진호하는 대본이 있단 말인가?"

노부나가는 마음속에 가득 찬 노기를 억제하며 외쳤다.

당의 천태산을 이쪽으로 옮겨온 덴교 전교대사(開山傳敎大師)가 '아뇩다라 삼막 삼보리의 부처님들──.

'우리들이 있는 이 산에 명가(冥加) 베풀어 주소서' 하고 오대사명의 봉우리에 법등을 켠 것은 신여(神輿)를 메고 조정에 호소하기 위해서였던가? 정치에 참견하여 특권을 장악하려 했음인가? 무력과 결탁해서 권문세가를 사주하여 세상을 어지럽게 하기 위해서인가? ──봉우리마다 골짜기마다 갑옷을 입은 도깨비들을 모아 창, 총, 깃발을 온 산에 퍼뜨리기 위해서인가?

"……"

노부나가의 눈에는 분함을 참지 못하여 눈물이 글썽거렸다.

생각하면 외도이다.

에이 산은 국가 진호(鎭護)의 신령스러운 곳으로서 비로소 그 특권도 전통도 있는 것이다.

그 본래의 것은 이제 에이 산의 어디에 있는가?

근본중당을 비롯하여 산왕칠사도, 동탑·서탑의 가람도 3,000개의 방사도, 법의에 무장을 한 도깨비들이 살고 있는 곳 외에 아무것도 아니다. 음모 책동의 소굴 이외에 현재 이 사회에 무슨 공헌을 하고 있단 말인가? 국가의 진호가 돼있단 말인가? 민중의 마음속에 빛을 주고 있단 말인가?

"좋다!"

입술을 깨문 그의 이가 붉게 물들고 있었다.

"⋯⋯이 노부나가를 불법 파괴의 마왕이라고 부를 테면 불러 봐. 요부의 허식과 같은 잇산(一山)의 웅장한 아름다움도, 도깨비 떼와 같은 갑옷과 투구를 입은 방주(坊主)들도 일전(一戰)의 불꽃으로 장사 지내고 그 불타 버린 자리에 참다운 국민을 퍼뜨려, 그야말로 참다운 미타(彌陀)——아미타불을 불러 보이리라⋯⋯."

바로 그날, 그는 산 전체를 포위하라고 명령했다.

물론 그가 가는 곳에 그를 옹호하는 전 세력의 병마는 호수를 건너고 산을 넘어 들길을 서둘러 속속 모여 들었다.

한편, 공격하면서 적이 버리고 간 우사(宇佐) 산의 불타 버린 자리를 노부나가는 본진으로 삼았다.

"아직도 그곳에는 전사한 노부하루나 모리 요시나리, 도케 기요주로 등이 흘린 피가 마르지도 않았다⋯⋯ 고이 잠들라. 충렬한 영혼들이여! 그대들이 흘린 피를 헛되게 하지 않으리라. 말법말계(末法末界)의 불등(佛燈)을 대신하여 밝게 세상을 비추기 위한 등불을 밝히는데, 그대들의 피는 보람찬 제물이 될 것이다."

우사 산의 흙을 밟을 때 노부나가는 땅바닥을 바라보며 합장을 했다.

유가삼밀(瑜伽三密)의 영장, 에이 산을 적으로 하여 이제 자기의 모든 무력을 동원하여 포위를 감행하면서, 한 줌의 흙을 쥐고 합장을 하며 눈물을 글썽거리는 노부나가였다.

"⋯⋯."

문득 옆을 바라보니 그와 함께 합장을 하며 울고 있는 시동이 있었다.

——아버지 모리 산자에몬 요시나리를 여기서 잃은 란마루(蘭丸)였다.

"란마루."

"……."

"울고 있는가?"

"죄송합니다."

"이번만은 용서한다. 앞으로는 눈물을 보여서는 안돼. 너희 아버지가 웃는다."

──그렇지만 노부나가의 눈에도 뜨거운 눈물이 괴어 있었다. 그는 거상(踞床)을 옮겨 포위진의 배치를 높은 곳에서 한 눈에 바라보았다.

에이 산 기슭에는, 보이는 것이 모두가 아군의 병마와 깃발이었다.

에이 산의 봉우리마다 구름에 덮여 있었다. 아니 구름마저 머물 수 없다는 험난한 곳. 모두가 적군으로 덮여 있다.

먼저 산록의 포진을 보면──

아나다(穴田) 마을 방면에는 사사, 신토(進藤), 무라이, 아케치, 사쿠마의 제부대. 다나카(田中)의 보루에는 시바다 부대가 웅거하고 우지이에(氏家), 이나바(稻葉) 안토(安藤)의 부대가 凸자 형으로 히요시(日吉) 신사의 참도까지 돌출해 있었다.

가도리(香取) 저택 방면은 니와(丹羽), 마루게(丸毛), 후와 등의 병력이 잠복하고, 가라사키의 쓰케지로(附城)에는 오다 오스미노카미(織田大隅守)

──그리고, 에이 산의 뒤쪽──교토로 향한 산록 입구에는 아시카가 요시아키, 기타 수도 주둔 병력이 야세(八瀨) 고바라(小原)를 돌아 빈틈없이 둘러싸고 있는 형상이었다.

"요시아키 장군이야말로 아프고 가렵고, 우울하고 근심스러운 얼굴일 것이다."

노부나가는 그 표정을 상상해 보니 약간 우습기도 했다.

"저기에 오는 병선은 무엇인가?"

노부나가가 호수를 돌아다보며 묻자 곧 아뢰었다.

"기노시다 도키치로 나리가 요코야마(橫山) 성의 병력 중 700명을 할애하여 호수를 건너 우리와 합세하러 온 것입니다."

잠시 뒤에 도키치로는 배에서 내려 진지(陣地)로 올라왔다. 자기가 없는 동안에는 다케나카 시게하루 혼자서도 충분할 것이라고 말했다. 노부나가는 잘 왔다는 말을 하지 않았으나, 그렇다고 싫은 기색도 아니었다.

10월로 접어들었다.

10월 중순도 지났다.

여느 때의 노부나가의 전법과는 달리 포위진을 움직이지 않았다. 산상에 갇혀 있는 아사이, 아사구라, 승병의 연합군은 그제야 눈치를 챘다.

"끝났다. 적은 지구전으로 아군의 군량 보급을 차단하고 우리들을 말려 죽일 작전이다."

이미 때는 늦었다. 산상의 곡식은 2만 여의 대병이 먹어치우므로 순식간에 바닥이 드러나 나무껍질을 먹기 시작했다.

11월이다——

산상의 추위는 또한 고통스러운 것이었다. 도키치로는 또 다른 전략을 노부나가에게 말했다.

"아주 좋은 철입니다."

그는 속삭였다.

이나바 잇테쓰(稻葉一鐵)가 호명되어 왔다. 노부나가의 뜻을 받들어 그는 수행하는 4, 5명을 데리고 에이 산으로 가서, 승병의 본진인 근본 중당에서 서탑의 손린보(尊林坊)와 회견했다.

손린보와 잇테쓰는 오래 사귀어 온 터였다. 그 정리로 항복을 권유하러 온 것이다.

"아무튼 친구 간에 농담도 정도가 있어야 해. 항복하러 온 줄 알고 회견을 허락한 거야. 우리에게 항복을 하고 나오라고? 바보 같은 소리! 보다시피 정신이 말짱하단 말야. 농담도 좋지만 목과 의논해서 하는 것이 좋을 걸. 하하하하······."

손린보가 어깨를 흔들어 가며 큰소리로 웃자 다른 법사 무인들도 눈에 살기를 띠고 잇테쓰의 입만 바라보고 있었다.

먼저 할 말은 거의 다 했으므로 잇테쓰는 서서히 입을 열었다.

"대사(大師) 덴교(傳敎)가 이 산을 열 때엔 왕성의 진호, 국토의 안태를 위해서임을 알고 있습니다. 갑옷과 투구를 갖춰 입고 창검을 들고 전쟁에 관여하여 무략을 농하며, 조명에 반발하는 흉병들로 하여금 황토의 백성을 괴롭힌다는 것은 천태의 입원은 아니라고 생각합니다. 그렇다고 치더라도 잇산의 대중도, 또한 우리들 무신도 아무튼 황토의 신하임에는 틀림없으므로 재난은 모두 천황의 마음을 괴롭게 할 따름입니다. ——각성할

지어다. 중은 중의 본분으로 돌아가도록. ……아사이 아사구라의 무리들은 산으로부터 내려오게 하여 각자 무기를 버리고 본래의 불제자로 돌아가야 합니다."

진심에서 우러난 말이었다.

그 사이 산법사(山法師)들에게는 한 마디 말이라도 할 수 있는 틈을 주지 않았다.

"……만약 이 명령에 따르지 않으면 노부나가님도 지금까지와는 달리 근본중당(根本中堂), 산왕칠사(山王七社), 3,000의 방사(坊舍)를 통틀어 봉우리마다 골짜기마다 모두 불태울 것이며, 잇산(一山) 무리들을 모두 섬멸할 결심을 하고 있다. ……고집을 버리고 냉정히 생각해 보기 바란다. 이 산으로 하여금 지옥을 만들 것인가? 구태의 악풍을 일소하여 영험한 땅의 등불을 밝힐 것인가?"

돌연 법사측에서

"쓸데없는 짓이다."

"궤변이다!"

고함을 치는 자가 있었다.

"조용히 해라!"

오늘 밤도 밤이 깊어지자 중당의 방사로부터 역시 화재가 일어났다. 요란하게 종이 울린다. 부근에는 큰 당각이 많았으므로 법사 무인은 모두 불을 끄기에 있는 힘을 다했다.

붉게 물든 하늘 아래 캄캄한 골짜기——에이 산의 깊은 골자기에 어둠은 짙다.

"아하하하, 저 당황한 꼴이란."

"매일 밤 저렇게 잠잘 수도 없겠지."

"웃지 마!"

원숭이 떼들은 아니다. 변장한 검은 그림자들이다. 산들바람에 흔들리는 나뭇가지에 올라앉아 손뼉을 친다. 그들은 나무 열매에 지나지 않는 거칠고 마른 밥의 도시락을 먹으면서 매일 밤 화재를 구경하였다.

매일 밤의 화재는 도키치로의 헌책으로, 그 가신인 하치스카(蜂須賀)당이 저지르고 있는 일이라고 근래에 소문이 돌았다.

밤에는 화재에 시달리고 낮에는 방비에 지친 데다 먹을 것은 동이 나고,

추위를 막을 준비도 없었다.

산에는 눈발이 휘날리는 겨울이 왔다. ──2만의 군사와 수천의 산법사들도 이제는 서리맞은 채소처럼 의기를 상실했다.

12월 중순이었다.

무장을 해제하고 승의 차림을 한 대표자 한 사람이 법사 무인 4, 5명을 데리고 진문으로 왔다.

"오다 나리를 뵙고 싶소."

노부나가가 만나보자 그는 지난번 이나바 잇데쓰와 회견한 손린보였다. ──에이 산 전체의 생각이 달라졌으므로 화의하고 싶다는 요청이었다.

"안된다."

노부나가는 한 마디로 물리쳤다.

"먼저 우리가 보낸 사자에게 무슨 말을 했느냐? 부끄럽지도 않은가?"

노부나가는 칼을 뽑았다.

손린보는 깜짝 놀라 비틀거리며 피할 곳을 찾아 비켜섰다.

"아아, 무례한 짓은 마시오."

허둥거리며 중심을 잡으려는 찰나, 날카로운 섬광이 허공을 갈랐다.

"법사들, 그자의 목을 주워 가라. 노부나가의 대답은 이것뿐이다."

수행한 법사들은 얼굴이 파랗게 질려 산으로 도망가 버렸다. 그날 대호를 건너오는 진눈깨비는 노부나가의 진중에도 강하게 불어닥쳤다.

노부나가는 철의 의지를 에이 산의 사자에게 보여 주었다. 그리고 그때 이미 그의 가슴속에는 또 다른 대난에 대처할 방안이 마련되어 있었다.

앞에 보이는 적은 대개의 경우, 벽에 비치고 있는 화재의 그림자에 불과하다.

벽에 물을 끼얹어도 불은 꺼지지 않는다. 그 동안에 진짜 불꽃은 배후에서 타오른다.

병법에 훈계되어 있는 상식이다. 그렇지만 노부나가의 경우에는 알면서도 그 화인(火因)과는 싸우지 않았다.

──바로 어제.

기후에서 급보가 왔다.

가이의 다케다 신겐(武田信玄)이 군사를 재촉하여 아군의 군사들이 출전한 틈을 이용하여 습격하려 한다는 통보였다.

또──

본국 오와리의 나가시마(長嶋)에 수만에 달하는 혼간사의 문도가 봉기하여 노부나가의 일족 히코시치로 노부오키(彦七郎信興)는 살해되고 그의 성은 점령되었다. 그리고 양민들 사이에 반(反) 노부나가의 악평을 수없이 퍼뜨려 가이의 다케다 병력을 유도할 공작을 하고 있다는 것이었다.

신겐이 그렇게 나오리라는 것은 예상했었다.

"오다가와는 인척의 인연을 끊었다."

그는 요즘 와서 그 말을 공공연히 했다.

한편, 여러 해 전부터의 오월(吳越)의 적, 에치고(越後) 우에스기(上杉) 가와는 휴전이 성립되어 오로지 그 목표를 남방으로부터 서쪽으로 돌려오고 있다는 것이었다. 이들의 도전은 노부나가로서는 실로 무엇보다도 경계를 요하는 것이었다.

또한 그러한 악조건은 언제라도 후퇴할 수 없을 경우에 대비하여, 돌연 무장을 하는 것이기도 했다.

"도키치로, 도키치로."

"네. ……저를 불렀습니까?"

"미쓰히데의 진지를 방문하여 그와 함께 이 서찰을 가지고 교토로 가서 전하도록 해라."

"이것은 요시아키 장군에게 가는 겁니까?"

"그렇다. 장군에게 화의(和議)의 중재를 해주시기를…… 서찰에 그렇게 쓰여 있긴 하지만…… 그러나 그대의 입으로 직접…… 알겠는가?"

"알아들었습니다. ……그러나 방금 에이 산으로부터 화친을 요청해 온 사자를 목을 베어 돌려보내 놓고……."

"잘 모르겠소? 그렇게 하지 않고서는 화의가 되지 않소. 가령 성립된다고 하더라도 이들이 처한 입장을 감안하면 화의 따위는 곧 팽개쳐 버리고 공격해 올 것이 틀림없다."

"나리의 뜻 알아들었습니다."

"어쨌든 어디에 있는 불꽃이든 화인은 하나. 불장난을 좋아하는 그 표리가 부동한 장군의 짓임에 틀림없다. ……그 장군에게 일부러 화의를 중재시켜 급히 군사를 후퇴시키는 것이다. 비밀을 지켜야 한다. 서둘러 가라."

화의는 성립되었다.

장군 요시아키는 미이사까지 와서 노부나가를 권유하여 화의를 하게끔 노력했다.──그러나 그것은 표면적인 것일 뿐, 그렇게 만든 것이 노부나가라는 것은 말할 것도 없다. '좋은 기회'라며 아사이, 아사구라의 양군은 그날로 본령으로 돌아가 버렸다.

아아 졸렬한 아사이, 아사구라의 무리들──

이 기회에 시고쿠(四國), 세쓰(攝津) 등의 동의를 얻어 산장에서 해를 넘길 각오로 노부나가를 붙잡아 두지 않으면 안 된다.

표적이 되는 오다군도 후방이 걱정거리였다. 사방의 전황이 모두 이롭지 못하다. 드디어는 대장마저 위험하다는 것을 빙자하여 서둘러 철수하여 즐거운 듯이 고향으로 급히 돌아가고 있다.

이제 두고 보면 알 테지만, 다시 그 고향마저 노부나가에게 뺏길 것이라고 그 무렵의 사람들이 모두 비웃고 놀려 댔다.

당시 세상 사람들의 평은 그 뒷수습을 근본 요건이라고 지적하고 있었다.

12월 16일, 노부나가의 전군은 육로로 세다(勢田)의 배다리를 건너서 기후에 상륙하였다.

다음 날.──도키치로의 기노시다 부대 700명도 가라사키의 바닷가로부터 병선으로 대안(對岸) 요코야마 성을 향하여 귀환했다.

"아아, 오랫동안 편지도 하지 않았군…… 아 어머니께도, 네네에게도."

그 배안에서도 도키치로는 전우들 속에서 붓을 잡아 스노마다(洲股)의 영지로 생각을 달리고 있었다──무엇이라 쓸까? 어머니께도 아내에게도 쓰고 싶은 말은 많았다. 붓을 잡자 다만 생각이 어지러울 뿐이었다.

──그러자, 바로 옆에서 부하인 장교가 무엇인가 병졸을 꾸짖는 듯한 소리가 들렸다. 그와 동시에 풍덩하고 격렬한 물소리가 들리더니 그의 무릎과 종이 위에까지 물방울이 튀어 올랐으므로 무슨 일인가 하여 갑판으로 나갔다. 이 혹한에 한 젊은 병졸이 떠밀려 호수에 빠져 있었다. 아직도 얼어 죽지 않고 얼굴빛이 자줏빛으로 변해 버둥거리며 물결에 휘말려 있었다. 그를 차 던진 수부의 장은 심한 말을 수면으로 내뱉었다. 아직도 큰 소리로 꾸짖고 있었다.

"헤엄쳐. 헤엄쳐, 배와 함께 요코야마 산성까지 헤엄쳐 와. 죽음에 시달려 보는 것도 인생에 있어서는 약이 되는 거야."

"무슨 일이냐?"

도키치로가 묻자 수부의 장은 당황해서 무릎을 꿇었다.

"죄송하게 되었습니다. 소중한 병졸을 학대했습니다만, 그건 사사로운 분노에 의한 것이 아닙니다."

"아니 책망을 하고 있는 것이 아니다. 병졸이 어떻게 군기를 어지럽혔는가를 묻는 것이다."

"저 사람은 돛대 당번입니다. 바른 진로를 잡기 위해 타수에게도, 돛대 당번에게도 몇 번이나 돛줄을 당겨라 늦춰라…… 끊임없이 제가 호령을 했습니다. 그런데 저 병졸은 무엇인가 돛줄이 늦어지는 것도 모르고 멍청하게 있기에 달려가서 뺨을 한 대 치고 웬일이냐? 물었더니, 마침 그때 자기가 태어난 고향인 야쓰지(安土)마을이 바로 해안에 보였으므로, 어머니 생각을 하고 있었다고 대답하므로, 이 바보 상륙하더라도 아직 진중이야. 벌써 전쟁이 끝난 것으로 아는가? ……하고 전군의 사기를 위해서, 또한 이 배의 진로를 위해서 마음을 독하게 먹고 호수로 차 던졌던 것입니다."

수부장의 눈에는 눈물이 보였다. 이 수부장도 이미 자식을 가진 어버이였다.

"잘 했어……그러나 그만하면 됐으니 줄을 던져 줘. 용서해 주란 말이다."

도키치로는 선실로 돌아와서 종이도 붓도 내던져 버렸다. 그리고 찬바람이 부는 갑판으로 나와서 마치 고석(古石)처럼 서 있었다. 배는 흰 물결을 일으키며 나아간다. 정확하게 진행한다. 돛줄은 모두 팽팽하게 되어 있었다.

"부하들에게 오히려 부끄럽다……."

도키치로는 통절하게 생각했다. 한사람의 노부나가는 이제 천하의 무수한 노부나가를 만들고 있다. 그렇게 알고 있는 자신도 어느새 노부나가의 분신이 되어 가고 있는 것만 같았다.

춘풍 속의 행군

 1월 중순이었지만, 강남의 바람은 벌써 매화의 눈을 트게 할 정도로 훈훈하다.
 길마다 이부키(伊吹)의 언덕과 후와의 산그늘에는 아직 눈이 쌓였지만, 시가(滋賀)의 찰랑거리는 물결에 비쳐 반사되는 햇빛을 옆얼굴에 받으면서 호반을 터덜터덜 걸어오는 병졸들의 행렬은 이마에 땀방울이 맺혀 걸으면서도 나른하게 졸음에 빠져 들었다.
 "시게하루, 너도 졸리는가?"
 말을 탄 도키치로는 뒤돌아보면서 좌우에 따르는 5, 6기 중의 한 사람에게 말했다.
 한베 시게하루는 구부린 채 말을 타고 주인의 뒤를 따르고 있었으나, 얼굴을 들어 미소를 지으면서 대답했다.
 "호남의 동풍이 마상에 불어오니 어쩐지 나른해서 견딜 수가 없습니다. ……저도 모르는 사이에 깜박 졸고 말았습니다."
 "역시 졸고 있었군. 그런데 여느 때의 너답지 않구나."
 "면목 없습니다."

"아니야 그걸 말하는 게 아니야. 그대는 우리들처럼 무인 일변도가 아니고 내 휘하에서는 유일한 풍류인이 아닌가? 풍류를 알고 있는 그대가 이 쾌청한 좋은 날씨에 시도 없고 노래도 없이 묵묵히 아래만 내려다보고 가는 것은 웬일인가? …… 한 수 읊어 주지 않겠는가?"
"외람된 말씀입니다. 더욱 면목 없을 뿐입니다. 노래가 없습니다."
"노래가 없다……하하하하."
"다만 졸음이 올 뿐입니다."
"조는 것을 용서해 달라는 말도 무린 아니지. 어젯밤도 여관에서 밤이 깊도록 모두들 이야기를 하고 있었으니까. 실은 나도 졸음이 오는군. 오랜만에 스노마다로 돌아가 어머니랑 아내랑 동생들과 마주 앉아 머물렀던 지난 이틀 동안, 하룻밤은 이야기로 밤을 새고, 하룻밤은 쌍 주사위 놀이를 하느라고 잠을 못 자고……아주 수면 부족인데."
다른 가신들도 돌아보면서 껄껄 웃었다.
"정월은 정말 좋은 달이야. 멋진 정월의 날씨…… 누구의 얼굴에나 졸음이 넘치는구나."
큰 소리로 말했다.

기마병 뒤에는 300여 명에 가까운 보병이 뒤따랐다. 크게 외치는 그의 소리에 놀라 모두들 눈을 뜨고 앞쪽을 바라봤다.
'……정말 명랑한 주인이시다. 천하의 봄은 모두 주인의 얼굴로부터 시작되는 것 같구나. 전장에 있어서나 이와 같이 여행하는 도중에도 따분한 얼굴을 본 일이 없다.'
한 장군의 얼굴은 만 병졸의 얼굴인 것이다. 도키치로가 웃자 모두 웃음을 띠었다. 그의 쾌활한 웃음소리에 모두들 눈이 번쩍 뜨인 듯 걸음을 재촉했다.
금년의 정월은 겐키(元龜) 2년이었다.
에로쿠(永祿) 13년으로 헤아려지던 것이 작년 9월에 개원(改元)을 했으므로, 어쩐지 한 해를 뛰어 넘은 것 같은 기분이 든다고 모두들 말하는 것이었다.
특히 세모인 12월에 에이 산의 화의를 받아들여 총퇴각을 하고 나니 곧 정월이 되었다. 도키치로는 아네 강의 전투에 있어서 아사이, 아사구라를 타도하기 위해서 옛 아사이의 효장 오노키 도사노카미(大野木土佐守)가 지키고 있던 요코야마 성에 들어가 있었으므로 당연히 정월은 그리로 돌아가 있었다.

그러나 해가 바뀌자 서둘러 새해 인사차 그는 기후 성으로 가서 노부나가를 배알하고, 다시 며칠 동안 휴가를 얻었으므로 그 길로 스노마다로 돌아온 것이다. 그래서 오랜만에 어머니와 형제들 곁에서 즐겁게 밤을 새고 돌아가는 길이었다.

"시게하루, 시게하루."

도키치로는 또 무슨 말을 하려는 듯 눈동자를 그에게로 돌렸다. 순간 눈을 크게 뜨고, 옆에 있는 사람에게 명령하며 자기도 말에서 뛰어내렸다.

"어떻게 된 거야? 시게하루…… 이거 큰일났군. 시게하루를 안아 내려라."

——실은.

그와 나란히 말을 타고 오던 사람들도 시게하루를 보지 못한 것은 아니다. 한베는 안장의 앞턱에 엎드린 채 고삐로 허리를 묶은 듯 말의 갈기 위에 쓰러져 있었다.

——그러나 방금까지도 주인인 도키치로와 졸려서 죽겠다는 등 이야기를 하고 있었으므로 정녕 잠이 든 것으로 알고 이상하게 여기지 않았을 따름이다.

"이봐, 이봐."

"도대체 어떻게 된 거야?"

도키치로의 말을 듣고 여러 동료들도 깜짝 놀랐던 것이다. ——안아 내리려고 가까이 갔을 때는 숨이 끊어진 듯 다케나카 한베 시게하루의 낯빛은 창백했고, 눈썹은 꼿꼿이 서서 괴로움에 지친 표정이었다.

"병이 났다."

"매우 중태다. 몸이 불덩어리 같다."

그를 안아 내리고 있는 가신들에게 도키치로는 자기의 하오리(羽織)를 벗어 풀 위에 깔고, 그 위에 그를 조용히 눕혔다.

"조심해서 해. 잘 다루란 말야."

한베의 병약함은 누구보다도 도키치로 자신이 잘 알고 있었다. ——이제 생각해 보니 그는 너무 무리를 한 것 같다. 도키치로는 약간 후회도 없지 않았다.

춘풍 속의 행군 301

12월의 혹한 중에 사카모토(坂本)의 진영에서 돌아오자마자 정월의 이 여로에 올랐으므로 지병이 있는 그의 몸으로서는 견딜 수가 없었던 것이다. 어젯밤도 밤이 깊도록 곁에서 흥미 없는 이야기로 시간을 보냈다. 감기가 걸린 것 같다고 중얼거렸지만, 건장한 도키치로는 거기까지 생각이 미치지 않았다.

"공교롭게도 일행 중에는 의사가 없구나."

"정말 그렇습니다. 약은 있지만 그것도 한베님의 병에는 맞지 않는 것 같습니다."

"그래도 먹이지 않는 것보다 났겠지. 그의 병은 언제나 이와 같이 열이 난다. 기침을 하고, 그 다음 먹지를 못하고, 이와 같은 증세였지."

"그렇다면 차라리 부근 농가에 부탁해서 조용히 한숨 자게 하는 것이 어떨까요?"

"음. 그거 좋겠군…… 나는 조금 당황했었구나. 여기는 이마하마(今濱)지?"

"네, 그렇습니다."

"이마하마라면 니와 나리의 진영이 있는 곳이다. 진영은 여기서 먼가?"

"조금 멀기는 하지만 업고 간다면 곧 닿을 수 있을 것입니다."

"가슴을 누르면 병에 해로워……자칫하면 아주 죽어 버릴지도 몰라."

주인이 이처럼 당혹해하는 얼굴은 가신들도 처음 보았다. 그러나 도키치로는 그 다케나카 한베 시게하루 한 사람을 휘하에 맞이하기 위해, 일찍이 구리하라(栗原)산의 산중에 7일간을 다니면서 끈기 있게 삼고(三顧)의 예로써 겨우 그를 세상 밖으로 나오게 했다. 그 성의를 생각해 본다면——그럴 만도 하다고 가신들은 오히려 그가 당황하는 모습을 믿음직스럽게까지 생각했다.

──그때 뜻밖에.

저편 호숫가에서 무엇인가 외치면서 두 사람의 동자가 뛰어왔다.

둘 다 시동의 모습이었다. 그들은 원래 이 행렬 속에 있던 자들로서 어느새 재빨리 저편 호숫가까지 달려갔다가 곧 되돌아온 것 같다.

"오오, 오이치(於市)와 오도라(於虎)군."

도라노스케(處之助)는 열한 살, 이치마쓰(市松)는 그보다 대여섯 살 정도 위였다. 모두 스노마다의 성에서 자라났는데 이번에 도키치로가 갔을 때, 이제 나이도 들었으니 전선인 요코야마 성으로 꼭 데려가 달라고 본인과 연고자들이 부탁하므로 청을 거절하지 못하여 시동으로 데리고 온 것이다.

"무슨 일이냐? 둘 다."

"네."

도라노스케는 눈만 말똥거리고 있었다.

아직 11살의 어린 나이이므로 주군의 앞에서는 말이 잘 나오지 않는 것 같았다. 거기에 비하면 이치마쓰는 훨씬 어른스러운 데가 있었다.

"바로 저편 호반에 집이 있습니다. 의사도 있다고 합니다. 과히 멀지 않으니 그 곳으로 병자를 옮기는 것이 좋을 것 같습니다."

이치마쓰는 호숫가를 가리켰다.

과연 거기에서도 보였다.

저편 호숫가에는 가건물 같은 긴 집이 몇 줄이나 있었다. 그곳을 도키치로나 가신들도 모르는 것은 아니지만 멀리서 끌과 큰 자귀 소리가 들려 왔으므로 급한 환자를 데리고 가봤자 별 뾰족한 수가 없으리라 생각했던 것이다.

어른들은 지혜로만 판단하다가 미궁에 빠지고 소년들은 기지를 곧장 실천에 옮긴다.

어느새 거기까지 뛰어갔다가 와서 거기까지 가면 잘 치료받을 수가 있다는 것을 확인하고 돌아온 것이다.

"잘됐다."

도키치로는 먼저 칭찬을 했다. 도라노스케와 이치마쓰는 만족스런 표정으로 얼굴의 땀을 씻으며 물러갔다.

"어쨌든 가 보자."

도키치로는 먼저 말을 달려 길을 바꾸었다.

병자를 보호하면서 종자와 병졸들도 줄을 지어 뒤따랐다.

오솔길을 돌고 숲이 무성한 언덕을 넘었다.

곧 호반에 이르렀다. 그곳에 와서 보니, 언덕에 가려서 길에서는 잘 보이지 않던 집들이 예상 외로 많이 있었다.

"이거 어느 틈에……."

도키치로는 눈이 휘둥그레졌다.

니와 고로오 자에몬 나가히데(丹羽五郞左衛門長秀)의 관할 구역이라고 쓰인 팻말이 서 있었다.

여기서도 십수 척의 병선이 건조되고 있었다. 새로운 선저와 선체로 조립된 거선들이 물가를 따라 정렬해 있다. 귀를 멀게 할 정도의 끌과 자귀의 음향은 거기서 개미처럼 달라붙어 일하고 있는 목수들의 손에서 나는 소리였다.

문득 한 척의 선수에 서서 목수들과 인부들을 독려하고 있던 부교(奉行) 같아 보이는 사내가 거기에 온 도키치로의 행렬을 알아채고, 배 위에서 뛰어내려 아주 냉담한 태도로 가까이 와서 소리쳤다.

"누구냐?"

"요코야마 성의 기노시다 도키치로."

그는 말에서 뛰어내려 다시 근엄하게 말했다.

"니와 나리는 어디 계시는가?"

"아아, 기노시다님이시군요. 나가히데 나리는 조금 전까지 여기서 공사 점검을 하시다가 방금 이마하마의 진영으로 돌아가셨습니다."

틀림없이 그 사람이라는 것을 알자 부교는 어느새 태도를 바꾸어 말했다.

"급한 용무라도 계시면 이마하마로 곧 사람을 보내겠습니다만……"

"아니 그럴 것까지 없어. 실은 일행 중에 급한 환자가 생겨서 집 한 채와 의사를 좀 빌리고 싶어서 온 것인데, 의사가 있을는지?"

"그러시다면 저의 임시 주택까지만 가 주시면 어떻게 해서라도……"

"그대는?"

"니와가의 신하. 시마키 치쿠고(島木築後)입니다. 종전부터 이곳 조선 부교를 맡고 있습니다."

"시마키. 아무튼 서두르도록……"

"환자는 어디 있습니까?"

"바로 저기……"

한 사람의 등에 업혀 몇 사람인가의 동료들에게 부축을 받으며 병자인 한베 시게하루는 시마키 치쿠고의 집까지 갔다.

목책으로 둘러친 속에 배를 만드는 작업장이 있고, 거기에 연달아 사무소가 몇 채 있었다.

도키치로는 뒤에서 걸음을 멈추고……이제는 안심이라는 표정으로 바라보고 있었다.

"승창에 앉으십시오."

시동인 이치마쓰와 도라노스케가 뒤에서 의자를 권했다. 그는 말없이 승창에 걸터앉으며 숨 돌릴 겨를도 없이 이곳의 조선 작업을 보고 있었다.

물론 이것은 노부나가의 기획이다. 에이 산과 교토, 나니와 변에 대비하기 위한 것임은 말할 필요도 없는 것이다. 기후로부터 육로로 갈 경우 언제나 도중에서 일향종의 승도나 각지의 잔적에게 방해를 받아 뜻대로 나아가지 못하는 한을 남기는 것이다.

──그러므로 아무런 방해도 없는 호수를 건너 다시 에이 산 서쪽으로 출군하는 것이 날짜가 덜 걸린다는 것을 도키치로도 이제 생각할 수 있었다. 그래서 언제나 노부나가의 선견지명과 그 예견을 확실히 실천해 나가는 신속성에 탄복하지 않을 수가 없었다.

이윽고 다시──

아까 환자를 데리고 갔던 가신들이 돌아와, 걱정스러운 얼굴로 승창에 앉아 기다리는 주군 앞에 호리오 시게스케(堀尾茂助)는 무릎을 꿇고 한베 시게하루의 용태를 이렇게 보고했다.

"이제는 걱정하지 않으셔도 될 것 같습니다. 시마키 나리의 집에 도착하자 곧 의사가 와서 진찰을 하고 약도 먹였습니다. 그러나 입에서 조금씩 피를 토하므로 아직도 10일 동안은 절대로 움직여서는 안 된다는 것이 의사의 주의였습니다."

"뭐, 피를 토했다고?"

도키치로는 양미간이 흐려졌다.

"……그렇다면 중태로군."

"아니 그렇지도 않습니다. 안정을 시키고 약을 먹이자. 다케나카(竹中)님은 여느 때처럼 상쾌한 표정으로 피를 토하는 것은 오늘뿐이 아니라고 미소를 지으면서 의사에게 대답했습니다."

"그 자신감이 무리를 하게 되는 원인이야…… 그래 피를 토한 적이 여러 번 있다고 하던가? 나에게는 줄곧 숨겨온 모양이로군."

"우리에게, 하도 여러 번 주군님은? 주군님은 하고…… 묻기에 벌써 앞에 가셨다고 거짓말을 하여 억지로 떼어 놓고 돌아왔습니다."

"누구든 간호하고 있지 않으면 그 성미에 오래 누워 있지는 않을 거야. ──유주로."

도키치로는 히코에몬(彦右衛門)의 조카, 하치스카 유주로를 돌아보면서 말했다.

"주인 시게스케와 함께 뒤에 남아서 한베의 머리맡에 붙어 있도록. 귀로에 니와님에게도 잘 부탁해 놓겠지만, 충분히 몸조리를 하여 회복되기 전에는 요코야마 성으로 돌아와서는 안 된다고, 도키치로가 단단히 일렀다고 전해라. 알겠느냐?"

"황송합니다."

"가자!"

그의 앞에 말이 세워지고, 승창을 거두었다.

재목을 짊어진 인부들이 저만치 가고 있다. 모두 조선의 용재(用材)인 것 같다. 큰 재목의 앞뒤에 밧줄을 걸고 거기에다 나무를 가로질러 네 사람이 메고 갔다.

──그런데 그 가운데 얼굴빛이 흰 인부 한 사람이 있었다. 이와 같은 거친 일에는 아직 익숙하지 못한 듯, 발을 떼 놓는 것이 위태로우며 얼굴을 찡그리고 재목의 앞쪽을 메고 비틀비틀 걷다가, 문득 도키치로 쪽을 바라보았다.

"앗!"

그는 놀람과 동시에 메고 가던 재목을 어깨에서 떨어뜨렸다. 갑자기 상대방의 어깨가 빠져나가자 마주 메고 가던 사람도 비틀거렸다. 그뿐만 아니라 재목의 끝이 그 인부의 발등에 탁 떨어졌으므로,

"아얏!"

비명을 올리며 벌렁 드러누워 버렸다.

즉시 다른 인부가 달려와서 재목 밑에 들어가 있는 그의 발을 빼냈다. 그러나 인부답지 못한 여윈 사내가 자기의 과실을 겁내서 떨리는 음성으로, 당연히 엄한 벌이 있을 것을 두려워하며 머리를 숙이고 이마를 조아렸다.

"실수를 했습니다. 제발 용서해 주십시오."

"이 얼간이 같은 자식!"

다리를 절룩거리며 일어난 피해자는 창백한 얼굴을 해가지고 느닷없이 상대방을 때렸다.

그래도 분이 풀리지 않아서 그의 귀를 잡아당기며 외쳤다.

"자아! 모두 손을 내시오. 이놈의 실수는 한두 번이 아니야. 노동에 익숙하지 못하면 차라리 품팔이를 나오지 않으면 될 게 아닌가? 품삯만 탐내

는 자식이다——. 그냥 두면 버릇이 되므로 보자기를 덮어씌우고 뭇매를 때려 호수에 던져 버리자."

"아아 살려 주십시오."

사내는 도망치려고 빙빙 돌았다. 도망가는 것이 오히려 나빴다. 그들의 야성적 기질을 오히려 돋우는 결과가 되었다. 이들 거친 인부들은 그의 멱살을 잡고, 차고 때리고——실컷 두들긴 다음 물가로 끌고 갔다.

"모리스케(茂助), 모리스케."

도키치로는 당황한 듯 손가락으로 그쪽을 가리키며 명령했다.

"그들을 말려 줘. 그리고 얻어맞은 그 사내를 이리로 데려와 봐."

호리오 모리스케는 달려갔다.

——이쪽에서 보아하니, 모리스케는 큰 소리로 인부들을 나무라고 있다. 그리고 금방이라도 호수에 집어넣으려던 사내를 뺏어서 갑자기 자기 어깨에 메고 허둥지둥 달려왔다.

"데리고 왔습니다."

어깨에서 내던지 듯 그 연약한 인부를 도키치로의 앞에 내려놓자 사내는 아직도 비명에 가까운 소리를 지르며, 얼굴을 땅바닥에서 떼지 않았다.

"용서해 주십시오. 제발……."

도키치로는 그 모습을 한참 동안 응시하고 있다가 이윽고 조용히 말했다.

"얼굴을 들라."

벌벌 떨고 있던 사내도 차츰 침착해진 듯 했으나 아무래도 고개를 들려고 하지 않았다.

"이놈, 얼굴을 들라니까!"

호리오 모리스케도 말하고 가신들이 옆에서 꾸짖었지만, 그래도 역시 그는 걸레처럼 납작하게 엎드려 있을 뿐이었다.

"귀머거리인가, 너는?"

하치스카 유주로가 마침내 참지 못하고 목덜미 위로 팔을 뻗자 도키치로가 제지했다.

"잠깐 기다려, 귀머거리는 아니다. 약간 사정이 있는 것 같다. 거칠게 다루지는 말라."

그리고 응시하고 있던 눈길을 돌리자 그에게로 다가가서 흙투성이가 된 사내 곁에 한쪽 무릎을 꿇고 말했다.

"오후쿠(於福)⋯⋯왜 얼굴을 들지 않는가? 너는 오와리 니이가와(尾張新川)의 그릇 가게 주인 스데지로의 아들 후쿠타로임에 틀림없다."
"⋯⋯아니, 아닙니다."
사내는 가슴에 얼굴을 파묻은 채 돌아앉아서 전신을 떨고 있었다.
"하하하하⋯⋯."
도키치로는 짐짓 웃어 보였다. 친절하게 그의 어깨를 가볍게 두드렸다.
"왜 그처럼 두려워하는가? 오와리 니이가와는 나의 고향 나카무라(中村)의 이웃 마을, 그 얼마나 그리운 곳인가? 게다가 너와 나는 7, 8살 때부터 같이 놀던 죽마고우가 아닌가? ⋯⋯이봐 무말랭이 같은 오후쿠! 아하하하하, 울긴 또 왜 울어. 그 나이에도 아직 울보인가?"
"⋯⋯면, 면, 면목 없습니다."
"무엇, 무엇이 면목 없단 말인가? ⋯⋯아아 그렇지, 네 아버지 옹기쟁이 스데지로는 장사 수완이 좋던 대가였는데, 그 젊은 주인이 망한 모습으로 나타나서 면목이 없다는 것인가? ──아니면 내가 그 옹기집에 또한 견습생으로 일할 때, 주인의 아들인 네가 매사에 있어서 어린 나를 학대했으므로 그 보복이나 받지 않을까 두려워 떨고 있는가? 염려할 것 없어. 나카무라의 히요시는 그와 같은 소인배는 아니라는 것을 너도 잘 알고 있을 텐데⋯⋯."
"⋯⋯네, 네."
후쿠다로오는 코를 훌쩍거리며 오열했다.
도키치로가 아직 히요시라 불리던 때에 확실히 그가 2, 3살 위였으므로 금년 35세의 도키치로에 비추어 그도 이미 37, 8세임이 틀림없다.
"우리 일행을 따라오는 것이 좋을 거야. 귀성 후, 신상에 관한 이야기나 들어 보자──따라와. 결코 홀대를 하지는 않을 테니⋯⋯."
그렇게 말하고 도키치로는 말에 올라탔다. 가신들은 그의 명령대로 후쿠타로를 재촉하여 일행 중에 끌어넣었다.
호리오(堀尾), 하치스가(蜂須賀) 두 사람은 뒤에 남았다.
"그렇다면, 우리들은 다케나카(竹中) 나리가 완쾌될 때까지 여기에 있겠습니다."
"음, 음, 한베의 간호를 부탁한다. 아무튼 가볍게 생각하지는 말도록. 무리를 하여 귀성하지는 말도록 한베에게도 전하라⋯⋯."

병졸들은 창을 들고, 기마병 들은 그의 앞뒤에 서서, 종대를 지었다. 오이치와 오도라도 그 속에서 걷고 있었다.

어린 사자

이곳의 북국 가도는 오미(近江)에서 에치젠(越前)으로 가는 유일한 통로였다.

도리고에(鳥越) 산, 다카도키(高時) 산, 요코야마(橫山) 산 등의 산록을 누벼 길은 점점 험해지고 날은 저물어 호수 북쪽의 물은 멀리 왼편으로부터 어둠에 잠겨 가고 있다.

아사이 나가마사의 오다니(小谷) 성도 그 도중에 있었다.

"아아, 등불이 켜졌다."

도키치로는 오다니 성의 등불을 보자 그렇게 중얼거리며 말을 세웠다.

북부 오미 여섯 고을에 39만 섬을 점유하는 아사이가가 웅거하는 성은 그야말로 난공불락의 지형이다.

'이 성을 함락시키기란 쉬운 일이 아니다.'

그렇게 탄식하고 있는 것일까?

아니, 그의 눈에는 그 요새 속에 조용히 빛나고 있는 촛불과 총안으로 보이는 등불이 덧없는 것으로 보였을지도 모른다.

——언제까지 계속된 것인가?

이처럼 아사이 일족의 위에 곧 닥쳐올 운명의 날을 가엾은 듯, 우스운 듯 바라보지 않을 수가 없었다.

그런데——

그가 마음 아파하는 일은 그 성중에 시집가 있는 주인 노부나가의 누이동생의 처지였다.

오이치에 대해서, 이번에 새해 인사차 기후성에 왔을 때도 노부나가는 몇 번이나 걱정의 말을 했다.

그녀 또한 타고난 아름다움을 지닌 미인이었다. 미인박명이란 말은 그대로 지금의 오이치의 경우에 해당되는 말인지도 모른다.

오빠 노부나가의 정략의 제물로, 그 타고난 아름다움에도 불구하고 아사이가에 시집가서 남편인 나가마사와 노부나가와의 사이에 불화가 있어 서로 적국이라 불리게 되었을 때는 이미 세 아이의 어머니로서 나이는 스물을 약간 넘었을 정도이다.
지난해 연말.
장군 요시아키의 중재로 에이 산과 아사이 아사구라 양가와 오다가는 화해를 했지만, 그것은 결코 영구적인 것이 아니라는 것은 그 후의 제국의 움직임이나 승단의 여전한 교란작전이 증명해 주고 있는 것이다.
아사이 나가마사로서도 물론 그 저의에 변함은 없었다. 그는 노부나가의 매제로서 노부나가에게는 누구보다도 사랑을 받고 있는 터라고 스스로 알고 있었다. 그렇지만 노부나가와는 아무래도 마음을 털어 놓고 제휴할 수 없는 성격이었다.
젊은 사람이라고 해서 모두가 신시대를 이해한다고 할 수는 없는 것이다. 젊은 사람이면서도 시대의 진수를 포착하지 못하는 젊은이도 있는 것이다. 나가마사도 그런 부류였다.
노부나가의 행동은 그에게는 단지 위험하게만 보일 뿐이다. 그와 같은 행동으로는 시대의 조류를 관철해 나갈 것 같지가 않았다. 그러므로 이성적인 그는 에치젠의 아사구라와 결속하여 에이 산과 그 밖의 승병단과 조약을 맺고 구태의연한 장군가를 여전히 받들고 있었다.
'드디어 다시.'
노부나가가 생각하는 바는 나가마사도 포함한다는 것임에 틀림없었다. 그러므로 도키치로의 지금의 위치는 이 오다니의 성으로부터 에치젠으로 통하는 북국 가도의 도중에 있었다. 양가를 잇는 동맥이 되는 길을 요코야마의 산록 요코야마 성에서 차단하여 에치젠의 아사구라와 북부 오미의 아사이가를 양손으로 누르고 있는 형국이었다.
"빨리 가자. 별이 보인다."
요코야마 성까지는 이제 십리 남짓밖에 남지 않았다. 도키치로 이하 나그네의 줄은 어둠 속을 걸어갔다. 그들은 각자가 따뜻한 보금자리를 머릿속에 그려보고 있었다.
"야앗! 불이다."
"오오 성문에서다."
그늘진 산길을 막 돌아나왔을 때이다. 사람들은 모두 놀라서 소란을 피우고 있었다. 이제부터 돌아가려는 성채 주변에 별이 빛나는 밤하늘을 향해 불꽃이 치솟아 오르지 않는가?

아무런 명령도 떨어지지 않았지만 200명의 장졸들은 순식간에 싸울 준비를 했다.

"그렇다면 적이……."

모두들 모골이 송연한 표정을 지었다.

"아사인가? 아사구라인가?"

"아군이 없는 것을 알고 진영을 비운 틈에 습격해 오다니……더러운 적병들!"

"화의를 한 직후인데, 비겁하게도 책모를 하다니……쳐부수어서 본때를 보여 줘야 해."

눈으로는 저편의 불꽃을 바라보며 입술을 깨물고 도키치로의 명령이 내려 오기 기다리고 있었다.

"……과연 그랬구나!"

말 위에서 도키치로도 불길을 바라보고 있다가 이윽고 내뱉은 소리가 지 극히 느긋한——그러면 그렇지 하는 소리였다.

"서두르지 말라."

먼저 뒤를 돌아다보며 말했다.

"우리 요코야마는 소성이긴 하지만, 게다가 우리들이 떠났다고 하더라도 하치스가 히코에몬이 있다. 한베의 동생 다나카 규사쿠도 있다. 쉽사리 저따위 불길 속에 떨어지지는 않는다."

어두운 산바람을 타고 껄껄 웃는 웃음소리가 들렸다.

잇따라서 '덴조(天藏), 덴조'하고 부르는 소리가 들렸다. 네——하고 와다 나베 덴조가 열중에서 뛰어나와 그의 말 앞에 엎드렸다.

"가서 보고 오너라."

"네."

그가 뛰어가자, 도키치로는 기마병 쪽을 돌아봤다.

"신시치(新七)는 있는가?"

"여기에 있습니다."

아오야마 신시치가 높은 소리로 대답했다.

"너도 가거라. 너는 말을 탄 채가 좋을 것이다."

"알겠습니다."

아오야마 신시치는 말에 채찍을 치며 달려갔다.

춘풍 속의 행군 311

차례로 6, 7명을 보냈다.

그들이 이윽고 척후에서 돌아온 보고를 종합해보면 대개 적측의 정체와 불길의 정도를 알 수 있었다.

사람들의 상상은 틀림없었다. 적은 역시 아사이가의 일족이라 했다.

아사이 시치로에몬(淺井七郎右衛門) 등, 겐바(玄蕃)라는 자에게 미다무라 우에몬 다이유(三田村右衛門大夫)의 군사가 합세하여 800명 정도의 군사들이 요코야마 성의 성문에 마른 나무를 쌓아 놓고 불태우고 있다는 것이었다.

"공격로를 잡고 있는 적은 거기뿐인가?"

"성문을 쳐들어오는 군사에게는 산이나 물도 소용없습니다. 다만 서쪽의 성문에서 사기를 앙양하는 함성은 질렀지만, 성내의 수비가 단단하여 완강하게 그저 함성의 메아리만 이를 뿐입니다."

"좋다. 이대로 시미즈(淸水) 못가까지만 진격해. 끈기 있게……."

처음으로 방향이 제시되었다. 말과 병졸들은 지금까지 걸어온 것과 다름없는 보조로 움직여 갔다. 그래서 시미즈 못을 뒤에 두고 정연하게 진을 쳤다.

불꽃에 묻혀 있는 성문은 가깝고 거기에 모여 있는 적의 그림자도 개미떼처럼 보였다. 때때로 함성을 지르며 총을 쏘기도 하고, 불길 속에 나무를 던져 넣기도 하고 불길과 더불어 돌파하려는 기세인 것 같았다.

도키치로는 채찍을 들어 있는 힘을 다하여 고함을 질렀다.

"앞으로 나가라. 토벌하라!"

말과 병졸들은 검은 물결처럼 옆으로 번져나갔다. 그래서 적의 바로 배후에 육박하자 그들 각자가 뱃속으로부터 우러나온 소리로 한꺼번에 무사다운 소리를 질렀다.

"와아——"

도키치로는 전진하지 않고, 겨우 몇 사람의 군사들과 더불어 뒤에 남아 있었다. 몇 사람의 인원에 불과하지만 그가 있는 곳은 문자 그대로 총사령부인 것이다.

"오이치, 오도라."

"네!"

"승창을 가지고 오너라. 그리고 둘 다 이리로 올라오너라."

말을 버린 그는 약간 높은 언덕에 올라서 있었다. 그리고 승창에 앉자 전방의 불길에 얼굴이 벌겋게 달아오른 채 잠깐 동안 입을 한일자로 꼭 다물고 있었다.

잔잔한 먼지 같은 불꽃 기둥이, 새로 피어오르는 검은 연기와 함께 높이 솟아올라갔다.

성문의 일각이 타서 넘어진 것 같다.

그러자 공격자들은 한 무더기가 되어 마구 불과 연기 속을 통과해 안으로 들어가려고 했다.

갑자기 뒤에서 뜻하지 않았던 맹병(猛兵)이 돌격해 온 것은 바로 그때였다.

"모반자인가?"

공격군의 장군은 어안이 벙벙해서 그렇게 외칠 정도였다.

도키치로의 성병일 줄은 꿈에도 몰랐다.

혈전은 불꽃 속에서 전개되었다.

갑자기 뒤를 향해 불의의 적을 맞아 싸워야만 할 아사이군은 전투의 시작부터 엉망이 되지 않을 수 없었다.

성 안의 군사들은 서로 외쳤다.

"아군이다."

"나리가 돌아오신 것 같다. 원조를 받고서야 이 성이 보존된다면 성밖의 군사들에게 웃음거리가 된다."

그리고 기운을 내어 서편 성문을 열고 불꽃 속으로 뛰어나가는 등 완전히 공격군을 뒤덮어 버렸다.

무수한 시체가 화염 속에 버려졌다. 적은 남김없이 궤멸되어 버렸다. 도망가는 적을 추적하여 목을 벤 자들이 여기저기 들판과 강변에서 소리 높여 이름을 대고 있었다.

"추적하지 말라. 멀리 따라가지 말라."

성 안에서 이따금 부르짖고 있는 자는 성 안에 남아서 지키고 있는 하치스가 히코에몬이리라.

그러나 싸움은 끝나지 않았다. 달아나는 적의 비명인지, 추적하는 아군의 소리인지 왕왕거리며 광야의 어둠 속에서 부는 바람소리처럼 한동안 도처에서 웅성거리고 있었다.

……승창에 앉아서, 진작부터 이곳 시미즈못의 언덕에서 싸우는 모습을

바라보고 있던 도키치로는 말했다.
"음, 잘 처리되었군."
숯불이라도 밟아 꺼버린 듯한 쉬운 말투로 혼자 중얼거렸다.
"오도라——오이치."
"……."
두 시동을 돌아보면서 불렀다. 두 사람은 바로 곁에 서 있었다. 그렇지만 둘 다 얼이 빠져 그가 부르는데도 모르고 있었다.
"그렇기도 할 것이다."
도키치로는 꾸짖지 않았다. 오히려 미소를 지으면서 두 사람을 바라봤다. 둘 다 전쟁이라는 것을 처음 보았던 것이다.
눈이 휘둥그레져 가지고 혼이 나간 것처럼 보였다. 열한 살인 도라노스케는 눈썹을 곤두세우고 이를 부드득 갈며 자신이 혈투를 하고 있는 듯한 표정으로 정신없이 바라보고 있었다.
"어때?"
승창에서 일어나 도키치로는 양손으로 두 사람의 어깨를 쓸어 주었다.
"——싸움이 무서운가?"
"아, 아, 아뇨."
도라노스케는 고개를 가로저었다. 이치마쓰는 당황해서 땅바닥에 무릎을 꿇고 애원했다.
"조금도 무섭지는 않습니다. 오히려 저도 저기에 가서 싸울 것을 허락해 주십시오."
"하하하하, 무슨 소리를 하는 거야? 싸움은 이미 끝나고 있다. 모르는가? 적이 붕괴되어 팔방으로 도주하고 있는 것을……."
바로 언덕 아래서였다.
바삭바삭 마른잎을 밟는 소리가 나더니 2, 3명의 적이 도망쳐 왔다. 그리고는 도키치로가 있는 줄도 모르고 이 언덕으로 올라오려다가 '아!' 하고 비명을 지르는 자가 있었다.
패주병은 놀라서 옆으로 길을 바꾸어 뛰어 달아났다. 도키치로는 그 비명의 목소리에 짐작되는 바가 있었다.
"옹기집 오후쿠가 나를 본 모양이다. 도중에 데리고 온 변변치 않은 인부 말이다. 둘이 가서 찾아오너라."

이치마쓰와 도라노스케에게 말했다.
"네."
두 사람은 모두 용감하게 언덕 아래로 뛰어 내려갔다.
이런 싸움판에서 싸움에 뛰어들지 못하고 다만 방관만 하고 있다는 것은 실은 견딜 수 없는 일이었다. 어린 마음에도 미안한 생각이 들었다.
이와 같은 경우에는 무엇인가 하찮은 일이라도 하고 싶어진다. 인간은 그와 같은 착한 성품을 타고 난 것이다. 그런데 주군으로부터 그러한 명령을 받은 것이다. 시시한 일이라고 탓할 겨를이 없었다.
"여어, 오후쿠."
"여어, 무말랭이."
이치마쓰와 도라노스케는 교대로 불렀다. 캄캄한 언덕받이를 헤매고 다녔다.
"……어디 있어?"
"어디 가버렸나?"
"이상한 녀석."
"무엇 때문에 주군님은 저따위 사내를 소중히 여겨서 데리고 왔는지 모르겠다."
참나무 숲 길을 접어들었다. 좌우를 살피며 부르기도 하고 풀숲을 두드려도 본다.
그러자 별빛 아래서 부스럭거리며, 움직이는 것이 보였다. 도라노스케가 발견하고 뒤에 있는 친구에게 말했다.
"여기 있어, 여기."
느닷없이 거기서 뛰쳐나온 사람들은 표범처럼 날쌔게 도라노스케를 들이받았다. 그리고 마음 놓고 걸어오는 이치마쓰를 향해 만나자 마자 '와아!' 하고 큰 소리로 외쳤다.
숨어 있던 적병이었다.
보아하니 잡병임에 틀림없었다. 이치마쓰도 도라노스케도 깜짝 놀랐지만, 그보다도 적병은 더 화가 나 있었다.
"빌어먹을 자식."
한번 몸을 굽혀 도라노스케는 잡병의 다리를 껴안고 토란 넝쿨처럼 떨어지지 않았다.

"오이치야, 잡고 있을 테니 베어! 목을 베란 말이야."

몇 번이나 외쳤다.

그렇지만 잡병은 긴 창을 가지고 있으므로 이치마쓰는 접근할 수가 없었다. 그 잡병의 무서운 얼굴이란 이치마쓰도 도라노스케도 이 세상의 인간의 얼굴 가운데서는 처음으로 보는 것이었다.

"기노시다가의 시동들이구나. 방해하면 쳐 죽여 버린다."

짐승이 외치듯 잡병은 꾸짖는다. 그것은 단지 달아나려는 초조감에 불과했지만 어린 사자들은 적의 마음을 헤아릴 수가 없었다. 이치마쓰가 돌멩이와 흙을 던지는 한편 도라노스케도 잡병의 정강이를 필사적으로 물어뜯었다.

소리를 들은 수명의 아군이 달려왔다. 그리고 두 말도 하지 않고 잡병의 등을 창으로 찔러 죽여 버렸다.

도라노스케는 머리에 피를 뒤집어 쓴 채 잡병이 쓰러졌는데도 아직도 그의 다리에 달라붙어 있었다. 워낙 애를 쓴 나머지 놓아 버리면 적이 살아서 도망갈 것만 같은 생각이 들었다.

"이제 됐어. 바보, 언제까지 시체를 붙들고 있을 참이냐?"

옷깃을 낚아채는 바람에 도라노스케는 길가로 떨어져 나왔다. 이치마쓰와 나란히 잠에서 깨어난 것처럼 멍하게 서 있었다.

──그러자 다시 많은 아군이 올라왔다. 한사람의 법사 무인을 포로로 하여 오랏줄로 묶어 끌고 왔던 것이다.

법사 무인은 포로라기에는 지나칠 정도로 자존망대(自尊忘大)해서 매우 으스대고 있었다. 그리고 자기를 둘러싸고 있는 사람들을 흘겨보고 큰 소리를 치면서 도키치로가 있는 언덕 위로 끌려올라갔다.

"소란을 피우지 말라. 갖고 싶은 것이라면 언제라도 좋으니 이 목과 이 몸뚱이를 여러 동강이 내서 가지고 가도 좋다. 이제 와서 도망갈 미야베 젠쇼보(官部善性坊)는 아니다."

"오도라. ……가자."

"그만 찾지 그래."

"오후쿠라면 거기에 있다. 여러 사람의 뒤를 따라 함께 언덕으로 올라갔다."

이치마쓰와 도라노스케는 아군의 뒤를 따라 걸었다. 언덕에 가니 추격에서 돌아온 사람들이 각자의 수확인 적의 목을 도키치로의 승창 앞에 늘어놓고 피의 연회에 들떠 있었다.

비굴한 옹기

그날 밤 적의 수급은 80이 넘었다.

요코야마 성내에서는 하치스카 히코에몬, 다나카 규사쿠, 마쓰하라 다쿠미(松原內匠), 그 밖에도 그동안 남아서 지키고 있던 여러 사람들이 나와서 주인의 귀성을 맞았다.

"마중을 나왔습니다."

"나리가 안 계시는 동안 한심스럽게도 성문의 일부를 적에게 불태워 버리고, 또한 소중한 병졸들도 수십 명이나 전사시켰습니다. 대할 면목이 없습니다."

책임을 맡은 자들이 한결같이 사죄를 했다.

도키치로는 한 마디로 가신들의 자책을 위로했다.

"뭐, 그럴 것 없어."

"그런 일을 가지고 누가 책망할 것인가? 사방으로 아군의 연락마저 끊어진 이 고성을 그대로 작은 병력에 맡기고 유유히 보름 동안이나 떠나 있었던 이 도키치로야말로 책망을 받는다면 받아야 할 것이다. 그 동안 용케도 지켜왔다. 내가 없는 동안의 노고에 대해서 감사를 느낄 뿐이다."

그는 곧 다른 무리에게도 눈을 돌리며 명령했다.

"생포한 적장, 미야베 겐쇼보라는 자를 이리로 끌고 와."

법사무인인 겐쇼보가 거기에 이르자, 도키치로는 잠자코 그 위인을 뜯어보았다.

"……."

겐쇼보도 얼굴을 쳐들고 도키치로를 흘겨보았다.

그러는 사이 질린 것처럼 갑자기 겐쇼보가 눈길을 떨어뜨리자 느닷없이 도키치로는 혼신의 힘으로 소리 높여 꾸짖었다.

"이 못된 놈!"

겐쇼보가 멍청하게 얼굴을 들어 무슨 말을 하려 하자, 입조차 열지 못하게 했다.

"불충한 놈!"

겐쇼보는 얼굴이 벌겋게 되어 뛰어들어 물어뜯기라도 할 듯한 표정이었다.

"뭐? 내가 불충자라고? 못된 놈이라고? 내가 포로가 된 신세라고 해서 그처럼 수치를 준다면 이대로 죽을 수는 없어. 그 이유를 분명히 하란 말이야. 그렇지 않으면 억울해서 죽을 수도 없다!"

"가련한 녀석이로군.――아사이 나가마사의 신하 미야베 겐쇼보라면 일찍이 소문에 듣기로는 영걸이라 했는데 대하고 보니 소문과는 아주 다르군. 너와 같은 인간이 주군을 망치는 해적이야!"

대면하고 있는 자를 상대로 여기지도 않는 듯 주위에 있는 사람들을 향하여 도키치로는 혼잣말처럼 중얼거렸다.

겐쇼보는 점점 더 약이 올랐다.

"이유를 대라! 야아, 이 원숭이 같은 녀석. 이유도 없이 무사를 비방하긴가? 서민 출신의 무뢰한. 무사를 대우할 줄도 모르는가?"

그러면서 꾸짖었다.

도키치로는 가볍게 웃어넘기며 말했다.

"무사로서의 대우를 받으려면 왜 무사의 길을 밟지 않는가? 무장다운 싸움을 하지 않는가? 듣거라, 겐쇼보. 너를 비롯하여 똑 같은 배포를 가진 아사이, 시치로에몬, 미다무라 우에몬다이유 등의 무리는 결코 주군 아사이 나가마사의 명령에 의해, 내가 비운 틈을 이용하여 성을 습격하지는 않을 것이다.”
"바, 바보 같은 소리……."
겐쇼보도 한바탕 웃었다.
"주군의 명령 없이도 싸우는 법이 있는가? 주인 나가마사의 지시에 의하여 싸운 것이다.”
"아니, 그렇지 않다. 거리낌 없이 그와 같은 호언을 하고도 겁이 없는 바보니까, 나는 너를 못돼 먹었다든가 불충한 자라고 하는 것이다.”
"무엇? 뭐라고?”
"아사이 아사구라 양가는 에이 산에서 굳게 노부나가님으로부터의 화의를 받아들인 것이 아닌가? 화의를 구해 놓고 곧 서약을 어긴다는 것은 무문의 불신, 그 이상 없는 것이다. 너희들은 너희들의 주군에게 불신의 오명을 뒤집어씌워 그 수치를 천하에 드려내려는 건가?”
"……."
"그럼에도 불구하고 다시 오다와 아사이 양가가 싸움을 한다면 오다니 성은 3일도 못갈 것이다. 에치젠으로부터의 원조는 멀고, 에이산과는 호수가 가로막혀 있다. 그리고 이마하마에는 우리 오다가의 니와 고로자에몬이 있고 여기는 기노시다 도키치로가 있다. ……하하하하, 생각이 얕은 사람들이로군.”
그의 조리 있는 말에 대항하지 못하고 겐쇼보는 잠자코 있을 뿐이다.
도키치로는 다시 깨우쳐 주었다.
"어버이의 맘을 자식이 모른다는 예가 있지만 노부나가님과 아사이가의 사이도 이와 비슷한 것이다. 노부나가님께서는 아사이가에 시집가 있는 누이동생을 비호하고 싶을 뿐만 아니라, 매제인 나가마사씨도 진정으로 사랑하고 있었다. 정말 아끼고 있었던——그런데도 불구하고 두 세력이 결탁하여 반드시 큰 위협을 받는 아사구라나 에이 산 등에 끊임없이 양가의 불화를 조장하고, 너희들 가신들도 거기에 장단을 맞춰 주가를 멸망으로 이끌려는 것이다.”
"……."
"요코야마 성의 방비가 허술함을 이용하여 습격을 해온 오늘밤의 일도 너희들 일부의 아사이가의 가신이 주인 나가마사 나리의 지시에 의하지 않고 너희들의 모략이라고 해두고 싶은 것은——이 도키치로로서도 양가의 화목을 또다시 깨뜨리고 싶지 않기 때문이다."
"……알았다."
겐쇼보는 묶인 채 몸을 앞으로 굽히며 묘한 말을 했다.
"어디까지나 오늘밤의 요코야마 공격은 우리들의 사사로운 모략에 지나지 않으며, 주군은 전혀 모르는 일이다. 그러므로 이 겐쇼보의 목을 베어 주인 나가마사가 화의의 조약을 깨뜨리지 않았다는 뜻을 오다가에도 분명히 하고 싶다."
"바로 그거야. 잘 말했다. 너의 목은 잠깐 보류해 둬야겠다——히코에몬, 히코에몽."
"네."
"미야베 겐쇼보의 신병은 그대에게 인계한다. 포로라 해서 너무 거칠게 다루지는 말도록——"
"잘 알았습니다."
하치스카 히코에몬이 오라 끝을 잡아끌고 가자, 도키치로는 간단하게 한 마디 했다.
"끌러 줘."
포박에서 풀려난 포로는 곧 많은 사람들 틈으로 사라졌다.
승창을 거두고 도키치로는 언덕을 내려왔다. 거기서 멀지 않은 요코야마 성의 성문으로 이윽고 주종(主從)을 막론하고 한 사람의 병졸도 남김없이 들어가 버렸다.
불타 버린 성문은 다음 날 다시 보수되고 있었다. 방어에 있어서도 하루도 게을리하지 않음을 보여주는 것이다.
북경의 눈이라도 녹는다면 중첩된 산악을 넘어 무엇이 넘어 올는지도 모른다.
총을 손질하고 창을 갈며 전쟁이 없는 때의 전쟁준비야말로 무사들의 정신 무장과 함께 함양해야만 하는 것이다.
함양 방법도 여러 가지가 있다. 병마의 훈련은 장졸이 일체가 되어 하는 것이지만 개개인의 여가에는 독서를 하거나, 술을 마시며 즐기거나, 참선을 하기도 한다. 도키치로의 경우에는 대개 성채 깊숙이 가장 넓은 자리에 텅 빈 공간을 만들어 넓은 평상 위에 요를 깔고, 그 위에 책상다리를 하고 앉아 조용히 햇빛을 받으며 생각에 잠겨 있는 때가 많았다.

언젠가 가신의 한 사람이 농담조로 물었다.
"나리께서는 왜 방안에 계시지 않고 즐겨 마루에 나와 앉아 계십니까?"
도키치로도 이상하다는 듯 대답했다.
"마룻바닥 위에 앉는 것이 좋아서가 아니라, 봄풀이 움트고 흙냄새가 풍겨오면 나도 모르게 흙이 그리워지는 것이다. 방안보다는 마루가 흙에 가까우므로 마루에 나앉는 것이다."
그 말은 가신들에게는 얼른 이해가 가지 않았지만 그의 뒤에서, 칼을 받쳐 든 채 졸고 있는 두 어린 동자들에게는 아주 수긍이 가는 말이었다.
이치마쓰도 도라노스케도 봄이 되자, 다다미 위보다도 흙이 그리워졌다. 도키치로는, 스노마다에 있는 어머니는 지금쯤은 또 채마밭에 나가서 채소를 가꾸거나 콩을 심기도 하고, 자식인 자기가 다소 출세를 했는데도 여전히 호미를 놓지 못하고 농사일에 골몰하고 있을 것이라고 어머니의 모습을 상상하고 있었다.
"오늘도 자리를 그곳에 잡았군요."
거기에 하치스카 히코에몬이 와서 웃는 얼굴로 손짓을 했다.
"오오 히코에몬인가?"
"대부분 산의 나무들도 파랗게 움이 텄더군요."
"인간도 마찬가지라고 생각되지 않는가?"
"하하하, 농담을······."
"농담이 아니야."
도키치로는 정색을 했다.
"멀리 있는 아내가 보고 싶군."
그는 얼굴을 붉혔다.
"여기에 모셔오는 것이 어떻겠습니까? 스노마다로 맞이하러 갈까요?"
그러자 예상과는 달리 마음속으로 나무랐다.
'바보 같은 소리를 하는군.'
"금년은 대란(大亂)의 연속이다. 전투에 또 전투가 거듭된다. 그러므로 눈앞에 보이지 않는······."
"나리도 심술궂군요. 히코에몬에게 그런 말이 나오도록 화제를 만들어 놓고는——"
"일부러 입으로라도 보고 싶다는 말을 함으로써 자신의 우울함을 좀 덜어 보자는 거야——그런데 포로인 겐쇼보는 지금 어떻게 하고 있는가?"
"아무 하는 일 없이 매일같이 경(經)이나 읽고 있습니다."
"본심이 아닐 게야."
"알고 있습니다."
"언제라도 좋다. 장기로 말하면 대비하고 있는 말과 같다. 잘 보살펴 두어라."
"잡담을 하느라고 전달할 것을 잊었습니다."
히코에몬은 손에 쥐고 있던 한 통의 편지를 거기에 내놓았다. 이마하마에서 정양중인 다케나카 한베로부터 온 편지였다.
도키치로는 눈으로 읽다가, 다 읽고 나자 당황한 표정으로 중얼거렸다.
"이거 야단났군."
"나리, 한베공의 신변에 무슨 일이 일어났습니까?"
"아니…… 이 편지에 의하면 한베의 병은 날로 차도를 보이고 있는 것 같은데, 그 뒤로 이마하마의 니와 고로자몽이 한베를 데려 가서 의사와 약을 주선하는 등, 더할 수 없는 친절을 베풀고 있다는 거야."
"그게 무엇 때문에 야단이라는 겁니까?"
"한베는 곧 돌아오고 싶은 심정인 것도 같지만 니와 나리에게 붙잡혀 곤란한 지경에 놓여 있는 것 같아. 원래 한베 시게하루는 이론에는 굽히지 않지만 정에는 약하단 말이야. 그의 박식과 지용은 일찍이 니와 나리도 잘 알고 있는 터라, 나를 볼 때마다 훌륭한 가신을 두었다고 늘 선망해 왔던 것이다. 너무 은혜를 입고나면 한베를 니와 나리에게 뺏길 염려도 없지 않단 말야."
"하하하."
히코에몬은 갑자기 웃음을 터뜨렸다.
"보기와는 다르군요. 나리께서도 그와 같은 질투심이 있었던가요?"
"있고말고. 나는 여자와의 사랑에서는 그다지 질투를 하지 않지만, 훌륭한 가신을 다른 사람에게 뺏기는 데 있어서는 심한 질투를 느낀단 말이야."
"니와 나리가 그와 같은 짓은 하지 않을 것입니다."
"당치도 않은 일을 걱정하는 것이 질투라는 것이겠지."
"옳은 말씀입니다."
히코에몬은 마음속에서 무엇인가 짚이는 바가 있었다.——주군의 이야기는 액면 그대로가 아니다. 한베의 변심을 걱정하여 말하는 것만이 아니라 이 히코에몬에 대해서 은근히 암시를 주는 것인지도 모른다.
 주중간이기는 했지만 아직 시일도 짧고 게다가 노부나가의 명에 의해 도키치로의 수하에 들어간 것이기도 하다.
 성중의 군사들도 태반은 전에 하치스카 마을로부터 데리고 온 히코에몬의 수하였으며, 도키치로도 역시 옛날 소년시절에는 그의 저택에서 살아온 일개 고용인이었다. 원숭이라고 불리었으며, 히요시라는 이름마저 아무도 불러 주지 않았던 쓸쓸한 코주부 녀석이었다.
 그런데 이제 와서——
 자기를 가신으로 부려야 하는 어려움을 히코에몬은 짐작할 수가 있었다. 그래서 그의 마음을 괴롭히는 것이 황송하게 생각되었다.
 햇빛 아래서 침묵이 오랫동안 계속되었다.
 시동인 오이치와 오도라는 주군의 뒤에서 졸고 있다.
 산비둘기가 있다. 기분이 나른하다. 별로 말할 것도 없을 것 같은 주군의 표정이므로 히코에몬은 물러나려고 했으나, 갑자기 정원 나무 밑에서 짙은 연기가 올라 공중에 퍼졌다.
 정원지기가 낙엽이라도 태우고 있는 줄 알았는데, 자세히 보니 숯굴을 만들어 놓은 듯 흙가마가 있었다. 그 아궁이 앞에서 한 사람의 사내가 불을 보살피느라고 엎드려 있었다.
 그가 의아해하는 것을 보자 도키치로는 웃으면서 말했다.
 "히코에몬, 저 사람이 누군지 알고 있나?"
 "보지 못한 녀석입니다. 언제 데리고 왔습니까?"
 "먼젓번에 귀성하는 도중 이마하마 주변에서 주워 온 사람——아마 자네도 알고 있을 텐데."
 "얼굴을 대해 보면 알지도 모르겠지만, 여기서는……."
 "생각나는가? 나의 고향 오와리 나카무라에서도, 그대의 고향 하치스카 마을과도 가까운 니이가와 마을에 살던 자, 옹기쟁이 스데지로의 아들 오후쿠라는 자를……."
 "저 사람이 옹기집 아들입니까? 니이가와의 옹기집이라면 아주 큰 부잣집이었는데."
 "주인이 죽은 뒤 집은 황폐해지고 전답도 다 없애버렸다는 거야."

"그렇다면 몰락해서 이마하마 부근에서 무슨 가난한 생업에라도 종사하고 있었습니까?"

"인부들 틈에 끼어 몸에 배지 않은 노동을 하고 있더군. 옛 인연을 생각하여 행렬에 끼워 데려오긴 했지만, 원래가 허약한 상가의 자식인지라 이 성내에서도 무슨 일을 시켜야 좋을지 생각나지 않는군."

"그렇군요."

"본인에게 무엇을 했으면 좋겠는가 물었더니 옹기를 굽는 일이라면 무엇이든지 할 수 있다고 하므로, 그렇다면 옹기라도 구워 보라고 맡겨 놓고 있는 중이야."

"하하하, 그렇다면 저것은 옹기를 굽는 가마였군요. 그렇지만 옹기 따위를 구워서 어쩌자는 것입니까?"

"밥이라도 담아 먹지."

"하하하하……."

히코에몬의 높은 웃음소리에 저편에서 구부리고 있던 후쿠타로는 깜짝 놀란 듯 가마 앞에서 몸을 일으켜 이쪽으로 돌아봤다.

그렇지만 언제나 겁에 질린 듯한 그의 눈길은 멀리서 도키치로의 모습을 보고 당황한 채 가마 앞에서 비굴하게 강아지처럼 등을 구부리며 웅크리는 것이었다.

"저 비굴함을 어떻게 하면 덜어 줄 수 있을까?"

도키치로는 그의 눈길을 보자 민망해 하였다.

그는 무엇인가 항상 공포에 질려 있었다. 부드럽게 대하면 오히려 겁에 질려 꽁무니를 빼는 판국이었다. 왜냐하면 후쿠다로는 지난날 옹기집 젊은 주인이었을 때 집에 있던 히요시라는 말썽꾸러기 견습생을 조석으로 미워한 일이 있었기 때문이다. 그것이 지금까지 기억에 생생하므로 자책을 한 나머지 은근히 공포를 느끼기도 하고 고민을 하기도 하는 것이다.

시일이 지나자 그가 만든 옹기가 구워졌다.

구워지는 대로 후쿠다로는 몇 개의 견본을 말없이 도키치로의 서원 마루 끝에 늘어놓았다.

가마는 적은 것으로서, 한 가마에 옹기 두 개나 세 개 정도밖에 들어가지 않았다. 뿐만 아니라, 만드는 도중에 깨어지기도 했으므로, 날이 가도 거기에 진열되는 그릇의 숫자가 눈에 띌 만큼 증가하지는 않았다.

또한 누가 가져가 버렸는지 그 중의 몇 개는 어느 새 없어져 버렸다. 그것을 발견하자 후쿠다로는, 사는 보람과 일하는 기쁨을 느끼는지 양미간에 안심하는 빛과 차분함이 조금씩 보이기 시작했다.
"맘에 들었을까? 그것으로 차를 마시는 데 사용하는 것일까?"
그의 손으로 만드는 그릇의 형태도 비굴한 모양과 천한 선이 보이지 않게 되었다. 그는 점점 늠름한 모습이 되어갔다.

사면초가

 매월 8일에 시장이 선다. 그 때문에 기후의 성 아래서는 말과 사람과 여러 가지 물자가 넘쳐난다.
 아직 노부나가가 성주가 되기 이전인 사이토(齋藤)씨 시대로부터의 관습이었다.
 종이, 먹, 피혁, 금속, 천, 그밖에 고물, 식료품 등 일체의 물건이 대규모로 교역된다. 여러 지방에서 여러 층의 사람들이 많이 들어오므로 치안이나 국방상으로의 폐해도 있지만, 오다가로서는 경제상으로 볼 때 이와 같은 순환을 금지하고 싶지는 않았다.
 "바보, 어딜 보고 걷는 거야? 똑바로 앞을 보고 걸어."
 석양이 가까워지자 시장의 잡다한 무리들 속에서 말 흥정꾼의 거친 고함소리가 들렸다.
 망아지와 어미 말을 끌고 인파 속을 헤쳐나왔기 때문에 거리의 사람들은 길 양쪽으로 피했지만, 두건 위에 칠을 한 갓을 쓰고 눈만 내놓고 걷고 있던 무인은 피할 줄을 몰랐다.
 "앗!"

비틀거리는 것으로 보아 말 중개인의 채찍은 그 무사의 어깨를 내리친 모양이다.

그러나 '앗' 하는 소리는 비틀거린 무인의 입에서가 아니라, 훨씬 떨어진 곳에 있는 다른 사람의 입에서 나온 소리였다. 수행원으로 보였다.

그는 곧 달려와서, 벗겨진 한쪽 발의 짚신을 찾아서 그의 발 앞에 놓았다.

"어디 다친 데는 없으십니까?"

종자 같지만 거의 비슷한 차림을 하고 있었다. 갓과 얼굴을 가린 것까지 똑같았다.

"난폭한 놈이로군요. 잡아서 관가에 넘길까요? 무사에게조차 저따위로 버릇없이 구는 놈은 생각할 여지가 없습니다."

이미 인파 속으로 멀리 사라져 말 궁둥이가 보일락말락한 것을 바라보며 따라오던 무사가 분을 참지 못하자,

"그만둬, 내버려 둬."

낮은 소리로 말하며 혼자 앞장서 걸어갔다. 종자는 다시 무슨 일이 일어나지 않을까 걱정하며 이번에는 그의 뒤에 바짝 붙어서서 눈을 부라리며 걸어갔다.

시장을 지나오자 사람의 내왕도 드물고, 공터가 나타났다. 그 공터의 끝에는 사원이 있는 듯하다. 간장 냄새 풍기는 빈대떡 집과 선술집 위로 저녁달이 비쳤다.

"너무 늦었습니다."

"아니, 재미있었어."

"땅거미가 졌습니다. 빨리 돌아갑시다."

"음, 음."

주위를 둘러보는데,

"저건 또 무엇일까?"

사람의 다리가 보였다. 그래서 공터 한 모퉁이에 모여 있는 많은 사람들 뒤에 가서 섰다.

어둠 속에 보니까 한 사람의 법사가 돌무더기 위에 서서 무엇인가 군중을 향하여 연설을 하고 있었다.

그밖에도 세 사람의 떠돌이 승이 세 군데 나뉘어 서서 지켜보듯 주위의 사람들을 둘러보고 있었다.

연사인 법사는 군중을 향하며 열변을 토했다.
"물가는 오르고 법령은 백성을 귀찮게 군다. 일꾼들은 싸움터로 군사가 되어 끌려가 버려 먹을 수 없고 살아나갈 수 없게 된 것이 오늘날 여러분의 현실인 것이다. 두 말할 여지도 없다. 이 시장만 하더라도 사이토 도산(齋藤道三)공이나 다쓰오키(龍興)공의 시대에는 이렇지 않았다. 훨씬 더 번창했었다. 화장을 한 여자도 볼 수 있고, 노래를 부르는 여자도 있었다. 밤늦도록 주정꾼의 소리도 들렸다. 그런데 이게 뭔가? 모두가 절제를 해야 하고 상점마저 밤만 되면 문을 닫아 버린다."
법사는 입술에 침을 바르며 청중을 둘러보았다. 교묘하게 영민들의 약점을 들어 오다가의 시정을 암암리에 비방하려는 속셈이 들여다보였다.
과거의, 그야말로 자유롭기만 했던 사이토가 시대의 난숙함만을 칭찬하고 있다. 그로 말미암아 그 사이토가는 3족이 멸망하고, 성의 백성들은 다같이 외적의 침공과 병화의 재난을 받아 지금까지도 그 만신창이의 상처가 아물지 않고 있다. 그러나 이런 말을 하지 않고 아주 왜곡해서 그때의 자유로운 분위기만을 이야기하고 있는 것이다.
"나리, ……나리."
가쓰이에(勝家)는 슬며시 노부나가의 소매를 끌었다.
귀에 입을 가져갔다.
"일향종의 중놈입니다. 적의 사주를 받은 게 틀림없습니다."
주위 사람들에게 눈치채지 않으려고 눈치를 살피면서 속삭였다.
"음, 음."
노부나가도 수긍했다. 그러면서도 눈은 사람들의 어깨 너머로 연설을 하고 있는 법사를 쏘아보았다.
아까 시정의 혼잡 속에서 말 중개인에게 타박을 들은 것은 노부나가였다. 종자는 시바다 가쓰이에(柴田勝家). 물론 미행으로, 그 위장에도 세심한 주의를 기울였다.
영민(領民)이 춤추며 노는 날은 자기도 영민들 틈에 끼어 춤을 추는 노부나가였다. 소년 시절의 그의 소행으로 보더라도 이와 같은 일은 굳이 의외의 행동이라고는 가신들이 생각하지 않았다.
다만 때가 때이니만큼 위험하게 생각될 뿐이었다. 그러므로 가쓰이에로서도 중대한 임무를 띠고 있는 것이었다. 그러나 노부나가는 조금도 그런 점은 개의치 않았다.

요즘은 잠시 동안 전쟁터에 나가는 일도 없으므로 그는 한층 내정과 외교에 마음을 쏟고 있었다. 특히 싸움이 있으면 언제나 기후를 떠나오므로 치하의 민심이 어떠하다는 것은 그 자신의 건강만큼이나 항상 세심하게 마음을 쓰고 있었다.

"……단언하건대 나는 보시는 바와 같이 승문의 몸. 나의 눈동자는 아미타불의 눈동자요. 이 지방 저 지방 동서남북 도처에서 싸우고 있지만 불자에게는 적과 아군이 없다. 단지 난국에 처해 있는 여러분에게 자비의 손을 뻗으려고 미타여래의 설법을 듣고 있을 뿐이다."

법사는 지껄이고 있다. 과연 적지에 들어가서 민심을 교란하려는 심산만으로, 아무도 적대시하지 않는 인상을 주면서 웅변을 계속했다. 듣고 있는 민중들은 그 궤변을 참말인 것처럼 믿고 매혹되고 있었다.

"이대로 나간다면 금년에도 싸움, 내년에도 전쟁, 앞으로 언제까지라도 전쟁은 종식되지 않는다. 나는 예언한다. 이번 여름에는 크게 전염병이 유행한다. 가을에는 또 기근. 이러고도 여러분이 살 수 있겠소?"

등을 맞대고 연사를 둘러싼 세 방향에서 군중을 지켜보고 있던 동료 승은 연사인 법사가 자기의 연설에 도취되어 차츰 노골적인 선동을 하므로 때때로 뒤를 돌아다보고 염주를 굴리며 재촉했다.

"아무튼 여러분에게 감사의 예를 표시하는 부적을 나눠 주십시오. 전염병의 예방책을 여기 모인 불교와 인연이 있는 사람들에게 가르쳐 주십시오."

"그렇다면……이제 부적을 나눠 줄 테니 조용히 앞을 다루지 말고 차례를 기다려 주십시오."

연사인 법사가 그렇게 말하고 돌무더기에서 내려왔다.

"이것을 방안에 붙여 두고 조석 일념으로 염불을 하면 역병은 면할 수가 있소. 그리고 7월이나 8월경 부적을 태우는 것이 시작되니 그때는 역병 태우기를 돕기 위하여 여러분들도 모여 주시오. 바람이 세게 부는 밤, 기후의 여러 지방에서 불길이 오릅니다. 그것이 신호요. 역병 태우기가 끝나면 사이토가 시대보다도 훨씬 안락한 정치가 이루어질 것이오."

다른 세 사람이 역병 방지의 부적이라는 작은 종이 조각을 군중의 한 사람 한 사람에게 나눠주며 틀림없이 들려주는 말이었다. 갑자기 눈이라도 뿌려 놓은 듯 많은 사람들의 손에 부적이 한 장씩 쥐어졌다.

"나에게도."

비벼 대는 사람들 틈에서 가쓰이에도 손을 내밀었다. 다른 중과 함께 부적을 나눠 주고 있던 연사인 법사가 무심코 그의 손에도 한 장 나눠주자, 가쓰이에의 손은 순간 그의 팔목을 낚아챘다.

"못된 중놈!"

인파 속에서 질질 끌어내어 비명을 지를 정도로 힘껏 메어쳤다.

"아아, 아까 그 중이다."

"잡혔다. 순검이다."

놀란 군중은 발길을 돌려 달아나며 각자 손에 받아 쥐었던 종이 조각을 마귀의 부적이라도 되는 듯 공포에 떨면서 내던져 버렸다.

연설을 하고 있던 우두머리인 듯한 중은 가쓰이에의 손에 포박당하고, 재빨리 달아났던 다른 3명도 여기저기서 붙잡혔다.

"아아 저 무사는?"

시장에서 소란을 피우고 있던 서민들이 노부나가의 정체를 알게 된 것은, 가쓰이에가 잡은 법사를 거리 복판에 있는 포도청의 문앞까지 끌고 갔기 때문이다.

거기는 말을 탄 가신 7, 8명에다 많은 도보의 졸병들이 은밀히 노부나가가 돌아오기를 기다리고 있었다.

만일을 위하여 시장 부근의 여기저기에 서 있던 잡병들의 수까지 합하면 상당히 많은 수가 된다. 포박한 법사 4명을 행렬의 끝에 이끌고 이윽고 이나바 성의 성문으로 들어갔다.

1각 정도 지나——

노부나가는 욕실에서 나와 상쾌한 얼굴로 기후성의 한 방에 나타났다.

"란마루(蘭丸), 머리 장식을 꽂아 줘."

노부나가가 젖은 머리를 매만지면서 말했다.

시동인 란마루는 뒤로 다가갔다.

"빗겨 드릴까요?"

"음, 음."

노부나가는 머리를 내맡기고 상기된 얼굴로 촛불을 바라봤다. 근신에게 전해 듣고, 때에 맞춰 가쓰이에가 거기에 나타났다.

"취조를 해 봤습니다."

그가 보고했다.

노부나가는 손수건을 꺼내어 이마의 땀을 씻으며 말했다.

"음, 좋아."

다시 이어서 말했다.

"방주들의 진술은 어땠지?"

"좀처럼 실토를 하지 않으므로 손을 지졌습니다."

"그럴 테지. 사적은 어느 절에 속해 있다더냐?"

"한 사람은 나가시마(長嶋)의 초엔사(長圓寺)."

"역시 그런가?"

"두 사람은 고자나 다름없는 놈들로서 에이 산의 중입니다. 또 한 사람은 미요시의 잔당으로서 법복을 입고 있었지만 중은 아니었습니다."

"잘들 모였군. 유유상종이라더니."

"우두머리인 초엔사의 방주는 아무리 때려도 모르는 척하면서 입을 열지 않고, 미요시의 잔당도 자백을 하지 않으므로 에이 산의 2명을 별도로 고문한 결과, 모든 것을 자백했습니다."

"그런가? 흐흠…… 재미있는 일이로군. 같은 방주라도 그렇게 서로 다른가?"

"올해 초여름을 기해, 미리 영민들을 설득해 두고 성의 여러 곳에 불을 놓고 농민들의 폭동을 선동하여, 북으로 아사이 아사구라의 군사를 불러오고, 남으로는 나가시마의 일향종도를 규합하여 이시야마 혼간사의 문도병(門徒兵)과 에이 산과 또한 기내의 미요시, 기타 잔당들도 모아 일거에 기후를 장사지내려는 기도를 하고 있다는 것입니다."

"그렇겠지…… 이 노부나가를 미워하고 있는 패자, 경쟁자, 구폐의 옹호자들이 모두 자기네들의 말로를 깨닫고 썩은 무리들끼리 단결했군."

"언젠가는 망해 없어지겠지만, 얕볼 수는 없습니다."

"옳은 말이야."

"방주의 자백에 의하면 오히려 이 일련의 밀맹에는 고슈(甲州)의 다케다까지 가세하고 있는 것 같습니다. 그 다케다 가와 교토의 장군 사이에는 근래에 빈번히 밀사가 교환되고 있으며 쌍방의 복안을 살펴보면 우리는 바야흐로 사면초가가 되어 있습니다. 촌각이라도 방심해서는 안 될 것입니다."

노부나가는 잠자코 촛불을 바라보고 있었으나 곧 피로한 기색을 보이며 말했다.

"가쓰이에, 이제 내일 듣기로 하자. 법사들은 감옥에 가두어 잠깐 쉬도록 해 둬라."

그리고 란마루를 데리고 휴식을 취하기 위해 방으로 들어갔다.

엎드린 용의 고민

"옳은 말이야. 사면초가라는 것은. ……노부나가가 이 성을 돌아보건대 8방에 적이 아닌 경계는 없다."

혼자 있게 되자 그는 베개를 베고 누웠다.

아직 잠들기에는 오히려 아까운 생각이 드는 4월 말의 좋은 날씨였다.

성의 무더운 여름밤에도 이 산상의 본영 높은 집에서는 서늘한 기운이 감돌았다.

"사방의 적만이 아니다."

그는 반성해 본다. 자기의 영도 아래 있는 시정이 어떤지. 자기가 영민의 마음을 잡고 있는지, 어떤지를——

기후의 영토를 부모로부터 물려받은 것은 아니다. 자기의 실력으로 새로운 판도를 만든 것이다. 영민들은 지난날에는 사이토를 영주로 모시고 있었다. 그 때문에 곤란은 더한 것이다.

"한 눈으로 봐도 알 수 있는 적의 첩자의 궤변에 곧 마음이 움직이는 영민들로서는."

노부나가는 마음이 아팠다. 누구의 탓도 아니다. 노부나가 자신의 다스림에 덕이 없었다고 생각했기 때문이다.

어떻게 하면 민심을 얻을 수 있을까 하고 눈을 감고 생각해 본다.

노부나가를 믿어 달라.

이런 명령만으로 민심이 자기의 마음대로 되는 것은 아니다.

영민의 본분을 지키지 못하는 자는 구속한다. 이러한 압력을 가한다면 어떻게 될까?

이것도 신통치 못했다.

마음으로는 어떻게라도 처리할 수가 있다. 그리고 법령을 포고하기는 쉽지만 법령에 기꺼이 순종하게 하기는 어렵다.

그뿐 아니라 인심은 법령이라는 말만 들어도 내용은 고사하고 미리 싫증부터 느끼는 형편이다. 일찍이 먼 시대로부터의 폭압이 백성들의 마음속에 젖어들어 거의 생리적이 되다시피 싫어하고 있다.

그렇다면 법령과 지배를 받는 사람, 이 사이는 영원히 융화될 수 없는 짝사랑인가?

"……그렇지만 떨어져서는 안돼. 둘이 반대 방향으로 나간다면 반드시 나라는 망한다. 국주의 임무란."

노부나가는 생각한다.

결합하는 것이다.

민심이 기꺼이 받아들일 수 있는 법령이 아니면 안 된다.

이렇게 해서는 국정이 성립되지 않는다.——이렇게 자문자답하면서도 신념을 가져 본다.

"그런 것만도 아니다."

민중은 원래 생활의 풍성함과 안정을 갈망하고 있지만 그렇다고 방자한 쾌락이나 안일한 사유를 원해 탐닉할 정도로 어리석은 것은 아니다.

한 사람의 인생에 있어서도 반드시 제멋대로 사는 인간이나 생활에 구애받지 않는 것이 행복하다고 할 수 만은 없다는 예만 보더라도, 그의 총화인 민심도 어려운 시대와 공영을 구가하는 시대가 교대로 기복이 있어야 한다. 그렇지 않으면 오히려 민심은 권태를 느끼게 마련이다.

'잘못 생각하고 있었다.'

노부나가는 생각이 예까지 미치자 은근히 후회마저 되었다.

선조 이래의 수령지, 오와리(尾張)에서는 영민들에게 상당한 고난을 주었지만, 기후의 점령지에 와서는 전조인 사이토가 자유로운 시정을 했으므로 호사와 타락에 젖은 신영토의 백성들을 오늘날에 이르기까지 노부나가는 극히 미온적인 정책으로 서서히 길들여 나갈 방침이었던 것이다.

'졸렬한 방법이다. 민심을 모르는 소리다. 오히려 영민들은 과거의 영주가 다스리던 방법과 비슷하여 이도 저도 아닌 노부나가의 정치를 의심하는 것이다. 믿을 수 없는 것이다.'

타락한 영주 밑에서 방종한 생활을 해 오다가 드디어 멸망에 이른 역사를 눈으로 보아 온 영민이다. 그들이 지금 원하는 것은 사이토의 그것과는 다른 정치임에 틀림없다.

몸소 신념과 덕을 보여 주면 그들은 기꺼이 어려움을 이겨 나갈 것임에 틀림없다. 차라리 청신한 희망을 걸고 민심으로 하여금 고난에 부딪치도록 해 두는 것이 좋을 것이다.

자식에 대한 부모의 사랑을, 훨씬 더 넓혀 우주대에 이를 정도로 민심에 대한 큰 사랑을 가지고. ——민심에 부딪쳐 보는 것이다. 채찍질을 해 보는 것이다.

란마루는 방 한구석에서 그 작은 체구나 연령에 비해서는 너무도 점잖게 보일 만큼 조용히 앉아 있었다.

그렇지만——아무리 그가 영리하다 하더라도 노부나가의 마음속에 움트고 있는 참담한 계획을 알 길이 없다.

'저렇게 선잠을 주무셔서야……'

란마루는 노부나가가 깊이 잠들지 못하고 베개 위에서 뒤척이고 있는 얼굴을 멀리서 바라보며 염려하고 있었다.

산의 성성한 나뭇잎을 스쳐오는 바람이 한결 차다. 란마루는 일어서서 노부나가의 얼굴을 그윽이 바라보며 말했다.

"아직도 침소에 들지 않으시렵니까?"

"좀더 이렇게 있고 싶다."

약간 떠 보이는 주군의 눈에는 피곤한 기색이라곤 전혀 없다. 란마루는 노부나가의 등 뒤로 와서, 어깨 위에 손을 얹었다.

"피곤하신 모양입니다. 몸이라도 좀 주물러 드릴까요?"

그만두라고도, 주무르라고도 하지 않았다. 그러나 란마루는 노부나가가 자주 등이 결린다는 말을 들어 왔으므로 주물러야 할 곳을 알고 있었다. 주무르면 노부나가는 란마루가 하는 대로 몸을 맡기고 있는 것이다.

"……무리도 아니야. 민심이 이 노부나가를 신임하지 않는 것도 무리는 아니야."

노부나가는 아직 생각을 계속하고 있다.

'이제 노부나가의 우방은 미가와 도쿠가와 이에야스가 있을 뿐이다. 그마저 근래에 와서는 다케다가와 도쿠가와를 제외하고는 이 노부나가를 아버지처럼 생각하고 있다는 장군 요시아키를 비롯하여 멀리는 모오리가에 이르기까지 모두 적뿐이다. ……영민의 눈으로 본다면 이 성도 위태로워 보일 것이다. 변변치 않게 보이는 것도 당연한 일이야.'

어떻게 하면 민심을 결속시킬 수 있을 것인가. 이 사람이 아니면 안 된다며 영민이 일심동체가 되어 올 것인가?
'아직도 부족한 것이다. 몸을 바쳐서라도 성취하겠다고 맹세해 온 지나간 몇 해의 실행도 아직 사람들의 눈에는 만족스럽지 않은 것이다. ……그렇다. 이제부터라도 전심전력으로 일을 하여 신념을 실천해 나가자. 그것만이 민심을 얻는 길이며 노부나가의 살 길인 것이다.'
불쑥 그는 일어섰다.
편안하게 누워 있을 수만 없는 충동이 당돌하게 의식을 도외시하고 몸을 일으키게 한 것이다.
란마루는 깜짝 놀라서 물었다.
"어떻게 하시려는 겁니까?"
"아니. ……그보다도 지금 몇 각이나 되었는가?"
"해(亥)시쯤 되었다고 생각합니다. 시계 당번한테 물어 보고 올까요?"
"그럴 필요는 없어."
노부나가는 제지하고 란마루의 부어 오른 듯한 눈두덩을 바라보자 물었다.
"왜, 울고 있었느냐?"
"네."
"졸다가 부교에게 혼이 났는가?"
"그런 일은 없습니다."
"그렇다면 뭣 때문에 울었어?"
"어떻게 된 건지 저도 잘 모르겠습니다만……."
란마루는 양쪽 눈을 팔로 가리면서 말했다.
"나리의 몸을 문지르고 있노라니까 전사한 아버지 생각이 떠올라 저절로 눈물이 났습니다. 용서해 주십시오."
"산자에몬 요시나리(三左衛門可成)를 생각했던가?"
"……네."
"네 아버지 요시나리는 지난 해 에이 산을 포위하기 직전 아사구라의 대군과 승병에게 둘러싸여 우사 산의 성과 함께 잃어 버렸다. 뒤에 남은 너는 아직 소년, 슬퍼하는 것도 무리는 아니지만 탄식만 하고 있어서는 아버지의 장엄한 전사에 오히려 누를 끼치는 결과가 되고 만다. 울지 말라. 요시

나리는 죽은 것이 아니다."
"네? 아버지는 돌아가신 것이 아닙니까?"
깜짝 놀란 란마루는 얼굴을 가렸던 팔을 내렸다. 노부나가는 고쳐 앉으며, 고개를 끄덕여 보였다.
"살아 있다."
"어디……어디에 아버지가 살아 계십니까?"
란마루는 내린 손을 부들부들 떨면서 주군의 입만 바라보고 있었다.
노부나가는 자신의 가슴에 손을 얹으며 말했다.
"여기다. 노부나가의 가슴속에. ──살아 있다는 것은 네 아버지의 형체가 아니다. 전사했어도 요시나리의 충혼은 노부나가의 가슴속에 살아 있다는 것이다."
"무슨 말씀이신지요?"
"요시나리뿐만이 아니다. 노부나가 군사로써 오늘날까지 각처에서 싸우다 죽은 자는 모두 노부나가의 가슴 속에 남아 있다. 그것이 노부나가의 마음이 되어 어려움을 당할 때마다 노부나가의 용기를 북돋아주는 것이다. 비겁해지고 주저할 때마다 나의 유년시절부터 나를 충간하여 자결한 히라데 마사히데(平手政秀)를 비롯하여, 그밖에 많은 충혼들이 나를 질타하고 나를 선으로 인도하여 주었다. 네 아버지 산자에몬 요시나리도 그 중의 한 사람이야. 네가 슬퍼하면 노부나가의 마음도 슬퍼진다. ……두고 봐, 나는 앞으로 훌륭한 장졸들을 무수히 죽여야만 할 것이다. 슬퍼해서는 안 된다."
볼멘소리를 했다. 천성이 영리한 란마루는 정색을 하고 앉아 있었다.
"……그렇지만 노부나가는 네게 맹세한다. 노부나가는 반드시 난맥과 암흑 속에 빠져 있는 일본 전토의 국민들을 소생시켜 보이겠다. 대군의 마음을 평안케 받들 날을 빨리 이룩해 보리라. 나아가서 백 세 후대에까지도 노부나가가 한 일이 반드시 일본을 위해서 좋은 일이었다는 사실을 지상에 남겨 보리라. 이와 같은 일을 노부나가가 이루어 놓는다면 노부나가의 휘하에서 전사한 백골들도 헛되이 죽었다고 후회하고 탄식하지는 않겠지."
"나리. ……나리. ……잘 알았습니다. 란마루도 결코 탄식하지는 않겠습니다."
어두운 산속에서 두견새가 피나게 울고 있다. 어린 것들과 약한 것들을 대하면 마음이 약해지기 쉬운 법이다. 노부나가도 눈앞에 있는 란마루의 모습을 보자 여느 때의 그답지 않게 감상에 젖어들었지만, 그것도 잠시였다.

"란마루. 종이와 필묵을……."

"네. 여기 있습니다."

"먹을 갈아."

붓을 들어 노부나가는 편지를 썼다. 요코야마 성에 있는 기노시다 도키치로에게 보내려는 것이었다.

문체는 파격적이었다. 남이 보지 못하게 단단히 봉해서 숙직자를 불렀다.

"곧 속달로 보내도록."

노부나가는 그 편지를 심부름꾼에게 주었다.

그 다음, 다시 붓을 들어 주요 가신들의 이름을 열거했다. 성중에 남아 있는 자들과 성을 지키고 있는 자들에 한했다.

"이것을 가쓰이에의 방에 전하고 오너라. 내일 아침 묘시까지 여기 지적한 사람들 모두를 회의실에 집합시키도록 말해 두어라."

노부나가는 숙직자에게 그것을 건네주고 곧 침실로 들었다.

묘시라면 이른 새벽이다. 호출을 받은 사람들은 무슨 일인가 하여 여명 속에 일어나서 모여들었다. 오랫동안 군사 회의도 없었다. 주군의 가슴에는 대체 무슨 일인지, 기회가 온 것이라고 신통한 묘안이라도 있는 것일까?

한자리에 모인 아침의 얼굴들은 천장이 드높은 넓은 객실에 모여 있었다. 시바다, 사쿠마의 수석을 비롯하여 우지이에 보쿠젠(氏家卜全), 안토 이가노카미(安藤伊賀守), 다케이 세키안(武井夕菴), 아케치 주베에 미쓰히데(明智十兵衛光秀) 등의 얼굴도 보였다.

노부나가가 자리에 앉았다.

군사 회의는 실로 짧은 시간에 끝났다. 결정을 보자 곧 각자 자리에서 일어났다.

"조반 전에 끝나 버렸군."

"그렇다. 평의(評議)뿐만 아니라 출진도 지금 같아서는 조반 전에 끝나 버릴 것 같군."

복도를 걸어 나오는 제장들의 모습에는 이미 분명하게 전의가 넘쳐흘렀다. ──그날 아침 노부나가는 제장들의 의견을 물었다.

"먼저 나가시마의 문도 폭도들을 평정하여 사적팔새(四敵八塞)의 형상에 놓여 있는 기후의 위치를 일각으로부터 타개해 나가는 것이 어떻겠는가?"

오사카(大阪)의 이시야마 혼간사, 교토의 에이 산, 오와리, 이세(伊勢)의 나가시마 문도.

아직도 고슈와 도처에서 승도의 세력은 뿌리 깊이 산재해 있지만 이상의 세 곳이 반 노부나가 연맹의 3본산으로서 뚜렷한 항쟁의 깃발을 펄럭이고 있는 것이다.

노부나가에 있어서 대체로 골치 아픈 상대는 확실히 영토를 갖지 않으면서도 제국의 민심에 깊이 스며들어 있는 말세적인 승단이었다. 바로 그 선동력이었다.

5월이 되자 곧, 기후성 밖에 노부나가의 대군은 집결했다.

중요한 몇 사람을 제외하고는 그날까지도 출전하는 것조차 모르고 있었으므로,

"어디로? 어디서 싸움이 터졌는가?"

성 밖에 모인 자들은 눈이 휘둥그레졌지만 그 출진의 첫 본보기로 8일 장에서 붙잡은 네 명의 간첩승을 먼저 베었으므로 그제서야 알 정도였다.

"그렇다면 나가시마인가?"

"저 간첩승으로부터 역병을 방지한다는 부적을 받아서 방안에 붙여 둔 자들은 베어 버리는 것이 좋을 것이다."

영민들 사이에서도 동요가 일어났다. 그들은 당황해서 여러 가지 증거물을 인멸하게 했다.

여름이 되어 강풍이 부는 밤이 오면 역병 태우기의 불길이 오른다. 거기에 가세하는 자는 살아서는 안락하게 지내고, 죽어서는 극락에 갈 수 있다고 속삭이는 말을 너무도 맹신하고 있었던 것 같다.

개중에는 또한 그날 밤 쓰려고 소중하게 간수해 두었던 폭동의 깃발을 고스란히 태워 버리는 자도 있었다. 그 깃발은 흰 무명천에 범자의 표지를 하고 그 아래에는,

　　퇴일보 타지옥(退一步墮地獄)
　　진일보 생극락(進一步生極樂)

즉 한 발이라도 물러서면 지옥에 떨어지고, 한발 전진하면 극락왕생한다

는 뜻이 씌어져 있었다.

나가시마에는 지금도 이 깃발이 죽 늘어서 있었다. 폭도인 승속들은 7만을 넘었으며 일향승의 선동으로 괭이를 버리고, 생업마저 팽개치고 자폭 자멸의 소란 속에 몸을 내던지는 자가 날로 늘어 가는 형편이었다.

'——사내들은 한 걸음도 물러나지 말라, 여자들은 한 마디의 후회도 하지 말라.'

폭동에 가담하는 자에게 그러한 맹세를 하게 했다. 또한 종조(宗祖) 신란(親鸞)이 일렀으되

여래 대비의 은덕은
분골쇄신해도 갚지 못하고
사주지식(師主智識)의 은덕도
몸이 가루가 되어도 다 갚지 못한다.
……
난행(難行), 잡수(雜修), 자력(自力)의 마음 버리고
전심전력으로 구원해 달라고
아미타불에 빌지어다.

어떤 성자의 이러한 문장을 인간의 광명과 안정을 위해서는 인용하지 않고, 파괴와 소란을 의도하는 저주의 노래로 부르게끔 했다.

노부나가의 군은 절멸을 각오하고 나가시마를 포위해 갔다.

지난 해에, 이 지방 오기에노 성(小木江城)의 성주였던 노부나가의 동생 산시치 노부오키(三七信興)가 살해되고, 성은 폭도들에게 탈취당했던 것이다.

"동생 산시치의 복수전."

이 말은 입 밖에 내지 않았지만, 노부나가의 가슴속에는 그 원한이 맺혀 있었다. 그뿐 아니라 전군의 장졸들은 처음부터 그렇게 맹세하고 있었다.

그렇지만, 나가시마는 쉽게 무너지지 않았다.

오히려 공격하면 공격할수록 강해졌다. 한결같이 일향(一向)의 표어 아래 굳게 뭉쳐 싸웠다. 총도 창으로도 뚫을 수 없는 저항을 계속했다.

"잘못했다. 뱀을 죽이려면 머리부터 쳐 죽여야 한다. 꼬리를 두드리며 시

간을 허비하다가는 우리들의 대사를 그르칠지도 모른다."
 노부나가는 나가시마의 요해와 진세를 친히 관찰하고는 그렇게 판단을 내렸다. 그리하여 곧 전군에 총퇴각 명령을 내렸다.
 그 전령을 받고 각 진지에 있던 제장은 노부나가의 결정에 의아해했다.
 "이거 웬일일까?"
 다같이 뜻밖의 일에 경악하지 않을 수 없다.
 손자의 병법에도 나와 있는 바와 같이, 진격은 쉽지만 후퇴는 어렵다.
 그와 같은 난사(難事)를 노부나가는 다반사처럼 생각하고
 "후퇴."
 총군(總軍)에게 명령을 내렸다.
 그야말로 전군에 대혼란이 일어났다. 여태껏 공략으로만 나갔지 후퇴라고는 꿈에도 생각하지 않던 사람들이었다.――웬일일까? 뭣 때문에 퇴각하는 것일까? 부장들의 머릿속에는 혼란이 일어나고 있었다.
 "도대체 무엇을 당황하고들 있는가? 후퇴라고 했잖나? 주군의 명령은 절대적임을 알고 있을 텐데. 이유는 나중에 묻기로 하자. 아무튼 후퇴하도록."
 호위를 맡은 시바다 가쓰이에와 우이지에 보쿠젠 등은 아직도 후퇴를 감행하지 않는 부대를 재촉하여 퇴각하도록 소리쳤다.
 어쩔 수 없이 급속도의 후퇴가 공격 부대의 일각에서 서서히 개시되었다. 문도(門徒)의 대병단은 그때까지 넓은 지역에 포위망을 펴고 있던 대군이 갑자기 철수하는 것을 보았다.
 '이크! 노부나가의 후방에 무슨 돌발적인 사건이 일어난 것임에 틀림없다.'
 그들은 이렇게 관망하고 서둘러 나가시마를 나와 추격하기 시작했다.
 추격에 나선 승병의 일대는 강을 거슬러 올라 앞을 가로막고, 곧 패주해 올 적을 기다리고 있었다.
 후위의 시바다 군은 둑을 끊고 나온 문도들의 세력에 산산히 격파되었다. 그의 작전대로 도망해 갔지만 거기에는 기다리고 있는 새로운 적이 있었다. 총탄과 난전이 빗발치듯 퍼부어 전부대의 반수는 승병들의 손에 죽고 말았다.
 시바다 가쓰이에 자신도 왼편 허벅다리에 일탄을 맞고 어깨에도 화살을

맞았다. 그뿐 아니라 중군(中軍)이 가지고 있던 금폐의 마표마저 적에게 뺏겨 버렸다. 주종이 흩어져 도망쳤다.
 "나리 나리, 이제 저는 같이 갈 수가 없습니다. 지금부터는 헤어져야겠습니다."
 그의 시종 중에는 방년 17세인 미즈노 우네메(水野采女)라는 소년이 있었다. 돌연 가쓰이에의 말 곁을 떠나 뒤돌아가려고 한다.
 "우네메, 어딜 가려고?"
 가쓰이에가 꾸짖자 우네메는 말했다.
 "보잘것없는 나약한 존재이지만 뒤로 돌아가서 호위군의 후위군이 되겠습니다. 저 같은 것은 버려두시고 한 발걸음이라도 빨리 후퇴하십시오."
 그 말이 끝나기도 전에 몸을 날려 적 속으로 달려갔다.
 죽음을 각오하고 달려간 우네메는 빼앗겼던 아군의 마표를 적으로부터 도로 빼앗아 며칠 후에 적지로부터 되돌아왔다.
 이번 철수가 얼마나 어려웠던가는, 가쓰이에와 더불어 후위를 맡았던 우지이에 보쿠젠이 전사하고, 안토 이가노카미도 붕괴되어 전사 800여 명 부상자 2,000여 명을 낸 것만 보아도 넉넉히 상상할 수 있는 것이다.
 ──그렇지만 노부나가는 겨우 기후에 가까이 오자 중얼거렸다.
 "정말 잘된 일이다."
 그러고는 타고 있던 애마의 목을 쓸어 주며 혼잣말처럼 중얼거렸다.
 "앞으로 1년만 더 참아 다오. 정말로 너의 준족에 의지할 날은 1년 후에 있다."
 군명(君命)을 위해서 한번 죽을 뿐이라며 적중으로 뛰어들어가서 금폐의 마표를 빼앗아 온 소년 미즈노와 같은 사람들은 퇴각에 즈음해서는 아무런 트집을 잡지 않았지만, 여러 장수들 중에는 기후에 돌아온 후에도 이번의 철수와 그 희생에 관해서 노부나가에게 비판과 회의의 화살을 은근히 계속해서 퍼부었다.
 거기에 대해 노부나가는 어느날 군신들을 모아 놓고 이렇게 말했다.
 "나에게는……나, 오다에게는 전도에 많은 문제가 가로놓여 있다. 저쪽의 적도 버려두기에는 난처한 일. 나가시마는 한정된 지방의 적에 불과할 뿐, 이 노부나가를 타도하려는 적의 근원은 아니다. ……불길을 잡는데 불의 근원을 버려두고 다른 벽에 비치는 불 그림자에 물을 끼얹는다면 사람들은 비웃는다. 그러므로 그곳에서 중요한 시간과 군마를 낭비한다는 것은 웃음거리가 아닌가? ……잠깐 시간을 두어 100일 정도 휴양하면서 어디가 근본이 되는 화근인지 그대들도 널리 천하를 돌아보며 알아보기 바란다."

가람의 주인

아마가스 산페이(甘糟三平)는 가이(甲斐)의 명장으로써 명망이 있는 아마가스 에추노가미 일족 중의 한 아들이다. 특수한 재능이 있기 때문에 오히려 낮은 지위에서 10년 동안이나 일을 했다.

'……인간에 있어서 너무 귀한 존재가 되는 것은 좋으면서도 나쁜 것이다. 차라리 둔하게 태어나서 생애에 꼭 한번이나 두 번 정도로 중요한 일을 치르고 난 뒤에는 쓸모없이 되어 버리는 것이 차라리 좋겠다.'

요즘 40이 가까워지자 아마가스 산페이도 때때로 그러한 어리석은 생각이 들었다.

그렇지만 그는 여전히 타고난 재능을 가지고 적국과 고슈 사이를 마치 위타천(불법을 지키는 신으로서 걸음이 매우 빠름)이나 천마처럼 왕래하고 있었다.

산페이의 소속은 다케다(武田)조의 첩보반 '은밀'이었다. 적국 교란, 정보 연락, 유언비어의 살포 등 여러 가지 실전 이외의 전투에 종사하고 있는 한 사람이었다.

산페이는 젊을 때부터 민첩하고 다리가 튼튼하다고 동료들 사이에 정평이나 있었다. 아무리 험한 산길이라도 하루에 200리에서 300리는 족히 걸을 수 있는 다리를 가지고 있었다.

──그렇지만, 아무리 그라 하더라도 그와 같은 속도를 매일 계속해서 낼 수는 없는 것이다. 먼 곳을 서둘러 가야 할 때는 말을 사용할 수 있는 지대면 말을 타고, 길이 험한 곳에 이르면 말에서 내려 걷는 것이었다.

그래서 그는 왕래하는 길목의 요소요소에 말을 바꾸어 타는 가옥을 가지고 있었다. 대부분 사냥꾼들의 움막이지만 나무를 켜는 가옥도 있었다.

"이보, 숯 굽는 양반! 이 가옥의 늙은이는 어디 갔는가?"

산페이는 방금 말 교체 장소로 보이는, 숯 굽는 인부들이 거처하는 가옥 앞에서 말을 멈췄다. 그는 땀을 흘리고 있었고 말도 흠뻑 땀에 젖어 있었다.

5월 말경이다.

산에 올라보면 아직 짙은 녹음은 아니지만 마을 어귀의 풀숲에서는 싱그러운 풀냄새와 함께 열기가 풍겨 온다. 높은 나뭇가지에서는 매미가 울어 댄다.

"게 아무도 없는가?"

낭패라는 듯 허물어져 가는 사립문을 발길로 걷어찼다. 가옥의 대문은 곧 열렸다.

산페이는 여기에 맡겨 둘 말을 가옥 안으로 끌고 들어가서 매어 놓고 봉당으로 들어갔다. 허락도 없이 밥과 김치와 물병을 꺼냈다.

그러고는 배가 차도록 실컷 먹고 일어섰다.

"가볼까······."

그러나 잊었다는 듯이 전통에 꽂아 두었던 붓을 뽑아 종이조각에 이렇게 써서 밥풀로 밥그릇에 붙여 놓았다.

'여우와 너구리의 장난이 아니다. 먹은 음식 값은 3푼 정도다. 말을 그 동안 맡겨둔다. 이번에 통과할 때까지 풀을 잘 먹여서 살찌워 놓기 바람.'

산페이가 가옥을 나서자 말은 떨어지지 않으려는 듯 탕탕 뒷발로 판자벽의 널빤지를 찼다.

무정한 주인은 돌아보지도 않는다. 그 말발굽 소리를 들으며 '탕' 하고 대문을 닫아 버렸다. 그러고는 타고난 건장한 다리로 나는 듯 하다면 약간 과

가람의 주인 345

장이지만, 아무튼 가벼운 동작으로 서둘러 미나미고마(南巨摩)의 산지를 향해 걸었다.

애당초 그가 목표로 하고 가는 곳은 고후(甲府)였다. 스루가(駿遠) 방면에서 본국으로 되돌아 온 것임은 말할 여지도 없다. 여느 때의 튼튼하여 잘 걷는 다리에 한층 속도를 가하는 것을 보면 무엇인가 급한 정보라도 지니고 가는 것임에 틀림없다.

다음날 아침에는 이미 그의 모습은 몇 개의 산을 넘어 발밑에 후지(富士)강의 물을 바라봤다.

산골짜기 사이로 보이는 지붕들은 가지카자와(鰍澤) 마을이었다.

"어쨌든 한나절 후에는……."

거기서 고후까지의 시간을 재어 보고는 자신이 선 듯 한숨 돌리고, 가이 분지에도 빼놓지 않고 떠올라온 여름 해를 우러러보았다.

"어디를 가 봐도, 약간 산지에 처한 불편과 곤란은 있지만, 역시 내 나라만큼 훌륭한 곳은 없다."

중얼거리면서 무릎을 껴안고 앉아 있는데, 엄청난 말의 행렬이 잔등에 칠통(漆桶)을 달고 수십 마리가 산기슭에서 쫓겨 올라왔다.

"그런데 어디로……?"

아마가스 산페이는 일어서서 내려갔다. 밑에서 올라오고 있는 100필의 수송대와 산 중턱에서 마주쳤다.

"야아!"

마상의 선두에 선 사람은 다케다가의 수송 책임자 사나다 겐타이 자에몬(在奈田源太佐衞門)이었다.

그와는 전부터 아는 사이였으므로 산페이는 곧 이렇게 물었다.

"굉장히 많은 칠기이군요. 이렇게 많은 칠통을 말에 싣고 도대체 어디로 수송하는 것입니까?"

"기후로 가는 거야."

겐타이 자에몬은 대답했다.

그의 의아해하는 표정을 보면서 설명을 계속했다.

"작년에 오다가에서 주문한 것인데 그 수량대로 다 만들어져 기후까지 수송하려는 것이지."

"뭐 오다가에?"

양미간을 찡그리며 산페이는 매우 힘든 일이라는 듯 정색을 했다.
"……아무튼 조심하십시오. 길은 매우 험하오."
"나가시마의 문도도 잘 싸우는 모양이지, 오다군의 전황은 어떤가?"
"주군에게 보고하기 전에는 말할 수 없소."
"아아 그렇지. 자네는 지금 그 방면에서 돌아오는 길이지. 그렇다면 붙들고 이야기하는 것도 방해가 되겠지. ……자아, 그럼 가 보게."
백 필에 가까운 짐을 실은 말과 겐타이 자에몬의 모습은 고개를 넘어 서쪽으로 사라졌다.
산페이는 전송을 하면서 혼잣말을 했다.
'산이 많은 나라는 아무래도 할 수 없군. 세상의 정세가 전해지기까지는 역시 시간이 걸리는구나. 병마가 아무리 강하고, 아무리 위대한 대장이 있다 하더라도 충분한 실력을 발휘할 수가 없으니 여간한 손해가 아니다.'
그는 자기의 임무가 중요함을 새삼 느꼈다. 바위 제비처럼 산기슭까지 단숨에 달려 내려갔던 것이다.
가지카자와 마을에서 또다시 말을 구해 타고 단숨에 채찍을 가하여 고후로 들어갔다.

분지인 고후는 무덥다.
신겐(信玄)의 거성 쓰쓰지가사키의 관저는 항상 굳게 닫혀 있었다.
보다 큰 문제가 생겼으니 군사 회의 때가 아니면 평상시에는 통행이 금지되어 있는 곳에 많은 사람들이 속속 들어가고 있었으므로, 문지기 병사들도 예감할 수가 있었다.
"무슨 일이 있는가 보다……."
전시인 지금에 이르러 무슨 일이 일어난다면 그것은 전쟁임에 틀림없다. 과연 그 때문인지는 몰라도 오늘 아침부터 성 안으로 들어간 사람은 일족인 마고로쿠 뉴도 쇼요켄(孫六入道逍遙軒)을 비롯하여 아나야마 바이세쓰(穴山梅雪), 니시나 노부모리(仁科信盛), 야마가다 사부로베에 마사가케(山縣三郎兵衛昌景), 나이토 슈리 마사도요(內藤修理昌豊), 고바타 노부사다(小幡信定), 고야마다 비추노가미(小山田備中守) 등 쟁쟁한 인물들이었다.
"군사 회의를 여는 것일까?"
"여부가 있을라구."

"출군한다면, 어디로?"

"글쎄 어딜까?"

"가와나카시마(川中島)일까? 젠코사(善光寺) 평지의 서쪽일까?"

"우에스기 가와는 화친이 맺어져 있는 터인데."

"모르는 일. 화친과 개전은 일기의 변화와 같아서 어느새 험악해져서는 이런 약속이 아니었는데…… 해 봤자 그때는 이미 아무도 탓할 수 없고, 하늘을 원망한들 무슨 소용이랴, 하게 되는 거야."

성문을 지키고 있던 병졸들은 이와 같은 억측을 해 볼 뿐이지 내일의 일을 미리 점칠 수는 없는 것이었다.

성 안은 싱그러운 녹음에 싸여 이따금씩 어린 매미가 울어 댈 뿐 고요하기만 했다. 오늘 아침에 등성한 여러 장수들 가운데 물러나오는 사람은 여태껏 한 사람도 없다.

그때 마침 아마가스 산페이가 달려왔다.

해자 밖에서 말을 멈추고 고삐를 잡아끌며 바쁜 걸음으로 다리를 건넜다.

"누구냐?"

철문 곁에 섰던 초병이 눈을 부라리며 창을 번뜩였다. 산페이는 말을 수양버들에 매어 놓고 대답했다.

"나다."

그는 좌우의 총병에게 자기의 얼굴을 보이고 성큼성큼 성안으로 들어갔다. 그의 얼굴은 통행증과 같은 것이다. 그의 이름을 자세히 모르는 사람도 그의 얼굴과 그의 소임을 모르는 자는 별로 없었다.

쓰쓰지가사키의 성관 안에는 한 채의 가람(伽藍 : 중이 살면서 불도를 닦는 곳)이 있었다. 비사문당이라고 해서 신겐이 불문에 입도한 선실이기도 했다. 정무소이기도 하고, 때로는 군사 회의장소이기도 했다.

신겐은 지금 그 회당에 서 있다. 정원의 천석(泉石)을 거쳐 방안으로 불어드는 바람결에 그의 몸은 붉은 모란꽃이나 불꽃처럼 흔들렸다. 그는 무장을 하고 그 위에 대승정의 붉은 옷을 입고 있었다.

금년 51세.

단단한 살이 보기 좋을 정도로 쪘으며, 탄력이 넘쳐흘렀다. 등은 조금도 굽지 않았으며, 약간 까다로운 성격을 지니고 있었지만 그를 대해 보지 못한 사람들이 굉장히 무서운 분이라고 말하듯이―― 그처럼 접근하기 어려운 사람은 아니었다. 오히려 온후한 편이었다. 다만 보기에 중후한 품위를 지니고 있었다. 눈썹이 짙고 손발에 털이 많으며 늠름한 얼굴로서, 이것은 산국(山國) 가이인의 공통된 특색일 뿐 유독 신겐에게만 두드러지게 나타나 있는 것은 아니었다.

"그럼 실례하겠습니다."

"조심해서 내려가십시오."

가람에서 차례로 물러나온 사람들은 계단을 내려오면서 또 한번 회랑에 서 있는 그에게 인사를 하거나 목례를 하면서 흩어져 간다.

아침부터 열린 군사 회의였다. ──군사 회의가 열리면 그는 언제나 군복과 무장을 갖추고 그 위에 붉은 예복을 입었다. 마치 진중에 있을 때처럼 복장을 갖추었다.

오늘의 무더위에 오래 자리에 앉아 있었으므로 약간 지친 듯 군사 회의가 끝나자 곧 회랑으로 나와 물러가는 사람들과 인사를 주고받고 있는 것이다.

고바다, 나이토, 야마가타 등 역대 가신들을 비롯하여 쇼요켄 마고로쿠, 이나시로 가쓰요리(伊奈四郎勝賴), 다케다 우에노스케(武田上野介) 등의 일족에 이르기까지 모두 오늘의 군사 회의에 참석했던 사람들은 돌아갔다──그들 모두가 약속이라도 한 듯 어딘지 모르게 침통한 얼굴에 비장한 표정으로 입술을 꼭 다물고 황망이 발걸음을 옮겨 돌아간 것이다.

사람들이 다 돌아가 버리자 인적 없는 비사문당(毘沙門堂)의 금벽에는 서늘한 바람이 감돌 뿐 정적을 깨뜨리는 매미소리만이 청승맞게 들렸다.

'……금년 여름에는……'

신겐은 이 나라를 둘러싸고 있는 산봉우리들을 멀리서 바라보고 있었다.

16살 나던 해에 운노 평지의 첫 출진으로부터 그의 기억에 남는 전쟁 경력은 거의 모두가 여름부터 가을에 걸친 시기에 많았다. 겨울이 되면 들어앉아 속으로 힘을 기르고 있을 수밖에 없는 산지였다. 자연적이나 생리적으로 봄이 오고 여름이 되면

──자아, 나가서 싸우자, 하고 전신에 끓어오르는 피는 한정된 구역을 벗어나서 싸우고 싶은 충동을 걷잡을 수 없게 했다.

이것은 오로지 신겐에 한한 것만은 아니다. 가이의 무사들에게는 공통된 심리였다. 무사뿐만 아니라 시민이나 농민들까지도 불끈 여름의 태양을 기다리고 있는 것이다.

──때가 오기만 하면──.

특히 신겐 자신은, 금년에 50 고개를 넘었으므로 생애에 대한 절실한 후회와 또 어떤 초조감을 품고 있었다.

'……너무도 전쟁을 위한 전쟁만을 일삼아 왔구나.'

이런 생각이었다.

'이제 에치고(越後)의 겐신(謙信)도 그것을 깨달았을 것이다.'

그는 다년간의 호적수인 적의 입장을 생각하면서 고소를 금할 수가 없는 것이다.

그런데 이와 같은 쓴웃음은 50 고개를 넘기자 훨씬 심각하게 가슴을 때려 왔다. 이제 몇 년이나 더 살 것인지? 인간의 천수란 한정된 것.

일년 중 3분의 1은 눈에 갇혀 있는 고장이다. 논밭의 생산도 그만큼 더뎠고 문화와는 담을 쌓았으며 새로운 무기를 입수하기에도 곤란한 영토이면서, 인생의 가장 정력적인 중년기의 거의 전부를 아깝게도 에치고의 겐신과 십수 년 동안의 전쟁으로 허비해 버렸다.

'생각하면……이제 와서 생각해 보면, 이 신겐을 남들은 노련하다고 하지만, 오히려 기후의 노부나가나 미가와의 이에야스 등에게 감쪽같이 속아 온 거나 마찬가지다. 그 소국의 풋내기들에게…….'

햇빛은 뜨겁고 녹음은 짙다. 그의 얼굴에는 새겨 놓은 듯이 후회의 빛이 역력하다.

신겐은 다년간 스스로 이렇게 자처해 왔다.

'관동 제일의 병가.'

병마(兵馬)의 정예와 그 특유한 국내의 경제 정책에 있어서는 천하의 누구라도 인정하고 있는 것이다.

──그럼에도 불구하고 언제부터인가 가이는 천하의 세력권에서 제외되어 가고 있었다.

노부나가가 한번 교토에 진출하여 그 존재를 크게 드러내기 시작한 작년부터 신겐 자신도 당황해서 자신의 위치를 다시 돌아보게 되고 깜짝 놀라서 정신을 차린 것이다.

"고슈(甲州)의 위치는……."

다케다 가는 지금 역시 관동 제일의 병가임에 틀림없다.

그러나 천하의 중진은 아닌 것이다.

경제력도 정예의 병마도 돌이켜보면 중심의 움직임이나 천하의 대세와는 매우 거리가 먼 느낌이 들었다. 너무도 소규모적인 다케다 가의 경제시정(經濟施政), 다케다 가의 병마의 정예인 것 같다.

그러나 그처럼 배짱이 큰 사람이 이웃 나라의 정벌을 생애의 이상으로 삼아온 것은 결코 아니다.

그에게도 중원(中原)에 대한 꿈은 일찍부터 불타고 있었던 것이다. 노부나가나 이에야스가 코흘리개 어린 시절인 때부터 이미 다음 시대에 야심을 걸고, '이 산고장은 임시 주거'라고 서울에서 온 사신에게도 뜻을 비쳤을 정도이며, 에치고의 장기간에 걸친 싸움도 실은 그것을 실천하기 위한 부분적인 전쟁으로써 그 발단의 계기를 만들려는 것이었다.

그렇지만 가와나카 섬이나 기타, 대부분은 겐신과 싸움으로써 국력의 소모와 귀중한 시일만을 허비한 결과가 되었던 것이다.

50이 되었다는 자각이 신겐에게 커다란 경종이 된 것임은 말할 나위도 없다. 그렇지만 그렇게 깨달았을 때는 이미 다케다 가의 위치는 신겐이 항상 '오와리의 꼬마 자식'이라든가, 오카자키의 꼬마 녀석 따위로, 안중에도 없었던 노부나가나 이에야스보다도, 시대의 대세로부터 훨씬 뒤져 있는 자신을 발견한 것이다.

'저것도 속아 넘어간 것 같고……이것도 이제 와서 생각해 보니 대실책!'

후회하기 시작하면 한이 없는 것이다. 싸움에 있어서는 그는 별로 후회하지 않았지만 외교적인 문제에 있어서는 스스로 졸렬했다고 후회하는 일이 허다했다.

이마가와가의 멸망 시에 왜 동남으로 진출하지 않았던가? 또한 이에야스의 아들을 볼모로 잡고, 왜 그가 스루가로 영토를 확장해 오는 것을 묵인해 주었던가?

그보다도 더 큰 과오는 노부나가의 환심을 사서 그와 인척관계를 맺은 것이다.

그 때문에 노부나가는 쉽게 서쪽과 남쪽에 있는 이웃 나라와 싸워 한달음에 중원에 발을 들여놓았다. 이에야스의 조카는 또한 기회를 엿보아 달아나 버리고, 노부나가와 이에야스가 그 긴밀한 동맹의 시초에 있어서 공모를 했다는 외교적인 효과가 이제야말로 너무도 명백해지고 있는 것이다.

'……그러므로 언제까지나 그 책략이 통하는 것은 아니다. 인척으로서가 아니라, 가이에 다케다 신겐이 있다는 것을 상기시켜줘야 하겠다. 이에야스의 인질은 달아났다. 이것으로 이에야스와의 의는 끊어졌다. 이제 또 무엇을 주저하랴.'

오늘의 군사 회의에서 그는 그렇게 선언했다.

그때 마침 노부나가는 나가시마에 출전해서 고전하고 있다는 소문을 들었으므로 기회를 놓칠세라, 곧 이와 같은 동의를 하기에 이르렀다는 것은 기회를 포착하기에 민첩한 병가(兵家)로서는 당연한 처사인 것이다.

아마가스 산페이는 측근자에게 전갈하도록 부탁하고, 기다리면서 차를 마시고 있었으나 언제까지나 소식이 없었으므로, 다시 전달해 줄 것을 부탁했다.

"내가 돌아온 것을 알리지 않았소? 한 번 더 재촉해 주오."

측근으로부터의 대답은 이랬다.

"이제 막 평의가 끝났으므로 피로한 것 같아서 말씀드리지 않았으니 좀더 기다려 주시기 바라오."

산페이는 거듭 간청했다.

"그 평의도 중요하지만 나의 용무도 화급한 것이니 죄송하지만 즉시……."

이윽고 측근자가 신겐에게 전달했는지 곧 들어오라는 것이었다. 비사문당으로 가는 중문까지 밖에 있던 무사가 따라오고, 거기서 안에 있는 무사에게 인계되어 그는 신겐의 곁으로 갔다.

"산페이인가?"

신겐은 비사문당의 마루에서 승창을 놓고 앉아 있었다. 굵은 단풍나무 가지가 찬란한 빛을 받아 그 그림자를 신겐의 얼굴 위에 드리웠다.

"──인사말은 제쳐 두고 급한 용건부터 보고 드리겠습니다."

"음 음. ……허튼말은 그만두고, 도대체 어떤 일이 일어났는가?"

"먼저 말을 재촉하여 이세에서 알아 낸 바에 의하면, 정세가 전혀 일변했으므로 만일을 위하여 저는 밤을 낮 삼아 달려왔습니다."

"뭐? 나가시마의 정세가 일변했다고? ……대체 어떻게 됐다는 거야?"

"한때는 거의 기후성을 비우다시피 총동원되어 나가시마로 공격해 간 것처럼 보일 정도로──노부나가가 나가시마의 전장에 도착했는가 했더니,

그날로 또 총퇴각을 명령하여 많은 희생자를 내면서 조수처럼 철수해 돌아가 버렸습니다."

"음, 퇴각했다고? ……어쩐 일일까?"

"오다의 휘하들마저 의외라 생각할 정도로 같은 편 안에서도 노부나가의 의중을 알 수 없어 적잖이 낭패한 기색을 보이는 자도 있었습니다."

"……종잡을 수 없는 녀석이로군."

신겐은 혀를 끌끌 차며 이따금 입술을 깨물었다.

"오다가 나가시마로부터 거짓 철수하므로 이 신겐이 미가와 도도미의 평야에 이에야스를 불러내어 토벌하려던 계획도 화중지병(畵中之餠 : 그림의 떡)이 되고 말았다.――위험한 일이지, 위험하고말고."

신겐은 중얼거리면서 급히, '노부후사(信房), 노부후사' 하고 당황해서 당방(堂房)을 향해 외쳤다. 그래서 오늘 군의에서 결정된 출진에 관해서는 잠깐 보류한다는 뜻을 곧 군전체에 알리려는 것이었다.

노신인 바바 노부후사(馬場信房)마저 그 이유를 물을 틈이 없었다. 그러므로 조금 전에 이곳을 물러난 제장들은 생각에 잠겨 있는 것이다.

'그렇다. 지금이 아니고서는 도쿠가와 가를 타도할 좋은 기회는 없는 것이다.'

그러므로 이 기회를 놓친다고 생각하니 신겐은 이 일에 구애받고 있을 수만은 없는 것이다. 재빨리 다음 대책과 다음의 기회를 포착하기 위해서 군복과 예복을 벗고, 다시 산페이를 선방(禪房)으로 불러들여 다른 사람들을 내보내고 상세히 기후, 이세, 오카자키, 하마마쓰 등지의 정세를 들었다.

이번에는 산페이 쪽에서 한가지의 의문을 신겐에게 제시했다.

"굉장히 많은 칠기의 수송을 도중에서 보았습니다. 오다와 도쿠가와는 동맹을 맺고 있는 나라, 무엇 때문에 오다가에 칠기 등을 수송하는 것입니까?"

"약속은 지켜야지. ……게다가 또한 오다의 마음을 누그러뜨리려는 것이다. 그 짐들이 먼저 도쿠가와의 영지를 지나가면 도쿠가와 가에서는 마음을 놓으리라고 보고 그렇게 기략을 시도해 본 것인데, 그것도 헛일이 되고 말았다. 아니 꼭 헛일이라고만은 할 수 없지. 때는 내일이라도 올지 모른다."

그는 자조하는 듯 어딘지 모르게 쓸쓸히 말했다.

기러기와 제비

가이군의 정예는 일시 출동을 보류하고 하는 일 없이 여름을 보냈지만, 가을인 9월이 되자 다시 서산동악(西山東岳)에서 세상에 소문이 돌았다.

"기회는 지금이다?"

신겐의 귀는 가을바람 소리, 아니 시대의 발자국 소리에 신경이 곤두서 있었다.

그 동안 그는 후에후키(笛吹) 강변에 말을 세우고 있었다. 종자도 없이 가벼운 기분으로 가을볕을 받고 있는 모습은 자기 영지의 완전한 치세를 스스로 자랑스럽게 생각하고 있는 것 같았다.

'겐토쿠산(乾德山)'

현액(懸額)이 산문에 붙어 있다. 신겐이 귀의하고 있는, 가이센(快川) 국사가 있는 에린사(惠林寺)였다.

미리 연락해 두었던 듯, 영접을 받아 신겐은 정원으로 들어갔다. 실은 걷고 싶었으므로 일부러 가람에는 들어가지 않았다.

거기에 두 채의 찻집이 있었다. 작은 우물이 붙어 있어서 푸른 이끼가 낀 돌틈에 노랗게 단풍이 든 은행나무 잎이 물 흐르는 홈통 밑에 모여 있었다.

"화상, 오늘은 작별 인사를 하러 왔소."

신겐의 말에 가이센은 고개를 끄덕였다.

"기어코 결심했군요."

"그 동안 기회가 오기만을 끈기 있게 기다리고 있었는데, 아무튼 이번 가을만은 이 신겐에게도 시운(時運)이 도래한 것 같소."

"9월에 접어들어 오다의 무리는 다시 대거 서쪽으로 움직여 에이 산을 소탕하려고 작년보다 더 많은 대군을 재촉하고 있는 것 같소."

"그도 그렇지만, 그뿐 아니라 일기도 화창하고——게다가 교토의 장군도 이 신겐에게 밀서를 보내서 오다의 배후를 치면 아사이 아사구라도 동시에 일어나고, 에이 산, 나가시마도 함께 도우므로 미가와의 이에야스 따위는 일축해 버리고, 빨리 교토로 상경하라는…… 재촉도 수차 있었지만, 아무래도 기후가 힘든 곳이므로, 이 기후를 손쉽게 물리치기만 한다면, 일사천리 미도(三遠), 미노(尾濃)의 제주를 한달음에 달려 서울까지 올라갈 심산이외다. 그렇게 되면 금년의 세모는 교토 장안에서 보내고, 신년도 그

곳에서 맞을 것이오. 화상도 몸 건강히 지내시기를……."

"그런가요……?"

가이센의 침착한 대답이었다.

병사, 정사, 무슨 일이든 화상에게 자문을 구하며, 깊이 그를 신뢰하고 있던 신겐은 그의 표정을 읽는 데 민첩했다.

"화상은 신겐의 계획에 어떤 의구심을 갖고 있는 듯한데……."

"……아니오."

가이센은 얼굴을 들었다.

"당신 생애의 대업이오. 무엇 때문에 내가 반대하겠소. ……그렇지만 염려스러운 것은 장군 요시아키의 잔꾀요. 당신에게 온 밀서를 당신뿐만 아니라 에치고의 겐신(謙信)에게도 빈번히 보내고 있다는 말을 들었소. 또한 이번 여름에 죽은 주고쿠(中國)의 모리 모도나리(毛利元就)에게도 마찬가지로 출병을 재촉하고 있었던 것 같소."

"그와 같은 일을 신겐도 모르는 바는 아니오. 그러나 가슴에 품은 큰 뜻을 천하에 펴기 위해서도 어쨌든 상경하지 않으면 안 될 것 같소."

"당신과 같은 인물이 가이의 분지에 묻혀 있다는 것은 애석한 일이오. 나도 그 점에 대해서는 동감이오. 앞길에 어려움이 가로놓여 있겠지만, 맨손으로 진격해서도 패한 적이 없는 당신의 군사들이오. 다만 목숨만은 당신의 것이므로 천수를 누리도록 잘 간수하기 바라오. ……그밖에 무슨 전별의 말이 있겠소. 매사에 조심하십시오."

그때, 차를 끓이기 위해 안에 있는 맑은 물을 길러 갔던 한 중이 돌연 손에 든 물통을 내던지고, 고함을 지르면서 나무 사이로 달려갔다.

사슴이 달려가는 듯한 발걸음 소리가 사원 깊숙한 곳까지 들려왔다. 그 발걸음 소리를 따라가던 중은 이윽고 숨을 헐떡이며 찻집이 있는 뜰로 달려왔다.

"빨리 수배해 주십시오. 이상한 자를 방금 놓쳤습니다."

이 절 안에 이상한 자가 있을 리 없다고 가이센이 묻자, 그 중은 이렇게 말했다.

"아직 화상에게는 말씀드리지 않았지만 사실 그 자는……어젯밤 늦게 문을 두드리므로, 들어오게 해서 우리들과 함께 묵고 있던 떠돌이 중입니다. ……그것도 때가 때인만큼 전연 모르는 중이라면 물론 숙박을 허락할 수 없는 것이지만, 얼굴을 보아하니 전에 관저의 첩보반에 있으면서 가중의 여러분들과 자주 절에도 온 일이 있는 와타나베 덴조(渡邊天藏) 나리이므로, 별일은 없으리라 생각하고 하룻밤을 묵게 했던 것인데…….”

"잠깐 기다려. ……그거 정말 이상한 일이군. 벌써 수년 전에 오다측에 첩자로 가서 소식마저 끊어졌던 첩보반의 한 사람이었는데, 갑자기 밤중에 그것도 중의 차림으로 문을 두드리고 일박을 청해 왔다니. ……왜 자세히 조사해 보지 않았던가?”

"그 점 실수를 한 것 같습니다. ……그렇지만 그의 말로는 오다가의 영지에 들어가서 첩자 활동을 하고 있던 중, 고슈의 첩자임이 드러나 투옥되어 수년간 감옥살이를 하던 중, 다행히 기회가 있어 목숨만은 건지고 변장을 한 채 돌아왔노라고 진정으로 말하는 것이었습니다. ……그래서 내일은 고후로 나가 첩보반장인 아마가스 산페이 나리를 만날 작정이라고 하므로 전혀 의심할 여지없이 참말이라 믿고 있었습니다. 그런데 방금 제가 우물에서 물을 긷고 오는데, 찻집 북창 아래서 덴조란 놈이 도마뱀처럼 착 달라붙어서 엿듣고 있었습니다.”

"뭐라구? ……우리들이 하는 얘기를 숨어서 엿들었다고?”

"네. ……발걸음 소리에 놀라 이쪽을 돌아보고는 경악한 듯 비실비실 뜰 안으로 도망쳐 가길래 '이봐 덴조공, 게 좀 서시오' 했더니 들은 척도 하지 않고 발걸음을 재촉하여 달아났습니다. ……그래서 제가 '이 나쁜 놈' 하고 소리를 질렀더니 무서운 눈으로 저를 노려보는 것이었습니다.”

"그래서 놓쳤단 말인가?”

"큰 소리로 불렀지만 다들 점심을 먹느라고 아무도 나오지 않았으므로, 유감스럽지만 저 혼자의 힘으로는 당해낼 수 없는 상대였습니다.”

신겐은 그 중을 거들떠보지도 않고 묵묵히 한 귀로 듣고만 있다가 가이센을 바라보며, 조용히 말했다.

"중들에게 부탁하여 아마가스 산페이를 불러주시오. 그로 하여금 뒤쫓게 해야 되겠소.”

화상의 명령을 받고 그 중은 곧 산문 쪽으로 달려갔다. 이윽고 산페이는 찻집 뜰에 꿇어 엎드려 무슨 일인가 하여 마루 위에 있는 신겐을 우러러봤다.

"수년 전, 너의 부하 중에 와다나베 덴조라는 자가 있었지?”

신겐의 말을 듣고 산페이는 잠깐 동안 생각에 잠기더니 대답했다.
"생각납니다. 오와리의 하치스카(蜂須賀) 마을 태생으로, 숙부인 고로쿠(小六)가 사카이의 대장장이에게 부탁하여 만들었다는 새로운 총을 가지고, 나리의 영지로 도망쳐 와서 그것을 헌상한 공으로 수년 동안 우리들의 도움을 받아 온 자라고 생각됩니다."
"그 총으로 인해 이 신겐은 기억하고 있는 터지만, 그는 역시 오와리 사람. 이제는 오다가에 붙어서 일하고 있는 것 같다. 자네가 추적해서 목을 베어 오너라."
"추적하다니요?"
"자세한 이야기는 그 중에게 듣도록. 빨리 추적하지 않으면 놓치기 쉽다."
산페이는 분부대로 하겠다고 대답하고 그곳을 물러났다. 이윽고 에린사의 문앞에 매어 두었던 말을 풀어 타고 이렇다 할 방향도 없이 채찍을 가해 달려갔다.

나라사키(菲崎)에서 서쪽으로 고마가다케(駒嶽)와 센조(仙丈) 등의 산기슭을 거쳐서 이나(伊那)의 다카도(高遠)로 넘어가는 길이 있다.
"어잇!"
이 산중에서 이상하게도 사람의 소리가 난다. 떠돌이 중은 문득 발을 멈추고 사방을 둘러봤으나 아무 것도 보이지 않으므로 다시 고갯길을 서둘러 내려갔다.
"여봐! 길가는 스님!"
두 번째 소리는 매우 가깝게 들렸다. 그뿐 아니라 분명히 스님이라 불렀으므로 중은 고깔을 벗고 잠깐 걸음을 멈췄다. 헐레벌떡 달려 올라온 사내가 가까이 오자마자 상대방에게 조소를 하며 말했다.
"이상하군, 와다나베 덴조. 언제 고슈에 왔던가?"
중은 약간 놀란 표정이었으나 곧 태연해져 가지고 고깔을 다시 쓰고 킥킥거리며 하늘소의 소리 같은 웃음을 터뜨렸다.
"아아, 누군가 했더니 아마가스 산페이공이었군. 이거 오랜만이야…… 언제나 빈틈없군."
역시 조소가 섞인 대답이었다. 서로가 적지에 침투하여 자기편을 위해 기밀을 탐지하는 직분을 띠고 있는 것이다. 이거야말로 담대하고 침착하지 않으면 해낼 수 없다는 것을 가르치고 있는 태도였다.

"인사는 여전하군."

산페이도 극히 쌀쌀한 말투였다. 자기 나라 안에서 적국의 밀정을 보았다고 해서 갑자기 당황해서 소란을 벌인다는 것은 평소 주의가 산만한 평인의 짓. 도둑놈의 눈으로 본다면 세상에는 대낮에도 도둑놈이 걸어다니고 있으므로 그다지 놀랄 일도 아니었다.

"그저께 밤 에린사에 숙박하여 어제 그곳에서 가이센 화상과 주군의 밀담을 엿듣다가 그 절의 중에게 발각되어 그길로 도망쳐 온 거지. 그렇지, 덴조?"

"바로 그대로야. 자네도 거기에 있었던가?"

"공교롭게 다른 일로……."

"그것만은 몰랐군."

"너에게는 불운이지."

"그럴지도 몰라."

——덴조는 한결같이 하늘을 우러르며 말했다.

"다케다의 간첩 아마가스 산페이는 아직 이세 국경이나 기후 부근에서 오다가의 허점을 노리고 있으리라고 생각했는데…… 어느새 귀국했군. 과연 산페이는 빠르다고 칭찬해야 겠군."

"쓸데없는 아부야. 아무리 칭찬해도 내 손에 걸린 이상 살아 돌아갈 수는 없어…… 이 국경을 살아서 넘어갈 셈인가?"

"아직 나는 죽고 싶은 생각은 조금도 없는데 그러고 보니 산페이, 임자의 얼굴에는 그야말로 죽을 상이 가득하군. 오히려 죽고 싶어서 나를 쫓아 온 것 같군."

"주군의 명령으로 목을 베러 왔다. 그런 줄이나 알라."

"누구의 목을?"

"너의 목이다."

산페이가 칼을 뽑아 들자 와다나베 덴조는 지팡이로 맞섰다. 지팡이 끝과 칼끝의 거리는 매우 가깝다. 그리고 서로가 응시하고 있는 동안 피차의 호흡이 거칠어졌다. 창백한 표정으로 두 사람의 얼굴은 질려 있었다.

그런데 무엇을 생각했음인지 산페이는 칼을 내리고 말했다.

"덴조, 지팡이를 내려!"

"비겁하군!"
"아니 결코 비겁해서가 아니다. 서로 같은 직분이 아닌가? 직분을 위하여 죽는 건 좋지만 서로 베어 죽인다는 것은 생각해 볼 일이야 어때? 입고 있는 법의를 벗어 던지고 가지 않겠나 그렇게 하면 그것을 가지고 가서 죽였다고 말씀드리지."
첩자라 불리는, 소위 전국의 밀정들은 다른 무사들에게서는 볼 수 없는 특수한 신념을 갖고 있다. 그것은 직분상 저절로 갖게 되는 생명관의 차이였다.
——주군의 말 앞에서 죽는다. 또한 주군을 위해서는 생명을 깃털처럼 가벼이 여긴다. 그렇지만 화려하고 깨끗하게 버려야 한다.
그것이 보통 무사들의 신조였지만 밀정의 생각은 그 반대였다.
목숨을 아끼라. 어떤 수치나 고통을 감수하더라도 생명만은 가지고 돌아가라.
가령 적국에 들어가서 아무리 귀중한 정보를 탐지했다 해도 살아서 본령으로 돌아가지 않으면 아무런 이익도 없는 것이다. 그러므로 첩자가 적국에서 죽는다는 것은 그것이 아무리 화려한 죽음이라 하더라도 개죽음인 것이다. 가령 그 개인에게 있어서는 무사도인 것 같지만 돌아오지 못하면 주군을 위해서는 무익한 죽음이 되고 개죽음이 되는 것이다.
그러므로 첩자는 살아서 어떤 수모를 당하더라도 살아 돌아가 기필코 임무를 완수하지 않으면 안 된다. 궁지에 처해 나쁜 마음을 먹거나 소심교지(小心狡智)로 갖은 비무사적인 행위로 스스로를 욕되게 하더라도, 어디까지나 살아서 돌아가야 할 곳에 살아서 돌아가는 것을 첩자의 본분으로 삼고 있는 것이다.
——그와 같이 특수한 직분임을 뼛속까지 느끼고 있는 산페이, 덴조 두 사람이었다. 그러므로 한 쪽인 아마가스 산페이가 말했다.
"피차가 같은 직분. 여기서 서로 죽이는 것은 어리석은 짓이야."
그가 칼을 도로 꽂고 상대방의 이성에 호소하자, 덴조도 곧 옷을 벗으며 말했다.
"애당초 나도 좋아하지는 않았지만 목숨을 걸자는 바람에 상대하려 했던 것인데 이 법의로 해결된다면 벗어 두고 가겠다."
덴조도 입었던 법의를 벗어 산페이의 발 앞에 던졌다.

산페이는 그것을 주워들었다.

"이만하면 됐어. 이것을 증거물로 가지고 가서 와다나베 덴조를 죽였다고 말씀드리면 끝나는 거야. 이름난 적의 무사면 모르지만, 다만 첩자의 한 사람인데 굳이 수급을 보려고는 않겠지."

"그렇게 통할 수 있다면 피차 다행한 일. 그럼 아마가스 산페이공, 이로써 작별……언젠가 다시 만나자고 하고 싶지만, 만나면 최후가 될 지도 모를 일. 평생에 두 번 다시 만나지 않도록 서로가 신에게 빕시다."

말을 마치자 와다나베 덴조도 상대방을 만만치 않은 존재로 생각하던 차에 목숨이라도 건졌으므로 서둘러서 그 자리를 떠났다.

그의 모습이 고개의 내리막길에 다다랐을 무렵, 산페이는 미리 풀 숲속에 감추어 두었던 총과 화승을 꺼내어 덴조의 뒤를 추격했다.

이윽고 총소리가 났다. 곧 총을 내던지고 거꾸러진 적의 머리를 베기 위해 달려가는 그의 모습이 뛰는 사슴처럼 저편 고갯길에 보였다.

나무꾼들이 다니는 길 옆 숲 속에 와다나베 덴조는 반듯이 누워 있었다.

──그렇지만 산페이가 달려가서 그의 가슴에 칼끝을 꽂으려는 찰나, 덴조는 갑자기 일어서서 적의 양다리를 덥석 안았다.

"앗!"

순간 산페이는 벌렁 쓰러져 버렸다. 덴조의 돌처럼 단단한 머리가, 힘껏 산페이의 명치를 들이받으며 거꾸로 섰다.

"사람을 알아보란 말야."

하치스카 마을의 태생, 토민 고로쿠의 조카인 덴조의 야성은 유감없이 발휘되어, 상대방의 목을 조르고 이리처럼 날뛰며, 옆에 있는 큰 돌을 양손으로 쳐들어 산페이의 얼굴을 찍어 버렸다.

──덴조의 모습은 이미 그 자리에 없었다.

권화(權化)

 노부나가가 나가시마(長嶋)로부터 철수한 후에도 요코야마(橫山) 성의 도키치로는 오미의 각지에서 이리저리 자리를 옮겨 다니며 싸우고 있었다.
 이럴 수도 저럴 수도 없는 한 가닥의 불줄기이다.
 이곳을 끄면 저곳에서 불붙어 오르고, 그곳으로 쫓아가면 뒤에서 다시 붙어 오른다.
 노부나가조차도 자신이 나가시마 정벌에 나서서 현지의 실정을 알고는 즉시 병력을 되돌린 다음 '이것을 공격하는 것은 어리석은 일이다'라고 결단을 내렸다.
 화재의 근원을 잡지 못하고 불길이 비치는 벽이나 담벼락에 물을 뿜는 것과 같은 짓…… 이라며 한탄하고 그 후로는 각지에서 여기 불끈 저기 불끈 하는 불길을 이잡듯 하는 전법은 그만두고 말았다.
 따라서 도키치로에게도 똑같은 하명이 도달하였다. 도키치로는 노부나가의 심중을 짐작하였다.
 '역시 현명한 배려다. 이번 여름에는 유유히 낮잠이나 자고 있으란 말이겠군.'

그는 즉시로 요코야마 성으로 돌아와 장병들의 노고를 위로하며, 북부 오미의 산성에서 시원한 나날을 보내고 있었다.

그러나 무인의 휴양은 전쟁보다도 괴롭다고 병사들은 입을 모아 말한다. 매일 단련을 게을리 하지 않는다. 그러한 휴양의 날이 약 백일가량 계속되었다.

9월에 들어서자

"출진!"

명령이 떨어지고 산성의 문이 열렸다. 요코야마를 내려와 호반에 이르기까지 병사들은 어디로 싸우러 가는 것인지를 모르고 있었다.

호반에는 큰 배가 세 척이나 준비되어 있다. 병마가 꾸역꾸역 배에 타고 나서야 병졸들은 비로소, 이번의 전장의 방향을 알았을 정도다.

'이시야마(石山)냐, 에이 산이냐?'

병선은 전부 새로 만든 것으로 신선한 재목 냄새를 풍기고 있었다. 금년 정월 이래 니와 나가히데(丹羽長秀)가 담당관으로 부임하자 남몰래 조선을 서둘렀던 것이다.

대호에 펼쳐진 가을 하늘을 넘어 건너편의 사카모토(坂本)에 도착해보니 이미 노부나가 이하──사사(佐佐), 시바다(柴田), 사쿠마(佐久間), 아케치(明智), 니와(丹羽) 등의 여러 대장이 모여 있었다. 에이 산의 산록은 눈길이 닿는 곳마다 오다 군의 기치가 즐비하였다.

'어느 새?'

같은 편끼리도 놀랄 만큼 신속한 행동이었다. 지난 해 겨울, 이곳의 포위진을 풀고 기후로 철수하던 때부터 니와 고로자에몬(丹羽五郎左衛門)에게 명하여, 언제 어느 때라도 호수를 단번에 건널 수 있는 큰 배를 준비 시켜 놓았던 노부나가의 원모에 대해 이제 와서 여러 사람들은 감탄하는 터였다.

그에 따라 또 생각되는 것은 나가시마에 대한 공격을 중지하고, 되돌아서던 당시의 노부나가의 말이 었다. 불붙는 분쟁이나 소란의 불길은 곳곳이 거의가 벽에 비치는 화재일 뿐 화근인 불길의 근원은 틀림없이 에이 산 위에 있다──이렇게 마음속으로 다짐한 것이 분명했다.

오늘 다시 많은 사람들이 한꺼번에 모여서 이 산을 포위한 노부나가의 미간에는 실로 지금까지 볼 수 없었던 결의와 용맹스러운 기운이 엿보이고 있었다.

그 까닭인지 지금 중군의 천막 속에서는 평소에는 들을 수 없던 그의 격한 음성이 영외까지 들려오고 있다. 마치 적중에서 호령하는 듯한 음성이 들려온다.

"뭐? 치고 올라가는 데 불을 지르면 산 위의 절들이 타버릴 위험이 있어 화계(火計)는 쓰기 싫다는 말인가? 바, 바보 같은 소리! 싸움이란 어떠한 것인가? 무엇 때문에 하는 건가? 귀관들, 그러고도 수많은 병장을 지휘하는 장수라고 하면서 그 정도 분별도 못하고 오늘날까지 싸워 왔단 말인가?"

막사 안을 살펴보면——

노부나가가 앉은 상 앞에 가쿠마 우에몬(佐久間右衛門), 다케이 세키안(武井夕菴), 아케치주베(明智十兵衛) 등의 효장이 머리를 조아리고 늘어 앉아 있다.——마치 자식들이 어버이에게 교훈을 받듯이——

아무리 주군이라고는 해도 너무 지나친 극언이다.——사쿠마 노부모리(佐久間信盛), 다케이, 또 주베 미쓰히데(十兵衛光秀)가 한결같이 원망스러운 듯 얼굴을 들었다.

"……"

그리고 노부나가의 눈동자를 똑바로 쳐다보았다.

무엇을 위한 싸움인가. 그것을 생각하는 만큼, 그것을 우려하는 만큼, 쳐들기 어려운 얼굴과 눈을 바로 하고 간언을 하였던 것이다.

"너무 지나치신 말씀이십니다. 저희들도 그런 것쯤은 분별을 못하는 것이 아니올시다. ……그러하오나 수백 년 이래 국가 진호(鎭護)의 영역으로 숭앙해 오던 에이 산을 불지르라시는 난폭한 어명에는 신하로서……아니 신하인 까닭에 더욱 그러하옵니다. 어명을 받들 수가 없사옵니다."

노부모리는 결사의 기운을 미간에 지어 보인다. 당장이라도 두 말 없이 죽음을 받을 각오가 서 있지 않다면 지금의 노부나가의 얼굴을 보고 이러한 말을 할 수가 없는 일이다.

평상시에도 좀체 간언을 올리기 어려운 주군인데, 오늘은 더구나 마치 참마(斬魔)의 검인가, 광란하는 열화인가——싶게 보인다.

아니나다를까

"입 닥치지 못해!"

노부나가는 노부모리의 말에 이어서 세키안과 미쓰히데가 무엇인가 자기에게 입을 열려는 것을 이렇게 격한 음성과 얼굴로 제지했다.

"그대들은 언제나 제국의 승려들이 교화의 길을 잘못 알고 중생을 선동하고 재산을 모아 가지고는 무기를 비축하며 밖으로 나와서는 유언비어를 퍼뜨려 어떻게든 정도(政道)를 어지럽히고 있을 뿐 아니라 종문말파(宗門末派)를 이용해 가지고는 사권을 굳히는 등…… 손을 써 볼 수 없는 추태와, 여기저기서 봉기한다고 설치는 꼴을 바라보며 얼마나 분개하였던가?"

"그것은 눈에 거슬리기 한량없었습니다. 저희들도 그런 악폐를 응징하시는 데는 아무런 이의를 품는 바도 아니옵니다. 그러하오나, 여러 사람들의 신앙을 모아 특수한 권능을 허용 받고 있는 교단의 개혁이 쉽사리 하루아침에 이루어지기는 힘들 것이올시다."

"그런 것은 누구나 말할 수 있는 상식이란 거야. 800년을 내려오면서 그 상식이 방해를 해왔으므로 때마다 산문의 부패 타락을 한탄하면서도 아무도 그것을 혁신하질 못하고 오늘에 이르게 된 것이 아닌가? 황공하옵게도 시라가와(白河) 법황(法皇)조차…… 짐의 뜻대로 되지 않는 것은 주사위하고 가모가와(加茂川)의 물……이라고 하셨어. 산법사들이 히요시의 가마를 받들고 있는 한 조정의 위엄조차 빛을 잃었다고 사서(史書)에도 나와 있고……겐페이(源平)의 소란에다 그 후의 난세, 이러한 일을 곰곰이 생각할 때 이 산이 어느 국가의 진호에 힘이 되어 왔단 말인가? 국민의 믿음에 안태의 힘이 되어 왔던가?"

노부나가는 돌연 오른손을 쳐들어 크게 가로 저었다.

"……지금과 다를 바가 없는 거야. 수백 년 동안 어떠한 국가의 큰 근심이 있을 때에도 그들은 자기들의 특권을 지키기에만 급급해 왔을 뿐이다. 우직한 중생에게서 긁어모은 재물을 가지고 성곽과 같은 돌담이나 산문을 구축하고 황음성식(荒淫腥食), 뜻있는 사람들은 도저히 할 수 없을 생활을 예사로이 하고 있단 말야. 법등수학(法燈修學)의 패퇴는 입에 담기조차 우습고 파계난행의 말세라고 하는 것도 과언이 아니야. 정색을 하고 간언을 하려는 그대들의 마음이 오히려 노부나가로서는 의아스럽다. 말리지 말라. 노부나가는 단호히 해치운다."

"말씀은 모두 지당하오나 저희들 세 사람도 단호히 말리겠사옵니다. 죽는 한이 있어도 이 자리를 뜨지 않겠습니다."

노부시게, 세키안, 미쓰히데 등 세 사람은 똑같이 두 손을 짚고 흡사 자신들이 간언의 보루라는 듯 주군의 앞에서 움직이려 하지 않는다.

에이 산은 덴다이(天台), 이시야마(石山) 등과 문도와 종파가 다른 불도임에는 틀림없다.

그 불도의 단결은 교의 상으로는 다르다고 외치고 있으나 노부나가에게 대항하는 일만은 완전히 일치하여 똑같은 성격을 나타내고 있었다.

아사이(淺井), 아사구라(朝倉)와 내통한다는지 장군가를 이용한다든지, 또는 각지의 잔당에 편리를 제공하는 일, 에치고(越後)나 고슈(甲州)까지 밀사를 보내는 일——또 노부나가의 영토를 중심으로 해서 안하무인격으로 민중봉기를 도모하여 노부나가로 하여금 심신의 피로를 가져오도록 도모하는 등——이 모든 것은 영산(靈山)의 대당(大堂)에 기거하는 승려의 지령인 것이다.

이 특수한 세계——불가항력이라고 일컬어지는 이 법성(法城)의 소탕책을 놓고 노부나가의 이상은 실현되지 않을 것임을 세 사람의 신하는 충분히 알고 있었다.

그렇지만 노부나가가 이곳에 포진한 뒤의 명령은 너무나도 과격한 것이었다.

'……산 전체를 완전 포위하여 3왕 21사(社)를 비롯하여 산상의 중당과 방사당탑 그리고 모든 사찰, 경권(經卷), 영불을 남김없이 태워 버려라.'
더욱이 그 화계의 방법으로서는,

'승려라면 지위를 불문에 붙임은 물론 그곳에 있는 승려라고 이름만 붙어 있으면 단 한 놈도 놓치지 말라. 어린이와 예쁜 계집이라고 사정을 둘 필요가 없다. 설사 승려복을 걸치지 않은 놈이라 할지라도 이 산에 숨어 살다가 불에 쫓기어 뛰어나오는 놈은 오늘날까지의 해적이라고 보아서 틀림이 없을 것이다. 남김없이 처치하여 사람이란 그림자도 없는 산을 만들지어다.'

이렇게 말하는 것이다.

염라대왕의 사신이라 할지라도 그런 일을 쉽사리 할 수는 없으리라. 명을 받은 여러 장수들은 실로 두려워 떨었다.

"광기라도 드신 게 아닐까……."

다케이 세키안이 혼잣말로 중얼거리자, 사쿠마 노부모리, 아케치 미쓰히데도——그 외 장수들 중에도 많은 반대자가 있었지만——어쨌든 우리 셋이서 주군 앞에 나가 반대의견을 내세우자──우리들이 어의를 거역하여 할복을 하게 된다 해도 차례로 주군 앞에 시체의 산을 쌓을지라도, 무모하기 이를 데 없는 화계가 시행되게 해서는 안 된다──이렇게 맹세를 하고 간언에 나선 세 사람이었다.

 쳐들어가는 것도 좋다.

 에이 산을 점령하는 것도 당연하다.

 그러나 화계를 쓰는 데다 그러한 살육을 자행할 필요가 어디에 있는가?

 그런 폭거를 행하는 날, 그 동안에 모았던 노부나가에 대한 민중의 신망은 그 자리에서 사라져 버릴 것이다.

 천하에 그득한 반 노부나가의 진영에서는 기꺼워하며 모든 기회에 악용을 하고 선포할 것이 자명하다.

 수백 년 동안 두려워서 아무도 받기를 꺼려 온 악명을 뒤집어 쓸 따름이다.

 '……주군께서 사리에 맞지 않는 거사를 하심으로 해서 주군에게 앞으로 닥쳐올 일을 생각해서라도 이 싸움에는 저희들은 반대합니다.'

 이것이 여러 장수를 대표한 세 사람의 말이었다.

 물론, 그 말을 전함에 있어서는 신하로서 죽음을 각오한 진영의 피력이었지만, 노부나가의 마음은 이미 결정한 바대로 움직일 줄을 모르고 세 사람이 입을 바꿔가며 누누이 늘어놓는 수백 마디 말에 대해서

 '다시 한번 생각해 보지.'

 이 정도의 움직임조차 찾아 볼 수 없었다.

 아니 오히려 그의 굳은 의지 위에 다시 한 꺼풀 굳힘을 준 결과를 가져온 듯 했다.

 "……."

 "……물러들 가라, 이제 말 않겠다. 이젠 들을 필요도 없다. 그대들이 명을 거역한다면 다른 쪽으로 명하지. 다른 장병들도 안 따른다면 노부나가 혼자서라도 한다. 안하면 안 되는 거다."

 "이 산을 하나 쳐서 뺏는 데 무엇 때문에 어명처럼 포학을 가할 필요가 있겠습니까? 오히려 피를 보지 않고 함락시키는 것이 진실한 대장이며, 싸움의 의의라고 생각합니다만……."

 "영리한 듯한 상식만을 늘어놓지 말라. 800년대의 잡목림이다. 뿌리째 태

위 없애야지 그렇잖으면 새롭고 싱그러운 새싹이 돋질 않아. ……이 산 하나라고 그대들은 말하지만 노부나가는 에이 산 하나를 처치하려고 정신조차 혼미한 게 아니야. 이 산을 태워 없애 버리는 것은 여러 산에 있는 불각을 구하는 것이 되고 여기의 승려를 이 잡듯 한다는 것은 여러 나라의 미처 깨닫지 못한 승려들을 깨우치는 결과를 가져와, 말하자면 그만한 구제를 뜻하는 게야. 눈앞의 아비규환 같은 것은 노부나가의 귀에나 눈에는 아무것도 아니란 말야. 이 노부나가가 아니면 누가 있어 그 일을 해 낼 거냐 말이다. 하늘은 오늘날 노부나가를 이 땅에 태어나게 하여 소신껏 하라고 명령하고 계신다.”

노부나가의 영재나 경략, 그 외의 모든 그의 위대함을 누구보다도 잘 알고 있는 세 사람에게도 방금 노부나가가 자신이,

‘……이 노부나가가 아니면 누가 있어 이 일을 해 낼 것이냐.’

이런 말을 듣자 이것은 예사로 생각할 일이 아니다. 천마(天魔)에게라도 홀린 것이 아닌가…… 하고 서러운 느낌마저 드는 것이었다.

노부모리에 이어 다케이 세키안도 주군의 상머리에 몸을 굽히고 아뢰었다.

“아니옵니다. 어떠한 어명이 있으실지라도 저희들은 신하로서 이번 일은 중지하시도록 여쭐 수밖에 없사옵니다. 간무 천황께서 전교하신 이래의 아깝기 한량없는 영적(靈跡)을 태워 없애라신다든가 또는……”

“듣기 싫어! 입을 닥치지 못해? 노부나가는 마음속에 간무 천황의 칙의(勅意)를 받들고 그것을 태우자는 것이다. 가슴에 전교대사의 대자비를 가지고 살육의 명을 그들에게 내리는 거다. 알겠나?”

“모를 일이옵니다.”

“모르겠으면 물러가거라, 방해를 놓지 말라!”

“죽음을 내리실 때까지 간언을 여쭙겠습니다.”

“정신 나간 놈! 일어서!”

“어찌 선뜻 일어설 수 있겠습니까? 살아 있으며 우리 주군의 광기 어리신 거동을 보고 그 멸망까지를 겪기보다는 죽음으로써 만류하려 하옵니다. 예부터 뉴도 기요모리(入道淸盛)를 비롯하여 여러 전례를 보더라도, 불사영각을 불사르고 승도를 살육한 사람치고 뒤끝이 좋았던 사람은 없었습니다.

"기요모리가 한 짓은 오로지 자기 가신만을 위한 경박한 노기로 저지른 일이다. 그는 스스로의 가문을 옹호하려는 심산이 있었어. 그러나 노부나가는 다르다. 그러한 백치 같은 자가 그의 꿈을 이 땅 위에 펼쳐 보기 위해 그 수많은 피와 병졸을 농하는 따위와는 다르단 말이야. 노부나가는 노부나가를 위한 싸움은 안 한다. 나의 싸움은 나로 하여금 구폐의 모든 방해물을 파괴하게 하고, 또 생생한 새로운 세상을 건설하라고 명한다. …… 신인지, 민중인지, 때가 온 것인지? ……무엇인지는 몰라도 받은 사명에 의해서 싸우는 것뿐이다. 그대들은 배포가 작아! 보는 눈이 너무 좁아. 그대들의 한탄은 소인의 설움이다. 그대들의 의견인 즉, 이해관계에서 노부나가 일개인을 벗어나지 못하고 있어. 에이 산쯤을 잿더미로 변케 해 보았자 무변의 국토와 무한한 중민을 포용하고 가는 세상의 끝을 생각한다면 무엇이 대단하다는 말인가?"

"이상(理想)은 그러하시겠사오나 이것이 민심에 미치는 결과는 악귀의 소행으로 나타나리라고 여기옵니다. 작은 사랑의 인(仁)은 백성을 기쁘게 하여 줍니다만 너무 가열하거나 준엄함은 받아들여지지 않사옵니다. 비록 그것이 우리 주군의 보다 큰 사랑에서 우러나왔다고 할지언정……."

"고개를 우로 좌로 돌리고만 앉아 있어서야 이 시점에서 무엇을 할 수 있겠는가? 예전의 영웅들도 모두 일시적인 민심을 두려워해서 화근을 말대(末代)에 남기고 왔으나 노부나가는 그 뿌리를 뽑아 보이겠노라. 한다 하면 철저히 하는 거다. 그렇지 않다면 오늘날 활을 들고 중원에 나온 의의가 없는 것이다."

노도에도 쉼과 끊어짐이 있다.

노부나가의 음성도 조금 부드러움을 되찾았다. 세 사람의 신하가 거의 항변할 말을 잃고 머리를 숙인 탓도 있으리라.

도키치로는 도착인사를 하기 위해 중군에 와 보니 이런 형편이어서, 벌써부터 밖에서 서성거리다가 막사로 얼굴을 내밀고, 안의 사람에게 물었다.

"괜찮겠습니까? ……기노시다 도키치로입니다만…… 들어가도 좋습니까?"

고개를 휙 돌려보았다.

거기에서 도키치로의 얼굴을 발견하자 이글거리는 화염 같은 형상이었던 노부나가도, 얼음처럼 차고 팽팽하게 죽음을 결심했던 세 사람도 구원을 받앉았다는 듯이 미간에 온화한 기운이 서린다.
"오오……."
"이제 막 배가 도착했습니다. 호수의 가을은 또 특별한 맛이 있었습니다. 지쿠부(竹生)섬 같은 데는 벌써 단풍이 져 있습니다. 어쩐지 전장을 향할 기분도 안 나고 해서 배안에 앉아 서투른 시를 읊어 보았습니다마는…… 언제 전쟁이 끝나면 여러분들께 감상하시도록 해 보겠습니다."
안으로 들어서면서 도키치로는 혼자서 흥이 난 듯 지껄여 댄다. 그의 얼굴에는 어디를 보아도 여기 있는 주종들처럼 험한 기운이나 무엇에 끌리는 기운이란 찾아 볼 수가 없었다.
"……어찌 된 일입니까?"
굳은 채 말없이 앉아 있는 군신의 얼굴을 번갈아 보며 도키치로만은 홀로 봄바람을 맞는 기분인 듯 다시 말을 꺼낸다.
"……하하하…… 아까 밖에서 들었습니다만 그 일 때문에 침묵을 지키고 계시는 겁니까? 신하는 군주를 염려하는 나머지 죽음을 각오하며 간언을 하고, 군주께서는 신하의 충정을 잘 아시는 터라 참령에 처하고서라도 결심한 바를 결행하시려는 폭군이 아니시기에…… 거 참 난처한 일이로군요. 이것은 어느 것이 옳다 어느 것이 그르다 할 수가 없으니……."
노부나가는 몸을 획 돌려 방향을 바꾸고 불렀다.
"도키치로."
"예!"
"마침 잘 왔다. 이야기를 들었다면 나의 흉중이나 세 사람의 의견도 알고 있으렷다."
"알고 있습니다."
"그대는 노부나가의 명을 받들 건가 거역할 건가? 노부나가의 명이 있을 수 없는 것이라고 보는가?"
"그렇게 생각지 않습니다. 어명을 기꺼이 받들겠습니다…… 아, 기다려 주십시오. 그 명령의 본지는 본래 도키치로가 글로써 전하께 헌책한 것으로서, 전하의 결단은 저의 권장에 의한 것으로 알고 있사옵니다만……."
"무어? ……언제 그대가 그러한 헌책을……."
"아, 틀림없이 그렇습니다. 잊으셨는지 모르겠습니다만 이미 지난 봄철이었던가요…… 아케치공 그리고 다케이 사쿠마 두 분께서도 아까부터의 충간, 아름다운 신도의 진심의 발로라 여겨져 도키치로도 눈시울이 뜨거워 졌습니다만, 그러나 여러분이 제일로 근심하시는 요점은 에이 산을 불태우는 토벌을 하면 세상 인심이 군주로부터 이반할 것이 틀림없다, 허니 군주를 위해 죽음을 무릅 쓰고라도 간언을 하기로 결심하셨겠습니다마는.”
"더 논할 여지도 없는 일. 말씀하시는 대로 폭거를 하시면 상하의 원한을 받아 여러 곳의 적으로 하여금 좋은 기회를 얻게 만들어 결국 우리 주군님은 악명을 씻을 도리가 없게 될 것이 아니겠소?”
"아니오. 거기가 조금 틀립니다. 에이 산에 손질을 하시기로 한 이상엔 철저하게 해야 한다 함이 이 도키치로의 헌책으로서 실은 전하의 발의가 아닙니다. 그렇게 되면 어떠한 악명이나 저주도 도키치로가 걸머져야 할 것입니다. 저는 각오가 되어 있습니다.”
"당치 않은 말씀! 어찌 세인이 기노시다 정도를 빈축하리오. 오다 군으로 행한 일은 전부 전하의 이름으로 돌아오는 것입니다.”
"물론입니다. ……하지만 여러분도 어째서 도키치로에 가세하여 주지 않습니까? 세 장수분과 도키치로가 전하의 명령 이상으로 기호지세(騎虎之勢 : 호랑이를 타고 달리는 기세라는 뜻으로, 이미 시작한 일을 중도에서 그만둘 수 없는 경우를 말함)를 몰아 철저하게 좀, 지나치게 했다…… 고 세상에 퍼뜨리면 된다는 말씀입니다. 충의 중에 제일 큰 충의란 간언을 하고 죽을 처지에 이르지 않는 것이라고 합니다마는 이 도키치로가 볼 때는 충간을 하고 죽은 참 충신은 충의를 못다 한 것이라고 생각됩니다. 오히려 살아서 악명, 욕설, 박해, 실각 그 무엇이든 전하를 대신해서 도맡겠다는 것이 도키치로의 심정입니다. 세 분의 생각이 아직도 다르신지요?”
긍정도 부정도 않고 노부나가는 말없이 듣기만 했다.
이윽고 다케이 세키안이 입을 연다.
"기노시다. 귀하의 말에 동의하는데……나는 동의하는데……”
그가 돌아보니 아케치, 사쿠마도 이의가 없음을 표시한다. 그리고 맹세한다.
──노부나가의 명령을 초과하여 제멋대로 행동한 것으로 하고 철저하게 에이 산 화계의 거사를 하려는 것이다.
이렇게 해서 노부나가의 결심도 목적을 이루고 죽음을 각오하고 충간에 나선 세 장수의 신도도 살려 보자는 도키치로의 제안인 것이다.
"명책이다.”
세키안은 탄성에 가까운 음성으로 이렇게 도키치로를 자꾸 칭찬하였으나 노부나가는 조금도 기쁜 기색을 보이지 않는 얼굴로 앉아 있다. 오히려 필요 없는 수작 같은 것은 귀찮을 뿐이라는 표정이었다.

그와 비슷한 빛이 미쓰히데의 얼굴에도 보였다.

미쓰히데도 심중으로는 솔직히 도키치로의 의견에 느낀 바가 있었으나, 무언가 자기들의 진실한 충간까지 그의 한마디에 빼앗긴 듯한 시기심이 가슴속 한 곳에 비죽이 내밀고 있었다.

그러나 총명한 그는 곧 자기 마음의 움직임을 부끄럽게 생각했다. 그리고 깊이 반성하며 스스로를 타이르는 것이었다.

'죽음을 각오하고 전하에 충간을 하려던 몸이 비록 잠시나마 어찌 사나이답지 않은 비열한 생각을……'

세 사람의 마음도 그대로 납득이 갔는데 노부나가는 도키치로의 의견을 별로 탐탁히 여기는 기색이 없고 초지를 변동시킨 것 같지도 않다.

──누구를 불러라. 누구를 불러라.

그는 계속해서 여러 부대의 장교를 자기 진막으로 호출했다.

노부나가는 자신이 직접 명령했다. 아케치, 다케이, 사쿠마 등 장수들에게 내렸던 엄명 조로──

"오늘 저녁 때 본진의 소라고동을 부는 소리를 신호로 하여 일제히 산으로 쳐 올라가라."

여러 장수 중에 다케이, 아케치, 사쿠마 외에도 화계에 반대한 장수들이 많았으나 이미 간언하려던 세 장수들이 명령에 복종한 판국이라 모두 두말 없이 노부나가의 명령을 받들고 자기 부대로 돌아갔다.

진지가 멀리 떨어진 부대에는 중군의 사자가 전령의 임무를 띠고 말을 달렸다.

전령은 그 후에도 차례로 전선인 산기슭으로 보내졌다. 그것은 작전 행동의 지령이었다.

저녁놀이 타는 듯이 하늘에 떠 있는 가운데 해는 점점 서산 뒤로 숨어 가고 있고, 호수 위에도 무지개 같은 광망이 크게 걸쳐져 물결이 잔잔하게 작은 파도를 일으키고 있다.

"……보라!"

노부나가는 언덕에 서서 에이 산 위를──그 위에 떠 있는 구름을 쳐다보고 주위 사람들에게 말한다.

"하느님도 노부나가의 의사를 격려하고 있다. 바람이 세어졌다. 화계를 쓰기에는 안성맞춤의 날씨가 아니냐?"

이렇게 말하는 사이에도 선선한 가을바람은 차츰 세게 불어오고 있다.

노부나가의 주위에는 5, 6명밖에 없었는데 그 때 저녁 바람을 잔뜩 받고 있는 저쪽 진막 근처에 한 사람의 병사가 누군가를 찾는 모양으로 기웃거리고 있었다.

다케이 세키안이 큰 소리로 주의를 주니, 병사는 달음질로 뛰어와 무릎을 꿇은 다음 말했다.

"무슨 용무냐. 전하는 여기에 계신데……"

"아니옵니다. 전하께 용무가 아니오라 기노시다님이 계신지요?"

도키치로가 사람들 사이에서 나와 무슨 일이냐고 물었다.

"방금 집안되시는 와다나베 덴조라는 승려 차림의 사람이 고슈 여행에서 돌아오는 길이라면서 곧 뵙고자 하고 있습니다. 무슨 화급한 일이라면서 혼자 서두르고 있습니다만 아직 부대로 돌아오시기에는 시간이 걸리시겠습니까?"

그러면서 도키치로의 사정을 문의한다. 다소 거리가 있었으나 노부나가는 귀에 거슬린 듯 도키치로를 돌아보며 입을 열었다.

"도키치로! 고슈로부터 돌아왔다는 자가 집안 사람인가."

"전하께서도 아실 것으로 여깁니다만 하치스카 히코에몬(蜂須賀彦右衛門)의 조카, 와다나베 덴조이옵니다."

"으음……그 덴조 말인가. 어, 혹 무슨 새로운 일을 들을 수가 있을 테지. 이리로 불러라. 노부나가도 함께 듣자."

언덕 아래로 병사가 뛰어내려간 지 얼마 안 되서 한 사람의 여장을 한 승려를 데리고 왔다. 와다나베 덴조였다.

덴조는 거기에 와서 주인인 도키치로와 노부나가에게 고슈에서 보고 들은 바를 남김없이 알렸다. 그 중에서 중요한 사항은 그가 에린사에 잠입하여 직접 귀에 담고 온 고슈 군의 출병에 관한 기밀이다.

"……으음."

노부나가는 코로 한숨을 쉬었다. 이렇게 하고는 있어도 배후의 불안은 물론 있었다. 지난해의 에이 산 공격 때에 비해서 그 위험과 불안은 조금도 호전되지 않았다. 오히려 다케다 가와의 관계도, 나가시마 방면의 상태도 나빠지고 있는 것이다.

당시 지난해의 진지에는 에이 산 위에 아사이, 아시구라(朝倉)의 대군이 등반하여 협력하고 있었으나, 이번에는 그럴 틈을 적에게 주지 않았기 때문에 당면의 세력은 그다지 방대하지는 않다. 배후의 위험만이 따르고 있는 것이다.

"에이 산도 벌써 이 일은 다케다 가(武田家)로부터 들어 알았으리라…… 중놈들은 또 노부나가가 급히 회군을 하리라고 낙관하고 있을 것이 틀림없어."

그는 덴조의 노고를 치하하고 언덕 아래로 내려보냈다.

"이것도 하느님의 가세랄 수 있지 않겠나."

도키치로와 세키안을 돌아보며 노부나가는 회심의 미소를 띠었다.

"고산(甲山)을 넘어서 비노(尾濃)에 육박하는 다케다 세력이 빠르냐, 에이 산을 분쇄하고 교토 세쓰(攝津)를 석권하고 돌아오는 오다 군이 빠르냐, 우리들에게 경쟁 상대를 주어 격려를 해 주고 필사의 신념을 불어 넣어 주는 것……각자 부서로 돌아가라. 저녁별이 보이기 시작했다."

노부나가는 진막 안으로 사라졌다.

언덕의 위아래, 또 에이 산의 기슭을 빙 돌다시피 하여 병사들이 밥을 짓는 연기가 여기저기서 하늘로 뻗쳐올라간다. 밤이 들자 바람은 더욱 세차졌다. 여느 때 같으면 들을 수 있을 미이사(三井寺)의 종도 울리지 않았다.

이윽고 은은히 중군의 언덕에서 고둥을 부는 소리가 울렸다.

여러 진지에서 함성이 들린다.

그날 밤부터 9월 13일의 미명에 걸쳐 일대 수라장을 이루었다.

산허리, 산봉우리에 걸쳐 십여 군데의 험한 곳에 방새를 구축하고 있던 상대들의 수비진을 돌파한 후, 산 전체를 종횡으로 누빈 오다 군의 병사들은 불을 질러 놓고 세찬 바람을 향해 함성을 질러 목이 쉴 지경이었다.

검은 연기는 계곡을 메우고, 화염은 만산을 미친 듯이 뒤덮어, 산 밑에서 쳐다보면 커다란 불기둥이 에이 산의 각처에서 치솟았다.

호수도 빨갛게 물들었다.

그 커다란 불기둥의 위치에서 추측하면 중당도 불타고 산왕칠사도 불타고 있다. 또, 산 위의 대강당에서 종루, 법장, 보탑, 고탑 등을 비롯해서 봉우리, 계곡마다에 있던 사찰이나 승려들의 숙사가 남김없이 불길에 싸여 있는 것이다.

'……마음속에 간무(桓武) 천황의 칙지(勅旨)를 받들고 가슴에 개산전교 대사(開山傳敎大師)의 허락을 받아 나는 불태우는 거다!'

몸서리가 쳐질 만큼 무서운 불길을 쳐다볼 때마다 여러 장수들은 노부나가의 말이 가슴에 되살아나 스스로를 격려하고 있었다.

장수의 신념은 병사들 가슴으로 전파된다. 화염을 뚫고 검은 연기 속을 달려가며 병졸들은 노부나가의 신념을 그대로 수행했다.

8,000에 달하는 승려들은 모조리 죽음을 당했다. 아비규환은 산울림이 되어 퍼져갔다. 계곡을 타고 산 밑으로 숨어 내려와 동굴에 숨고 나무 위로 몸을 피한 자들도 벼의 해충을 잡아 죽이듯 일일이 찾아내어 죽였다.

자기의 대영단과 부하의 용맹이 합치하여 전개되는 미증유의 광경을 깊은 밤을 틈타 노부나가도 산 위로 올라가 직접 보았다.

에이 산측에서는 오산하고 있었다.

그들은 그날 저녁때까지 노부나가의 대군을 산기슭에 보면서도, 오다 군을 얕보았던 것이다.

'허장성세에 불과하다.'

'이제 곧 허우적거리며 총세력이 퇴군할 때 추격하리라.'

이렇게 혼자 짐작으로 마음을 놓고 있었던 것이다.

그러한 짐작을 하게 된 원인은 산에서 멀지 않은 교토(京都)로부터 그들을 안심시켜 주는 정보가 빈번히 그 본진으로 날아들었기 때문이다.

교토라면 말할 나위 없이 거기에 있는 장군 요시아키(義昭)의 부(府)를 말함이다. 에이 산은 여러 나라의 승려나 신도에게 있어서 두드러지게 현저한 반(反) 노부나가의 본산이지만, 그 에이 산에 뒷구멍으로부터 군량을 보내고 무기를 주며 쉴 새없이 선동과 독점에 주력하고 있는 것은 요시아키 그 자신이었다.

그 장군가의 부에는 재빨리 고슈로부터 정보가 다다랐다.

'……신겐(信玄)이 움직인다?'

이런 큰 기대를 안고 그 의향을 에이 산에도 전한 까닭으로 에이 산측은 당연히, '이제 고슈의 군세가 노부나가의 배후를 찌른다. 그렇게 되면 노부나가는 또다시 나가시마의 꼴이 될 테지……' 라는 생각으로 하는 일 없이 하늘만 쳐다보고 있었던 것이다.

그것과 또 한 가지.

그들이 800년 이래 안주해 온 특권 밑에서 끝내 시대의 변천을 무시하고 있었던 착오도 큰 것이다.

그들 자신이 자신들의 영장(靈場)을 속세 이상으로 변하게 한 것이라든지 국가로부터 받은 특별한 대우를 악용하여 내부적으로 부패해 버린 것이라든지 또는 중생의 영혼에 커진 등불을 비벼 꺼 버리면서까지 황금색 다이니치 뇨라이상(大日如來像)에만 매달려, 이 특권과 신앙의 보루에 대해서는 아무리 용맹한 병력일지라도 그리 수월히 뛰어올라 올 수는 없으리라, 보탑이나 사원을 유린하는 일은 할 수 없으리라, 하고 혼자만의 판단에 의지하고 있었던 점이다.

그런데——

노부나가의 과단은 전연 그들의 상상 밖으로 나타났다.

산 모두를 불 질러 버리고 산 위에 사는 승려나 속인을 가리지 않는 대살육이 무언의 대답으로 감행된 것이다. 이승이면서도 지옥의 광경이 천재지변이 아니고 오다군세(織田軍勢)에 의해서 감행된 것이다.

이에 대하여——

늦는 일에도 분수가 있는 법인데 무서운 불길이 온 산을 뒤덮은 뒤에야 공포와 낭패의 밑바닥에서 헤매던 에이 산의 대표자는 노부나가의 진지에 사자를 보내어 화의를 제의해 왔다.

'여하히 막대한 상금일지라도 내어 놓겠사오며, 또 어떠한 조건일지라도 복종을 할 터이오니…….'

그러나 노부나가는 씩 한 번 웃을 뿐으로, 매에게 모이를 던져 주는 투로 좌우에 있는 부하에게 명했다.

"대답할 것이 못 돼. 목을 쳐라."

승도의 사자들은 두 번이나 왔다. 두 번째의 사자도 노부나가에게 합장하고 절하며 애원했다.

"……자비를."

노부나가는 고개를 흔들었다.

"안 돼!"

그리고는 즉석에서 사자의 목을 치게 하였다.

날이 밝았다.

권화 375

에이 산은 재와 검은 고목과 아직도 타고 있는 곳에서 뭉게뭉게 오르는 연기와 즐비하게 단말마의 모습을 드러낸 시체들로 메워져 있었다.

'……그 속에는 일세의 석학도 있었을 테고, 대지식도 그리고 미래가 창창한 젊은 승려도 있었건마는…….'

어제 저녁의 살육의 선봉이 됐던 아케치 미쓰히데도 오늘 아침은 자욱한 연기 속에 두 손으로 얼굴을 감싸며 가슴 아파하고 있다.

미쓰히데는 그날, 노부나가의 명에 접하였다.

"시가 일원은 그대에게 맡긴다. 이제부터는 산 밑의 사카모토 성에서 살라."

노부나가는 이튿날 산을 내려와 교토(京都)로 들어섰다.

그날도 아직 에이 산은 검은 연기를 올리고 있었다. 그저께부터 타다 남은 찌꺼기에서 올라오는 연기다.

그러나 그들의 대살육의 손을 피하여 교토에 숨어 든 승려들도 꽤 있는 모양이었다. 노부나가의 이름은,

'살아 있는 마왕'

'지옥의 사자'

'포악한 파괴자'

등등, 극단적인 공포의 상징으로 전해지게 되었다.

눈으로 에이와 시메이(四明)의 참상을 보고 귀로 들은 서울과 시골 각지의 사람들은 노부나가가 병력을 끌고 하산한다는 말을 듣고는, 모두 두려움에 떨었다.

'이번엔 교토냐?'

'무로마치(室町) 장군의 공관은 화계를 면치 못하리라.'

대낮부터 대문을 걸어 닫기도 하고 짐을 챙기며 도망할 준비를 하는 자도 수없이 많았다.

그러나 노부나가의 장병들은 가모가와(加茂川) 변두리에 주둔한 채 시내로 들어가는 것을 금지당하고 있었다.

시내로 들어가는 것을 금지시킨 자는 그저께의 마왕이다.

그는 소수의 장교만을 대동하고 어느 사원으로 들어갔다. 거기서 갑옷을 벗고 물말이로 식사를 끝내자 우아한 옷으로 바꿔 입었다.

말도 화려한 안장을 얹은 것으로 바꾸고, 소수의 장교들은 갑옷을 입은 채

지만, 14, 5명을 거느리고 천천히 대로를 지나갔다.

마왕의 모습은 너무나도 평화스러웠다. 그의 얼굴이나 눈은 그날따라 눈에 띄게 웃음을 머금고 사람들을 둘러보곤 하였다.

"아무 일 없을 모양인데……"

시민들은 골목 어귀마다 꾸역꾸역 모여 들어 노부나가에게 정중히 절을 하였다. 숨을 돌린 시민들의 안심한 마음은 환호로 변해서 터져 나와 '와앗!' 하는 소리가 파도처럼 몰려오기 시작하였다.

그때다.

환호하는 골목에서 갑자기 총소리가 한 방 요란스레 울렸다. 탄환은 노부나가의 몸을 스쳐 갔을 뿐이며, 노부나가는 아무렇지도 않은 얼굴로 총소리가 난 곳을 돌아보았을 정도다.

당연히 노부나가의 주변에 있던 부장들은 말에서 뛰어내려 무엄한 저격범을 잡으려 달려갔지만, 그들보다도 시민들이 분연히 일치되어 노한 소리를 질렀다.

"무도한 놈을 잡아라."

시민을 자기의 편이라고 생각했던 범인은 짐작과는 달라진 판국에서 도망칠 방향을 잃고 즉석에서 체포되었다. 그는 산문의 제일가는 용맹스런 승려라고 일컬어지던 법사로서, 잡힌 후에도 노부나가에게 욕설을 퍼부었다.

"부처님의 적, 마왕 이놈!"

노부나가는 눈 속에 티가 들어 간 듯한 표정조차 보이지 않고 자연스러운 태도였다.

예정대로 그들은 시가를 지나 궁성에 가까이 오자 말에서 내렸다.

신천(神泉)으로 손을 씻고 조용히 궁성 문전으로 다가가 그 곳에 앉았다.

'그저께 밤의 큰 불소동에 필시 놀라셨으리라 여기옵니다. 흉금을 어지럽혀 드린 죄를 용서해 주시옵소서.'

가슴속으로 이렇게 사죄하는 듯 그는 오랫동안 절하여 엎드렸다가 몸을 일으켜 궁성의 새문과 담을 둘러보고는, 만족스러운 듯 좌우를 둘러보았다.

"궁성의 건축이 거의 끝이 났군."

몸을 일으켜 궁성 문 곁에 정렬을 하고 옛식대로 임금에게 아뢰는 글의 전주(傳奏)를 받은 다음, 조용히 다시 먼저 자리로 돌아왔다.

가업을 떠나는 자 대죄인이다.
유언비어를 퍼뜨리는 자 즉시 사형이다.
평상시와 다름없이 그대로 지낼지어다.
노부나가 대관(代官)

법3장(法三章)을 시중 각처에 세우게 한 다음 노부나가는 기후로 떠났다.
"후우우."
한숨을 내쉬기는 하였으나, 무로마치 공관에서는 꺼림칙한 기분으로 노부나가의 돌아가는 모습을 바라보고 있었다.

시시각각

 병대(兵隊)들이 지나간 자리에서 일어나는 연기가 비단 에이 산에서만 짙은 것은 아니다.
 미가와(三河)의 서부 지방에서 덴류 강(天龍川)을 따라서 이루어진 여러 부락을 비롯하여 미노(美濃)의 한끝까지도 산불이 퍼져 가듯 그 연기가 솟고 있었다.
 고슈의 연봉을 넘어서 다케다 신겐의 정예부대는 남쪽으로 물밀듯 밀려 내려오고 있었던 것이다.
 "어! 아시나가(足長)의 신겐 패들이 드디어."
 하마마쓰를 본거지로 하는 도쿠가와 이에야스의 부하들은 눈꼬리를 쳐들고 이에 대항하였다.
 그들의 의도는 신겐이 서울 쪽으로 몰려드는 것을 저지하자는 것이다.
 "서쪽으로 보내지 말라."
 그것은 동맹국인 오다가를 위해서가 아니다. 고슈와 미도(三遠)와는 숙명적으로 인접해 있었다. 다케다의 세력에 뚫리면 도쿠가와가의 존립은 있을 수가 없는 까닭이 있었다.

이에야스는 금년 33세의 사나이로서 가장 힘을 쓸 수 있는 때다.

그 집안의 미가와 무사들은 빈곤과 체면과, 그리고 온갖 곤고결핍(困苦缺乏)에 무려 20년을 참고 견디어 온 자들이다.

겨우 성인이 된 주군을 옹립하고 노부나가와 인교(隣交)를 맺는 한편, 이마가와가의 영역을 조금씩 잠식하고 있다.

"이제부터다!"

그러면서 노소의 신하들, 또는 그 가족들, 거리의 장사치, 그리고 풀도, 나무도 분기하는 듯 홍성의 희망과 진출의 용기에 가득 차 있는 영토인 것이다.

"신겐이란 도대체 어디서 굴러먹던 말뼈다귀냐."

이러한 의기가 충천했다.

장비, 물자에 있어서는 비록 신겐에게 미치지 못할지언정 의기에 있어서는 추호도 뒤떨어짐이 없는 젊은 나라인 것이다.

그 미가와 무사가 신겐을 가리켜 '아시나가(足長), 아시나가'라고 별명을 붙이는 이유는 무엇인가 하면, 언젠가 노부나가로부터 이에야스 즉 그들의 주군에게 온 편지 속에 그러한 경구가 씌어 있었던 것을 이에야스가 보고

"멋있는 표현을 하고 있군."

이렇게 부하들에게 말한 것이 전해져 온 것이다.

어제는 북국인 우에스기(上杉) 세 세력을 맞아 고신(甲信)의 경계선에서 싸우고 있나 보다 하면, 오늘은 조슈(上州)나 소슈(相州)로 나가서 호조가(北條家)를 위협하고, 또 그 길로 발길을 돌려서는 미시마(三州), 엔슈(遠州), 미노(美濃)까지도 병화를 퍼뜨려 침투한다. 더욱이 진중에는 어김없이 신겐 자신이 지휘를 하고 있는 것이다.

그래서 세상에서 그에게는 7인의 그림자 무사가 있다고까지 소문이 날 정도인데, 사실 어느 싸움에도 자신이 임하지 않고는 마음이 놓이지 않는 것이 신겐의 성품인 듯했다.

하여튼 그렇게 산에 둘러싸인 나라이면서 발이 길다. 그 점을 노부나가가 해학적으로 표현한 것이다.

그렇지만 신겐이 '발이 길다'고 한다면 노부나가는 '발이 빠르다'고 할 수 있을 것이다.

노부나가는 에이 산을 손보기에 앞서 이에야스에게로 사자를 보내서 일부

러 당부하였다.

"지금의 처지로는 고슈의 예봉에 대해서는 정면으로 상대하지 않는 것이 좋으리다. 사태가 긴박한 경우엔 하마마쓰에서 오카자키(岡崎) 쪽으로 후퇴하더라도 견인지구(堅忍持久 : 참고 견디며 오래 버팀)하도록 부탁하오. …… 때는 다른 날을 기다려도 늦지 않을 걸로 여기오."

그러나 이에야스는 그 사자를 앞에 둔 채 근신을 돌아보며 말하였다.

"이 성에서 물러날 바에는 활과 화살을 꺾어 버리고 무인의 가문을 버리는 것이 더 나을 것이오."

노부나가의 입장에서 본다면 이에야스는 국방의 제일선이었지만, 또 이에야스로 보아서는 절대적인 미가와이며 엔슈였던 것이다. 비록 인교를 맺고는 있었지만 각자의 이해관계는 그렇게 반대되는 처지에 놓여 있는 실정인 것이다.

이에야스로서는 이 땅을 두고 다른 나라에 뼈를 묻는다는 것은 생각조차도 해 본 일이 없는 일이다.

노부나가는 사자의 답을 받은 다음 혼잣말로 중얼거렸다.

"난처하게 혈기에 찬 녀석이군."

그 때문인지 에이 산의 손질을 끝내고는 발 빠르게 질풍과도 같이 기후로 되돌아갔다.

그 빠른 속도에는 신겐도 혀를 내둘렀을 것이 분명하다. 과연 신겐도 기회를 보는 데는 특출한 터라, 고상(甲山)의 저편으로 그의 기치를 숨기고 말았다.

"다시 때가 오겠지."

이렇게 험악한 처지에 놓인 중에도 해는 바뀌어서 겐키 3년의 봄철이 찾아 들었다.

따뜻한 어느 날.

아쓰다 신궁(熱田神宮)에서는 본전을 위시해서 일대 수리 공사가 시작되고 있었다.

오닌(應仁)의 난 이후 듣기 어려웠던 망치 소리이다.

지방민도 호족도 오랫동안 불안과 암흑에 시달려 각자가 자기들의 할 일만을 해 왔던 터다.

황폐한 신궁 주변의 숲에, 이 봄철에 망치와 끌 소리가 메아리치자 그들은 귀를 기울였다.

"어느 분의 선심인지 참 기특한 분이시구나."

그러고 웃음 띤 눈길들로 서로 바라보는 것이었다.

"……지난 해 세모에 아쓰다(熱田)의 사관 오카베 마다에몬(岡部又右衞門)을 불러 노부나가님이 사재를 털어 명하신 거라네."

이렇게 내용이 전해 들리자

"어, 노부나가님이?"

여러 사람들은 더욱 의외라는 듯 눈들을 크게 떴다.

에이 산에 세워졌던 절을, 심지어 승려들이 기거하던 숙사조차도 하룻밤 사이에 불 질러 버린 노부나가였기에, 지난 일과 대조해서 생각해 보면 노부나가의 심중을 어떻게 해석해야 좋을지 모르겠다는 표정들이었다.

그러나, 요즘 이곳저곳으로 왕래하는 여행자들의 입에서 나온 소문에 의하면 다른 나라에서나 혹은 나라 안의 각층의 사람들은 이렇게 말하는 사람들이 늘어가고 있다는 것이다.

"에이 산에 불을 지른 것은 에이 산 자신일 것으로 보는 것이 옳다. 신이나 부처님은 불태우려 한다고 불살라지는 것이 아니라는 것쯤은 노부나가님도 모를 분이 아니니까……."

아니, 오히려 그는 다른 사람보다도 더 독실한 경신가(敬神家)이기도 하다. 아쓰다 신궁의 수축이 실제로 증명하고 있다.

또, 불교에 대해서도 증오를 가지고 있는 것이 아니다. 젊은 시절 자신에게 충간을 하고 죽은 한 노신(老臣)을 위해 세슈사(政秀寺)를 건립해 공양하고 있지 않은가.

또 해마다 정월 초승이면 의관을 단정히 갖추고 멀리 궁성에 요배한 다음, 조상의 묘 앞에 머리 숙여 부모의 영혼에 일년 동안의 보고를 하는 것을 잊지 않고 있는 것이다.

오케하사마(桶狹間)로 출진하는 날 새벽.

──인생 50년!

흘러온 자취를 뒤돌아보면…….

춤을 추며 노래하였던 그 노래는 분명히 불교에서 온 생명관이다. 그것을 그러한 경우에 그 사람이 불렀기에 무사도(武士道)가 되었지만 그 원천은 더럽힘을 타지 않은 불교정신이 본줄기 속에 흐르고 있다고 할 일이다.

이러한 식으로 노부나가를 자상하게 비평하는 자도 있었다.
어느 쪽이든 요즘 세상 사람들의 가슴속에 움트기 시작한 것은, '노부나가 파'와 반(反)노부나가 파로 완연히 금이 그어졌다. 에이 산에 대한 화계라는, 이 넓은 세상에서 다시 유례를 찾아보지 못할 대맹단을 한 것이 시시비비로 나뉘어져, 폭풍과도 같은 비평이 천하에 일고 난 다음의 결과임은 두말의 여지가 없다.
"싫다!"
이쪽은 여전히 그를 악마같이 여기고, 더욱 더 반감을 불러일으키는 형편이고, 편을 드는 쪽에서는 눈치 빠르게 '천하는 머지않아 그분이……' 하는 예상을 하는 자들도 나타났다.
아니, 비록 노부나가를 적대시하는 자들이라도 제대로 판단을 할 줄 아는 대장들은 그의 하는 양으로 보아서 두려움을 느끼기도 했으리라.
신겐 같은 사람도 분명히 이런 생각을 하며, 서울로 올라오려는 여러 해에 걸친 숙망을 이제는 하루라도 빨리 실현시키려 서두르고 있었다.
"하루 늦으면 일 년을 망친다."
그런 때문에 모든 외교술책이 은밀하게 서둘러 진행되고 있었다.
호조 가(北條家)와의 수교는 그에 따라서 효력을 보았으나, 우에스기 가(上杉家)와의 교섭은 여전히 지지부진한 상태다.
별수 없이 그는 그 해 10월을 기다려 고후(甲府)를 출발하였다.
나라 경계선에서는, 벌써 눈이 쌓여 있기 때문에 겐신(謙信)에 대한 염려는 우선 없으리라고 예견하고서이다.
총병력 약 3만, 그가 영유하는 가이(甲斐), 시나노(信濃), 쓰루가(駿河), 엔슈(遠州)의 북부, 미가와(三河) 동부, 고스케(甲介)의 서부, 히다(飛驒)의 일부, 에추(越中)의 남부에까지 걸친, 대략 130만 섬의 땅에서 징발한 장병들이다.
"지키는 것이 상수다."
"오다 군의 원군이 올 때까지……."
한편 하마마쓰 성내에서는 이러한 수세론자도 있었다.
도쿠가와가의 병력은 총수가 발버둥을 쳐도 1만 4,000이 못되는 것이다.
다케다 편의 절반이다.
어쩔 수 없는 일인데 이에야스는 출군 명령을 내렸다.

"뭘…… 오다 군의 원군 같은 걸 기다릴 것까진 없어."

그의 신하들은 전부가 이러한 경우 당연한 의무로서── 지난 아네강(姉川) 싸움 당시에 도쿠가와측에서 조력한 의리로서도──오다가로부터 대병력의 내원이 있으리라 기대하고 있었다.

이러한 분위기에 대해서도 이에야스는 굳이 무관심한 듯이 보이려 한다. 이제야말로 위급존망의 시기임을 각오하게 하는 동시에 참으로 의지할 수 있는 것은 자기 스스로의 힘 이외에는 없다는 것을 깨닫게 하려는 의도였다.

"……물러서도 멸망, 진격해도 멸망이라면, 돌진하여 건곤일척(乾坤一擲 : 운명을 걸고 단판걸이로 승부를 겨루는 것) 무사의 이름과 죽음의 꽃을 양손에 쥐고 죽지 않으려나."

이에야스는 가신들에게 조용한 말투로 이야기하였다.

이 군주는 나이 어려서부터 실로 비참한 고생을 해 오면서도 방정맞거나 능글거리거나 하는 일 없이 믿음직스러운 성인이 되었다.

지금 이 처지에 이르러 하마마쓰의 성중은 가마 속의 물이 끓듯이 살기조차 서리어 있는 가운데 앉아서, 더욱이 누구보다도 열렬한 주전론을 입에 담으면서도 어귀에는 평상시의 대화 때와 조금도 다른 데가 없는 것이다.

그래서 신하들 중에는 말과 내용의 차이를 의아하게 여기는 자들도 많았다.

'저런 기색으로…….'

그러나 이에야스는 빗을 훑듯 빠짐없이 부하들이 살핀 적측의 사정을 보고받으면서 착착 출진 준비를 진행시키고 있었다.

그 사이에도 패전의 보고는 꼬리를 물고 날아들었다.

신겐의 대군은 이미 엔슈(遠州)를 치기 시작했다는 것이다. 다다키(只來), 니히다(飯田) 두 성은 여지없이 적에게 항복을 당했다는 것이다.

후쿠로이(袋井), 가케가와(掛川), 기바라(木原) 지방의 촌락은 하나도 빠짐없이 고슈 세력에 유린당하고 말았다. 그 중에서도 이편에서 정찰 임무를 띠고 출동했던 혼다(本多), 오쿠보(大久保), 나이토(內藤)의 3,000가량의 선봉 부대가 덴류 강 부근, 이치겐 사카(一言坂)에서 다케다 군에 발견되어서 전멸에 가까운 타격을 받고 이케다 마을에서 하마쓰로 궤주했다는 보고가 들어왔을 때는 성중의 사람들 모두 얼굴이 창백해지고 동요가 일어났다.

그러나 이에야스는 묵묵히 사태를 바라보기만 하며 작전에만 열중하는 듯이 보였다. 교통로의 확보에 무엇보다도 주의를 기울여 10월 말까지 그 방면의 수비책을 챙긴 다음, 또 덴류 강의 후타마타(二俣) 성을 누르고 원군과 군량을 보낸 뒤 하마마쓰를 떠났다.

"자 출진이다!"

그리고 덴류의 간마시무라(神增村)로 병력을 진격시켰으나, 고슈 2만 7,000의 대군이 각처에 삼엄한 포진을 하고 각 진지끼리와 신겐의 중군 사이는 수레의 차축과 벌임나무와도 같이 완전히 통일되어 있는 것을 바라보았다.

"아하, 과연……."

그러면서 이에야스는 언덕에 선 채, 두 팔을 가슴에 안고 찬탄이 섞인 한숨을 크게 내쉬었다는 것이다.

신겐의 중군에는 멀리서 바라보아도 선명히 보이게 4구절이 적힌 깃대가 세워져 있었다. 적도 알고 우군도 아는 유명한 손자의 말이 씌어 있다.

  기질여풍(其疾如風 : 빠르기가 바람 같고)
  기서여림(其徐如林 : 조용하기가 숲 속 같고)
  침략여화(侵掠如火 : 치고 뺏기가 불 같으며)
  부동여산(不動如山 : 움직이지 않기는 뫼와 같다)

움직이지 않기가 뫼와 같다――그 문자대로 몇 날 며칠을 신겐도 움직이지 않고 이에야스도 움직이지 않는 채 덴류 강을 사이에 두고 대진의 날이 계속되어 겨울도 동짓달에 들어섰다.

미카다가하라(三方原) 싸움
이에야스에게 과분한 게
두 가지가 있더라
텅 빈 대가리와
혼다 헤이하치(本多平八)

점령한 이치겐 언덕 위에 누군가가 이러한 글을 써 붙여 놓았다.

물론 다케다 편 사람의 짓이리라.

진지를 내놓고 패주를 하긴 했으나 패전 태도가 좋았다――는 것은 그 후, 승전한 다케다 군의 중평이다.

오쿠보 다다요(木久保忠世), 나이토 노부나리(內藤信成) 등의 무사다운 점도 좋았지만, 특히 혼다 헤이하치로(本多平八郞)의 후퇴의 모습은 깨끗했다――도쿠가와 가에도 참다운 무사는 있다는 뜻을 읊은 듯 싶다.

"적으로서 부족치 않은 그들. 이번 싸움이야말로 전 고슈의 실력과 전 도쿠가와의 실력이 정면으로 부딪쳐, 먹느냐 먹히느냐의 혈전이 되리라."

혼자서 몸을 부르르 떨 만큼 팽팽하게 긴장된 분위기 속에서 고슈 군들의 사기는 더욱더 충천하고 있었다.

이러한 여유를 가지고――

신겐은 본진을 에다이(江台) 섬으로 옮기는 한편 이나시로 가쓰요리(伊那四郞勝賴), 아나야마 바이세쓰(穴山梅雪) 등을 후타마타 성으로 보내며 엄명하였다.

"지체하지 말라!"

이에 대하여 이에야스는 곧 원군을 보내고 자신이 독전을 하였다.

"우리에게는 중요한 방어의 선. 적이 점령하면 쳐들어오기 유리한 한 거점. 수장 나카네 마사데루(中根正照)를 고전하게 내버려 두지 말아야 한다."

그러나 변화무쌍한 다케다 군의 진용은 금시 변모하여, 뒤로 처져 포진한 이에야스 자신의 진지가 하마마쓰와의 연락이 차단될 처지에 놓이게 되었다.

뿐만 아니라 그 사이에 후다마다 성은 물을 얻는 동맥선을 단절당하고 말았다.

그 성의 두드러진 약점이 적의 위계로 찔린 것이다. 성의 한편이 덴류 강에 면하고 있기에 음료나 혹은 그 외 성내의 장병들의 생명이라 할 물은 성벽의 한구석에 설치한 정루(井樓)에 수레를 달고 마치 우물에서 물을 긷듯 퍼 올렸던 것이다.

그에 대해서 다케다 군은 상류로부터 뗏목을 내려 보내 정루에 부딪쳐 쓰러뜨리는 술책을 사용한 것이다.

술책은 성공했다.

성내의 장병들은 그날부터 물이 없어 허덕이는 처지에 놓였다. 눈앞에는 넓고 큰 개울이 흐르건만, 밥 지을 물조차 없는 형편이 되었다.

12월 19일 밤.

수장 이하 성내의 전 장병은 어쩔 도리 없이 컴컴한 암야에 퇴각을 개시하였다.

성문이 열렸다는 사실을 안 신겐은 분부를 내렸다.

"요다 노부모리(依田信守), 거기 있거라. 그리고 사노(佐野), 도요다(豊田), 이와다(祝田)의 여러 군과 긴밀히 연락을 취하도록 하고 적측의 가케가와(掛川), 하마마쓰 방면의 퇴로를 막을 준비를 서둘러라."

그의 포진과 전진은 명인의 바둑 일석 일석을 보는 듯 신중하였다.

이리하여 차례차례로 마치 땅을 기어드는 연기와도 같이 고슈 군 2만 7,000세력은 북소리도 요란하게 천지를 뒤흔들면서 이와이다, 오사카베(刑部), 이나사(引佐) 강에 육박하고 있었다.

여기에서 신겐의 중군은 이이다니(井伊谷)를 넘어 미가와 동부로 진출하려 하고 있었던 것이다.

21일 낮이다.

귀도 코도 예리한 칼로 베어 내는 듯이 춥다. 엷은 겨울 햇살을 통해 보이는 미카다가하라(三方原) 방면에서 붉은 흙먼지가 일어 공중에서 춤을 춘다. 오랫동안 비가 오지 않아 공기가 건조해 있었다.

"이이다니(井伊谷)로, 이이다니로!"

종군의 전령이 각 부대에 신겐의 영을 전하자, 장수 중에서 이의가 나왔다.

"이이다니로 가신다니 하마마쓰 성을 포위하실 결의이신 듯한데, 틀림 없으신지요?"

그들이 의아해하는 이유는 오다의 원군이 이미 속속 하마마쓰에 도착했고, 또한 후속 중인 병력이 얼마나 되는지를 모른다는 첩보가 그날 아침부터 들어오기 시작한 때문이다.

적의 형편이란 적에게 접근할수록 희미해지기가 일쑤.

정보도 또한 마찬가지였다. 목전의 적지로부터 빈번히 적정은 보고 되어 오지만 그 정찰이 모두 충혈된 눈과 지나치게 예민한 청신경에 의한 것이어서 오히려 대세를 그릇 판단하는 수가 많은 것이다.

행군하는 연도의 촌락에서 얻어 듣는 말에도 충분한 경계가 필요한 것이 그 속에는 다분히 적의 유언비어가 섞여 있는 수가 많은 까닭이다. ──그러나 오다의 구원군이 속속 남하하여 하마마쓰에서 합류하고 있다는 풍설은 아무리 따져 보아도 거짓 같지는 않았다.

"만약 노부나가가 대병을 이끌고 하마마쓰에서 합류하였다면 이것은 신중한 고려가 필요치 않습니까?"

신겐 휘하의 여러 장수들은 한결같이 중군의 신겐에게 문안차 들러 각자가 한 마디씩 의견을 아뢰었다.

"하마마쓰 성 하나에 매달려 해를 넘기게 된다면 우리 편은 의당 겨울철의 오랜 포진을 않을 수 없는 처지에 놓이고 밤낮으로 적의 기습을 받아 병량 부족과 병자의 속출만으로도 피로 곤비해 버릴 게 걱정스럽습니다만……"

"또 일면으론 바닷길이나 그 외에 퇴로의 차단이 우려됩니다."

"그것도 그렇지만 오다 군이 계속 원병을 보내오면 우리는 좁고도 불편스러운 적지에 서서, 갑작스레 전세도 곤란해집니다."

"그렇게 된다면 서북쪽으로 밀고 올라 가시려던 숙망도 버리시고 허무하게 혈로를 개척하고 퇴군하는 것이 고작일 것입니다. 애당초 이번 출진이 하마마쓰 성 따위보다는 서울 쪽으로 밀고 가시는 것을 큰 목적으로 삼으셨다면……"

신겐은 중앙에 앉아 장수들의 간언을 실눈을 하고 일일이 듣고는 고개를 끄덕거리다가, 갑자기 입을 열어 여러 장수들에게 답하였다.

"여러 사람의 의견은 모두 일리가 있고 사리에 맞는 말이다. 그러나 오다의 원군이랬자 기껏해야 3,000이나 4,000쯤의 작은 군세이리라는 것이 나의 짐작인데, 그것은 기후의 총병력을 대거 하마마쓰로 돌리는 날에는 일찍이 내가 말을 건네 놓은 바 있으니 아사이(淺井) 아사구라(朝倉)가 반드시 뒤를 칠 것이며, 서울의 장군가에서는 각지의 문도와 잔당에게 교서를 보낼 테니 말이야. 그러한 처지니 우선 오다의 원군에 대해서는 그다지 신경을 쓸 것이 못 된단 말이야."

그는 일단 말을 끊은 다음 다시 말했다.

"본시 서울로 가려던 목적은 애오라지 바라고 원하는 바지만, 이에야스에 한해서는 길바닥의 돌부리 정도라고 가볍게 여겨서 피해 갈 처지가 아냐.

머지않아 도착할 기후가 가까워지면 틀림없이 이에야스 녀석이 병을 이끌고 우리의 뒤를 막고 오다를 원조할 게란 말야. 그러니까 오다의 원군이 미처 가세치 못한 이때에 그대로 하마마쓰 성을 밀어 쓰러뜨리고 지나가는 것이 상책이 아니겠는가?"

장수들은 그 말에 복종치 않을 수 없었다. 주군의 말일 뿐만이 아니라 전술에 있어서도 대선배인 사람의 신념이니——

그런데 장수들이 각자 자기 부대로 돌아가는 중에 야마가타 마사카게(山形昌景)는 구름이 낮게 덮인 겨울 하늘을 우러러보며 입 속으로 한탄하고 있었다.

"참으로 타고났어. 싸움을 즐기고 있는 거야. 무장으로서는 흔치 않은 기량을 갖추었는데……."

한편——

하마마쓰 성에 고슈 군의 방향 급전의 보고가 전해진 것은 21일 밤이다.

노부나가의 원군으로서는 다키가와 가스마스(瀧川一益), 히라테 노리히데(平手汎秀), 사쿠마 노부모리(佐久間信盛) 등을 지휘자로 한 3,000정도의 병력이 성내에 도착하였다.

"예상외로 적은 수."

이런 말을 하며 실망을 나타내는 소리가 있었으나 이에야스는 그다지 기뻐하지도 않고 불평하는 기색도 보이지 않았다. 그리고, 차례차례로 정보가 들어오는 틈틈이 군사회담을 열고 성내의 장수나 오다 군의 부장들은 자중하기를 원하며 말했다.

"우선 오카자키로 물러섰다가……."

그러나 홀로 이에야스는 의연했다.

"적에게 성은 유린당하며 활 한번을 못 쓰고 물러가려는가."

그는 주전론을 펴고 움직이지 않았다.

하마마쓰에서 북쪽으로 약 10 정보. 가로 20리, 세로 30리쯤 되는 고원에서 적을 맞는다.

미카다가하라(三方原)이다.

고원을 둘로 나누어 세로로 흐르는 단층이 있다. 깊이 18척이나 될 낭떠러지가 보이는데, 그 밑엔 맑은 물이 흐른다. 그곳을 사이가타니(犀崖)라고 부른다.

22일 새벽.

하마마쓰를 나선 이에야스 군은 사이가타니의 북쪽에 포진하고 다케다 군이 다가오는 것을 기다리고 있었다.

"어찌된 영문이야…… 이번 포진은 좀 이상해."

군사 고문격인 도리이 다다히로(鳥居忠廣)는 진중에서 만난 이시가와 가즈마사(石川數正)를 잡고 통탄해하였다.

"무얼 염려하고 계시오? 싸움을 앞두고."

"아니, 평시에는 우리들의 혈기를 나무라실지언정 이렇게 성급히 굴지는 않으셨는데, 이번만은 누구보다도 과격히 공세를 주장하신단 말야. …… 어쩐지 이미 마음속으로 옥쇄를 각오하신 것 같은 느낌이야."

"음, 음…… 하나 이 시점에 서서는 이름을 아끼느냐 굴욕을 걸머지느냐야. 전하의 이름을 아끼시려는 결의는 과연 전하다운 점이야. 우리들은 훌륭한 군주를 가졌어. 그렇게 생각지 않나?"

"평시에 그렇게 고맙게 여긴 만큼 상호간에 어려움을 어려움이라 하지 않고 가난한 것을 즐거움으로 나라를 지켜 왔었지. 그것을 하루아침에…… 하고 생각하니 억울한 생각이 드는 거지."

"자네 지위부터 생각하고 그런 뒤처진 소리를 하게. 비록 다케다의 2만 7,000에 비해서 우리는 1만이 못되는 적은 세라고는 하지만, 우리 미가와 무사들의 뼈가 고슈 놈들의 그것에 결코 떨어지지는 않거든. 한 사람이 세 놈을 해치우면 되잖아?"

"물론 한 사람 한 사람에겐 근심이 되질 않지. 한데 내 눈으로 보았을 때, 전 진지(陣地)가 전하의 본진을 중심으로 학익(鶴翼)의 우익에 조금도 사기가 없어. 그 약점이 마음에 걸리는 거지. 다른 것은……."

"우익은 원군인 오다 군 말이군."

"그렇지…… 짐작하기에 사쿠마, 다키가와 같은 부장들은 노부나가로부터 구원을 하기는 하여도 병력의 손실은 막으라는 비밀 분부가 있은 듯하이."

"그것도 짐작이지. 전하께서 친히 그렇다는 말씀이 없으신 것을 생각하면 비장한 각오를 하신 정도를 추측할 수 있잖나? 우리도 전하와 같은 각오로 임하면 되지."

어제 저녁부터 얕게 덮인 구름은 아침 햇살에 붉게 물들어 있다. 오늘 아침, 새삼스레 이 천지를 보고 자기의 처지가 아침 이슬보다도 미약하다고 생각한 사람은 다다히로나 가스마사뿐이 아니었다.

우익의 오다 군을 제외한 도쿠가와의 전 장병들은 주장인 이에야스의 결심을 그대로 이어 받아 마음을 굳혔다.

어제까지의 군사 회의에서는 이견이 나오기도 하였으나, 이에 이르러서는 꿈에서도 퇴각이란 생각을 가진 사람은 한 사람도 없게 되었다.

어느 때든 뛰어 나설 자세와 빛나는 눈, 그리고 무겁게 다문 입들이 앞의 적이 나타날 곳을 쏘아보고 있을 따름이었다.

해가 떴다.

풀 한 포기 없는 고원의 넓은 하늘을 새가 한 마리 날아간다.

정탐 갔던 병사가 돌아왔다.

그러한 정탐은 다케다 군도 물론 행한다.

오늘 아침 노베(野部)를 떠난 신겐의 대군은 덴류 강을 건너 다이보사쓰(大菩薩) 고개를 넘어 점심 때가 지나서 사이가타니의 전면에 이르렀다.

"서라!"

영이 전군에 내려졌다.

신겐의 곁으로 오야마다 노부시게(小山田信茂)와 그 외의 장수들이 전방의 적정에 대하여 정보교환을 위해 모여 들었다.

잠시 회의를 하던 끝에 신겐은 한 부대를 남겨 이에야스 군을 견제케 하고 본군 이하 대부대는 예정대로 미카다가하라를 가로질러서 진군을 계속한다.

이와이베(祝部) 부락은 가깝다.

행군의 선봉은 이미 거기에 닿았는지도 모른다. 2만 7,000의 병마가 늘어선 만큼, 자기 편끼리도 말잔등 위에서 키를 돋우어 봐야 앞머리는 보이지 않았다.

"시작했구나!"

신겐은 말에 탄 채 왼편을 바라보며 부하들에게 말했다.

"오호 대단하군."

부하들의 눈도 한곳을 응시한다.

저 멀리 노란 흙먼지가 일기 시작하였다. 도쿠가와 군 견제를 위해 놓고 온 부대가 이에야스 군에게 적은 세라고 얕보여 맹습을 당하는 듯하다.

"아, 포위당했군."

"적은 수라 포위되면 그만일 테지."

"2, 3,000쯤 달려가 봐 주어야 할 텐데……."

말은 오랜 행군에 머리를 수그린 채로 정해진 길을 걷지만, 마상의 장수들은 흙먼지가 자욱한 곳을 똑바로 바라보며 마음을 죄고 있다.

"……."

신겐은 묵묵히 아무 말이 없다.

뻔히 보는 앞에서 이쪽이 장기쪽 떨어져 나가듯 넘어져 죽어 간다.

아무개의 아들, 아무개의 아버지, 아무개의 형제들이 그 부대에 섞여 있다.

신겐 주변에 있는 장수들뿐만이 아니었다. 긴 행군 대열 속의 사람들의 눈은 전부가 그 곳을 바라보고 있다.

이때.

행군의 대열을 따라 수색대장 오야마다 노부시게(小山田信茂)가 신겐 앞으로 달려왔다. 노부시게의 말소리는 다른 때보다 들떠 있었다.

"전하, 전하, 적 1만을 포착해서 섬멸할 기회는 이제 놓치면 다시는 없을 것입니다. 방금 적이 우리 견제부대를 공격하는 꼴을 보았습니다만, 각 부대가 일단으로 포진되어 있으며 학익을 본따서 얼핏 보기에는 대군 같사오나, 2진, 3진 들어갈수록 병력은 줄고 있습니다. 이에야스의 중군이라야 아주 적은 수로 구성되어 있을 뿐입니다. 뿐만 아니오라 원군인 오다 군은 전연 전의가 없어 보이오니, 이 기회에 손을 쓰시면 승산이 뚜렷하옵니다."

이 말에 신겐은 고개를 돌리고 명한다.

"다시 한번 똑똑히 보고 오라."

명을 받은 무로가 노부토시(室賀信俊)와 우에하라 노도노가미(上野能登守)는 단 둘이서 말을 달려 갔다. 적은 우리편의 몇분의 1밖에 되지 않는 것이 뻔한데도, 돌다리도 두드려 보고 건너가는 식으로 신중을 기하는 신겐의 태도에 평상시에는 경탄하였으나 오늘은 초조하기 이를 데 없었다.

"병력을 움직여 적을 섬멸하는 데 절호의 기회란 그리 흔치 않거늘, 이번 기회를 놓치면 기회를 좀처럼 만나기 어려울 텐데."

이윽고 무로가, 우에하라가 말을 달려서 돌아왔다.

"오야마다의 정찰 결과나 저희들이 본 것이나 조금도 다른 것이 없습니다.

하늘이 내리신 기회는 바로 이 때라고 여기옵니다. 서둘러야 할 줄로 아옵
니다."

그들은 보고한다.

"음 그래?"

굵은 음성이다.

신겐의 철갑에 달린 흰 털이 연신 좌우로 흔들리며 차례차례로 그 굵은 목
청을 가지고 장수들에게 명을 내린다.

소라고동 부는 소리가 난다.

2만 수천의 선봉부터 말단에 이르기까지 그 고동 부는 소리가 들리자 여
태까지의 행군대열이 우르르 무너지는 듯하더니 금시에 어린진을 짜고 일제
히 북을 크게 치며 도쿠가와 군에게로 육박해 가는 것이었다.

이것은 싸움 후의 여담에 속하는 이야기——

그 때의 신속한 진형 전환뿐 아니라 고슈의 대병력이 신겐의 지휘 하나로
실로 선명하게 움직여 가는 것을 본 도쿠가와 이에야스는 후에 적이지만 참
으로 훌륭하다고 칭찬을 하면서——

"나도 병가에 태어난 이상 신겐의 나이쯤 됐을 즈음에는 그러한 대군을 자
유로이 움직여 보고 싶다. 그 총 지휘하는 모습을 보고는 비록 지금 신겐
을 독살할 수 있다손 쳐도 시시한 죽음을 시키고 싶진 않다."

여러 사람에게 이렇게 말했다고 한다.

그만큼 신겐의 지휘 능력은 탁월하여, 적의 대장까지도 감명케 하는 힘을
가지고 있었다. 그에게는 싸움이 예술이었다.

신겐의 휘하 잡병들은 충분한 장비를 갖추고 마치 수만의 매가 모이를 보
고 그를 채려고 내리닫듯, '우와' 함성을 지르면서 도쿠가와 군에 달려들었
다. 적의 얼굴이 하나하나 똑똑히 보이는 거리까지 육박한다.

다케다 군이 달려오자 이에야스의 군사들도 이에 대항하여 학익의 진을
그 대형대로 크게 움직여 다케다 군 앞에 사람으로 짜인 축대를 연상케 하는
포진을 펴고 대치한다.

피아가 움직이는 대로 풀썩풀썩 일어나는 먼지로 잠시 동안은 눈을 뜰 수
가 없을 지경이었다. 겨울날의 석양이 희미한 먼지로 뒤덮인 속에서 여러 장
병들의 손에 있는 창끝만이 번쩍인다.

피아가 모두 맨 앞에 창대를 앞세워 마주서 있는 것이다.

"우와와!"

적측에서 함성을 크게 치면, 이쪽에서도 그에 지지 않게 큰 함성을 보낸다.

연기처럼 자욱하던 먼지가 서서히 물러가고 보니 적의 얼굴이 보이기는 하나, 거리는 다소 떨어져 있었다. 그리고 상호간 대열에서 뛰어나오는 사람은 없었다.

이러한 경우.

실로 백전노장이라도 치가 떨리고 눈은 꼬리가 하늘을 향하여—— 예사 표현으로 하면 등골이 오싹하리만큼 무서운 것이다.

무섭다고 해도 여느 때와는 다르다. 의식이 떨리는 것이 아니라 온몸이 저절로 덜덜덜 떨리면서 평시의 생태에서 전투 생태로 변하려 하는 것이다.

그것은 일순에 이루어지는 속도를 지니고 있어서, 피부는 닭살 같이 우툴두툴 소름이 돋고 색은 닭의 볏처럼 자색 빛을 띤다.

머리털 끝부터 발톱 끝까지—— 눈썹 하나하나에 이르기까지 그 생태가 노여움을 띠고 적에게 달려들려는 것이다.

병졸 한 사람의 생태를 싸우고 있는 한 나라로 본다면, 괭이 든 백성이나 옷감을 짜는 백성은 하나의 머리털이나 하나의 손톱과 같은 역할을 한다. 주체가 망하면 의당 자기도 없어지는 것이기 때문이다.

아직 날이 어두우려면 시간이 있건만 피아의 장병들의 눈에 보이는 것은 아무것도 없었다. 오직 적의 손에 들려진 창이 보일 따름이다.

얼어붙은 듯 이러한 대치 상태의 분위기를 깨고 제일 먼저 앞에 나서서 창을 휘두를 수 있는 용감한 자를 1번 창이라 하여, 그 자에게는 싸움이 끝난 뒤에 칭찬의 소리가 돌아가는 것이다.

그러나, 이 찰나에는 천군만마를 무찌를 장수도 그 일이 쉽게 되지는 않는 것이다.

1번 창의 값어치는 거기에 있다. 큰 의의를 가지기도 한다.

무사로서 최대의 기회는 지금 몇 천이라는 양군의 무사들 앞에 평등하게 주어져 있다. 그러나 그 한 걸음—— 단지 한 걸음을 아무도 쉽게 내딛지 못한다.

이때, 단 한 사람,

"도쿠가와가의 가, 가토 구로지(加藤九郞次), 1번 창이다!"

큰 소리를 지르며 저쪽 대열에서 포탄같이 달리기 시작한 자가 있다.

이름도 들어보지 못한 사람이다. 가토 구로지, 아마 도쿠가와가의 평무사 중의 한 사람이리라.

하지만, 구로지의 1번 창에 이어 수천의 창대열이 서너 걸음 앞으로 나섰다.

그러자, 대열 속에서 다시 귀를 찌르는 듯한 음성이 들렸다.

"구로지의 동생 가토 겐시로(加藤源四郎)……2번 창이다!"

먼저 뛰쳐나온 자의 동생이다. 형은 다케다 군의 앞에 다가서기 전에 일제히 뛰어나온 적의 대열에 먹히듯 그 모습을 감추고 말았다.

"2번 창은 나다. 가토 구로지의 동생이다. 보라. 이 잠자리 같은 고슈 놈들!"

다케다 군의 대열에 있는 병사에게 겐시로는 창을 너댓 번 휘둘러 댔다.

고슈 병 하나가 이를 악물고 창을 찔렀다.

"건방진 놈이!"

겐시로는 벌렁 뒤로 나자빠졌으나 갑옷에 미끄러져 빗나간 적의 창을 잡고, 다시 일어나려 하였다.

"으응!"

그러나 이 때 그의 편이 우르르 다가들었고, 곧 이어 다케다 군도 앞으로 다가섰다.

노도와 노도가 부딪쳐 물고 뜯게 되자, 피와 창과 갑옷이 뒤범벅이 되었다.

"아, 형, 형님……."

어느 편의 말굽인지 알 수도 없이 여러 말굽에 짓밟히면서 겐시로는 소리를 지르고 있었다. 고리나, 손과 발로 기면서 고슈 병의 다리를 휘어잡아 쓰러뜨리고 목을 잘라 옆으로 내동댕이쳤다.

그렇게 한 후로는 아무도 그의 모습을 다시 본 사람은 없다.

이제는 난전의 마당으로 변했다.

그러나, 아직도 도쿠가와 군의 우익과 다케다 군의 충돌은 없다.

거리가 떨어져 떠 있었다.

흙먼지 속에 북소리, 소라고동 소리도 요란히 울린다.

양군이 총대를 앞세울 여가가 없었던 터라 고슈 군은 최전선에 미즈마타

(水俣) 조라고 불리는 특수 부대를 투입하여 적진을 향해 돌팔매를 쏘게 하고 있었다.

돌이라 하지만 빗줄기가 쏟아지듯 날아온다. 이곳 전선에는 사카이 다다쓰구(酒井忠次)의 1진, 2진 이하 오다가의 원군이었다.

"쯧쯧!"

다다쓰구는 말 위에서 혀를 찼다.

고슈 군이 내쏘는 돌이 말에 쉴 새 없이 맞아, 말들이 모두 미친 듯이 날뛰고 있는 것이다. 자기의 말뿐 아니라 대기 중에 있는 창부대 뒤에 있는 기마대도 말이 설치는 바람에 어쩔 줄을 모르는 실정이다.

창부대의 병졸들은 다다쓰구의 호령이 떨어지기만을 고대하고 있었다. 다다쓰구가 목이 쉬도록 전군에게 제지했기 때문이다.

"앞으로 나가지 말라. 나의 호령이 있을 때까지는……"

돌팔매를 하는 고슈 군의 전열대원은 지금까지 고슈 군의 진격로를 열어가며 진격해온 공병이다. 그래서 미즈마다 조는 별로 겁날 것이 없었지만, 그 뒤에서 손에 침을 뱉아 가며 기회를 엿보고 있는 정예 부대가 두려운 존재였다.

막강한 고슈 군 중에서도 더욱 세다고 알려진 야마가타 대(山縣隊), 나이토 대(內藤隊), 오야마다 대(小山田隊). 그 외에 나이토 마사도요(內藤昌豊), 고바타 노부사다(小幡信貞) 등의 기치도 보인다.

'미즈마다 조를 시켜서 이쪽의 약을 올려 보자는 유인책이로군.'

이렇게 적의 계략을 간파하고 있는 다다쓰구였지만 이미 좌익의 전투는 난투의 상태인데, 이렇게 하고 있어서야 2진에 있는 오다 군 장병에 대한 체면도 서지 않고, 본진에서 바라볼 때도 뭐라 할 것이랴 하는 생각이 들어, 드디어 크게 호령을 내렸다.

"덤벼라……!"

알면서도 적의 술책에 말려든다는 것은 싸움 시초부터 불리한 일이지만 별수없는 노릇이었던 것이다.

과연 여기서 전군에 파급된 패전의 길이 열리고 말았다.

돌 비가 일제히 딱 멎었다.

동시에 돌팔매를 쏘던 미즈마다 조가 양쪽으로 싹 갈려 뒤로 물러나간다. 일선에서 물러나 버린 것이다.

"아이쿠!"

적의 2진이 사카이 다다쓰구의 눈에 보였을 때는 이미 늦었다.

미즈마다 조와 다음 진인 기마들 사이에는 다른 1열—— 총대가 잠복하고 있었던 것이다. 전부 땅에 배를 깔아 몸을 숙이고 총신을 왼손과 얼굴에 바싹 붙이고——

땅 땅 땅 땅——

극히 짧은 시간을 사이에 두고 연방 쏘아 대는 탄환에 사카이 대의 많은 병졸들이 발을 맞았다. 탄도가 낮은 때문이다. 놀라서 껑충 뛰는 말들도 여러 필이 탄환을 맞았으리라.

넘어지기 전에 안장에서 내려 병졸과 함께 돌진하는 장교도 있고, 전우의 시체를 넘어 창을 휘두르는 용감한 병졸도 있다.

"물러서라."

다케다 측에서 총대에 내려진 명령이다. 곁눈질도 않고 달려드는 창부대에 걸리면 철포대는 견딜 재간이 없다. 그들은 뒤에 대기하는 기마대를 앞으로 내보내기 위하여 가능한 한 빠른 속도로 몸을 피했다.

우우 하고 말들의 코를 나란히 하고 야마가타 대를 선두로 고바타 대가 묵직한 장비를 하고 뛰어들었다.

사카이의 군사들은 그들 기마대에게 처참하리만큼 피해를 입었다.

"무너지기 시작했다아!"

승리의 기쁨에 고슈 군의 음성은 들떠 있었다. 그런 사이에 고야마다 부대는 우회해서 도쿠가와 군의 제2진인 오다 군의 측면에 말발굽 먼지를 피우고 있었다.

삽시간에 고슈 대군에 의해 동그란 포위진이 이루어진다. 오다 군도, 사카이, 혼다, 오가사하라(小笠原) 등의 깃발도 전부 그들 속으로 먹혀들어 보이지 않게 되었다.

중군의 높직한 진지에서 아군의 전선을 바라보던 이에야스는 분명히 신음하는 음성을 낸다.

"으으음, 졌다!"

"……별 수가 없는 일이옵니다."

이에야스와 더불어 전선을 응시하던 도리이도 이렇게 말하며 분한 듯 입술을 깨문다.

오늘의 싸움만은 하지 말라고 얼마나 간언을 하였던고!

──승산은 없습니다!

그렇게 단언하면서 이에야스에게 손을 대지 말고 놓아두었다가 오늘 저녁 이와다(祝田)에 야영하는 것을 기습토록 권했으나, 나이를 먹고 교활한 다케다 신겐은 일부러 소수 병력을 미키로 삼아 이에야스로 하여금 손을 완전히 내밀게 하였던 것이다.

"이미 손을 쓸 여지가 없사옵니다. 이렇게 되었으니 나머지 우군을 이끌고 일시 하마마쓰로……."

"……"

"퇴군이 빠르면 빠를수록 우리에게 이롭습니다."

"……"

"전하, 전하!"

"시끄럽다!"

이에야스는 다다히로의 얼굴도 보지 않는다. 해는 서산에 뉘엿뉘엿 넘어가고 시시각각으로 미카다가하라(三方原)에는 땅거미가 지기 시작하였다.

겨울 바람을 타고 사자의 깃발이 달려올 적마다 비보만 전한다.

"오다가의 사쿠마 노부모리님은 제일 먼저 적의 공격으로 타격을 받았삽고, 다키가와 가스마스님도 도피하였사오며, 히라데 나가마사님은 전사, 사카이님 한분이 고전 중이십니다."

"적 다케다 가쓰요리의 병력이 야마가다 대와 협력하여 우군의 좌익을 포위하고, 이시가와 가스마사님에게는 부상을 입히고 나카네 마사데루님, 아오키 히로쓰구님은 차례차례로 전사하셨습니다."

"마쓰다히라 야스스미(松平康純)님이 적중에 뛰어드신 뒤 참사당하셨습니다."

"혼다 다다마사님 나루세 마사요시(成瀬正義)님을 비롯하여 800여 장병이 적중에 깊이 뛰어들었다가 수천의 포위로 인해 살아남아 돌아온 사람은 몇이 안 되옵니다."

들려오는 소리마다 패보요, 차츰 비조를 띠어 올 뿐이다.

"용서하십시오."

무엇을 생각했는지 도리이 다다히로(鳥居忠廣)는 느닷없이 이에야스의 몸을 껴안아 부하의 힘을 빌려 말 위에 앉혔다.

"……달려라!"

그것은 말의 엉덩이를 때리며 말에게 지른 소리다.

이에야스를 태우고 말이 뛰기 시작하자 다다히로 등 여러 부하들도 뒤를 따라 달리기 시작했다.

대난투

눈이 내리기 시작했다.

눈보라는 패군의 기치와 병마에게 사정없이 몰아친다. 그리하여 그들의 몸 둘 곳을 더욱 모르게 만들어 주고 있었다.

"전하는 어디에?"

"본진은 어디에 있는가."

"우리 부대는?"

갈 곳을 잃은 도망자 무리들의 머리 위에 고슈의 총대는 가차 없이 총탄을 퍼붓는다.

"퇴진하셨다."

"퇴군의 고동소리다."

"아하, 벌써 본진을 떠나셨는가."

패군의 무리들은 북쪽으로 몰렸다가 다시 서쪽으로 몰려가기도 하며, 그 동안에도 많은 사상자를 내던 끝에 드디어 남쪽으로 도망의 걸음을 재촉하게 되었다.

먼저 도리이와 더불어 위기를 빠져나온 이에야스는 뒤를 따르는 사람들을 돌아보고 말했다.

"기를 세워라."

그리고 말을 우뚝 세우고 명한다.

"기를 세워서 우군들을 불러 모아라."

어둠은 다가오고 눈은 점점 쌓여만 간다. 이에야스를 중앙에 두고 장수들은 소라를 불고 기를 휘두르며 소리를 지르고 있었다.

"어어이……."

"오오오이!"

이윽고 패군의 사졸들이 하나 둘씩 모여 들기 시작한다. 어느 한 사람 피칠을 안 한 사람은 없었다.

그러나 잠시 후.

적의 중군이 그 곳에 있음을 안 고슈의 바바 미노(馬場美濃), 고바다 가쓰사(小幡上總)의 두 부대가 한편에서는 활, 한편에서는 총을 쏘아 대며 가까이 오고 있다. 그리고 재빨리 퇴로를 차단하려는 눈치다.

"여기도 위험하다. 여러분들은 전하를 지키며 얼른 물러가시는 게 좋겠소. 난 얼마간의 병력을 이끌고 적중으로 돌진을 감행하렵니다."

여러 사람들 틈에서 키를 돋우며 이에야스와 그 중신들에게 결별의 인사를 비장한 목소리로 고한 사람이 있다.

미즈노 사콘(水野左近)이다.

사콘은 주위의 부하들에게 말했다.

"나를 따를 사람들은 나서라."

그렇게 말을 해 놓고는 따를 사람이 있건 없건 개의치도 않고 그는 적을 향하여 성난 멧돼지처럼 곧장 뛰어들어갔다.

그 뒤를 3, 40 명의 부하들이 그와 더불어 죽을 각오로 따라갔다. 그러자 적진의 일각에서 떠들썩한 소리가 일시에 창검소리에 섞여 들려왔다.

"사콘을 죽이지 말라."

이에야스의 말이다.

그도 평상시의 이에야스가 아닌 듯하였다. 수행 부하가 말릴 작정으로 말고삐를 잡았으나 뿌리치는 바람에, 땅에 넘어졌다가 얼른 일어났을 때에는 이미 주군의 모습은 전진 쪽으로 사라진 뒤였다.

"전하, 우리의 전하!"

그 날 하마마쓰 성을 지키고 있던 나쓰메 지로자에몬(夏目次郞左衛門)은 우군의 패망이란 소식을 듣고, 불과 30 기의 병졸을 인솔하여 이에야스의 안부를 걱정하여 이곳에 달려왔다.

그리하여 이제 이에야스가 용감히 싸우는 모습을 보자 말에서 뛰어내려 창을 왼손에 바꿔 쥐고 이에야스 앞으로 달려갔다.

"이게 어찌된 일이옵니까? 평상시의 전하답지 않게 이러한…… 어서 돌아가십시오. 성으로……."

이에야스가 탄 말의 고삐를 쥐고 뒤로 잡아 돌렸다.

"놓아라. 지로자가 아니냐. 적중에서 방해를 놓는 밥통이 있나."

"제가 밥통이면 전하는 큰 멍텅구리십니다. 이런 데서 싸우다 죽을 바에야 여태까지 무엇 때문에 고생을 해 왔겠습니까? 평시에 이야기하던 것보다는 아주 멍텅구리 대장이십니다. 공을 세우시려거든 후일 천하 대사를 이루는 데 공을 세우십시오."

눈물을 글썽이며 입을 있는 대로 벌리고 주군에게 큰 소리를 지른 다음, 지로자는 들고 있는 창으로 이에야스의 말 궁둥이를 힘껏 후려쳤다.

대를 이은 충신 중에서도 그렇고, 장수들도 그렇고, 엊저녁에 이곳을 출발했으나 오늘 저녁에는 얼굴을 볼 수 없는 사람이 많았다. 장병 전사자 300여 명, 상처를 입은 사람의 수는 부지기수였다.

"분하다. 참으로 분하다!"

"에잇 빌어먹을……."

처참한 패군이란 이름을 걸머지고 스스로에게 노여움을 폭발시키는 얼굴들이 초저녁부터 야밤에 이르기까지 속속 성 밑으로 밀려들었다.

하늘이 불그스레했다.

성문에 피워 놓은 장작불 때문이다.

그러나 대지에 쌓인 눈 위가 빨간 것은 뛰어 다니는 병정들이 흘린 선혈 때문임이 분명했다.

"……전하는 어찌 되신 건가?"

사람들은 거의 반 미친 사람이 되어 있었다. 울고들 있다.

벌써 이에야스는 하마마쓰 성내에 돌아온 것으로 생각하고 왔다.

"아직 귀성하지 않았어."

그런데 성을 지키던 사람들의 이 말에 혹시 아직도 적의 포위망 속에 계신가, 혹은 전사를 하셨나 그것은 우선 어찌 되었든, 전하보다 먼저 도망을 친 셈이 되었으니 하마마쓰의 주민들에게 면목이 없다 하여 성내에도 못 들어가고 분한 생각에 이를 갈고 있었다.

이러한 혼잡 속에 갑자기 서쪽 성문 저 쪽에서 총성이 들렸다.

땅 땅 땅.

적군이다. 최후가 다가왔다. 여기까지 고슈 군이 쳐들어오는 판국이라면 전하의 운명도 보장할 여지가 없지 않은가.

도쿠가와 가의 사람들은 절망에 찬 눈을 하고는 와아──하고 죽음을 각오한 채 뛰기 시작한다.

"인제 만사가 끝장이다."

"이렇게 된 마당에야……."

이때다.

성문 근처에 모인 사람들을 밀어 헤치고 눈보라와 함께 뛰어들어온 기마의 일단이 있었다.

의외에도 우군의 장수들이었다. 병졸들의 비장한 외침은 환호성으로 변하며 칼이나 총을 쳐들고 그들을 맞아들인다.

──1기, 2기, 3기──여덟 번째로 이에야스가 갑옷도 거의 헤지고 눈과 피에 범벅이 된 채로 달려들었다.

그것을 본 성문의 장병들은 환호하였다.

"전하다. 전하가 돌아오셨다."

"역시 무사하셨구나."

이에야스가 돌아온 사실은 사람들의 입에서 입으로 전하여져서 듣는 사람들마다 목청이 터져라고 환호성을 지르고 있었다.

그뿐이 아니다.

모습은 처참하게 보이지만 의외로 이에야스가 얼굴에 밝은 웃음을 띠고 있는 것을 보자, 반미치광이가 됐던 장병들도 크게 안심을 하고 그때부터는 저절로 질서를 잡기 시작하였다.

이에야스의 주종 20여 기는 성 밑의 골목 어귀에 서서 아직 뒤를 따를 부하들을 기다리고 있었다.

추격해 오던 고슈의 야마다 대에 반격을 가하다가 시간으로 보아 적당하리라 여겨질 때 되돌아온 한 무리의 병사들이다.

40여 명의 창부대였다.

그러나 27명으로 인원이 줄어서 돌아왔다.

그 중의 한 사람인 다카키 구스케(高木九助)는 창끝에 중머리를 한 적병의 목을 꿰어서 들고 있었다.

이것을 이에야스가 멀리서 발견하고 손짓을 하며 불렀다.

"구스케, 구스케."

무슨 일인가 하여 뛰어가보니 이에야스는 얼굴이 닿을 만큼 몸을 말 위에서 굽혀 가지고 무엇인가를 분부하였다.

"……알았나, 구스케? 목청을 있는 대로 돋우어 큰 소리로 외치는 거다."

잘 알아 모시겠다는 대답을 미처 마치지도 못하고 구스케는 겅정겅정 뛰어 성안으로 들어간다. 그리고 쌓인 눈을 발로 걷어차며 외쳤다.

"들으시오, 아군들. 오늘의 난전에서 다케다 신겐의 목을 다카키 구스케가 잘라 왔습니다. 눈으로 보시오. 귀로 들으시오. 나요, 나! 내가 바로 신겐의 목을 쳐서 가지고 온 다카키 구스케요."

성내의 다리를 겅정겅정 뛰어가면서 그 동안 성에 남아서 지키던 장졸들에게 들리도록 크게 외치고 돌아간다.

"뭣이? 신겐의 목을 쳤다고?"

"신겐의 목이라고?"

"저 음성은 다카키 구스케의 목소리인데…… 중대가리의 사람 머리를 창끝에 꿰어 가지고 왔군."

성내외의 장병들이 술렁거리기 시작한다. 그것은 절망이 희망으로 변하는 웅성거림이었다.

비장한 절망의 구렁텅이에서는 비상식도 통용된다. 선하게도 통하고 악하게도 통용된다.

게다가 잠시나마 생사를 염려하던 이에야스가 무사히 귀성하여 밝은 웃음을 띠고 있는 형편이라 사람들은 일시나마 적장 신겐의 죽음을 믿었다.

성내로 들어와 여러 장졸들의 마중을 받자, 그 때에 이에야스도 말에서 내리며 '후우우' 하고 전신으로 큰 한숨을 내쉬었다.

"물을…… 물을 좀 다오."

이렇게 말하면서 신하들을 둘러본 다음, 부하가 떠다 준 물을 벌컥벌컥 들이마셨다.
 이 때에 흑색 갑옷으로 몸을 굳게 감싼 40세 가량의 무사가 부하들 사이에서 성큼 나와 이에야스 앞에 무릎을 꿇었다.
 "전하 오래간만에 뵙겠습니다."
 이에야스는 나머지 물을 버리면서 물었다.
 "누군고? ……그대는."
 "이시카와 젠스케(石川善助) 놈이올시다."
 "뭐 이시카와 젠스케라고?"
 "4년전 술김에 친구놈들과 쓸데없는 싸움을 벌여 시끄럽게 하였던 그 뒤 타국으로 갔었사옵니다……마구간 일을 맡아 보던 젠스케 놈을 잊으셨나이까?"
 "잊지는 않았지만 그 젠스케가 뭣 때문에 왔는가? …… 그대는 이곳에 있을 때 30관 받았으나 다른 가문에서 300관이란 높은 녹을 받아서 요즘은 지극히 좋은 신분이라고 들었는데……."
 "마에다(前田)님의 온정으로 과분한 녹을 받았습니다만 항상 전하의 은혜를 잊지 못하고 있사옵던 중, 이번에 고슈 군의 난으로 덴류의 요소가 차례로 격파당하고 도쿠가와 가의 존망의 위급이 눈앞에 다가왔다는 말을 듣고는 더 참을 수가 없어, 저의 심중을 마에다 님께 사뢴 다음 300의 녹을 반납하고 약 80명의 무사와 더불어 밤을 새워 달려왔사옵니다…… 제발 전의 죄를 용서하시고 그전처럼 마구간에서라도 일을 보게 하여 주시기 바라옵니다."
 젠스케는 이에야스의 발밑에 엎디어 누누이 전의 죄를 용서하고 다시 도쿠가와 가에 봉사하게 해 달라고 빌었다.
 그의 말을 들은 주위 사람들은 그의 의리와 충성에 감명된 듯하였으나 이에야스는 별로 기쁜 기색을 보이지 않은 채였다.
 "쓸데없는 짓을……."
 오히려 흥미 없다는 듯이 말했다.
 "그대의 힘을 빌리지 않아도 싸우는데 있어 뒤지는 도쿠가와 군이 아니야. 쓸데없는 일이야……그러나 이미 달려온 터이니 별 수 없다. 싸움이 끝날 때까지 어디든지 일자리를 가지게 하지."
 이러한 일이 벌어지고 있는 동안에도 패전한 우군이 계속 성내로 들어오고 있었다.

성내는 가는 곳마다 부상자들의 신음 소리가 들리게 되었다. 이에야스는 연민의 눈길 하나 보내는 일 없이 그의 저택으로 들어섰는데, 현관 앞에서 근신을 돌아보며 말했다.

"젠스케에겐 틀림없이 충분히 일할 수 있는 일자리를 주도록 하오……그렇게 말은 하였지만 근자에 없이 사람의 마음을 기쁘게 해 주는 사나이야."

망루에 올라가서 보니 눈발은 가늘어졌으나 고슈의 대군은 밀물처럼 벌써 성밖 가까이까지 몰려 오고 있었다. 그 선봉대의 습격을 받았는지 성밑에서는 불길이 치솟았다.

천방무문(天放無門)

"히사노, 히사노."

저택의 객실에 우뚝 선 이에야스는 큰 소리로 이렇게 불렀다.

아직 전장에 있을 때와 같은 음성이다. 폐(肺)도 성대(聲帶)도 이상 상태에서 아직 평상으로 돌아오지를 못했다.

"예."

히사노라는 시녀가 달려와 무릎을 꿇었다.

그녀의 옷자락이 일으킨 바람에 흔들린 등불이 이에야스의 얼굴에 명멸하였다. 그 얼굴에 핏기가 비치고 있었고 머리카락이 다소 흐트러져 있었다.

"빗질을 부탁한다."

이에야스는 털썩 주저앉았다.

히사노에게 빗질을 그만하게 하고, 다음 일을 시킨다.

"배가 고프다…… 물말이 밥을 좀……."

밥상과 밥통이 금시에 준비되어 그의 앞에 놓였다. 수저를 든 이에야스는 장지문을 가리키며 명했다.

"문을 모두 활짝 열어라."

촛불은 바람에 크게 흔들렸지만 방안을 촛불보다도 환하게 해 줄 만큼 밖에는 눈이 쌓여 있었다.

마루에는 무사들이 이곳저곳에 거물거물 뭉쳐 앉아 휴식을 취하고 있다.

물말이 밥을 입에 몰아넣으며 이에야스는 그 중 한 사람에게 묻는다.

"산고로(三五郎), 상처를 입었는가?"

붕대의 한 끝을 입에 물고 팔꿈치의, 창이 찔린 상처를 동여매던 노나카 산고로(野中三五郎)라는 젊은 무사는 그 자세대로 대답했다.

"아니옵니다. 가볍습니다."

"이리로 오너라."

이에야스는 그를 자기 앞에 불러 놓고 술잔을 건네준다. 술잔 바닥에는 초승달 그림이 선명히 그려져 있다.

두 손으로 공손히 받아 술을 마신 뒤, 산고로는 술잔 밑을 들여다본다.

"이것을 저의 소유로 하여도 괜찮겠습니까?"

"무엇에 쓰려는고?"

"오늘의 영예를 기념하기 위하여 초승달을 가문으로 전하고자 하옵니다."

이에야스는 크게 고개를 끄덕이며 젓가락을 상 위에 놓는다.

거리는 꽤 먼 곳이지만 적군의 총성은 연달아 들려오고 뜰에 쌓인 눈은 병졸들 발길에 흙탕으로 변해 간다.

눈은 그치고 추녀 너머로 보이는 밤하늘의 구름이 걷히기 시작한다. 그리고 성 밑의 장사치들이 사는 곳에는 불이 붙은 대로 아직 꺼지지 않고 불꽃을 튀기고 있다. 사람들마다의 가슴에 서려 있는 비장한 감상과 땅 위에 여기저기 뉘어져 있는 부상자들의 신음소리가 없으면 아름답기 짝이 없을 밤하늘이었다.

"마쓰이 사콘이 있는가?"

"예, 있사옵니다."

"더 가까이 오라. 오늘 도망오던 도중 참 잘했다. 이에야스에게 내일의 생명이 있을지 없을지는 모르겠다. 오늘 밤에 칭찬을 하여 둔다."

이외에 오늘 전장에서 싸울 때 용감하고 영리하게 몸을 움직인 부하에게도 남김 없이 칭찬의 말을 던져 주었다.

"……그러한 혼전 속에서도 어떻게 그렇게 자세한 것까지 보셨는지 참 기가 막힐 정도군."

부하들이 눈을 크게 뜨고 놀랄 만큼 이에야스는 자상하였다.

노나카 산고로가 특히 초승달 그림이 있는 술잔을 하사받은 것은, 이날 초저녁 이에야스가 후퇴하는 도중 7, 8기의 고슈 군이 앞을 막고 근접해 오는 것을 보고 잘 싸워 혈로를 열었을 뿐만이 아니라, 적 속에 있던 힘센 나가야 구로(長彌九郞)의 목을 친 공적에 의한 것이다.

나가야구로는 본디 도쿠가와 가를 섬기던 몸이 고슈로 그 주군을 바꾼 변절자여서 이에야스도 분명히 기억하고 있는 듯했다.

"이놈 나가란놈, 이놈!"

이에야스 자신이 칼로 대항을 하여 몇 번을 내리후렸던 미운 적이었기에 그의 목은 값어치가 더 있었던 것이다.

마쓰이 사콘의 공은——

오늘의 난투 속에서 고슈의 하라미이시 주야(孕石忠彌)라는 억센 자가 이에야스에게 달려들어 그의 말꼬리를 잡았다. 이에야스가 말을 움직이지 못하고 있다가 긴 칼을 뒤로 휘둘러 말꼬리를 잘랐다. 그 때문에 주야는 뒤로 벌렁 나자빠졌으나, 그래도 굴하지 않고 다시 일어나 창을 들이대려는 찰나 마쓰이 사콘이 뛰어들어 그를 베었던 것이다. 이 수급도 공적부에 3, 4위로 오를 값어치가 있다.

대패를 맛보기는 하였으나 총괄해서 오늘의 싸움에 유감스러운 데는 없다. 졸병 하나하나에 이르기까지가 끝까지 괴로움, 어려움을 극복하였다.

이에야스는 만족이었다. 우선 좌우의 공신들에게 칭찬의 말을 하였는데, 이는 정치가 아니라 진심으로 흡족한 마음에서 그리 한 것이었다.

물말이 밥을 먹고 난 뒤 그는 본관을 나서서, 각처의 방비 상황을 둘러보고 아마노 야스카게(天野康景)와 우에무라 마사노리(植村正勝) 두 사람을 방위 총책에 임명, 도리이, 나이토, 미즈노, 사카이 등 여러 장수에게 각 요소의 수비를 명하였다.

모든 장수들은 목숨을 걸고 지킬 것을 맹세하면서 입을 모았다.

"비록 고슈의 대군이 그 전력을 기울여 내습해 온다고 하더라도 우리의 용맹을 다하여 돌담에조차 그들이 손을 못 대게 하렵니다."

억지로라도 이에야스를 안심시키고 이에야스의 마음을 위로하자는 뜻이다.

"음!"

이에야스는 그들의 의기 찬 말에 크게 고개를 끄덕였는데 제장들이 곧바로 책임 부서로 달려가려는 것을 불러세워 명했다.

"큰 성안이나 여러 문, 그리고 현관까지 모두 문을 닫아서는 안 된다. 성문은 모두 열어젖혀 놓아라! 알겠나!"

"예? …… 무슨 말씀이십니까?"

제장들은 그들의 귀를 의심했다.

그들의 의향하고는 정반대의 명령이 내려졌기 때문이다.

이미 성문은 크고 작고를 막론하고 철저하게 그 철문이 닫혀 있는 것이다. 퇴각하는 우군의 꼬리를 물 듯 적의 대군이 이미 성밖의 멀지 않은 곳까지 육박해 온 시기이다. 해일과도 같은 적의 내습을 앞에 놓고, 어찌 스스로 제방의 입을 벌리라고 명령하시는가. 그들은 이에야스의 심중을 알 길이 없었다.

"아니옵니다. 그렇게 할 수는 없는 노릇입니다. 뒤에 처져 돌아오는 우군에게는 그 때마다 문을 열어 주면 되옵니다. 특별히 그것 때문에 문마다 활짝 열어 놓을 필요는 없으리라 여기옵니다."

도리이가 말을 마치기도 전에 이에야스는 웃으면서 그의 그릇된 판단을 타이른다.

"뒤에 처져 돌아오는 우군을 위한 것이 아니야. 이곳에 밀물처럼 몰려올 고슈군에 대비한 것이야……단지 성문을 열어 놓을 뿐만 아니라 큰 성문 외에 5, 6개소에 장작불을 환하게 지펴라. 또 성내에서는 신호불을 여기 저기서 태우도록 하는 것이 좋겠다. 그러나 방비는 엄하게, 맡은 부서는 질서를 정연히 하며 소리 내지 말고 적의 모양을 똑똑히 눈여겨보고 있어야지."

이러한 경우 얼마나 대담하고 호쾌한 대책이냐. 제장들은 이에야스의 심산을 알아듣고는 다시 말없이 각자 맡은 부서로 달려간다.

성문은 이에야스의 가슴을 열어젖힌 것과 같이 활짝 열어 놓았다.

새빨간 장작불은 성밖의 연못에서부터 현관에 이르기까지 눈빛과 더불어 활활 피어오른다.

이에야스는 그를 바라보며 다시 본관으로 발을 옮겼다. 지휘자들은 짐작을 한 것 같지만 병졸들의 대부분은 아까 다카키 구로가 떠들고 다닌 대로 '신겐의 목'을 그대로 믿고, 내습하는 고슈 군이란 수장을 잃은 오합지졸이라 여기고 있을 것이 분명하다.

"히사노, 피곤하다. 나에게도 술 한 잔을 부어다오."

이에야스는 방으로 돌아와 한 잔의 차가운 술을 단숨에 마신 뒤 그대로 몸을 뉘어 시녀가 덮어 주는 겉옷을 쓰고 코를 골게 되었다.

그로부터 얼마 지나지 않아서——

연못가까지 몰려들어 온 것은 고슈 군의 바바(馬場) 부대, 야마가타 부대 등 오늘의 싸움에서도 용맹을 떨친 정예부대들이다.

——그러나 그들은 하마마쓰 성의 성문을 바라보다가, 갑자기 말걸음을 세우고 사기충천한 장병들에게도 기다릴 것을 명했다.

"응 응?…… 서라!"

"바바공, 어떻게 생각하시오?"

마사카게는 바바의 옆으로 다가가며 이렇게 물었다. 풀 수 없는 수수께끼를 만난 듯한 표정이었다.

바바도 굳은 채 철모 밑으로 적의 성문을 눈여겨보고만 있었다.

그런 두 사람의 얼굴에도 성문 내외에서 불타는 빛이 비치고 있다. 그리고, 성문은 있는 대로 활짝 열려져 있지 않은가.

문이 있는 것도 문이요,

문이 없어도 문은 문이다.

이것을 어떻게 해석해야 할 일인가?

못의 물은 검은 채, 천지의 눈은 마냥 희기만 한 채, 그리고 버젓이 열린 성문은 그대로 입을 벌린 채, 해답을 내라는 듯하고, 그 밖의 것들은 쥐 죽은 듯 아무런 소리도 들리는 것이 없다.

고작 들린다는 것은 장작이 타면서 내는 '타닥 타닥' 하는 소리뿐.

혹은 조금 더 귀를 기울인다면, 마음의 귀를 바싹 기울이면 팔베개를 하고,

'……망동이 무슨 소용이랴. 크고 넓게 바라보면 죽음과 삶이란 한 순간의 바람 부는 이쪽과 저쪽일 뿐. 유구한 것은 하느님에게만 있으니, 죽음으로 돌아가는 곳도 하늘. 삶을 위탁하는 것도 하느님.'

이렇게 여기고 있는 패군의 장군 이에야스의 코 고는 소리도 들릴지 모르나 그것은 마음의 귀를 갖지 않은 위인에게는 어려운 노릇이다.

마사카게가 입을 연다.

"우리의 추격이 너무나 빨랐기 때문에 적들은 미처 성문을 닫을 겨를도 없이 죽은 듯이 엎디어 있는 것일 테니 자 쳐들어갑시다."

"아니오. 좀 기다려 봅시다."

바바가 말린다.

미나노가미 노부후사(美濃守信房)라면 신겐 휘하에서도 유수한 무장이며, 병학에 능통한 장수이다.

그러나 지자는 지혜를 수습하여 지혜에 빠져 헤어나지 못하는 수가 있는 법이다.

그는 단호한 어조로 마사가게의 생각이 틀렸다고 말했다.

"이 경우, 앞을 다투어 성문을 굳히는 것이 패병들의 당연한 심리이리라. 여러 곳에 저렇게 불을 지펴 놓을 시간을 가지면서 문을 열어젖혀 놓은 것은 그들이 겁에 질린 것이 아니라 침착한 증거요…… 생각해 보면 그들은 승리를 굳게 믿는 마음으로 이렇게 조용히 차리고 있다가 우리들이 멈칫하는 동안 치고 나올 기회를 노리고 있음이 분명하오. 위험한 일이오. 상대는 나이는 젊다 하지만 도쿠가와 이에야스. 섣불리 달려들었다가 고슈군의 무명에 먹칠을 하고 웃음거리가 돼서는 안 되오."

그곳까지 쳐들어왔다가 마침내 두 장수는 병졸들을 이끌고 돌아서고 말았다.

그 일을 군신들이 지껄이는 것을 잠결에 들은 이에야스는 후닥닥 일어나 앉았다.

"우린 아직 안 죽는다!"

그는 기쁨을 감추지 못했다.

그는 즉시 도리이, 와타나베 모리쓰나(渡邊守網) 두 신하에게 병력을 주어 그를 추격케 하였다.

바바, 야마가다의 두 부대는 과연 정예부대답게 낭패하는 기색 없이 맞아 싸우면서 나구리(名栗) 부근에 불을 질러가며 교전을 계속했는데, 한편 이에야스측에서는 샛길을 이용해서 아마노 야스카게, 오쿠보 다다요(大久保忠世) 등의 기습부대가 잠입, 신겐의 본진 사이가다니(犀崖) 부근의 적에게 총알 세례를 퍼붓고 돌아왔다.

눈에 미끄러지고 낭떠러지에 떨어지며 물에 빠져 죽은 고슈군이 수십 명에 달하였다고 한다.

대패를 당하기는 했지만 도쿠가와 군으로서는 그들의 숨은 힘을 과시하고 마지막으로 기고만장한 의기를 나타낸 것이다. 뿐만 아니라 신겐으로 하여금 서울로 향하던 걸음을 단념케 하고 쓸쓸히 고슈로 되돌아가게 하는 결과까지 가져오게 하였다.

희생은 컸다.

고슈군의 409명에 비해 도쿠가와 측은 1,880명에 이르렀다.

의외의 일은 싸울 의사도 보이지 않은 채 건성으로 설치던 오다 가의 원군에도 사상자가 많다는 것이다. 총병력 3,000 중 200여 명…… 10분의 1에 해당하는 피해였다.

요컨대 싸우는 마당에서의 위험률이란 누구에게나 평등해서, 용감한 자에게만 위험이 많은 것이 아니라는 것을 보여준 것이다.

자비로운 어머니

잠깐 동안의 여가라도 즐긴다는 것은 아직 한가한 사람의 이야기이다. 전국(戰國)에 태어나 올해 33세, 더욱이 아직 역경에 처해 있는 이에야스에게 한가한 날이란 있을 수 없다.

"……그러하오나, 그래도 아니 되옵니다."

노신은 간언한다.

"활도 줄을 당긴 채로 놓아 두시면 졸아드옵니다. 큰 산에 앉으려거든 마음 역시 크게 너그러워라……는 식으로 때로는 방심하시는 것도 필요하옵니다. 때로는 전하 자신께서 분망한 일을 떠나셔서 마음과 몸을 보양하셔야 하옵니다. 그렇게 하시면 집안의 여러 중신들도 그럴사옵고 영민들도 안도의 숨을 쉬며 국가 안태를 느껴, 나라 안이 모두 서로 너그럽고 편안한 나날이 될 것이옵니다."

이에야스는 고개를 끄덕이며 대꾸했다.

"이치에 닿는 말이다. 어디 매사냥이라도 떠나 볼까?"

"그것이 참 좋겠습니다."

고슈의 '발이 긴 양반'은 일시 후퇴하였으나 미카다가하라(三方原) 싸움

이래 더욱 다사다난한 속에 송구영신한 새해 덴쇼(天正) 원년—— 아직 이른 봄이었다.

계절로 봐서는 사냥하긴 늦은 편이다.

그러나 매를 풀어 놓고 사냥하는 것만이 목적이 아니다. 군신 10기 정도에 몰이꾼 한 무리를 데리고 하루 동안 산야를 달려 보는 것이다.

돌아오는 길에——

이와베(祝部) 촌락까지 오니 해가 저물었다.

촌민들은 집집마다 불을 피워 영주의 통로를 밝혔다. 그리고 처마 밑 맨땅에 꿇어 엎드렸다.

"기다려라. 앞에 가는 자들."

앞서 가는 신하들을 불러 세우고 이에야스는 말에서 내렸다.

길섶에 한 채의 오래된 집의 추녀가 보인다. 밤 눈에도 백발이 역력한 노파가 얼굴을 들고 있었다.

무언가 무엄한 짓을 한 사람이라도 있나 하고 촌민들은 이에야스의 거동을 눈여겨보고 있다.

"……무얼까?"

신하들도 의아해한다. 이에야스가 안장에서 내려 그 고가의 처마 밑으로 걸어갔기 때문이다.

"할멈. ——댁은 지금 나의 모습을 보고 흐느낀 것 같은데 그 소리를 나는 들었소. 왜 울었는지 그 이유를 들려 줄 수 없겠소?"

신하들이 뒤를 따랐을 때 이에야스는 허리를 굽혀 잔등을 동그랗게 하고 엎드려 있는 노파에게 부드러운 목소리로 말을 건네고 있었다.

"……"

노파는 얼굴을 들지 못하고 있다. 언제까지 엎딘 채 대답도 없다. —— 신하 중의 한 사람이 주의를 주었다.

"영주께서 물으신 말씀이오. 직접 말씀드려도 괜찮으니 대답을 올리시오."

이에야스는 노파 옆에 모여서 보고 섰는 부하들을 멀리 보내고 혼자서 다시 물었다.

"어려워 말고 댁이 흐느낀 이유를 말해 보오. 그 울음소리가 어쩐지 내 가슴을 찌르는 데가 있어서 묻는 것이니……"

노파는 겨우 얼굴을 들고 대답했다.

"시골의 노파는 요령 있는 대답을 드릴 줄 모르오이다. 노여워 마십시오. 전하의 모습을 보니 갑자기 원망스러워져서 저도 모르게 그만 눈물이 울컥 솟으며 목이 멘 것이오이다."

"내가 원망스럽다고. 그런데 댁은 누구의 처요."

"가토 마사쓰구(加藤正次)라 하는 사람의 처이온데 과부입니다."

"그렇다면 하마마쓰의 군사로 먼저 미카다가하라에서 전사한 가토 구로치, 겐시로 형제의 어미가 된다는 말이군."

"오호…… 전하께서는 무사의 아주 말단직인 그런 젊은 것들을 기억하고 계셨습니까?"

"하아아, 두 아들을 전장에서 잃은 설움이 이 이에야스를 보는 순간 가슴에 북받쳤단 말인가."

"실상은 그렇사옵니다. 형제놈이 남달리 효자였기에 더욱……."

거짓 없이 노파는 말하고는 또 흐느껴 운다. 이에야스는 오장육부를 무엇인가로 쑤시는 듯한 느낌이 들고 그러한 비탄에 빠져 있는 사람은 이 늙은 어머니 외에도 무수하게 있다는 것을 생각하니 어떻게 대답을 해야 할 것인가, 어떻게 위로를 할 것인가, 깃을 여미고 자기도 또한 거짓 없는 마음을 털어 놓지 않으면 안 되리라고 생각했다.

"노파, 댁은 그 외에 또 자식이 없소?"

"죽은 그 형제 외엔 다른 자식이나 손자도 없사옵니다."

"친척은?"

"일가붙이는 있습죠."

"그렇다면 거기서 양자를 구해다가 혈통을 잇는 것이 옳겠구먼. 언젠가 이에야스가 그 양자에게 일을 시킬 터인즉……"

"고마우신 말씀이옵니다."

노파는 머리를 조아렸으나 표정에는 그다지 기쁜 기색이 돌지 않았다. 생각 탓인지 이에야스는 자기를 쳐다보는 노파의 얼굴에는 또 무엇인가 할 말을 간직한 듯이 보였다.

"댁의 아들 형제는 미카다가하라 싸움에서 1번창, 2번창으로 나서 무사다운 죽음으로 이승을 떠난 수훈자요. 그 영예는 대를 이어 전해지리라. 은상을 베풀었은 즉 그를 받았으리라 믿는데, 다시 무슨 소망은 없는지?"

이렇게 위로를 하니 노파는 허둥거리며 고개를 가로 젓다가, 다시 원망스러운 눈으로 이에야스를 쳐다보고 말했다.

"영주님, 그렇게 고마운 정에 무엇이라 말씀 여쭐 바를 모르겠습니다만, 자식을 둘이나 싸움터에서 잃은 어미의 몸이나 귀에 은상(恩賞)은 반가운 것이 못되옵니다…… 이 어미는, 이 어미는 단지……."

여기까지 이야기하고는 또 흐느끼며 몸을 엎디는 것으로 미루어, 노파가 이에야스에게 이야기하고자 하는 것은 다시 또 있는 모양이었다.

그렇게 생각한 이에야스는 부드럽게 물으며 말을 재촉했다. 노파는 이렇게 말한다.

"그 녀석들도 무사의 자식. 저로 말씀드리더라도 무사 자식의 어미올습니다. 자식의 전사를 언제까지나 서러워만 하고 있지는 않습니다…… 그러하오나 단지 전하…… 도쿠가와의 번영만을 항시 머리에 두고 계시는 듯하여 저희들의 자식은 뭣 때문에 싸우다 죽은 것인지, 그것이 또 뭣 때문에 영예롭다는 것인지를 의심스럽게 생각하는 것입니다……의아해지지 않을 수가 없는 것입니다."

이런 말을 다하고 나서 노파는 이미 울음을 그쳤다. 늙은 목숨, 언제라도 죽음을 각오하고 마음속에 있는 진실한 소리를 모두 해야겠다는 듯한 표정이다.

"저희들 촌민들은 대대로 이곳에서 살아 왔고 농사를 짓고 있사옵니다마는 누구나 먼 조상은 여러 나라로 헤어진 선조들의 후예이옵니다. 그때나 지금이나 농사꾼이며 나라의 백성임에는 틀림이 없사옵니다. 시대가 이리저리 뒤흔들리며 자꾸 바뀌고 어려운 난리를 겪어 오는 동안 영주님은 바뀌었사오나 저희들의 논이나 밭은 조금도 변하지 않았습니다. 그것을 일구는 데도, 안온하게 살아 갈 수 있는 것도 다 영주님이 이 나라를 지켜 주시는 덕택으로 여겨 그 은혜는 잊을 수 없사오나, 그렇다고 영주라고 전부 좋은 분만은 아니옵니다. 백성을 아무 값어치 없이 죽게 하는 영주님도 없는 것이 아니옵니다."

"노파, 댁은 나를 그러한 영주라고 생각하고 있소?"

"그러한 무장이 아니시라고 해서 자식 놈들이 흠모하였기 때문에 하마마쓰에서 무사의 졸자까지 돼서 봉공(奉公)하였던 것입니다…… 그러하오나 있는 사실대로 말씀을 올리자면 타국과의 전쟁을 위해서 해마다 세금은 자꾸 높아만 가고, 젊은 일손은 소집이 되며 보리 추수 때나 추수 때에 타국병들이 몰려와 휩쓸어 놓는 경우가 부지기수이고…… 이제는 이루 말할 수 없이 촌락이 곤궁해지고 말았습니다. 겨울이 되면 굶는 사람, 약을 사지 못하는 사람, 애를 배어도 낳지 못하는 사람…… 등이 허다합니다…… 이것이 이세신궁(伊勢神宮)을 받들어 모셔 온 후예들인가 싶어 솔직히 말씀드려 한탄스럽습니다. 그러던 차에 영주님이 지나시게 되어 뵈오니 갑자기 가슴이 메었던 것이옵니다. 두 자식 생명의 대가로 내리시는 은상보다는 좀더 이 촌락을 위해 자비를 베풀어 주시옵기 바라나이다…… 죽은 자식을 팔아 이것저것 욕심스러운 말씀을 드려서 귀에 거슬리셨겠습니다.”
신하들은 근심스러이 이에야스의 귀성을 재촉했다.
“밤도 늦어 가오니 더 노파에게 물으실 일이 있으시거든 다른 날 성으로 불러들이셔서 하심이 어떠하오실는지요…….”
그 말에 이에야스도 꿈에서 깨어난 사람처럼 중얼거린다.
“오오……참, 성에서들 기다리겠군.”
그는 노파에게 후일 다시 연락을 하리라고 약속하고는 묵묵히 그 자리를 떴다.
앞뒤의 기마 부하에게 보호를 받으며 그는 하마마쓰 쪽으로 막 걸음을 재촉하였다.
‘시골이라고 해서 무지한 농부만이 살고 있는 것은 아니다…… 세상은 흐트러져도 역시 변하지 않는 이 황국(皇國), 거기에 살고 있는 믿음직한 백성들…….’
그의 젊고 열렬하고 용맹한 무사 정신도 오늘만은 방망이로 얻어맞은 기분이며, 그 노파에게 머리가 숙여지는 것을 어쩔 수가 없었다……하나, 그 자책은 분명히 노파와 한 핏줄의 이 나라 백성임이 틀림없는 까닭인 것이다. 노파가 생각하는 그런 것이 이에야스의 마음에도 있다는 증거인 것이다.
“아, 안돼! …… 후일까지 있을 수가 없지.”
귀성 도중 꽤 먼 거리까지 와서 이에야스는 무엇을 생각했는지, 갑자기 안장 위에서 뒤를 돌아보며 신하 한 사람에게 분부하였다.
“달려가서 아까의 그 노파를 곧 성으로 데리고 오라. 자결하지 않도록 감시를 잘 하고 부드럽게 달래서…….”
“예.”
두 필의 말을 탄 신하가 되돌아간다……. 그러나 이에야스가 하마마쓰의

자비로운 어머니 417

성문에 들어설 즈음 두 신하가 숨을 헐떡거리며 달려와서 아뢰었다.
"참으로 빠르고 현명하신 관찰이시옵니다. 저희들이 그렇게 급히 달려갔습니다마는 노파의 집으로 가 보니 과연 부처님을 모신 방문을 꼭 닫은 채 자결한 뒤였습니다."
"늦었구나."
이에야스는 여기서도 무엇인가에 가슴을 세차게 얻어맞은 기분이었다. 그러나, 시종들에겐 아무 말도 하지 않았다.
후에 한 노인이 물었을 때, 비로소 그는 다음과 같이 술회하였다.
"어떻게 그 때 가토 형제의 노모가 자결하리라고 예견하셨습니까?"

"영주인 나를 향해서 그만한 말을 할 수 있었던 사람은 아마 대를 이어 온 중신 중에서도 없었지. 즉석에서라도 죽음을 결심하였기에 그 노파는 생각하고 있는 대로 나에게 전하였던 게지. 더욱이 이에야스는 난세의 무사 집안에 태어나 지켜야 할 대의를 가르침 받았으니만큼, 유감없도록, 죽은 사람이지만…… 넋을 위로하도록 하오."
그는 또한 집안의 여러 신하를 모아놓고 다음과 같이 유고(諭告)를 발표하였다.
"최근에 와서 이세신궁의 위엄이 갖추어지며 진정되었고 오다 가와는 동맹을 맺었으며, 이마가와 우지자네(今川氏眞)는 우리 앞에 굴복하였고, 영토도 다소간 넓혔으며 일상생활도 전과 같이 곤궁하지만은 않게 되었다. 그에 따라 자연 각자의 입고 먹는 것이 아름다운 것을 좋아하여, 사치 쪽으로 기울어 지금까지의 기풍이 바뀌어 가는 징후가 보인다…… 돌이켜 생각하면 이에야스 자신도 깨닫지 못하는 사이에 그러한 경향에 휩쓸렸던 듯하다. 나는 7살 때부터 타국에 인질이 되어, 입는 것 먹는 것에 골고루 신고(辛苦)를 맛보아 왔었는데, 그보다도 더한 곤궁함을 체험한 대를 이은 여러 중신들이나 여러 신하들조차도 그렇게 변하여지는가를 생각하니 두려운 감마저 든다. 아직까지는 이 정도로 마음이 해이해져서는 안 된다. 이에야스 자신도 앞으로는 고칠 생각이지만 각자 나의 말을 명심해서 다시 한번 이전의 궁핍 시대의 자세로 되돌아가 주기 바란다."
다음에는 군사, 경제 담당자들을 모아 놓고 요구하였다.
"농민들의 세금을 가볍게 하고, 반면에 군비를 챙기는 데는 자재를 증강하도록 하여 국정을 일신시킬 계책을 수립하여라."

이에야스 자신이 솔선 실천하는 까닭으로 백성들이 일치 협력하게 되어 그가 원하던 시정 쇄신은 금시에 이루어져 갔다.

농민들의 피폐는 되살아나 생기를 띠게 되었다.

온 나라가 전의 내핍하던 시절과 같이, 질소강직(質素剛直)하게 되었다.

그렇게 해서 군비는 나날이 강화되어 도쿠가와 가의 일국은 작은 나라면서 영주와 영민과 사람과 물질이 마치 한 덩어리인 양, 더욱 강하고 확고해진 것이다.

군신춘풍(君臣春風)

전의 이나바(稻葉) 산, 지금은 기후라고 불리는 곳.

거기의 높은 산 위에 자리잡은 성에서 팔랑팔랑 붉은 것, 흰 것이 땅 위로 떨어진다. 성 아래의 거리로, 장사치들이 사는 지붕으로 떨어진다.

매화 꽃잎이다.

사람들은 이야기를 한다.

"성내의 매화들도 이제는 제철을 넘긴 모양일세."

그들은 해가 바뀌어 갈수록 성주에 대한 신뢰가 두터워 갔다. 그 신뢰는 생활의 안정에서 온다. 다른 어느 곳에 사는 것보다 이곳에 사는 행복을 실제로 알고 있기 때문이다.

법령은 엄했으나 여기의 영주는 거짓이 없다. 영민의 생활에 대해서 약속한 바를 꼭 지켰다.

싸우면 꼭 승리한다. 승리하면 그 기쁨을 영민들과 나눈다. 사흘쯤은 밤을 새워 부어라, 마셔라, 노래하라—— 하고 권한다.

——인생 50년
흘러온 자취를 돌아보면
모두가 꿈이요, 환영이로다
……

취하면 정해 놓고 부르는 그의 노래는 영민들에게도 널리 알려져 있다. 그러나, 그전에 세상의 무상함을 한탄하는 식으로만 해석했던 몰락한 승

자비로운 어머니 419

려들의 그것과는 같은 노래라도 부르는 이의 마음에 의해 달라진다.

생명에 대해 깊이 궁리하지 않는 사람의 생명은 완전히 살아 있다고는 할 수 없다.

머지않아 죽는다. 생명을 알고 있는 그였다.

인생 38세, 앞날이 길다고는 장담하기 어렵다.

많지 않은 나이지만 그동안 그의 포부는 한정 없이 컸었다. 무한한 이상이 있었다. 그를 향하여 어떠한 장애라도 극복해 가는 하루하루의 유쾌함이 있었다. —— 그렇지만 인간에겐 천수가 있다. 그는 그 일을 안타까워하지 않을 수 없었다.

"오란(於蘭), 장고를 들라."

오늘도 그는 춤을 추려는 것이다. 도쿠가와 가에서 온 사자들을 위해 벌였던 향연 끝을 그대로 계속해서 즐기며 잔을 기울이고 있는 것이다.

란마루(蘭丸)는 아랫방으로 가서 장고를 들고 왔으나, 노부나가에게 바싹 다가앉으며 아뢴다.

"지금 막 요코야마의 기노시다 도키치로님이 도착하셨습니다."

한때는 아사이, 아사구라들이 미카다가하라 싸움의 결과에 따라 무엇인가 얻을 일이 있으리라 여기고 연달아 소란을 피웠으나, 신겐이 몸을 빼고 나서는 약속이나 한 듯이 자기들 영토 안에 들어박힌 채 국경 수비에 급급하고 있다.

——우선 이대로 간다면…….

도키치로는 평온한 상태를 둘러본 다음 남몰래 요코야마 성을 나서서 긴키(近畿) 지방과 서울 근방을 골라 이곳저곳으로 돌아다니며 놀고 있었다.

어느 성장(城將)이라 하더라도, 아무리 전란이 심한 때라 할지라도, 우렁이처럼 항상 성내에만 들어앉았을 수는 없는 노릇이다.

부재중이라고 해 놓고는 실은 있기도 하고, 있는 듯이 보여 놓고 알고 보면 자리를 비우는 등 병가의 생활은 허실의 그림자를 잘 구사하고 있다. 말할 나위 없이 도키치로의 이번 여행도 변장을 한 미행으로 기후 성에도 그러한 이유로 돌연 나타난 것이다.

"야아, 도기치로인가."

노부나가는 그를 다른 방에 대기시켜 놓은 다음, 이윽고 아주 기분 좋은 듯 상좌에 와 앉았다.

도키치로는 평민과 다름없는 소박한 몸차림으로 엎드려 있다가 고개를 들면서 입을 열었다.
"놀라셨으리라 여기옵니다."
이에 노부나가는 영문을 모르겠다는 표정으로 물었다.
"무엇이 말인고?"
"당돌한 저의 내방이 말씀이옵니다."
"어어, 난 또…… 그대가 약 반달 가량 전부터 요코야마에 있지 않았다는 것쯤은 이미 알고 있었지."
"하오나 제가 오늘 이곳에 오리라고는 예기치 못하였으리라 여기옵니다마는……."
"하하하……. 그대는 이 노부나가를 소경으로 알고 있는가? 서울에서는 서울의 계집들과 어울렸고, 오미로 가는 길에 와서는 나가하마(長濱)의 어느 부호집에 오유를 불러 몰래 만나고 온 것이겠지."
"어유우."
"무엇이 어유우야…… 어떤가? 그대야말로 놀랐을 텐데……."
"참으로 놀랐습니다. 과연 주군이시옵니다마는, 어떻게 그리 자상히 아시는지요?"
"이 산은 높아서 열 나라라도 내려다볼 수가 있지. 하나, 이 노부나가보다도 더 소상하게 그대의 거동을 알고 있는 사람이 있는데 누군지 짐작이 가나?"
"네? 그러한 첩자가 제 뒤를 밟고 있었던가요?"
"그대의 처지."
"아이구 농담이시겠죠? 다소 취하신 것 같사옵니다."
"취하긴 했어도, 하는 말에는 틀림이 없지. 그대의 처는 스노마다(洲股)에 살고 있다고 하는데, 그곳을 그리 먼 곳으로 알았다가는 오산이야."
"허…… 참 좋지 못한 때를 골라서 뵈오러 왔습니다. 용서해 주십시오."
"하하하…… 노는 일은 탓하지 않는다. 때로는 남몰래 꽃구경도 좋은 일이지…… 그러나 나가하마에서 외도를 할 바에야 왜 네네를 불러 주지 않는가?"
"……."
"벌써 부부가 대면한 지도 오래되었을 것으로 아는데……?"

"뭐랄까…… 어리석은 제 아내가 쓸데없이 서신이라도 보내 올린 것은 아니온지요?"

"그건 걱정 말라. 그런 일은 없고, 단지 노부나가가 염려해서 하는 말일 따름이다……. 그대뿐 아니라 아무리 처라도 남편이 전진에 나가면 오래 홀로 있게 되니, 모처럼 휴가를 얻으면 무사한 얼굴만이라도 보여 줘야 할 일이 아니겠냐 해서 하는 말이지."

"말씀의 뜻을 모르는 바는 아니오나, 좀……."

"뭐 이의가 있다는 건가?"

"있사옵니다……. 요즘, 수개월 동안 안온무사한 나날이 계속되긴 하였사오나, 저는 한시도 전진에서 마음이 떠난 적이 없사옵니다."

"입 약은 녀석! 또 무어라고 쓸데없는 말을 늘어놓는가?"

"그만두겠사옵니다. 이쯤……."

주종은 크게 소리내어 마주 웃는다. 그리고 이윽고 술잔을 나누기 시작하자 시중드는 란마루도 물러나게 하고 작은 목소리로 이야기가 오갔다.

"……그래 요즘 교토의 정세는 어떻던가. 무라이 다미베(村井民部)가 끊임없이 심부름꾼을 보내기는 하네만, 그대가 본 바를 듣고 싶군."

노부나가는 기대를 한다는 듯이 이렇게 말을 건넨다.

도키치로가 말하고자 하는 바도 그 점인 듯했다.

"조금 자리가 먼 것 같습니다. 전하께서 가까이 오시든지 제가 가까이 가든지 해야겠습니다."

"응, 내가 가지."

노부나가는 상좌에서 내려와 자리를 정하고 앉는다. 술병과 술잔, 상도 옮겼다.

"샛문을 모두 닫아라."

이 분부에 도키치로가 일어서서 샛문을 닫으려 할 때, 란마루의 흰 얼굴이 나타났다.

"벌써 해가 져서 어두워졌기에, 촛불을 대령하였습니다."

그는 불을 켠 촛대를 놓고 바로 물러간다.

주종은 다시 자리를 잡고 마주앉았다.

"정세는 별로 변한 것이 없는 상태이옵니다. 신겐의 입경이 저지되었기 때문에 무로마치(室町)의 공판에서는 실망의 빛이 농후하기는 합니다만, 그들의 여전한 책모(策謀)는 점점 노골화되어 끝까지 전하를 반대하고 있는 형편이옵니다."

"음, 그렇겠지. 모처럼 신겐이 미카다가하라까지 왔다가 되돌아갔다고 하니…… 요시아키(義昭)의 얼굴이 보는 듯이 눈에 선하군."

"그러하오나 그는 대단한 정치가입니다. 서울의 시민들에게 이것저것 자질구레한 은혜를 베풀기도 하고, 또는 뒤로는 노부나가의 정치가 무서운 것이라는 선전을 하기도 하며, 에이 산의 화계 등을 전하를 비방하는 좋은 재료로 삼아서 여러 승려단을 부채질하고 있는 실정이옵니다."

"음…… 어쩔 수 없는 일이로고."

"하오나 염려는 마십시오. 승려단에서는 에이 산의 결과를 보고 진짜로 전율을 느껴서 간이 서늘하였던 듯하옵니다. 그것만은 철저했습니다. 성공한 것이옵니다."

"장안에 머무는 동안 후지다카(藤孝)는 만나지 않았는가?"

"호소카와(細川)님은 요시아키 장군에게 미움을 사 어느 시골에 칩거하셨다고 들었습니다."

"요시아키 장군에 의해 물러앉게 되었는가."

"어떻게 하든지 오다가와 손을 잡고, 또 양가의 원만한 제휴만이 무로마치 장군 가가 명맥을 유지할 수 있는 길이라고 믿고 있던 호소가와님인만큼, 여러 번 미움을 받을 각오를 하면서도 충간을 하였다는 것으로 알고 있습니다."

"누구의 어떠한 말도 요시아키 장군 귀에는 들리지 않는 모양인가…… 좀 광기에 가깝군."

"아직 무로마치 장군가라는 유물을 과대평가하고 있는 것이겠죠. 대부분 시대의 경계에 섰을 때는 과거의 것과 장래의 것, 두 줄기로 나누어지는 큰 파도를 같이 타면서도, 과거의 것, 다시 말씀드려서 과거의 권세나 유물에 미련을 가진 측이 그만 물에 빠져 헤어나지 못하는 꼴이 되옵니다. 그 큰 파도 위에 타고 조금만 넘겨다보면 금시에 대세를 판단하여 몸 둘 곳을 찾을 만하오나 장군직이라든지 일국이라든지 작은 성, 작은 재력을 가지고 있는 자는 그것이 무거운 짐이 되어서 새 시대의 물결이라는 큰 파도를 타보지조차 못하는 형편이 되고 마는 듯하옵니다. 생각하오면 가엾은 일이옵죠."

"우선 거기의 동향은 그 정도로군."

"아니옵니다. 커다란 변고가 있사옵니다."

"응, 커다란 변고가?"

"그렇습니다…… 이것은 아직 세상에서는 모르고 있습니다마는, 와타나베 덴조가 얻은 정보이오니 믿음을 둘 수 있으리라 여기옵니다."

"무슨 일인데?"

"아깝게도 고슈의 큰 별이 떨어진 것으로 아옵니다."

"……응, 신겐이?"

"2월 달에 오사카베(刑部)로부터 미가와로 쳐나왔을 때, 노다 성(野田城)을 둘러싸고 있던 중 어느 날 밤에 총에 맞아 죽었다고 하옵니다."

"……."

잠시 동안 눈동자를 움직이지 않는 노부나가였다.

도키치로의 입술을 바라보고…….

신겐의 죽음.

만약 그것이 사실이라면 당장 천하의 판도는 뒤바뀌고 만다.

그만큼 신겐의 존재는 크다.

그 중에서도 노부나가에게는 직접적인 영향을 미친다.

그는 큰 충격을 받았다. 홀연 뒤에 버티고 섰던 호랑이가 자취를 감추어 버린 느낌이 든다.

믿고 싶으나 믿을 수 없는 심정도 솟아난다. 그 말을 들으면서, 그의 배후에 걱정거리가 없어졌음을 생각한다.

'그가 없어졌다면…….'

그는 형언키 어려운 기쁨을 맛보면서도 얼마쯤 있다가 탄식을 한다.

"그랬어…… 그것이 진실이라면 고금에 다시 없을 아까운 장수가 세상을 버린 것이군…… 앞으로의 시대를 우리들 손에 맡기고……."

도키치로는 그 보고를 하면서도 노부나가만큼 복잡한 얼굴은 아니다. 식탁에 앉아 차례로 밥그릇을 받을 때, 제 차례가 온 때 정도의 예사로운 감정밖에 나타내지 않았다.

"그런데 총알이 어디에 맞았는지, 즉사인지, 다친 정도인지는 아직 자세히 알길이 없사옵니다…… 하오나 느닷없이 노다성의 포위진을 풀고 고슈로 퇴군하는 그들의 사기는 아주 소침해 있었다는 것이옵니다."

"그렇겠지. 아무리 용맹하다고 하는 그들일망정…… 신겐을 잃고서야."
"여행 도중 와타나베로부터 몰래 이 소식을 듣고 난 다음 다시 덴조를 고슈 영으로 보냈습니다. 좀더 자세한 사실을 알아 오도록 명령했습니다."
"다른 나라엔 아직 알려지지 않은 모양이던가?"
"아무 기색 없는 것으로 미루어 모르는 듯싶습니다. 필경 고슈 측은 신겐이 죽었다 하여도 당분간은 극비에 붙여 신겐이 건재한 듯이 가장할 것이 분명하옵니다. 그러하오니 고슈 측에서 앞으로 무엇인가 일부러 적극적인 정책이나 신겐의 이름을 앞세우는 거동이 나타난다면, 십중팔구 신겐의 죽음은 사실이거나 가볍다 해도 중상일 것으로 보아도 좋을 것으로 짐작되옵니다."
"으음……."
노부나가는 두 번이나 힘 있게 동의의 뜻을 나타냈다.
그는 그 찰나,
'인생 50년
흘러온 자취를 돌아다보면…….'
그 노래 구절이 머리에 떠올랐다.
그러나 춤을 추고 싶은 심정은 결코 일지 않았다.
자기의 죽음을 보기보다도 신겐의 죽음을 보니 마음이 크게 동하였다. 복잡하였다.
"그대가 보낸 덴조는 언제 돌아오는가."
"3일 안으로 돌아올 것입니다."
"요코야마 성으로 말인가?"
"아니옵니다. 이곳으로 오라고 일러 놓았습니다."
"그러면 그때까지 그대도 이곳에 머무르는 것이 좋겠군."
"그럴 예정이오나, 원하옵건대 여관은 성 아래에 잡고 부르심에 따르고자 하옵니다."
"왜 그러느냐?"
"별다른 이유는 없습니다만……."
"그렇다면 성중에서 쉬는 것이 옳겠지. 오랜 만에 만나는 얼굴들이 많이 있을 텐데……."
"뭐 그다지 오랜만도 아니옵고……."

"참 별스러운 사나이군. 노부나가의 곁은 거북하다는 뜻인가?"
"아니옵니다. 실은……."
"실은 뭔고?"
"저어…… 성밖 여관에 일행을 기다리게 하였으므로 가지 않으면 서운할 터이옵고, 오늘은 다시 돌아오겠다고 약속을 하였습니다."
"일행이란 여자인가?"
노부나가는 어이없다는 듯 묻는다.
신겐의 죽음을 알고서도 느끼는 감회는 이렇게 판이하였다.
"피곤하기도 하겠지. 오늘 저녁은 돌아가고 내일은 일행과 더불어 등성하도록 하라."
……돌아오기 바로 앞서 노부나가가 한 말이다.
도키치로는 여관으로 향하면서, 꾸중을 들은 듯한 느낌도 들었으나, 멋을 아는 주군이라고 느껴졌다.
"다짐을 두셨겠다."
이튿날…….
오유를 데리고 등성하는 데도 그다지 죄송스러운 느낌은 없었다.
어제와는 달리 서원에서 노부나가는 술기도 없이 도키치로와 오유를 나란히 앉혀 놓고, 상좌에서 내려다보고 있었다.
"다케나카 한베(竹中半兵衛)의 누이동생이라고 들었는데, 그런가?"
친절한 음성이다.
오유는 생전 처음의 접견일뿐더러 도키치로와 함께여서 처음에는 어찌할 바를 모르는 듯 고개를 숙인 채 있었으나, 작은 음성이 귀를 흔든다.
"……네 기억해 주시기 바라옵니다. 오라비 시게하루(重治)에게도 각별하신 줄로 아옵니다. 누이 동생 유라고 하옵니다."
노부나가는 그녀를 바라보자 마음에 들었다.
도키치로를 야유할 생각이 있었으나 좀 지나칠 것 같아, 진지한 표정으로 물었다.
"한베는 그 후 별고 없는지?"
"오랫동안 대면치 못하였사옵니다. 전진에 있어 바쁜 몸이라…… 편지만 종종 받고 있습니다."
"지금 그대는 어디에 살고 있나?"

"친척집에 몸을 두고 있사옵니다. 후와(不破)의 조테이켄(長亭軒) 성에 있사옵니다."
"어어, 거기에는 히구치 사부로베(桶口三郞兵衞)가 지금도 있으렸다."
노부나가는 도키치로의 얼굴을 본다. 그 방면의 재질을 칭찬하는 미소다.
도키치로는 다소 무안해져서
"참 와타나베 덴조는 아직 돌아오지 않았는지 모르겠습니다."
그는 딴전을 피운다. 그것이 도키치로의 엉뚱한 점이다. 하나 노부나가는 거기에 말려들지 않는다.
"무슨 소릴 하나. 덴조가 3일 내에 돌아온다고 한 것은 그대가 아니던가?"
"아, 그, 그렇던가요."
도키치로의 얼굴이 붉어졌다. 노부나가는 마음이 다소 후련한 듯이 보였다. 아까부터 도키치로가 곤혹스러워서 쩔쩔 매는 꼴을 보고 싶었던 모양이다.
노부나가는 웃으며 말한다.
"오유, 천천히 놀다가 가라."
여자에게는 마음이 좋은 노부나가다.
도키치로는 기쁘기도 하고, 다소 거북하기도 한 그런 기분이다.
종일 이럭저럭하며 저녁을 맞았다.
밤이 되니, 주연이 베풀어진 자리에 오유도 자리를 같이하였다. 거기에는 성중의 시녀들, 가족들 중신들도 끼었다.
"나의 춤을 본 일이 없을 테지. 도키치로는 자주 보았지만……"
"자고 가도 좋다."
노부나가가 말했으나 오유는 굳이 가기를 원했다.
노부나가도 굳이 말리지 않고 말한다.
"그럼 도키치로도 가도록 하지."
여러 사람들에게 야유와 선망의 말을 들으면서 두 사람은 성을 나왔다. 그러나, 얼마 안 되어 도키치로 홀로 대단히 서두르는 걸음으로 돌아와서 신하들에게 물었다.
"전하께서는?"
"방금 침소에 드셨습니다."

자비로운 어머니 427

그 대답에 도키치로는 이렇게 말했다.
"오늘 저녁에 꼭 뵈옵고 말씀을 여쭈어야 할 일이 있으니 꼭 좀 연락을 부탁하오."

구각와해 (舊閣瓦解)

노부나가는 아직 잠자리에 들지 않은 채 들어서는 도키치로를 맞았다.
  도키치로는 사람을 물리기를 청하고, 숙직자가 물러간 뒤에도 주의 깊게 주위를 둘러보았다.
  "무슨 일인가…… 도키치로?"
  "예…… 저쪽 구석에 또 누가 있는 듯하온데."
  "걱정할 것 없어. 란마루 아닌가. 소년인데."
  "물려주십시오."
  "그런가?"
  "네."
  "란마루. 너도 물러가 있거라."
  란마루도 절을 하고 물러갔다.
  "자 이젠 되겠지…… 무언가?"
  "방금 인사를 드리고 돌아가다가 덴조와 마주쳤습니다."
  "뭐, 덴조가 벌써 돌아왔다는 말인가?"
  "밤낮을 가리지 않고 산을 넘어서 왔다고 하였습니다…… 그리고, 신겐의 죽음은 확고부동한 없는 사실이라는 말이옵니다."
"……역시…… 그랬구나."
"자세히는 여쭙지 않겠습니다마는, 고슈 측의 내부에서는 아무렇지도 않은 체하지만 우려의 빛이 역력하게 보인다는 것입니다…… 이젠 틀림없다고 인정해도 좋으리라 여기옵니다."
"아직 사실은 굳게 비밀에 싸여 있다는 말이렷다."
"물론이옵니다."
"그렇다면 다른 나라는 모르겠군?"
"지금까지는……."
"그렇다. 지금이다……. 덴조의 입을 굳게 다물게 했겠지."
"염려하실 것이 없으십니다."
"하나 첩자들 중에는 마음이 천한 것들이 있어. 틀림은 없겠지?"
"그는 하치스가 히코에몬(蜂須賀彦右衛門)의 조카이며, 다소는 의리를 느껴 저에게 봉사하는 것이오니 그 일은……."
"하지만 만의 하나라도 어떠한 일이 있으면 안 되지. 상은 후히 주되, 몸은 이 성내에 감금하는 것이 좋겠어."
"안 되옵니다."
"왜?"
"사람을 그렇게 다루면 다음 대사의 기회에는 더 이상 이번 일처럼 죽을 힘을 다해서 일하려들지 않습니다. 또 인간은 안 믿으나 상은 후히 준다고 하면 어느 기회에 적으로부터 막대한 이익을 먹이면 그것에 마음이 동하게 될 것이옵니다."
"그러면 어디에 유숙케 하려는가?"
"다행히 오유도 돌아가는 길이오니 오유의 가마를 지키라고 명하고, 조테이켄 성으로 보내려 하옵니다."
"밤낮으로 걸었다는 사람에게 다시 자기의 여자를 지키라 한다고? 덴조는 그대를 원망하지 않을까?"
"기꺼이 따라 왔습니다. 미련한 주인이오나 저를 믿고 있사옵니다."
"그대의 사람 부리는 방식은 노부나가와는 좀 다른 모양이군."
"더욱 안심되는 일은 여자이므로, 오유의 곁에 두면 만약 덴조가 타인에게 기밀을 새게 할 경우 곧 서로 찌르고 찔려 죽는 한이 있어도 기밀은 지킬 것이옵니다. 잘 일러두었습니다."

"자만이 지나치다."

"죄송하옵니다…… 그만."

"그건 아무래도 좋다…… 고슈의 맹호가 쓰러진 이상에는 지체할 이유가 없어. 신겐의 죽음을 세상이 알기 전이라야 한다. 도키치로, 그대는 이 밤으로 떠나서 요코야마로 급히 돌아가라."

"처음부터 그럴 심산으로 오유도 조테이켄 쪽으로 보냈습니다."

"쓸데없는 소리는 빼라……. 나도 잠잘 여가는 없을 게다. 날이 밝는 대로 출진한다."

노부나가가 생각하는 바가 도키치로가 생각하는 바다.

지금까지 노리고 있던 절호의 기회…… 지금까지 미뤄오기만 하던 숙제를 해치울 때는 바로 지금이라는 직감이다.

그 숙제란…….

말할 것도 없이 구태의연한 장군 가(家)라는, 거치적대는 방해물을 처치하는 일이다. 무로마치 막부라는 복잡, 괴기한 존재에 의해서 야기되는 여러 가지 폐단을 일거에 해결하여 전 일본의 중앙부를 명랑화하려는 일이다.

그러한 괴기한 존재를 없애고 그에 대신하려는 신시대의 등장자로서 노부나가의 진출은 급속히 실현되어, 다음 날 3월 23일 발연히 오다의 대군이 움직여 기후 성을 떠났다.

호반까지 이르러서 군은 두 갈래로 나뉘었다.

바른 쪽은 노부나가를 중심으로 해서 니와 나가히데(丹羽長秀)의 군과 합류하여 큰 배 수 척에 타고 이치로(一路) 호수의 서쪽으로 향하는 부대.

또 육로로 왼쪽을 향해서 호남으로 진격하는 것은 시바타, 아케치 하치야(蜂屋) 등의 여러 부대이다.

이는 가타다(堅田)에서 이시야마(石山) 근방에서 아직도 꿈틀대는 반(反)노부나가 세력인 승려들을 몰아내고, 가는 길에 구축을 서두르고 있는 여러 개의 성채를 분쇄해 가는데 그 목적이 있었다.

"발 빨리 움직이는 자가 왔다."

"어이구, 오다 노부나가다!"

서울의 소란은 금시로 물 끓듯 하였으며, 그 중에도 니조에 있는 요시아키의 공관은 발칵 뒤집혔다.

"항전(抗戰)이냐?"

"화평을 청할 것이냐?"

이것을 갑자기 평의하기 시작했다.

니조의 막부는 중신들에게도 숙제가 있었다.

그것은 이 해 덴쇼(天正) 원년 정월 초순, 노부나가가 정면으로 요시아키에게 보낸 17개 조로 된 간서(諫書)…… 즉 의견서에 대한 명료한 대답을 아직 내지 못하고 있었던 것이다.

17개 조의 간서는 평소 노부나가가 보고 느낀 불만, 울분, 시정해야 할 일 등을 남김없이 탄핵한, 조항 별로 기록된 문서였다.

내용은 요시아키가 니조의 공관에 입관한 이래 구태의연하여 하등의 새로운 사물을 얻거나 얻으려 힘씀이 없을뿐더러 황실에 대하여는 전연 충성심을 나타내지 않았다는 것과 전대의 요시데루도 마찬가지였지만, 그보다도 막신들도 모두 근왕 정신을 망각하였다는 사실 등을 들어 통렬히 따진 것이다.

"……도대체 무슨 짓들이냐."

이렇게 힐문하며 문책하는 제1조를 비롯하여 나머지 16조는 요시아키의 불신·악정·음모 공사 소송의 악용이나, 금·은의 횡령 등 사적 행위의 부덕함까지 면면하고 열렬하게 탄핵한 것이다.

이에 대해서

"건방진 수작이다."

요시아키는 대노하였다.

"나는 장군이다."

시대와 시대의 경계선에 선 구태 보수자의 왜곡된 점도 있었다. 노부나가의 비호 아래 니조에 들어설 수 있었다는 평시의 거리낌도 있어서 반발한 것이다…… 겁쟁이의 노여움은 때로 맹목적인 광기를 나타내기가 일쑤다.

"누가 노부나가 따위 일개 지방 영주에게 굴복할까 봐서? 요시아키가 그에게 복종을 맹세해야 할 이유는 있을 수 없는 것이다."

간서(諫書)는 떨리는 손으로 내동댕이친 후 돌아보지 않았다.

노부나가 쪽에서는 아사야마 니치조(朝山日乘), 시마다 도코로노스케(島田所之助), 무라이 나가도노카미(村井長門守) 등이 교대로 화평회담을 바라고 왔으나, 그때마다 거절하고 말았다.

그렇게 한 다음에는 대답 대신이라는 듯 가타다(堅田), 이시야마(石山) 방면에…… 서울로 통하는 길에 요새를 구축하고 있었던 것이다.

노부나가가 기다리던 '시기'도, 도키치로가 노리고 있던 '시기'도 똑같이 그 요새를 밀어 넘기고 들어가서, 요시아키에게 17조의 회담을 따져 물을 적당한 '시기'였다. 그리고 그 '시기'가 두 사람이 예상했던 것보다 훨씬 빨리 다가왔다.

신겐의 죽음이 그렇게 만든 것이다.

어느 시대나 망하는 자가 반드시 품고 있는 우스꽝스런 신념은 이런 착각이다.

'나만은 망하지 않는다.'

요시아키 장군은 그 과오를 두드러지게 몸에 나타낸, 경거망동파의 괴뢰가 되기에 알맞은 지위와 성격의 위인이었다.

또 노부나가의 눈으로도 다른 의미에서 이렇게 보여져 존경받지 못하는 귀인 취급을 받아 오던 터였다.

'저것도 써 먹을 데가 있는 도구의 하나다.'

그러나 시대 가치를 상실한 장군가는 자신의 존재 가치를 모르고, 무엇을 사유하는 데도 지식적이고, 그 지식이라는 것이 무로마치 문화에서 한발도 밖으로 내딛질 못하고 있었다. 좁아터진 교토만의 문화면을 일본의 양태로 바라보고, 의연한 졸책에만 급급하며 의존하는 데가 혼간사의 승려단이나 노부나가의 적인 여러나라의 군웅들이었다.

신겐의 죽음을 아직 그는 모르고 있는 모양이다.

그래서 허세를 부리는 것이다.

"나는 장군가다. 무가의 대들보다. 에이 산과는 종류가 다르다. 만약 노부나가가 니조를 향하여 활을 당긴다면, 그는 스스로 반역의 이름을 걸머지는 것이다. 제국의 무문(武門)이 용서치 않으리라."

일전을 마다하지 않을 태도를 보이면서 긴키 지방의 병가에게 격문을 띄우고, 아사이, 아사구라, 에치고의 우에스기, 고슈의 다케다 가 등 멀리까지 급사를 보내면서 대단한 방비책을 서두르게 되었다.

노부나가는 이 정보를 듣자, 빙그레 웃고는 그대로 군대를 오사카로 이끌었다.

"장군의 얼굴을 한번 보고 싶군."

불시에 대군의 내습을 받은 이시야마 혼간사(石山本願寺)는 어찌할 바를 몰라했다.

그러나 노부나가는, 진용만 나타낼 뿐 아무 행동도 취하지 않았다. 병력의 소모를 지금의 그로서는 무엇보다도 피하려는 것이다. 그리고 그 사이에도 사자는 빈번히 교토를 왕래했다.

"언제든지 혼을 내 줄 수 있다!"

지난 정월, 노부나가가 보낸 17개 조항의 의견서에 대한 대답은 어떻게 된 것이냐? —— 하는 것이다.

거기에는 강경한 최후통첩의 뜻도 내포되어 있는 것이다.

요시아키로서는 장군가라는 사권자의 입장에서 자신의 제반 정치에 대한 노부나가의 의견서 따위에 귀를 기울일 생각도 없었다. 하나 17개 조 중 2개 조항만은 강경하게 다짐을 받을 때에는 곤란한 것이 있었다.

그것은 제1조의,

——무문의 동량(棟樑)직으로 왕성 밑에 기거하면서 조정에 문안도 하지 않고, 왕사를 돌보지 않는 불신의 죄.

제2조의,

——천하의 태평을 도모하고, 치안 민복을 임무로 하는 지위에 있으면서, 제국에 밀사를 왕래케 하여 오히려 난을 일으키는 등 왕정 보필의 몸으로 있을 수 없는 광태 등을 지적한 것이다.

"소용이 없겠습니다. 단지 문서나 사자만을 가지고는 도저히 받아들이지도 않을 것입니다."

세쓰(攝津)에서 노부나가를 맞은 아라키 무라시게(荒木村重)는 이렇게 말하였다.

또 요시아키를 떠나 자취를 감추었던 호소가와 후지다카도 진지로 인사차 와서 한탄을 하였다.

"아마 그 자신의 최후의 날을 눈으로 보기 전에는 장군가의 각성이란 바라기 힘들 줄로 아옵니다."

노부나가는 고개를 천천히 끄덕인다. 그러나 에이 산에서 하듯 과단성 있는 행동을 이곳에 사용할 필요도 없고, 또 같은 술책을 두 번씩이나 되풀이 할 만큼 방법이 궁한 그도 아니다.

"교토로 군을 돌려라!"

4월 4일 노부나가는 군령을 발동했다. 그것은 단지 대병의 행렬을 서민에게 과시하는 움직임에 불과했다.

"보라구. 오랜 포진이 있을 수 없지. 노부나가는 그전처럼 기후가 불안해져서 부랴부랴 병을 되돌리고 있지 않은가?"

요시아키는 좌우의 신하를 둘러보며 득의에 찬 얼굴이었다.

그러나 차례차례 들어오는 정보에 따라 이번엔 얼굴색이 달라지기 시작했다.

이번에도 서울 교외를 거쳐 회군을 하리라고 예상했던 것이, 오사카로부터의 연도 시위를 겸해서 유유히 흘러 들어온 대병은 그대로 서울로 들어오는 것이다.

그리고 함성 하나 지르는 일 없이, 연습 때보다도 조용히 어느새 요시아키의 니조 공관을 둘러쌌다.

"황성이 가까우니 행여 놀라심이 있게 해서는 안 된다. 숙연히 말발굽소리나 함성을 조심할 것이며, 단지 장군의 죄를 책하는 것만으로 족하다."

노부나가의 명령이 말단 졸병에게까지 철저히 지켜진 까닭이다.

총소리도 울리지 않는다. 활울림도 없다. 섬뜩한 것은 오히려 시끄러운 것보다 더 장엄했다.

"야마토(大和). 어쩔 작정일까? …… 노부나가는 이 몸을."

요시아키의 중얼거림에 미부치 야마토노카미(三淵大和守)는 말했다.

"믿음직스럽지 못하신 말씀. 이 때를 당하시고도 아직 노부나가의 심중을 모르겠습니까? 노부나가는 분명히 장군을 공격하러 온 것입니다."

"그러나 나는 장군인데……."

"난세올시다. 그러한 자존심이 무슨 소용이 있겠습니까? 결전의 각오가 아니시면 화평을 청하심이 옳은 처사라고 여깁니다."

시신 미부치는 이렇게 말하며 눈에는 눈물이 글썽했다.

호소가와 후지다카와 더불어 요시아키를 보필하던 공신이다. 후지다카가 간언을 거부당하고 몸을 숨긴 후에도 야마토노카미는 요시아키의 곁을 떠나지 않고 있었다.

'이 인내는 영예를 위해서도 아니고, 보신책도 아니다. 내일 어떻게 되리라는 것도 잘 안다.――그런 만큼 이 암울한 장군가를 버릴 수가 없는 것이다.'

야마토노카미는 언젠가 로쿠온사(鹿苑寺)의 중 한 사람에게 이렇게 당시의 그의 심정을 술회하였다고 한다. ──분명 그는 구제하기 힘든 요시아키의 성품과 시대의 변천을 알면서 꾸욱 지금의 니조 공관에 머무는 듯, 그 마음이 미간에 나타나 있어 보인다.

나이 50의 고개를 절반 더 넘은 무장이었다.

"화평을 청해? ……장군인 내가 노부나가 따위에게 화평을 청해야 할 이유가 있을까?"

"하나에서 열까지 장군가라는 명분에만 사로잡혀 계시면 자멸밖에는 도리가 없을 줄로 압니다."

"이기지 못 할까? 싸워서……."

"이길 수가 없습니다. 이기실 줄로 여기시고 방어를 서두르셨다면 참으로 웃음거리밖에 안 되옵니다."

"그럼 어째서 그대들은 당장이라도 무슨 요절을 낼 듯 갑옷을 착용하였는가?"

"차라리 죽어 감에 있어서나 남의 웃음거리가 되지 않기 위해서죠. ……니조의 공관에 총을 늘어놓고, 과녁을 세운 것도 아시카가(足利)의 대가 이제야 끝나려 하는 만큼 그 분묘에 다소 무사들은 있다는 의기를 보이자는 것에 불과한 것이었습니다."

"……기다려, 섣불리 총 같은 것을 쏘지 않도록 하라!"

요시아키는 안으로 들어가 막부공신인 히노(日野), 다카오카(高岡) 등과 얼굴을 마주대고 숙의를 하였다.

점심때가 넘어서 히노 참의가 몰래 성 밖으로 사자를 보냈다.

그에 이어서, 오다측에서 교토의 행정 담당관인 무라이 다미베(村井民部)가 오고, 저녁때가 되서는 공식적으로 노부나가의 사자로서 오다 오스미노가미 노부히로(織田大隅守信廣)가 나타났다.

17개조의 간서(諫書)에 대해서 말했다.

"이후로는 각 조항에 지적된 바를 명심하여 충분히 옳은 시정을 하오리다."

요시아키는 마음에 없는 말을 노부나가의 사자에게 씁쓸한 표정으로 서약했다. 별 수 없이 화평을 청하였던 것이다.

노부나가의 대병은 물러날 때도 또한 조용히, 기후로 되돌아갔다.

그러나 그로부터 불과 백일이 못된 때에 그 대군은 다시 니조를 둘러쌌다. ──물론 이유가 있다. 4월의 화평회담 이래 요시아키는 전혀 반성의 빛을 나타내지 않았던 것이다.

떠나는 사람들

니조(二條) 묘가쿠사(妙覺寺)의 큰 지붕은 초가을 장마에 흠뻑 젖어들고 있었다.

노부나가의 본영이다.

이번 출진에는 비와(琵琶) 호를 큰 배로 건널 때부터 모진 폭풍을 만났었다.

장졸들의 사기는 그로써 오히려 장중함을 더하게 했다. 비와 흙탕물에 젖은 군대가 아시카가 가(足利家)의 공관을 두텁게 포위한 채, 명령을 대기하는 형편이었다.

"언제든지……."

목을 치든, 포로로 잡든 장군 요시아키의 운명은 완전히 우군에게 있다. 노부나가의 장졸들이란 곧 도살당할 맹수를 잠시 우리 밖에서 구경하는 입장이었다.

"어떻게 하실 예정입니까."

"이제 와서 어쩌고 저쩌고가 있나. 이번엔 용서 없다. 세상 사람들을 대신해서 그의 최후를 보기까지는."

"……하오나 상대방은 장군이옵니다."
"알고도 남는 일이지."
"그래도 여기서 다시 한 번 분별하실 여지가 있지 않을는지요."
"없어! …… 절대로 없다."
노부나가와 도키치로의 음성이다.
밖에서는 오늘도 온종일 비가 내린 채, 날이 저문 어두컴컴한 사원의 한 방 안이다. 아직 7월의 더위에다 장마까지 계속되어서 황금색의 부처님도, 문에 먹으로 그려진 그림도 모두 곰팡이가 필 듯한 무더위이다.
"다시 한 번 분별을 바라옵는 까닭인 즉, 다름이 아니오라, 장군직은 조정에서 임명하시는 바, 그 관직에 대하여 불경스러움이 있지 않을까 하는 데에 있사옵니다. 그리고 또 세상의 반(反)노부나가 세력에게 장군을 반역하였다는 아주 좋은 명분과 구실을 주게 되어, 그들이 정의를 운위하는 등의 졸렬한 결과가 오지 않을까 염려되어 여쭙는 바이옵니다."
"음……그런 점도 있을 법하군."
"다행한 일로 요시아키 장군은 그 모양으로 나약하니 피할 길이 없음을 알면서도 아직 자결도 안 할뿐더러 결전으로 나서지도 않고, 단지 장마로 인해서 주위의 연못에 물이 불어난 것에 의존하고 관문을 꼭 닫은 채 있기는 합니다마는……."
"……그래서 어떻게 하라는 건가? 그대의 책략은."
"일부러 한 쪽의 포위를 풀어서 타국으로 피해 갈 수 있도록 장군의 도망로를 만들어 주는 것입니다."
"장차 방해꾼이 되지 않겠나? 또 다른 지방의 무인들이나 야심 있는 무리들에게 이용을 당한다면……?"
"아니옵니다. 민심은 점차 요시아키라는 인물에게 싫증을 느껴 가리라고 봅니다. 풀어 주었다는 것이 자연적으로 알려지면 장군가가 중앙에서 쫓겨난 것도 어쩔 수 없는 일이라고 납득이 가서 주군의 처지도 정당했다고 생각하게 될 게 아니겠습니까."
──그날 저녁 때부터였다.
포위군은 포위망 한 쪽을 두드러지게 나타나지 않도록 풀기 시작하였다.
공관 내에서는 의심하는 듯 밤중까지 아무런 행동을 취하지 않았다. 그러다가 빗발이 가늘어진 새벽녘이 다 되어서 갑자기 한 무리의 병마가 연못의

떠나는 사람들 439

다리를 건너 포위망이 풀린 곳을 통하여 밖으로 도망을 쳤다.

"계략일 테지."

"틀림없이 그 속에 장군가가 섞여 있던 것 같습니다."

노부나가는 그 보고를 받았다.

"그래?…… 그럼 저 집은 빈집이 되었군. 빈집을 공략해봤자 아무 소용은 없는 노릇이지만 역세(歷世) 10여 대, 아시카가 요시아키에 이르러 장군가는 스스로 직을 포기하고 도망을 쳤다. 무로마치 막부는 끝났다. 한 번 쳐 밀면서 함성을 올려라. 아시카가 15대에 걸친 악정의 자취를 장사 지내라."

노부나가는 새벽의 진지 앞으로 나섰다.

니조의 공관은 단 한 번의 공격으로 함락되었다. 공관 안의 신하들은 대부분 항복하였다. 히노, 다카오카 두 중신들도 노부나가의 관용을 청해 왔다.

그러나 미부치 야마토노가미는 60여 명의 부하를 지휘하여 끝까지 항쟁하였다. 한 사람도 도망치지 않고, 한 사람도 항복치 않은 채, 미부치와 60여 명의 용사들은 무사답게 미련 없는 얼굴로 전사하였다.

부패할 대로 부패했던 수백 년의 연못 밑에는 그래도 일맥의 맑은 물의 줄기가 있었다고나 할까——

요시아키는 교토에서 도망쳐 우지(宇治)의 마키시마(槇島)로 몸을 피하였으나, 처음부터 무모했을 뿐 중과부적이었다. 게다가 곧 이어 노부나가의 추격군이 평등원의 하류와 상류로부터 건너 쳐들어가니 견디지 못하고 요시아키는 포박되었다.

"걸상을 들여라."

포박되어 온 요시아키의 모습을 보자 노부나가는 좌우의 장수들에게 명했다.

고개를 숙인 채 요시아키가 대령한 의자에 힘없이 걸터앉으니, 노부나가가 부하들에게 분부하였다.

"모두 밖으로 물러가라."

두 사람만이 남게 되자 자세를 바로 하고 요시아키에게 말했다.

"잊었을 리가 없겠지만 예전에 당신은 이 노부나가를 아버지처럼 생각한다고 말하신 적이 있소…… 니조의 신관에서 한 번 괴멸했던 무로마치 장군직을 간신히 재건해서 기쁨을 되찾았던 날이었소."

"……."
"생각이 나오?"
"기후님, 어찌 그날을 잊기야 하겠소. 아니 지금도 그때를……."
"비겁하오. 노부나가는 당신의 생명쯤 이렇게 되었더라도 어쩌자는 것은 아니오……무엇 때문에 거짓 언동을 일삼는 거요."
"……용서하오, 나의 잘못을."
"그 말씀이면 족하오. 헌데 당신이란 분은 참 딱한 분이오. 장군직을 이을 몸이면서……."
"죽고 싶소. 기후님, 내가 자결하는 데 도움을……."
"하하하…… 그만두시오. 실례의 말씀이지만 할복하는 방법도 모르시리다. 노부나가는 결코 당신을 진심으로 미워하지는 않소. 단지 당신의 불장난은 당신과 노부나가 사이에 그치질 않고 여러 나라에까지 불똥이 튀었소. 서민들을 괴롭히오. 또, 그것보다도 천황폐하를 괴롭혀 드리는 거요. 그 죄가 크다는 것쯤 한 번 생각해 보시오."
"잘 알았소."
"그러면 어디든지 잠시 몸을 피하고 근신하는 것이 좋을 거요. 아드님은 노부나가가 맡아 장차 염려 없으시도록 양육하리다."
요시아키는 그의 진소에서 어디든 자유롭게 가라고 방면되었다——. 즉 추방되었다.
요시아키의 아들은 도키치로가 경호해서 가와치(河內)의 와카에(若江) 성으로 보내졌다. 이것도 원한을 은혜로 보답한다고 하나 곡해로 가득 찬 요시아키로 볼 때, '좋은 말로 인질을 삼았다.' 하는 느낌밖에 없었다.
와까에 성에는 미요시 요시쓰구(三好義繼)가 있다. 요시아키도 일시 그곳에 몸을 담았으나, 자꾸 불안스럽게 만들어 주었다.
"이곳에 계셔서는 신변이 안전하다곤 할 수가 없습니다. 말은 그렇게 하셔도 언제 노부나가님의 심경에 변화가 생겨서 당신에게 살의를 품게 되는지는 아무도 보장이 어렵습니다."
거추장스러운 폐장을 집에 두고 싶지가 않았던 것이다.
요시아키는 또 부랴부랴 기이(和歌山縣) 방면으로 달아났다. 그러고는 구마노(熊野)의 승려들이나, 인사드린답시고 모여드는 여러 사람들에게 끊임없이 선동을 하며, 아직도 장군직의 권위를 휘두르려는 바람에 세상 사람들의 비웃음을 사고 있었다.
 "노부나가를 쳐부수기만 하면 이렇게도 해 주고 저렇게도 해 줄 수 있다."
 기이에도 오래 머무르지 않고, 곧 비젱(備前) 쪽으로 건너가 우키다 가(浮田家)에 식객으로 있다는 등──그 후 소식이 전연 끊기고 말았다.
 시대는 갑자기 일변하였다.
 무로마치 막부의 말살로 두꺼운 구름이 뒤덮였던 하늘에 푸른 하늘의 일부가 보이기 시작했다고 말할 수 있었다.
 오랜만에, 참으로 오랜만에 푸른 하늘의 일부라도 우러러볼 수 있는 것이었다.
 그 동안 일본의 모습은 어떠했는가? 어떤 꼴이었던가?
 있으나마나한 존재가 국가의 중추를 이루는 곳에 이름만 놓고 있는 시대보다 두려운 때는 없다는 것이 역력히 드러난 셈이다.
 하극상(下剋上)이 나타나기 일쑤였다. 무로마치 막부의 약체는 너무나 오래 전부터 앞날이 드러나 보였던 것이다.
 막부는 있어도 통일이 된 적은 없었다. 무사 가문은 무사 가문대로 각지에 산재하며 사권을 마음대로 휘둘러댔고, 승려들은 승려대로 세력을 산으로 모아 올려 교권 속에 파묻혔다. 그렇게 되니 막부의 중신들은 그들대로 묘당의 쥐새끼로 화하여, 오늘은 무사 가문을 의지하고 내일은 승려단을 선동하여 정치를 자기들 옹호에 남용하는 것이 상례가 되어 온 터였다.
 승국·무국·묘국·막부, 이것이 전부 동강동강으로 나뉘어져 일본을 잊고 사투를 계속해 왔다. 논이나 밭도 견딜 재간이 있을 리 없다. 농민들의 참상이란 필설로 형용하기 어려울 정도며, 서민들의 생활이란 목숨이 붙어 있어 숨은 쉬니 사는 것에 불과했던 실정으로 악몽처럼 오래오래 계속되어 왔던 것이다. 악몽! 그렇다.
 도요아시 하라미즈호노구니(豊葦原瑞穗國)는 이런 메뚜기 같은 해충의 번식에 맡겨져 황폐할 대로 황폐해졌다고 해도 과언이 아니다. 적어도 오닌(應仁)의 난 이후의 일본은──
 그런 난맥상을 있는 대로 드러내 놓은 말기의 사람으로서는 아시카가 요시아키 등이 그나마 사람이 좋은 편이라고 할 수 있다. 그러나 그렇다고 그대로 두어 두면 계속해서 그가 달라붙어 있으려고 애를 쓰던 막부 장군직으로 유해무익한 나날이 이어졌을 것이 분명하다. 하루 더 두어 두면 국가의 난맥이 하루 더 연장되는 것이다.
 "드디어 결행했구나."
 천하의 이목은 노부나가의 행동에 쏠렸다.
 비로소 창공을 우러러볼 수 있었던 것이다.
 하지만 두꺼운 구름은 아직도 끼어 있다.
 "그 뒤를 어떻게 한다?"
 아무도 보장할 일이 못 된다. 하늘 한 구석의 두껍게 낀 구름이 변화를 일으키게 되면 전체 또한 변화를 보이게 되는 것이 천상의 예사이듯, 지상의 자연도 또한 매일반이다.
 2, 3년 사이에 과거가 되어 버린 중요 인물이 꽤 많은 수에 이른다.
 서국의 거벽인 모리 모토나리(毛利元就)가 죽은 같은 해, 동해의 영웅 호조 우지야스(北條氏康)가 세상을 떠났다.
 그렇기는 해도 노부나가에 있어서는 금년의 다케다 신겐의 죽음과 요시아키의 퇴진만큼 큰 의미를 내포하는 사실은 없었다.
 특히, 배후인 북쪽을 위협하던 신겐의 죽음은 계획하는 한 곳에 전력을 쏟아 부을 수 있는 노부나가의 강점이 되었다. 의미가 크다 하지 않을 수 없는 일.
 한편 생각하면 이제부터의 장래는 한층 더 전란이 격화되리라는 것도 예상케 했다.
 '나야말로 중원으로 나서야지.'
 무로마치 막부가 없는 틈에 기치를 높이 쳐들고 여러 나라의 무사 가문이 앞을 다투어 달려올 것이 분명하다.
 그 전제로서
 '에이 산을 불바다로 하고 장군가를 몰아낸 역도 노부나가를 쳐라.'
 이러한 명분으로 바람결 세게 덤벼들 것도 상상키 어렵지 않다.
 노부나가는 그렇게 관찰했다.
 그렇기 때문에 기선을 제압하여 그들이 하등의 유대도 가지지 못한 틈을 이용하여 후닥닥 쳐부수어야 한다고 생각한 것이다.
 "도키치로, 그대는 우선 몸차림을 가볍게 하고 먼저 돌아가라. 노부나가도 곧 그대의 요코야마 성으로 갈 것이니까……"
 노부나가의 속삭임을 들은 도키치로는 역시 속삭임으로 대답했다.

"그럼, 오시는 때를 기다리고 있겠습니다."

그것만으로 이후의 방침을 짐작하고 있는 듯 도키치로는 요시아키의 아들을 와카에 성에 보낸 다음, 적은 병력을 이끌고 긴키(近畿)의 전장에서 제일 선두로 요코야마에 돌아왔다.

노부나가가 기후에 돌아온 것은 7월 말경. 달이 바뀌니 요코야마에서 급사가, 출마의 재촉장을 들고 왔다. 도키치로의 졸필로 된 것이다.

'기회가 무르익었습니다. 어서!'

기타에치고(北越後)의 경계선으로 된 산을 넘어 눈사태가 난 듯이 몰려드는 대군이 잔서의 7월, 야나가세(染瀨)에서 다가미야마(田神山)를 거쳐 요고(余吾), 기노모토(木本) 부근에 뭉게뭉게 진을 치기 시작했다.

에치젠(越前)의 병사들이다.

말할 나위 없이 이치조가다니(一乘谷)라는 골짜기에서 나온 아사구라 요시가케(朝倉義景)의 대군이다.

내일이면 7월이 끝난다는 날…….

북부 오에(近江)의 연맹국 오타니(小谷)의 아사이 히사마사(淺井久政), 나가마사(長政)부자로부터 한 장의 급보가 날아들었다.

"……오다의 대군이 속속 북상 중임. 급히 원군 있기를 바람. 만약 응원이 늦을 경우 당성의 유지조차 위태로운 지경임."

이런 내용이다.

"그것이 사실일까?"

평의석상에서 의심하는 축도 있었으나, 맹약이 있는지라 급거 1만의 병력을 출동시켰다.

"어서 가 보자."

선발대가 다가미야마에 이르자, 이미,

——오다의 북부 오미 공격은 사실로 알려져 즉시로 2만 여의 후속군이 떠났고, 주장 아사구라 요시가케도 이번에야말로 대사다…… 하는 심정으로 그 진에 끼었다.

에치젠의 아사구라가 북부 오미의 싸움에 관심을 가지며 오다의 군사에게 겁을 먹는 이유는 에치젠으로 볼 때 아사이의 기타오에는 자가 국방의 제일선이라고 할 지세에 놓여 있기 때문이었다.

숙명의 땅——오타니 성에 있는 아사이(淺井) 부자는 그때까지도 바로 눈앞에 있는 요코야마 성(약 30리 거리)에 기노시다 도키치로가 버티고서 노부나가를 위하여 항시 감시의 눈을 게을리 하지 않고 있기 때문에 한시도 마음을 놓을 겨를이 없이 지내 온 터였다.

그런 도키치로가 무로마치 막부의 마지막 손질을 끝내자마자 질풍같이 전장에서 돌아와 즉시 기후를 향해, 전기(戰機)가 무르익은 실정을 보고해서 오다의 대군을 불러들인 것이다.

"기회가 왔다!"

그 사이 보름이란 짧은 시간을 요했을 뿐이다.

8월 초순.

노부나가는 이미 아사이를 공격하기 시작하였던 것이다.

도키치로의 안내로 그는 도라고젠(虎御前) 산의 높은 곳으로 올라 작전계획을 세우고 있다.

"저것이 핫소(八相) 산, 미야베노사토(宮部鄕)입니다. 오타니에서 요코야마까지 30리 거리를 방책을 세워 차단해 버리면 적군이 나갈 길이란 한 곳 밖에는 없습니다."

도키치로는 자세히 설명을 했다. 마치 자기의 정원을 설계하는 설명을 늘어놓듯 자세했다.

폭 세 칸의 군용 도로가 요코야마까지 통했다. 성으로 가까워지면서 50여 정보 정도의 사이에 높은 장벽을 만들어 놓았다. 그리고 계류의 물을 막아 이리로 흘려보내 도로의 안전을 도모하는 한편, 지구전의 태세를 갖추었다. 여러 방새도 반영구적으로 구축했다.

이렇게 하면 적도 결전하러 나올 것이 틀림없다——

이러한 계략인 것이다.

하나 지자(智者)의 계략도 빗나갈 때가 있다.

아사이 부자는 끝까지 아사구라의 원조에만 의존할 뿐 자신들이 자진해서 싸우러 나서지를 않는 것이다.

그러나 노부나가는 술책 한 가지만을 가지고 임하고 있는 사람이 아니다. 병가에는 변통이 있다.

그는 느닷없이 창끝의 방향을 돌려 기노모토(木本)를 쳤다.——에치젠 군을 급습한 것이다.

8월 13일, 그날 하루 오다 군에 의해서 목이 잘린 수효만 1,800여에 이른다.
 14, 15일도 도망치는 적을 추격하여 야나가세에서 다가미, 다노베, 히키다 등의 부락으로 몰아, 늦더위로 축 처진 여름철의 풀숲들이 선혈로 물들도록 뛰어다니며 무찔렀다.
 "이렇게도 약한가? 에치젠 군은……."
 에치젠의 뜻있는 장수들은 우군의 취약함에 울었다.
 그러나 그러한 맹장이나 용사들은 다시 몸을 돌려 오다 군을 맞아 싸우다가 차례로 쓰러져 갔다.
 어째서 그렇게 약한지, 무엇 때문에 오다 군에게는 당해 내지를 못하는지 이상한 생각이 들 만큼 약세였다.
 망하는 자는 망할 요인을 다분히 지니고 있어 당연한 붕괴의 일순에 이르게 되는 것이지만, 완전히 붕괴되는 순간에야 모두들 이외로 여길 따름이다.
 ——그렇게 큰 세력이——
 좌우간 모든 흥망의 현상은 모두 당위성이 있을 뿐, 기적이나 불가사의는 있을 수 없다.
 아사구라의 군대가 약한 것도 주장 요시가케의 거동으로 미루어 그 이유를 알 수 있다.
 패주하는 우군의 틈에 끼어 야나가세로부터 도망해 올 때 이미 요시가케는 오다 군의 맹렬한 추격에 기진해서, 반격을 시도하기커녕 단지 자기 일신만을 위해서 급히 말을 버리고 산 속으로 피하려는 형편이었다.
 "틀렸다. 도망갈 수도 없다. 말도, 나도 모두 피곤할 대로 피곤하다. 미마사카(美作), 미마사카. 산으로!"
 다쿠마 미마사카(託間美作)라는 중신은 금방이라도 울 듯한 표정으로 장군을 질타하며 요시가케의 팔을 잡아끌어 억지로 말을 태워 에치젠 쪽으로 도망시켰던 것이다.
 "그러한 정신으로 어떡합니까?"
 그러고는 자기는 요시가케가 무사히 도망가게 하기 위하여 버티어 1,000여 명의 병력으로 맹진하는 오다 군과 얼마간을 싸웠다. 물론 그들은 참담하게 전멸하고야 말았다.
 충성된 신하를 값없이 희생시키면서도 요시가케는, 그의 본성 이치조가다니에 들어와서 조상의 땅을 사수해 보려는 엄두는 내지도 못하고 있는 형편이었다.

요시가케는 성으로 돌아오기가 바쁘게 처자 일족을 데리고 도운사(東蓽寺)에 깊숙히 숨어 버리고 말았다.

주장이 이런 형편이라 다른 장졸들도 생각나는 대로 각자가 갈 곳을 찾아 가는 통에 완전히 분산되고 말았다.

홀로 본성에 남았던 구와야마 기요자에몬(桑山淸左衛門)이라는 한 장수는, 너무나도 어이가 없고 분하고 자신들의 처지가 딱하므로 소리를 내어 울었다고 전하여진다.

"노리카게(敎景)공을 초대(初代)로 하여 5대 에치젠의 명문과 서민들을 합하여 37동족이 대대로 은고의 무사들을 양성하기도 수십 만, 그것이 지금 조상의 땅을 적병에게 유린당하고 본성도 함락 직전인데, 어느 누구도 죽음으로 지키려는 자가 없다니…… 무사들의 정신이 썩어빠진 것이냐, 주군의 부덕이냐."

기요자에몬은 불과 얼마 안 되는 병졸들과, 추격해 온 오다군을 맞아 싸우다가 이제 어쩔 수 없다고 보자, 역대 주군의 묘지들이 있는 곳으로 돌아와 할복하고 선혈 속에 상체를 파묻은 채 숨을 거두고 말았다.

그에게는 그 아버지의 자식다운 딸이 하나 있었다. 이름은 전해지지 않으나 방년 18세였다.

그녀의 아름다운 자색에 대한 소문은 벌써부터 온 장안에 자자한 터였다. 미인이 많다고 하는 고시지(越路)의 꽃처럼 아름다운 처녀들 중에서도 뛰어난 미모를 지닌 처녀라고 알려져 있었다.

용감하게도 부친을 도와 성내에서 기거하고 있었는데, 추격병들과 싸움이 벌어지자 부친의 모습이 보이지 않아 그를 찾다가 느닷없이 덤벼든 적병에게 잡히고 말았다.

추격에 사기가 충천한 오다 군들은 극도의 흥분 상태, 가차 없이 어디로 납치하려고 서둘렀다. 그녀도 죽을 힘을 다하여 한 동안 반항을 하다가 슬프게 하소연 하였다.

"이제 반항하지 않겠으니, 부디 붓과 종이를 좀 빌려 주오. 유모에게 한 마디 말을 남기면 어디든지 조용히 따라 가리다."

전후좌우로 둘러싼 채 병사들은 어디서 가져왔는지 붓과 종이를 주었다. 그것을 받아 놓은 그녀가 무엇인가 급히 초서로 종이 위에 쓴 다음 붓을 놓았다고 보는 순간, 자기 옆에 서 있는 병졸의 허리에서 칼을 빼내, 아차 하는 동안 자신의 목을 찔러 자결하고 말았다.

종이 위에는 점점이 마치 홍매의 꽃잎처럼 핏방울이 떨어졌는데, 아직 먹도 마르지 않은 종이에는 다음과 같은 글귀가 있었다.

세상이 지나가고 본 뒤에는
모든 것 구름 같음에 불과하건만
이제 이 모습은 무슨 구름일꼬
갈 길을 마음에 정하니
우습다, 이제 막 산 위에 얼굴을 내민 달이여.

난공불락도 썩을 때는 썩는 법. 수만의 장병들도 정신 밑바닥에 정수(精髓)를 잃으면 편편히 떨어져 뒹구는 가을철의 낙엽처럼 기백이 없게 된다.

에치젠 37문의 본성은 이제 이 세상 마지막 화염에 싸여 있으나 그 속에 이름도 없는 한 송이 '고시지의 꽃'의 향기만은 오래오래 사라질 줄을 모르고 있는 것이다.

요시가케의 최후는 비겁하고 가여운 바가 있었다.

노부나가의 군사가 이야마(亥山)를 포위한 때문에 그는 도운사에도 있을 수 없어 야마다(山田) 쪽으로 쫓겨 겐쇼사(堅松寺)에 잠복하였다.

"이제는 어디로 몸을 숨길 여지도 없을 겝니다. 주군께선 에치젠 37문의 총수이시니 비록 항복을 하신다고 하여도 노부나가가 생명을 구해 줄 리가 없습니다. 살아서 창피를 보기 보다는 차라리……."

친족인 우오스미 가케다카(魚住景賢)와 아사구라 가케마사가 드디어 요시가케에게 자결을 권하기에 이를 만큼 궁지에 빠졌다.

그 말을 뒷받침이나 하듯 겐쇼사를 멀리 포위한 오다 군의 병마 소리가 시시각각으로 가까워지고 있다.

"……틀렸구나, 이젠."

이 한 마디를 해 놓고는 요시가케는 새파란 얼굴색을 하고 부들부들 떨고 있었다.

그런 다음, 죽음을 권하던 두 사람의 친족도 같이 죽을 것으로 여기며, 산문 쪽에서 굉장한 소리가 진동을 하는 순간, 급히 칼로 자신의 배를 그으며 앞으로 고꾸라진다.
 "오오, 자결하셨다!"
 가케다카, 가케마사의 두 사람은 요시가케가 자결하는 모습을 보자 얼른 달려가려고 서둘렀다.
 속인 것이다.
 두 악신은 그에 앞서 노부나가에게 항복할 뜻을 청하고 요시가케가 있는 곳을 알려 준 자들이다.
 "이놈들 어디로 가느냐?"
 근신들——도리이(鳥居)를 위시하여 가토 가케마사(加藤景政)등이 뒤를 쫓아갔으나 이미 때는 늦어 노부나가의 군대는 밀물처럼 절 안으로 밀려들어 왔다.
 에치젠 일국은 여기에 멸망했다.
 애석한 일, 요시가케도 아직 젊었다. 41세의 한창 나이.——더욱이 역대로 부유한 나라의 명문에 태어나 험한 산악과 비옥한 넓은 땅을 가졌으며, 또 다시 없을 시대를 만났으면서도 그 생명을 참으로 애석하고 뜻 없게 잃고 말았다.
 그에게도 아시카가 요시아키와 어딘가 비슷한 착오와 성격이 있었던 것이다. 시대가 격동하는 것을 끝끝내 가벼이 여기고 명문의 자제들은 차례차례로 시대의 물결 속에 빠져 허우적거리다가 헤어나지 못한 그런 꼴이다.
 요시가케의 죽음이나 요시아키의 멸망 등에 비한다면 천하의 대기(大器)라고까지는 못하더라도 신겐의 죽음은 좀더 깊이 아깝게 여기어졌다.
 한동안 고슈에서는 신겐의 죽음을 극비에 붙였었으나, 가을철로 접어들면서 점점 세상에 널리 알려져 고슈의 다케다 신겐이 살아 있다고는 아무도 믿지 않게 되었다.
 신겐이 죽고 난 다음에는, 그다지도 용맹스럽다고 이름을 날렸던 고슈군도 완전히 한 풀이 꺾였다는 말이 돌 정도로 신겐의 존재는 역시 컸었다. 사실인 즉 신겐은 사람됨이나 평시의 마음가짐이 요시아키나 요시가케처럼 수양이 부족한 젊은 축과는 달랐던 것이다.
 영토를 가진 영주가 무사들을 포용할 때 용맹스러운 자나 행실이 바른 자만을 찾기에 열중하는 것에 대하여 신겐은 소리 내서 껄껄 웃으며 말했다.
 "영주 한 사람의 마음에 든다고 해서 같은 형의 인물만 모아 가지고 인간을 일률적으로 바라보는 짓은 신겐이 제일 싫어하는 것이지……봄철에는 꽃과 같이 다정스럽고 여름에는 청량하고 담담하며 가을철에는 묵묵하고 묵직스럽고……이렇게 사람이란 저마다 특질이 있기 마련이어서 어느 것이 옳고 어느 것이 그르다고 할 수가 없는 일이지. 요는, 사람을 쓰는 사람이 천체처럼 둥글둥글하게 움직여 가면 전부가 유능하지 않은 자가 없는 법이니라."

이렇게 말한 내용으로 보아 신겐의 인간관이나 사람을 쓰는 능력이 얼마나 탁월하였는가를 알 수 있다.

또 그는 생시에 '분별'이란 말을 즐겨 썼다. 작은 재간이나 기지를 싫어했다.

"원려(遠慮)……즉, 언제나 먼 데를 바라보며 궁리하고 걱정을 해 가며 나날의 가까운 일을 처결해 가는 것이 백난을 물리치고 가는 길이다."

이것은 근친들에게 일렀던 말인데, 말끝에는

"……그러나 단지 사람의 명만은 원려를 가지고도 미치지 못하지."

그러면서 가가대소한 일이 있었다는 것이다.

그 미치기 어려운 곳에 그도 드디어 가 버린 것이다. 그리고 지상의 권외에서 지상의 파쟁을, 이제는 영원한 방관자로서 하등의 희로애락도 없이 공평하게 바라다보고 있으리라. 그러고는 지난날을 돌아보고 반성도 하리라.

숙명의 여인

가을이 한창인 계절──. 8월 말경, 25, 6일쯤에는 노부나가는 이미 북부 오미의 오타니를 둘러싼 도라고젠 산의 진지로 돌아와 있었다.

이곳에 온 노부나가는 이런 투로 지극히 여유를 보였다.

"오타니 성은 함락될 때까지 기다리고 있지."

전광석화로 파멸케 한 에치젠의 전후의 경영조차도, 아직 이치조가다니에 있는 전란의 연기가 사라지지 않았는데 몸을 빼서 급히 이곳으로 와 이것저것 지령만을 보내는 것이다.

에치젠의 항복한 장수 마에나미 요시쓰구(前波吉繼)를 도요하라 성에 두고 아사구라 가케아키(朝倉景鏡)에게 오야 성 수호를 명하였으며, 도미다 야로쿠로(富田彌六郎)에게는 부중(府中)의 성을──하는 식으로 그 지방의 사정에 능통한 장수들을 많이 등용하였고, 그 위에 이들을 통솔하도록 아케치 주베 미쓰히데(明智十兵衛光秀)를 남겨 놓고 돌아온 것이다.

이곳에서는 미쓰히데만한 적임자가 드물었다. 그는 예전에 비할 데 없이 불우하던 시대에 아사구라의 가신이 되어 이치조가다니 성하에서도 살아 본 일이 있는 것이다.

과거에 그곳에 살 때에는 여러 사람들로부터 냉대를 받던 땅인즉, 지금 반대의 입장에서 아사구라의 일족을 감시 하는 몸이 되었으니 여러 가지 감회가 미쓰히데의 가슴에 오갔으리라.

그리고 미쓰히데의 재간과 식견은 일을 치를 적마다 인정받는 바 되어, 이제 그는 노부나가의 아끼는 신하 중의 한 사람이었다.

사람을 보고 그 사람의 마음을 판단하는 데 누구보다도 명민한 그는, 지난 수 년 동안의 싸움이나 나날의 봉공에 의해서 노부나가라는 사람의 성격도 누구보다 잘 알고 있었다. 노부나가의 안색, 말 한 마디, 움직이는 기색 등으로 다음에 올 것들을 거울에 비추듯 멀리서도 잘 알고 있었다.

그는 에치젠에서 매일 여러 차례의 급사를 보내곤 한다. 모든 일에 대해 세심하게 마음을 써서 자기 뜻대로 결정하지 않고 일일이 노부나가의 지시를 받아서 처결한다.

그 문서나 서한 등을 노부나가는 도라고젠 산의 진지에서 천천히 본 다음 결재하는 것이다.

"싸움도 이번 같으면 별로 마음이 급할 것이 없겠군."

"바보 같은 소리 지껄이지 마라. 그러한 마음가짐이 위험한 거야. 오늘 밤에라도 어떤 명령이 내릴지 모르지. ……아사이 일족도 그 방비나 그 외의 움직임으로 보아서 생각보다는 단단한 적일걸."

"끝까지 지켜 낼 작정일까?"

"그야 두말 할 필요가 없지. 기타오미에 6군, 합해서 39만 섬의 본성, 지성이 그렇게 장기 쪽 떨어지듯 넘어갈 리는 없을 게 아니겠나?"

진지 밖도 지극히 한산하다. 초병들이 잡담으로 시간을 보내고 있다. 구름도 없이 맑게 개인 하늘을 이고 첩첩이 서 있는 산들에 가을색이 완연하고, 그 밑의 호수도 밝은 햇살을 반사하고 있어 자칫하면 새들의 지저귐에 이끌려 하품이 나오려는, 그런 풍경이었다.

"아……기노시다님이 온다."

요코야마 성에서 바로 산 너머까지 진지를 전진시킨 도키치로다. 4, 5인의 부하를 데리고 널찍한 발걸음으로 저쪽 계곡을 내려오고 있다. 무엇인가 이야기를 하며 웃고 있다. 가을 햇살에 이가 하얗다.

이윽고 근방까지 오자, 좌우에 인사하기에 바쁘다.

"야아. …… 오오."

스노마다 성을 수축하고 요코야마 성을 맡는 등, 그 임무나 위치가 어느 틈에 오다군의 장교 중 단연 앞장을 서게 되었지만 태도나 사람 대하는 것은 변한 데가 없다.

'그는 좀 가벼운 데가 있어.'

부장들 중에는 자신들의 점잔을 빼는 데 비교해서 경솔하다고 평하는 자들도 있으나, 또 일부에서는 이런 평도 있다.

'아냐. 그는 지위 같은 것에 얽매이지 않는 인물이지. 직위가 높아져도 어제의 그와 변함이 없고 말단직에서 무사가 되고 일개 성의 주인이 되어도 그대로다. 아직 상당한 지위까지 오를 전망이 보이지. ……아무튼 훌륭한 데가 있어. 저 사나이는.'

이 정도로 이해하는 사람은 그에 대해서 최대의 호감을 가지는 편이지만, 수효는 백 명에 하나쯤이다.

예고도 없이 어슬렁어슬렁 본진에 나타났는가 하면, 어느새 간단하게 노부나가를 권해서 산으로 올라가기로 한다.

"돼먹지 않은 자식이야."

시바타 가쓰이에(柴田勝家), 사쿠마 노부모리 등은 영외까지 나와서 그를 바라보며, 침을 뱉으며 욕을 한다.

'저러니까 미움을 안 받아도 될 일에 미움을 받는 거야. 제기랄, 잔재주를 부리는 자식보다 불쾌한 것은 없어.'

"우리들에게는 목적지도 말하지 않고……아무런 의논도 없이 말이야."

"첫째, 위험천만이지. 아무리 대낮이라고는 해도 넓은 산에는 적의 첩자도 있고 하니, 만약 멀리서 저격이라도 당하시면 어떡하느냐 말이야."

"주군도 주군이시지……."

"아냐, 기노시다가 못 됐어. 여러 사람이 몰려가면 눈에 띄기가 쉬우니 어쩌니 하고 아부해 가지고는……."

가쓰이에나 노부모리뿐만 아니라 다른 막장들도 결코 마음이 좋지는 않은 것이다.

어디든 시원한 산 위에서 도키치로가 지변으로 무엇인가 작전상의 헌책을 할 일이겠지만 그것 자체가 도대체 불쾌한 일인 것이다. 그것은, '우리들 막료들을 무시하고 있다'는 점에 있는 것이다.

그러한 여러 장교들의 기미를 모르는 건지 무관심한 것인지, 도키치로는 마치 산놀이라도 가듯이 웃음소리도 크게 산간에 울리게 하면서 노부나가에 앞서서 가고 있었다.

그의 부하와 노부나가의 시종들을 합하면 2, 30 명의 소대이다.

"그래도 땀이 납니다. 손을 잡아 드릴까요?"

"쓸데없이."

"조금만 더 가면 됩니다."

"좀더 높은 산은 없나. 더 올라가고 싶군."

"애석하게도, 이곳에는 그런 산이 없습니다. ……하지만 이 산도 꽤 높습니다."

도키치로는 이마의 땀을 닦는다. 그리고 주위를 둘러본다.

노부나가도 거기에 섰다.──언뜻 보니 부근의 계곡이나 웅덩이 가에는 여러 곳에 도키치로의 부하들로 보이는 병졸들이 몸을 숨기고 엄한 경계를 펴고 있었다.

"따라온 사람들은 이곳에 머물라. 여기서부터는 여럿이 가는 것이 좋지 않으니……."

도키치로는 이렇게 말하고 노부나가와 단둘이서 남쪽 산허리를 향해서 수십 보를 걸어갔다.

그곳엔 수목이 없다. 말먹이에 알맞은 보드라운 풀들만이 무성하다.

한 걸음, 한 걸음 두 사람은 말없이 걷는다.

이윽고 도키치로가 작은 소리로 말했다.

"전하, 몸을 숙이십시오."

노부나가는 도키치로가 하라는 대로 몸을 얕게 숙이며 물었다.

"이렇게 말인가?"

"되도록 풀 속에 엎디셔서 몸이 보이지 않게 하십시오."

이렇게 하여 주종은 거의 기다시피 하여 풀밭 끝의 낭떠러지에 이르렀다.

앞을 내려다보니, 분지가 눈에 들어온다. 산뜻한 성곽이 보였다.

"……오타니 성입니다."

역시 낮은 목소리로 말하며 도키치로가 손으로 가리켰다.
"……."
노부나가는 말없이 고개를 끄덕인다. 그 눈동자에는 무엇인가 깊은 감정이 휩싸여 있다. 단지 적의 본성을 접했다는 감정만이 아니다.
자기의 대군이 포위하고 있는 저 성중에는 그의 누이동생 오이치노카타가 성주의 처로서, 이미 네 아이의 어머니가 되어 살고 있는 것이었다.
주종은 잠시 후 그 자리에 앉았다.
가을의 화초가 말없이 그들의 어깨를 보드랍게 에워쌌다.
눈앞의 성곽을 그윽히 내려다보던 눈을 노부나가는 도키치로의 얼굴로 옮겼다.
"……아마 누이동생은 이 오빠를 원망하고 있을 게다. 그의 의사도 묻지 않고 아사이가에 시집보낸 것이 바로 이 노부나가다. ──나라를 지키기 위해서는 어쩔 수 없던 일. 우리 가문을 위해서 희생하라고 하자 눈물을 흘리면서 가마 속으로 몸을 숨기던 오이치의 모습이…… 도키치로, 지금도 노부나가의 눈에 선하구나."
"저도 잘 기억하고 있습니다. 부피가 많던 짐, 누구의 것보다도 화려하던 가마, 여러 시종들에게 둘러싸여서 시집으로 가던 그 날의 성사를……."
"오이치는 세상도 제대로 모르는 나이…… 열다섯 때다."
"자그마한 새색씨가 참 어여뻤습니다."
"……도키치로."
"예."
"그대는 잘 알리라. 이 노부나가의 고통스러움을……."
"그렇기 때문에 저도 자꾸 한숨을 쉬는 것이옵니다."
"이 성 하나를……."
노부나가는 턱으로 성을 가리키며 말했다.
"짓이기는 것은 하등 힘이 드는 일이 아닌데, 오이치의 몸에 상처를 입힘이 없이 밖으로 구해 내려고 생각하니……. 이것은 일국의 싸움과 노부나가의 번뇌의 두 가지에 걸치는 난사가 된다. 그렇다고……이 노부나가는 범부라서인지 어느 한 쪽도 버릴 수는 없다."
"당연하신 말씀이십니다."
도키치로는 머리를 숙였다. 노부나가의 풍부한 감정을 충분히 이해하는 터이기에 더 뭐라고 말할 것이 없었다.

"벌써부터……한번 오타니의 지형을 보고 싶다고 안내하라시는 분부가 계셨을 때도, 또 이곳을 뒤 두시고 먼저 에치젠을 공략하셔서 그 일을 끝내신 때도 지금 말씀하신 고민이 있으시리라고 짐작하고 있었습니다. 외람된 말씀이오나 감히 말씀을 드리자면 그 고민이야말로 전하의 심정이 선량하신 점과, 사람으로서의 진심, 무엇인가 신하에게 염려하고 계시는 점이 있으시리라 여기옵니다. 망극하오나 도키치로는 전하의 또 다른 아름다우신 점을 발견한 느낌이옵니다."

"그렇게 생각하는 것은 그대뿐이지."

노부나가는 혀를 차듯 하며 말했다.

"이곳에 포진하고 10여 일을 하는 일 없이 지내게 되니 시바타 사쿠마, 그 외의 막료들이나 장졸들도 웬 영문인지 모르겠다는 눈치들이야. 특히, 가쓰이에는 나의 우둔함을 위험시하기도 하고 비웃는 듯도 하던데……?"

"나리 스스로 어떻게 할 것인지 망설이시는 까닭이겠죠."

"망설이지 않을 수 없지, 이대로 오타니의 외성부터 하나하나 분쇄해서 적의 목줄기를 누르는 식으로 나가면 아사이 나가마사 부자는 틀림없이 오이치를 감시하여 불길이 아무리 치솟아도 같이 끌고 들어갈 테니……."

"그건 그럴 겝니다."

"도키치로. 그대는 아까부터 나의 말에 동의는 한다면서 지극히 평범히 듣고만 있다. ……무슨 좋은 계책이라도 있어선가?"

"없지는 않습니다."

"그러면 왜 노부나가의 고민을 빨리 덜어 주려 하지 않는가?"

"요즘은 헌책하는 일을 좀 삼가고 있는 터이옵니다."

"왜 그런가?"

"주위의 여러 막료들도 있사오니……."

"타인의 시기가 두렵단 말인가. 쓸데없는 생각이다. 요는, 노부나가 마음 하나에 달렸다. 서슴없이 생각하는 바를 이야기해 보라. 아니, 좋은 계책을 알리란 말이야."

"잘 보십시오."

도키치로는 손가락으로 가리켰다.

눈 아래――오타니 성 전체를 가리키는 것이었다.

"저 성의 특질은 외곽 안에 내곽 셋이 있사온데, 그 세 내곽이 각각 독립해 있는 것이옵니다. 첫 번째 내곽은 대전이라 불리며 아사이 히사마사가 살고, 셋째번 내곽에는 그 아들 나가마사가 부인 오이치노카타와 애들을 데리고 사는 곳이옵니다."

"으음…… 저기에."

"그렇습니다. 그리고 첫째와 셋째 내곽의 중간에 보이는 1곽은 교고쿠라고 불리며 노신 아사이 겐바, 미다무라 우에몬다이유(三田村右衛門大夫), 오노키도사(大野木土佐) 등 세 신하가 있는 곳이옵니다…… 그러니 저 오타니를 칠 때는 꼬리를 두드리는 것보다도 머리를 치는 것보다도 저 교고쿠를 먼저 손에 넣으면 양 옆의 내곽들은 동강이 나서 고립되고 원조를 바랄 여지가 없게 되옵니다."

"그래?…… 그대의 말은 가운데의 교고쿠를 공략한 연후에 계략하란 뜻이로군?"

"아니올시다. 그것도 힘으로써 쳐부수게 되면 의당 첫째, 셋째의 곽에서도 원조를 해서 우군은 협공을 당하고, 결국 전면전으로 화하지 않을 수 없게 되옵니다. 그렇게 되면 일거에 밀어 버리든지 군을 빼든지 양단에 하나를 취해야 하옵는데, 그럼 성내의 오이치노카타의 생명이 어떻게 될지 모르게 되옵니다."

"그러면 어떻게 하는 것이 좋단 말인가."

"역시 사자를 보내서 아사이 부자에게 잘 이해를 시켜 항복케 하여, 성도 무사하고 오이치노카타님의 신변도 무사하게── 어려움 없이 손에 넣는 것이 전술의 제1책에는 틀림없사옵니다."

"그것은 이미 두 번이나 해 본 일이 아닌가? 안토오 이가노가미(安藤伊賀守)를 나의 사자로 하여 성중으로 보내서 항복만 한다면 오타니의 영토는 그대로 준다고 전하고, 또 의지하는 에치젠도 노부나가의 손에 들어왔다고 누누이 말했지만 아사이 부자의 고집이 대단해서 큰 소리만 치고 앉아 있어…… 큰 소리를 치는 것은 역시 노부나가의 혈육을 성중에 두고 있으니까 설마 무작정 쳐들어오지는 않으리라고 해서 오이치의 생명을 방패 삼아 버티는 모양이야."

"그뿐이 아니옵니다. 아직까지 1, 2년 동안 요코야마 성에 있으면서 제가 눈여겨 본 즉 나가마사님은 과연 슬기도 있고 의지가 굳은 사람입니다. 그

의지가 좀 작기는 하오나 요시아키나 요시가케 같은 이와는 비할 수 없을 만 하옵니다…… 그래서 일단, 이곳을 공략하게 될 땐 어떻게 하는 것이 좋을까를 연구했기 때문에, 그것이 오늘날 와서 조금은 쓸모가 있게 돼 이미 교고쿠 내곽만은 도키치로의 손에 의해서 병졸 하나 손실 없이 함락시켜 놓았사옵니다."

"뭐? 지금 무엇이라 했는가?"

노부나가는 귀를 의심하는 눈치였다.

도키치로는 다시 말했다.

"저기 보이는 둘째 내곽이옵니다…… 저 내곽만은 이미 우군의 손에 들어와 있사오니 안심하시기 바라옵니다."

"참말이냐, 그 말은?"

"어찌 전하께 허언을 여쭙겠습니까."

"……허지만 믿어지질 않는군."

"의당 그러실 겁니다. 그 사실은 이제 곧 아시게 되옵니다. 곧 이곳에 중한 사람과 한 사람의 노장을 불러 올릴 터이니 만나주시기 바랍니다."

"누군가, 그들은?"

"한 사람은 미야베 젠쇼보(宮部善性坊)라 하는 중이오며, 또 한 사람은 교고쿠를 맡아 있는 노신인 오노기 도사노가미옵니다."

도키치로는 손을 흔들었다.

저쪽에서 한 병졸이 풀 속으로 허리를 굽힌 채 뛰어왔다. 가까이 오자 도키치로는 무엇인가 분부하고 보냈다.

"서둘러야 한다!"

그리고 노부나가에게 보고했다.

"지금 부르러 보냈사오니 곧 나타날 것이옵니다."

노부나가는 의외라는 표정을 지은 채 이 사내가 하는 일이라하면 충분히 믿고는 있으나, 어떻게 아사이의 노신을 자유롭게 이곳에 데려오는가 이상스런 생각이 들 뿐이었다.

꽤 시간이 흘렀다.

그동안 앉은 자리에서 도키치로는 별로 대단치도 않다는 듯이 사실을 밝혔다.

"요코야마의 성을 전하로부터 맡으라 하시는 분부를 받은 지 얼마 되지 않

떠나는 사람들 457

아서입니다……."
그는 말머리를 꺼냈다.
노부나가는 다소 놀랐다. 멀뚱멀뚱 도키치로의 얼굴을 바라보고 있을 뿐.
요코야마 성은 전선의 요지이기에 특히 아사이, 아사구라를 견제하는 임무로서만 잠정적 주둔의 의미로 명한 것이지 성지(城地)를 주겠다는 약속은 하지 않았다.
도키치로는 숫제 성을 자기 소유의 것인 양으로 말하는 것이다.——하지만 시기가 시기인만큼 또 이야기의 앞이 급한 처지라 인색한 다짐을 할 수도 없어 그 말을 제쳐 놓고 이야기를 재촉한다.
"그때라니 에이 산 공격을 한 다음 해, 그대가 기후로 연하 인사로 왔던 봄철인가."
"그러하옵니다. 그때 도중에서 다케나카 한베가 이마하마(今濱) 근방에서 발병을 하여서 예정이 늦어 요코야마에 닿은 것은 밤이 되어서였습니다."
"긴 이야기는 들을 생각이 없다. 요점만을 빨리 말하라."
"제가 자리를 비운 줄을 알고 요코야마 성은 습격을 받고 있었습니다. 물론, 즉시 격퇴하기는 했습니다. 그때에 포로로 잡은 적의 용감한 승려가 바로 미야베 젠쇼보라는 자이옵니다."
"사로잡은 자란 말이지?"
"그러하옵니다. 목을 칠 것이오나 그대로 대우를 융숭히 하여 두었사옵다가 여가를 보아 시대의 장래를 일러 주고 사물의 본의를 가르치고 하였사옵니다. 그러니 오히려 그쪽에서 자진하여 옛 주인인 오노기를 설득하고 오노기는 다른 노신을 설득하여 저희들에게 무릎을 꿇게 되었사옵니다…… 이것이 그 경위이옵니다."
"틀림없나?"
"전장에서 농담을 여쭙겠사옵니까?"
"으으음……."
감복하다가 도가 지나쳐 그의 멀리 바라보는 용의주도함 속에서도 다소의 교활함을 발견한 노부나가가 발한 음성이다.
전장에 농담은 없다.
장담한 대로 이윽고 미야베와 오노기가 도키치로의 부하에 이끌려 왔다.
멀리서 풀숲에 넙죽이 엎디어 노부나가에게 인사를 드린다.

노부나가는 도키치로의 말이 틀림없는지를, 도사노가미에게 몇 마디 물음으로써 확인한다.

도사노가미는 자세를 가다듬으며 분명하게 대답한다.

"저 혼자만의 생각으로 항복한 것은 아니옵니다. 교고쿠 내곽에 있는 다른 두 노신도 적대함은 어리석은 짓이며, 오히려 멸망을 서두르는 꼴이 되고, 서민들을 공연히 괴롭히게 될 것이라고 깊이 반성한 결과입니다."

그로부터 얼마 되지 않아서 노부나가는 산에서 내려왔고, 도키치로와 젠쇼보는 요코야마 진지로 돌아갔다. 또, 오노기 도사노가미는 홀로 오타니 성의 둘째 내곽으로 샛길을 통하여 몰래 돌아가고 있었다.

어머니의 싸움

나가마사(長政)는 아직 젊다.

그의 처 오이치노카타와의 사이에 이미 네 아이를 낳았으나, 오이치도 아직 23, 4세, 그는 30에서 하나가 모자란다.

넓은 오타니(小谷) 땅을 셋으로 나누어 일획(一劃)마다 일성(一城)을 지어 나가마사는 셋째 내곽에서 살고 있다. 오타니 성이란 이 세 성을 합친 총칭이다.

석양녘까지도 남쪽의 좁은 계곡에서는 소총소리가 꽤 심하게 들려오고 있었다. 때때로 대들보를 흔들어 놓을 듯한 대포소리도 들려온다.

"오오……."

오이치노카타는 겁먹은 눈으로 품에 안은 어린 것을 꼭 품는다.

"아이잇……무서워!"

"어머니이."

오른쪽에서 차녀 하쓰히메(初姬)가 달라 붙으면, 왼쪽 무릎에는 장녀 자자(茶茶)가 말없이 얼굴을 파묻는다.

다른 한 놈은 과연 사내놈이라 아직 어린데도 어머니 무릎으로 달려들지는 않았다. 시녀를 상대로 막대기를 휘두르는 놀이를 하고 있다. 나가마사의 적자 만주마루(萬壽丸)다.

"보여 줘. 싸우는 것을 보여 줘."

만주마루는 졸라댄다. 시녀를 향해 활촉 없는 활질을 한다.

"만주, 왜 시녀를 쏘아요? 싸움은 아버님이 하고 계십니다. 전쟁을 하는 동안에는 점잖게 조용히 있어야 한다고 하신 아버님의 말씀을 벌써 잊었느냐? 여러 사람들이 흉을 보면 커서도 훌륭한 대장이 못 돼요."

어머니의 말도 분별할 수 있는 나이다. 말없이 듣고 있다가 갑자기 큰 소리를 내고 울기 시작한다.

"전쟁이 보고 싶다아! 싸우는 것을 보여 주어어…… 응?"

시중을 들던 자도 손을 못 쓰고 바라보고만 있다.

그동안 한참 소강상태가 계속되다가, 소총소리가 들리기 시작했다.

장녀——자자는 6, 7세.

아버지의 괴로움이나 어머니의 설움 혹은 성내의 장병들이 지니는 적개심 등을 계집애니만큼 어렴풋이 느끼고 있다.

이런 계집애로서는 어울리지 않는 말투로

"만주, 모르는 소리를 하는 것이 아녜요. 어머님이 딱하다고 생각치 않아요? 아버님이 적과 싸우고 계시는 것을 모르고 있어요……."

그 말에 만주마루는 이쪽을 보고 누이를 때리려고 달려든다.

"무엇이?"

"어머니이……."

자자는 어머니의 등 뒤로 숨는다.

"그만두지 못해요?"

오이치가 말려서 앉혀 놓고 달래고 있을 때였다.

발소리도 요란스럽게,

"무어야 오다 따위가! 흥, 극히 최근에 오와리의 시골 구석에서 때를 만나 기어나온 놈인데, ……노부나가 따위에게 굴복할 나냐? 아사이의 집안은 좀 다르다!"

멀리 들려 퍼지도록 소리를 지르면서 살기 등등 2, 3인의 무장을 데리고 들어온 사람이 있다. 말할 것도 없이 이곳 깊은 안채에 무단으로 들어올 수 있는 사람은 나가마사밖에는 없다.

"오오, 다들 여기 있었구나?"

덩그러니 넓은 방에 희미한 불이 비치고 있는 속에 무사한 처자를 보니 어딘가 마음이 놓이는 듯, 털썩 주저앉아 갑옷을 풀며 뒤에 있는 부장들에게 말했다.

"아아, ……좀 피곤하다. 그대들도 좀 쉬지. 초저녁 상황으로 짐작컨대 오늘 밤쯤은 적이 습격해 오는지도 모를 일이야. ……지금, 좀 쉬도록 하라!"

부장들이 자리를 뜨니, 나가마사는 마음이 가라앉는 듯하였다. 전쟁 중이지만 여기서는 한 가정의 아비이고, 남편인 스스로를 새삼 느낀 까닭이다.

"여보, ……무서웠지? 저녁때의 총소리가."

"아아니요. 아무렇지도 않았어요."

오이치는 아이들에게 둘러싸인 채 흰 얼굴을 가로저었다.

"만주, 자자도, 겁나서 울지 않았는가?"

"칭찬해 주세요, 모두 어른 같았습니다."

"호오, 그랬어?"

억지로 웃는 얼굴을 지어 보이며 말했다.

"안심해라. 귀찮게 기습해 오던 적들도 우리의 연달은 사격으로 산 아래로 도망치고 말았어……. 비록 지금부터 몇 십 일 아니 몇 백 날을 오다군이 습격해 온다 해도 굴복할 나가마사가 아니오, 아사이 일족이 아니야. 노부나가 따위에게……."

그는 큰 소리로 노부나가를 욕하다가 갑자기 입을 다물었다.

오이치가 불을 등지며 품에 안은 어린것에 얼굴을 파묻었기 때문이다.

――노부나가의 누이동생!

나가마사의 감정이 흔들렸다. 어딘지 노부나가를 닮은 얼굴 모습, 살결이 고운 목덜미로부터 옆얼굴의 약간 긴 듯한 선도 오다가의 핏줄에 있는 특징이었다.

"여보, 울고 있소?"

"아뇨, 울긴 왜 웁니까? 젖이 잘 안 나와선지 애가 때때로 젖꼭지를 무는 바람에……."

"응? 젖이 안 나와?"

"예, 요즘 와서……."

"남모르게 비탄을 하기 때문이지. 당신이 여위는 것이 눈에 완연해. 당신은 어머니요. 어머니의 싸움이오, 당신의 역할은."
"아, 알고 있습니다."
"매정한 남편이라고 생각하겠지?"
이 말에 오이치는 분연히 천정을 쳐다보고는 애들을 안은 채 남편 옆으로 간다.
"그렇게 생각지 않습니다. 무엇 때문에 원망하오리까. 숙명이라고 생각할 따름입니다."
"단순히 숙명이라고만 해서는 서로가 사람이라 단념할 수는 없지. 칼을 목으로 넘기듯 쓰리겠지만 무장의 아내이니만큼 좀더 확실히 이해를 해야 해. 그런 각오가 아니고서는 참 각오라고는 할 수 없어."
"그런 이해심을 가지고 싶습니다……. 하지만 여자의 마음이라, 나는 어머니다.——하는 생각이 머리에 가득해서……."
"무리도 아니지. 평시에 세상 지식이나 밖의 소식을 듣지 못하고 있던 터에 느닷없이 이해를 하려고 해 봤자 어렵겠지만……."
"……."
"여보, 나는 당신에게 장가든 때부터 당신과는 백년해로할 처라고는 생각지 않았소. 아버지 히사마사도 아사이의 며느리로는 인정하지 않으셨어."
"예? 무슨 말씀이시죠, 지금 말씀은?"
"이럴 때일수록 사람은 진실을 토하게 되는 것이지. 다시없을 시기니 나가마사는 당신에게 마음을 열어 보인 거야. 난세에 있어서 무인의 표리와 사모의 어려움, 또 인간적인 괴로움 등을…… 지금 세상을 사는 데에 뒷면을 가리키는 거야. 슬퍼할 것도 없고, 의심도 말고 침착하게 들어."
당장에라도 울며 엎드려질 듯한 오이치의 얼굴을 바라보며 나가마사는 부드러이 말한다.
"노부나가가 당신을 나가마사에게 시집보낸 것은 정략 이외엔 아무것도 없어. 알 수가 있었어. 처음부터 노부나가의 마음을……."
그는 말을 일단 끊었다가 다시 이었다.
"허나,…… 그런 줄 알면서도 나와 당신과의 사이에는 이미 누가 들어서도 갈라놓을 수 없는 애정이 싹텄지. 그 사이에 네 명의 아이가 태어나고 여기에 이르러서는 당신은 이미 노부나가의 누이동생이 아니야. 나가마사의 아내이지. 나가마사 자식의 어머니. ……적(敵)인 노부나가를 위한 눈물을 흘린다는 것은 있을 수 없소. 왜 그렇게 여위시오. 자식의 젖을 말리는 게요."

이제와서 생각해 보면 모든 운명의 결과는 '정략'이라는 저주받을 일에서부터 시작된 것이다.

정략의 새색시—— 오이치를 처로 맞을 당시부터 나가마사는 동시에 노부나가도——정략이 풍부한 사나이! 라고밖에 볼 수 없었다.

정략도 물론 있었다. 그러나, 노부나가는 진심으로 매부인 나가마사를 아꼈다. 처음부터 사랑하였다.

나가마사는 약관 17세에 이미 장수로서 진두에 서서, 때로 남부 오미의 록가쿠 쇼테이(六角承禎)의 군사를 격파하여 그 영토를 넓히고, 노부나가가 이 지방에 발을 뻗기 시작할 무렵에는 아사이가의 영토는 아이치(愛知)강을 경계선으로 할 정도로 놀라운 진출을 수행한 때였다.

'아사이의 아들에게는 장래가 있다.'

노부나가는 이렇게 판단하였다.

그의 용맹스러움에 반했던 것이다.

그래서 누이동생을 시집보내기로 하고, 노부나가측에서 열을 올려 혼담을 성립시켰던 것이었다.

허나 그 결혼에는 처음부터 무리가 있었다.

에치젠의 아사구라가와 아사이가의 친숙함은 3대에 걸쳐 있다. 단지 공수동맹이라는 뜻만이 아니다. 지난날 은혜를 입은 관계도 있다. 그 외에 복잡한 정(情)도 얽히어 끊으려야 끊을 수 없는 사이였던 것이다.

그런데 그 아사구라와 오다는 여러 해 전부터 적국의 사이이다.

노부나가가 기후의 사이토를 공략할 때 얼마나 훼방을 놓았던가. 얼마나 사이토를 원조했던가. 그것만으로도 쌍방의 감정을 알 수 있다.

'아니, 그 일이라면 아무 염려 없어. 노부나가가 한 차례 인사를 드리면 되리다.'

혼담의 방해에 대해서는 노부나가가 해결책을 강구했다.

아사구라 가에 한 장의 서약서를 보냈던 것이다. 이후 어느 때라도 아사구라의 영토에는 병사를 들여놓지 않는다는 약조를 한 것이다.

아사구라 요시가케는 그것을 받아 놓고, 몰래 나가마사의 부친 히사마사에게도, 또 특히 나가마사에게도 경계토록 이르며, 언제나 노부나가의 야심에 찬 행동을 뒤로 알려 왔던 터이다.

"결코 마음을 놓아서는 아니 되오."

젊은 나가마사는 신혼 초부터 아무것도 모르는 듯한, 예쁘기만 한 처에 대해서 항시 그러한 생각을 염두에 두도록, 부친에게서나 지난 날 은혜를 받은 적이 있는 아사구라가로부터도 권유를 받아 왔던 것이다.

그러던 중, 아사구라와 아시카가 요시아키 장군과의 밀맹이 맺어지고, 고슈의 신겐하고도, 에이 산과도 하는 식으로 모든 반(反) 노부나가 연맹의 구성 속에 어느 틈에 나가마사도 끌려 들어가고 말았던 것이다.

그 첫 봉화를 올린 것이, 지난 해 노부나가가 에치젠의 가네가사키(金崎)에 쳐들어갔을 때였다.

불의의 습격을 한 것이다. 원정 온 노부나가의 퇴로를 차단하고 아사구라와 호응하여 노부나가의 전멸을 획책했을 때, '정략의 처에게는 마음을 둘 여지가 없다'고 나가마사는 태도를 분명히 하였던 것이다.

노부나가는 그에 대해 의심했을 정도였다.

'거짓말이겠지.'

자기가 나가마사를 아끼고 있는 진정에 대해서 있을 수 없는 일이라고 생각한 까닭이다.

그 이후——

노부나가가 장래가 촉망된다고 보아, 누이동생을 무리를 해가면서까지 시집보낸 나가마사의 용맹과 아사이군의 힘은 오히려 발등의 불이 되고 일을 자유로이 하지 못하게 하는 족쇄가 되었다.

그리하여 드디어 지금.

일거에 에치젠을 쳐부순 후의 오타니 성은, 이제 불도 아니고, 족쇄도 아닌 것이 되고 말았다. 어떻게 하든 노부나가의 생각 하나에 달려 있다.

그렇다고는 하지만, 아직도 노부나가의 가슴속에 나가마사를 죽이기 싫다는 생각이 도사리고 있었다. 물론, 나가마사의 무용(武勇)을 아껴서이기도 하지만, 그보다도 누이동생에 대한 애정에서 오는 고뇌 때문임은 더 말할 여지가 없는 일이다.

진중에서는 이상하게 여겼다.

에이 산의 화계에서는 마왕이라 불려도 눈 하나 까딱하지 않던 저 나리께서——하고.

아직 아침 안개가 자욱하였다.
큰 태양이 산 위로 쑤욱 올라갔으나, 오타니의 분지에서는 안개가 짙어 아무것도 분별키 어려웠다.

아사이의 저 성은
아주 작구나
아주 작은 성이로구나
아아 생각보다 작은 성이
우리의 웃음을 자아낸다——

그렇게 먼 곳이 아니다. 어디선지 안개 속에서 들려오는 소리다. 그것도 한두 사람의 목소리가 아니고, 여럿이 합창을 하면서 손뼉으로 박자를 맞추고 있다. 노래에 맞추어 춤을 추는 게 아닌가 하는 생각도 든다.
"어디서일까?"
"무엇들인가?"
아이들에게는 아침이 이르다——침실에서 뛰어나온 자자와 만주는 큰 복도를 뛰어다니며 노랫소리가 들리는 방향을 찾아서 뜰로 내려섰다.
그리고 성곽의 끝까지 가서 북쪽을 바라다보고 있다.
"아 있다, 있다, 저런 데서 춤을 추고 있다. 여럿이서……."
만주는 좋아서 날뛴다.
누이인 자자도 실눈을 뜬다.
"어디니, 어디야?"
북쪽 산허리다. 구름이 트인 사이로 동그랗게 거기만이 안개가 걷히고 햇빛이 들고 있다.
흡사 대불(大佛)의 무릎과 같이 생긴 언덕이었다.
분명히 적이다. 1소대 정도의 노부나가의 병사들이 흥겹게 가을 아침에 노래를 부르고 있는 것이다.
"여어, 이, 이 노랫소리가 들리지 않는가아……."
하고 소리를 지르고 있다.

그러고는 다시 일제히

  아사이의 저 성은
  아주 작구나
  아주 작은 성이로구나
  아아 생각보다 작은 성이
  우리의 웃음을 자아낸다——

하자——
자자와 만주의 머리 위에서 느닷없이 '땅 땅'하고 계속해서 총소리가 들렸다. 높은 망대에서 적을 향해서—— 조롱자들을 겨냥하여 총을 쏘아 댄 것이다.
'……무섭다.'
자자는 엎드려 귀를 가렸다. 만주는 역시 사내라 총소리가 난 곳을 쳐다보고 있다.
노랫소리가 그쳤다.
"……없어졌다. 에이, 그거…….."
만주는 계속 그것을 바라본다. 뒤에서 유모가 부르는 소리가 났다.
오이치는 아까부터 보이지 않는 두 아이를 이리저리 찾아다니다가 등골이 서늘한 듯 절규에 가까운 소리를 질렀다.
"어머어……위험해요. 어째서 이런 곳에……."
그녀는 자자를 안고, 유모는 만주의 손을 잡고 꾸중을 하며 본관 쪽으로 데려간다.
"무엇을 하고 있어?"
남편인 나가마사는 한 떼의 노신하와 부장들과 더불어 분한 듯한 얼굴로 서 있었다.
"성 밖의 노랫소리에 끌려서 애들이 저기서 재미있게 바라보고 있기에 데려오고 있습니다."
"애들이라 할 수 없군."
나가마사는 쓴 웃음을 지었다.
"안으로 데리고 들어가지?"

"예."

"아니, 기다려. 그냥 아이들을 안고 서서 이 근방에서 구경하는 것이 좋겠군. 쳐들어온 녀석들이 오래 포진하는 데 지치지 않기 위해서 장난을 하는 것을 총으로 답한다는 것도 좁은 도량이지……. 애들에게 이제 곧 좋은 것을 보여 줄 테다."

나가마사는 병졸들을 모아 놓고 적진을 향해서 노래를 부르라고 분부한다. 말하자면 노래에 노래로 대답한다는 뜻이다.

오랜 농성에 염증이 난 병사들은 좋아라고

    아사이의 이 성을
    작다고 넘보는 너희는
    아직 작은 성을 못 본
    얼간이의 무리들이군——

있는 대로 목청을 돋운다.
병사들이 노래를 불러 대자
"허, 저 녀석들도 한다."
오다 군들이 다시 먼저의 자리로 나타나서——

    아사이 나가마사님은
    잘 익은 밤알이나 같고요
    밤가시 같은 갑옷 입고
    귀염둥이를 안고 있으나
    보기만도 위태한
    졸장부로 보이는구려
    걱정스런 그 몸에
    근심스러운 저 성이로세

즉흥적이다. 입에서 나오는 대로 불러 제끼는 것이다. 적의 춤과 노래가 한 차례 끝나자 성의 병사들이 노래로 답한다.

오다 노부나가님은요
다리 아래 사는 흙탕물 거북
쑥 내밀었다가는 디밀고
목의 재주가 참이나 좋구려
이번에 내밀 때는
거북의 목도 마지막이리——

'와아' 웃음이 솟는다.

건너편 산에 부딪쳐 산울림이 되어 온다.

이것을 신호삼아 그 날의 소총전은 또 시작되었다. 금방 노래하던 병사들, 춤추던 병사들이 붉은 피를 흘리며 쓰러져 가기 시작했다.

이러한 매일의 생활 속에 오이치노카타는 네 아이를 데리고 마음속의 싸움을 계속하느라고 속으로 곪아 가는 형편이었다.

계곡을 지나며 울어 대는 철새들과 더불어 가을은 깊어 간다.

그러한 어느 으스스 추운 날 아침…….

"나리, 큰일났습니다."

아직까지 못 보던, 덤비는 목소리의 주인공은 후지가케 미가와노가미(藤掛三河守).

어제 저녁도 처자와 더불어 한방에서 잤지만 나가마사는 무장을 풀지 않았다.

"미가와, 무슨 일인가?"

바로 침실에서 뛰어나온 그의 음성도 평시와 달리 숨이 차 보인다.

아침 공격! 그렇게 직감해서다. 한데 미가와노가미의 보고는 좀더 중대한 이변에 대해서였다.

"둘째 내곽…… 저 교고쿠 내곽이 하룻밤 새에 오다 군에게 점령당하고 말았습니다."

"무, 무엇이라고?"

바보 같은 소리라는 투의 말소리다.

"제 말씀을 의심하시기 전에 망루에 오르셔서 잘 보시옵소서, 나리."

"그럴 수가 있나? 어디……."

망루를 향해 그는 달려 올라갔다.

컴컴한 계단에서 몇 번이고 넘어지며 뛰어올라간다.

세객(說客)

나가마사(長政)는 묵묵히 삼중탑 어둠침침한 계단을 아래로 내려갔다.

뒤따라가던 신하들의 눈빛에도 걷잡을 수 없이 깊은 땅속으로——어이없이 따라가는 듯한 야릇한 마음이 있었다.

"이, 이럴 수가 있단 말인가."

캄캄한 계단 중턱에서 어느 부장 하나가 울부짖듯 외친다.

"오노키 도사(大野木土佐), 아사이 겐바(淺井玄蕃), 미다무라 우에몬(三田村右衛門) 등 세 놈이 모조리 우리를 배반하다니."

하자 또 하나가 앓는 듯한 소리로 비통히 외쳤다.

"노신의 신분으로서…… 더욱이 중요한 교고쿠 구루와(京極曲輪)를 맡겨준 신망마저 마구 짓밟다니."

"짐승의 탈을 쓴 놈들."

모두들 이를 악물며 세 노신의 불충을 매도하였다.

"닥치지, 투덜대긴."

나가마사가 신하들을 돌아보고 말했을 때, 일동은 계단을 거의 내려와, 조금 밝은 맨 아래 넓은 마루방에 다다랐다.

넓은 방은 마치 거대한 감옥처럼 단단한 구조였다.

거기엔 많은 부상자들이 거적 위에 뒹굴며 앓는 소리를 하고 있었다.

나가마사가 지나가자 누워 있던 무사들이 일어나 두 손을 짚는다.

"개죽음을 시키진 않겠다. 헛된 죽음을 시킬 순 없단 말이다."

나가마사는 지켜보는 무사들에게 격한 어조로 이르면서 지나간다.

밖으로 나오니 그의 눈시울에도 눈물 흔적이 엿보였다.

그러나 그는 엄히 부장들에게 불평이나 불만을 입 밖에 내지 못하도록 엄포를 놓았다.

"적에게 항복함도, 이 나가마사를 따라 죽는 것도 거취는 스스로가 선택할 일이며, 굳이 탓할 일이 못된다. 이 싸움은 노부나가에게 명분이 있다. 그는 천하의 개혁에 뜻을 품고, 나가마사는 무가의 명예와 대의를 위해 싸우는 것이다. 제관들도 노부나가에게 항복함이 옳다 생각하면 그에게로 가라. 결코 막지는 않을 것이다."

나가마사는 그렇게 내뱉고 여러 방벽을 살펴보기 위해 걸음을 옮겼으나, 그가 채 백보도 옮기기 전에 그에겐 교고쿠 구루와를 잃은 일보다 더 큰 변고가 날아 들어왔다.

"성주님, 성주님……어, 억울합니다."

피투성이가 된 채 달려 온 한 부장의 피를 토하는 듯한 절규였다.

"아니 규타로(休太郞)가 아닌가. 웬 일인가?"

나가마사의 뇌리를 어떤 불길한 예감이 스쳤다. 와쿠이 규타로(湧井休太郞)는 세 번째 구루와의 무사가 아니라 아버지 히사마사의 부하였기 때문이다.

"바로 얼마 전 대전께서는 자결하셨습니다. 달려드는 적병을 치고 헤치며 유물을 가져왔습니다."

규타로는 털썩 땅 위에 주저앉았다. 그러고는 거친 숨결로 히사마사의 상투와 그것을 싼 옷깃 자락을 내놓으며 나가마사에게 바쳤다.

"뭐라구? 그렇다면 둘째 구루와뿐이 아니라 부친이 계신 첫째 구루와마저 함락되었단 말인가?"

"아직 동이 트기 전이었습니다. 교고쿠 구루와 샛길로부터 한 무리의 무사들이 나타나 성문 밖까지 와 오노키 도사노가미(大野木土佐守)의 기치를 흔들며, 도사노가미(土佐守)가 황급히 대전께 아뢸 일이 있으니 급히 성문을 열라는 말에 아군인 줄로만 믿고 무심히 성문을 열자, 일시에 많은 무사들이 들이닥치며 내전까지 몰려왔습니다."

"그, 놈들이 적이었던가?"

"기노시다 도키치로의 수하들이 대부분이었지만, 길을 안내한 놈과 깃발을 흔들어 댄 놈은 틀림없는 배신자 오노키의 부하들이었습니다."

"음. 그래, 부친께서는?"

"최후까지 용감히 싸우시다가 손수 내전에 불을 지르시고 자결하셨습니다 …… 들이닥친 기노시다군이 곧 불을 꺼 버리고 성 안을 샅샅이 소탕해 버렸습니다."

"그래서 불길도 연기도 안 보였었구나?"

"만일 첫째 구루와에 불길이 일면 셋째 구루와에 있는 병력이 즉각 성문을 열고 가세할 것이다. 가세함은 부득이하다 하더라도 대전의 최후와 함께 성주님을 비롯한 어부인, 그리고 어린 도련님들까지도 불을 질러 불길 속에서 자결하시지나 않을까……이 점을 적도 두려워하며 치른 작전이라 생각됩니다."

규타로의 숨결은 이 말까지가 고작이었다. 그는 돌연 대지를 손톱으로 짚으며 외마디 소리로 외쳤다.

"그럼…… 성주님의…… 무운을……."

그러더니 땅에 손을 짚은 채 머리가 쿵 떨어졌다. 칼에 벤 전사보다 더한 고통과 싸우며 죽었다.

"또 하나의 혼이 갔다. 오, 장렬한 산화여!"

누군가 나가마사의 뒤에서 중얼거리며 한숨을 쉬고 이어 나직이 염주 소리가 났다.

"……나무아미타불."

돌아다보니 유산(雄三) 스님이었다.

그의 죠신사(淨信寺)가 지난 병화로 타버렸기 때문에 오타니(小谷) 성에 와서 같이 농성하고 있었다.

"대전께서 오늘 새벽녘에 최후를 마치셨다구요. 비통하신 심중을 깊이 애도하옵니다."

유산이 말하였다.

"스님, 부탁이 있는데."

나가마사는 비교적 흩어지지 않은 채 말했다. 그 소리가 조용할수록 비감에 젖은 내심의 비조를 감출 길 없었다.

"다음은 이 나가마사의 차례요. 따라서 생전에 문벌 일족을 모두 모아 형식이나마 장례를 치를까 하오. 이 오타니의 깊숙한 골짜기에 일전 스님께서 받아 놓은 계명을 새긴 석비가 서 있소. 수고스럽지만 그것을 성 안까지 날라와 주실 수는 없을까요. 스님이 지나가시면 적병도 말이 없을 것이라 믿소."

"네, 알겠습니다."

스님은 이내 떠났다. 그와 거의 때를 같이하여 부장의 한 사람이 뛰어내려와 고한다.

"후와 가와지노가미 미쓰하루(不破河內守光春)란 자가 성 문턱까지 와 있습니다만."

"후와 가와지라니. 어떤 놈인가?"

"오다의 부하올시다."
"적이군."
그러면서 내뱉듯이 말했다.
"쫓아 보내버려…… 노부나가의 가신 따위에게 나가마사는 볼일 없다. 돌아가지 않으면 성문 위에서 암석을 굴려 짓이겨 버려."
나가마사의 노기에 벌벌 떨며 한 무사가 성문 쪽으로 뛰어갔으나 또 다른 부장이 달려와서 말했다.
"아무리 얘기해도 적 사자는 안 돌아갑니다. 싸움은 싸움, 교섭은 교섭, 일국을 대표해 온 사신에게 예를 지키지 않는 법이 있을 수 있느냐…… 하면서 항의하고 있습니다."
나가마사는 들을 필요도 없다는 듯 고개를 크게 저으며 나무랐다.
"협박해서라도 쫓아 보내라는데 상대의 항의 따위를 뭣 때문에 전하는가?"
거기에 또 하나의 부장이 와서 전했다.
"잠시라도 만나 주는 것이 전진의 예의라 생각합니다. 아사이 나가마사는 홧김에 이성마저 잃고 적국의 사자를 만나 줄 도량마저 잃었다……. 이런 뒷소문이 돌면 필경 불리하실까 생각됩니다."
그의 고집을 간하는 듯한 어투였다.
"그렇다면 들게 해라. 어떻든 만나나 보자."
"네, 그럼 어디로?"
"저곳으로 오라 해라."
나가마사는 무사들이 몰려 있는 대청을 가리키며 자기도 성큼 걸어갔다.
부장과 무사들은 반대쪽으로 달려갔다.
그리고 오다의 사자에게 성문을 열어 주었다.
열려진 그 성문에서 평화의 빛이 깃들기를 아사이 가의 성병(城兵) 태반은 바라고 있었다.
그들은 결코 나가마사의 뜻에 복종 않고 있는 것은 아니었으나 나가마사가 제창하는 대의와 싸움의 의의는 매우 소승적이어서 에치젠과의 관계라든가 노부나가에 대한 단순한 반감이라든가 그것에 얽힌 의지 같은 것이 중심이 되는 것에 반해――어떻든 노부나가가 제창하는 웅지와 그 패업은 비교가 안 되리만큼 거창한 것임을 알고 있었다. 즉 대승을 따르느냐, 소승에 기대느냐를 그들도 생각해 볼 수밖에 없었던 것이다.
 그것도, 이 오타니의 성이 견고하며 강력한 힘을 지녔을 때라면 몰라도 이미 첫째 구루와도, 둘째 구루와마저 무너져서 고루낙막(孤壘落莫)한 성에 갇혀 있으면서──어찌 승산이 있을 수 있겠는가. 싸우다가 죽을 보람이 있을 것인지를 생각하지 않을 수 없는 것이었다.
 그래서 오다의 사자에 대하여 그들 사이에는 어딘지 모르게 기다렸던 사람을 맞이한 듯한 공기가 감돌았다. 성 안으로 들어선 후와 가와지노가미(不破河內守)는 성 안 대청에서 나가마사와 대좌했다.
 진막을 둘러친 깃을 따라 앉아 노골적인 적의를 드러낸 눈이나 광대뼈나 흐트러진 머리칼이나 부상한 손을 목에 건 무사들의 험악한 얼굴들이 뚫어지게 가와지노가미를 응시하고 있는 것이다.
 가와지노가미는 그 안에서 지극히 온후한 몸가짐으로 말했다. 이런 사람이 무장일까 의심이 들 만큼 그는 얌전한 모습이었다.
 "주군 노부나가의 뜻을 그대로 전합니다……. 모름지기 나가마사님께서는 원통하실 것이라는 첫 말씀이셨습니다."
 "여긴 전장이다. 그 따위 위안의 말투는 듣기도 싫다. 용건만 듣자."
 "아사구라 가에 대한 돈독한 의리심 앞에 주인 노부나가께서도 오직 경복할 뿐이시며, 이 모두가 아사구라 가가 존립하기 때문에……오늘날 에치젠도 이미 망하고 그 에치젠과 각별한 사이였던 아시카가 장군께서도 서울을 떠나 멀리 퇴거하여 은혜와 원한 모두가 지난 일이 된 지금, 무슨 명분으로 오다·아사이 양가가 싸워야 할 이유가 있을까……더욱이 당신과 의형 노부나가님은 귀하신 매제 사이로서."
 "애써 말했으나 그것은 번번이 하는 소리다. 화의라면 어떤 수를 써 온들 단연코 거절한다. 헛소리는 말라."
 "매우 실례이오나 이젠 항복하실 길밖에 없겠습니다. 이만큼 싸워 왔다면……무가의 면목도 훌륭히 지켜졌을 것이니, 깨끗이 성을 내놓고 앞으로의 영화를 꾀하심이 현명하실 줄 압니다…… 그리하신다면 노부나가님께서도 소홀함이 없도록 아마도 일국을 허락해 주시겠다고까지 심려를 하고 계십니다."
 나가마사는 차게 웃으며 세객(說客)의 말이 그치기를 기다렸다가 대꾸했다.

"그런 감언이설에 넘어갈 나가마사가 아니라고 오다님께 전갈하오. 쉽사리 성을 내놓진 않을 것이라고 말야……당연하지. 단조노주(彈正忠)님께서 심려하시는 점은 이 나가마사가 아니라 육친인 누이동생일 것이야."
"아니 그건 곡해올시다."
"더 할말 있으면 해봐. 무슨 일이건."
나가마사는 내뱉듯이 말했다.
"그러나 나가마사는 처의 덕을 보면서까지 목숨을 건지려는 생각은 추호도 없다는 뜻을 돌아가서 잘 전해 주도록……그리고 또한 내 처 오이치도 지금은 노부나가의 동생이 아니라는 점을 납득이 가도록 차근차근 일러주기 바란다."
"그럼 끝까지 이 성과 더불어 운명을 같이 하시겠다는 말씀인가요?"
"나는 물론, 내 처는 더욱 그런 결의가 굳을 뿐이야."
"……할 수 없습니다."
세객인 후와 가와지노가미는 다시 입을 열 겨를도 없이 발길을 돌리고야 말았다.
그 후, 성 안에는 절망적이라기보다 야릇한 공허감이 음침하게 감돌았다.
화의의 사자에게서 평화를 기대했던 성중의 장병 중에서는 낙망의 빛이 두드러졌다. 아직껏 죽음을 결의했던 장병 중에도 혹시 살아날 길이 있을지도 모른다는 엷은 희망이 있었기에, 이전과 같은 결사적 결속으로써 싸울 심리로 돌아가기는 힘들었던 것이다.
"드디어 깨졌구나!"
성 안이 음침해진 것에는 또 하나의 이유가 있다. 그것은 전시이지만 나가마사의 부친 히사마사의 가장례가 치러졌으며, 다음날이 되기까지 내전 깊숙한 곳으로부터 독경 소리가 새어 나오고 있었기 때문이다.
오이치를 비롯한 네 명의 아이들도 그날부터 모두 흰 비단 옷으로 갈아입고, 머리나 허리의 띠는 검은 빛의 상복 차림을 하고 있었다.
그들의 모습은 마치 속세의 사람이 아닌 양 너무나 맑았기에, 당연 성을 베개 삼아 죽음을 각오한 신하들의 눈에는 애처롭고 차갑게 비치었다.
여기에 또 죠신사에 갔던 유산 스님이 인부에게 석탑을 들러 메게 하고 돌아왔다.
석탑에는 나가마사의 계명──즉, 생전의 계명이 새겨져 있었다.

덕승사전 천영종청 대거사(德勝寺殿天英宗淸大居士)

　그것을——
　날이 밝으면 8월 27일이 되는 전날 밤, 성중의 대객실에 안치하고 향로 조화 등을 갖추어 생전의 장례를 집행하였다.
　"이 성의 성주이신 아사이 나가마사(淺井長政)님께서는 무가의 명예를 애석히 여기시어 장렬하게 꽃이 지듯 최후를 마치셨다……그러니 역대의 은고를 입은 장사들은 삼가 세속과의 작별을 고함이 좋을까 하오."
　유산이 장병에게 말하였다.
　나가마사는 석탑 뒤에 마치 죽은 사람처럼 앉아 있었다.
　장병들은 처음에는 얼떨떨한 표정을 하고 있었다.
　'이렇게까지 하지 않아도 되잖나.'
　다소 기묘한 공기가 감돌았다.
　그러나 오이치를 비롯한 어린아이들이 차례로 분향을 하고 일족의 무리들이 차례로 분향을 해가자——누구의 입에서부터인지 흐느끼는 소리가 새어나오기 시작했다. 물을 끼얹은 듯한 객실 가득 찬 투구의 사나이들이 고개를 떨어뜨리고 눈시울을 찍는 등, 얼굴을 든 사람은 하나도 없었다.
　식이 끝나자
　"자, 밤이 새기 전에 석비를 물에 던지자."
　유산 스님을 선두로 서너 명의 무사들이 석비를 짊어지고 성 밖으로 나갔다.
　이번에는 산기슭 쪽으로 내려가 호수 쪽에 다다르자 배를 저어나가 지쿠부(竹生) 섬에서 8장 가량 동편 쪽에서, 풍덩—— 호수 깊이 빠뜨리고야 돌아왔다.
　"생전의 장례도 끝냈다. 이젠 성중의 장병들도 나의 결의를 깨닫고 모두 결사의 각오를 굳혔을 것이다……뒤따르라, 마지막 날! 언제든지."
　나가마사는 자신에게 다가오는 죽음에 대하여 감연이 맞섰다.
　그도 역시 평범한 장수는 아니었다.
　화의에 일말의 희망을 걸고 있는 일부 장병의 사기의 이완을 놓치지는 않았다.

그가 치른 살아서의 장례는, 풀어진 성 안의 사기를 죄는 데 과연 효과가 있었다.

"성주께서 저렇게까지 결사의 각오를 하신다면야."

모두 결사의 운명을 각오했다.

"이젠 끝이다."

"죽자."

여기에 일치했다.

비장하다. 나가마사의 결의는 그대로 신하들에게 반영되어 나가마사가 베푼 사기진작 책은 확실히 주효했다.

그러나, 그는 범장은 아니었으나 그렇다고 걸출한 명장의 그릇은 못됐다.

그의 가신들도 지위의 고하를 막론하고 죽음은 두려워하지 않았을 것이다. 그러나 가치있는 죽음을 원했을 것은 의심할 여지도 없는 것이다.

가치있는 죽음.

기꺼이 죽을 수 있는 싸움.

죽음을 각오한 무사들의 소망은 이외에 있을 수가 없다.

그것은 또한 인간이 지닌 희망 중에서도 최대의 것이며, 최후의 것이다. 그 희망은 즉 열망이다. 그래서 고래의 명장들은 그 열망을 결코 헛되게 하지 않았다. 아니 싸우기 전에 그 의의와 정의를 깃발 위에 높이 걸지 않고서는 싸우지 않는 것이 병법이다.

이런 점에서 나가마사의 가신들은 조금 맥이 빠져 있었으리라. 그것도 성주를 모시는 어쩔 수 없는 신하로서의 관념에 가까운 최후가 된 것이다.

적의 총공격——

지금은 기다릴 수밖에 없었다. 그러나, 그 날도 적은 총소리 하나 없이 잠잠했다.

그럴수록 만추의 산봉우리가 주는 아름다움과 구름이 흐르는 하늘의 푸름이 결사의 각오를 흐려지게 한다.

"……온다!"

한낮 무렵이다. 성문의 병사가 외쳤다.

그 소리에 석벽의 총구들이 표적을 찾아 웅성대듯 움직였다.

그러나 찾아온 적은 단 한 명뿐이었다.

그것도 빈들빈들, 놀이 나가는 사람이나 되는 것처럼 건들거리며 걸어오고 있는 것이다.——사자라면 적어도 종병을 이끌고 기마를 하고 오는 위용쯤은 갖출 것인데——하며 의아스럽게 바라보고 있던 중, 부장 하나가 포수에게 말했다.

"역시 적장이다. 사자는 아닐 거고 건방진 놈. 한 방 쏴 버려!"

위협 사격 1발——이런 뜻으로 명했는데 3, 4명의 총구가 일제히 쏘아 댔다.

그러자 놀란 듯 사나이는 멈춰 섰다. 그리고, 금색 바탕에 일장을 그린 군선을 머리 위에 펴들고는

"멈춰라, 잡병들아. 기노시다 도키치로를 감히 총으로 마구 쏘다니! 성주 나가마사에게 다시 잘 물어야 할 것이다. 나를 쏜다고 아사이의 승전이 될 리도 만무 아닌가. 백년의 한을 남길 짓은 삼가라!"

큰 소리로 외쳤다.——아니 말하는 사이에 그는 뛰어와 이미 성문 앞까지 와 있었다.

"음, 정말 오다의 기노시다 도키치로군. 무슨 일로 왔느냐?"

바라보고 있던 아사이의 부장들은 그가 온 목적이 해괴하여 살의마저 까맣게 잊고 있었다.

도키치로는 성문을 쳐다보며 되풀이 외쳤다.

"내전에 전갈을 부탁하오. 어느 분이라도 좋으니 일가의 어느 한 분과의 면담을 부탁하오."

"······."

어떻게 할 것인가?

서로 의논하고 있는 듯한 떠들썩한 소리가 들린다. 잠시 뒤 조소하듯 웃음소리가 들리자, 성문 위로 부장 하나가 얼굴을 내밀며 말했다.

"소용없소. 무슨 용무로 왔는지 몰라도 면담시킬 순 없소. 보나마나 노부나가의 사자로서 세객으로 왔겠지. 거듭되는 헛일이니 돌아가라."

도키치로는 한층 소리를 높여 말했다.

"닥쳐, 신하된 주제에 성주의 의향도 묻지 않고 귀빈을 쫓는 법이 있는가. 이미 낙성한 거나 진배없는 이 성을 차지하기 위해 일부러 시간을 허비하며 세객으로 오거나 음모를 쓸 못난 짓은 않는다!"

그렇게 큰소릴 치고는 다시 말을 잇는다.

"내가 온 것은 노부나가님의 대리로서 나가마사님의 제단에 분향하러 온

것이다. 듣자하니 나가마사님께서는 이미 각오하신 바 있어 살아서 자신의 장례까지 치르고 석비를 비와 호에 가라앉혀 수장식(水葬式)까지 끝마쳤다는 소식……생전의 우의를 위해서도 분향쯤은 서로 허용할 수 있지 않은가…… 그것도 못한다면 이젠 그런 예의도 정의도 묵살하겠다는 건가. 나가마사님 이하 제공들의 결의란 위선인가, 허센가. 겁쟁이들 같으니……."

수치를 느꼈던지 성문 위의 얼굴들은 쑥 들어가 버렸다. 그리고는 잠시 동안 잠잠하다가 겨우 성문의 일부를 열어 주며 말했다.

"노신 후지가케 미가와노가미라도 좋다면 잠깐만 만나 보시겠다는데, 그래도 좋다면."

그리고 성문으로 들게 하면서 덧붙여서 다짐을 받는다.

"성주 나가마사님과는 절대로 만날 수 없으니, 그리 아시오."

"물론이오. 나가마사님께서는 이미 망자가 되신 분으로 알고 있으니 간청은 않겠소."

도키치로는 곧장 들어왔다.

이처럼 태연스럽게 적중에 들 수 있을까 하며 아사이 일가의 장병들은 스스로의 위세와 창칼의 숲을 도리어 맥 빠진 허물처럼 느끼게 됐다.

안내하는 부장의 뒤를 따라 도키치로는 성문에서 중문까지 뻗은 긴 언덕길을 태연히 올라간다.

대현관에 이르자 나가마사의 일족이며 노직에 있는 후지가케 미가와노가미가 마중나와 서 있었다.

"참 오랫만이올시다."

평상시와 다름없는 자연스러운 인사다.

서로 안면이 있는 사이라 미가와노가미도 미소를 띠며 절한다.

"참으로 오랜만이올시다. 이런 상황 속에서 이렇게 만나 뵙게 되다니 실로 꿈만 같습니다."

역시 성문을 지키던 핏발이 선 장병의 눈길과는 달리 노장의 표정은 담담하고 침착했다.

"미가와님. 당신과 만나지 못한 것은 오이치 마님께서 당가에 시집 오신 때부터니까, 참으로 오랜만이군요."

"그렇죠. 그 후가 되겠죠. 그땐 마님의 가마를 마중하는 임무를 띠고 내가 기후까지 갔었으니까요."

"그 날의 경사스럽던 상하의 기쁨에 비해서 오늘 양가의 경우는……."

"숙명이라는 것이겠죠. 그러나 예부터 화란흥망(和亂興亡)의 예를 보면 무가의 상사로서 신기할 것도 아니겠죠. 어서 이리 오십시오. 후한 대접은 못 하오나 차라도 올리겠으니, 어서."

미가와노가미는 먼저 앞서며 그를 정원쪽 다실로 인도한다. ──이 백발의 노장의 뒷모습에는 이미 생사를 초탈한 침착한 여유가 엿보였다.

구슬

한 동(棟)의 정자가 있다.

수목의 사잇길을 따라가 정자 안에 앉으니 여기는 별천지와 같다. 청초한 자연과 깊은 산골짜기처럼 조용한 다실 분위기에 휩싸여 주객이 더불어 피비린내 나는 넋으로부터 말끔히 씻겨난 듯했다.

때는 늦가을 아침.

여기저기 나무의 잎들은 정자 안까지 날아들었으나 화롯가에도 마루에도 티끌 하나 없이 정결하다.

"오다의 댁내에서도 요즈음 다도에 열중하신다던데."

화기에 찬 잡담을 주고받으며 후지카케 미가와노가미는 솥에서 물을 뜨고 있었다.

도키치로는 그의 손길을 보자 당황한 듯 제지하며 말했다.

"성주 노부나가를 비롯하여 모두 다도에 기호가 크시지만 저만은 원래가 무취미한 편이어서 다도를 모릅니다. 그저 마실 줄만 아는 정도이니."

"괜찮습니다."

미가와노가미는 찻그릇을 놓아 차를 따르고 가늘고 고운 여인 같은 손길로 일손을 서두른다. 물론 투구를 걸친 늠름하고 거친 무장은 그대로였다.
 그러나 투구를 걸친 그 손길과 몸가짐이 추호도 어색하고 거북스럽지가 않았으며, 녹슨 차솥과 찻그릇밖에 없는 텅 빈 정자 안에서는 이 노장의 번쩍이는 투구가 하나의 화려한 장식 도구처럼 빛났다.
 '이런 사람을 만나다니 안성맞춤이야.'
 도키치로는 내심 차보다도 이것을 기뻐했다.
 ——어떻게 하면 성중에 있는 오이치를 구조해 낼 수 있을까?
 이와 같은 노부나가의 심려에 대하여 그의 고뇌도 동일한 것이었다. 여기까지의 전략 작전에는 주로 그의 지략이 구사되어 왔기에 이 문제에도 책임을 느끼고 있었다.
 언제든지 함락하고 싶을 때 함락시킬 수 있는 이 성이지만, 목적한 주옥을 타다 남은 잿더미 속에서 찾으려는 듯한 우를 범해서는 안 될 노릇이다.
 더욱이 성주 나가마사는 이미 내외에 결사 선언을 고했으며 부인도 남편을 따라 순사할 각오라고 한다.
 네 자식을 거느린 그 부인만을 탈 없이 탈취하여 싸움의 성과를 거두겠다는 것은 노부나가의 무리한 욕망이라 아니할 수 없으나, 도키치로는 이 임무를 한 몸에 지니고 이 곳에 와 있는 것이다.
 "사자, 어서 드시지요. 솜씨 없는 차이지만."
 미가와노가미는 차 그릇을 내밀었다.
 도키치로는 차 그릇을 아무렇게나 집어 들자 꿀꺽꿀꺽 세 모금을 마시고 말했다.
 "아, 맛있군. 오늘처럼 맛있긴 처음이올시다. 결코 공연한 소리가 아니지요."
 "어떻습니까? 한잔 더."
 "아니 기갈은 면했습니다. 입 속의 기갈은 면했지만 심중의 기갈은 어찌하면 면할 수 있을까요? 미가와님, 당신과는 얘기가 통할 것 같습니다. 저와 의논을 해 주시겠습니까?"
 "나는 아사이의 가신, 당신은 오다가의 사자. 명확한 입장에 서서 들어 봅시다."
 "나가마사님을 만나게 해 주십시오. 어떻습니까?"
 "그 점은 성문에서 거절하였을 텐데. 당신도 나가마사님을 만나러 온 건 아니라고 분명 말하셨기에 모셔 들인 건데. 이제 와서 두 말씀을 하시다니 사자로서 추한 농간이구려. 절대 그것만은 안 되겠소."
"아니 살아 계신 나가마사님을 만나겠다는 건 아닙니다. 그 분의 영전에 노부나가의 대리로서 절이라도 올리겠다는 겁니다."
"궤변을 거두시오. 설사 전갈을 올려도 성주께선 만나실 리가 만무올시다. 여기 올린 한 잔의 차는 무문의 예절로서 최고의 향음을 취한 셈이니 염치를 알거든 깨끗이 물러가시오."
'동하지 말자. 단연코.'
도키치로는 뱃속에서 홀로 맹세하였다.
'목적을 달할 때까지!' 라고.
"……."
그는 끈덕지게 침묵을 지켰다. 변설로 듣는 상대에 달렸다. ──이처럼 노련한 노장에게 서툰 요설은 오히려 역효과일 뿐이다.
"……자. 일어나시죠. 돌아가는 길을 안내하겠소."
미가와노가미는 독촉했다.
도키치로는 묵묵히 먼 산을 바라보며 꿈쩍도 하지 않고 스스로 따른 차를 거침없이 마시고 모든 다기가 다 물러나간 무렵에야 겨우, 비로소 입을 열었다.
"좀 더 여기 있게 해주시오."
움직이지 않는다.
아니 지렛대로 치켜도 움직이지 않을 표정이었다.
멸시하듯 후지가케 미가와노가미는 말했다.
"언제까지 눌러 있어도 허사일 텐데."
"결코 허사는 아니올시다."
"두 말할 필요 없소. 여기에 계셔서 어떻게 하겠다는 건가요?"
"솥에 끓는 물소리를 듣고 있죠."
"물소리를……하하하하, 다도도 모른다던 분이."
"아니, 사실 다도고 뭐고 모릅니다만…… 이 소리만은 매우 좋군요. 오랜 진중 생활에서 말발굽 소리와 함성만을 들어온 탓인지 매우 기분이 좋습니다. 잠시 홀로 있게 해주십시오. 그동안 차근히 생각해 볼 셈이니까요."
"아무리 생각을 해보신들 나가마사님을 만나 뵐 수 없는 것은 물론, 여기

구슬 483

서 한 발자국도 내전 쪽으로는 못가십니다."

그 말엔 대꾸도 없이 도키치로는 화롯가로 무릎을 다가가며 홀린 듯 바라만 보고 있었다.

"음……참 좋은 소리가 나는 솥이로군."

이 솥은 아시야(蘆屋)일까, 고텐묘(古天妙)의 작품일까. 그런 것은 그의 상식 밖의 일이다. 그가 언뜻 재미있게 느낀 것은 녹슨 솥 표면에 새겨진 원숭이의 무늬였다. 인간인지 원숭이인지 분간할 수 없는 작은 동물 하나가 나뭇가지에 사지를 짚고 천지간에 방약 무인한 자태로써 애교를 부리고 있었다.

'누구하고 닮았군.'

도키치로는 스스로 고소를 금치 못했다. 마쓰시다가헤의 집을 나와 끼니도 잠자리도 없이 숲 속을 방황하던 때의 자신이 문득 생각났다.

어딘가 숨어서 자기를 살피고 있는지 솥을 들고 가버렸는지 미가와노가미는 그 자리에 없었다.

"호호, 재미있군. 재미있단 말이야."

솥과 담화하는 듯한 모습이다. 홀로 고개를 젓고 있었다. 그러면서 악착같이 움직이지 않겠다고 마음속으로 다짐하고 있었다.

그런데 어디선가 '킥킥' 웃는 사람이 있었다. 도키치로의 귀가 그 소리를 놓칠 리 없었다.

또 하나 '끅끅' 웃음을 씹는 소리도 들린다. 둘 다 밝고 철없는 소리였다.

그는 은근히 정자 밖으로 얼굴을 돌렸다.

"저것 봐, 그렇지 꼭 같지."

"그래. 꼭 원숭이 같아."

"누굴까?"

"아마 사신으로 온 사람인가 봐."

두 어린이의 눈이 보였다.

뜻밖이었다. 도키치로가 솥의 무늬에 관심을 기울이고 있을 때, 그 도키치로의 얼굴을 훔쳐보면서 울타리 밖에서 시시덕거리는 두 어린이가 있었다.

"음?"

노한 것이 아니다. 도키치로는 환희에 넘쳤다.

나가마사와 오이치 사이에 태어났다는 4명의 아이들—— 그 가운데 만주와 자자임에 틀림없다고 직감했기 때문이었다.

'싱긋' 하며 도키치로는 미소를 던졌다. 그랬더니

울타리 밖에서 넘겨다보던 만주와 자자가 재잘거리며 소리를 낮춰 말했다.

"어머. 웃었다, 웃었어!"

"……원숭이가 웃었다."

둘 중의 하나가 말했다.

도키치로는 그 소리를 듣자 이번에는, 노리는 시늉을 해 보였다.

"와웅!"

이것은 웃어 보인 것보다 더욱 효과가 있었다.

만주와 자자는 저 아저씨가 만만하다고 깔보며 울타리 밖에서 '히힝' 하며 말이 잇몸을 드러내고 웃듯이 희롱했다.

그래도 웃지 않고 도키치로가 노리고만 있기에 두 어린이도 노려보기 시작했다. 눈싸움을 시작했던 것이다.

"야── 웃었다."

만주도 자자도 기뻐 날뛰었다.

도키치로는 머리를 긁적이며 더 놀자는 시늉을 해 보였다.

"재미있는 아저씨."

두 어린이는 그의 손짓에 끌려 살며시 사립문을 밀고 들어왔다.

"뭐, 뭐하구 놀 거야?"

"아저씨 어디서 왔어?"

도키치로는 마루로 나와 짚신을 신고 있었다.

그러한 그를 놀리는 듯 만주가 손에 쥐고 있던 갈대 가지로 그의 목덜미를 간지루어주었다. 도키치로는 간지러움을 참으며 짚신을 단단히 맸다.

무섭게 예민한 어린이들의 신경은 그가 허리를 편 순간 안색에서 뭣을 느꼈던지 재빨리 도망치려고 했다.

"……앗."

오히려 도키치로가 뜻밖이었다.

그는 몸을 날리며 한 손으로 만주의 목덜미를 낚아챘다.

그리고 또 한 손으로는 자자를 잡으려 했으나 자자는 새된 소리와 함께 울부짖으며 달아났다.

"……무서워."

붙잡힌 만주는 겁에 질려 소리도 못 지르고 있었다.

도키치로의 몸에 깔려 벌렁 넘어져서 그의 얼굴이 하늘을 거꾸로 쳐다볼 때야 비로소

"앗!"

자지러질 듯 비명을 질렀다.

울부짖으며 저쪽으로 도망쳐 가는 자자의 울음소리와 이곳 절규를 누구보다도 먼저 들은 것은 정자를 나와 서성거리고 있던 후지가케 미가와노가미였다.

'무슨 일일까?'

가슴이 서늘했다.

그는 이곳에 달려오자 더욱 놀랐다.

"아, 아니?"

미친 듯이 절규하자 손은 곧—— 거의 무의식적으로 칼을 잡았다.

"이놈!"

"위험해!"

오히려 상대의 주의를 불러일으키려는 듯이 재지의 소리를 질렀다.

그러나 때는 늦었다.

바람을 찢는 듯한 검소리와 함께 그를 내려치려던 미가와노가미는 움찔 멎었다.

도키치로의 손을 보았기 때문이다. 만주의 목에 들이댄 비수를 치켜든 그의 안광은 일촉즉발의 살기로 등등했기 때문이다.

침통한 노장의 얼굴에 소름이 덮쳤다. 백발을 곤두세우며 어깨를 들썩일 뿐이다.

"이 죽일 놈. 나이 어리신 도련님을 잡고 어쩔 셈이냐?"

거의 울 듯한 목소리였다. 미가와노가미는 회한과 분노에 떨며 다가갔다.

미가와노가미가 거느린 낭도들인 듯한 자들이 이 광경을 보자, 목이 터져라 외치며 발을 구르며 화급을 고했다.

"엇, 큰일이오."

"모두 나오시오."

"변고가 일어났소."

그리고 또——

울부짖으며 도망쳐 간 자자의 고발로도 이 사건은 중문에서부터 내전까지 알려지게 되어 여기저기서 많은 무사들이 몰려왔다.

순간의 일이었다.

만주의 목에 비수를 겨눈 채 둘레를 훑어보고 있는 적의 주위에는—— 그 야말로 투구와 철통의 장벽이 쌓여 있다. ——그것도 도키치로의 손과 안광에 겁을 먹었음인지 먼 발치에서 둘러싼 채 웅성대고 있을 뿐이었다.

"후지가케님."

도키치로는 그 중의 한 얼굴을 보며 불러댔다.

"어쩔 텐가? 대답을 하시오. 심히 난폭한 짓이오나, 나로선 이럴 수밖에 도리가 없었소. 나의 성주를 욕되게 할 수 없는 일이니 어쩔 수 없소. 확실한 대답이 없으면 만주를 찔러 죽이겠소."

번뜩이는 큰 눈을 부라리면서 말했다.

"후지가케님. 당신이 다도를 정진하고 계신 본령이 뭐요? 다도의 진경은 바로 여기에 있는 것이 아닐까. 나는 조금 전 당신에게 배워 그리 믿고 있소…… 이미 살아서 돌아갈 생각도 없는 나에게 이렇게 떠들어봤자 모두가 쓸데없는 짓들이오. 얘기는 다실에서의 계속이면 족오. 당신과 나만의 대화면 말이오. 이 무사들을 돌아가게 해주시오. 그 다음에 담판합시다."

"……."

"그래도 분별이 가지 않소? 판단이 둔하시군. 나를 죽이고 도련님만을 구한다는 것은 어차피 가망 없는 노릇이오……. 마치 노부나가께서 이 성을 쳐서 오이치의 몸만을 무사히 구해 내려는 거와 같소……. 천부당 만부당한 소리. 설사 나를 총포로 쏜다 하더라도 순간 내 칼은 이 목을 꿰뚫고 말 것이오."

그저 지껄이고 있는 것도 그 하나뿐이었다. 더욱이 유창한 변설이다.

혀끝만이 아니다. 눈길도 민첩하게 잘 굴린다. 아니 온몸 구석구석까지 그 능변과 더불어 팔방의 적에게 빈틈없는 위압을 주고 있는 것이다.

"……."

아무도 손을 쓰는 자 없다.

더욱이 미가와노가미는 자신의 책임을 통감하고 있으면서 그의 설법에 휘

말리고 있는 듯하다. 일시의 경악을 풀며 다실에서의 침착한 모습으로 돌아갔다.
"모두 듣거라."
겨우 그는 몸을 움직였다. 손을 저 멀리 흔들며 말했다.
"가라, 모두들 가라. —— 여긴 나에게 맡겨라. 내 목숨과 바꿔서라도 도련님만은 보호하겠다. 모두 자기 부서로 돌아가도록 하라."
그리고 도키치로에게 정중하게 말했다.
"원대로 모두 돌려보냈소. 그러니 이제 만주 도련님을 내 손으로 보내주시오. 이런 방법은 서로서로 피하여 신의로써 얘기합시다."
"못하오!"
그는 고개를 크게 저었으나 다시 소리를 가다듬으며 말했다.
"나는 이렇게 말할 수 있소. 나가마사님의 손안의 주옥을 뺏었다고! 그러나 신의로써 해결하자면 뭣을 의심하겠소. 도련님은 돌려보내죠. 허나 나가마사님께 직접 돌려드리겠소. 나가마사 내외분을 만나 뵐 수 있도록 주선해 주시오."
앞서 물러간 무사들 중에 나가마사도 끼어 있었던 것이다.
도키치로의 소리를 듣자 자식의 안위에 넋을 잃고 뛰어오자마자 애도한다.
"나가마사는 바로 여기 있다. 철부지 어린 것을 인질로 삼아 흥정하려 함은 비열하기 그지없다. 너도 오다의 한 부장 기노시다 도키치로라면 이따위 간교한 계책으로 부끄럽지도 않은가? 하여튼 만주를 내게 돌려준 다음 할 말을 해라."
"오, 나가마사님이시옵니까……?"
도키치로는 상대의 노기에도 불구하고 은근한 절을 했다. 그러나 여전히 만주를 깔고 앉아 비수를 들이댄 그대로였다.
"기노시다님. 제발 놔주시오. 이처럼 성주님께서 말씀하시는 이상……어서 내 손으로 돌려주시오."
옆에 있던 후지카케 미가와노가미도 떨리는 소리로 간청한다.
도키치로는 그 소리를 옆귀로 들으면서 아사이 나가마사를 뚫어지게 지켜보고 있었다. 나가마사의 핏발이 선 창백한 얼굴을 똑바로 응시하다가 이윽고 긴 한숨과 함께 말한다.

"아아,…… 성주께서도 육친의 정애(情愛)는 있었습니다 그려. 가련한 자에 대한 불민의 정이 있었군요. 그런 줄은 미처 몰랐습니다."
"내놓아라, 이놈. 어린 것을 찌를 셈인가?"
"티끌만치도 그런 뜻은 없습니다. 육친이신 성주께서 아무 애정이 없으시다면——"
"허튼 소리 마라. 부모로서 자식을 생각지 않는 자가 있느냐?"
"그렇습죠. 설사 짐승이라도."
도키치로는 그의 말을 반증하였다.
"그렇다면 저의 성주 노부나가께서 오이치 마님을 구해내시기 위해 이 소성을 공격 못하시는 고충도 짐작되시겠죠. 또 오이치 마님의 남편 되시는 당신께서는 어떠하였던가? ——노부나가의 약점을 이용하여 모자의 목숨을 성과 더불어 운명을 같이 하도록 강요하고 있지 않습니까? 그것은 마치 지금 이 사람이 만주 도련님을 깔고 앉아 목덜미에 비수를 들이댄 채 당신과 담판하는 것이나 진배없는 일입니다. 저의 행동을 비굴하다고 꾸짖기에 앞서 자신의 전략이 비열하지는 않은지, 잔인하지는 않은지 잘 생각해 보십시오."
그렇게 말하면서 도키치로는 만주의 위에서 일어나 안아 일으켰다……. 휴! 안도의 한숨을 토한 나가마사의 안색을 보자, 그는 만주를 돌려보내고 그의 발밑에 엎드려 두 손을 짚었다.
"본의 아닌 저의 방자한 짓과 무례함을 용서해주십시오……. 이런 수단을 쓴 것도 오직 성주님의 마음을 위로하고 또한 아사이 나가마사는 아깝게도 머리가 착란하여 망했다고 후세에 오명을 남기지 않기 위해서라도……. 진실로 당신을 위해 저지른 일이옵니다. 부디 저의 충정을 굽어 살피시어 오이치 마님과 어린 것들은 성문 밖으로 피신시켜 주십시오. 강한 무장은 정의에 약하다고 합니다. 대자비심에 의지하여 도키치로는 이렇게 기원하옵니다. 사심 없이 불민한 여성과 자식들의 장래를 보아서——아버지시며 남편이신 당신의 넓으신 혜량을 간곡히 기원하옵니다."
그는 적장 나가마사에게 호소하는 마음이라기보다 사람의 영혼에 대하여 진정을 고했다. 그가 가슴에 두 손을 합장하고 기원한 것도 절대 허위가 아니었던 것이다. 자연히 두 손이 겹쳐진 것이었다.
"……."

묵묵히 나가마사는 눈을 감은 채 듣고 있었다.

양 팔을 낀 채.

양발로 대지를 힘껏 밟은 채.

그 모습은 갑옷을 입은 불상과도 같았다.

도키치로는 합장한 채 일어설 줄 모른다. 그가 이 성 안에 들어올 때 공언한 것처럼 살아 있는 시신인 나가마사의 영혼에 명복을 비는 듯한 모습이었다.

진심으로 기원하는 자와 진심으로 죽음을 택하려는 두 사람의 심령은 순간 굳게 엉키어 닿았다.

적이라든가 우리 편이라든가 하는 피아의 간격도 해소되고 나가마사가 노부나가에게 품었던 감정이나 반항 따위, 무릇 망념은 깨끗이 씻겨 사라지고 있었다.

"후지가케."

"네."

"잠시 기노시다님을 모셔가서 대접을 하도록 해. ——그동안 가족들과 고별하겠다."

"고별이라뇨?"

"처와 애들과 이 세상을 하직하는 고별이다. 이미 장례까지 치른 이름이다……생이별은 사별보다 더 괴롭다지만……사자, 그 동안은 참아주겠지?"

"넷……?"

놀란 도키치로는 그의 얼굴을 바라보았다.

"그럼……불초 도키치로의 청을 들어주신다는 말씀입니까?"

"가족들을 사지(死地)의 길동무로 삼으려 했음은 나의 얕은 소견이었다. 이미 죽은 몸이라고 작정은 했으면서도, 미련 때문에 애증의 번뇌만은 씻지를 못했다. 지금 자네의 얘기를 듣고 스스로가 부끄럽게 느껴졌다. 아직 젊은 오이치와 어린 것들을 끝까지 잘 부탁하겠다."

"목숨을 걸고……."

도키치로는 대지(大地)에 엎드려 절했다.

그 찰나 그의 뇌리에는 노부나가의 기뻐하는 얼굴이 스쳐갔다.

소아(小我)의 욕망은 잡힐 듯하면서도 잡히지 않지만, 충절에서 샘솟는 진심은 어떠한 난관도 뚫는다는 것을 뼈저리게 느꼈다.

"……그럼 나중에 만나자."

나가마사는 내뱉고 내전 쪽으로 성큼 걸어갔다.

뒤따라 미가와노가미는 새삼스럽게 그를 노부나가의 사신으로서 객전에 안내하려 했다.

도키치로는 일어섰다. 그의 얼굴에도 안도의 밝은 기색이 떠올랐다. 그리고 미가와노가미에게 이렇게 말했다.

"죄송하오나 성 밖의 아군에게 신호를 할 때까지 기다려주실 수 없겠습니까?"

"신호를?"

미가와노가미는 의심이 났다. 이렇게 의심하는 것도 당연했다.

그러나 도키치로는 당연하다는 듯이 말했다.

"실은 성주님의 명지를 받고 이곳으로 올 때 이런 약속을 했었습니다……. 만약 도키치로가 목숨을 버려서라도 일이 성취되지 못할 때는 꼭 성중에서 봉화를 올려 결렬의 신호를 할 테니 그땐 성주님께서도 최후의 결심을 하셔서 일제히 성을 공격하도록……. 만약 나가마사님을 뵙게 되어 일이 잘됐을 때는 성중의 높은 나뭇가지에 깃발을 올리겠다고 약속했습니다. 아무튼 그때까진 병력을 움직이지 말고 대기시켜 달라고……이렇게 다짐을 드리고 왔습니다."

미가와노가미는 그의 용의주도함에 크게 놀랐다. 아니 더욱 놀란 것은 다실 화롯가에 어느새 봉화를 올릴 준비가 갖춰져 있는 일이다. 도키치로는 즉시 성 밖에 신호를 끝내고 객실로 들어와 웃으며 말했다.

"만약 실패할 때는 무작정 다실까지 와서 봉화불을 화로에 처박을 작정이었습니다. 하마터면 해괴한 다실이 될 뻔했군요. 하하하……."

최후의 무사들

호젓하게 도키치로는 남겨졌다. 다다미 50장이나 되는 넓은 방이다.

여기로 안내한 후지가케 미가와노가미가 잠시 기다리라고 하고 나간 지 벌써 한 각 반이 지났다.

"오래 걸리는군."

지루함을 참을 수가 없었다. 사람의 기척도 없는 넓은 방에도 어느덧 땅거미가 짙게 덮여 왔다.

다실 안에 등불을 켜야 할 무렵에야 밖으로 눈을 돌리니 성 밖 먼 산등성이에는 만추의 낙조가 진홍빛으로 물들고 있었다.

그의 앞에 놓인 상 위의 과자 그릇은 벌써 비어 있었다.

잠시 후 사람의 발소리가 들린다.

차를 들고 온 사람이었다.

"농성 중이어서 대접할 것은 없사오나 야식을 올리라는 성주님의 말씀이어서 곧 식사를 올리겠습니다."

그는 두 곳에 촛대를 놓고 가려 하였다.

"야식 걱정은 말고 빨리 후지가케님을 뵙자고 전해주시오."

"알겠습니다."

대답을 하고 사라지자 이내 미가와노가미가 모습을 나타냈다.

잠시 사이에 10년은 늙은 듯 백발이 성성하고 맥이 없어 보이며 눈시울에는 눈물마저 흘린 듯한 흔적이 역력했다.

"대단히 실례했습니다. 홀로 오랫동안 기다리게 해서."

"아뇨, 그런 예의는 상관없습니다만 나가마사님께서는 뭘 하고 계시는지요? 가족과의 이별은 끝이 났는지……그 일이 걱정이올시다. 해도 거의 저물었으니."

"그러시겠지요. 아까 성주님께서도 성큼 그렇게 말씀은 하셨지만 막상 생이별을 하시게 되니 역시……."

노장은 얼굴을 돌려 눈물을 감춘다.

도키치로도 눈시울이 뜨거워져 눈 둘 곳을 몰랐다.

"더욱이 마님께서는 절대로 남편의 곁을 떠나지 않겠다, 이 성을 빠져나가 오빠이신 노부나가의 슬하로 돌아갈 생각은 없다고 우시면서 애를 태우시니……."

"음…… 그러실 테지요."

"이 못난 늙은이에게도 호소하십니다. 여자는 출가할 때 이미 성안을 무덤으로 알고 출가했다고……부모의 서러움과 오가는 말로 어린 마음에도 눈치를 채셨는지, 그 어린 분들이 왜 아버님과 헤어져야 되느냐고, 왜 아버님은 죽어야 하느냐고 하시며…… 도키치로님……용서하십시오. 이런 꼴을 보여드려서……."

미가와노가미는 두 손으로 얼굴을 덮고 말았다. 그리고 거친 기침 소리와 함께 흐느끼기 시작했다.

군신의 정이 그런 것이어늘……하물며 나가마사의 심중이나 오이치의 비탄이 오죽하였을까. 유달리 인정에 약한 도키치로는 이내 눈물범벅이 되어 얼굴이 엉망이 돼버렸다. 몇 번이나 코를 풀고 딴 곳으로 고개를 돌리곤 했다.

──그러나 그는 그러는 순간에도 대사를 앞둔 몸이라는 것을 잊지는 않았다.

사소한 인정에 끌려 사명을 소홀히 해서는 안 된다고 스스로를 달랬다.

그는 눈물을 거두며 이렇게 요구했다.

"기다릴 약속이었으나 한정 없이 이럴 수는 없습니다. 앞으로 기다릴 시간을 정해주십시오."

"좋습니다…… 그럼 저의 생각이오나 해시(10시)까지 기다려주십시오. 그 시간이 되면 반드시 모녀를 성 밖으로 내보내도록 하겠습니다."

도키치로는 거역할 수가 없었다.

그렇다고 그런 한가한 상황도 아니었음은 물론이다. 성 밖의 아군들은 나가마사의 회답 여하에 따라 오늘 일몰 전에라도 성을 공략해 버릴 예정으로 전군이 대기하고 있는 참이었다.

그 아군에게는 낮에 성안에서 깃발 신호를 올려, '구출 성공'이란 신호를 띄워 놨지만 그래도 시간이 너무 흘렀던 것이다.

노부나가를 비롯한 제장들은 성안의 경위를 알 리가 없으니 착잡한 억측과 불안이 엇갈려 어찌할 바를 몰라 이론이 분분한 가운데, 난처해할 성주 노부나가의 모습이── 도키치로는 그런 생각에 미칠 것만 같았다.

"무리가 아닙니다. 해시까지 기다릴 테니 마음껏 결별의 정을 나누시도록 …… 그때까지 성의 안전을 제가 책임지도록 하겠습니다."

그의 요청을 기꺼이 승낙하고, 후지가케 미가와노가미는 다시 내전으로 돌아갔다.

밖은 벌써 어둠이 깔렸다.

기다리던 도키치로 앞에 전장에서는 볼 수 없는 진수 성찬이 들어왔다.

"여러분들도 바쁘실 테니 물러가 계시오. 홀로 있는 것이 평안하온즉 자작으로 들도록 하겠습니다."

그는 급사를 물러나게 하고 자작으로 마시기 시작했다.

미주의 향기에서 가을의 내음이 몸속에 배이는 듯한 달콤한 미각이었다.

"……."

그러나 취할 수 없는 술이었다. 차차 쓰디쓴 찬 술맛이 감돌아 가는 술맛이었다.

"이럴 때 이 술을 감주로 맛볼 수 있어야지. 그래야 인간의 수양이 트이는 법이지…… 죽는 사람, 살아남은 사람 그 차이란 어느 정도일까. 일순간이라 할 수도 있겠지…… 길고 긴 몇 천 년의 세월의 흐름에서 대관한다면……"

그는 억지로 쾌활해지며 수심에서 해탈하려고 노력했다.

그러나 잔이 거듭될수록 술은 오장에 차디차게 스며들어간다.

어디선가 흑흑 흐느껴 우는 오열의 소리가 들려오는 듯했다.

오이치의 비탄에 젖은 허탈한 모습과 나가마사의 얼굴, 어린것들의 무심한 모습, ——그 중에서도 오이치의 슬픔에 젖은 모습이 마구 연상되어 견딜 수가 없었다.

원래 그는 다분히 우직한 사나이였다.

그는 우직함이 격해지면 남의 일에도 곧잘 눈물까지 흘리는 성미였다.

'만약 내가 아사이 나가마사의 경우라면.'

이렇게 상상하니 마음이 흔들렸다.

그러나 그렇게 생각하고 나자 왠지 마음이 후련해졌다.

언제나 변함없이 아내인 네네에게 일러둔 유언이 생각나기 때문이었다.

——무사의 숙명.

언제 어느 때 어느 전장에서 죽을지도 모른다.

'내가 자결하게 된다면, 당신은 개가하오. 그대가 30 전이라면. 허나, 나이 30을 넘으면 여자의 향기는 시들어진다. 따라서 흡족한 연분도 뜸하다. 그러나 분별이 옳고 인생의 신산(辛酸)도 극기할 수 있을 것이다. 그러니 30이 넘었거든 그대는 그대 스스로의 분별력으로 좋은 길을 택하라. 개가하라고도 개가치 말라고도 않겠소……. 그리고 또한, 그 사이에 자식을 얻었거든 젊었거나 늙었거나 자식을 기둥으로 장래의 길을 택하오. 여자의 옹졸한 소견으로 해서 갈팡질팡해선 안 되오. 어머니로서 어머니의 분별 있는 자세를 취하시오.'

"그렇다. 남의 일을 생각하는 것은 더욱 괴로운 일이다. 이런 일은 병가의 상사가 아니겠는가. 오이치 마님은 자식을 위해 살아야만 한다. 나가마사는 무인으로서 의당히 성과 더불어 자결함이 영광이리라."

홀로 중얼거리며 또 한 잔 들이켰다. 그 한 잔에서 제 맛이 혀끝에서 향기를 뿜었다.

어느새 도키치로는 자고 있었다. 그렇다고 누워 있는 것은 아니었다. 앉은 채—— 마치 좌선하는 듯하였다. 끄덕끄덕 가끔 머리를 떨군다.

그는 잠들기를 잘했다.

남달리 활동하기 위해서는 남보다 더 달콤하고 짧은 수면을 취할 필요가 있었다.

역경 속에 그 버릇이 생겼다가 진중 생활 속에서 단련되어 지금은 잠을 청하자고만 하면 즉각 어디서든지 잠들 수 있으며, 그 시간이나 그 장소에 구애됨이 없이 수양이 되어 있었다.

"……."

그러던 중.

그는 북 소리에 잠이 깼다.

주안상도 어느새 물린 뒤였다.

촛대만이 하늘거린다.

"꽤 잤는데."

맑아진 머리와 피로가 가신 육체로 이내 느꼈다.

동시에 왠지 온몸을 감싸는 상쾌함을 느꼈다. 잠들기 전까지는 거대한 묘지와도 같았던 성중의 음산한 공기가 일전하여 북 소리와 웃음소리가 터지며 어디선가 화기에 찬 바람이 불어오는 듯한 야릇한 분위기를 발견한 것이다.

"응?"

여우에 홀린 듯한 기분이다.

그러나 머리가 더욱 맑아짐에 따라 사실임을 깨닫게 되었다. 북 소리뿐이 아니다. 가락을 읊는 소리도 섞였다——물론 먼 곳에서 희미하나마 와——폭소가 터지는 소리까지 확실히 들려온다.

"내전 쪽 같은데."

그는 사람이 그리워 사랑으로 나갔다. 넓은 정원을 질러 멀리 보이는 내전 쪽엔 휘황한 불빛과 많은 사람의 그림자가 넘실거렸다. 미풍은 술 내음을 날라오고 그 바람 사이로 무사들의 손뼉 소리가 들려온다.

 꽃은 붉고
 매화는 향기롭다
 버들은 초록빛
 사람은 마음씨
 사람 중의 사람
 우리들은 무사다
 꽃 중의 꽃이려니
 우리들은 무사다

모두들 신명나게 소리쳐 부르고 있다.
인생은 이처럼 보낼지니 낙 없이 무슨 인생이려냐. 내일을 모르는 신세. 아니 내일을 모르는 몸이겠기에.
도키치로의 지론이다. 음보다 양을 예찬하는 그는 가슴을 쓸며 이 세상 위에 축복의 양지를 본 듯 하였다. 그리고 저도 모르게 노래 소리에 끌려 차츰차츰 축복의 양지 쪽으로 걸어가고 있었다.
무사들이 부산하게 오간다. 그들은 주방의 심부름을 하는 사람인 듯하다. 접시라든가 산해진미라든가 술독을 나르는데 마치 방루에서 적과 싸우듯 부산하게 나르고 있다.
참으로 양양하다. 모든 사람의 얼굴에 생명력이 빛나고 있다……어찌된 노릇일까? 이상 할 수밖에 없었다.
"아니, 기노시다 아니십니까?"
"아…… 미가와이군요."
"객전에 안 계셔서 이곳저곳 찾았습니다."
말하는 미가와노가미도 약간의 취기가 있었다. 조금 전까지의 초췌한 모습은 사라졌다.
"왠일입니까? 내전의 저 소란."
"약속드린 대로 해시까지가 일가에 있어서는 최후의 최후. 어차피 죽을 목숨, 기왕 죽을 바에야 즐겁게 최후를 마치자고 성주님을 비롯하여 장병 모두가 심기를 돌렸죠. 성중의 술이란 술은 모두 꺼내와 무사의 숙명이라 체

넘하고 이 세상과의 하직을 축연으로 고하고 있는 거죠."
"그럼…… 오이치 마님과 어린 것들은?"
"겸해서요."
미가와노가미의 취기 어린 눈은 이내 눈물로 이슬이 맺힌다.
……무사연.
어느 가중에서나 흔히 있는 주연이다.
평소의 계급이나 군신의 철칙도 무사연 자리에서만은 관대히 풀어주게 돼 있다.
상하 일체로 화창하게 생명을 구가하며 마시고 노래하는 관습이었다.
"그렇군요."
도키치로는 크게 끄덕이며 말했다.
"오늘 군신의 마지막 사별과 처자와의 마지막 생이별을 겸한 무사연이었군요. ……그쯤 나가마사의 심경이 결정된 이상 어떨까요? 저도 호젓이 있기도 답답하니 그 말석이나마 참석할 수 있겠습니까?"
"실은 그 일로 찾고 있던 참입니다. 성주님도 마침 불러오라 하시니."
"네, 성주님께서도."
"처자를 오다에게 위탁하게 되면 여러 가지 신세를 끼치게 될 것이고 특히 어리신 자제분들의 장래를 생각하셔서."
"염려 마시라고 직접 말씀드리고 싶습니다. 미가와, 안내를 바랍니다."
"어서, 이리로."
뒤따라 도키치로는 내전의 넓은 방으로 갔다.
만좌(滿座)의 눈길이 일제히 그에게 쏠렸다.
주기가 가득 찬 넓은 방안.
물론 모두 갑옷 차림 그대로이다. 더욱이 죽음을 목전에 결의한 무사들이다. 더불어 죽을 전우끼리이기에, 같은 각오를 한 사이니만큼 화기애애하고, 지는 꽃처럼 화사한 자리였으나…… 돌연,
"적이다."
그에게 쏠린 매서운 눈길들은 소름이 끼칠 만큼 핏발이 선 눈길들이었다.
"자, 실례를."
뉘라 할 것 없이 도키치로는 큰 소리로 말했다.
그리고 그 말을 던지자 성큼 앞으로 나가며 나가마사를 중심으로 아사이

일가가 모여 있는 상좌 앞으로 나아가 꿇어 엎드렸다.

"불초 적에게까지 손수 잔을 주신다는 뜻에 감사드립니다. 또한 어리신 아드님과 세 분의 따님의 장래에 대하여는 제가 일신을 던져 보호할 결의오니 황공하오나 아무 심려를 마시기 바라옵니다."

단숨에 말했다.

만일 틈을 주어 어물거렸다면 운집한 매운 눈길들의 주기와 적개심이 폭발하여 무슨 짓을 저지를지 예측할 수 없었다……. 실로 간발의 위기라 해도 좋을, 살기 속의 그였기 때문이다.

"……부탁하오, 기노시다."

나가마사는 손수 잔을 들어 그에게 건넸다.

"골수에 새겨두겠습니다."

그는 잔을 받고 다시금 말했다.

"안심하십시오."

"음."

나가마사는 만족했다. 도키치로는 오이치와 노부나가의 이름을 의식적으로 피했다.

젊고 아름다운 오이치와 어린 것들은 금색 병풍 앞에서 가련한 꽃송이가 연못 기슭에 피어난 것처럼 모여 있었다.

도키치로는 촛대에서 하늘거리는 불꽃을 똑바로 바라볼 수가 없었다.

공손히 잔을 나가마사에게 바치며 말했다.

"지금 이 자리는 화평한 자리옵니다. 뜻있는 무사연의 미주를 마셨으니 그 예로써 춤을 보여드리고 싶습니다. 허락해 주시겠습니까?"

"뭐라구, 춤을?"

나가마사뿐이 아니다. 열석한 무사들도 눈이 휘둥그레졌다.

담이 크다는 말이 있지만 이 사나이의 왜소한 몸에 비해 너무도 엄청난 담력에 질린 것이다.

병아리를 감싸 안은 어미닭처럼 오이치는 어린 것들을 무릎에 끌어안았다.

"안 무서워, 무서울 것 없다……내가 옆에 있으니까."

나가마사의 허락을 얻은 도키치로는 일어서서 만좌의 중앙으로 거침없이 나와서 춤을 시작하려 할 때이다.

만주와 자자가 오이치의 무릎에 파고들었다.
"어머!"
……낮에 무서웠던 아저씨의 얼굴을 정면으로 보았기 때문이다.
도키치로는 발 박자를 쿵 짚으며 부채를 활짝 펴 들고는

    저으기 무료해
    저으기 무료함에
    문 밖에 조롱박 걸고
    바라보고 있느라면
    때마침 산들바람 불어
    저 쪽으로 흔드르르
    이 쪽으로 흔드르르
    쪼르르 흔들
    흔드르 쪼르르
    조롱박 걸고 재미있어라

소리도 드높이 무가를 창하며 신나게 추어댔다.
그런데 그 무곡이 채 끝나기도 전에, 탕, 탕, 탕, 성벽의 일곽에서 총성이 꼬리를 이었다. 텅, 텅, 응사하는 일제 사격 소리는 가까운 곳에서다.
성 안과 성 밖의 피아가 일순 총포화로 교전을 시작한 모양이다.
"야단났구나."
도키치로는 부채를 팽개쳤다.
아직도 해시는 되지 않았다.
그러나 이것은 성 밖의 아군은 모르는 일이다.
도키치로는 자기가 두 번째 신호를 하지 않는 한 총공격을 해오지는 않을 것이라고 다소 안심하고 있었는데…… 드디어 아군은 작전 회의를 통해서 부장들이 흥분하여 노부나가에게 은인 자중도 한계가 있다고 들이대며 즉시 행동할 것을 아뢰고, 급기야 총공격으로 나온 듯하였다.
야단났구나…….
그가 던진 부채는 벌떡 일어선 부장의 발밑에 떨어져 지금까지 적대 감정을 잊어버리고 있던 그들의 관념을 송두리째 뒤집고 말았다.

"적의 공격이다."

"비겁한 놈, 우리를 놀리다니."

만좌의 장사들은 두 패로 갈라져 한 패는 와락 밖으로 뛰어나갔으며 한 패는 도키치로를 둘러쌌다. 그리고는 무수한 창검으로 후려쳐 서전의 제물로 피를 토해내려 하였다.

"누구 명이냐? 치지 말라…… 그 자를 죽여서는 안 된다."

번개 치듯 떨어지는 나가마사의 대갈 일성이 오히려 뜻밖이어서 발을 굴러 외쳤다.

"적의 총공격이옵니다."

대꾸도 않고 나가마사는 무사 하나를 불렀다.

"오가와 덴시로(小川傳四郞)"

"네!"

답을 듣자 또 불러댄다.

"나카지마 사콘."

두 사람은 모두 자기 자녀들의 시종이었다.

두 사람이 앞에 나와 부복하자 나가마사는 빠른 말로 다음엔 후지가케 미가와노가미를 가까이 불러 엄명을 내렸다.

"세 사람이 부인과 아이들을 지키고 기노시다 도키치로를 안내하여 속히 성 밖으로 빠져 나가라, 어서."

그리고 도키치로를 향하여 되도록 침착하게 말했다.

"그럼 부탁하겠소."

그의 발밑에 오이치와 어린 것들이 매달려 와……울음을 터뜨리는 것을 뿌리친 나가마사는 모든 사람에게 인사말을 했다.

"잘 가오."

나가마사는 그 말을 내 뱉자마자 큰 창칼을 잡고 피바다를 이뤘을 칠흑 같은 암흑 속으로 줄달음질쳐 갔다.

미래의 여성

 성곽 한 모퉁이에서 무서운 불기둥이 하늘을 찔렀다. 뛰어오른 나가마사는 본능적으로 한 손으로 얼굴을 덮었다.
 뭣인지 불덩어리 날개가 달린 나무통이 뜨거운 회오리바람과 더불어 아슬아슬하게 그의 얼굴을 스쳐 날아갔기 때문이다.
 "성주님, 성주님."
 "모시겠사옵니다."
 소년 근위병인 아사이 오기쿠, 가와세 단산, 와키사카 사스케 등이 성주를 호위했다.
 "오기쿠, 가사는 갖고 있지?"
 "네, 갖고 있습니다."
 "이리 다오."
 나가마사는 가사(袈裟)를 받자 갑옷 위로 어깨에 걸쳤다.
 검은 연기가 뭉게뭉게 대지를 덮고 있다. 이젠 눈 앞의 현실이었다. 어느새 성내에는 성벽을 넘어 뛰어든 적의 첨병들이 함성을 지르며 노도처럼 들이닥치고 있었다.

불길은 내전 전각까지 삼켜 버렸다. 추녀를 덮은 물받이를 삼키는 불길은 뱀의 혓바닥처럼 무서운 속도로 번져 갔다. 나가마사는 그 밑을 뚫고 오는 무리를 보자 달려들었다.

"적병이다."

아카오 신베, 아사이 이와미, 그 외의 측신들과 일족들도 적을 맞았다.

불길 아래, 검은 연기 속

갑옷이 부딪는다. 창과 창, 검과 검은 물고, 뜯고, 차고, 밟고 하는 처절한 혈투 속에 순식간에 사자와 부상병만이 땅에 뒹군다.

병사의 태반은 나가마사를 따라 힘껏 싸우다 전사했다. 그리고 남은 반수는 다치거나 행방불명이었다. 포로가 되었거나 스스로 항복한 자가 극소수였다는 것을 보아도 오타니 성의 최후는 에치젠의 아사구라나 교토의 고호 일족처럼 부끄러운 패망은 아니었다 한다. 나가마사를 누이동생의 남편…… 즉 매제로 고른 노부나가의 사람을 보는 눈은 결코 어긋나지 않았다.

……한편 그날 밤.

오이치와 어린 것들을 전화 속에서 구출해낸 도키치로와 후지가케 미가와 노가미들의 고생도 전투 이상이었다.

오다군이 약 한 시간만 그가 나오는 것을 기다려 주었다면 손쉽게 성 밖으로 데려 나올 수 있었으나, 이미 내전을 떠날 때부터 성 안은 불길과 접전이 치열했으니 만큼 어린 아이들을 지키는 일만 해도 여간한 일이 아니었다.

젖먹이인 막내 딸은 후지가케 미가와노가미가 갑옷 위에 업었고 차녀 하쓰히메는 나카지마 사콘이 등에 업었다. 그리고 만주는 오가와 덴시로가 끈으로 질끈 어깨에 메고 일어섰기에 기노시다 도키치로도 맏딸 자자에게 등을 내밀며, "어서 업히십시오."하고 권했으나 자자가 질겁을 하여 막무가내로 오이치의 옆을 떨어지려 하지 않았다.

오이치도 이럴 수도 저럴 수도 없어 서성거릴 뿐이었다. 도키치로는 두 모녀를 억지로 떼며 말했다.

"다치시기라도 하면 큰일입니다. 부탁하겠다고 말씀하신 나가마사님의 분부를 지키기 위해서도…… 자, 어서 내 등에 업히십시오."

달래고 있을 때가 아니었다.

그의 말투는 공손한 듯 하였으나 목소리는 날카로웠다. 오이치는 자자를 안아 그의 등에 맡겼다.

"여러분, 그럼 떠납니다. 절대로 이 기노시다의 옆을 떠나서는 안 됩니다. 마님, 제 손을."

도키치로는 등에 자자를 업고 한 손으로는 오이치의 손을 잡자 앞장서 달리기 시작했다.

오이치도 뒹굴듯이 끌려오며 마구 뛰어갔다.

그러나 도키치로에게 잡혀 오던 손은 어느 새 뿌리치고 있었다.

그리고 그녀는 어머니답게 앞뒤에 따르는 자식들을 보살피며 아수라장 속을 미친 듯이 달려갔다.

도라고젠 산의 진지에서 북쪽 가미야마다 쪽까지 본영을 진출하여 노부나가는 얼굴이 후끈하리만큼 가까운 곳에서 오타니성의 불길을 뚫어지게 지켜보고 있었다.

삼 면의 봉우리 계곡 모두가 붉다.

오타니 성은 거대한 용광로처럼 불길이 충천하고 있다. 그 화염이 식어가며 꺼져갈 때 모든 것이 종언을 고한다고 생각한 노부나가는 '못난 것이'하며 동생의 운명을 곡하지 않을 수 없었다.

에이 산의 가람 불탑도, 승속의 엄청난 생명도 불길 속에 보면서 냉연했던 노부나가의 눈에 지금은 눈물이 고였다.

에이 산의 살육과는 비교도 안 되는 단 하나의 누이동생 때문에.

지성과 본능의 두 가지를 지닌 인간에겐 누구나가 모순이 있다.

그러나 노부나가로서는 에이 산의 살육에는 큰 신념이 있었다. 그토록 많은 생명을 죽일 때에는 그 이상 무수한 이 세상의 생명에게 끝까지 줄기찬 행복을 서약할 수 있을 만한 신념이 있었던 것이다. 요는 대승의 정신으로 감행한 것이다.

아사이 나가마사에 대하여는 하등의 그와 같은 큰 의의가 없었다. 나가마사만이라도 소의를 버리고 노부나가의 대의를 이해했더라면 좋았을 것을 하고 노부나가로서는 말할 수 있을 것이다. 왜냐하면 그는 적어도 나가마사에 대해서는 최후까지 관대한 고려의 여지를 주었기 때문이다.

그것도 정도가 있다. 오늘은 그가 용서하려 해도 그의 막료들이 용서하지 않았다. 고슈의 신겐은 죽었다. 하지만 그의 막하 명장과 정예들은 아직 건재하다. 더욱이 외아들 다케다 가쓰요리의 걸출함은 신겐보다 월등하다는 세평이다.

나가시마의 잔당들도 결코 열세가 된 것은 아니다. 다만 노부나가의 빈틈을 엿보고 있을 뿐이었다. 멀리 에치젠까지도 단숨에 공격했으면서도 이러한 북쪽 오미의 구석진 곳에서 우물우물 장기전을 끌고 있는 따위는 매우 우매한 노릇이다.

이러한 부장들의 간언이 빗발치는 군사 회의 석상에서는 그도 차마 동생 오이치의 일을 입 밖에 내놓을 수는 없었다.

그래서 가장 자기의 허점까지 샅샅이 알고 있는 도키치로를, '끝장을 마감할 사자로서' 성안으로 보냈던 것이나 밝은 한 낮 길한 신호가 울려졌음에도 불구하고 황혼이 져도, 밤이 되어도 종내 소식은 묘연했다.

"적의 간계에 넘어갔구나."

"살해됐을지도 모른다."

"이때 적은 반드시 다른 책략을 쓰고 있을 것이다."

제장들은 분개했다. 분개한 나머지 적의 성벽 가까이 육박해 가서 욕설을 퍼붓고 발을 굴렀다. 거의 저녁 무렵에는 이미 일촉 측발의 위기가 부풀어 있었던 것이다.

……끝장은 났다.

노부나가도 단념했다.

그리고 드디어 총공격의 명을 내렸던 것이다.

그러나 결심한 후에도 도키치로를 희생시킨 생각에 통한을 금치 못했다.

그 통한은 오이치 쪽으로 불똥이 날아갔다. ……그렇게까지 성을 빠져나올 기회를 주었는데, 하면서 그녀의 정절을 육친적인 감정으로서는 도저히 예찬할 수 없었다.

여기에 느닷없이 한 명의 잡병이 쥔 창끝이 거의 노부나가의 몸에 닿을 만큼 달려와 급히 서서 헐떡거렸다.

"아, 성주님."

"물러가라!"

"창을 물리지 못할까?"

젊은 잡병은 막료 부장들의 질타 소리에 털썩 땅에 엎드렸다.

"지금 우리 대장 도키치로님께서 무사히 돌아오십니다."

"뭐라구, 돌아온다구?"

"네, 그렇습니다."

"혼자선가?"

노부나가의 물음은 급했다.

젊은 잡병은 겨우 생각난 듯이 서둘러 보충하였다.

"성 안에서 오이치 마님과 자제님들을 여럿 등에 업고 아사이 가의 가신 몇 사람과 함께……."

"응……."

노부나가는 몸이 떨렸다.

"틀림없나? 봤는가, 네 눈으로?"

"네, 저희들 몇이 도중에서 호위하여, 다 쓰러진 성문을 뚫고 마구 밖까지 달려나왔습니다. 모두 피로하셔서 안전한 곳에서 물을 떠 올리고 있습니다."

"으음…… 그래."

"그 동안 성주님께서는 심통하실 것이니 한시라도 빨리 가서 알려라…… 는 도키치로님의 명을 받고 달려왔습니다."

"그런가, 아아……."

그는 입속에서 되풀이했다.

"그래, 너는 도키치로의 부하이지. 이름은 뭔가?"

"근위대장 호리모스케입니다."

"기특한 연락. 수고가 컸다. 잠시 쉬어라."

"고맙습니다만 격전 중이오니 끝나고 쉬겠습니다."

그는 곧 뒤돌아서 뛰어갔다.

"하늘이 도왔다……. 천우신조로다."

노부나가의 옆에서 누군가 긴 한숨과 함께 중얼댔다. 시바타 가쓰이에였다.

니와, 하치야, 사쿠마 등의 제장들도 모두들 축복해 주었다.

"뜻밖의 기쁜 소식에 흡족하시겠습니다."

그 속에 한 줄기의 감정이 무언 중 흐르고 있었다. 도키치로의 공을 시샘하는 자와 노부나가를 단념시켜 총공격을 개시하도록 종용한 사람들이다.

그러나 어떻든 노부나가의 기쁨은 이루 말할 수가 없었다. 그의 활짝 핀 기쁜 얼굴은 진중의 공기를 밝게 하였다.

"제가 중도까지 마중을 가도록 하겠습니다."

눈치 빠른 시바다 가쓰이에는 남이 축복하느라 정신이 없을 때, 노부나가의 승낙을 받아 부하를 이끌고 달려갔다.

……그곳은 돌덩이가 널려 있는 급경사의 언덕이었다.

이윽고 노부나가가 고대하던 동생 일행은 도키치로와 그 밖의 사람들의 호위 속에 언덕 아래서 그의 진막을 친 위쪽으로 올라들 왔다. 한 무리의 병졸들이 앞에서 불을 밝히며 오고 있다.

노부나가는 뭣보다 먼저 이마에 번쩍이는 땀투성이의 도키치로의 모습을 불빛 속에 보았다.

다음엔 적의 노장 후지가케 미가와노가미와 시종들이 제각기 등에 어린 것들을 업고서 올라왔다.

"……"

노부나가는 말없이 그 애들을 하나하나 눈으로 마중하였다.

그러나 아무런 감정도 얼굴에는 나타내지 않았다.

……좀 떨어져서 시바다 가쓰이에가 올라왔다. 가쓰이에의 갑옷 어깨에는 흰 손이 얹혀 있었다. 오이치의 손이었다.

그녀는 거의 기절 상태였다.

적장의 부인이라지만 성주의 누이동생이기에 잡병의 손으로 모시는 것은 예가 아니다…… 하며 가쓰이에는 모두 만류하는 것을 뿌리치고, 그녀의 팔을 어깨에 걸치고 한걸음 한걸음 조심스럽게 맨 마지막에 올라온 것이다.

"다 왔습니다. 여긴 진막 안입니다. 오라버니께선 바로 눈앞에 계시옵니다."

가쓰이에는 성주 앞까지 와서 조심스럽게 그녀의 손을 어깨에서 풀었다.

의식이 회복되자 그녀는 구슬프게 오열을 터뜨렸다.

여자의 우는 소리는 일순 전진(戰陣)의 모든 소리를 덮쳤다.

지켜보던 제장들도 간장을 에는 듯했다.

……그러나 노부나가만은 왠지 시무룩하였다.

그토록 아끼고 바로 직전까지도 애타게 걱정했던 동생을 만났는데…… 하며 제장들은 그가 미칠 듯이 반기며 오이치를 맞지 않는 것이 불안하기 그지없었다.

"왜 기분이 상하셨을까?"

도키치로마저 납득이 안 갔다.

노부나가의 측신들이 노상 괴롭게 당하는 일은 성주의 이와 같이 급변하는 마음이었다. 그 날카로운 안색을 보자 모두 입을 다물어 침묵 속에 조마조마하게 서 있을 수밖에 없었다. 그래서 당사자인 노부나가 자신도 쉽게 기분을 돌릴 수가 없는 노릇이었다.
  이러한 기미를 재치 있게 바꿔 놓을 신하는 별로 없었다. 도키치로와 지금 이 자리에는 없지만 성주의 눈에 든 아케치 미쓰히데 정도였다.
  도키치로도 잠시 바라보고 있었으나 아무도 이 자리를 수습하는 사람이 없기에 한걸음 나서서 오이치의 우는 등에 대고 이렇게 말했다.
  "자, 어서! 오라버니 옆으로 가셔서 지난 얘기라든가 이번 일의 감사의 뜻을 말씀드리십쇼. 그저 기쁨의 눈물만 흘리지 마시고."
  "……"
  "왜 그러시는지요. 남매 사이가 아니십니까."
  "……"
  그러나 오이치는 뭐라해도 끄덕도 하지 않는다. 오라버니 노부나가에게 얼굴을 돌리지 않았다.
  명백히 그녀는 남편인 나가마사를 잊지 못하고 있었다.
  나가마사를 생각할 때 노부나가는 남편을 죽인 적장이며 이 몸은 적진 속에서 치욕을 씹고 있는 포로와 같은 생각이 들었다.
  노부나가는 첫 눈에 동생의 속을 꿰뚫어보았다. 그리고 동생의 무고를 만족하는 반면 오라버니의 큰 사랑을 이해하지 못하는 우직한 여성이 참을 길 없는 불만으로서 만사가 귀찮아지는 것이었다.
  "도키치로."
  "네."
  "내버려 둬. 쓸데없는 말은 할 필요 없다."
  노부나가는 일어났다. 진막 포장을 들치며 불길을 바라보았다. 성을 불 지른 화염도 그 함성 소리도 어느덧 누그러지고, 봉우리와 계곡마다 달빛이 교교하여 밤이 새기를 기다리고 있었다.
  "오타니도 떨어졌구나."
  이때 일군의 장졸들이 승리의 함성을 지르며 뛰어 올라왔다. 그리고 노부나가 앞에 아사이 나가마사 이하 적장들의 수급을 펼쳐 보였다.
  오이치는 몸부림치며 통곡했다. 어머니에게 매달려 어린 것들도 울부짖었다.
"그러자 노부나가는 소리를 질렀다.
"시끄럽다. 애들을 데리고 저리가! 가. 가쓰이에."
"네!"
"귀공에게 맡긴다. 오이치도 애들도…… 빨리 보이지 않는 곳으로 데려가."

그는 아무 모순도 느끼지 않으며 그렇게 말한 다음 도키치로를 부르며 말했다.
"아사이 성은 귀공에게 준다. 뒤처리와 시정을 잘 부탁한다."
그는 낙성을 확인하고는 기후로 돌아갈 심산인 듯 하였다.
오이치는 울며불며 산기슭 쪽으로 가 버렸다.
그 뒤 이 여인은 가쓰이에에게 개가했다.
더욱 야릇한 운명을 잉태하고 있던 것은, 숙명의 어머니와 더불어 전화 속의 산 속을 내려온 세 딸이었다.
즉 장녀 자자는 뒤에 오사카성의 요도기미(淀君. 도요토미 히데요시의 측실)가 되고, 하쓰히메는 교고쿠 다카쓰구(京極高次)의 부인이 되었다.
그리고 제일 막내 딸은 두 번 출가했다가 두 번 남편과 헤어져 세번 째는 도쿠가와 제2대 장군 히데타다에게 개가하여 이에미쓰를 낳았고, 도후쿠 몬인(東福門院)을 낳는 행운을 맞이했다.

어머니와 아내

이듬해 덴쇼 2년 3월 초——

네네에게로 기쁜 소식이 왔다. 두 말할 필요도 없이 남편인 도키치로로부터였다.

'어머님의 글월과, 당신의 글을 되풀이 읽었소······.'

그녀와 어머니가 보낸 글월에 대한 회답인 듯 하다. 도키치로의 편지에는 언제나 아내와 어머니를 기쁘게 해 주려는 의지가 넘치고 있으나 이번의 편지는 더욱더 각별히 두 사람을 기쁘게 하는 것이 있었다.

'이마하마의 공사는 아직 벽도 채 안 되었으나 어머님께서는 시급히, 그리고 당신께서도 오랜만에 보고 싶고 하니 속히 채비를 서둘러 이사를 오시도록······당신이 어머님께 전갈토록 하고, 소상한 일은 곧 만나서 얘기하겠소. 그럼 이만 줄이오. 도키치로——'

이것만으로는 무슨 곡절인지 쉬이 이해가 가지 않으나, 이런 희소식이 올 때까지는 정월부터 몇 차례나 남편과 아내 사이에 서한 왕래가 있었던 것이다.

——그것은.

요즈음 오랫동안을 도키치로는 북쪽 오미 지방에서 진을 치고 이동에 이동을 거듭, 싸움이 약간 소강상태에 들어가도 여러 가지로 분주하여 틈이라곤 이번 아사이, 아사구라의 평정 후의 잠깐이었다. 그것을 계기로 노부나가는 가족들을 오미로 불러 오면 어떻겠느냐고 하면서 처음으로 그의 영토 안에서의 영주를 인정케 되어 가정을 옮겨 올 것을 권했던 것이었다.
오타니 공격 때의 그의 공훈은 혁혁한 바가 있었다.
그러나 그 공에 대하여 일개 장교에 불과한 도키치로에게
"성을 지켜 이곳에 살라."
또
"아사이의 옛 영토 중 18만 섬을 귀공에게 준다."
이러한 포상을 준 노부나가의 은혜도 컸었다.
그뿐이랴. 노부나가는 성(性)까지 바꾸어 지어 주었다.
"이후 기노시다의 성을 바꾸어 하시바(羽柴)라 명명하라. 니와 고로자에몬(丹羽五郞左衞門)의 한 자와, 시바다 슈리 가쓰이에(柴田修理勝家)의 한 자를 따서 하시바라 부름이 좋을 것이다."
니와, 시바다 두 사람은 공히 오다 가 중신 중의 수석들이었다. 그들의 인물됨도 노부나가나 도키치로의 관점 이상으로 세간에선 크게 평가받는 명장들이었다.
"감사하옵니다. 이후로는 하시바 지쿠젠노가미 히데요시(羽柴筑前守秀吉)라고 통명하겠사옵니다."
그도 부족함이 있을 턱 없었다. 지쿠젠노가미로 봉하게 된 것도 이 무렵의 일이다. 일약 성주의 계열에 들어가 영봉 22만 섬──기노시다 도키치로라고 하면 어울리지 않는다. 이렇게 생각한 노부나가가 배려 끝에 개명시켰을지도 모른다. 어떻든 히데요시의 대두(擡頭)로서, 역대의 숙장들과 이때 어깨를 나란히 하게 되었다.
더구나 그는 오타니 성으로서는 만족치 않았던 것이다.
'이 성은 보수적이다. 방어에는 적격이지만 공격에는 불리한 곳이다. 더욱이 더 큰 야망을 품은 성주님을 모시면서 이런 곳에 들어앉아 있을 수는 없다.'
그는 30리 가량 떨어진 이마하마야말로 내가 머무를 곳이라며 눈독을 들였다.

기후의 노부나가의 허락을 받아 즉시 수리 공사에 착수하여 백악의 망루와 견고한 철문은 벌써 지난 봄에 완공되었던 것이다.

'완공되면 곧 이마하마로 가정을 옮기자.'

그런 히데요시의 소식이 있었기에 그의 아내는 물론 그의 모친도 하루 속히 가기를 원하던 차에, 겨우 오늘의 희소식이 스노마다에서 집을 지키는 가정에 다다른 것이다.

스노마다 성은 벌써 이전에 무리 없이 노부나가에게 반환되어 있었다. 히데요시의 모친과 그의 아내 네네는 성곽 안의 작은 집에서 살고 있었기에 여장을 차리는 데도 힘들 것이 없었다.

며칠 후 이마하마로부터 하치스가 히코에몬 일행이 닿았다. 마중을 온 사자였다. 노모와 네네는 가마에 탔다. 앞뒤를 지키는 무사들의 차림도 평화스러웠다. 백명에 가까운 대열 속엔 여인도 있고, 동녀(童女)도 있어 매우 아름다운 행렬이었다.

"기후 성에 들어가야 한다. 너는 히데요시의 아내로서 노부나가님께 배알하여 지난 은고를 깊이 감사드려야 한다."

전부터 시모에게 다짐받아 온 말이다.

네네는 그 일이 무척 큰일같이 생각되어 적잖이 불안하였다.

기후 성에 올라가 노부나가의 어전에 나서면 몸이 떨려 한 마디도 할 수 없을 것이라고.

그러나, 그날이 와서 시모를 여사에 남긴 채 여러 가지 선물을 갖고 막상 기후의 내전에 들어서게 되자, 마음이 가라앉았다 할까. 헛된 고민은 씻은 듯 날아가 버렸다.

거기에 처음으로 치켜본 성주의 인상이 상상보다 부드럽고 자상하였다.

"그대도 지쿠젠(筑前)이 집을 오래 비운 사이에 노모의 봉양이다 뭐다 해서 고생이 많았겠지. 아니 그보다 적적하였을 것이다."

이렇게 친절한 말까지 듣게 되자, 그녀는 그의 집안도 이 성주님과 연관이 되는 한 가족 같은 마음이 들어 흐뭇하였다.

"황공하신 말씀을······ 전란 속에 무사히 지내온 것만도 조석으로 분에 넘치게 여겨 왔사온데, 외롭다 하여서야 벌이 내릴 것이옵니다. 그러나 시어머님께선 노년이셔서 여간······"

노부나가는 웃으면서 가로막았다.

"아니지, 여자의 마음은 역시 여자의 마음. 감출 것 없다. 외로운 건 당연한 일이다. 외로움을 꾹 참고 나가는 가운데 남편의 귀중함도 깊이 느껴지게 되는 법······누구의 시구(詩句)인가 잊었지만······길을 떠나서 아내가 그리운 눈 속의 여숙······이런 말이 있었지. 지쿠젠도 몹시 그리워 못 견딜 것이다. 거기에 이마하마 성은 새로 단장한 성이다. 오랫동안 외로움을 겪어 왔지만 다시 만나게 되면 신랑·신부 때의 꿀 같은 맛이 새로워지리라. 무인이 아니면 맛볼 수 없는 기쁨이라 하겠다."
"어머, 그런 말씀을······."
네네는 목줄기까지 홍조가 되어 두 손을 짚고 있었다. 아마 열여섯 새색시 때의 추억이 생각났을 것이다. 노부나가는 이렇게 짐작하면서 미소했다.
주안상이 들어왔다. 분홍 잔도 놓여 있었다. 노부나가에게 그 잔을 받은 그녀는 한 모금 예쁜 모습으로 마셨다.
"네네."
노부나가는 웃으며 가볍게 불렀다.
"네."
무슨 얘길까 하면서 네네는 쳐다본다.
겨우 정면으로 쳐다보게 되었을 때였다. 노부나가는 갑자기 말했다.
"다만, 질투는 삼가하지."
"······네."
무심히 대답한 말이었지만 네네는 한참 후에 홍당무가 되었다. 왜냐하면 언젠가 남편 히데요시가 자기가 아닌 다른 아름다운 여자를 데리고 이 기후 성에 들어왔다는 소문을 듣고 평소 무심하여 말이 없던 그녀가 측근의 누구에겐가 했던 기억이 났기 때문이다.
"그 일로 말하면 지쿠젠은 여자관계로서는 뒤지지 않는 사나이다. 그러나 접시도 너무 밋밋하면 볼품이 없는 법이야. 누구에게나 한 가지 버릇은 있지. 그것이 평범한 사람의 흠이라면 곤란하지만, 도키치로 같은 사나이는 허다한 사나이 중에서도 매우 드문 큰 그릇이다. 그대는 운좋게 그 사나이를 알았어. 난 언제나 이렇게 느껴 왔었지. 도대체 그런 사나이를 차지한 여성은 어떤 여성일까 하고 말이야······오늘 비로소 여기서 만나 납득이 갔다. 지쿠젠도 호강스런 사내라고······알겠지. 질투는 말라. 사이좋게 살아."

성주님은 여성의 마음을 어떻게 이리도 잘 아실까. 겁도 나는 한편 남편에게도 나에게도 좋은 성주님이라고 진실로 느꼈다. 그녀는 기쁨과 어색함이 뒤섞여서 어찌할 바를 몰랐다.
——하여간 이렇게 네네의 인상도 좋았고 어전에서의 경과도 무난했었다.
그리하여 기후 성을 물러나올 때는 도저히 혼자 힘으로는 들고 나올 수 없으리만큼 막대한 선물을 받았다.
선물의 목록만을 먼저 받고 그녀는 성밖의 여사(旅舍)로 갔다. 그리고 기다리고 있던 시모에게 가장 많이 얘기한 일은 대강 이런 말이었다.
"노부나가님이라면 누구나 겁에 질려 떨기에 어떤 분일까 했더니, 세상에도 드문 친절하신 분이었습니다. 그렇게 우아하신 분이 싸움이라면 귀신도 곡할 만큼 무서운 분이 되신다니 거짓말만 같았습니다. 어머님에 대해서도 자상히 말씀하셨어요. 훌륭한 아들을 길러 일본 제일 가는 행복된 분이라고 하시며, 또 저에게도 지쿠젠 같은 사나이는 드문 사나인데, 훌륭한 남편을 고른 너의 눈도 보통 눈이 아니라고 농까지 하셨습니다."
노모도 기뻐서 즐겁게 들었다.
"그래, 그래서?"
대저 명장이라 불릴 만한 인물은 휘하 장병들의 존경을 받고 있을 뿐만 아니라 장병의 가족에게까지도 믿음직한 대들보로서 숭앙을 받지 않고서는 그들의 가장 중요한 남편이나 귀한 자식들을 그의 휘하의, 목숨을 건 싸움터에 내보내지는 않았을 것이다. 그것도 그저 화려하게 지는 것만이 아니라 죽는 자도 살아남는 자도, 그것을 기쁨으로 알고 영광으로 여겼던 것을 보면 우두머리 되는 자는 언제나 전략과 정치 이외에도 적지 않은 고충과 심려를 게을리 해선 안 되리라고 생각된다. 소위 다이묘(大名)라든가 도노사마(殿樣)라 하는 것은 태평세월에 젖은 말기 자손들의 일이지, 노부나가 시대처럼 실력만이 모든 판국을 결정지었던 전국시대에 있어서는 그런 특수인의 존재는 허용될 수 없었다. 요시아키나, 요시가케나, 또한 이마가와 요시모도 같은 사람도 위치나 명문의 영화에만 취해 있다간 어김없이 시대의 노도가 전복시키고야 마는 것이다.
그래서 이 시대에 일어난 장(將)은 높은 교양과 위치와 권력 외에, 서민의 실정을 샅샅이 파악한 자가 아니면 안 되었다. 일면, 문화인이면서도 일면 야성인이어야 했던 것이다.

구태구악을 일소하는 데도 생생한 새 건설을 지향해 나가는 데도 이러한 두 가지 기능이 절대적 힘이 되었다. 순수 일변도의 문화인도 좋지 않았고, 순연한 야성인도 성공할 수 없었다.

노부나가는 그래도 그 자격에 적합한 대장이었던 듯하다.

어떻든 네네도 노모도 그 뒤로부터 한층 은혜를 감축하여 잠자리에서도 기후 성쪽으로 발을 뻗고 자지 않도록 되었으며, 또한 그것이 모자간에도 부부간에도, 자기 스스로 성주의 어머니와 아내로서 일족 신하들을 다스리는 데 예의나 정조의 기본이 되었다.

난세에도 평화적 사회나 가정의 내부까지는 난맥을 이루지 않았던 것도, 각 가정이나 주종 사이에 강력하고 완고한 정조와 가풍의 미가 있었던 까닭이었다.

한편, 그녀들의 행렬은 별고 없이 후와(不破)를 넘어 이윽고, 봄볕 화창한 호숫가에 가마가 닿았다.

이 날 이마하마의 성황은 이마하마가 생긴 이래 처음의 성시였다. 아니, 이마하마라는 지명까지 히데요시가 구축한 새 성과 더불어 나가하마라고 개명되었다. 거리를 뒤덮은 축하에는 그런 뜻도 포함돼 있었다.

사는 낙은 여기에 있으리

봄날 이른 새벽——

호수는 엷게 훤한 빛을 받고 있었으나, 아직도 뿌연 어둠이 곳곳에 깔려 있다. 산마루는 아직도 어둡다.

"깨셨소······깨셨어요······깨셨다니까요."

흰 벽으로 말끔히 단장된 나가하마 성 안은 부산스럽게 활기를 띠기 시작했다.

지금.

히데요시의 침전 옆의 숙직방이나 근위 병실로, 일일이 소리를 지르며 큰 사랑을 가로질러 밖까지 뛰어다닌 것은 지난밤 불침번을 섰던 호리오 모스케였다.

여러 부서의 방방마다

"너무 이르신데."

"기상이다!"

일제히 기동하는 기색이다.

도라노스케도 일어나 있었다.

7살 때 모친의 손에 이끌리어 처음 스노마다 성으로 찾아와 근위병으로 근무한지 9년. 도라노스케도 벌써 15살이 되어 있었다.

요즈음은 선배인 이치마쓰에게도 쉽사리 지려 하지 않았다. 후쿠시마 이쓰마쓰는 이미 20살을 넘었으나, 지금도 손아래인 도라노스케가 잠을 깨워줘야 했다.

"오이치님, 일어나라니까요. 성주님께선 벌써 일어나셨다니까요."

이치마쓰는 지겹다는 듯 천천히 일어났으나, 시덥지 않은 듯 눈을 비비며 말했다.

"아직 어둡지 않은가. 날이 새기만 하면 꽤 시끄러운 놈이군. 서두를 것 없어."

"그럼 실컷 주무시지요. 성주님은 벌써 일어나셔서 곧 나오실 테니까요."

"정말인가?"

그말에는 할 수 없다는 듯 그도 의복을 입으며 물었다.

"오늘은 왜 빨리 일어나셨을까. 봐라, 아직도 달이 있지 않으냐?"

"그렇지만, 오늘은 스노마다에서 모당님과 마님께서 도착하시는 날이니까요."

"그렇다 해도 나가하마에 도착하면 낮이 될 텐데."

"예정은 그렇지만 아마 마음속으로 조급하셔서 잠도 못 이루셨을 겁니다."

"그럴 리가 있나. 싸움터에서도 잠 못 이루시는 법이 없으셨는데."

"그것과는 사정이 다르지요. 오이치님은 불효자니까 성주님의 마음을 모르시는 거죠."

"요놈, 새벽부터 건방지게!"

그러면서 노려봤지만, 요즈음은 오도라(於虎)에게 그의 눈총도 별로 효과가 없다.

히데요시는 목욕을 즐겼다. 별로 몸치장에 신경쓰는 편은 못 되지만 목욕만은 즐겼다.

싸움터에서도 장기진을 치고 있을 땐 땅구덩이를 파게 하여 그 속에 기름종이를 깔고 물을 붓게 해서 잠겨 있곤 하였다.

"이 노천 욕탕의 맛에는 견딜 수가 없다. 탕 속에서 하늘을 쳐다보며 나는 새들의 배를 바라보는 것엔 별미가 있지."

목욕을 즐겨하지 않는 사람들은 뭣이 그렇게 좋은지 납득이 가지 않는다. 그의 목욕 취미는 멋이나 결벽성에서가 아니다. 소년시절 역경과 방랑의 시궁창에서 두 달이고 석 달이고 목욕을 못 하는 일이 왕왕 있었다. 그 당시의 욕망이 잠재해 있었는지 이런 처지가 되면서부터 더욱 즐기게 되었으며, 이젠 습관이 되어 버린 듯하였다.

오늘도 일어나자마자 탕으로 갔다.

철썩철썩 거위가 물에서 노는 것 같은 소리가 들린다. 즐기는 반면 시간은 어이없이 빠르다.

"오후쿠, 오후쿠."

탕 속에서 부른다.

오후쿠란 옹기 장사를 하다 망한 사람인데 약 3년 전 호반의 조선장에서 인부 노릇을 하고 있는 것을 히데요시가 데려와서 돌보았으며, 얼마 전까지 요코야마 성의 뜰에서 질그릇을 굽고 있었다.

무사들 틈바구니에 끼여 질그릇이나 굽고 있는 것도 너무 처량하다. 그래서 싸움터에 나가 적병의 목이라도 쳐 오라고 몇 차례나 히데요시가 일렀으나 벌벌 떨었다. 억지로 끌고 나갈 양이면 울고불고하며 사정한다.

"싸움만은."

이런 연유로 40이 넘은 점잖은 나이면서도 나어린 오도라나 오이치에게 늘상, 겁쟁이 겁쟁이 하며 놀림을 받는 형편, 그것이 불쌍해 마당에서 물러나게 하여 타인과의 접촉이 드문 탕지기로 채용하였던 것이다.

"부르셨습니까?"

"오후쿠냐. 옷, 옷을 다오."

"지금 면도 준비를 했는데요."

"나가서 하지. 어서 옷을 다오."

"벌써 끝나셨습니까?"

오후쿠는 쏜살같이 달려간다. 원래 사람이 그저 좋은 것이다. 재빨리 히데요시의 등 뒤로 돌아 등을 닦고 발을 닦고 발끝까지 닦아 준 다음 탕 문을 열고 대령했다.

"밝았군. 일기도 좋군 그래."

뉘에게라 할 것 없이 중얼거리며 히데요시는 밖으로 나갔다.

근위병인 도라노스케와 이치마쓰 두 명이 그의 패도를 받쳐 들고 대기하고 있었다.

"지금 일어났나?"

"네······ 늦잠을 좀 잤습니다."

"아니지, 오늘은 내가 일렀다. 수염을 깎자. 이치마쓰, 거울을 준비해."

넓은 거실 모퉁이에 경대를 놓자, 히데요시는 직접 장소를 고르며 창가 밝은 곳에 놓아두게 하였다.

그 서원 창 가에는 아침 햇살이 찬란하게 빛나고 있었다. 경대를 놓자, 경대에도 햇살이 번쩍인다. 그러나 그는 눈부신 것은 아랑곳없이 얼굴을 찡그리며 볼과 턱의 수염을 깎기 시작했다.

그는 온 몸에 털투성이였다. 그러나 턱수염만은 며칠이 지나도 자라지 않았다. 그렇다기보다는 고르지가 못했다. 정신적으로는 급속한 발달이었으나, 육체의 발육은 남보다 뒤진 감이 없지 않다. 그 탓일까, 가끔 그는 어리광을 부린다. 나이를 먹어도 어딘가 다른 어른과는 달리 앳된 데가 엿보였다.

"자 됐다. 면도는 물려라. 다음은 머리다. 이치마쓰, 뒤로 와서 머리를 매다오. 약간 물기를 축여서 말야."

"빗을 빌리겠습니다."

이치마쓰는 그의 뒤에 앉아 히데요시의 소도(小刀)에 꽂힌 상아 빗을 들었다.

그것을 물에 담뿍 축여 히데요시의 머리를 빗겨 올리며

"괜찮습니까?"

"음, 좋다."

"좀더 머리끝을 죌까요?"

"아니 너무 죄면 눈끝이 치켜 올라간다. 그쯤이면 됐어."

"성주님."

"뭐냐?"

"오늘따라, 날이 새기도 전에 일어나고 유난히 모양을 내시니 모두 이상히 생각하고 있습니다."

"뭐가 이상해. 당연하지 않은가? 국내 제일가는 애인을 만나는 날인데."

"하하하······ 성주님께선 정색을 하시고서."

"이치마쓰, 뭣이 우스운가?"

"아니 그저……그러나 마님께서 이 얘기를 들으시면 매우 기뻐하실 겁니다."

"처 얘기를 한 줄 아는가? 네네는 둘째다."

"둘째라뇨?"

"내 제일 가는 애인이란 어머님이란 뜻이다. 모르겠나?"

"네……에. 그렇습니까?"

"내 얼굴이 야위어 보이면 고생 깨나 하신 어머님은 쓸데없는 근심을 하시게 될 거다. 아들의 일로 걱정을 드리게 되면 새로 단장한 성의 화려한 모습도 어머님 가슴에는 고생의 씨로 비치게 되니, 여기서 마음껏 편안히 계실 수가 없을 것이다."

"황송하옵니다. 그런 뜻인 줄도 모르고……."

이치마쓰는 양손을 짚어 절하고는 경대를 들고 나갔다. 그러나, 그 이치마쓰보다도 히데요시의 옆에 쭈그려 앉아 있던 도라노스케가 성주의 그 말을 유심히 듣고 있는 눈치였다.

히데요시는 그를 보고 말했다.

"오도라."

"네."

"너도 고향의 부모가 보고 싶겠지?"

"만나고 싶지 않습니다."

"왜?"

"저는 아직 성주님같이 훌륭한 공훈도 세우질 못했으니까요."

"음……신통한 소릴 하는군."

히데요시는 귀엽다는 듯 도라노스케를 보고 말했다.

"그렇지. 이 나가하마 성 밖에 쓰카하라 고사이지(塚原小才治)라는 병학자가 있다고 들었다. 근간 쓰카하라의 도장을 찾아가 공부를 하라. 정진해서 수행해 놔라!"

도라노스케는 매우 기뻤다. 이때 시신이 차를 가져와서 권했다. 히데요시는 목욕 뒤의 기갈을 느꼈던지 냉큼 마시려다가 무슨 생각이 났는지 말했다.

"박차(薄茶)를 다오."

그의 일가에는 아직껏 다도를 정진하는 한량은 없었다. 그런 자는 쓸 일이 없었다. 그러나 오타니 성 안에서 그 전시(戰時) 중 문득 다실에 앉아 자기 얼굴과 흡사한 원숭이 무늬가 있는 냄비를 봤을 때, 매우 감탄했던 듯하다. 생각이 미치면 불끈 타버리는 것이 그의 성정이기도 했다.

"네……박차를……알았습니다."

누가 끓이는 것인지, 그 방면에는 모두가 문외한이니 만큼 가신 중에 다소 풍월로나 들어본 놈이 되는 대로 흉내나 내고 있을 것이 자명하였다.

그래도 히데요시는 대만족이었다. 상전인 노부나가가 하는 것을 가끔 봐왔기 때문에 잔을 들어 잔에 대해 절을 하는 정도는 알고 있었다.

"아, 참 맛이 훌륭하군……."

그럴싸하게 그는 마시고 손 위에 있는 찻그릇을 잠시 바라보았다.

"이것은 요코야마 성의 뜰에서 오후쿠가 구운 찻그릇이군."

"그렇습니다."

신하는 답했다.

히데요시는 돌려가며 차그릇의 이모저모를 감상하다가 말했다.

"참 좋군. 역시 그에겐 그의 천분이 있는 듯하군. 오후쿠를 불러라."

갑자기 무슨 생각이 났는지 잠시 후, 탕지기 오후쿠가 슬금슬금 나와 앉자마자 말했다.

"너는 오늘부터 탕일을 그만둬라. 어쩐지 그 일은 너의 천분에 맞지 않는 성 싶다."

오후쿠는 소심한 눈을 크게 뜨고 히데요시의 얼굴을 바라보았다.

무슨 잘못이라도 저질러 내쫓기는 것으로 느꼈던 모양이다. 마음이 약한 그의 눈에는 이내 눈물이 흠뻑 괴었다.

"호, 이상한 사람이군. 왜 그런 얼굴을 하고 있지. 내가 잔소릴 하는 게 아냐. 너의 천분을 발견했기에 잊어버리기 전에 장차 너의 갈 길을 가르쳐 주려는 것이다. 벼루를 가져오너라."

"네."

소년이 재빨리 그 앞에 벼루를 놓자 히데요시는 지필을 들고 내려갈겨 갔다. 그의 글은 오류투성인데다가 필적도 매우 졸렬하였다.

그는 손괘에서 약간의 돈과 서한을 주며 일렀다.

"이걸 가지고 센슈에 있는 사카이(堺)로 가는 게 좋겠다. 돈은 노자에 쓰라. 서한은 사카이의 센노소에키(千宗易)란 사람에게 줄 것이니 그 소에키를 만나서 부탁하면 된다. 너의 천분을 살리도록 주선해 줄 것이다."

"그럼, 떠나란 말씀이십니까?"

"그렇다. 너를 위해서다."

"분부시라면 별 수 없습지요."

오후쿠는 기뻐해 주기는커녕 손을 짚고 울고 있다. 천분, 천분하며 되풀이 말하였으나, 그는 그게 무슨 소린지 알지도 못한다. 오히려 히데요시의 곁에서 떠난다는 사실 때문에 장래보다 현실이 슬퍼졌다.

"하하하…… 답답한 녀석이군. 떠나는 것은 아무래도 좋다. 마음대로 해라. 쫓아내는 것은 아니니까. 다만 내가 바빠지게 되면 잊어 버릴까봐 생각났을 때 말해 놨을 뿐이다…… 기뻐 우는 눈물인지는 몰라도 눈물은 거두어라. 오늘은 내 경사스런 날이다."

그는 바람처럼 획 정원으로 나가 버렸다. 아침 햇살이 땅 위에 넘쳐 흐르고 있다. 성큼성큼 내전 쪽으로 갔다. 무성한 송림 속에는 낡은 신사가 있다. 그 곳에서 밝게 손뼉 치는 소리가 들려온다.

그는 내려오면서 마치 자신이 창작한 날씨인 것처럼 뒤따르는 가신들에게 자랑하였다.

"오늘 일기가 좋군. 어때, 좋지?"

그 다음은 조반을 들었다.

그는 수저를 놓자 벌써 그 곳에는 없다.

무사들의 방을 들여다보고 젊은 무사들에게 쾌활한 소리로 말을 건넨다. 젊은 무사들이 폭소를 터뜨린다.

"마구간지기."

"네!"

"말은 다 잘 있나?"

몇 십 필이나 있는 말까지도 그는 가족의 하나라고 생각하는 듯하다. 마구간지기는 양손을 땅에 짚고 말이 건재함을 아뢰었다.

"오늘은 어느 말을 타고 맞이하러 나갈까? 어서 신을 다오."

마구간지기의 안내를 받아 자신이 탈 말을 선택하러 나갔다.

긴 마구간에는 날쌔고 용감한 군마가 꽉 들어차 있었다. 이 말들도 모두 전진(戰陣)의 공로자들이다. 히데요시의 얼굴을 보자 아는지 질겁을 하는 건지 말굽을 구르고 울부짖으며 소란하기 그지 없었다.

"응?…… 저 북소린 뭐냐?"

히데요시는 귀를 기울였다. 말들이 소란한 것도 북소리 때문인 듯하다. 멀리 성밖 거리에서 북과 징소리가 요란히 들리기 시작했다.

"저 북소리의 가락이 뭐냐?"

히데요시가 궁금해 하자 마구간지기가 대답하였다.

"성밖의 농부와 상인들이 오늘의 성주님 가족 입성을 축하하려고 어제부터 춤가락 연습을 하고 있는 것입니다."

"언젠가 본 그 춤 말이군. 이상하군…… 오타니에서 나가하마로 들어올 때 입성 축제를 했지 않는가."

"오늘은 모당님과 마님의 입성을 축하하고 있는 것입니다."

"오늘 나의 기쁨은 나 하나의 사사로운 일인데 백성들까지 그토록 기뻐해 주고 있다니."

"멀리 여기까지 오시는 두 어른을 환영해 드리고자 길에는 모래를 뿌리고 집집마다 꽃포장과 꽃등을 걸어 놓고 참으로 활기찬 광경이옵니다."

"나도 빨리 보고 싶다."

"아직 그때까지는."

"오늘은 왜 낮까지의 시간이 유난히 길고 지루할까."

"너무 기침이 이르셨지요."

"그렇던가."

그는 모친을 만나기 전부터 벌써 어리광이 늘기 시작했다. 모친과 아내의 행렬은 지금쯤 호수를 바라보며 오고 있을 것이다. 아니 벌써 지났을까 하며 그는 초조하게 상상의 날개를 펴보았다.

"……행렬이 나가하마로 접어들었습니다."

성문으로 기마가 달려와서는 전령을 고한다. 그때 그는 벌써 성안의 말을 타고 신하 200여 명과 더불어 대오를 갖추고 기다리고 있었다.

성문이 활짝 열렸다.

설날처럼 거리가 말끔하고 폭넓은 길은 쭉 훤하게 바라보였다.

소라 소리에 맞추어서 히데요시(秀吉)의 대열은 숙연하고도 화사하게 움직이기 시작했다. 그날의 히데요시의 차림은 물론 근위병, 시신, 그리고 시종하는 무사들의 화려한 모습들은 마치 병풍에서 빼낸 한 폭의 그림같이 아름다웠다.

거리에는 강아지 한 마리도 지나다니지 않았다. 집집마다 온갖 장식을 차려놓은 앞에서 새 옷을 입은 백성들이 자리를 깔고 꿇어 엎드려 있었다. 그리고 히데요시의 말끔한 얼굴이 행렬 속에 모습을 나타내자 골목과 길목에서 북소리와 함께 신선한 가락소리가 들려오기 시작했다.

땐 때꼬 땐
성주님 옷차림은
금실 홍포의 갑옷
갑옷 입고 갑옷 입고 입었네

은빛 투구에
홍실을 매게 하고
햇살에 빛나는
산해 산해 산해에

타신 기마 앞의
고삐자락 천에는
금빛 조롱박
번쩍 번쩍 번쩍 번쩍거리네

기마의 말굽소리
요란히 울리며
슬기로운 대장님
대장 대장 우리 대장님

뒤따르는 무사들
젊은 무사 늠름히
자줏빛 장옷 입고
장옷 장옷 입고

그 위에 듬직하리

고을 고을 낙락하라
오곡은 무르익어
기쁨 기쁨 넘쳤네

평화의 가락은 온누리를 뒤덮고, 먼지마저도 상서로운 기운이 어린 무지개인양 빛났다. 이 가락소리는 히데요시가 오타니에서 거성을 나가하마로 옮길 때 백성들이 기쁜 나머지 입성시에 읊은 노랫가락인데, 가사는 물론 촌로나 무지한 시정인의 작사여서 서툴렀으나 백성들의 진정과 기쁨만은 흥겨운 노랫소리에서도 짐작이 갔다.

"여기서 기다리는 건가."

히데요시는 신하가 알리는 대로 말에서 내려섰다.

그 곳에는 가설된 정자가 마련돼 있었다.

"아직 행렬이 안 보이는가?"

그는 정자 안에서 몇 차례나 밖으로 나와서는 먼 발치로 행렬이 오기를 고대하였다.

이윽고 한낮 가까이 되어——저쪽에서 기마와 가마의 행렬이 나타나기 시작했다.

갑자기 햇빛은 유난히 빛나고, 나는 꽃나비들의 그림자 외엔 먼지조차 일지 않았다.

"오시는군. 드디어 오시는군. 맨 앞의 가마가 어머니의 가마인가."

히데요시는 발돋움을 해가며 행렬의 도착을 기다렸다. 좌우의 신하들에게 뭣이라 건네는 그 표정은 허둥지둥 어쩔 바를 모르는 것이었다. 그러나 차마 네네에 대한 이야기는 못하고 꾹 참는 듯 묻지도 않았다.

"수고……수고들 했다."

그가 외치듯 소리치며 총총히 앞으로 나섰을 때에 행렬은 정자 앞에 닿아 멎었으며, 선봉을 선 하치스가 히코에몬이 말에서 내려 히데요시에게 절을 올렸다.

히코에몬 이하 많은 수의 수행자들에게 히데요시는 일일이 노고를 치하했다. 그리고 그는 쏜살같이 두 가마 앞으로 다가섰다.

"네네, 잘 왔소."

먼저 아내에게 말을 던지고 그녀의 생긋 웃는 얼굴을 보자 이내 그 옆의

가마 옆으로 가서는 무릎을 꿇었다.

"도키치로입니다. 마중을 나왔습니다. 어머님, 잠시 저 정자에서 쉬었다 가시면 어떠시겠습니까?"

노모도 빙긋 웃는 얼굴을 해 보였다. 따스한 봄볕은 사람들의 가슴에 솟구쳐 오르는 행복감과 감사의 빛을 선명하게 던지고 있었다. 히데요시는 가슴이 벅찬 만족감과 그 어떤 즐거움보다도 비길 수 없는 무한한 행복감을 순간적으로 느꼈다. 인생의 지상의 낙이 바로 자기에게 있음을 의식하며 가슴에 깊이 새겼다.

"히데요시, 두 손을 들어요. 그대는 이미 일국의 성주인데 두 손에 흙을 묻혀서야 되겠소."

옛날처럼 가마 안으로 안아 들여서는 무릎에 끌어다 앉혀놓고 두 볼을 마음껏 비벼 주고 싶은 모성애를 두 눈에 담뿍 담고 있으면서도 노모는 도리어 타이르듯이 말했다.

"오는 길에도 오다간 쉬고 또 오다간 쉬고 하며 히코자에몬과 여러분들이 지성껏 돌봐 주셨기에 조금도 지루하거나 피로하지 않았소. 그보다도 한시 바삐 그대의 성을 이 눈으로 보고 싶을 뿐이오."

그것이 노모의 희망이었기에 히데요시는 말고삐를 돌려 노모의 앞장을 서가며 나가하마 성으로 인도하였다.

이때 온 거리는 축제 기분으로 잔뜩 들떠 있었다. 가난한 자나 부자나 남녀노소 가릴 것 없이 성주의 환희를 자신의 환희로 삼고 히데요시의 효도를 자기들의 효도로 삼는 듯 말했다.

"어머님이 보시게 된다. 어머님을 위한 위안이 되는 것이다."

그들이 거리거리마다 꽃을 뿌리고 곳곳마다 악대와 춤놀이로 법석을 떠는 바람에 성문을 들어서기까지에는 상당한 시간이 걸렸다.

모친과 아내를 안내하며 히데요시는 북쪽 구루와의 일곽에 신축한 새 집을 보여 주었다. 그곳은 뒤로 이부키 연봉을 바라보고, 앞으로는 호수와 봄의 시아케 산악을 내다보는 명당 자리이며 정원의 천석(泉石)에는 꽃과 나무, 진기한 돌을 고루 심어서 구석구석까지 한 점의 티도 없는 전각이었다.

그러나 노모는 왠지 서운한 표정으로 그를 돌아보며 말했다.

"전답이 없어……이 내전에는 내가 콩이나 소채를 심을 밭이 없구나."

히데요시는 노모의 얼굴을 바라볼 뿐 대꾸를 못했다. 대꾸를 하자면 두 눈에서 눈물이 쏟아질 것 같았기 때문이다.
 또한 네네는 같은 내전이면서도 먼 발치의 구석자리에 다른 여인의 전각 같은 것이 있음을 눈치채고 있었다. 그래서 기후 성에 들렀을 때 노부나가가 은근히 귀띔했던 그 말이 생각나 스스로의 마음을 달랬다.

호랑이와 호랑이

호반의 성은 날로 견고해져 갔다. 나가하마의 거리에는 등불이 밤마다 늘어만 갔다.

풍토도 좋고 천연의 산물이 가득 찼다. 더구나 어진 성주를 섬기며 태평락토(泰平樂土)를 누리는 행운아는 바로 우리들이라고 기뻐하면서 세월을 구가하지 않는 백성들이 없었다.

여기서 잠깐.

히데요시의 가족과 가신들의 면모를 살펴보는 것도 결코 무익한 일이 아닐 것이다.

우선 가정에는 노모가 있고 아내가 있다.

그리고 요즘 아들이 생겼다.

오쓰키마루라고 부른다.

그러나 네네가 낳은 것도 아니며 그가 다른 여자에게서 얻은 자식도 아니다.

두 사람 사이에 자식이 없어서야 쓸쓸하지 않겠느냐며 노부나가가 간청하여 그의 넷째 아들을 히데요시의 양자로 입적시킨 것이다.

히데요시의 동생, 나카무라의 초가에서 날마다 질질 짜며 울던 동생 고지쿠는 지금은 이미 훌륭한 무장이 되어, 하시바 고이치로 히데타다라고 불리며 그의 일을 보좌하고 있다.

또한 처제인 기노시다 요시타다(木下吉定)도, 그에 따르는 친족들마저도. 중신으로는 하치스가 히코에몬, 이코 마진스케, 가토오 사나이, 미쓰다니 에몬, 그리고 젊은 가신 중에는 히코에몬의 아들 하치스가 고로쿠이에마사, 야마노 이노에몬 가쓰도요 등 다사 제제(多士濟濟)라 할 수 있다.

아니 좀더 활발하고 소란하고 요란한 것은 근위병조였다.

여기에는 후쿠시마 이치마쓰가 있다. 가토 도라노스케가 있다. 센고쿠 곤베가 있다. 장차 뭣이 될까 하는 개구쟁이들이 수두룩하였다.

자주 싸움을 하였다. 아무도 말리는 사람이 없기 때문에 마음껏 싸운다. 덩치가 큰 후쿠시마 이치마쓰가 가끔 코피를 흘리며 콧구멍에 종이를 틀어막고 있는 것이 눈에 띈다.

웬일이냐?

그 누구도 물어 보지 않는다.

그들은 훌륭한 무사가 되는 것이 목적이기 때문에 무사만이 있는 성안에 기거하는 것은 마치 학원에 다니는 학생이나 마찬가지였다. 좋은 일 나쁜 일 닥치는 대로 흉내를 낸다. 취사선택도 자신들의 판단에 맡겼을 따름이다.

그 중에서 요즘 갑자기 어지러워진 것은 도라노스케였다. 또래들이 뭣을 하고 있든 '오불관언' 나와는 상관없다는 표정으로 한낮까지 성주의 측근 일이 끝나면 쏜살같이 성밖으로 나가 버린다.

"저놈 요즈음 건방져졌어. 책 같은 걸 옆에 끼고."

마구 시비를 걸어 와도 최근에는 전처럼 성을 발끈 내지 않는다. 그저 싱글거리며 지나갈 뿐이다.

이치마쓰도 그가 비위가 안 맞기 때문에 자못 못마땅한 듯이 손아래 놈들을 부추겼다.

"어른인 척하다니!"

도라노스케는 올해 나이 15살, 작년부터 군학자 쓰카하라 고사이지라는 사람에게 공부하러 다니고 있었다.

고사이지는 동명 쓰카하라 도사노가미라는 검객의 조카가 된다.

어떻든 그 당시에는 도장이라는 시설이 없었고, 한 사람의 스승에게 군학의 강의도 받고 창술이나 검술 또한 무사의 예법, 전진에서의 알아야 할 일들을 배웠던 것이다.
　오늘도 도라노스케는 그곳에서 돌아왔다.
　이미 황혼 무렵이 가까워져 석양녘의 그림자가 거리의 가게 추녀마다 넘실거리고 있었다.── 그 어느 한 집 앞에 많은 군중이 몰려 있었다.
　"무슨 일일까?"
　도라노스케도 말을 멈췄다.
　그러자 추녀 아래 몰려 있던 군중이 와──소리를 지르며 길을 열었다.
　도망치다 나뒹구는 어린이가 있고 노파가 밀려 쓰러진다. 비명을 지르며 사람 뒤에 숨은 여인도 있었다.
　"……가라, 가라!── 왜 몰려와서 히죽히죽 웃는 거냐?"
　주점 주인이다.
　이때 안에서 비틀비틀 범이 숲에서 나타나는 듯이 술병을 든 채 나오는 건 주정뱅이었다.
　한쪽 머리털이 술잔처럼 벗겨진 것이 보기에도 인상적이었다.
　나가하마 성의 보병대장 기무라 다이젠의 부하 병졸이었다. 그의 이름은 규베라고 했으나 아무도 그렇게 불러주지는 않았으며, 대머리 규(久)라든가 호랑이 규(久)라 하면, 아, 그 주정뱅이 병졸하면서 이내 알았다.
　그가 유명한 것은 대머리 때문이 아니라 술만 마시면 주정을 부리고 난폭해지기 때문이다.
　그러면
　"내가 출세 못하는 것은 술버릇 때문이다. 술만 마시지 않으면 상당한 계급에 올랐을 것이다."
　그렇게 큰소리를 치듯 사실 그의 완력은 웬만한 무사로서는 당할 수가 없었다.
　싸움터에서의 공훈이 헤아릴 수 없이 많았다는 그의 장담도 결코 거짓말만은 아니었다.
　그 증거로서 그가 무슨 짓을 저질러도 그의 상사인 기무라 다이젠은 못 본 체 하면서 그를 감싸 주곤 하는 것이었다.
　또 부교(奉行)도 '아 그 대머리 규 말인가'하면서 고소장을 받을 뿐 일체 응징을 가하지는 않는다.

그의 무공을 알고 있고 또한 그의 상사인 기무라 다이젠을 꺼리고 있기도 한데 그 이유가 있는 것이다.

그래서 이 호랑이는 더욱 교만하여져서 걸핏하면 대머리를 과시하면서 흰소리로 자랑을 늘어놓는 것이었다.

"이 대머리는 이래봬도 태어날 때부터 생긴 게 아니다. 곡절을 말하자면 스노마다 전투에 사이토 군의 와쿠이 쇼켄이란 80기를 거느린 적병과 부닥쳐 그 놈의 창을 뺏으려 할 때 놈이 달려들기에 날쌔게 피하는 순간, 살점이 떨어지면서 이 미남의 얼굴에 흠집이 생겼단 말이다. 왜 웃나. 너 이 놈, 내 대머리를 보고 있었지. 전쟁이 뭔지도 모르면서 이 시러베 아들 놈아."

방금도 이런 투로 해서 주점 안에서 난동을 부려 주점의 일꾼들을 때려눕히고, 말리러 나온 노파를 두 팔을 묶어 매달고 뒷문으로 도망하려는 주인 영감을 붙들어 놓고는 술을 따르게 하고 또다시 자랑을 늘어놓는 참이었다.

그것을 문밖에서 훔쳐보고 있던 이웃 사람이 다른 일로 까르르 웃었다고 해서 웃는 것이 매우 못마땅한 이 맹호는 미친 듯 박차고 일어나 귀신처럼 밖으로 나오는 참이었다.

물론 그의 발길은 흔들거리고 취기가 높았기 때문에 아무도 그의 손에 잡히지는 않았다.

그러나 여기에 도망도 가지 않고 쫑긋이 서 있는 소년이 있었다.

도라노스케였다.

대머리는 쑥 그에게로 다가갔다. 도망도 가지 않고 태연히 서 있는 것이 비위에 거슬린 모양이었다.

"꼬마, 넌 뭐야……."

도라노스케는 확확 뿜겨 오는 술냄새를 찡그려 피하면서 말했다.

"성안에 있는 오도라야."

"뭐 도라라구?"

호랑이 규는, 코를 실룩거리며 상대의 작은 몸뚱이를 내려다보았다.

몸매에 비해 눈은 크다. 그 눈을 더 크게 부릅뜨고 도라노스케는 그를 노려보았다.

"와하하…… 이건 야릇한 연분이군."

돌연 대머리 규는 몸을 흔들며 능글맞게 폭소를 터뜨렸다. 그러고는 도라노스케의 얼굴을 항아리를 쥐어 잡듯 두 손으로 움켜잡고는 말했다.
"너도 오도라냐? 나도 오도라(大虎)다. 어때 사이좋게 형제가 될까."
"싫다."
"그러지 말고."
"더럽다."

도라노스케는 다가오는 그의 목을 밀었다. 그런데도 성미가 사나운 대머리 규는 묘하게도 성을 내지 않으며 이번엔 도라노스케의 손목을 덥석 잡고 안으로 끌어들이려 했다.

"한 잔 나누자. 형제의 의리주다!"

도라노스케는 꿈쩍도 않았다. 그의 팔이 빠지느냐, 대머리의 허리가 부러지느냐, 악착같은 고집들이었다.

오도라의 체중은 가볍고 상대는 역사와 같은 장사이다. 어느덧 질질 끌려서 주점 문턱까지 갔다. 지켜보던 구경꾼들은 떠들썩했지만 구해 줄 용기는 없었다.

"저런 쯧쯧…… 불쌍하게도."
"어서 도망가요."
"못 견디지, 저 장사에겐."

그러나 도라노스케는 안색 하나 변하지 않는 것이다.

한 손에 든 책을 주점 안으로 던지고는 상대에게 다짐했다.

"그만두지 못해."
"들어오라면 들어와!"

대머리 규가 마구 팔목을 끌자, 도라노스케는 몸을 돌려 비어 있던 한 손으로 허리의 칼을 뽑아 들었다.

"악…… 이 새끼가."

칼날을 보자 그의 홍당무 같은 얼굴이 일순 파랗게 질려 버렸다. 그럴 수밖에 없었다. 어느새 쳤는지 대머리 규의 왼팔이 땅에 떨어져 있었다.

물론 선혈이 낭자했다. 술기운 때문인지 엄청난 출혈이었다. 도라노스케의 가슴에 그리고 옷자락에도 선지피가 묻어 보는 사람이 질겁을 하게 하였다.

"네가…… 내 팔을……."

대머리 규는 성난 호랑이처럼 달려들었다. 검은 날아갔다. 거대한 몸과 왜

소한 몸뚱이가 위로 아래로 뒹굴면서 흙과 피로 범벅이 되었다.

아무리 용맹한 대머리 규라도 한 팔이 떨어지고서는 위력을 쓸 수 없다. 게다가 출혈이 심하였고 이내 빈혈을 일으켜 도라노스케에게 깔리고야 말았다.

"하시바 가문을 욕되게 하는 놈, 약한 자를 괴롭히는 파렴치한!"

도라노스케는 이렇게 배앝으며 상대의 눈과 코와 입이 문드러지도록 주먹으로 사정없이 쥐어박았다.

"……"

먼발치에서 지켜보던 군중들은 소리를 내는 것도 잊고 있었다. 후환이 두려워서가 아니다. 너무도 뜻밖의 결과에 실색하고 만 것이었다.

도라노스케는 칼과 책을 주워 들고 군중들에게 말했다.

"이젠 괜찮습니다. 어느 분이든 주점 노파의 끈을 풀어 드리고 이 놈은 판관에게 넘겨 버리시오."

그 말을 하고 돌아보지도 않고 사라졌다. 나가하마 성에는 벌써 불이 켜졌고 밤이 된 후에도 언제까지나 사람들이 웅성거리고 있었다.

어둠 속에서 누군가가 우물물을 떠서 빨래하는 소리가 들렸다. 성주의 명으로 찾아다니던 이치마쓰는 어둠을 뚫고 불렀다.

"오도라냐?"

"어어이."

느릿한 대답을 한다. 이치마쓰는 수상하다는 듯 가까이 가서 벌거벗고 도라노스케를 지켜봤다.

"뭣을 하고 있는 거야. 이 밤중에."

"세탁이야?"

옷을 빨고 있었다. 이치마쓰가 시궁창에라도 빠졌느냐고 물으니까, 음——하면서 빨고만 있었다. 아니라는 대답도 없는 것이다.

"성주님이 부르신다. 빨리 가 봐. 무사가 시궁창에 빠지다니…… 뭣 때문에 매일 병학은 공부하는 거야?"

잔소리를 늘어놓고 이치마쓰는 곧 가버렸다. 훤한 불빛이 보이는 내전으로.

방에 돌아와 도라노스케는 옷을 갈아입었다. 잠시 뒤 히데요시 앞에 가서 무슨 용무냐고 명령을 기다렸다. 자리에는 주석이 마련되어 있었다.

호랑이와 호랑이 531

그 옆에 기무라 다이젠이 벌레라도 씹은 듯한 표정으로 앉아 있었다. 도라노스케는 그 사람을 흘끗 보고는 다시 히데요시의 입가를 주목했다.

"오도라, 너 오늘 큰일을 저질렀다지. 다이젠이 크게 노해서 나에게 와 호소하고 있다. ── 부하를 상하게 한 일은 묵과할 수 없다는 게다. 당연한 일이다. 어쩔 테냐?"

"어쩌구저쩌구 할 것도 없습니다."

"아무 일도 없다구?"

"상대가 나빴기 때문입니다."

"규베란 자의 한 팔을 잘랐다던데? 네가 말야."

"네, 그렇습니다."

"집안싸움은 양쪽을 모두 벌하게 돼 있는 법이다. 너를 인도해 달라고 여기 와서 다이젠이 괴롭히고 있다. 넘겨줘도 좋은가?"

"좋습니다."

"그럴 게 아니라 너는 아직 소년, 다이젠 앞에 두 손을 짚고 사죄함이 옳다. 내가 보는 앞에서."

"싫습니다."

"왜!"

히데요시의 눈은 번득거렸다.

"저에겐 잘못이 없습니다. 저는 성주님의 신하니 성주님께서 신하의 강요에 못 이겨 판가름 못하시는 일에 개입되고 싶진 않습니다."

"하하하…… 제법이군. 그럼, 난 상관 말도록 하고 다이젠은 어떻게 할 셈인가?"

다이젠은 아까부터 도라노스케의 옆얼굴을 뚫어지게 지켜보고 있었다.

"역시 오도라의 신병은 저에게 맡겨 주심이 고맙겠습니다."

히데요시는 약간 흐린 얼굴빛이 되었으나 다이젠의 다음 말에 다시 얼굴이 펴졌다.

다이젠은 이렇게 말하는 것이었다.

"제 부하 규베가 소행이 옳지 못함은 잘 알고 있습니다. 하오나 거리 한복판에서 소년에게 그런 꼴을 당했다면 그의 상사로서 도저히 묵과할 수 없기에 그런 직소를 드렸던 것입니다. 그러나 지금 오도라의 면모를 보고 갑자기 심경의 변화를 가져 왔습니다."

"어떻게 변했단 말인가?"
"원하오니 오도라를 저희 집 양자로 맞이하고 싶습니다. 그것도 안 된다면 우리 부서의 무사로서 채용하고 싶습니다만."
"좋겠지. 오도라만 이의가 없다면…… 어때? 오도라 다이젠의 양자가 되겠나?"
"양자 따위로 갈 생각은 없습니다. 천만에요."
"양자라고 깔보지 말라. 이 히데요시도 양자다."
"그래도 싫습니다."
"아하하하…… 보는 바와 같다. 다이젠, 어떻게 할 것이지?"
"별수 없습니다. 단념하지요. 그러나 속이 후련하옵니다. 이것 봐, 오도라, 오도라."
다이젠은 자꾸 그를 쳐다보고 칭찬하면서 히데요시의 잔을 받고 있었다. 흥겹게 얼근히 취해 있었다.

기무라 다이젠이 소문을 퍼뜨렸던 모양이었다. 도라노스케의 침착성과 담력은 성안에서도 평판이 자자하였다. 아니 성 밖 거리에서는 소문이 더 자자하다 했다.
"오도라, 너도 고향에 계신 부모님께 편지를 보내서 기쁘게 해 드려라. 앞으로는 봉급을 올려 170석을 주겠다."
히데요시도 그를 후대했다.
그의 기쁨은 이만저만 한 것이 아니었다. 그 뒤로는 공부와 근무에 더욱 열과 성을 다하였다. 그래도 직성이 풀리지 않는 일은 같은 지위, 나이의 같은 방에 있는 몇몇 패거리들 성화였다. 여기서는 후쿠시마 이치마쓰가 제일 연장이고, 또 제일 고참으로는 히라노 곤페이나 가다기리 스케사쿠, 가토 마고로쿠, 와키자카 진나이, 가스야스케 우에몬 등등 크고 작은 것들이 비번만 되면 연못 안의 개구리처럼 와글와글 떠들어 대고 있었다.
"오도라, 오도라."
"뭐야, 이치마쓰."
"여길 보구 대답해. 책만 보구 있지 말구."
"책 좀 본들 어때?"
"여긴 글방이 아니잖아?"

"귀찮군. 무슨 일이야."
"다들 들어 봐. 이것 봐 스케사쿠, 마고로쿠, 진나이, 내 말 좀 들어 보라고."
"듣고 있어. 무슨 얘기냐?"
"요즘 시건방져서 한마디 일러두는 거다. 야 오도라, 너 조금 출세했다구 해서 고약해졌어."
"뭐가?"
"승진 깨나 했다구 갑자기 으스대지 말란 말이다."
"으시대긴 누가 으시댔단 말이야?"
"콧대가 높아졌어. 아니꼽다."
"그렇게 보였겠지."
"모두들 다 그런다. 나만 그러는 게 아냐. 가봉이 됐어도 넌 우리들의 부하야…… 스노마다 성에 있을 때 넌 코를 질질 흘리면서 모친 손에 끌려 왔었지. 그때 일을 잊어선 못써."
"누구나 어렸을 땐 코를 흘리지. 그게 어떻게 됐다는 거야."
"봐라, 저 말투를 봐두 건방져진 게 틀림없지 않아! 우리들도 두고 봐라. 반드시 대공을 세워서 네 놈에게 본때를 보이고야 말 테니까."
"좋아. 무슨 공인진 몰라도 잘들 해봐."
"세우고 말구. 이 후레자식 같으니."
"뭐라구?"
"뭐가 뭐야!"

쌍방이 일제히 일어섰다. 다른 사람들이 말렸으나 후쿠시마 이치마쓰가 헛손질을 한 것이 그만 가다기리 스케사쿠의 머리를 쳤다. 말리는 사람을 때리다니 하면서 스케사쿠가 덤벼들었다.

여기저기서 난장판 싸움이 벌어졌다.

근위대장인 호리오 모스케가 혀를 차며 달려왔다. 모스케가 큰소리로 꾸짖어서 겨우 싸움은 그쳤지만 요사이 새로 바른 문창호지가 산산이 찢어지고 책상, 책, 그 밖의 물건들이 엉망으로 흩어져 있었다.

"성주님 눈에 띄면 어쩔 셈인가. 빨리 정리를 해. 그리고 뚫어진 문도 다 발라 놔."

모스케는 호통을 치고 돌아갔다.

사자 새끼나 표범의 새끼들은 한 우리 속에 넣어 두면 따분해졌을 때 필경은 위험한 사건이 일어나고야 만다.

그 사자 새끼나 표범의 새끼들이 가장 낙으로 삼는 일은 성밖에 나가 푸른 하늘을 바라보는 일이다. 그런 점으로 봐서 히데요시에게 허락을 받아 매일 쓰카하라 고사이지의 도장에 다니고 있는 도라노스케가 주위 사람들에게 시샘을 받게 되는 것도 무리는 아니었다.

"오이치, 내일은 성주님을 시종하게 됐다. 스케사쿠, 곤페이 너희들도 시종토록 하라. 아침 일찍 서두를지도 모르니 그리 알고 실수 없도록……"

전날 밤 근위대장 호리오 모스케로부터 하명을 받은 세 명은 어디로 시종해 가는 건지 히데요시의 행선지를 알길 없었으나, 여하튼 신이 나서 잠을 제대로 이루지 못하도록 기뻤다.

무사 10기 정도, 근위병 4명, 그 밖에는 막일꾼 서너 명 등 이것이 일행의 전부였다.

날이 밝자 성을 나서 이부키 산 쪽으로 달려갔다. 사냥을 간다는 것이었으나 매도 사냥개도 따르지 않았다.

"성주님, 어디까지 가실 겁니까?"

이부키(伊吹) 산기슭까지 오자, 무사 한 사람이 물었다. 히데요시는 그냥 달리면서 말했다.

"어디라고 작정은 없다. 해질 때까지 달리다가 돌아갈 뿐이다."

"사슴이나 토끼를 몰아 내올까요?"

"그만두게. 사냥은 흥미 없다."

"그럼 그냥 나오신 겁니까?"

"그냥? ……그렇지도 않지. 큰 이유가 있지."

"글쎄요. 무슨 뜻이 온지……뭣일까요?"

"있대두."

"들려주십시오."

호리오 모스케, 후쿠시마 이치마쓰 등이 히데요시에게 졸라 댔다.

히데요시는 말을 세우고 눈앞의 이부키 산을 올려다본다. 무사들도 따라서 땀투성이의 얼굴로 산봉을 쳐다본다.

"비육지탄(脾肉之嘆: 재능을 발휘할 때를 얻지 못하여 헛되이 세월만 보내는 것을 한탄함)이란 말이 있었지. 알고들 있겠

호랑이와 호랑이 535

지?"
"알고 있습니다."
"그럼 유비 현덕이라는 이름은?"
"후한의 영웅 아닙니까."
"그렇다. 공명(孔明)을 맞아서 촉을 정벌하고 삼국의 일방을 점거하여 제왕 자리에 오른 인물. 이 사람이 아직 뜻을 이루지도 못하고 공명도 만나지 못하고 동족인 유표(劉表)에게 의지하여 소위 고등 식객질을 하고 있던 장년 시대에 이런 이야기가 있었다."
"네, 어떤 얘깁니까."
"하루는 유표와 동석해서 술을 마셨는데 힐끗 뒷간에 갔다 온 현덕의 얼굴을 보니까 눈물자국이 보여 유표가 이상해서……자네는 뭣을 슬퍼하는가고 물었더니 현덕이 답하기를…… 당신의 덕분으로 무사가 안온한 나날을 보내는 것은 감사하오나, 지금 별실에서 나의 몸을 보니 오래도록 전장의 물을 안 먹고 고대 광실에서 말을 안 타고 지냈기에 넓적다리의 살이 쪄버리고 말았소. 세월이 흐르는 것은 빠르고 인생에도 한이 있소. 이렇게 소일하는 가운데 내 자신도 어느새 안일에 흘러 세상에 아무 일도 남기지 못한 채, 노장의 틈바구니로 떨어질 생각을 하니 참을 수 없이 서글퍼진 것이오……하며 처량하게 탄식했다는 이야기지."
"네……그럼 현덕은 그때의 편안한 생활을 겁냈었던 거군요."
"나도 그렇다. 무사함이 겁난다. 지금의 나, 히데요시는 위태로운 행복으로 감싸여 있으니 말이다. 오늘은 이 점을 느끼고 다리의 살을 빼려고 나선 것이다. 실컷 땀을 흘릴 생각이다."
"그럼 성주님께서는 은근히 현덕의 대지(大志)를 탐내고 계시는군요."
"못난 소리. 나에겐 촉을 정벌할 뜻은 있어도 그런 산간 속에 머물면서 조조, 손견 따위와 싸워 외딴 구석에서 일생을 마쳐 버린 그런 것을 본보기로 하기는 싫다. 그는 해가 지는 나라의 영웅, 나는 해가 솟는 나라의 백성. 히데요시의 야망은 좀 다르다."
"저희들도 앞으로는 일할 보람이 있게 되었군요."
"물론이지. 다리를 살찌게 해선 안 되지."
"염려 마십시오."
모스케가 말하자 가다기리 스케사쿠, 히라노 곤페이들도 안장 위의 다리를 두들겨 보였다.

"저희들은 여위어 있습니다. 이렇게……."

"그만들 입은 다물라. 그대들 소년의 살은 도검처럼 갈고 또 갈아서 날카로울수록 명검이 되는 것이다. 자, 따르라."

평야로 가는가 했더니 나나오(七尾) 마을에서 이부키를 향하여 산길을 오르기 시작했다.

시장도 했다. 목도 탔다. 두 각 가량 산야를 달린 후였다.

"적당한 곳에 물을 청할 데는 없을까."

오후의 따가운 햇빛을 쬐며 히데요시 이하 일행들은 이부키의 기슭을 향하여 흙먼지를 차며 달려 내려왔다.

"있습니다. 있습니다."

먼저 산 아래 작은 부락으로 달려갔던 후쿠시마 이치마쓰가 말을 돌려오며 굽이진 길 어귀에서 손을 흔들고 있었다.

히데요시 등이 가까이 가니 앞장서 가며 말했다.

"저 앞에 좋은 절이 있습니다. 산주인(三珠院)이라고 하는 신곤사(眞言寺)가."

유계(幽界)로 들어선 듯한 한적한 절의 본당이 보였다. 히데요시는 절문에서 말을 내려 신하들과 더불어 걸어 들어갔다.

소리를 질러도 아무도 나오질 않았다.

히데요시는 아랑곳없이 본당으로 올라가 본당 가운데 홀로 앉아 있었다.

갑자기 곳간 쪽에서 인기척이 들려왔다. 주승이 눈치를 챈 듯했다.

뜻하지도 않았던 성주님의 휴식에 승려들은 크게 당황했던 모양이다.

"귀찮게 하지 말라. 미안하다. 그저 물이나 주게. 목이 마르다."

히데요시의 소리가 본당에서 나자 옆방으로 통하는 칸막이 뒤에서 대답이 확실히 들렸다.

"네!"

앳된 목소리였으나 계집애는 아닐 것이다. 적막한 절안이 되어서 그런지 매우 맑고 더구나 가련한 가운데도 힘이 있다.——이처럼 히데요시가 생각하고 있을 때, 그의 시야 속으로 조용히 빠른 걸음으로 물그릇을 들고 오는 소년이 있었다.

"……."

묵묵히 절을 하고 쟁반에 그릇을 받쳐 들고 히데요시에게 권했다.

기다렸던 히데요시는 곧 양손으로 그것을 집어 꿀꺽꿀꺽 단숨에 들이켰다.

큰 그릇에 7, 8부쯤 담긴 따뜻한 물이었다.

"아가, 한 그릇 더."

"네."

소년은 일어서서 나간다.

절에서 일하고 있는 아이려니 생각했다.

또다시 두 번째로 물을 날라왔는데 물은 아까보다 좀 뜨거웠으며 반그릇쯤 되었다. 히데요시는 두 모금에 마시면서 곁눈질로 소년을 훔쳐보았다.

"아가."

"네."

"이름이 뭐지?"

"사기치(佐吉)라 합니다."

"사기치라……사기치, 한 그릇 더 다오."

"알겠습니다."

히데요시는 자꾸 소년의 뒷모습을 눈여겨 바라보았다.

잠시 후 과자를 들고 왔다. 그리고 또 잠시 후 앞의 그릇보다 더 작은 그릇에 녹차를 가득 담아 발걸음도 얌전히 귀인에 대한 예법대로 조용히 히데요시 앞에 놓는다.

"이젠 갈증도 덜었다. 맛있었다."

"고맙습니다."

"으음……."

히데요시는 왠지 이렇게 앓는 소리같이 중얼댔다. 소년의 용모는 보면 볼수록 드물게 균형이 잡혀 있었다. 지성미라 할까 나가하마의 근위병실에 있는 오이치, 오도라, 오스케, 오콘 등의 그것과는 언어 거동에 현저히 다른 데가 있었다.

"몇 살이지?"

"13이옵니다."

"본이 뭐냐."

"대대로 이시다(石田)를 성으로 하고 있사옵니다."

"이시다 사기치(石田佐吉)라 하나?"
"그렇사옵니다."
"이 근방에는 이시다 성이 많은 모양이군."
"그러하오나 저의 집안은 이시다 중의 이시다올습니다. 흔한 이시다와는 약간 근본이 다르옵니다."
무슨 대답을 하든 명석하고 겁내거나 수줍어하는 법이 없었다.
"이시다 중의 이시다라니……무슨 뜻이지?"
히데요시는 미소를 지었다.
사기치는 대답했다.
"이 근방에서 가장 오래된 가문이기 때문입니다."
그러고는 또
"아와쓰의 싸움에서 그 옛날 기소 요시나카를 쏴 죽인 이시다 노호강 다메히사란 사람이 가문의 선조라고 부친께 들어왔습니다."
"호, 그때부터의 고슈(江州)의 무가였군."
"네, 겐무(建武) 무렵에는 이시다 젠자에몬이란 사람이 보다이사(菩提寺)의 과거장에도 실려 있습니다. 그 후부터 쭉 이 근방의 영주였던 교고쿠가에 봉직하여 왔습니다마는 언제부터인가 낭인이 되어 아즈키노세키 근처에 살면서 향사가 되고 말았습니다."
"그 세키(關)자리 부근에 이시다란 이름이 지금도 있는데 너의 선조땅인가."
"네, 말씀 그대로올시다."
"양친은?"
"안 계십니다."
"너는 중이 될 셈으로 절에 와 있는 건가?"
"아닙니다."
고개를 저었다. 생긋 웃으며 아무 말이 없다.
그 보조개까지가 지성의 빛처럼 보인다. 히데요시는 갑자기 물었다.
"주승은 있는가?"
사기치가 있다고 대답하자 불러 오도록 했다.
사기치는 네하며 공손히 일어서더니 말했다.
"지금 신하들께서 식찬을 올리라는 분부로 스님도 주방에 들어가 일하고 있습니다. 다름 아닌 성주님의 식찬이라 남의 손에 맡길 수 없다고 하시며 손수 서두르고 있습니다. 무척 시장하시리라 믿사옵니다."

"아 그런가? 천천히 해도 좋다."

"곧 식찬이 마련되면 직접 오실 것입니다."

사기치는 물러갔다.

히데요시는 홀딱 반해 버렸다. 그의 근위병실에 촌뜨기가 우글대는 것은 그 자신이 농사꾼의 아들이었기에 의식적으로 불우한 소년을 발탁해서 길러 왔었기 때문이다. 그러나 요즘 곰곰이 생각해 보니 야성과 야성만의 배합으로는 언제까지나 야성에서 탈피하지 못하게 될 뿐만이 아니라 야성의 장점조차도 빛을 잃게 된다.

취약한 문화나 난숙한 지성에는 늠름한 야성을 배합하는 것이 본래의 생명력을 부활시키는 하나의 방법이며, 또한 지나치게 거칠고 호방한 야성에 대하여는 거기에 지덕의 빛을 부어 줌으로 인해서 비로소 완벽에 가까운 하나의 인격이나 새 문화를 구성할 수 있게 되는 것이 아닐까.

언제나 그랬으나, 지금 사기치를 보고 히데요시는 자꾸 이런 식으로 나가 하마의 근위병실에 있는 인재들의 생각을 하고 있었다.

왜 그가 별스럽게 근위병실에 있는 소년들을 생각하느냐 하면, 그는 노신들이나 요직에 있는 자들보다도 그곳에 있는 소년들의 장래를 갑절 중시하고 있었기 때문이다.

열서너 살이 되어도 아직도 때때로 코를 흘린다든가 심지어는 밤에 오줌을 싸고, 싸우고 울고불고 하는 성가신 존재들이었으나 히데요시의 마음속에는, 이곳이야말로 인재의 온상이며 우리의 가보(家寶)로서 대성할 것이라는 기대에 부푼 희망을 걸고 주시하여 왔던 것이다.

"열세 살이다. 열셋 치곤 너무 숙성하긴 하지만……."

그는 되풀이 이런 말을 중얼대고 있었다. 이때 주승이 인사를 드리러 들어왔다.

산주인(三珠院)의 주승은 사기치의 신상에 대해서 히데요시로부터 여러 가지의 질문을 받으며 이렇게 답하였다.

"양육은 하고 있습니다만 오래도록 여기 절에 있을 마음은 없는 듯합니다. 본인의 의사도 불문에 있는 게 아니며, 양친은 작고하였기에 가문을 일으켜야 할 몸이올시다. 그의 모친과 빈승과는 먼 친척이 되기에 어서 성인이 되어 성공하기를 빌고 있습니다만, 어딘지 모르게 연약하게도 보여, 간혹 계집애냐고 묻는 사람도 있어서 무사가 되어도 일가를 이룰 수 있을지 걱정이 됩니다."

히데요시는 이상하다는 듯

"그가 연약해 보인다구? 그 아이가 말이오. 하하하…… 천만의 말씀이오. 하여간 좋소. 그렇다면 그 애를 내게 맡기지 않겠소?"

"네. ……맡기시라니요."

"내가 채용하지. 나가하마의 근위병실로 데려가겠소. …… 그 애가 주승의 눈에는 연약하게 보일지 모르나 천만의 말. 티로 사람을 삼킨다는 희귀한 상이오. 본인에게 물어 보오. 히데요시를 따라 가겠나 안 가겠나를."

"고맙습니다. 안 따라갈 리 없습니다만 하여간 고마우신 뜻을 알려서 곧 답을 올리도록 하겠습니다."

"그럼, 그 동안 식찬이나 들까."

"그럼, 저리 가시지요."

주승은 그를 객실로 안내했다.

그리고 다른 신하들도 그 곳으로 모셔 공손하게 시중을 들었다.

식사가 끝났을 무렵 주승은 사기치를 데리고 왔다.

"대답을 듣자."

히데요시가 말했다.

주승은 사기치를 돌아보고 대답했다.

"보시는 바와 같이 무척 기뻐하고 있습니다. 사기치, 잘 부탁 올려라."

"……."

사기치는 생긋 웃고, 두 손을 짚었다. 아무 말도 하지 않았으나 히데요시는 만족한 눈길로 그에 답했다.

"성 안에 오면 저 애들과 사이좋게 지내야 한다. …… 오이치, 오콘, 오스케."

"네."

"오늘부터 너희와 같이 지내게 될 이시다 사기치다. 얌전하다구 해서 너무 괴롭히면 못쓴다."

"네."

"모스케, 잘 돌봐 주어라."

호랑이와 호랑이 541

"알겠습니다."

호리오 모스케는 사기치에게 친절하게 말했다.

"근위대장, 호리오올시다. 앞으로 잘 해 봅시다."

그러자 사기치도 은근하게 돌아앉으며 인사를 했다.

"이 근방의 향사(鄕士) 이시다 젠자에몬의 아들 사기치라는 불초생이올습니다. 앞으로 잘 보살펴 주시기 바랍니다."

이것이 13살 난 소년이라고는 믿어지지가 않았다. 그의 숙성한 모습을 보고 오이치나 오콘은 절을 떠날 때 슬며시 소근거렸다.

"계집애 같은 게 공연히 점잖을 피우는군."

"계집애는커녕 마늘장아찌 같은 놈이다."

"당장 골탕을 먹여 줄 테니까."

그러나 히데요시가 말을 잡고 안장에 오르자 모두 입을 다물었다.

이부키 산봉의 저녁달을 바라보며 히데요시는 나가하마 성으로 돌아갔다. 물론 사기치도 그날부터 그의 뒤를 따랐다.

후의 이시다 미쓰나리(石田三成) —— 사기치 소년은 바로 이날 밤 생애의 앞길에 무슨 대망을 꾸고 있었을까.

히데요시가 눈여겨 본 바는 그의 기지를 보고 그 재능을 탐낸 것이었으나, 마침내 알을 깨고 나온 추봉(雛鳳 : 봉의 새끼. 뛰어난 제자를 말함)은 훌륭하게도 기대를 어긋나게 하지는 않았다.

공(鞠)

한 해 사이에 몇 개나 되는 성국(城國)이 차례로 멸망해 갔다.

새 사람이 일어서고 묵은 사람은 쫓기며 낡은 기구는 국부적으로 깨져 간다. 그리고 또 국부적으로 새로운 성국이 일어서고 문화가 창조되어 간다.

어차피──

이처럼 되어 가다가는 천하의 동란은 끝장이 날 때까지 갈 대로 가고야 말 것이다.

그리고 안정감이 없는 풍운 속의 세월은 결코 쉽사리 사람의 몸이 비대해질 여유조차 줄 수가 없었다.

나가하마 성에 영이 내려졌다.

물론 노부나가로부터이며 에치젠의 재점령이었다.

출진의 목적은.

반(反) 노부나가 세력의 토벌이었다.

에치젠은 바로 작년 그 곳의 아사구라 일족을 멸망시키고 이미 그의 통할 권내에 놓여 있을 것인데, 한 해도 못 되어서였다.

전후 정책의 실패로 인해 백성들 사이에는 불평이 만연했고, 또한 이들을 선동하는 무리들이 있어서 급속하게 신점령지의 기반은 전복되고 여기에도 한 줄기의 불꽃이, 저기에도 한 줄기의 불꽃이 일어 전면적으로 반노부나가 일색으로 물들어 버리고 말았던 것이다.

그들 주력은 여기에서도 명백하게 옛 아사구라의 잔당들과, 무기와 재력과 신앙으로 결속된 그 외의 혼성군이었다.

이것을 멀리서 지원해 주는 무리들—— 서쪽의 주고쿠(中國) 지방에 모리 일가가 있고 북에 가이의 다케다, 에치고의 우에스기 일가들이 있다.

군, 외교, 경제, 무릇 흥정은 각 성국의 방침에 따라서 그리 간단하지는 않다.

만추의 엣상(越山)은 벌써 흰 눈이 덮였다.

그곳을 넘어 에치젠으로 쳐들어간 노부나가군의 주력은 니와 고로자에몬 나가히데와 하시바 지쿠제노가미 히데요시.

한 패는 당장 토벌됐다.

다음 해 두 장수는 눈이 녹기 전에 개선했다.

봄, 덴쇼(天正) 2년이었다.

그러나 1월이 지나자 또다시 에치젠의 영내에서는 소연한 공기가 감돌았다.

"성가신 것들……."

무딘 노부나가도 혀를 찼다. 그러나 그 일로 해서 화를 내고 일방적으로 초조한 느낌을 그는 스스로 자숙하고 있었다.

그와 반대로

"그들의 책략에 넘어 가지는 않는다."

그 견지를 고수하며 일부러 모르는 척하고 있었다.

이 기간에 노부나가가 가장 급선무로 여겨 왔던 일은 내정의 충실과 군비의 재편성. 그리고 자기 세력권 내에 있는 민심에 장래의 태평과 통업의 결실을 과시하는 데 있었다.

그 한 예로써, 그는 7개 국에 한하는 대도로의 개수공사와 가교 부설에 착수하고 있었다.

미노, 오와리, 이세, 이가, 오미, 야마시노를 뚫는 국도였다.

왕래 노폭을 3칸 반으로 정하고 길의 양편에 수목을 심게 했다.

그리고 쓸모없는 관소는 철폐했다.

통상도 일반의 여행도 매우 경쾌하게 됐다. 이 길을 걸으며 가로수를 바라보는 사람들은 이미 노부나가를 천하의 권력자로 인정하고 있었다. 인정치 않는다고 해도 칭찬하지 않는 사람은 없었다.

제아무리 정병강마(精兵强馬)의 정예군을 가지고 초토의 점령지를 다 차지하여도 일반 백성들은 그것만 가지고는 이내 영원한 지배자라고는 상상하지 않았다.

그들은 치란(治亂) 흥망 성쇠를 빈번히 보고 또한 정병 군마의 성루가 하루아침에 어이없이 멸망을 고하는 일을 흙과 더불어 지켜보아 온 묵은 습성을 지니고 있다. 그렇지만 그 흙 위에 영구적인 문화의 건설이나 실리와 희망을 심어 주게 되면 두 말할 것 없이 현실을 구가한다.

화살이 나는 소리나 총 쏘는 소리에도 묵묵히 밭을 갈고 있는 그들도 역시 벙어리나 소경은 아니었다. 올바른 소리를 하자면 이 세상을, 각 생명을 그들 역시 구가하고 싶은 인간들이었다.

──그래서 노부나가는 싸우며 파괴하며 언제나 그런 방면에도 소홀하지 않았다.

여름이 되자 노부나가는 다시 영을 내려 병마를 나가시마(長嶋)로 움직였다.

나가시마 정벌은 이번으로 네 번째였다. 더구나 그 전의 세 번은 번번이 불리한 싸움으로 그치고 말았다.

그 제1회에는 동생 오다 히코시치를 전사시켰고 이듬해 겐키 2년 때에는 노장 가쓰이에가 부상당하고, 우치이에 보구젠이 전사했으며, 작년 출정 때는 부장 하야시신치로 이하 많은 전사자가 나오는 등 고배를 마셔온 것이었다.

이같이 성가신 적에 대해서 노부나가는 이렇게 말하고 있었다.

"전에 에이 산(山)을 태워 버림으로써 나의 태도를 엄연히 나타냈다. 그래서 잠시 동안 그들의 반성과 회오를 나는 기다렸던 것이다. ……그럼에도 불구하고 그들은 망념을 깨지 않고 종교의 미명 뒤에 숨어서 대중을 교란하며, 거기에 호응치 않는 양민을 괴롭히고 흉도들을 긁어모아 세력이 나날이 창궐해서 끝내 천하의 화근이 될 현상을 목도하기에 이른 이 마당에 이제는 단연코 용서할 수 없다."

그리고 그 스스로 진두에 선 그날의 얼굴을 보니 마치 이전에 에이 산을 공격했을 때와 같은 무서운 형상을 하고 있었다.

과연.

6만의 대병을 배치함에 오다 일가의 사납고 날랜 장수들은 모조리 말고삐를 나란히 했다고 할 수 있다.

시바다, 니와, 사쿠마, 이께다, 마에다, 이나바, 하야시 다키가와, 사사 등의 제장들이 참가하고 하시바 히데요시도 한 부대를 이끌고 출진하고 있었다.

8월 2일—— 칠흑 같은 여름 밤, 풍우를 틈타 오도리이 성으로 쳐들어갔다.

농성하고 있던 남녀 1,000여 명을 모조리 살육하고 불태워 버린 것을 비롯하여 차례로 소성과 망루를 분쇄하고 다음 달 중순에는 나카에, 나가시마 두 성을 포위하여 함락하자 불을 질러 아비 규환하는 성안 2만 여의 종도(宗徒)들을 한 사람도 남김없이 태워 죽여 버렸다.

이럴 때까지 남녀 종도들은 단 한 사람도 항복하려 들지 않았던 것이다.

어떤 종도의 7, 800명의 무리들은 늦더위 햇살이 따갑게 내려쬐는 가운데서 반나체가 된 채 칼과 창을 휘두르며 성안에서 달려 나와, 일제히 염불을 외우며 자결하고 말았다는 그야말로 장렬한 저항을 했던 것이다.

"나, 무, 아, 미, 타불."

"나무아미타불."

"나무아미타불. 나무아미타불."

"나무아미타불."

그래서 오다군의 손해도 적지 않았다. 노부나가의 일족만 하더라도 중형 노부나리(信成), 이가노가미 센지요, 마다하치로 노부도키 등이 모두 전사하고 오다 오스미노가미, 오다 한자에몬 등도 중상을 입고 후송됐으나 곧 죽었다.

그 밖에 장병 전사 870여 명, 부상자는 염천의 그늘로 나르지 못할 정도였다.

희생은 컸었다.

무딘 노부나가도 어디를 봐도 피아(彼我)의 사자와 부상자가 첩첩이 널려 있는 광경을 보자 걷잡을 수 없는 탄식을 하늘에 토했을 정도였다.

"아 아……."

뒤에 천하의 통업을 거의 성취하고 야스지에 군림하게 됐을 때 그도 역시 호사를 누렸지만, 영웅의 심사를 깊이 살펴보면 어느 누가 오직 저 혼자만의 영화만을 위해서—— 그런 조그만 욕망 때문에—— 이처럼 엄청난 희생에 태연할 수 있겠는가.

물욕의 포만뿐이라면 이미 지금의 노부나가는 7개국의 영주로서 충분히 만족 할 수도 있다. 명예나 공명을 탐냈다면 그는 교토를 향하여 어떤 행동도 할 수 있는 입장과 위치에 있다. 영내의 불안을 제거하는 것만이 목적이라면 좀더 보수적으로, 좀더 타협적으로도 다른 방법이 얼마든지 있었다.

그가 진실로 소망한 일을 실현하기에는 아무래도 큰 희생을 강요받지 않을 수가 없었다. 영웅의 고충은 실로 이점에 있다. 그럼 그가 소망해 왔던 일이 무엇이냐 하면 파괴가 아니고 건설이었다. 그의 이상(理想)이었던 조직과 문화를 쌓는데 있었다.

노부나가를 본 일도 없고 노부나가의 사람 됨됨이와 생활도 알지 못하는 주제에, 요즈음 흔히 노부나가의 소문을 떠드는 당상의 공경들 중에는

"노부나가 그 자는 역시 촌놈이요, 요리의 맛도 모른다오."

"돌팔이 목수나 진배 없어서 부수는 일은 눈부시지만 세우는 일은 먹통인 사나이야."

이러면서 제법 명령을 내린 것처럼 숨어서 수군대는 자가 많았으나, 사실은 서서히 노부나가의 진면목을 아는 사람들이 궁 안에도 늘기 시작했다.

나가시마를 평정하고 우선 도카이도에서 이세로 걸치는 오랜 대환란을 제거하자 이듬해 덴쇼 3년의 2월 27일에는 상경 길에 오르고 있었다.

그가 7개국에 걸쳐 개수를 명했던 국도도 거의 완공되어 그 길로 교토로 닫고 있었다.

길가에 심어 놓았던 가로수도 무성하게 잘 자랐다.

"기왕 일대의 궁시를 잡아 서울까지 겨우 입성했음에도 그 서울에서 소욕의 노예가 돼 서울을 황폐화시켜 놓고 도읍을 물러나 종내는 아와즈에서 개죽음으로 최후를 마치는 등 그야말로 무가의 좋은 표본이다. 단연코 그런 것을 닮고 싶진 않다."

노부나가는 자주 이런 이야기를 하면서 스스로를 뉘우치고 또한 신하들을 은근히 훈계하고 있었다.

이는 요시나카의 경우를 말했음이리라. 요시나카의 약점은 무인 누구나가

지닌 약점이었다. 아니 인간 누구나가 자만하면 빠지기 쉬운 함정이었다. 노부나가 자신도 차츰 이러한 위험성을 반성해 가고 있는 듯했다.

꽃피는 춘 3월.

서울에 들어오자 즉시 그는 입궐했다. 그는 많은 금품을 고루 보냈다. 병마난세의 도가니 속에서 여기 명예로운 권부의 귀족들이 매우 가난하여 그 가난에 찌들어 천황의 조신이며, 보필의 직신이라는 높은 기품과 긍지마저 잃어버린 현상을 애석하게 생각했기 때문이다.

금품뿐이 아니라 그는 그들 속에 자기의 기백을 수혈할 심산이었다. 그는 과거 조정의 은명이 내렸어도 사양하였으나, 이번엔 자발적으로 참의에 입관하여 종3위로 올랐다.

또한 내치를 이룩하여 남도의 동대사에 비장 전래되어 온 란자다이(蘭奢待)의 명향(名香)을 지닐 윤허를 받았다.

이 향목은 쇼무(聖武) 천황 때 중국에서 건너온 것으로써 쇼소인(正倉院)에 봉해져서 칙허가 없으면 보는 일조차 허락 안 되는 것이었다.

란자다이(蘭奢待).

이 문자 속에는 동(東) 대(大) 사(寺)의 세 글자가 숨겨져 있었다. 천황으로부터 이것을 하사받은 사람은 아시카가 요시마사 이후 노부나가뿐이었다.

──그런데 이것을 하사받는 데는 실로 장대하고 정중한 의식이 있다.

칙사, 남도의 대중이 모조리 식에 도열하고, 노부나가가 몸소 받으러 나왔으며 그날의 집행관으로는 하나와 구로에몬, 아라키 세쓰노가미, 다케이 세키안 그 외에도 시바다, 니와, 사쿠마 하치야 효고노가미 등…….

그보다도 행장의 장관과 식전의 엄숙함은 주목할 만한 것이었다.

진시(辰時)에는 창고의 문이 열린다.

명향은 6자의 관목 속에 비장되어 있다.

"평생의 추억이 된다."

군신…… 말지기까지 일생의 이야깃거리라고 멀리서 배관이 허락되었다.

그리하여 꺼내 온 향목의 일단──한 치 8푼 정도를 노부나가는 배수하였던 것이다.

한 치 8푼의 향목 때문에 이러한 성대한 식이 집행되었을 뿐만 아니라 그로 인해 나라(奈良)의 거리나 근처의 사찰이나 명소 등이 각처에서 몰려온 사람의 인파로 봄의 하늘도 먼지로 뿌옇게 흐릴 지경이었다.
"좀 지나친데…… 노부나가가 하는 일이."
젊은 나라(奈良) 법사들 가운데는 이렇게 말하는 자도 있었으며 또한 다르게 이야기하는 사람도 있었다.
"정치야, 노부나가는 그래도 대단한 정치가란 말이야."
노부나가는 확실히 무인이며 정치가였다.
세상의 형안자들이 그를 이렇게 관찰한 것은 적중하고 있었다.
그러나 그 시대의 정치란 현대의 정치와는 차이가 있었다. 정치라는 말 그 자체가 고결하고 깨끗하였던 것이다. 오늘날처럼 더럽혀져 있지는 않았다.
인간의 천직 가운데 가장 원대한 이상과 넓은 인애를 위해 봉사할 수 있는 직분으로서 모든 사람들은 언제나 그 직능에 대하여 경앙과 신망을 걸어 왔었다.
물론 오랜 역사 가운데는 그 정치를 잡았어도 민중의 신뢰를 저버린 집권자가 허다하게 있었으며, 과거 무로마치의 정치 같은 것이 바로 그런 것이었지만 그렇다고 민중들은 그 정치를 욕되게 하거나 의심하거나 하지는 않았다.
봉사하는 사람 여하에 달렸음을 알고 있었다.
정치라는 드높은 이름까지가 천한 사욕의 무리의 간판처럼 땅에 떨어져 버린 것은 메이지 말기부터 다이쇼, 쇼와에 걸쳐서의 일이고 본래의 「정치」란 어디까지나 인간의 직능으로서 최고의 선사를 봉사하지 않으면 안 된다.
그 권부에 있는 대신이나 고관을 마치 무능한 우인처럼 야유하거나 했을 때 그것은 소시민의 놀림투나 빈정거림처럼 가볍게 듣기 좋을지 모르나 그 시대의 민중은 반드시 불행하고 불안하기 마련이다.
그러므로 대신고관들은 위풍으로 나서거나 물러설 때 항상 찬란하기를 바란다.
민중은 그러한 편이 믿음직스럽고 또한 평화스러운 느낌을 갖게 되는 것이다.
주책없는 정치가나, 민중의 눈치만 살피고 있는 대신들을 어느 세대라도 민중들은 외면한다. 민중의 본능은 높은 묘당에 대하여는 역시 숭배를 하고 숭앙하며 우러러보고 싶은 것이다.
형태의 상하 구별은 있어도 그럴 때 그 치하의 민중들은 그만큼 안심과 국가의 태평을 느끼기 때문이다.
노부나가는 이러한 서민의 기미를 예리하게 꿰뚫어보고 있었다.
란자다이를 하사받도록 칙허를 바란 것도 일개 사욕만으로 명향의 향기를 맛보려 한 것은 아니었다. 오히려 자기의 영광된 존재들은 민중의 체취 속에, 향기를 고루 뿌려 주기 위함이라는 것이 적절하였다.
또한 그는 이런 행사로 쉽사리 공경이나 도읍의 고관 문화인들과 접촉하여 깊은 교제를 이어 나갔다.
그의 취미는 관서의 능악(能樂), 고오와카(幸若)의 춤, 씨름, 매사냥, 다도 등이었다 한다.
애마(愛馬)의 취미도 있었다.
한편 문화인의 융화를 도모하면서도 노부나가는 결코 민중을 외면하지 않았다.
자기의 애마 60 필을 끌어내 가모(加茂)의 마장에서 대경마를 개최하여, 막대한 비용과 장식을 다해 시민의 관람을 허용하고 며칠에 걸쳐 일반 남녀노소들을 즐겁게 환대했다.
그러나 그는 무슨 일을 하며 놀아도 그 길에 빠져 버리지 않는 자제력을 가지고 있었다. 소고쿠사(相國寺)에 산조(三條), 가라스마루(烏丸), 아스카이(飛鳥井)의 여러 경들을 안으로 불러들여서 공놀이를 개최하였을 때의 일이었다.
이마가와 요시모토의 외아들 우지자네(氏眞)는 공차기의 명수로 유명하였는데 그날도 화려한 차림으로 뜰 위의 공을 멋지게 차 보였다.
"멋지군. 참으로 멋진 명수야."
"천재로군. 우지자네 씨는."
공경들은 모두가 칭찬하여 마지않았으나 노부나가는 다음에 측신들에게 이렇게 이야기했다고 한다.
"딱한 일이다. 이마가와 우지자네가 공을 차는 기술의 10분의 1이라도 문무를 닦는 데 힘썼다면 아깝게도 장안 구경거리가 되지 않았을 것을…… 조상 이래 슨(駿), 엔(遠), 산(三)의 3국을 남에게 빼앗기고도 한 알의 공을 차며 좋아하는 꼴이라니…… 참으로 보기에도 딱하였다."

재리(財吏)

도쿠가와 이에야스는 올해 34세, 그 후는 하마마쓰의 성에 있었다.

아들인 사부로 노부야스도 벌써 17살이 되었다. 노부야스는 오카자키 성에 있었다.

옛날부터 그러했지만 변함없이 여전히 이곳 사풍(土風)은 촌스러웠다. 경풍(京風)의 화사 경박한 문화는 좀처럼 흘러들어오지 않는다. 아니 들어올 수 없게 막는 것이리라.

군신의 생활도, 일반인의 풍속도 시대나 유행의 영향 없이 여전히 미가와 색이다. 점잖고 질소하고 절약함을 제일로 알았다. 가령 부인의 복색도 눈이 부실만 한 색깔은 볼 수도 없으며 머리를 매는 끈 하나라도 허술하게 내버리는 법은 전혀 없었다. 남자의 복장은 더욱 더하여 갈색에 자잘한 문양이나 점 무늬 정도가 고작이다.

소탈한 사람에게 자식이 많다는 속담처럼 이곳 특징은 어느 집 추녀에서나 아기 우는 소리가 요란하다는 것이었다. 그 당시 하마마쓰 오카자키를 지나가는 사람들은 이렇게 평했다.

"골목마다 조무래기투성이군, 이렇게 자식들만 낳으니까 언제나 가난이 가실 새가 없지."

미가와 무사와 가난과는 어찌된 숙명이랴 하며 젊은 무사들은 반농담조로 개탄하였으나 실제로 아직껏 가난을 떡 먹듯 하며 살고 있었던 것이다.

지금은 덴쇼(天正) 3년.

미카다가하라 싸움 이래 겨우 2년도 안 된 사이의 그 발전상을 동맹국인 오다나 적국인 다케다와 비교하여 보면 무리가 아닌 듯 모두 수긍한다.

"정말 이래서야……."

먼저 오다가의 발전상을 숫자로 보면 3년 만에 아시카가 요시아키를 추방하고 아사이, 아사구라를 멸망시켜 급격히 그의 영토를 확대하고 있다.

아네강의 대전—— 5년 전과 비교해 보면 약 160만 섬이 증가되고 지금은 총영토 400만 섬이 넘는 세력이 되었다.

다케다 가는 3년 전의 미카다가하라 이후 대략 11만 섬의 땅을 빼앗아, 전체 130만 섬의 부강을 누리고 있다.

여기에 비하여 도쿠가와 가(家)는 3년 동안에 8만 섬의 땅이 줄어들었다 ……그것은 영토가 넓을 때라면 몰라도 겨우 48만 섬밖에 안 되는 판국이니 이것으로는 전체의 군수나 병력에도, 또한 조석의 끼니에도 직접 영향을 받지 않을 수가 없었다.

"잊지들 말라, 이 깡보리밥은 성주님이 너희들에게 공연한 고달픔을 주시려고 하심이 아니다. 해마다 다케다에게 영토를 빼앗기기 때문이다. ……너희들도 남과 같이 배불리 먹고 싶거든 나라를 부강하게 만들어라. 나라의 부강이란 딴 것 아니다. 너희들이 오늘의 고통을 참고 오늘 먹고 싶은 것은 내일로, 올해에 즐기고 싶은 일은 내년에……각자가 이때라 마음먹고 단련해야 한다."

무사의 가정에서는 등불의 기름조차 넉넉지 않아 저녁밥의 자리마다 그의 부모들이 자녀들에게 타일러 왔다.

이런 가운데 오카자키 성의 신하 곤도 헤이로쿠(近藤平六)는 신규 가봉으로 승급이 되었었다.

물론 공훈이 있었기 때문이었으나 헤이로쿠는 마음속으로 이런 생각이 가시질 않았다.

"웬지 죄송스러운 마음이다."

영주님의 은혜의 고마움이야 이루 말할 수 없지만 그만큼 주군의 상을 깎아 먹는 듯한 생각이 들었다. 그렇다고 해서 전공의 은상을 사양한다는 것도 영주에 대한 도리가 아니었다.

"곤도, 귀관은 아직 오가(大賀) 나리께 가 보지도 않았다더군."

"네, 그저……무심히 있다가."

"빨리 찾아가 뵙고 신규 가봉으로 수령한 땅이 어느 마을에 있으며 경계는 어딘지 확인을 해서 받은 땅은 받은 땅으로서 정리를 해야 할 게 아닌가."

"네, 오늘은 꼭 들러서 오가 나리께 자세히 여쭈어 보도록 하겠습니다."

부장으로부터 잔소리를 들은 곤도 헤이로쿠는 황송했다. 그날 저녁 그는 성을 물러나오면서 도쿠가와 가의 첫손으로 꼽히는 재리(財吏) 오가 야시로의 저택을 찾아갔다.

아마 하마마쓰에도 오카자키에도 오가 야시로의 집만한 저택을 지닌 사람은 없었을 것이다.

그는 미가와, 도에, 30여 고을의 대관이었다.

또 지방 감찰, 세금 징수, 오카자키, 하마마쓰의 재정과 군수품의 매입 책임 등 경제 방면의 요직은 거의 다 겸직하고 있었다.

그래서 그의 집은 언제나 문전 성시를 이루었다. 외부는 그렇지도 않았으나 저택 안으로 한발 들어서면 여기만은 오카자키가 아닌 것 같은 착각을 일으켰다.

건축에도 정원에도 일하는 남녀의 옷차림에도 서울의 화사한 풍모 그대로였다.

객이 오면 반드시 선물이 같이 따라 들어오고, 안으로 들어가면 미주와 산해진미의 성찬이 주객들에게 나온다.

"비위에 안 맞는군."

주인 오가 야시로가 나타나는 동안 곤도 헤이로쿠는 꾸어다 놓은 보리자루처럼 호젓하게 기다렸으나, 자신의 승급 가봉으로 왔으면서도 마음은 왠지 탐탁치가 않았다.

"이거, 실례, 실례했소."

야시로였다.

42, 3세의 거구이며 넓적한 얼굴에 마마자국이 그득하였다. 그러나 비상한 재주꾼인 것을 그의 동작으로 미루어 알 수 있었다.

"오랜만이오."

그는 자리에 앉아 은근한 태도로 말했다.

"이번 귀관에게 가봉의 은전이 내려서 매우 기뻤소. 남의 일 같지가 않았소. 지금 내 처하고도 얘기하던 중이었는데, 곤도 공도 자식은 많고 고생이 대단하였을 텐데 이젠 승급도 됐으니 다소 편안하게 될 것이라……하면서 말이오. 아하하……참 잘 됐소. 정말 기쁜 일이오."

마치 자기 일처럼 기뻐해 주는 것이었다.

미가와 무사의 우직한 성품 그대로인 헤이로쿠는 그의 기쁨이 진실인지 조작인지조차 의심할 줄도 몰랐다.

"아뇨. 그저 부끄럽습니다. 별로 전공도 없는데 승급을 해주시다니 정말 뜻밖의 은명을 누리게 돼 도리어 어깨가 좁아지는 듯합니다."

"어깨가 좁아지다니? 승급을 받고도 어깨가 좁아진다는 그 말은 고금에 곤도 헤이로쿠를 귀감으로 삼게 되겠소. 귀관은 실로 정직한 사람이니 그 점이 또한 용맹한 성질을 지닌 요소일 수도 있겠지."

"부장의 말씀으로는 새로이 받은 토지의 경계 등을 지시받으라는 말씀입니다만."

"그런 고마운 처우를 받고도 왜 안 오는가 걱정했던 참이었소. 곧 토지 대장을 보일 테니 오늘은 천천히 쉬었다 가시오."

어느새 헤이로쿠의 앞에도 주인의 앞에도 미주 성찬이 나란히 나와 있었다. 그것을 날라오고 술을 따르는 여인들도 오카자키나 하마마쓰의 여인 같지가 않았다. 일부러 교토에서 데려온 여인들 같았다.

술은 싫지 않으나 자기들이 매일 아껴 마시던 하급주와는 비교가 안 되었다.

인간이라면 누구나가 이런 자리쯤은 싫어하지는 않는다. 헤이로쿠는 거나하게 기분이 좋았다.

"그만……그만 됐습니다. 돌아가야겠습니다."

"이젠 하사된 땅의 내용도 잘 알겠소?"

"네, 알겠습니다. 여러 가지로 신세를."

"음……그런데 곤도(近藤)."

"네."

"내 입으로 말해서 공치사인 것 같으나 실은 이 야시로(彌四郞)가 성주님께 여쭈어서 승급이 된 것이오……이것만은 기억해 주게. 나를 소홀히 생각일랑 말아야 하오."

"……."

헤이로쿠는 가타 부타 아무 말도 하지 않았다.

"그럼, 실례합니다."

곤도 헤이로쿠는 급히 일어섰다.

야시로는 놀라며 물었다.

"아니 벌써 돌아가다니."

"아니, 가겠습니다."

"뭔가 비위에 거슬렸나. 귀공의 승급이 이 오가 야시로의 추천으로 됐다는 정직한 말에……비위가 틀렸나."

"아니 그런 건 아닙니다만 몸이 좀 좋지 않아서."

"그리고 보니 안색도 좋지 않구먼."

"술이 취한 듯합니다."

"술은 잘 했을 텐데."

"몸이 좋지 않았던 모양이오."

총총히 자리를 뜬 헤이로쿠는 밖으로 나가 버렸다.

그날 별실 쪽에는 또 하나의 손님이 와서 마시고 있었다. 이 자도 오가와 비슷한 오카자키 집안에서 세력깨나 쓰는 야마다 하치조(山田八臟)라는 재정의 일인자였다.

무척 친숙한 사이인 듯, 하치조는 성큼 이곳으로 와서는 주인 야시로를 향하여 말했다.

"자못 입바른 소리를 하셨군. 그놈이 무엇인가 눈치를 채고 돌아간 게 아닐까?"

야시로도 같은 불안이 있었던 듯 말했다.

"늘 사람이 좋은 헤이로쿠이기에 무심히 나의 은혜를 감지덕지할 줄 알았는데 의외로 시덥지 않은 얼굴로 돌아갔소……어쩐지 내 속셈을 야릇하게 느낀 기색도 있소."

"그렇다면 살려 둘 순 없지."

"아직 대사까지 귀띔한 것은 아니지만."

"개미구멍도 조심하라는 속담이 있소. 내가 쫓아가서……."

야마다 하치조는 쏜살같이 뒷문으로 빠져나가 헤이로쿠의 뒤를 쫓았다.

곤도 헤이로쿠는 전송 나온 오가(大賀)의 일꾼들에게도 한 마디 인사말도 없이 대문을 나섰다.

그리고 굉장한 저택을 한참 바라보고 있다.

"툇!"

그는 침을 내뱉고 중얼거렸다.

뒷문으로 돌아나온 야마다 하치조는 그의 모습을 재빨리 발견하고, 흙벽에 몸을 붙여가며 서서히 다가갔다.

"어디서 쳐버릴까."

그러자 곤도 헤이로쿠는 대문에서 벽을 따라 열 발자국쯤 가서는 벽 아래 시궁창에 구부리고 앉았다.

어느 저택이건 구조가 큰 저택의 담 둘레에는 수구가 있어, 물이 흐르고 있었다. 헤이로쿠는 입 속에 손가락을 넣고 억지로 자못 괴로운 소리를 지르며 방금 오가에서 먹은 음식을 깨끗이 토해 버렸다.

그리고 눈물을 닦아 가면서, '아, 이제야 후련하다'하며 어정어정 가 버렸다.

야마다 하치조는 그의 모습을 보며 갑자기 마음이 변했다. 역시 그가 갑자기 일어나서 간 것은 몸이 불편하고 악취 때문일 것이라고 생각하였다.

그 외에 딴 뜻이 있는 양 속단한 것은 이쪽의 지나친 기우였다고 생각을 달리 했던 것이다.

——그래서 먼저 좌석으로 돌아오자

"그냥 돌아왔다."

그러면서 경위를 설명했더니 오가도 크게 안심한 듯 손뼉을 쳐 미인들을 불러 들였다.

"그거 잘 됐소. 아무튼 대사를 앞두고 일이 생기면 큰일이오. 자 다시 마십시다."

백난극복, 거국일치로 견디는 궁핍한 오카자키 성안이면서도 여기만은 풍부한 물자와 탐욕의 정신이 문을 굳게 닫고 사욕의 소왕국을 형성하고 있었다.

곤도 헤이로쿠는 재정부장 오카 주에몬(大岡忠右衞門)의 사택을 방문했다.

"모처럼 내려 주신 가봉(加俸)이오나 그대로 성주님께 반납할 생각이오니 수고스러우시나 그 수속을 부탁드립니다."

"뭐 가봉을 반납한다구? 오가 나리를 찾아뵈었었나?"

"갔었습니다. 그 결과……."

"그래서."

"싫어져서!"

"못난 소리. 가봉을 거절한다는 따위의 수속이란 예도 없다."

"없어도 받을 수 없습니다."

"이유를 말해."

"오가 야시로의 말투가 비위에 걸려서."

"가봉은 오가 나리께 받는 것도 아닌데."

"그렇습니다. 그런데 오가 나리의 말이, 이번 승급 가봉은 모두 자기가 뒤에서 힘을 써 성주님께 천거를 했기 때문이라면서."

"그런 말을 하던가."

"오가의 은혜를 입고는 견딜 수 없습니다."

"오가 나리는 워낙 그런 사람이다. 앞으로도 그 분의 미움을 사서는 여러 가지로 불리할 것이니, 그냥……."

"싫습니다."

"고집이 세군. 자네도."

"부장도 끈덕지십니다."

"뭐라 하든 가봉 반납이란 수속은 할 수가 없다. 굳이 거절하겠다면 직접 하마마쓰로 가서 말씀을 드리도록 하라."

——설마 가지는 못하리라 믿고 적당히 돌려 보냈는데, 그 후 며칠 뒤 곤도 헤이로쿠는 정말 하마마쓰로 가서 이에야스를 배알하고 사실 그대로를 밝혔다.

"헤이로쿠는 미천하오나 오가의 그런 손길에 추종해서까지 승급할 생각은 추호도 없사옵니다. 그러한 녹이라면 한 톨의 쌀이라도 받아서는 무사의 수치라고 생각하옵니다. 만약 성주님께서 성려를 상하시어 자결을 명하시는 한이 있어도 단연코 가봉만은 반납하겠사옵니다."

듣고 있던 노신들이 여러 모로 달랬으나 막무가내였다.

"……"

이에야스도 난처한 얼굴을 하고 있었다.

왜냐하면 재무행정에 대해서는 다시없는 수완을 가진 오가였다. 더구나 이에야스 자신이 그의 재능을 인정해서 마구간지기로부터 발탁하여 점차 요직으로 등용하여 지금의 지위와 광범한 직권을 주고 있는 신하이기에——

헤이로쿠의 말도 타당한 말이었으나——재결하기가 극히 난처하였다.

"헤이로쿠……헤이로쿠."

"네!"

"사소한 가봉은 이에야스의 뜻이다. 야시로의 힘이 아님은 알고 있겠지."

"그러하오나 오가의 말대로 세상이 알게 되면……"

"내 말을 듣거라……너도 잊지는 않았겠지. 내가 오카자키에 있을 때, 어느 해 전답을 살피러 나갔을 때 흙탕물 논 속에 그대도 그대의 처자들도 모를 심고 있었지. 그때 내가 뭐라고 말했는가 ……그때의 약속을 오늘에야 이행했을 뿐이다. 잔소리 말고 받아 놓아라."

"네!"

그렇게 헤이로쿠는 대답할 뿐 대꾸할 말도 없이 감격의 눈물을 흘렸을 따름이었다.

싸움터에서 칼을 잡고 귀국하면 전답에서 일하는 가난한 생활도 오래 하게 하지는 않겠다고 이에야스는 그때 헤이로쿠에게 말했던 것이다. 그 말을 이에야스도 잊지 않았고, 헤이로쿠도 생각이 되살아나 울음이 터진 것이었다.

다케다네 가보

 다케다 가쓰요리(武田勝賴)는 30세의 봄을 맞이하고 있었다. 망부인 신겐보다는 훨씬 장신의 위장부였으며, 골격도 늠름하여 미장부라고 부르기에 알맞은 풍모의 소유자였다.
 홀연 신겐이 서거한 뒤 올해로써 만 3년——4월은 그의 기일이 되는 때이다.
 ——3년간은 상을 극비로 하라.
 신겐의 유언은 잘 지켜져 왔다. 그러나 해마다 그의 기일에는 에린사(惠林寺)를 비롯하여 절이란 절의 법등은 비림(秘林) 구석에서 흔들거리며 만부경을 읽고 있었다.
 가쓰요리도 그 날만은 병마의 일을 중단하고 비사문당 속에서 근신하면서 눈은 신록을 피하고 귀는 새소리를 듣지 않기를 사흘 동안이나 계속했다.
 문을 열고, 쓰쓰지가사키의 별판에서 향연을 물리친 그 날이었다.
 의장을 새로 갈아입고 가쓰요리가 나타나자, 기다렸다는 듯이 아도베 오이노스케(跡部大炊介)가 꿇어 엎드려 한 통의 서찰을 보이며 말했다.
 "화급하오니, 한 번 보신 뒤 말씀을 내려 주시면 회신은 제가 적어서 돌려

보내도록 하겠습니다."

주위에는 아무도 없었다. 오이노스케는 이런 틈을 기다렸던 눈치였다.

"오카자키(岡崎)로부터?"

가쓰요리는 손에 잡자 이내 봉을 뜯었다. 이미 그도 서신이 올 예정이었음을 생각하고 있었던 모양이다. 읽어 내려가는 중에도 그의 안색은 비상하게 움직였다.

"......?"

――그러나 얼른 결심을 못한 채 생각하고 있는 듯했다. 여름이 가까워진 나뭇잎 사이로 요란한 종달새 소리가 울려왔다.

가쓰요리는 그 젊은 눈길을 창밖 하늘로 던지고 있다가 말했다.

"알았다. ......회답은 그것으로 족하다. 그대가 회답하여라."

아도베 오이노스케는 흠칫하여 얼굴을 들고서는 다짐을 했다.

"그렇게만 전해도 괜찮겠습니까?"

가쓰요리는 결연히 말했다.

"좋다. 하늘이 내려 주신 기회를 놓쳐서는 안 된다. ......하지만 사자는 틀림없는 놈이겠지?"

"물론입니다. 대사 중의 대사이온데, 근심은 덜어 주십시오."

"빈틈은 없겠지만 실수 없도록 서신에 당부하여라."

"알겠습니다."

오이노스케는 서찰을 받자 가슴속에 깊숙이 집어넣고 다시 조급히 물러나 갔다.

사저로 간 것이 아니다.

성안의 으슥한 별관으로.

그곳은 타국의 사신이나 각처에 파견한 첩자들이 접선하는 곳으로, 내전이나 다른 전각과도 분리된 비밀 전각이었다.

오이노스케가 그곳에 들어간 지 얼마 되지 않아서, 성 안 곳곳에서는 심상치 않은 어수선한 공기가 움직이기 시작했다.

군령이 떨어진 것이었다. 밤이 되니 혼잡은 더욱 극심해졌다.

밤새도록 사람의 그림자가 움직이고 성문 출입이 빈번했다.

날이 밝자, 성 밖에 있는 마장에는 이미 1만 4, 5,000의 병마와 깃발들이 아침 이슬에 축축히 젖어 있었다.

속속 몰려드는 장병들이 아직도 있었다. 출진을 고하는 소라고동소리가 해가 뜰 때까지 몇 차례나 고후의 거리거리를 깨우고 있었다.

어젯밤, 손 베개로 잠시밖에 자지 못한 가쓰요리는 벌써 전신을 갑옷으로 감싸고 조금도 피곤한 기색을 나타내지 않았다. 유난히 건장한 체구와 미래에 대한 웅대한 꿈은 그의 육체에 아침의 신록과 같은 젊은 이슬을 방울지게 했다.

선친 신겐의 서거 후, 3년간 그는 단 하루도 편안히 지낸 날이 없었다.

가이의 험준한 지형의 수비는 견고하였으나, 유지를 받아 그것으로 만족하기에는 너무도 그의 담력과 무용이 선친에 못지않았던 것이다.

가쓰요리는 명문 출신 자제에 흔한 불초한 청년은 아니었다.

오히려 자부와 책임감과 타고난 용맹이 지나쳤다고 함이 옳다.

아무리 비밀에 부쳤어도 신겐의 상(喪)은 사방으로 새어 나갔다. ——우에스기는 급습해 왔다. 오다하라의 호조도 태도가 이상해져 갔다.

더욱이 오다, 도쿠가와 등이 틈만 있으면 영계를 침범해 왔다.

위대한 아버지를 가진 아들은 편안치가 않다. ——가쓰요리는 지금 그러한 입장에 놓여 있었다.

정녕 그는 아버지의 이름을 욕되게 하고 싶지는 않았다.

어느 싸움에서건 적어도 대등히 싸웠고, 반드시 이익을 얻고 돌아왔다.

그래서 요즘은 또, 이러한 의심암귀의 소문이 여러 곳으로 퍼졌다.

'신겐이 죽었다는 건 거짓일지도 모른다. 얼마 있다가 어떤 큰 기회에 신겐 이곳에 있다…… 하며 돌연 세상에 나타나는 것이 아닐까.'

그러니 신겐 없는 3년간의 그의 노력과 경영의 묘를 짐작할 수가 있을 것이다.

"출진하시기 전에 미노노가미(美濃守)와 마사카게님이 잠시 뵙고 싶다고 말씀하십니다."

마침 일어서려는 찰나, 아나야마 바이세쓰(穴山梅雪)로부터 가쓰요리에게 이런 전갈이 왔다.

바바 미노노가미(馬場美濃守)와 야마가타 마카게(山縣昌景), 두 사람 모두 선친 때부터의 공신이다.

가쓰요리는 문득 이렇게 물었다.

"두 사람 다 출진 준비는 되었는가?"

"모두 갖추고 있습니다."

바이세쓰의 답을 듣고 조금 안심이 된 듯이 허락했다.

"들여라."

잠시 후, 바바(馬場), 야마가타(山縣) 두 노장이 가쓰요리의 앞에 나왔다. 과연 가쓰요리의 예감은 적중하고 있었다.

"어젯밤 늦게 출진의 영을 받고 이처럼 늦었습니다만, 평소와 달리 군사회의도 없이, 어떠한 승산에서의 출진이시온지. ……오늘의 입장으로는 절대 경솔히 움직여서는 안 되리라 사료되옵니다."

미노노가미가 말하자, 야마가타 마사가게도 말했다.

"선군 신겐께서도 몇 번이나 고배를 마셨는지 모릅니다…… 소국이긴 하오나, 미가와 무사에게는 꿋꿋한 뼈대가 있으며, 오다는 요즘 시대를 등에 업고, 계략이 교묘하니, 섣불리 깊숙이 나섰다가는 돌이킬 수는 없는 실책을 범할까 우려되옵니다."

두 노장은 입을 모아 간하였다.

이 두 노장은 역시 신겐이 다져놓은 장수이기에 가쓰요리의 담력에도, 무용에도 그다지 심복하고 있지 않았다. 오히려 아슬아슬한 마음으로 지켜봐 온 듯하였다.

가쓰요리도 평소에 이 점을 느끼고 있었다.

그러나 두 사람의 지론인 이러한 보수주의는 그의 성정으로도, 그의 혈기로서도 참을 수 없는 것이었다.

"앞으로 몇 해는 수비함이 가하다."

"아니 결코 무모한 출진은 않는다. 소상한 내용은 나중에 아도베 오이노스케에게 들어보면 된다. ……이번에는 꼭 오카자키 성을 수중에 넣고, 하마마쓰를 쳐서 숙원의 대망을 이룩하고야 말겠다. ……이런 확신이 있으니 극비의 내용은 오이노스케에게 묻기로 하고, 기밀을 위해 아군에게도 비밀리에 그곳에 접근할 것이다. 잘 새겨듣도록."

가쓰요리는 이렇게 말하고, 교묘히 그들의 간언을 피했다.

바바, 야마가타 두 노장은 노골적으로 불쾌한 안색이었다.

——오이에게 들어라.

이 말이 가장 섭섭했다.

신겐 때부터의 숙장(宿將)인 자기들에게 한 마디 의논도 없이 이처럼 중대한 일을 아도베 오이 따위와 결정해서 병마를 움직이게 했다니. 두 사람은 어이가 없어 잠시 멍하니 서로를 바라보고 있었다.

이윽고 미노노가미가 다시금 고개를 들어 가쓰요리에게 말했다.

"나중에, 오이에게서도 충분히 들어 보겠습니다만, 도대체 그 비밀이란 뭣입니까. 한 마디 귀띔만 해 주셔도 우리들 노장도 죽을 장소를 선택하여 가벼운 마음으로 나갈 수 있겠습니다만."

그러자 가쓰요리는 좌우의 신하들을 돌아보며 거절했다.

"이곳에서 다른 말은 못한다."

그리고 또 엄포를 놓았다.

"그대들이 걱정해주는 것은 기쁘지만, 나도 오늘의 대사는 잘 알고 있다. 더구나 오늘 아침 미하타 다테나시(御旗楯無)를 배례하고 일어선 것이니 새삼스럽게 중단시킬 수는 없다."

미하타 다테나시!

이 말을 듣자 두 노장들은 두 손을 짚어 마음속으로 배례했다.

이 두 가지 물건은 다케다가에 전래되어 온 군신(軍神)의 신체(神體)였다. 미하타(御旗)라는 것은 하치방타로 요시이에(八幡太郎義家)의 군기이며, 또한 다테나시(楯無)라는 것은 시조인 신라사부로 요시미쓰(新羅三郎義光)의 갑옷이었다.

무슨 일이든 이 가보 앞에 서약한 일은 어길 수 없다는 것이 대대로 다케다가의 철칙이었다.

가쓰요리가 신체 앞에 맹세하고 일어섰다고 한다면, 두 노장으로서도 굳이 간언이나 강요를 할 여지가 없었다.

——때마침 출진의 소라 소리가 시각이 절박했음을 고하였기에, 두 사람은 할 수 없이 군전을 물러섰다.

——그러나, 또한 국가의 안위를 생각하지 않을 수도 없었다.

그래서 오이의 진중을 찾아가 다그쳐 물었더니, 아도베 오이노스케는 사람들을 모두 물리쳐 놓고 상세하게 그 내용을 밝혔다.

"상세한 일은 귀공에게 들으라는 성주님의 말씀이었는데 도대체 어떠한 비책이 있어 이처럼 급히 출병하게 되었소?"

그가 밝힌 기밀 계략이란——다음과 같은 것이었다.

이에야스의 아들 도쿠가와 노부야스가 지금 데리고 있는 재무담당 관리로, 오가 야시로(大賀彌四郞)라는 자가 있다.

그 오가는 이전부터 자기와 통하여 다케다가에 내통하고, 성주님께서도 각별히 생각하고 계시다.

어제 쓰쓰지가사키에 온 사자는 그 오가 야시로의 밀서를 갖고 온 것인데, '때는 무르익었다' 이런 내용이었다.

왜냐 하면, 지난 2월 이래 노부나가는 입경하고 있어 기후는 비어 있고, 거기에다 전에 노부나가가 나가시노(長篠) 문도를 정벌하러 갔을 때 이에야스가 원군을 파견하지 않았기 때문에 두 사람의 동맹적 신의가 요즘 좋지 않는 감정으로 멀어져 있다.

지금 우리 가이 군이 질풍처럼 미가와(三河)로 쳐들어가 쓰쿠데(作手) 근방까지 오게 되면, 오가(大賀)는 오카자키(岡崎)에 있다가 내부를 교란시키고, 성문을 열어 가이 군을 맞이할 것이다.

그리하여 노부야스를 죽이고, 많은 도쿠가와의 가족들을 인질로 잡아서 그길로 하리마 산을 공격하면——하마마쓰의 무장들도 속속 항복하여 올 것임은 의심할 여지가 없다. 이에야스(家康)는 필경 이세(伊勢)나 미나노지(美濃路) 방면으로 도망갈 것이다.

"어떻습니까. 이것이야말로 하늘이 내리신 복음이 아니겠습니까?"

오이노는 이 모두가 자기의 작전으로 이룩된 것처럼 자랑스럽게 말했다.

두 사람은 그만 아무 말도 하지 않았다.

아도베 오이노와 헤어져 자기 부대로 돌아가는 도중, 두 사람은 서로 마주보고서 말했다.

"미노님. 서로 살아남아서 망국의 산천을 볼 수는 없는 일이오."

야마가타 사부로베가 힘없이 말하자 바바 미노노가미도 끄덕이며 대답했다.

"당신이나 나나, 벌써 인간의 천수를 코앞에 두고 있소. 이렇게 된 바에야 보람된 죽음의 장소를 얻어 선군(先君)의 뒤를 따라, 우리들의 보좌의 힘이 미약했음을 사죄하고 죽을 수밖에 없구려."

양미간이 침통하게 찌푸려졌다.

바바, 야마가타라 하면 신겐 휘하에 그들이 있다고 하여 사방에 이름을 날렸던 용장들이었다.

두 사람은 벌써 백발이 성성했다. 신겐이 죽은 뒤로 백발은 눈에 띄게 늘어났다.

고슈의 산록은 젊고, 후에후키 강의 물결은 올해도 강렬한 여름을 앞두고 영원한 생명을 노래하고 있었으나, 이별하는 산하를 보고 '또다시 이 산천과 만날 수 있을 것인지' 하며 무량한 감회를 안고 떠난 장병이 무릇 몇 명이었을까.

신겐이 죽은 뒤의 고(甲)군은 역시 옛날의 고군은 아니었던 것이다. 어딘가에 일말의 비조와 무상함이 깃들어 있었다. 깃발소리에도, 발소리에도.

그런데 공칭 1만 5,000이란 기마 정예가 북을 치고 기치를 날리며 늠름하게 국경을 향해서 달려가는 것을 보라. 고후(甲府) 백성들의 눈에는 여전히 신겐 살아 있을 때의 위풍과 조금도 변함없는 것으로 반영되었을 것이다. 가령 아침해의 붉은 빛이나 낙조의 붉은 빛이 비슷한 것과 마찬가지로——

다케다 쇼요켄(武田逍遙軒)——다케다 사마노스케(武田左馬助), 아나야마 바이세쓰(穴山梅雪), 바바 미노노가미(馬場美濃守)——사나다 노부쓰나(眞田信綱)——사나다 마사데루(眞田昌輝)——야마가타 사부로베(山縣三郎兵衞)——나이토 슈리(內藤修理)——하라 하야토노스케(原隼人佐)——쓰지야 마사쓰구(土屋昌次)——야스나가 사콘(安中左近)——오바다 가스자노스케(小幡上總介)——나가사카 조칸(長坂長閑)——아도베 오이(跡部大炊)——마쓰다 미가와노가미(松田三河守)——오가사하라 가몬(小笠原掃部)——아마리 노부야스(甘利信康)——오야마다 노부시게(小山田信茂).

부대마다의 깃발이나 말을 보아도, 또 가쓰요리의 전후를 호위하고 가는 튼튼한 철기대를 보아도 고군의 위세는 당당하였다.

특히 대장 이나시로 가쓰요리(伊那四郎勝賴)의 얼굴에는 자신이 넘쳐흐르고 있었다.

"……오카자키 성은 이미 내 손에!"

그의 풍만한 두 볼에는 투구의 차양에 박아 놓은 황금이 번쩍거려 장년의 대장의 장도를 화려하게 빛내주고 있었다.

사실——

그는 자랑할 만한 실적을 신겐이 간 다음에도 남겼다. 도쿠가와의 영역을 쳐서 여기저기의 소성을 점령하였으며, 아케치(明智) 성을 기습하여 노부나가의 콧대를 꺾었으며, 한편 불리하다고 느꼈을 때에는 돌아오는 것도 귀신처럼 빨랐다.

더구나 이번 출전에는 충분한 계책이 사전에 짜여져 있다.──고후를 출발한 것은 5월 1일. 도토미에서 히라야마를 넘어, 이윽고 목표 지점 미가와로 공격해 돌아가려는 그날 밤, 개천을 앞에 두고 야영하고 있을 때의 일이었다.

건너 기슭에서 헤엄쳐 오는 적의 무사가 있었다.

망을 보던 병졸이 생포하여 보니, 이들은 오타니 진자에몬(小谷甚左衛門), 구라지 헤이자에몬(倉地平左衛門)이라 하는 두 사람으로서, 도쿠가와의 무사였으나 도쿠가와의 군사에 쫓겨왔다는 것을 알았다.

두 사람은 가쓰요리의 면전으로 자기들을 데려다 줄 것을 희망했다. 무언가 중대한 정보를 고하겠다는 것이었다.

"뭐라구? 오타니 진자(小谷甚左)와 구라지(倉地) 두 사람이 도망쳐 왔다구⋯⋯?"

가쓰요리는 기다리는 짧은 시간이 매우 초조했다. 그에겐 짐작가는 일이 있는 듯 가슴 설레는 마음의 그림자가 눈썹 위에 이내 나타나 있었다.

짐승, 조리를 돌리다

이에야스는 간밤에 잠을 제대로 못이룬 모양이다. 왠지 침통한 얼굴로 시무룩해 있었다.

얼굴도 약간 부은 것 같았다. 신록의 성싱한 아침이었다. 지난 미카다가하라(三方原) 싸움 때에는 이 하마마쓰 성문을 열어 놓고서도──적의 포위군을 눈앞에 두고도 코를 골고 잠들었던 그다.──그런 사람치고는 심상치 않은 고민이 있는 듯하였다.

어제 오카자키의 신하 곤도 헤이로쿠(近藤平六)가 찾아와 가봉을 반납했던 것이다.

이런 전례 없는 사건이 일어난 것은 헤이로쿠가 무사적 양심으로, 솔직하게 오가 야시로의 천한 발언에 따른 자기의 불쾌한 심정을 호소하고 돌아간 뒤의 일이었다.

이에야스의 회유에 그는 감읍하면서 반납만은 철회하고 돌아갔으나, 이에야스의 가슴속에는 깊은 우려가 남아 있었다.

──야릇한 오가의 일들.

그를 수상히 여겼던 것이다.

성주된 몸이 자기가 중용하고 있는 신하에 대하여 의심을 품을 단계에 이르렀다면, 이는 매우 불행한 일이라 아니할 수 없다. 이는 다시없이 괴로운 노릇이었다. 그것은 그 책임의 태반을 스스로의 덕이 부족함이라 자책을 느껴야 되는 고통에서였다.

외부에서 오는 백 가지 난도, 사방의 강적도 두려워할 것이 못 된다. 오히려 적이 없는 나라는 망한다는 진리를 뒷받침하여 기꺼이 역경, 또 역경을 극복해 나가는 쾌감도 있을 수 있다.

그러나 주종간의 의심암귀는 마음속의 적이요, 나라 전체의 병환이라 할 수 있다. 이것을 치료하기에는 명의와 같은 노련한 인술과 정치적 과단성이 필요했다. 이에야스는 아직 젊다. 심신의 피로는 바로 여기에 원인이 있었다.

"마타시로(又四郎)는 있는가. 보고 오라."

시종이 이내, 네——하며 달려갔다.

이윽고 그가 있던 서원 밖에 건장한 어깨, 검붉은 얼굴의 30세 가량 된 무사가 두 손을 짚는다.

"부르셨습니까?"

"음, 너무 심심해서 불렀다. 너와 장기를 한판 둘까 하니, 판을 들고 오너라."

이상한 일도 있다 싶었으나 마타시로는 어명이기에 분부대로 장기판을 들고 왔다.

"오랫동안 둬 보질 않았으니까 너에겐 못 당할 거다. 너는 진중에서도 둔다지?"

그는 말을 놓으며 뒤를 돌아보고 웃으며 말했다.

"모두들 물러가 있거라. 서투른 장기를 남이 보고 있으면 더 수가 막히거든. 진중에서도 두니까 매우 강할 것이다."

이런 식의 칭찬을 성주에게 듣는다는 것은 무사로서 명예로운 일이 못되나, 이시카와 마타시로(石川又四郎)에게만은 적어도 불명예는 아니었다.

여기에는 이런 이유가 있기 때문이다.

어느 싸움에서인가 이에야스는 적의 소성을 포위하고 다음 작전을 위하여 가끔 순찰을 나가곤 했었다.

그러나 항상 눈앞의 성벽 위에서 이에야스를 향하여 볼기를 까대고 뒤룩

거리면서 야유를 하는 적병이 있었다.

"고얀 놈이다!"

이에야스는 혀를 차며 지나갔으나 다음 날 지나가니, 또 그놈이 볼기를 까 보이고 야유를 하는 것이었다.

"누구 저 추한 놈을 쏘아 버려라!"

뒤따르던 이시카와 마타시로가 '넷!' 대답하면서 활을 들고 뛰어갔다.

그리고 성벽 아래로 근접하여 겨냥하여 '휙' 쏘아 대니 그대로 명중——그 볼기는 아래로 굴러 떨어졌다.

그러나 동시에 성 안에서도 '쉭!' 하며 화살이 날아와 마타시로의 목에 꽂혔다.

당연히 그는 뒤로 고꾸라졌다.

아군은 함성을 지르며 쾌재를 부르다가 이 모양에 놀라, 쏜살같이 그를 부축하여 이에야스의 앞으로 데려왔다.

"……안 됐군."

이에야스는 자기 손으로 화살을 뽑아 주었다. 그러고는 명했다.

"빨리 데려가 잘 치료해 주도록 하라."

그날 밤, 이에야스는 진소 안에서 흰죽을 먹고 있다가, 갑자기 좌우 사람들에게 물었다.

"벌써 숨을 거두었겠지?"

신하들이 아직 죽지는 않았다고 하자, 이에야스는 갑자기 수저를 놓고 밤중인데도 부상병이 있는 곳으로 갔다.

"그래. 그럼 숨이 있을 때 가 봐야겠다."

아무도 성주가 올 줄은 몰랐기 때문에 모두들 마구 지껄여 대고 있었고, 중상자는 누워서 앓고 있었다.

이에야스가 들어서자, 구석진 곳에서 촛불을 켜놓고 장기를 두는 자가 있었다. 보니 그 중 하나가 마타시로였다.

"목의 상처는 어떤가?"

어이가 없어 질문하니 마타시로는 자세를 고치며 말했다.

"즐기는 장기를 두고 있으면 아픈 것도 잊어버립니다. 내일은 부서에 돌아가 근무할 수 있겠습니다."

"못난 소리. 더 치료를 잘 해야 돼."

이에야스는 돌아갔지만, 마음속으로는 무척 기뻤던 모양이다. 다음날, 목에다 천을 칭칭 감고, 그 위에 갑옷을 입어 마치 숯섬 같은 꼴로 나타난 그를 보자, 이에야스는 싱긋 웃었다. 이에야스가 만족할 때 짓곤 하는 미소였다고 한다.

그의 장기에는 이런 이력이 있었기에, 이렇듯 영주의 보증을 받고 있는 처지였다.

"그는 목에 구멍이 뚫려도 임무를 소홀히 하지 않는 사나이다. 하물며 장기 따위에 미쳐 버릴 사나이가 아니다."

지금 장기판을 사이에 놓고 마타시로는 성주의 상대를 하게 됐지만, 말을 늘어놓기만 했을 뿐, 이에야스는 좀처럼 말을 움직이려 하지 않았다.

"……어서, 두십시오."

당연히 자기가 세다. 마타시로는 선수를 권했다.

"……"

이에야스는 그의 얼굴만 뚫어지게 지켜보고 있었다.

주종 두 사람이 어떠한 장기를 두고 있는지 그 자리에 아무도 없었기에 아는 사람이라고는 없다.

처음에는 조용하였다.

이에야스가 마타시로를 더불어 무슨 밀담이라도 하고 있는 듯하였다.

그러던 중 말소리가 갑자기 들려왔다.

"무례하다."

"무례가 아닙니다."

"지금 수는 물러라."

"안 됩니다."

"성주에게, 이놈이?"

"설사 장기판 위의 놀음이라도 승패가 있는 싸움, 주종의 관계와는 다릅니다."

"고집통, 물러라."

"비겁하십니다."

"뭐? 비겁하다? 이놈, 주인에게!"

큰소리로 싸움이 벌어졌는가 싶자 이에야스의 노성이 터지며, 고얀 놈——하며 일어선 기색.

이어 장기판이 날아가는 소리와 함께 사랑 쪽으로 도망가는 발소리가 났다.

"저놈, 마타시로 놈을 잡아라!"

뒤따라 나오며 이에야스는 호통을 쳤다. 손에 검을 빼들고 있었다.

"성주님, 웬일이십니까?"

달려온 신하들에게 이에야스는 닥치는 대로 외쳤다. 장기를 두다가 주종의 한계마저 잊고 지나친 폭언을 하기에 제재하려 했더니, 또 욕설을 퍼붓고 도망쳤다는 것이다.

"요즘 너무 귀여워했더니 주인도 몰라보고 방자하게 굴다니……. 당장 체포해서 죄를 묻겠다……. 만약 항거하면 죽여도 좋으니, 빨리 잡아 와라."

무서운 노여움이다.

즉각 뒤를 쫓았으나 이미 성 안에는 없었다.

밤이 되어 그의 집을 포위했으나 그곳에도 없었다.

"저녁 무렵 오카자키 쪽으로 말을 타고 달려갔다."

어느 목격자의 증언이었다.

그것이 틀림없을 것이다 하여 추격하였으나 이미 때는 늦었다.

게다가 마타시로의 속력에 대해서는 하마마쓰 제일이라는 정평이 나 있었다.

이것 역시 이에야스를 따라 싸움터로 달려가던 때의 일화가 있다. 늘 소문으로 들어왔기에 이에야스가

"내 말을 따라올 수 있느냐?"

농 삼아 묻자,

"쉬운 일이올시다."

마타시로는 이렇게 대답하기에, 한번 골탕을 먹이려고 승마에 회초리를 쳐 마구 달려갔다.

그러나 잠깐은 앞장서 달려가게 됐어도 그만 포기하겠지 하는 기대를 깨뜨리고 그날 밤 숙박할 부락까지 당도하니, 벌써 마타시로는 태연히 술잔을 기울이며 기다리고 있었던 것이다.

"좀처럼 보기 드문 속도다. 바람과 같다."

모두가 혀를 내두른 일이 있었다. 이런 마타시로가 필사적으로 도망갔으니 아무리 추격해도 헛일이라고 생각, 결국 쫓는 일을 단념하였던 것이다.

그러나 오카자키에도 그를 잡으라는 통첩이 날아갔으므로 그곳에서도 그의 행방이 엄중히 조사되었다.

그리고 나서 3, 4일 후의 일이었다.

오가 야시로(大賀彌四郎)와 나란히 오카자키의 재정을 맡고 있는 야마다 하치조(山田八藏)의 저택에, 그 뒷문을 어떻게 넘어 왔는지 슬그머니 나타난 사나이가 있었다. 저택에서 일하는 머슴에게 주인 하치조에게 면회를 청했다. 이것이 이시가와 마타시로였다.

"꼭 뵈올 일이 있소. 극비로 해 주시오."

이윽고 밀실로 안내되었다. 그것도 객실이 아닌 깊숙한 밀실이었다.

야마다 하치조는 소리를 죽여 이시가와 마타시로에게 물었다.

"어찌 오셨소…… 그 꼴은 웬일이오?"

모를 리가 없었다.

하마마쓰에도, 오카자키에도, 숨길 수 없는 소문이 퍼진 마타시로의 경우인 것이다.

사정을 알고 있기에 남의 눈에 띄지 않는 밀실로 들여와 하인도 물리친 게 아닌가. 그래도 하치조는 시침을 떼고 물었던 것이다.

"간곡한 부탁이 있어 귀전(貴殿)의 의협심에 매달리러 왔습니다. 일상의 의와 무사의 의리로……."

마타시로는 양손을 짚고 떨리는 소리로 말했다. 그의 부친 오스미(大隅)와 하치조는 옛날같이 일하던 사이였으며, 어린 시절부터 하치조의 얼굴은 잘 알고 있었다.

"뭐라고. 무사의 의리라구……. 그런 일이라면 거절도 못 하겠지만 대체 무슨 일이오?"

"실은 이런 일입니다. 하마마쓰의 대전(大殿)과 장기를 두다 시비가 일어나 홧김에 잡소리 좀 했다고 성급히 참(斬) 하시려기에……싸움터라면 몰라도 장기놀이를 하던 끝에 말투 따위로 죽는 것도 억울하기에 아무리 성주라 하지만 공로도 있는 이 몸을 너무……너무도……."

"가만……가만 있자……그럼 하마마쓰를 탈출하고 체포령이 내린 범인이 바로 귀공이었단 말인가?"

"넷, 그렇습니다."

"그럴 수가 있나."

분개하여 야마다 하치조는 소리를 높였다.

"귀공과 같은 용사를……더군다나 조상 대대로 도쿠가와가에 공로가 큰 그 집안의 자손을……아무리 격분하셨다 해도, 장기 같은 놀음 끝의 실언을 갖고 귀한 신하를 마구 죽이시려 하다니 너무 하시는군……좋소. 내가 감춰 줄 테니 안심하오."

"감……감사합니다."

"도대체 대전께서는 명군(名君)의 대기(大器)이시긴 하지만 너무 냉철하시지. 때로는 냉혹무류하여 가문을 위해서는 어떤 희생도 마다하지 않는 무서운 성미이라…… 그걸 생각하면……우리도 언제 그런 우환을 당할는지. 생각하면 살얼음 위에 서 있는 기분이야."

하치조는 눈길로 마타시로의 안색을 살펴보고 말하고, 말하고는 다시 살펴보면서 상대의 반응을 타진하고 있었다.

마타시로도 맞장구를 치듯 그의 혈기와 울분을 불평을 섞어 가며 연상 지껄였다.

"그럼, 뜨거운 물에 목욕이나 하고 나서."

하치조는 다정하게 말했다. 정에 약한 젊은이의 비위를 고루 달래 주고 보살펴 주었다.

4, 5일 동안 그는 여기서 환대를 받아 가며 숨어 있었다. 그러던 중 그에 대한 소문도 차차 식어 갔다. 나라 밖으로 탈출했을 것이라는 견해가 지배적이었다.

"이시가와. 귀공의 처지를 전했더니, 오가(大賀)님께서도 매우 기뻐하시며 꼭 만나겠다는 분부이시다. ……그러나 오가님께서 이곳으로 오시게 되면 남의 이목도 있으니 오늘 밤 몰래 데리고 오라는 것인데……같이 가겠는가. 물론 내가 같이 가 주지."

하치조가 숨어 있는 그의 방에 와서 얘기하는 것이었다. 마타시로는 기뻐 날뛰며 두 손을 짚고 절을 했다.

"감사합니다. 꼭 데려가 주십시오."

품속에 들어온 궁조(窮鳥)를 대하고 야마다 하치조가 무엇을 말했을까—
— 그와 오가 야시로와의 관계를 엮어 보면 굳이 따져 볼 필요조차 없을 것이다.

두 사람은 밤이 되자, 같이 검은 두건을 깊숙이 뒤집어쓰고 뒷문으로 살며시 나갔다.

오가 야시로의 저택이 눈앞에 보이기 시작했다.

그곳을 가리키며 야마다 하치조가 그의 귀에 대고 무어라 속삭였을 때, 느닷없이 이시가와 마타시로가 외쳤기에, 하치조는 재빨리 몸을 날리려 했으나 이미 늦어 마타시로에게 깔려 있었다.

"배반자! 너희들의 흉계는 이미 명백해졌다. 거기까지 갈 필요도 없다. 어명이다!"

보기 좋게 땅에 내던지고 올라탔다. 대항하기에 마타시로는 서너 번 그의 얼굴을 닥치는 대로 주먹으로 치고 기세를 눌렀다.

"떠들면 불리해."

하치조는 있는 힘을 다해서 반항하려 했으나 힘이 미치지 못함을 깨닫자 애원조로 말했다.

"으으……숨이 터지겠다. 손을 풀어 다오."

"할 말이 있느냐?"

"네놈은 정말 어명으로 왔느냐……하마마쓰로부터 쫓기고 있는 몸이."

"바보, 지금 알았느냐? 모든 것은 대전께서 시키신 일이다. 위계를 써서 성에서 도망쳐 나온 것도 네놈들 일당의 흉계를 탐지하기 위해서였다."

"으음……속았구나."

"이를 갈아 봤자 소용없다. 깨끗이 군전(君前)에서 자백해라. 참수만은 면할 수 있을 것이다."

이미 오카자키의 판관소에도 연락이 돼 있었던 모양이다. 마타시로는 그를 묶어 물건을 들 듯 번쩍 잡고는 질풍처럼 뛰어갔다.

그러고는 판관소에 집어넣고는 순식간에 인원을 대동하고 오가 야시로의 저택을 포위하였다.

판관 오카 마고에몬(大岡孫右衛門), 그의 아들 덴조(傳藏), 또한 이마무라 히코베(今村彦兵衛) 등이 마타시로의 일행으로서 포리들 속에 참가하였다.

그날 밤——

오가의 집에는 구라지(倉地), 오타니(小谷) 등의 일당이 와 있었으며, 곧 야마다 하치조가 마타시로를 데리고 올 것이라고 기대하면서 평소와 같은 주연을 벌이고 있었다.

온 것은 살진(殺陣)이었다.
'어명! 군명이오!' 하며 달려드는 뜻밖의 포리들이었다.
'……탄로 났다!'
오가 야시로는 그렇게 느끼자 스스로 집에 불을 질러 난장판 속을 뚫고 도망치려고 했으나, 뒤집어쓰고 있던 여자의 쓰개치마 때문에 도리어 의심을 받게 되어서 거리 모퉁이에서 잡히고야 말았다.
구라지, 오타니 두 명은 겨우 도망쳐 나와 적의──아니 그들에게는 자기 편인──다케다 영토로 도망가기에 이른 것이다.
앞서 마타시로의 손으로 묶인 야마다는 즉시 하마마쓰로 회송되어 일체를 자백한 대가로 목숨을 건졌으나, 머리를 깎이고 참회의 글을 남긴 채 어디론지 행방불명이 되어 버렸다.
──아마 절간에나 숨어 있을 것이다.
이것이 세간의 중평이었다.
그래서 수괴 오가 야시로의 음모는 죄상을 캘 것도 없이 명백하였다.
"엄형에 처하라."
이에야스의 분노는 그 어느 때보다도 준엄하였다.
일족──그의 처자나 시종들, 그리고 거래가 있었던 자들 가운데에서 그 사정을 알고도 고하지 않은 자는 줄줄이 묶이어 넨지가하라(念志原)로 끌려 갔다.
잠수──화형──이틀간에 걸쳐 엄청난 피가 오가 하나의 반심 때문에 사기숙정(士氣肅正)의 희생이 되었다.
바로 어제까지도 같은 영토 안에서 얘기했던 사람도, 서로 보고 웃던 사람도, 지금은 형장으로 끌려가 남이 되었다. 극히 애처로운 일이다. 더욱이 국경 근처에는 다케다 군이 진출해 왔다는 긴박한 상황이었기에 백성들의 증오심도 컸고, 슬픔도 깊었다.
그리하여 3, 4일이 지난──드디어 오가를 처형하는 날이 되니 군중들은 자기들의 손으로 처형하지 않고는 직성이 풀리질 않을 것 같이 흥분했다.
불쌍한 것은 오가의 아내였다. 취조 진술서에 보면 그는 체포되기 며칠 전, 술기운이기는 했으나 아내를 보고 역모의 뜻을 비쳤다.
"이 정도의 호강으로는 아직 당신을 만족시킬 수 없지. 곧 당신도 마님으로 불리며, 남이 우러러보는 자리에 앉게 될 것이오."

아내는 놀라 한숨지으며 울며 달랬다.

"농은 거두십시오. 저에겐 지금의 호강만으로도 행복이 넘칩니다. 지금도 그리운 일은 당신이 아직 보잘것없는 하직에 있을 때의 가난이어요. 그때 당신은 아내에게도 진실했으며, 남에게도 진실하게 교제하여, 부부가 서로 장래를 꿈꾸며 재미있게 살았습니다. ……그것이 지금 성주님에게 잘 보이게 돼서 이처럼 출세를 하셨으면서도 뭣이 불만인지 그런 음모를 꾀하시는군요."

그러나 그는 코웃음을 치며 들은 척도 않았던 듯하다.

그녀가 그때 남편에게 예언한 천벌의 날이 어김없이 오늘 야시로를 맞으러 왔던 것이다.

그것은 한 필의 붉은 말이었다. 그를 끌어내서 세 필의 말의 뒤꽁무니 쪽으로 얼굴을 향해 거적 위에 묶어 놓고 현장으로 질질 끌고 가기 시작했다.

그러자 밖의 거리에는 이미 군중이 소란하게 떠들어 대며 지켜보고 있었다.

한 사람의 손에는 기치가 들려 있었다. 기치에는——반역의 장본인 오가 야시로 시게히데(大賀彌四郞重秀)라고 씌어 있었다.

또, 같은 글이 적혀 있는 작은 기치를 야시로의 목덜미에 꽂았다.

기치와 말이 먼저 움직이자 그 뒤를 따라가던 군중들이 소라를 불고 징을 두드려 법석을 떨면서 따른다. 그 시끄러운 음계는 짖듯, 외치듯 비웃듯, 조소하듯——야릇한 음향을 거리에 퍼뜨리며 간다.

"짐승. 짐승이 끌려간다."

"짐승, 돼지, 죽어라."

돌을 던지는 사람, 침을 뱉는 사람, 어린이들까지 흉내 내어 욕설을 한다.

"개자식!"

파수병도 말리지 않는 것이었다. 하기야 말리면 군중은 더욱 흥분하여 소란을 일으킬지도 모른다. 이렇게 하마마쓰의 거리를 조리를 돌리고 또 오카자키의 거리에서도 똑같이 조리를 돌렸다.

마지막에 가서는 목을 판나무로 죄어 놓고 양발을 자른 뒤 성밖 거리에 산 채로 목만 내놓고 생매장을 시켰다. 옆에는 대로 만든 톱이 놓여져 있어서 지나는 사람마다 그의 목을 톱으로 쓸고 가고, 쓸고는 가고 하였다는 것이다.

아무리 불의를 미워한다 해도 지나친 참형 같지만, 오가 야시로도 끝까지 뻔뻔스러운 면을 보였다. 그 때문에 모조리 참형에 처해 버린 넨지가하라 현장을 지날 때 그는 중얼거렸다.

"모두 먼저 갔군. 내가 꽁무니인 모양인가. 먼저 간 놈은 편안하겠구나."

이 일이 지난 후 백성들은 이미 잊어버린 듯한 표정들이었으나, 이에야스는 가슴 속에서 스스로의 부덕을 자책하고 있었음에 틀림없다.

때는 전국시대. 성을 공격하는 진두에는 영웅호걸, 무릇 인재가 참여하고 있으나——그와 병행하여 그보다 더 중요한 군비·재무 방면에는 관심 있는 위인이 거의 없다.

그래서 왕왕 재주 있는 사람을 발견하면 등용시켜 총애를 쏟는다. 사치와 교만도 눈감아 준다. ——거기에 만심하여 이에야스 정도의 위인에게 생애의 고배를 마시게 된 자, 여기 오가 야시로가 있고, 후에 오쿠보 나가야스가 있었다.

재정의 명장되기는 전장의 명장되기 이상으로 인간으로서 지난(至難)한 일인가 보다.

나가시노(長篠) 성

다케다 가쓰요리의 대군은 이미 미카와(三河)에 들어와 있었다.

그리고 계속 대행군의 도정이었다.

'칠까? 돌아갈까?'

가쓰요리는 갈팡질팡하였다.

그의 낙심함은 미루어 짐작할 만하다.

실로 이번 출동은 오직 오가 야시로의 내통 하나에 달려 있었다. 작전, 목표 모두가 오카자키 내부로부터의 교란과 호응이 있을 것을 굳게 기대하고 세웠던 것이다.

그러나——

오가 일당이 모조리 체포되고 모든 계획이 탄로나서 수포가 되고 말았다. 그뿐 아니라, 고(甲)군의 방책은 어느새 도쿠가와에게 드러나고야 말 것이었다.

개천을 헤엄쳐 도망온 구라지, 오타니, 두 사람에게서 모든 사실을 알았을 때의 가쓰요리가 '아차!' 하며 곤혹에 빠진 모습도——생각하면 무리는 아니었다.

나가시노 성 577

'여기까지 왔다가 덧없이 돌아가는 것도 한심하다……그렇다고 무조건 전진이란 것도 생각해 볼 일이다.'

그의 강직한 기상으로는 견딜 수 없이 괴로웠다. 또한, 고슈를 떠날 때 간절히 경거망동을 삼가라고 간하던 바바와 야마가타, 두 노장을 생각할 때에도 그의 오기가 용서치 않았다.

"병 3,000은 나가시노로 향하라. ……나는 요시다 성을 뚫고 그 지방 일대를 석권하겠다."

그는 날이 밝기 전에 진지를 철수하여 요시다 방면으로 진군하였다.

고야마다 마사유키(小山田昌行)와 다카사카 마사즈미(高坂昌澄) 두 장수는 본대에서 떨어져 나가시노로 향했다. 그리고, 시노바노(篠場野) 근처에 진을 쳤다.

승산이라곤 전연 없는 가쓰요리로서는 니레기(二連木)나 우시쿠보(牛窪) 두 부락에 불을 질러 공연한 시위를 하며 돌았을 뿐, 요시다 성은 공격할 수 없었던 것이다.

왜냐하면, 이때 이미 이에야스와 노부야스 부자는 단숨에 내란자를 소탕하고 질풍처럼 하지가미하라(薑原)까지 병마를 몰아 진군하여 왔기 때문이었다.

가쓰요리의 대군이 진퇴양난에 처하여 단순히 면목을 위한 움직임을 벌인 데 비하여, 도쿠가와 군은 내부의 반역자를 제물로 받고,

"망국이냐, 흥국이냐?"

이런 일대 기로에 서서 여기까지 달려왔으니, 병력은 열세라도 장병의 사기는 그들과 천지의 차이가 있었다.

하지가미하라에서는, 선봉대와 선봉대 사이에 두서너 번 작은 충돌이 있었을 뿐이다. 고군도 역시,

"이것은 좀……"

감당하기 어려운 적의 사기를 깨닫고, 갑자기 그들의 날카로운 기세를 피하여 나가시노로 향했다.

"나가시노로!"

그렇게 급회전하여 일단 도쿠가와에게 뒤를 보이며 따로 목표가 있는 듯 멀리 떠나 버린 것이었다.

나가시노——

여기는 숙원의 싸움터다.

성, 그것은 또 난공불락의 요새.

옛 에이쇼(永正) 연간에는 이마카와(今川) 가가 지키던 곳이다. 그것을 겐키(元龜) 2년에 다케다가 쳐서 영토로 했으나, 또 다시 덴쇼(天正) 원년 이에야스가 공략, 점령함으로써 지금은 도쿠가와의 오쿠다이라 사다마사(奧平貞昌)를 수장(守將)으로——부장 마쓰다이라 가게타다(松平景忠), 마쓰다이라 지카토시(松平親俊) 등 이하 500여 명이 상비군으로 농성하고 있었다.

지형·교통, 어느 각도로 보아도 여기는 군사상 중요한 지점이었다. 여기를 확보하느냐 못하느냐는 단순한 하나의 성을 장악했는가 여부에 불과한 것이 아니었다.

그래서 싸움이 없는 날에도 나가시노 성에는 온갖 책모와 배반·유혈 등이 쉴 새 없이 되풀이 되고 있었다.

과연——

고슈 1만 5,000의 대병은 성안의 겨우 500의 병력을 덴쇼 3년 5월 8일의 황혼 무렵부터 완전히 봉쇄하고 말았다.

지금 돌이켜보니, 먼저 고야마다(小山田), 다카사카(高坂)의 1부대를 파병하여 주력은 요시다(吉田)를 치는 듯하다가, 갑자기 이곳으로 우회하여 온 것은 가쓰요리의 교묘한 양동 작전이었을지도 모른다. 궁지에 빠졌다고 해서 며칠을 책략 없이 움직이며 공연히 병마를 피로하게 하는 그러한 범장은 아니었다.

도요카와(豊川)의 상류——오노(大野)강과의 합류점——산슈(三州) 미나미 시다라군(南設樂郡)의 산간을 따라 나가시노의 성은 서남을 향하여 솟아 있다.

동북의 양쪽은 모두가 산이라 해도 과언이 아니다.

다이쓰지(大通寺)산 이오지(醫王寺)산 등. 또, 호(濠)는 자연히 흐르고 있는 오노 강, 다키(瀧) 강의 두 하천이 폭넓게 지나, 그쪽은 30칸 내지 50칸이나 되었다.

기슭의 높이도 얕은 곳이 90자, 높은 곳은 150자나 되는 절벽이었다.

수심은 5, 6자에 불과하지만 격류였다. 때로는 장소에 따라 무섭게 깊은 곳도 있었다. 물살이 세고 소용돌이 치는 분류도 있었다.

평소 이곳 수류(水流)에 관한 지리는 엄중히 비밀로 엄수되어 있다. 수심을 생각하거나 사필(寫筆)을 들고 서성거리면, 어느 누구라 할지라도 파수병이 망루 위에서 사살하여도 무관하도록 되어 있었다.

이 천험의 호를 이룬 하천을 넘어 서남쪽은 평야였다. 아루미가하라(有海原) 시노바노하라(篠場原)라고 불린다.

그 벌판 끝으로 후나쓰키(船着) 산의 연봉이 둘러 있고 도비가스(鳶巢) 산도 그 봉우리 가운데 하나였다.

"참으로 엄청난 병력이군."

성장 오쿠다이라 사다마사(奧平貞昌)는 그날 저녁 망루에 서서 너무나도 엄청나고 빈틈없는 적의 배치에 소름이 끼칠 정도였다.

척후의 통첩을 종합하여 보면 가라메데(搦手) 방면의 다이쓰지 산에 다케다 노부도요(武田信豊), 바바 노부후사(馬場信房), 고야마다 마사유키(小山田昌行) 등의 2,000명.

서북에는 이치조 신류(一條信龍), 사나다(眞田) 형제의 부대와 또 쓰지야 마사쓰구(土屋昌次) 등의 2,500명이 진을 치고 있다.

다키 강의 왼편 기슭에는 오바다(小幡) 부대. 남방의 시노바노하라의 평지에는 다케다 노부가도(武田信廉), 아나야마 바이세쓰, 하라 마사다네(原昌胤) 스가누마 사다나오(菅沼定直) 등의 3,500여.

또한 유격군 같은 병력이 아루미가하라 일대에 널려 있고, 야마가나, 다가사카 부대의 깃발이 밤눈에도 펄럭펄럭 휘날리고 있었다.

또한 가쓰요리는 약 3,000을 이끌고 이오지 산을 본진으로 정하고, 일족인 다케다 노부미(武田信實)는 기습에 대비하여 도비가스 산 일각에 병기(兵旗)를 몰래 숨겨 놓았다.

공격은 그날 밤부터 시작되어 11일 황혼 무렵까지 팔방의 공격──성중의 장병들은 방어하기에 숨 돌릴 사이도 없었다.

시노바 평지에 있는 고슈 군은 뗏목을 다키 강에 띄우고 성의 야규문(野牛門)을 향하여 몇 차례나 육박해 갔다.

총포·암석·목재 등이 무수한 뗏목을 침몰시켰다.

그러나 그들은 겁내지 않았다.

뗏목은 오고, 또 오고 끝이 없었다. 성병(城兵)들은 기름을 쏟고 불덩이를 던졌다.

하천도 타고 뗏목도 타고 사람도 탔다.

"너무도 성급한 공격. 티끌 만한 작은 성 하나에 희생이 크다."

야마가타 사부로베(山縣三郞兵衞)는 가쓰요리의 지휘에 대해서 때로 가슴이 아팠다.

──왠지 그의 초조함이 지나쳤기 때문이다. 노장의 눈으로 보면 통수권자의 그러한 심리가 근심거리가 되었다.

──그러나, 뗏목 공격은 그나마 나은 편이었다. 서북쪽의 이치조(一條) 부대나 쓰지야 부대는 지하도를 파기 시작했던 것이다. 지하도는 본전의 서쪽 건물 안으로 빠져나갈 수 있도록 계획하고 낮밤을 가리지 않고 갱구에서 흙을 퍼냈다.

개미구멍처럼 무수히 쌓인 흙더미를 보고, 수장도 야릇한 예감이 들어 성 안에서도 갱도를 파기 시작하였다.

그리고 화약을 장치해 적의 갱도를 폭파시켜 버렸다. 고 군(甲軍)의 사망자는 이때만도 700명에 달했다고 한다.

지하도 작전에 실패한 고 군은 이번에는 공중 작전으로 나왔다.

오데(大手) 문 앞에도 몇 군데나 정루(井樓)를 구축하기 시작했던 것이다.

정루에도 여러 양식이 있으나, 보통 거목을 우물 정자 모양으로 쌓아올려, 그것을 수십 자의 높이까지 올린다.

그 위에서 성안을 내려보며 공격 기점의 우위를 차지하는 것이다.

이것은 도시 성벽을 갖고 있는 중국에서는 옛날부터 써 오던 전법으로, 바퀴를 단 이동 정루도 있었다. 산성 본위에서 얕은 평성으로 바뀌어 가면서부터 이를 사용하게 되었다.

수장 오쿠다이라 사다마사는 아직 24세의 젊은 나이로, 성병 500여 명의 생명과 이 성의 운명을 짊어졌지만, 그는 침착하게 공격군의 기습작전에 대항하여, 기회를 보아 방어하고 날쌔게 역습을 시도하는 등, 훌륭히 싸웠다.

네 곳의 정루가 완성된 것은 13일 새벽이었다.

다케다 군은 날도 새기 전에 정루에 기어올라 총구를 대고, 또한 불 지른 나뭇단과 기름천에 돌을 매달아 불새처럼 오대문 안으로 마구 던졌다.

여기저기 떨어지는 불길에 성병들이 소방 작업에 날뛰는 모습이 붉게 비친다.

정루 위의 공중전——일제히 불길이 그 성병들을 저격하였다.

여기까지는 압도적으로 고슈 군의 성공이 예측되었다. 그러나 밤이 되어 성벽에 올라서서 자지도 않은 채 지켜보던 청년 장교가 한 차례 명을 내렸다.

"쏴라——쏴."

그러자 순식간에 천지를 진동하는——아직도 고슈 장병들로서는 들어 보지도 못한 요란한 굉음과 함께 성의 여러 곳에서 총구가 불을 뿜었다.

소총의 힘을 몇십 배로 겹친 듯한 거총(巨銃)이었다.

——정루는 분쇄되었다.

차례로 진동을 일으키며 쓰러지고, 그 위에 있던 총수나 지휘자들은 거의 전사했거나 중상을 입었다.

도쿠가와의 경제 빈곤은 말할 것도 없이 상하의 꾸밈이 없고 수수한 것이 정상이었으나, 신무기의 구입에는 어떤 희생도 지불하여 왔었다. 재력이 있는 다케다가 문화적 수입에 불리한 지대에 있음에 반하여 미가와, 도토미는 중앙에 가깝고, 해운의 편의도 있었기에 부강한 고슈 군이 갖추지 못한 것도 궁핍한 도쿠가와 군은 이미 갖추고 있었던 것이다.

어떻든 고슈 군은 어지간히 거총의 위력에 놀란 듯, 그 이래 공격수법이 판이해진 것은 사실이다.

"무리한 공격은 말라!"

어느날 밤은——

드르럭드르럭 밤새도록 가라메데 방면에서 성벽을 무너뜨리는 듯한 소리가 계속되었다.

"떠들 것 없다."

사다마사는 병사의 망동을 경고했다.

날이 밝아서 보니, 공격군이 큰 바위를 계곡 아래로 그저 굴리고 있을 따름이었다.

"만약 성곽의 일부라도 뚫린 줄 알고 소란을 피웠으면 적의 기습이 닥쳐왔을 것이다."

사다마사는 웃으며 말했다.

——그러나 젊은 수장의 웃음도 나날이 비장미를 띠어 가고 있음은 어쩔 수가 없었다. 이는 노하느니보다, 곡하느니보다, 더 심각한 것이었다.

거총은 오래 사용할 수 없는 것이었다. 소총의 탄환도 없다. 활이나 활대로는 방어가 힘들었다. 그것과, 좀더 현실적으로 절박한 문제는 며칠 분밖에 남지 않은 식량이었다.

"성 안의 군량은 얼마 남지 않았다. 공연히 무리한 공격을 하여 병사를 손상시킬 것은 없다."

13일의 총공격 이후, 공격군은 피투성이의 싸움을 멈췄다.

성을 둘러싼 다키 강과 오노 일대의 하천 속에 말뚝을 박고 밧줄을 돌려 기슭에는 모조리 목책을 엮어서 고성 나가시노를 문자 그대로 개미 한 마리 새어나올 구멍이 없도록 완전히 봉쇄하였다.

"뭣이, 군량이 4, 5일 치밖에 없다고? 이 이상 견딜 아무거나 없느냐, 응?"

오쿠다이라 산쿠로 사다마사(奧平三九郎貞昌)는 오늘 새삼스럽게 궁핍한 사정을 호소하러 온 군량계 무사에게 몇 번이나 다그쳐 물었다.

군량관은 침통한 표정으로, 이젠 절식도 보급책도 전혀 없음에 절망을 나타내면서 잘라 말했다.

"없습니다. 아무것도 없습니다."

그러나 사다마사는 그 말을 그대로 받아들이지 않았다. 성안 500의 생명이 앞으로 4, 5일 밖에 남지 않았다고 단정하는 것과 조금도 다름이 없기 때문이었다.

"실제로 보여라. 곡창을 본 후에……."

그는 스스로 검사 차 나섰다.

성안을 샅샅이 돌아보았자 넓이가 뻔한 작은 성이었다.

결과는 사다마사로 하여금 더 한층 절대적인 각오를 갖게 했을 뿐이었다.

절식은 고사하고, 먹을 수 있는 것은 모두 다 먹어 버렸으며, 곡창 속 흙까지 체를 쳐서까지 이어 온 군량관의 고심담을 들으니, 그도 말문이 막히고 말았다.

사다마사는 묵묵히 돌아와 많은 장병들이 있는 가운데에 털썩 주저앉아 버렸다. 모두들 사다마사의 안색으로 전부를 짐작하였다.

"가쓰요시……가쓰요시, 있느냐?"

그는 번뜻 얼굴을 들어 동굴 같은 마룻바닥의 사람들을 훑어보았다.

횃불이 켜진 구석진 곳에서 무릎을 안고 있던 종형제 가쓰요시가 명석하게 대답하고 앞으로 나오며 눈길을 올려 양손을 짚는다.

"네!"

산쿠로 사다마사는 그를 지켜보던 눈을 일동에게로 돌리며 말했다.

"모두들 듣거라. 지금 샅샅이 조사해 보니 성 안의 식량은 남은 것이 4, 5일 분밖에 없다. 죽은 말을 먹고 풀뿌리를 먹은들 얼마를 지탱할 수 있을까……. 위급이 닥치면서 이미 오카자키에 원군은 요청했지만, 웬일인지 아직도 아무 소식이 없다."

"……."

"헛되이 굶어 죽게 할 수도 없을 뿐만 아니라, 이 성과 500의 아군을 잃는다면 오카자키, 하마마쓰도 위태로울 것이다. ……가슴이 아프다. 악착같이——최후의 일순까지——설사 흙을 먹고 풀뿌리를 씹더라도 싸워야 한다…… 그래서 말이다……."

다시 가쓰요시(勝吉)에게 시선을 옮기면서 말했다.

"지금 오카자키에 계신 성주님 앞으로 내 서찰을 갖고 원군의 재촉을 전하러 가야 한다. 중요한 임무다. 가쓰요시, 알았나. 너에게 맡기는 사다마사의 마음을 이해해 다오."

"……아, 잠깐."

"뭐냐."

"거절하겠습니다. ……그러자면 이 성을 나가야만 되니까요."

"싫단 말인가."

"다른 사람을 시켜 주십시오."

"그런가…… 성밖 하천에 가시 말뚝이 박혀 있고, 밧줄을 엮어 방울을 달고, 기슭에는 높은 목책을 빈틈없이 박아 놓은 적의 경비가 두려워, 그대는 돌파할 자신이 없다는 건가."

"천만의 말씀이올시다."

가쓰요시는 쓸쓸하게 웃으며 답했다.

"성 안에 있어도 죽음, 성 밖으로 나가도 죽음. 두 길 밖에 없습니다. 제가 거절하는 것은, 저는 젊으나 수장인 당신의 일족입니다. 만약 무사히 적의 경비망을 뚫고 나가 사명을 다하였다 치더라도…… 그 후 만약 성이 떨어진다면 저는 어디서 죽으란 말입니까. 이곳은 어디까지나 제가 죽을 자리올시다. 그러니 성밖으로는 나갈 수 없습니다."

그러자, 어두컴컴한 구석진 곳에서 욱——오열과 비슷한 소리를 지른 사람이 있었다. 사다마사의 신하, 도리이 스네몬(鳥居强右衛門)이라는 낮고 천한 직급의 무사였다.

모두 그를 돌아다보았다.

그리고 스네몬이라는 것을 알자, 대단치 않다는 듯한 얼굴을 하였다.

말단에 있어 5, 60섬의 보잘것없는 녹을 타는 그의 신분 때문에 그런 것은 아니었다.

온통 성안이 한마음으로 생사를 걸고 있는 이때다. 아무도 그런 차별 의식은 없었다.

그러나 스네몬이라면 어느 누구도 의지가 되질 않았다. 근면한 자에게 자식 복이 많다더니, 이 사나이도 36세에 자식이 넷이나 있었다.

적은 급여로 평소의 가난은 오카자키에서도 거리에서 제일 첫손에 꼽혔다. 품팔이도 하였다. 농사도 지었다. 그래도 먹기가 힘들었는지 비번 날이면 종기투성이의 자식을 업고서 코흘리개를 손으로 이끌며 이집 저집 다니며 활이나 갑옷 등을 수선해 주는 것으로 입에 풀칠을 하고 있었다. 원래 그의 아내가 병약하여 해산이다, 병상이다, 하면서 일손이 뜬 편이어서 그가 전장에서 돌아와도 편안한 날이 있을 수 없었던 것이다.

또한 이러한 아내에게는 이러한 남편이 고루 짝이 되듯이, 스네몬은 흔히 말하는 '꾀부리지 않는', 건전하고 우직한, 그저 정직할 뿐인, 그러한 성격이었다.

——그 스네몬이 지금 뭣에 감동됐는지 오쿠다이라 가쓰요시의 말을 듣고 흐느낌도 아닌 괴상한 소리를 질렀기 때문에 일동의 시선이 집중되었으나, 이 같은 긴장 속에서 이내 무시당한 것도 무리가 아니었다.

"가쓰요시가 못 가겠다면, 다른 사람도 또한 성을 나가기를 삼갈 것이다. ……그렇다고 멍청하게 원군이 오기를 기다릴 수만도 없다. 남은 4, 5일 분의 식량으로는……."

산쿠로 사다마사는 재차 말하며, 좌우의 신하들의 얼굴을 하나하나 바라보았다. 뉘라도 가쓰요시 대신 갈 만한 사자는 없을까, 물색하는 눈으로

"……."

한없는 침묵이 계속된다.

그 사이에 어디선가 소총 소리가 들려왔다. 그 소리에 아무도 동요하는 자

는 없었으나, 모두들 난처한 기색을 숨기지 못하는 것 또한 사실이었다.
 이때 스네몬이 구석 쪽에서 엉금엉금 기어 나왔다. 수장, 부장의 옆까지 오려 해도, 상석의 장수들이 자리를 차지했기 때문에 나올 틈도 없었다.
 "회의 중이옵니다만……스네몬이 청원을 올려도 괜찮겠습니까?"
 사람들 사이에서 두 손을 짚고, 자기의 둥근 등어리가 황송하다는 듯 겨우 말했다.
 수장 사다마사는 뚫어지게 그를 지켜보았다.
 "뭔가, 스네몬?"
 "방금 가쓰요시님께 말씀하셨던 사명에 대해서인데요……. 일가 분이 아니면 안 되겠습니까?"
 "그럴 건 없다."
 "제가 가면 안 되겠습니까. 그 사명을 저에게 맡겨 주십시오."
 "뭣이? 네가 간다구?"
 "네, 될 수 있는 일이라면."
 "……?"
 사다마사는 이내 답이 나오지 않았다. 그의 둔한 성품도 의심스러웠지만, 언제 단 한번이라도 큰소리치는 것을 본 적이 없는 사내이기에 약간 놀랐던 것이다.
 다시 쑥──스네몬은 큰 몸을 무의식적으로 밀어 오면서 이마를 마룻바닥에 붙이고 말했다.
 "부탁하옵니다. 제가 할 수 있는 일이라면 보내 주십시오."
 모두들 그를 지켜보고 있었다. 필경 사다마사와 똑같은 느낌을 안고 있었으리라. ──그러나 이 사나이에게 시킬 수 없는 일이라고 말할 수도 없었다. 왜냐하면 그의 모습과 목소리 속에 무서운 진실의 빛이 번득이고 있었기 때문이다.
 그때 한 사람의 성병이 당황한 듯 달려왔다. 손에는 밀봉된 한 통의 편지를 들고 있었다.
 "이제 막 단조 구루와(彈正曲輪)의 바깥쪽을 돌아보고 있는데, 토민의 모습으로 위장한 사내가 강 저편에서 화살 끝에 매달아 쏘아 보냈습니다. ……아마 아군의 밀사인 것 같았습니다."
 이렇게 말하므로,

그렇다면!

모두들 희망에 찬 시선을 모았다. 산쿠로 사다마사는, 곧 그것을 펴서 읽어 내려갔다. 그러고는 그 편지를 코에 갖다 대고 냄새를 맡았다.

편지에는 농성의 상태와 노부나가 자신의 동정이 상세히 씌어 있었다. 주요 골자는, 아무튼 지금 노부나가의 입장은 복잡하므로 도쿠가와로부터 재촉은 받지만 급히 파병할 계제도 못된다는 것이다. ──이것은 일시적으로 성을 열어서 재차 탈취할 수 있는 기회를 기다리자는, 기후의 노부나가로부터의 편지였다.

사다마사는 코웃음을 쳤다. 이어서 그 내용을 일동에게 읽어 보였다.

"고슈의 지자(智者)에게도 실수가 있구나. 이것이 거짓 편지란 것쯤은 곧 단정할 수가 있다. 그 이유는……노부나가는 항상 교토에 출입하며 상류층과 글을 짓기도 하였으며, 따라서 먹을 사용하는 데도 세심한 주의를 하는 것이다. 이 먹의 냄새를 맡아 보니 교토 먹의 방향이 없고, 아교 냄새가 나는 시골 먹, 곧 고슈의 먹이다. 이것은……"

한바탕 크게 웃었다.

그렇지만 곧──그는 당면한 문제를 생각하고 침울해졌다.

사다마사는 아까부터 자기 앞에 엎드려 있는 스네몬을 향하여 힘차게 입을 열었다.

"스네몬, 네가 결심만 한다면 너는 꼭 공격자의 포위를 뚫고 사신의 역할을 해 낼 수 있을 것이다. ……이 일은 처음부터 구사일생의 요행을 바라지 않으면 안 된다. ……가서 일을 성취하고 돌아올 것인가?"

"황송하지만 힘껏 해 보겠습니다."

스네몬은, 어디까지나 장담을 하지는 않았다. 옆에서 보고 있는 사람이 민망할 정도로 엎드려 고개를 숙이고 있었다.

"부탁한다."

사다마사는 이 한 마디를 간절하게 말했다. 성병 500의 생명과 도쿠가와 가의 존망을 위해 주군이라고는 하지만, 오히려 그의 편에서 손을 맞잡고 부탁하는 것이다.

"가 봐……스네몬. 실수는 하지 않겠지만, 충분히 주의해서 성을 나가도록……알았지?"

"네."

"네가 떠날 준비를 하고 있을 동안, 오카자키에 있는 형 사다요시(貞能)에게 상세히 편지를 쓰겠다. 특히 성중의 절박한 실정을 직접 주군인 이에야스 나리께 말씀드리도록……."
"잘 알겠습니다. ……오늘 밤, 밤중부터 날이 샐 때까지 성을 나가서 강을 건너고, 다행히 적의 눈을 피하여 탈출이 성공되면 간보(雁峰) 산의 꼭대기에서 봉화를 올려 신호하겠습니다."
"음음, 봉화가 오르면……탈출에 성공한 것으로 알겠다."
"만일, 내일 정오까지 산에서 봉화가 오르지 않으면, 이 스네몬이 실패하여 불행히 적의 손에 잡힌 것으로 생각하시고……곧 제2단계 대책을 세우도록 하십시오."
"좋아, 잘 알았다."
그는 크게 고개를 끄덕였다. 사다마사는 문득 그의 심정을 생각하여 말했다.
"만일 적의 손에 잡혀 네가 헛되이 죽은 경우에도 남아 있는 처자들에 대해서는 걱정하지 말기 바란다. 내가 오카자키에 있는 나리에게 말씀드려 우리들 모두가 이 자리에서 전사하는 한이 있더라도 너의 처자는 꼭 구출하도록 하겠다. 그 일만은 안심해도 좋다."
그러자 스네몬은 머리를 가로저으며 어디까지나 태연하게 말했다.
"아니, 그럴 것 없습니다. 나리께서는 그러한 걱정을 하실 필요가 없습니다. 성중에 있는 500여 명의 목숨을 구하기 위한 각오…… 그 때문에 이처럼 염려해 주시는 것을 생각하면 오히려 이 스네몬이야말로 겁쟁이가 될 수는 없습니다."
그날 밤 스네몬은 방으로 들어가 혼자서 바늘을 가지고 무엇을 깁고 있었다.
바늘과 실도 전장에서는 무사가 좋아하는 물건 중의 하나이다.
그는 언젠가 적의 시체에서 벗긴 인부의 짧은 옷을 무릎 위에 펼쳐 놓고, 그 옷깃을 따고 성주 사다마사의 밀서를 넣은 뒤 튼튼하게 꿰매었다.
동료인 듯한 자가 때때로 문틈으로 들여다보면서 그의 큰 임무를 염려해 주는 듯하다.
"스네몬. ……아직 멀었어? 아직도 갈 채비가 멀었어?"
그러나 스네몬은 연방 바늘을 놀리며, 돌아보지도 않고 무뚝뚝하게 말했다.

"음, 음, 아직, 멀었어. ……아직 밤중인데 갈 때는 알릴 테니 물러나 있어. 네 자리에 가 있어라."

3, 40명의 동료들은 그 말을 듣자 발걸음을 죽여 가며 돌아갔다. ──스네몬은 옷깃을 다 꿰매고 실을 입으로 물어 뜯었다.

바늘을 감자 그는 병든 아내의 모습이 눈앞에 떠올랐다.

병든 아내를 생각하자 곧 이어 자식들의 음성이 귀에 들려오는 것 같았다. 곧 한 줄기 눈물이 흘러내렸다.

그는 당황한 듯 눈물을 씻고 혹시 누가 보지나 않았는가 하여 문 쪽을 바라봤다.

문 쪽에는 헌 각반, 천으로 만든 신발, 그리고 한 자루의 칼·봉화통 등이 어지럽게 놓여 있었다.

"아아 이거 안 되겠군!"

그는 머리에서 잡념을 내몰기라도 하듯, 고개를 세게 흔들고 주먹으로 두어 번 머리를 쳤다.

그러고는 곧 옷을 갈아입기 시작했다. 고슈의 갱부로 분장하였으나 어딘지 모르게 이상한 것 같아서 자꾸만 자기의 몸차림을 돌아봤다.

이윽고 혼잣말로 중얼거렸다.

"……됐어."

그리고 다시 자리에 앉아서 등불을 껐다. 문틈으로 푸른 달빛이 새어들어 그의 무릎 앞을 비췄다.

5월 15일, 공교롭게도 이날 밤은 달이 매우 밝았다. 여느 때 같으면 장마 구름이 뒤덮인 5월의 야음이 시작될 무렵이었다.

"……스네몬."

다시 동료 4, 5명이 문을 열고 의아한 표정으로 들어왔다.

"……있었군. 왜 불을 껐어?"

그러나 달빛이 비친 창문에 눈길이 가자 모두 입을 다물고 창문 곁에 섰다. 거기서 한눈에 내려다보이는 성밖의 큰 강물──맞은편 기슭에 둘러친 목책, 고슈 군사로 새카맣게 덮인 진지.

'저것을 넘어서 가야 한다.'

누구도 그 어려운 임무를 생각해 볼 때 죽음을 각오하고 비장하게 떠나야

할 친구에게 차마 잘 가라는 말을 할 수가 없었던 것이다.
 한 사람이 스네몬의 앞에 술병을 꺼내 놓고 앉았다.
 "이봐, 변변찮은 술이지만 한 잔 들게나. 조장에게 말씀드려 얻어 온 것이야. 신의 가호를 비는 술이니, 사양 말고 들게나."
 스네몬은 술이 좋았다. 여느 때는 가난해서 마시지 못했고, 근래에는 농성 중에 식량이 귀한 터라 술은 보기조차 힘들었던 터다.
 그는 친구의 호의에 눈물을 글썽거리며 술병을 들었다.
 "고마우이."
 그리고 친구들을 돌아보며 말했다.
 "자아, 앉게나. 다들 같이 마시지."
 모두들 이렇게 대답했다.
 "괜찮아. 여러 사람이 마실 만큼 많질 않아. 주인에게 떼를 써서 한 모금 얻어 온 것이니, 사양 말고 마시게나."
 "아니야. 정말 한 모금씩이라도 같이 나눠 마셔야만 술맛이 나는 거야. 잔은 가져왔겠지."
 "여기 있어."
 "한잔 가득 부어서 돌아가면서 마시자. ……자, 따르게."
 스네몬이 먼저 술잔에 입을 대고, 차례로 돌아가며 마셨다.
 한 잔 마신 후 스네몬은 이별을 아쉬워하는 친구들에게 부탁했다.
 "한숨 자게 해 주게."
 "한숨 자 두는 게 좋지."
 그를 위로하기에 여념이 없는 친구들은 그의 말대로 술병을 들고 밖으로 나왔다.
 곧 스네몬 가쓰아키(强右衛門勝商)는 잠들었다.
 2각 정도 잤을까?
 도비가스 산 산마루에 어느새 달도 기울었다.
 "아아. ……날이 새기 시작한다."
 스네몬의 눈이 휘둥그레졌다. 두견새 소리가 들려온다.
 적의 진지에도 아군의 성에도 지금은 한 발의 총성도 없이 깊은 정적에 잠겨 있다.──'쏴쏴' 하고 멀리서 들려오는 소리는 돌담의 가장자리를 씻어 내려가는 다키 강의 물소리였다.

"……가 볼까."

그는 천천히 밖으로 나왔다. 등에는 봉화통과 화약을 싼 망사 보자기를 비스듬히 둘러메고, 다리에는 각반을 차고 신을 신었다.

"그럼, 이제 출발이다."

그는 주군이 있는 큰 집을 향해 이렇게 중얼거리고, 또한 성 안의 500여 장졸들에게 마음속으로 이별을 고했다.

자신이 지금 그 500명의 생명을 걸머쥐고 간다고 생각하니, 스네몬은 새삼 보람이 느껴지는 것 같았다.

'이날까지 한 번도 남보다 나은 공을 세우지 못했다…….'

이 중대한 임무가 주어진 것은 무사에게 있어서는 최고의 명예! 기뻐할 일이다. 이렇게 생각하며 주먹을 불끈 쥐었다.

그러자 뒤에서 여러 사람들이 작별 인사를 한다.

"스네몬, 아무쪼록 무사하기를…….'

"무운을 빈다."

뒤돌아보니, 자기가 소속되어 있던 부대의 동료들이 전송을 하고 있었다. 모두들 서운해하는 표정들이었다.

"……."

스네몬도 말없이 눈인사를 했다. 그러고는 그대로 돌아서서 성 밖으로 향했다. 여느 때는 엄숙하리만큼 등불을 끄고 캄캄한 어둠 속에 묻혀 있던 본진의 청사에서도 불빛이 흘러나왔다. 수장인 사다마사도, 시신들도 밤새껏 자지 않고 조용히 그의 결사행을 지켜보고 있는 듯했다.

스네몬은 성 한 모퉁이에 있는 풀숲에 숨어서 부정문의 언덕을 따라 내려갔다. 이곳은 성중의 오물을 버리는 수문으로, 아군의 눈마저 가는 곳이 아니므로, 건너편의 적도 자연히 주의를 소홀히 하고 있고, 수비도 비교적 약한 곳이었다.

그는 등에 멘 짐과 옷을 한데 뭉쳐 머리에 얹었다. 그러고는 돼지처럼 석벽 밑의 풀숲으로 들어가 물길을 가늠해 본 다음, 첨벙첨벙 격류 속으로 걸어 들어갔다.

센 물살과 함께 곧 가슴과 다리에 걸리는 것이 있었다. 물속에 종횡으로 얽혀 있는 굵은 밧줄이었다. 밧줄에는 무수한 방울이 달려 소리를 내고 있었다.

"하치만 신이여, 도우소서!"

스네몬은 신에게 빌었다. 방울은 딸랑딸랑 소리를 내며 울렸다. 그는 단도를 뽑아 몸에 감겨드는 밧줄을 끊고는, 헤엄을 쳐서 겨우 다키 강을 건너 맞은편 기슭에 이르렀다.

"이상하다. 방울 소리가 났다."

목책 뒤에서 적병의 소리가 났다. 스네몬은 곧 강 기슭 쪽으로 숨을 죽이고 귀를 기울였다.

그러자 또 한 사람이 이렇게 말했다.

"잉어나 농어일 거다. 어제도 큰 고기가 잡혔어. 장마철이니까······."

──아아, 신의 도움으로 살았다······. 스네몬은 적병의 발걸음 소리가 멀어지자 목책을 뛰어넘어 마구 달려갔다. 적진, 적지 어디를 어떻게 달려갔는지? 자신도 분명히 알지 못했다.

──그런데 이튿날 정오가 되기 조금 전, 미리 약속한 간보(雁峰) 산봉우리 위에서 그의 손으로 올린 봉화가 곧장 하늘로 솟아올랐다.

성병 500명의 환희와 눈물어린 눈동자에 그 연기와 하늘은 얼마나 아름답게 보였을까.

찢어진 미닫이

열흘 전후부터 이곳 기후 고을엔 도쿠가와 일족의 파발마가 하루에도 몇 번씩 도착했다.

나가시노의 정세를 시시각각 전해 오는 것이었다.

동맹국 도쿠가와가의 위급은 곧 오다가의 위급이라고 할 수 있다.

기후 성 안의 공기도 이미 평소와 다른 긴장을 나타내고 있었다.

"즉각 원군을."

이에야스로부터의 요청── 서면으로도, 또 가신인 오구리 다이로쿠(小栗大六)의 입에서도, 계속해서 급사로서 온 오쿠다히라 사다요시(奧平貞能)로부터도, 성화와 같은 독촉이 노부나가에게 퍼부어졌다.

"좋아."

노부나가는 답했지만, 갑자기 군사를 움직이려고는 하지 않는다.

평의(評議)에 이틀이 걸렸다.

모리 가와치(毛利河內)는 그 자리에서 간(諫)했다.

"결국, 승산은 없습니다. 출사하심은 쓸데없는 일."
"아니오, 의에 어긋나오."
또 그것을 반박하는 자도 있었다.
사쿠마 우에몬(佐久間右衛門) 등은 그 중용을 취하는 태도로 말했다.
"가와치공이 말씀하는 것처럼, 고슈 군의 정예에 부딪쳐서 승산이 희박한 것은 분명한 일이지만, 만약 출사를 보류했다가는 도쿠가와가의 장수들에게 불신감을 주어 자칫 잘못하면 배반하여 고슈군과 화친하여 창을 이쪽으로 돌릴 염려가 없다고 할 수도 없습니다……. 여기는 어떻든 소극적인 원병만으로라도 일시의 책임을 막는 것이 최선이라고 생각하옵니다만."
이때 좌중에서, 소리를 지르는 자가 있었다.
"아니오. 아니오!"
급히, 나가하마로부터 수하의 군세를 이끌고 달려와 있던 지쿠젠노가미 히데요시(築前守秀吉)였다.
"나가시노 성 하나는 그 자체로 그리 대단한 것은 아닌 줄 아오. 그러나 나가시노가 고슈 군의 공세의 발판으로 점령된 후에는 도쿠가와가의 방어도 이미 둑의 일부를 끊긴 것과도 같아, 도저히 오랫동안 고슈의 진출을 막지 못할 것은 명약관화합니다. ……신겐 사망 후의 현상에서조차 당해내기 어려운 고슈 군에 그 우위를 주었을 땐, 우리 기후 본성이 어찌 안태를 누릴 수 있겠습니까."
그의 목소리는 크다. 그의 말에는 또한 일종의 정감 어린 여운이 있다. 사람들은 그의 얼굴을 보고만 있을 뿐이었다.
"……한번 군사를 움직임에 있어서, 싸우는 척한다든가 싸우지 않는 척하는 애매모호한 출진은 없소. 지나친 얕은 계략일 것이오. 출동, 그것은 곧바로 적극적인 행위가 아니겠소……. 아무쪼록 이에 대계를 세워, 오다가 넘어가느냐 다케다가 이기느냐, 건곤일척(乾坤一擲 : 운명을 걸고 단판승부를 겨룸)의 각오를 분명히 해서서 대군으로써 동맹국의 위급을 구하고, 더불어 오래도록 계속된 대환을 일거에 제거해야 할 것이라고 믿습니다."
노부나가의 흉중은 모르며 언제든 원병을 보낸다고 해도, 6, 7,000이나 1만 모자라는 군사라고 여러 장수의 누구나가 한결같이 생각하고 있던 일이었다.
그러나 이튿날이 되어 노부나가는 3만의 대병에게 출동 준비를 명했다.

"히데요시의 의견 지극히 마땅."

평의에서는 그렇게 말하지 않았지만 사실이 증명하는 대로, 그의 말이 노부나가의 흉중을 맞췄는지, 노부나가가 그의 계책을 받아들여 거사하게 되었는지, 어떻든 '이번 일이야말로 원군이라고 하지만 오다가의 흥망에도 관계되는 장차의 갈림길……'

이런 정책으로 노부나가 자신도 출진하기로 결정한 것이었다.

기후를 출발한 것이 13일. ──14일에는 전군 모두 오카자키에 도착해 있었다.

노부나가 이하 원군의 전 장졸은 이튿날 15일 하루만 휴양하고 16일 아침 싸움터로 향하게 되어 있었다.

오카자키 고을은 그 때문에 뒤죽박죽으로 혼잡을 이루었다. 아무튼, 좁은 고을에 기후에서 온 3만 명의 병사가 숙박하여, 집집마다 말을 매놓고 양식을 끓이고 술도 마시고 해서 고을 안은 시끌벅적 들끓었다. 환자를 빼놓고 여자들까지 동원되어 그 접대에 분주했다.

"이젠 안심. ……이젠 안심이야."

집집에서는 노인부터 아녀자까지 찌푸린 눈썹을 펴면서, 이 바쁨을 기뻐했다.

기후의 원군이 온다고 해도 겨우 5, 6,000일 것이라고 성내 사람들도 예상하고 있었던 것이다. 그것이 수많은 이 대병력을 맞았기에 농부, 장사치까지 어깨에 힘이 들어가 있었다.

"양쪽 인원을 합치면 3만 8,000. 이만한 군사가 나선다면 제아무리 고슈군이 강하더라도 적의 두 갑절하고도 반이니 질 리가 만무하다!"

그러나 성내의 공기는 그렇지만도 않았다. 반드시 낙관하지만도 못할 이유가 있다.

첫째는 '후진이 갈 때까지 나가시노가 지탱해 있을 수 있을까?'

둘째는 '고슈의 군에도 계책이 있을 것이며, 특히 그들의 밀집 돌격대와 기병단의 들판 전법은 천하 무적의 용맹을 떨치고 있다. 이를테면 숫자로서는 아군이 훨씬 우위라고 하더라도, 그 대부분은 다른 나라의 원군'이라는 내용의, 질적인 문제였다.

그 중에서도 첫째의 두려움은 컸다. 이에야스를 비롯하여 오카자키의 장병들은 나가시노에 있는 장병 수나 방비의 허약함을 잘 알고 있기 때문에 안

절부절못했다.

그 점에 있어서 노부나가 쪽은 아무리 동맹국의 정의가 있다 하더라도 타인의 일은 역시 타인의 일로서 자기 자신의 일만큼 직접적으로 위급을 느끼지 못하는지 모른다. 내일은 드디어 싸움터로 가야 하는 15일 밤에도, 집집의 어디나 없이 화톳불로 붉게 물들고, 말똥 냄새 풍기는 성내를 태평스레 노래 부르며 돌아다니는 병사가 있는가 하면, 여자들이 따르는 술에 흥청거리며 손뼉을 치거나 사발을 또닥거리며, 집집의 방안에서나 처마 밑에서 취한 채 둘러앉은 패거리도 있다.

그러한 밤도 새려는 새벽녘, 이 고을에 거지 꼴을 한 사나이가 어디서부터인가 불쑥 끼어들었다.

갑옷의 병사를 보고도, 번쩍거리는 창을 보고도 짖지 않던 개가 이 사나이를 보더니 멍멍 짖어 댔다.

"쉿, 쉿……."

조약돌을 던지면서 사나이의 그림자는 도망치듯 오카자키 성 쪽으로 뛰어갔다.

도랑의 물과 수양버들의 가로수가 바로 코 앞에 보일 찰나 쿵쾅거리며 달려온 병사들의 발자국 소리가 곧 앞뒤를 둘러막고 좌우로부터 덤벼들어 깔아 눕혔다.

"이놈, 어디를……."

아무 저항도 해 오지 않는다.

사나이는 털썩 땅바닥에 주저앉아 있다. 그리하여 주위의 병사들을 돌아보며 말했다.

"오오 당신들은 기후의 신하들이군. 원군으로……도쿠가와 군의 원군으로……이에 오신 것입니까."

숨쉬기조차 어려운 모양이다. 극심한 피로가 얼굴에도 말씨에도 흠씬 나타나 있다.

경비 병사는 그것만으로도 충분히 수상하게 여겼다. 한 사람이 차 넘어뜨릴 것 같은 몸짓으로 말했다.

"닥쳐! 묻는 건 이쪽이다. 뭐야, 네놈은 어디서 왔어?"

"나가시노에서 왔습니다."

"뭐, 나가시노에서?"

"오쿠다히라 사다마사의 부하, 도리이 스네몬이라고 여쭙는 자입니다. 성문까지 가게 해 주십시오."

행색을 보니 고슈 지방의 인부였다. 얼굴이나 머리는 땀과 흙으로 뒤범벅이 되었다. 온갖 고생을 하면서 적지를 빠져나왔다는 것은 많은 것을 묻지 않고도 금세 알 수 있었다.

"뭐, 나가시노를 탈출하여 이곳까지 밀사로 왔다고? 도리이 스네몬이라구?"

"옛, 예. ……주인 오쿠다히라 사다마사의 서찰을 갖고 밤낮을 가리지 않고 왔습니다. 성중 500명의 생명은 지금 일각을 다툴 만큼 위급에 처해 있습니다. 마음도 급하니 아무쪼록 즉각 통행을 허락해 주시기를."

물론 경호 병사들은 곧 도쿠가와 측에 이 일을 보고하고, 동시에 그를 데려다 성문까지 보내 주었다.

사다마사의 형 오쿠다히라 사다요시는 소식을 듣자

"뭐, 스네몬? ……그 도리이 스네몬이 왔다고?"

오히려 의심하리만큼 놀라기도 하고, 기뻐하기도 하며, 황급히 성 안의 밀실에서 그를 만났다.

"어, 어찌된 거냐……?"

한마디 말했을 뿐 뛰는 가슴을 억제치 못했다.

스네몬의 참담한 꼴을 보고, 또 고성을 지키는 소수의 일족의 신고(辛苦), 나아가서는 혈육의 일이 갑자기 생각나서일 것이다.

"……무, 무사히 얼굴을 뵙고, 사자의 소임, 이것으로."

스네몬은 더욱 기운이 빠져 버렸다. 엎드린 채 울고 있었다. 단지 이곳까지 도착했다는 데서 오는 기쁨의 울음이었다.

"보, 보여라, 빨리. ……사다마사의 서찰인가를 지참했다고 하지 않았느냐?"

"예, 여기에……."

가슴을 바로 펴더니, 스네몬은 더러운 옷의 아랫깃을 쑥 허리띠로부터 위로 걷어 올려서, 그 솔기를 이로 물어뜯었다.

실을 뜯었다. 그리고 깃 속에 보물처럼 감춰 가지고 온 한 통의 서찰을 사다요시의 앞에 내놓았다. 여러 겹으로, 여러 겹으로 기름종이에 싸여 있다. 봉인을 뜯어 읽어 내려간 사다요시는 끝내 눈물을 흘리고야 말았다.

——성 안의 사기는 왕성하다고 한다. 탄약은 떨어졌지만, 아직 고슈 군을 무찌를 암석은 있음——이라고도 적혀 있다.

그러나 어찌하랴. 군량이다. 스네몬이 성에 닿은 때는 아마 이제 이틀 치의 양식밖에 없으리라고 말하고 있다.

마지막에.

각오는 단단히 하고 있다. 만사휴의라면 500의 부하의 목숨을 대신해서 내가 할복하면 되는 것——

그러나, 그러나.

이 500의 부하는 만약 목숨만을 살리려고 한다 해도 과연 몇 명이 살아났을까. 고슈 군의 손에 걸려 살기를 떳떳해하지 않을 것이다.

다만 지금 기다리는 것은, 성 전체가 목을 길게 빼고 기다리는 것은 아군의 구원뿐.

제발 일각이라도 빨리.

——사다마사의 서면은 그렇게 맺어져 있었다. 줄줄 눈물이 나오지 않을 수 없다.

"스네몬."

"예!"

"더욱 자세한 것도 묻고 싶지만, 조급하구나. 즉각 이 서찰을 주군께 보여 드리고 올테니 잠시 여기에 쉬고 있거라."

"알겠사옵니다."

"괜찮다. 다리를 뻗고 옆으로 누워 몸을 쉬어도 좋다. 피곤할 게다."

"아니옵니다, 별로."

"배는 어떤가. 시장하지 않은가."

"……실은 죽 같은 걸 조금 먹고 싶습니다만."

"일러두지. 자, 다리를 뻗고 편히 하고 있어."

사다요시는 밖으로 나가 문중의 한 사람에게 무엇인가 시키고 있었다. 그리고 허둥지둥 큰 복도를 안으로 달렸다.

밤도 제법 깊었는데 성의 안채에서는 장구 소리가 맑게 들려오고, 환하게 아직 촛불도 밝다.

객전은 두 나라 중신으로 가득 차 있었다. 그 상단의 자리에 이에야스와 노부나가의 얼굴이 보인다.

노부나가는 유유한 태도로 손에 잔을 들고 좋아하는 춤과 장구를 청하여 보고 있었다.

이에야스도 여기서는 안절부절못하는 내색을 손님에게 보일 수 없었다.

잔을 들 때 갑자기

'나가시노의 아군들은?'

그 안위가 가끔 가슴을 저몄지만, 억지로 웃고 흥겨워하며 애써 평소와 같이 꾸몄다. 노부나가로 하여금 조금이라도 잘난 체 하게 할 만한 약한 태도는 보이지 않았다.

'내 원조가 없으면, 도쿠가와가는 지금 멸망할 수밖에 없는 것이다.'

무리하게 그의 위로 올라가려고도 하지 않았지만, 약소국이라도 눈앞의 위급을 보고 있을지언정 그의 아래로 몸을 두지 않는다. 처음으로 기요스(淸州)의 성에서 노부나가와 회견하였던 약관의 나이로부터 오늘에 이르기까지 그러한 중용을 유지하고 있었다.

스네몬이 왔다는 사실을, 그곳에서 방금 시종으로부터 들었어도, 그는 매우 태평스런 얼굴 그대로 '그래, 음 음……' 하고 말했을 뿐이었다.

노부나가는 자기의 시동이, 자기가 가르친 춤을 추고 있는 것을 열심히 보고 있었다.

드디어 한 차례의 춤도 끝나고, 장구 소리도 멈추더니 비로소 말했다.

"오다공."

그리고 새로이 잔을 비우고 나서 다시 양해를 얻고 일어섰다.

"잠깐 자리를 비워야겠소. 나가시노에서 사자가 지금 현관까지 도착하여 기다리고 있는 모양이니."

조용히 그곳을 나왔지만, 방 밖으로 나와 어두운 복도에 이르자, 목소리는 이미 마음속의 황급함을 나타냈다.

"사다요시, 어디 있어?"

"예, 주군!"

"사다요시냐. 나가시노에서 왔다고 하는 도리이 스네몬인가 하는 자에게 성 안의 사정을 자세하게 직접 듣고 싶다. 어디서 기다리고 있는가."

"아니, 데리고 오겠습니다."

"시간이 걸려. 그럴 것 없다. 직접 가는 게 빨라."

이에야스는 안내를 재촉했다.

사다요시는 종종걸음으로 뛰었다. 이에야스도 성큼성큼 걸었다. 스네몬이 있는 곳은 현관 쪽에 가까운 끝방이다. 근처에 있는 졸개들은 이에야스의 모습을 보고 허둥거렸다.

두터운 판자문을 열고 오쿠다히라 사다요시는 안에 들어서자마자 큰 소리로 알렸다.

"스네몬, 스네몬. 주군께서 직접 이리로 행차하셨다."

피로한 나머지 만약에 그가 그곳에 누워 있기라도 할까 하여 예고를 서둘렀던 것이다.

하지만 스네몬은 같은 곳에 같은 모습으로 쓸쓸히 앉아 있었다.

한 사발의 죽만은 그곳에서 먹었는지 야트막한 상이 한쪽 구석에 붙여져 있었다.

멀리 물러나서 넙죽 엎드렸다.

"저 사내인가."

이에야스는 멋대로 아무 데나 앉았다. 나중에야 달려온 가신들이 보료방석이나 팔걸이 등을 권했지만 그것을 받으려고도 하지 않고 잠시 스네몬을 바라보기만 했다.

"대답하는 게 좋아."

사다요시의 재촉을 받고, 스네몬은 비로소 입을 열어 사다마사의 부하임을 말하고, 자세하게 성 안의 궁핍과 악전고투의 실상을 이야기했다.

이에야스는, 끄덕거리며 듣고 있는 동안 몇 번이고 손가락으로 눈가를 눌렀다.

"……스네몬인가. 백 번 죽기는 쉬워도 한 목숨 붙이기 어려운 속에 용케도 예까지 심부름 와 주었구나. ……하나, 안심해도 좋다. 기후의 원군도 내착하였으니 이에야스도 날이 샘과 동시에 출진할 거다. 나가시노에 닿기는, 늦어도 앞으로 2, 3일 사이다. ……수고, 수고. 그대는 다시 나가시노의 성에 돌아가지 않아도 된다. 이곳에 남아서 몸을 풀도록 하라."

돌아가지 않아도 된다. 이미 맡은 사명은 이룩하였으니 뒤에 남아 휴양하는 것이 좋다.

당연한 일로서 이에야스는 그렇게 위로하였던 것이다.——하나, 스네몬은 말했다.

"배려하여 주심은 감사하옵니다만, 지금부터 곧 하직을 아뢰옵고 나가시노로 돌아가겠사옵니다."
이것 역시 당연한 것같이 대답했다. 이에야스의 놀란 눈이 한참 그를 쏘아 보았다.
'이 사내는 죽을 각오를 하고 있군·····.'
그렇게 직감했기 때문이다.
죽을 생각이 아니라면 몇 겹으로 포위를 당한 나가시노로 다시 돌아가는 짓은 하지 못한다. 그곳에서 탈출해서 온 것보다 더한 어려움과 위험이 있다는 것은 알고도 남는다.
"······돌아가?"
"예."
"곧인가."
"일각이라도 마음이 조급하오니······."
"그럴 것까진 없어. 그 마음은 잘 알겠다만, 그렇게까지 위험 속을 왕래하지 않아도 좋다. 충분히 휴양하면서 승전의 알림을 기다려라."
이에야스는 이 사나이가 다시 돌아가서 성 안에 원군이 가까이 가는 것을 알려 준다면 그만큼 사기가 올라 전체에 미치는 효과가 크다는 것을 알고 있다. 이만한 자를 함부로 죽이기에는 아까운 생각이 들었던 것이다.
스네몬은 절을 하고 다시 아뢰었다.
"그 고마우신 말씀만으로 신체의 피곤 따위는 잊어버릴 수 있습니다. 어떻게 하든 성 안에 있는 아군은 최후의 인내가 중요합니다. 걱정이 되어 견딜 수 없습니다. 틀림없이 지금 나가시노의 여러분은 목이 빠지게 길보를 기다릴 것입니다. ······아무래도 돌아가야만 되겠습니다."
그는 오쿠다히라 사다요시 쪽으로 돌아앉아 말했다.
"그럼, 하직하겠습니다."
그는 절을 거듭하고 일어섰다.
"그러냐······."
이에야스도 어쩔 수 없이 일어섰다. 그는 더욱 사랑스럽게 그 소박한 뒷모습을 향해, 사다요시에게 말했다.
"성 밖까지 전송해 주어라."
그로부터 한 시간쯤 후, 도리이 스네몬은 표연히 거리의 어둠 속을 걷고 있었다.

어디나 다 문을 닫고 자고 있었다. 다만 내일의 이른 새벽에 있을 출진의 공기가 어딘지 모르게 심야의 구름에도 깔리고 있었다.

그 밤하늘을 푸른 해오라기가 자주 울며 날아갔다. 다소 우기를 품은 바람이다. 산 쪽에서는 이미 비가 내리고 있는 모양이다.

성문마다 하달이 통보되어 있었는지, 돌아갈 때는 어느 곳에서도 타박하지 않았다. 그는 제정신이 아닌 것 같은 걸음걸이로 별안간 어두운 뒷거리로부터 옆으로 들어갔다.

깨어진 판자와 대나무 울타리 등이 난잡하게 이어져 있다. 손질하지 않은 풀이나 나무 사이에 검은 판자를 인 지붕과 벽과──비슷한 집들만 여러 채 보았다.

이래 봬도 오카자키에서는 50섬 가까운 무사가 사는 연립가옥이었다. 꼴을 봐서 평소의 궁핍을 알 수 있다. 스네몬은 그 중 하나의, 허리를 구부리고 들어가야 하는 허울만 갖춘 작은 문을 밀었다. 눈에 익은 자기 집의 창문이 곧 눈에 뜨인다. 그 창으로부터 젖먹이의 울음소리가 들렸다. 앞문은 잠겨 있었다. 스네몬은 그곳을 두드리려고 하지 않는다.──꼼짝도 않고, 소리를 엿들으려고 하다가 드디어 옆의 낮은 대나무 울타리를 넘어서 풀 속을 발소리를 죽이면서 옆으로 돌아갔다.

낙숫물에 이끼가 낀 돌이 있었다. 그 위에 올라서니 마침 창에 머리만이 닿았다. 그는 대나무 살창 사이로부터 살짝 반쯤 창문을 열었다.

집 안이 보였다. 가난한 집 안이.

젖먹이의 울음소리가 가까이에서 귀를 때린다. 그 아버지가 이곳에 와 있는 것을 무심한 자에게 벌레가 알려 주고 있는 것처럼.

숨을 죽이고 그는 창 밖에 매달려 있었다. 그대로 집 안을 엿보고 있었다.

자기 집이다.

──여보.

한 마디만 하면 곧 뛰어와서 문을 열 테지. 손을 잡고 맞아들이겠지. 그러나 이 몸은 지금 자기의 것이 아니다.

이렇게 처마 밑에 가까이 붙어서는 것조차 나가시노에 있는 전우들에게 미안한 생각이 든다.──그러나, 두 번 다시 이 처마 밑에 돌아올 날은 없다고 믿어지기에 마음속으로 용서를 빌며 촌각을 다투는 지금, 은근히 이별을 고하려고 들어선 것이다.

"용서해라, 이 아비를."

창가에 합장하고 있었다.

마침 젖먹이의 기저귀라도 바꿔 주고 있는지 찢어진 미닫이에 아내의 그림자가 움직였다.

——그림자의 가냘픔이여.

스네몬은 가슴이 메었다.

여전히 임자는 몸이 허약한 것 같아. 몸조심해 주게. 앞으로, 장차……

이번의 대임이야말로 사나이로서의 보람 있는 죽음. 무사인 내가 자진해서, 또 기뻐하면서 조강지처나 어린 것들을 뒤에 남겨 놓고 죽음의 길을 택했다는 마음을 무사의 아내답게 임자는 잘 알아주겠지.

슬퍼 말라. 그것은 무리다. 그러나 몸을 해하지 말라. 실컷 울고 난 뒤에는 곧바로 눈물의 밑바닥에서 일어서서, 사는 보람을 잡아 달라.

만약 내가 죽거든.

내가 바라는 것은 단지 그것뿐이다. 어떠한 암흑의——어떠한 비탄의 밑바닥에도——그곳을 꿰뚫으면 잇따라 솟아나는 마음의 샘이 있는 것이다. 이것으로 끝이라는 막다른 데가 없는 것이 이 세상이다. 그것이 인간의 사는 모습이다.

죽어도 앞은 있다. 생명의 무한을 믿기 때문에 나는 기뻐하며 죽을 수도 있다.

지금 임자가 기저귀를 바꿔 주고 있는 어린애를 잘 보라. 그 애가 누구냐?

내가 죽으면 내가 아니냐.

임자가 죽은 뒤에는 임자가 아니냐.

내가 없는 다음에는 모양만이 다른 확실히 나인 그 애들을 지켜 다오. 임자가 아니면, 그 애들을 맡길 데가 없다.

부부는 두 번 산다고 한다.

저승의 일이 아니다. 이승에서부터다.

"……부탁한다."

스네몬은 소리쳐 말하고 싶었다. 턱이 덜덜 떨렸다.

그는 주머니 속을 뒤져 백지에 싸인 물건을 꺼내어, 어디에 놓을까 하고 손에 쥔 채로 망설였다.

그것은 도쿠가와 주군의 가문이 들어 있는 홍백의 마른 과자였다. 성 안에서 기다리고 있는 동안에 특별히 하사받은 과자였다.

적은 양이지만 그 과자에는 사탕이라는 것이 들어 있다고 들었다. 사탕이라는 것은 핥아 보기는 고사하고, 본 일도 없다.——특별히, 오다 주군께서 머물기에 상객의 대접을 위해 요리사가 자신 있게 만든 것이라고 한다.

오늘 저녁 성 안에서 그것을 받았을 때, 스네몬은 손톱만큼 뜯어서 먹었다. 이 주군의 은덕을 처자에게 곧 나누고 싶었던 것이다.

그는 손을 뻗쳐 과자 꾸러미를 창 아래에 살짝 떨어뜨렸다.

"……뉘세요?"

아내의 소리가 났다. 털썩 희미하게 떨어지는 소리였지만, 어딘지 모르게 물건의 기미라고 할까——아내와 남편의 마음의 소통이랄까——갑자기 그녀는 찢어진 미닫이를 열고 나왔다.

"어마? ……닫아 두었었는데, 이 창문이 언제?"

그녀가 아기를 안고 그곳에서 밖을 내다봤을 때에는 이미 남편의 모습은 사라지고 없었다.

스네몬은 도망치듯 심야의 길을 달리고 있었다. 그것은 '나가시노로, 나가시노로' 하면서 갈 길을 서두르는 기분보다도, 인간 본래의 약함을 의지로 채찍질하며 집과 자기와의 거리를 단숨에 멀리하고 싶었기 때문이리라.

흙투성이 전사

새벽녘의 구름을 올려다보던 고을 안의 말들은 울부짖어 댔다.
정기(旌旗)는 펄럭이고 조가비 뿔피리 소리는 널리 울려 퍼졌다.
이날 아침.
오카자키의 고을을 떠난 병마는 실로 엄청난 수였다.
작은 나라의 영민들은 아주 넋이 빠진 듯, 그 강대한 동맹국의 병수와 장비를 마음 든든히 여기며 부러워하기도 했다.
"과연 그렇군, 오다공."
오다 3만의 장병은 이것을 제각기의 정기·마표 등으로 식별하면 몇십 대로 나누어져 있는지 알 수 없었다.
시바다(柴田), 니와(丹羽), 이케다(池田), 다키가와(瀧川) 등의 숙장(宿將)들은 말할 것도 없다.
노부나가 일족으로서는 간베 노부타다(神戶信忠)의 동생 노부오(信雄)도 갔다. 미즈노(水野) 가모(蒲生), 모리(森), 이나바 잇테쓰(稻葉一鐵) 등도 따라서 간다.
하시바 지쿠젠노가미(羽柴筑前守), 마에다 마타자에몬(前田又左衛門), 후쿠토미 헤이자에몬(福富平左衞門), 삿사 구라노스케(佐佐內藏介)——이러한 젊은 부장의 대오(隊伍)도 힘찬 발걸음으로 한동안 계속됐다.

"어쩌면, 총이 저렇게 많을까?"

이것은 길가의 영민(領民)들도 놀란 일이며, 도쿠가와 군 장병들의 눈에는, 더욱더 부러움을 감추지 못하는 빛이 떠올랐다.

잔병 3만 중 총포대 소속의 총수들만 해도 1만 명 가까이 있었다. 그리고 소총의 실수(實數)는 5,000정쯤이었다.

커다란 주물 포통을 끌고 갔다.

그리고——더욱 기이하게 느낀 것은 소총을 가지지 않은 도보 병사들은 거의라고 해도 좋을 만큼 누구나 한 개씩 말뚝을 메고 목책을 엮어 맬 새끼를 함께 지니고 간 것이다.

"저렇게 말뚝을 가지고 가서 어떻게 할 건가?"

농민이나 장사치들은 오다가의 작전을 보다가 그 작전을 의심했다.

같은 날 아침, 다소 시간을 달리하여 전선으로 향한 도쿠가와 군은 이야말로 보군이었지만, 수는 겨우 8,000이 못 되었다.

단지 떨어지지 않은 것은 사기였다.——오다 가에 있어서는, 이곳은 객지이며 원군으로 온 곳이었지만 도쿠가와의 장병들에게는 조상의 땅이었다. 한 발이라도 적에게 밟혀서는 안 될 땅이었다. 단연코 물러설 후방을 가지고 있지 않은 절대의 땅이었다.

말단의 졸개에 이르기까지 그 의기가 이곳을 떠날 때부터 넘쳐 흐르고 있었다. 비장한 기운마저 감돌았다. 장비도 오다 군과 비교하면 어림도 없는 열세였지만, 연약하다고는 보이지 않았다.

이에야스의 적자 노부야스를 비롯하여 마쓰다이라 이에타다(松平家忠), 이에쓰구(家次), 혼다(本多), 사카이(酒井), 오쿠보(大久保), 마키노(牧野), 이시야마(石山), 사카키바라(榊原) 등의 여러 장수——오쿠다히라 사다요시 등도 행군 속에 있었다.

성하를 수십 리 떨어지자 도쿠가와 군은 발걸음을 빨리하기 시작했다. 도중, 우시쿠보(牛久保)에 이르자, 오다 군과 방향을 바꾸어 소나기구름처럼 시다라가하라(設樂原) 벌로 급진했다.

그보다 먼저, 물론 그보다 반나절 이상이나 먼저.

도리이 스네몬은 단신으로 낮 동안에 시다라로 가까이 가고 있었다.

이제는 도처에서 적의 척후와 만나게 된다. 또 후방 감시대에 부딪친다. 이미 이 근처는 적지였다. 두터운 방어선이 대체 몇 겹으로 되어 있을까 하고 그 엄중한 데 놀라게 된다.

어떤 때에는 풀 밑을 기는 메추리와 같이, 어떤 때에는 들쥐와 같은 재빠름으로, 그는 겨우 아루미가하라(有海原) 벌까지 적의 눈을 피해서 왔다.

"……여기까지 왔으면."

──그러나 곧 '방심은 금물'이라고 스스로 경계하기도 했다.

드디어 멀리 나가시노의 성이 보였다. 500명의 전우들이 농성하고 있는 곳.──그 흰 벽을 잠깐 보았을 때, 그는 저도 모르게 쌍수를 번쩍 들 만큼 마음속으로 부르짖었다.

'떨어지지 않았다! 아직 떨어지지 않았어.'

그러자, 뒤편에서 갑자기 말울음 소리, 달구지 바퀴 소리가 울려 왔다.

시끄러운 사람 소리와 먼지에 휩싸여서──

말 등에는 잡곡과 야채 등, 우차에는 군량미인 가마니 등을 산처럼 싣고 있다. 말하지 않아도 고슈 군의 수송대이다. 가까운 마을에서 징발한 것을 전선의 병창부까지 수송하고 있는 도중인 모양이다.

말과 사람이 땀으로 석양에 발갛게 빛내며 어디까지나 계속되는 긴 행렬이었다. 병사만도 100명은 있음직하다. 징발된 백성도 많이 보이며 고슈 출신의 인부도 말을 끌고 우차의 수레바퀴에 손을 걸어 밀고 있다.

"제기랄!"

"안 걷겠느냐!"

이것도 전쟁의 하나다. 이 근방은 보드라운 흙먼지 길이 아니면 갈대나 수초가 많은 늪지대였다. 바퀴도 말발굽도 쑥쑥 빠진다.

헐떡거리는 사람과 말, 그 내뿜는 숨과 냄새가 갑자기 끊어졌다가 또 계속되고 또 끊어진다──그 사이를 흙인지 사람인지 분간하기 어려운 병사나 인부들이 대오도 없이 뛰거나 물건을 짊어졌거나 끊어진 짚신을 들기도 하고 걸어간다.

어느 사이에 교묘하게 섞여 들어 스네몬은 그 중의 한 사람이 되어 있었다. 그의 앞을 지금 한 사람의 나이 많은 백성이 짐 실은 지게를 무겁게 지고 간다.

스네몬은 빈손이었다. 빈 몸으로 있는 자도 있었지만 어딘지 모르게 그는 마음이 찜찜했다. 걸음을 빨리하여 나이 많은 백성의 옆에 다가서자 스네몬은 말을 걸었다.

"이봐, 영감……"

"마치 곱사 같은 꼴을 하고 걷고 있군 그려. 보고 있을 수가 없단 말씀이야. 지게를 벗어요. 내가 져 줄 테니."

뜻밖의 친절한 자에 영감은 오히려 당황하고 있었다. 스네몬은 대답을 기다릴 새 없이 그의 어깨로부터 지게를 벗겨 자기의 튼튼한 어깨에 짊어졌다.

"괜찮아, 괜찮아. 이런 것 내겐 짊어지고 있거나 없거나 똑같아. 영감, 당신은 앞에 가는 우차의 뒤에라도 가서 붙어 있는 게 좋을 거야. 그거라면 편하겠지."

석양의 그림자는 이제 대지에 없다.

붉은 잔영을 구름 끝에 남기고 있을 뿐이었다.

"서라, 서라!"

앞쪽에서 큰소리가 났다.

수송대의 부장이 소리 지른 것이다. 보니 진지의 가옥이 있는 울타리 문이었다. 스네몬은 어딘지 모르게 가슴이 덜컥했다.

다케다 군의 진영이 밀집해 있었다. 적지 중의 적지이다. 앞에서부터 차례로 엄중한 조사를 받고 있는 것 같다.──들어가, 들어가, 들어가라고 하는 앞쪽에서 나는 소리가 차츰 가까워짐에 따라 스네몬의 입안은 말라 갔다.

드디어 그의 차례가 되었다.

갑자기 갑옷을 입은 무사의 손이 좌우로부터 그의 살갗을 만졌다. 머릿속을 뒤지고 주머니에 손을 찔러 보기도 했다. 스네몬은 바보처럼 입을 벌리고 있었다.

"인부냐?"

"예."

"어디냐."

"예, 뭔뎁쇼?"

"누구의 수하며, 어느 무리의 놈인가 하고 묻는 거야."

"쇼스케(庄助)라고 하는뎁쇼. 이와무라(岩村)의 패거리와 함께 왔는데, 이와무라 무리에 있습죠. 예, 이와무라 무리의……"

"좋아, 됐어."

"예."

"……들어가!"

등의 지게를 떠밀려서 비틀비틀하고 스네몬은 울타리 안으로 들어갔다. 한숨 놓은 나머지 다소 허둥거렸는지 그가 걷기 시작하니, 채찍을 가지고 소·말이나 인부를 감독하고 있는 수송대의 병사가 그 당황을 호되게 꾸짖었다.

"이봐, 이봐! 멍청이 어딜 갈 생각이냐!"

말 등의 쌀가마, 우차 위의 곡식부대 등을 진지의 병참부에 져 나르는 것이었다.

병사들은 살기가 등등하다. 채찍으로 인부를 때리는 것쯤 예사였다.

"딴전만 보고 있지 말란 말이야!"

스네몬도 몇 차례인가 등이나 궁둥이를 맞았다.――그러나 맞고 있는 동안은 안심이었다.

"밥이다. 밥집으로 모여라!"

이젠 저녁의 어두움. 큰 솥의 불만이 빨갛다. 그 둘레에 흩어져서 인부나 백성들은 허기진 모양으로 밥공기를 나누어 갖고 국 뜨는 국자를 서로 먼저 잡으려고 다투고 있었다.

그곳에 한 순시 장교가 보졸을 거느리고 갑자기 들어왔다.

"줄 서라, 점검이시다."

이와무라 무리의 두목이 말하자, 가옥 안의 인부들은 모두 구석으로 다가섰다.

장병들의 병참부는 따로 가옥을 증축했지만 이곳은 커다란 민가의 봉당이다. 캄캄하고 그리고 좁다.

안은 혼잡하여 떠밀릴 정도다. 스네몬은 안전을 믿고 있었다. 이 무리 속에 섞여 있는 이상 자신이 초록과 동색인 벌레인 것같이 생각됐기 때문이다.

그런데 사태는 심상치 않은 공기로 변했다. 아나야마(穴山)대의 부장이라고 말한 순시 장교가 말했다.

"아니 전적으로 우리를 들어오게 한 자의 잘못이지만…… 틀림없이 숫자가 한 명 많다. 어떤 자가 한 명 더 진영에 들어온 것으로 짐작된다."

머리수를 조사하라고 소리 높여 명령하고 있는 것이다.

입구를 병사들이 둘러막았다. 그리고 한 사람 한 사람 끄집어내어 엄중한 재조사가 시작된 모양이다. 스네몬은 몹시 겁이 났다.
 설마 인부의 한둘쯤 아무 주의도 하지 않을 것이라고 가볍게 생각하고 있었지만 고슈 군의 엄밀함은 상상 밖의 일이었다.
 '아차!'
 독안에 든 쥐다. 그의 눈은 저절로 날카로워졌다.
 옆걸음으로——사람들이 알아차릴 수 없을 정도로——그는 등으로 벽을 문지르면서 뒤꼍 문 쪽으로 몸의 위치를 옮기고 있었다.
 그러자 불쑥, 앞문 쪽에 서 있던 순시 장교가 곧바로 그의 그림자를 가리키며 소리 질렀다.
 "아, 저놈이 수상쩍다!"
 스네몬의 그림자는 그 찰나 펄쩍 뛰었다. 뒤꼍으로 뛰어 나가려던 것이 그곳에도 병사가 있었기 때문이다.
 그는 눈먼 쥐처럼, 마루 위에 뛰어 올라가 기둥에 부딪고 벽에 부딪쳤다. 그리고 창문으로 비치는 별빛을 보자마자 살창에 몸을 부딪쳐서 그 깨어진 틈으로 밖에다 몸을 날렸다.
 '탕 탕' 하고 두세 발 총소리가 초저녁 하늘에 메아리쳤다. 스네몬은 초가 지붕 밑으로부터 탈토지세로 뛰어나가 근처의 뽕밭에 숨어 들어갔다.
 현명한 것 같았지만, 이것이 잘못이다. 뽕나무 잎은 사그락거리며, 그가 가는 곳 숨는 곳을 적의 눈에 알렸다. 더욱 가느다란 가지는 발에 감기고 걸려 몹시도 몸을 부자유스럽게 했다.
 "첩자! 적의 첩자다……이젠 도망갈 수도 없지. 추한 꼴을 하지 말라."
 뽕밭을 둘러싼 아나야마 대의 장교는 소리쳤다. 적의 소리이면서도 그것은 지당하게 들렸다.
 스네몬은 몸을 일으켜 뽕잎 위로 반신을 쑥 보였다. 별이 빛나는 밤하늘을 찌르듯이 두 팔을 들고, 마구 쏘아 대는 소총에 대해 우선 말했던 것이다.
 "기다려라!"
 "……체념했다. 이젠 저항을 않겠다, 묶어라."
 뒤로 손을 돌려서 움직이지 않고 있었다. 서걱서걱 뽕잎 소리가 가까이 왔다. 그리고 오랏줄에 잡혀서 그는 나왔다.
 순시 장교는 스네몬의 모습을 새삼스럽게 부릅뜬 눈으로 찬찬히 머리서부터 발끝까지 살피고 물었다.

"나가시노 놈이냐, 오카자키 놈이냐?"
스네몬은 숨기지 않고 답했다.
"나가시노 사람이다."

빛나는 무사혼

가쓰요리(勝賴)의 소리는 누구보다도 크다.

휴대용 간이의자에 걸터앉은 그의 체구와 같다.——또 휘장을 압도하고 있는 그 위엄과 같이.

그는 격앙해 있기도 했다.

"다른 때 없는 각기의 저자세. 바바(馬場), 나이토(內藤), 오야마타(小山田), 야마가타(山縣) 등 사해에 이름을 떨친 용맹한 장수들도 이젠 먹는 나이엔 이길 수 없어 늙은 것으로 보이는군. 이 가쓰요리의 눈에는 오다의 3만이란 말뿐인 허세, 도쿠가와의 7, 8,000은 개수일촉(鎧袖一觸: 적을 물리침이 갑옷 소매로 한번 밀면 된다)도 안 된다. 무엇을 그리도 두려워하는가, 가쓰요리로선 풀리지 않아. ……아도베(跡部), 오이노스케(大炊介), 임자들의 생각은 어떤가, 서슴지 말고 말하라."

"황공하옵니다만……."

휘장의 서쪽에 앉아 있던 오이노(大炊)는 약간 앞으로 나와 말했다.

"아까부터 일부러, 오이노가 기다리고 있는 것은 너무나도 숙장이신 노신들의 의견이 일치하여 퇴진을 권유하고 계시는 모양에…… 실은 뜻밖이면서도 신겐 주군 이래의 궁시(弓矢)도 이처럼이나 쇠퇴하였는가 하고 몰래 눈물짓고 있었던 것이올시다."

"……음, 음."

가쓰요리는 만족해하며 고개를 끄덕거렸다. 그리고 그의 찬의에 더욱 힘을 얻어 재차 여러 장수를 향해 그의 주전론을 강조하려고 할 때였다.

"오이노공! 다소 말씀을 삼가시오. 여긴 신라사부로(新羅三郞)님으로부터 27대에 걸치는 우리 다케다가의 흥망의 갈림길, 부침(浮沈)의 순간에 있다는 것을 깊이 생각하지 않으시오?"

바바 미노노가미의 백발이 떨고 있었다. 다른 노장들도 입을 봉하고 있었지만 상기된 붉은 얼굴, 그리고 무서운 눈초리를 일제히 오이노스케 쪽으로 보냈다.

그러자 오이노는 말했다.

"삼가라니, 무엇을 허둥댄다고. 지금은 평시가 아니오. 진중이오. 더욱 앞뒤에 적을 두고 피할 수 없는 대결전을 눈앞에 두고 있소. 일족을 위해 믿는 바를 말하는데 무엇을 주저하겠소?"

그도 지지 않고 소리를 크게 하니, 그와 의견을 같이하는 가쓰요리는 도리어 노장들을 꾸짖었다.

"아도베에게 발언을 허락한 것은 나다. 왜 그에게도 충분히 의견을 토로할 수 있는 여유를 주지 않는가."

미노노가미도, 야마가타, 하라, 오야마다 등의 숙장도 부끄러운 심정이었다. 동시에 암연히 입을 다물었다.

아도베 오이노스케는 말을 계속했다.

"오카자키의 오가 일당의 배반 선동책도 어긋나고 또 나가시노의 성 안에 노부나가의 사신이라고 속여 항복 권유서를 화살에 묶어 쏜 편지도 모두 실패를 봤소. ……그것들을 들어 여러 노신들은 이번 싸움은 어떻든 시원찮으니 여기서 퇴진하여야 한다고 처음부터 끝까지 분전주의를 주장하며 전혀 적극적인 생각을 가지지 않는데. ……일찍이 신겐 주군 치세 이래 적군에 등을 보였던 예가 없는 우리 고슈 군이 오다의 원군이 가까이 온다고 듣자 도망했다고 소문이 난다면 다시 이 오명과 약점은 씻을 수 없는 것이오."

거침없이 논적(論敵)을 닦아 세우며 말을 이었다.

"……부전 퇴진 따위의, 그러한 생각은 우선 지워버리고, 크게 눈을 떠서 적의 정체를 보시오. 과연 어제부터 빈번히 오다, 도쿠가와의 적진을 보고해 오기에 매우 대단한 것 같이 들리지만 오다 그 까짓 자가 무업니까. 3만의 숫자는 어쩌면 사실일지 모르지만 그의 출진은 다만 도쿠가와가를 놓치지 않겠다는 의리뿐인 것. 어찌 우리의 용맹한 주력군에 대적하겠소. 불리하다고 생각되면, 퇴각하든지 방관하든지, 아마 이 둘 중의 하나일 것이오. ……더욱이 지금 시다라 벌의 서쪽까지 도쿠가와가의 선봉이 어쩔 수 없이 앞에 나와 있소. 이것이나마 치지 않고, 어찌 나가시노의 포위를 풀고 소득 없이 이곳을 물러서겠소. ……나가시노의 고성은 이미 군량이 떨어지고, 병사들은 기운이 쇠진했소. 이에는 도비가스(鳶巣)의 보루와 다른 두세 개의 보루로 누르고 있으면 꼼짝을 못하게 할 수 있소. 나머지 전군으로, 우선 도쿠가와를 분쇄하고 이어 오다 군을 맞아 이것을 완전히 정벌함은, 지금 말고 다른 날에는 이룰 수 없을 것이오. ……하늘이 쾌승의 기회를 우리 다케다가에 주시는 것. 이 기회를 잡지 못하는 자는 무장의 그릇이 아니오. 단연코 병가라 할 순 없소."

말할수록 날카로워지는 오이노는 어떻든 변설의 용사답다.

신중론의 숙장 중에도 바바 미노노가미는 여러 말을 하지 않았다. 다만 부채를 무릎에 짚고 때때로 묵연히 평의의 끝없는 자리를 돌려 볼 뿐이었다.

"노부후사(信房)는 어떤가."

가쓰요리로서도 다소 마음속으로 그를 두둔하고 있다. 아버지의 유신 중에서도 중요한 자리를 차지하고 있는 그가 반대한다면 곤란한 것이다.

미노노가미는 대답했다.

"주군이나 오이노공의 주장은 날래고 씩씩함이 더할 나위 없습니다만 생각건대 필부의 만용에 가깝지 않습니까. ……만약입니다! 어떻게 해도 싸워야 한다면, 이때에, 저돌적으로 하루 밤새나 반나절 새에 나가시노의 성을 함락시키고 그런 연후에 오다와 도쿠가와를 맞아야 할 것입니다."

가쓰요리는 정색을 하며 심각하게 힐문했다.

"함락될까, 성이?"

미노노가미는 그의 얼굴색에도 불구하고 자신을 가지고 말했다.

"함락되지 않고 어찌 되겠습니까. 성중의 병사는 500, 철포의 수는 300에 지나지 않을 것입니다. ……그 300정의 총이 제1격에 모조리 아군에게 명중해도 300의 전사입니다. 제2격 때도 같은 명중을 받아도 600의 희생입니다……. 즉 희생을 각오한다면 이에 1,000명가량의 장병이 죽음을 무릅쓰고, 시체를 넘고 넘어 성에 매달린다면 하룻밤 혹은 반나절 사이에 함락되지 않을 수 없을 것입니다. 하지만……다만 이것은 포학한 싸움에 지나지 않습니다. 궁여지책입니다. 즐겨 쓸 수 있는 전법은 아닙니다."

"그렇다면 역시 싸움을 피하는 것이 아니라 싸움을 맞는 것이 아닌가."

"그러니 부득이……한 경우에만."

"같은 거다. 나는 오이노의 견해를 취한다. 불복하는 자는 후방의 방비를 맡아라."

가쓰요리는 결단을 내렸다.

그리고 최후의 말로써 선언했다.

"천주도 백성도 똑똑히 살펴보시라. 내일이야말로 오다, 도쿠가와의 두 군세를 맞아, 일전으로 자웅을 겨루어 보이겠다."

이렇게 되어 더 반론을 고집하는 자는 없었다. 신중론파의 장수들도 모두 침통한 낯빛으로 자리를 뜨려고 했다.

"그러면 우리들도 주군의 말 앞에 나서서 한사코 싸울 뿐."

이때 휘장 밖에서 낭당의 큰소리가 들렸다.

"아나야마 바이세쓰(穴山梅雪)의 수하, 야쓰노오 도가노스케(八尾梅之助)입니다. 주인 바이세쓰는 자리에 계시는지요. 평의(評議) 중임을 알고 있습니다만 화급을 요하기에 여쭈어 봅니다."

"어, 야쓰노(八尾)냐?"

평의도 끝난 자리이기에 바이세쓰 등은 한쪽 구석에서 대답하며 일어서 나갔다. 그리고 잠시 막 밖으로 자취를 감췄다가 잠시 뒤 급히 돌아와서 보고하고, 우선 취조 방법의 조처를 바랐다.

"방금, 저의 부하가 오쿠다히라가의 무사 도리이 스네몬이라는 자를 묶어 왔습니다. 진중에 잠입하여 인부로 가장하고 있었다고 하니 무엇인가 매우 중대한 밀명을 띠고 성중으로부터 탈출한 것으로 생각됩니다. 어떻게 처리함이 좋겠습니까?"

가쓰요리는 때가 때인지라 뜻밖의 노획물을 보고 퍽 좋아했다. 손수 취조해 보겠다고 말한 것으로도 그의 기대하는 바가 큼을 알 수 있다.

이미 숙장들은 거의 자리를 떠났지만, 아직 가쓰요리의 주위에 남아 있는 장수들은 기라성 같았다.

일개 졸병, 보기에도 허술한 인부 차림의 스네몬은 그 속에 꿇어 앉았고, 나무를 더 넣어 더욱 불꽃을 새롭게 한 화톳불에 환하게 그 옆얼굴이 비쳐져 있었다.

"오쿠다히라가의 무사 도리이 스네몬이라고 하는가?"

"……예."

"언제 성을 탈출했는가?"

"날짜는 잘 기억나지 않지만, 3, 4일 전입니다."

"목적은?"

"주군 사다마사의 서찰을 지니고, 오카자키의 성중까지 갔었습니다."

매우 고분고분한 태도였다. 이 사나이는 대체 무슨 일이든 숨긴다는 것을 모르는 우직한 놈일까 하고 심문하던 가쓰요리도 다소 맥이 빠질 정도였다.
"……그럼 사다요시의 서면은, 임자의 손으로 이에야스에게 전해졌다는 말인가?"
"예, 오쿠다히라 사다요시님의 중개로써."
"칭찬받았느냐?"
가쓰요리는 다시 물었다.

그는, 보기에도 선량한 그리고 무엇을 질문해도 감추지 않는 일개 포로에게 어느새 가벼운 야유를 시도하기도 하고, 빈정거리는 미소를 보이기도 하면서 심문을 하고 있는 것이었다.

스네몬은 그렇게 물으니 다소 뽐내는 기분으로 대답했다.
"예, 이에야스님이 직접 칭찬의 말씀을 해 주셨으며 게다가 과자 등을 하사하셨습니다."

가쓰요리는 갑자기 곁에 있던 아나야마 바이세쓰와 아도베 오이노 등을 돌아보며, 커다란 입을 벌려 말했다.
"이놈은 귀여워할 만한 정직한 작자야. 하 하 하 하, 아니 사랑할 만 한 놈이야. 과자를 받았다고 기뻐하고 있어……."
그리고 또 수하들을 보고 이렇게 말했다.
"참으로 이에야스는 무자비하지 않는가. ……이 여러 겹의 포위망을 뚫고 오카자키에 심부름을 했을 만큼 충성된 자를, 다시 성으로 보내다니……. 마치 죽음을 보고 있겠다는 것과 같이."
"아닙니다……."
스네몬은 급히 그것을 부정했다.
"절대 주군의 무자비는 아니올시다. 제가 자진해서 귀성을 꾀한 것입니다."
"흠……성정이 강한 것 같은 말을 하는구나. 그래 목숨을 걸고 돌아가면 어느 정도의 효과가 있다고 생각해서인가."
"저 한 놈의 힘은 한 자루의 총, 한 자루의 창에도 못 미칩니다만 오다 주군의 원군도 오카자키의 후진도 이미 이곳에 가까이 온다고 알리면 성 안의 사기는 다시 높아집니다. 최후의 일순까지 버틸 것입니다. 그러기 위해서는 제가 돌아가지 않으면 진정 심부름의 소임을 다했다고는 생각하지 않습니다."

"······과연!"

가쓰요리는 눈을 감았다. 지금 목소리는 신음과 비슷했다. 그리고 눈을 부릅뜨고 말했다.

"오호, 충성스럽다. 감복했다. ······그래도 이만한 무사를 배하의 말단에 묻혀 두는 아까움······어떤가 스네몬 나를 섬기지 않겠는가. 이 가쓰요리의 장교로서 더 크게, 한 무리의 무장이 되어 일하지 않겠는가······. 어때, 싫은가?"

반신반의하는 것처럼 스네몬은 가쓰요리의 얼굴을 한참 지켜보고 있다가 갑자기 들뜬 목소리로 대답했다.

"그렇다면, 그렇다면, 무엇이라고 말씀하셨습니까. 저의 한 목숨을 건져주실 뿐만 아니오라 직속의 가신으로 써 주시겠다는 말씀이온지······."

스네몬은 정신이 없는 듯 몸을 앞으로 움직였다. 손을 뒤로 묶였기에 양손을 쓰고 싶어도 뜻대로 안 되는 듯, 초조하게 보였다.

"승낙하는가. 싫지는 않은가?"

가쓰요리는 다짐받으려고 했다.

"희롱이 아니시다면······바랄 수도 없었던 행운. 너무 큰 기쁨에 꿈이 아닌가 하고, 대답을 여쭙기에도 망설일 정도올시다."

"임자와 같은 자라도 역시 목숨은 아깝게 보이는 군."

"어렸을 적 절에 맡겨져 조석으로 죽음을 보아 온 탓인지 누구든 한번은 죽는 것이라고 머리에 박혀 있는 까닭에, 오늘 저녁 오랏줄을 받았을 찰나부터 일체를 체념하고 있었습니다만······방금 고슈(甲州)를 모시면 목숨을 살려주고 높은 벼슬도 주시겠다는 말씀을 듣자마자 갑자기 죽는 것이 무서워졌습니다. ······가련한 것들, 집에 남겨 둔 처와 자식들을 이제 다시 한 번 만나보고 싶어졌습니다."

"정직한 놈······ 그렇기도 할 거다. 이봐 이봐, 스네몬."

"예······예."

"청렴한 말을 말라. 방금 이야기한 대로 이 가쓰요리를 마음속으로부터 따른다면 처자의 얼굴을 매일 볼 수 있는 것은 물론이고, 평생 영달의 길을 걷게 하겠다."

"감사하옵니다. 반드시 그만한 봉사는 하겠습니다."

"임자와 같은 자라면 나중에 틀림없이 큰 공을 세울 거다. ······한데 우선 그 봉사의 시초로 그대가 가쓰요리에게 다른 뜻이 없다는 확증을 보고 싶다. 어떤가, 마음의 증명을 어김없이 행동으로 보여 줄 수 있을까.”
“……그렇게, 말씀하시면?”
“어렵지도 않은 일이다.”
“어떤 일을 하면 좋겠습니까?”
“내일 아침 그대의 몸을 커다란 말뚝에 묶어서 성 아래 도랑 가까지 병사들이 메고 가게 할 터이니, 그대는 십자가 위에서 큰소리로 이렇게 말해라…… 사명을 띠고 오카자키까지는 갔지만 이에야스는 고슈 군에 포위되어 우시쿠보(牛久保)의 보루도 일패도지이며, 오다 군도 역시 이세, 서울 등의 분열을 두려워해서 아직껏 내원이 없는데 결국 원군이 있으리라고는 생각도 못할 일……나도 또한 이처럼 사로잡힌 몸이니……불쌍한 여러분도 단념하고 빨리 성문을 열고 나오시오. 항복해서 목숨을 부지하는 것만이 남은 한 가지의 방법이오……하고. ……이처럼 그대의 입으로 성 안에 있는 자들에게 알리는 거다. 참으로 쉬운 일이 아니겠는가.”
“…….”
스네몬은 고개를 떨어뜨리고 있었지만 잠시 후 순순히 대답을 했다.
“알겠사옵니다. 저의 몸을 성 가까이까지 운반해 주신다면 분부대로 성 안에 알리겠습니다.”
“음, 오늘밤 안으로 지금 가쓰요리가 가르쳐 준 말을 잘 암송해 두는 게 좋다. ……만약 말을 잘못하였을 경우에는 그대로 십자가에 묶은 채 창으로 찔러 죽일 터이니 그리 알아라. 공중에서 일순의 목소리가 생애의 기로다. 명심해서 말해라.”
“예, 예.”
어디까지나 그는 순진했다. 적을 속이려는 미끼로써도 가쓰요리로 하여금 은근히 사랑스런 사나이……라고 진실로 생각하게 했다.
그 스네몬의 신병은 이튿날 아침까지 아나야마 바이세쓰가 맡기로 했다. 바이세쓰는 책임의 중대함을 느꼈다고 생각했던지 부하와 함께 손수 그의 오랏줄을 잡고 갔다.
밤중에 한동안 소나기가 퍼부었다. 가쓰요리는 매우 좋은 기분으로 갑옷투구 따위를 입은 채 눈을 붙였다. 쉬 밝는 여름밤은 다키 강의 요란한 개울물 소리와 함께 밝아왔다.

날이 밝자 스네몬은 곧 불리어 나갔다.

아나야마 바이세쓰는 아직도 더 잤으면 하는 눈을 하고 있었다. 중대한 수인을 주군으로부터 맡았기 때문에 간밤에는 잠을 설친 모양이었다.

그는 스네몬을 보자 곧 물었다.

"간밤에는 잘 잤는가?"

"예. 잘 잤습니다."

"뭐, 잘 잤다고?"

"안심했기 때문일 것입니다. 조금 전까지 푹 잤습니다."

바이세쓰는 의심했지만 사실 스네몬의 눈은 시원하게 맑았다.

"조반을 주어라."

낭당은 곧 그의 앞에 조반을 가지고 왔다. 소금에 절인 매실 한 개와 파의 흰 뿌리 한 개를 된장에 곁들인 것이다.

스네몬은 맛있게, 죽을 두 공기 들이마셨다.

그곳에 다른 낭당이 알리러 왔다.

"준비는 다 됐습니다."

바이세쓰는 승창에 위의(威儀)를 갖추고서 어제 저녁 가쓰요리가 스네몬에게 일러준 대로의 말을 다시 한번 반복해서 들려주었다. 스네몬은 시종 공손하게 말했다.

"반드시 그와 같이 여쭙겠습니다."

그는 여전히 순순했다.

"그러면, 잠시 동안 형틀에 묶어 둘 테다."

말이 떨어지자 낭당들은 그를 끌고 미리 만들어 놓은 십자가에 그의 손목과 발목을 묶었다. 그리고 여럿이서 그것을 다키 강가에까지 짊어지고 갔다.

스네몬의 몸은 나가시노의 성쪽을 향하여 높이 공중에 떠받쳐졌다. ──멀리 대나무 방패나 토루(土壘)의 뒤에는 가쓰요리 이하 휘하의 장성들이 와서 은밀히 이곳을 지켜보고 있었다.

십자가의 밑에서는 바이세쓰를 비롯한 입회의 무장들이 때를 기다리고 있었다. 아직 아침 안개가 깊어 개울 건너의 성의 돌담도 총안도 희뿌옇게 가리어 시야가 충분히 트이지 않았기 때문이다.

구름 사이로 여름 아침의 강한 햇볕이 쫙 쏟아졌다. 스네몬의 머리카락은 그대로 한 가닥 한 가닥 빛나며 곤두서 있는 것 같았다. ──성의 총안이 뚜

흙투성이 전사 617

렷하게 보이기 시작했다.

이곳의 이상한 물건을 발견한 성병들은 곧 성내에 알린 모양이다. 망루의 총안에도 성벽의 총안에도 그 외 병사들이 있을 만한 온갖 장소에 성병들의 얼굴이 모였다. 그리고 무엇인가 떠들어 대는 소리가 다키 강의 물소리를 건너 스네몬의 귀에도 들린다.

"스네몬! 스네몬! 말해라, 왜 가만히 있는가."

아나야마 바이세쓰의 부하인 가하라 야타로(河原强太郎)라고 하는 자가 창대로 십자의 말뚝을 두드렸다. 그러자 울림에 답하는 것처럼, 스네몬은 입을 크게 벌려 말했다.

"아아, 그립도다. 성 안의 여러분이 아니오. 이렇게 말함은 지난날 밤 이별을 고한 도리이 스네몬 가쓰아키(鳥居强右衛門勝商)요. 오카자키에 갔다 온 심부름의 대답 이곳에서 여쭐 터이니 귀를 기울이고 들어 주오……."

분명히 소리가 들린다고 보였다. 일순 다케다 쪽에서도 숨을 죽였다. 스네몬은 입술을 핥고 다시 목까지 아침 햇살을 받을 만큼 입을 벌렸다.

"……우선! 기후의 노부나가께서는 이미 출진하셔서 3만 여의 대군을 인솔 오카자키로부터 이곳으로 진격하고 있소. 조노스케(城之介信忠)공께서 출진하셨소. 이에야스님, 노부야스님 각기 노다(野田) 방면으로 급진 이미 선진은 이치노미야(一宮) 모토노(本野) 벌에 팽팽하게 진을 치고 있소! 성을 견고히 지키시오. 늦어도 3일 안에는 운이 트이며, 다케다 군의 말로는 불을 보듯 훤하오. 이제 조금만 더 버티시오!"

다케다 쪽의 장병들은 펄쩍 뛰면서 모두 부르짖었다.

"아, 무슨 소릴 하는 거야……에잇!"

낭패한 무사들은 십자가 밑으로 달려들어서 공중에 창을 교차했다. '싹' 하고 햇빛 속에 퍼지는 선혈의 무지개 속에서 스네몬의 부르짖음이 또 들렸다.

"안녕…… 성중의 여러분. ……성중의 여러분."

산도 흔들리고, 강도 울었다.

죽음을 하늘에 던지고 스네몬이 최후에 토한 진실의 소리는 전우 500여 사람들의 귀를 분명히 뚫었다.

성병들은 눈앞에서 숭고한 그의 죽음을 보고, 또 그의 희생에 의해서 아주 멸망의 밑바닥에 있었던 싸움 위에 휘황하게 빛나는 희망의 고시를 받아 일순 모두 망연자실한 것같이 함성을 지르며 감격해 울었다.

"와아……아!"

"와아……."

아연실책——

얼굴빛을 달리한 것은 가쓰요리였다. 당황한 것은 아나야마 바이세쓰 기타 고슈 군의 무장들이었다.

"아, 아차!"

3, 4인이 형틀을 차 넘어뜨렸다. 분노에 발을 동동 구르며 분개했음은 말할 것도 없다.

십자가 위의 스네몬의 몸은 기둥과 함께 털썩 땅 위에 넘어졌다.

그의 몸은, 이미 수십 개의 창끝으로 뚫려 있었다. 분풀이로 무장들은 그 선혈을 짓밟고 소리 없는 시체를 마구 걷어찼지만……곧 그 발은 움츠러들고, 몸도 굳어지는 것 같은 심정에 젖었다.

그들도 무사다. 스네몬 죽음의 의미는 너무나도 잘 안다. 숭고한 무사 정신을 품고 참으로 만족스럽게 죽어 있는 스네몬의 모습에 대해서 적이라고는 하나 그것을 발길로 차는 자신을 부끄러워하지 않을 수 없었던 것이다.

"그만둬! 성병들이 보고 있는 앞에서 꼴사납다. 이제 와서 발길질한대서 되는 일이 아니야."

고슈 군 중에서 혼자 이렇게 호통치는 자가 있었다. 가쓰요리의 곁에서 달려온 무장 오치아이 사헤이지(落合左平治)였다. 그는 또한,

"무엇을 우물쭈물하고 있느냐. 적의 눈에도 좋은 웃음거리이다. 빨리 스네몬의 시체를 뒤로 끌고 가."

그는 미련이 있는 듯 떠들거나 화를 내는 사람들을 힐책하고 우리 안으로 물러서게 했다.

그 순간만은 미운 적이라고 이를 갈았지만 시간이 흐르면서 고슈 군의 사람들도 모두 마음속으로 그의 죽음을 애도하지 않는 자는 없었다.

"적이지만 갸륵한 자."

이것은 훨씬 뒤의 일로서 여담이 되지만 스네몬의 장렬한 최후를 목격했던 오치아이 사헤이지 등은 그때의 그림을 자기의 갑옷 등에 꽂는 조그만 깃발에 그리게 해서 자손에까지 물려주었다는 것이다.

사헤이지의 자손은 나중에 기슈(紀州)가에 사관하여 5,000섬의 높은 녹을 받았다고 하는데, 도리이 스네몬의 자손도 또 부슈(武州)의 오시코(恩候)에 사관했으며 그 후에는 도쿠가와 시대를 통하여 지금도 누구 핏속에 남아 있을 것이다.

적군이나 아군을 불문하고 스네몬의 죽음이 얼마나 큰 감동을 주었는가 하는 것은 나가시노 전투 뒤, 노부나가는 소문을 듣고 말했다.

"우리 당대에 보기 힘든 용감무쌍한 무사 정신의 소지자다. 뼈라도 있었으면 주워서 모시고 싶다만."

그는 근소한 유물을 찾아내서 쓰쿠데(作手)의 간센사(甘泉寺)에 정중히 장사지낸 것으로도 알 수 있으며, 스네몬의 한 마디 때문에 패배를 초래하여 궤주한 고슈 병사들 사이에서도 누구 하나 도리이라는 이름을 나쁘게 욕하는 자가 없었던 것을 보아도 분명했다.

그것은 그렇다치고.

매사에 이런 어긋남을 밟은 고슈 군은 뒤로 육박해오는 도쿠가와, 오다의 연합군에 대해 한시도 안온하게 있을 수 없는 상태가 되어 있었다.

그도 이도 모두 자기가 젊기 때문이라는 반성은 주장 가쓰요리도 아직 가지고 있지 않았던 것이다.

다만 숙장 노신들의 일부에서는 우려를 품고 있었던 사람도 있지만 대세의 흐름에는 어쩔 수 없었다.

"노부나가가 무엇이냐, 이에야스 또한 시원찮은 것. ……시다라 벌이야말로 그들의 뼈를 쌓을 곳이다."

가쓰요리는 자신만만하여, 그날로 전군을 공성 대형에서 야전 진형으로 바꾸고, 이에 내가 서느냐 그가 망하느냐 건곤일척을 걸고 대결전의 준비를 전개하기 시작했다.

지은이
요시카와 에이지(吉川英治)

그린이
곤도 고이치로(近藤浩一路)

옮긴이
박재희 창춘사도대학일문학전공 김문운 니혼대학일문학전공
김영수 와세다대학일문학전공 문호 게이오대학일문학전공
유정 조지대학일문학전공 추영현 서울대학교사회학전공
허문순 경남대학불교학전공 김인영 숙명여대미술학전공

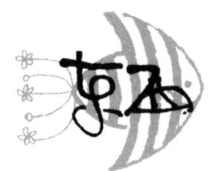

대망 14 다이코 2

지은이 요시카와 에이지/책임편집 박재희 추영현 김인영
1판 1쇄/1979. 12. 1
2판 1쇄/2005. 8. 8
2판 13쇄/2025. 10. 1
발행인 고윤주/발행처 동서문화사
창업 1956. 12. 12. 등록 16-3799
서울 중구 마른내로 144(쌍림동)
☎ 546-0331~3 (FAX) 545-0331
www.dongsuhbook.com

＊

이 책은 저작권법(5015호) 부칙 제4조 회복저작물 이용권에 의해 중판발행합니다.
이 책의 한국어 大웅상표등록권 문장권 의장권 편집권은 저작권법에 의해 보호받으므로
무단전재 무단복제 무단표절 할 수 없습니다.
이 책의 법적문제는 「하재홍법률사무소 jhha@naralaw.net」에서 전담합니다.

＊

사업자등록번호 211-87-75330
ISBN 978-89-497-0353-4 04830
ISBN 978-89-497-0351-0 (2세트)